호서명현 학술총서 1

동춘당 송준길 연구

한남대 충청학연구소 편

景仁文化社

책 머리에

조선사회는 유교이념, 특히 주자학적 사고가 지배한 사회였다. 朱子學은 공맹의 학을 도통으로 계승하면서 송대 성리학을 집대성한 新儒學으로, 이론의 학으로서 性理學을, 실천의 학으로서 禮學을 양대 지주로 삼고 있었다.

조선에서는 16세기에 이르러 理氣論과 四七論에 대한 해석 등에서 견해의 차이를 보이면서 퇴계 이황을 중심으로 하는 嶺南學派와 율곡 이이를 중심으로 하는 畿湖學派로 양분되었다. 이후 영남학파에서는 영남지역 외에 근기에 근거를 둔 近畿南人이 새로 형성되었고, 기호학파에서는 출발지인 경기 외에 湖西에 근거를 둔 湖西士林을 형성하였다.

기호학파의 출발지는 경기지역이고 그 주도적 인물은 율곡 이이, 우계 성혼, 구봉 송익필 등 한결같이 近畿士林이었다. 그러나 栗谷의 적전이 된 沙溪 金長生이 충청도 연산에 근거를 두었고, 그의 도학적 학맥을 계승한 김집 송시열 송준길 이유태 유계 윤선거 윤증 권상하 한원진 등 저명한 사림들이 한결같이 호서에서 배출되어 禮學을 탐구하고 禮治를 추구하는 일단의 山林勢를 형성하였으니, 가히 湖西學派라고 칭할 만 하였다. 특히 이들은 유학의 양대 가지의 하나인 禮學에 출중한 공업을 이루었으니, 호서예학을 중심축으로 한 朝鮮禮學의 성립이 바로 그것이다. 그런데 크게 보면 그것은 율곡의 朝鮮性理學의 형성에 뒤이어 기호학파가 이루어 낸 또 하나의 유학적 큰 성과라 할 것이다.

그럼에도 불구하고 湖西士林이나 湖西學派에 대한 연구는 아직 제대로 주목되지 못하고 있으며, 충분한 정리를 이루지도 못하고 있다.

이제는 호서학파・호서사림에 대한 연구를 좀 더 본격화하고 체계화해야 할 단계이며, 그것은 호서유학사나 호서지방사에서 뿐만 아니라 한국유학사・한국정치사의 정리에도 긴요한 과제라고 믿는다. 이것은 금번 본 연구회가 대전의 지역학계 및 지자체와 함께 『호서명현학술총서』를 간행하고자 하는 기본적인 동기와 목적이다.

『호서명현학술총서』의 제1집으로 '동춘당 연구'를 간행하기로 한 것은 지난해가 동춘당 탄신 400주년이 되는 해이기 때문이다. 동춘당 송준길(1606～1672)은 사계 김장생과 신독재 김집의 적전 문인으로서 우암 송시열과 함께 17세기 조선의 禮治[世道政治]를 선도한 경세가(經世家)였고, 또한 호서예학과 영남예학의 교류를 통해 조선예학의 형성에 크게 기여한 예학자(禮學者)였다. 또한 그의 성리학적 식견과 돈독한 예행은 사림의 추앙을 받았으며, 그의 출중한 서예는 양송체(兩宋體)의 하나로 주목을 받고 있다.

지금까지 동춘당에 관한 논저는 총 70여 편으로 집계된다. 동춘당의 삶과 학문과 사상을 다양한 시각으로 두루 조명한 귀하고 값진 연구들이다. 그러나 본서에서는 지면의 제약으로 불가피하게 20편의 글만을 수록하게 되었다. 이 글들은 대개 대전에서 열린 기왕의 동춘당 학술대회서 발표된 논문들이다. 이미 다른 학술지에 발표된 글도 있고, 새로운 글도 있으며, 이번에 수정 보완된 글도 있다. 혼선을 피하기 위하여 각 논문의 첫 쪽 하단에 이 내용을 밝혀 참고가 되게 하였다. 수록 논문은 생애와 위상/ 성리학사상/ 예학사상/ 경제사상/ 문학과 서예/ 동춘당의 생활모습 등 모두 6장 20편(해제 포함)으로 구성하였고, 부록에는 연구논저와 동춘당집 해제, 그리고 연보(초록)를 첨부하여 앞으로의 연구에 도움이 되게 하였다.

그동안 어려운 여건에서도 동춘당 학술행사에 적극적으로 참여해 주시고, 또한 이번 간행사업에 흔쾌히 玉稿를 제공해주신 筆者諸位에게 심심한 감사를 드린다. 또한 그간 사명감을 가지고 호서명현 학술사업을 묵묵히 수행하고 있는 충남대학교 유학연구소와 한남대학교 충청학연구소에도 뜨거운 격려를 보내고 싶다. 그리고 이러한 호서명현 연구사업이 효과적으로 진행될 수 있도록 물심양면으로 협조해 주신 대전광역시와 관련 문중 및 유림계에도 특별한 감사를 드리는 바이다.

최근 대전의 호서명현 연구는 상당히 활성화 되고 있다. 실로 경향의 어느 지역보다도 더 적극적인 연구 성과를 이뤄내고 있다. 이번 동춘당 학술총서의 간행은 동춘당의 삶과 학술과 사상을 학계에 더욱 널리 알리는 계기가 될 것이다. 앞으로 호서학파와 호서사림에 관한 새로운 많은 연구가 나와서 그 역할과 위상을 재정립하고, 그것이 지니는 역사적 의미와 현대적 의미가 바르게 구명될 수 있기를 기대하는 바이다.

2007년 2월 일

호서명현연구회장 **최근묵**

목 차

제5장 동춘당의 서예와 문학 | 367

제6장 동춘당의 생활모습 | 489

□ 부 록

제1장 동춘당의 생애와 위상

同春堂 宋浚吉의 생애와 儒學史的 位置

최 근 덕*

1. 머리말

현상윤은 일찍이 조선유학사의 변화 단계를 至治主義 유학－性理學 중심의 유학－禮學 중심의 유학－實學 중심의 유학으로 갈파한 바 있다. 이것을 대체적으로 시기적으로 구분해 보면, 지치주의 유학과 성리학 중심의 유학은 대개 16세기, 예학중심의 유학은 17세기, 그리고 실학중심의 유학은 대개 18～19세기가 될 것이다.

이렇게 보면 동춘당 송준길(1606～1672)이 살았던 시기는 '禮學의 時

---

* 성균관장.
이 논문은 『충청학연구』 6집(한남대 충청학연구소, 2005)에 수록된 필자의 논문에 약간의 교정・보완을 더한 것임.

代'에 해당된다. 실제로 그는 예학의 태두인 사계 김장생과 신독재 김집의 문하에서 공부하여 기호학맥의 적전이 되었고, 특히 禮學으로 대성하였다.

그러나 조선시대의 예학은 기본적으로 그 이론적 토대를 性理學에 두고 있었다. 그러므로 예학은 실천의 학으로서, 이론의 학인 성리학과는 마치 동전의 양면과도 같은 관계가 된다. 그것은 조선시대 儒術의 양 측면이었다. 그렇다면 성리학과 예학은 별개로 생각할 수 없다. 다만 시대에 따라 그 강조점이 다를 뿐이었다. 따라서 동춘당의 儒學史的 位相은 먼저 그가 살았던 시대에 대한 이해를 전제로 하여, 그의 성리학적 위상과 예학적 위상을 차례로 살피는 것이 순서라고 할 수 있다.

그러므로 본고에서는 먼저 동춘당의 「年譜」를 통하여 그 생애를 개관하고, 이로써 그 시대배경을 파악하고자 하며, 나아가서 그의 문집인 『同春堂集』의 論說 등을 통하여 그의 儒學史的 位相을 간단히 규명해보기로 하겠다.

2. 생 애

동춘당 송준길선생은 선조 39년(1606) 12월 28일 서울에서 태어났다. 이때 아버지 淸坐窩 宋爾昌은 사헌부 감찰로 벼슬살이를 하고 있었다. 송이창은 본관이 恩津으로 字는 福汝 號는 一癡 淸坐翁 挹灝主人 등이었고 淸坐窩로 널리 일컬어졌다.

은진 송씨는 충청도 회덕 白達村(別稱 宋村)에서 번성해 세거하고 있었지만 청좌와는 벼슬을 따라 객지를 전전하고 있었다. 이때 청좌와는 46세, 夫人은 42세로 자녀가 잇따라 夭折한 터여서 후사에 대해 거의 체념하고 있었는데 늦게 아들을 얻게 되어 그 기쁨을 이루 형용할 수 없었고 집안의 큰 경사였다. 더구나 아기를 낳을 즈음에 이웃에 사는 한 벼슬아치가 찾아와서 "어젯밤 꿈에 어떤 사람이 產具를 가져와서 말하기를, 나는 天人인데

産後에 쓸 이 물건들을 이웃 송씨 집안에 갖다 주시오"라 했다. 친척과 친구들이 "늦게 得男을 하고 그 상서로움이 또한 이와 같으니 어찌 積善한 보답이 아니겠느냐."라 하고 치하해 마지않았다.[1] 어머니는 光山(光州) 金氏로 殷輝의 따님인데 은휘는 黃岡 金繼輝의 아우였다. 훗날 동춘당이 沙溪 金長生을 스승으로 모시게 되는데 사계는 바로 황강의 아들이니, 동춘당으로서는 사계가 外堂叔이 된다. 전하는 기록으로는 동춘당이 태어난 한양 정릉동 三賢臺(덕수궁 바로 옆)집이 바로 黃岡의 옛집이어서 이곳에서 沙溪와 그 아들인 愼獨齋 金集이 탄생했다고 한다. 沙溪 愼獨齋 同春堂 세 분이 모두 儒賢일 뿐 아니라 文廟에 배향되었기에 이곳을 三賢臺라 일컫게 되었으니 참으로 千古에 드문 일이 아닐 수 없다.

동춘당은 知覺이 들면서 어른의 말에 귀를 기울일 줄 알고 어른을 공경해 받들 줄을 알았다. 그리고 어른을 뵙게 되면 반드시 자세를 가다듬고 꿇어앉았다. 물론 가정교육도 엄했지만 천성으로 숙성한 모습을 보였다. 공부도 굳이 채근하지 않아도 스스로 찾아 했고 혹 공부를 하다가 어른이 그냥 넘어 가면 기필코 시간을 채우고야 말았다. 문리에 의문이 있거나 이해가 되지 않으면 밤에 잠을 자지 않고 기어코 터득해 내었다.

아홉 살 되는 해(光海君 6年, 1614)에 宋時烈(尤庵)이 집으로 찾아와 함께 공부하게 되었다. 우암의 아버지 宋甲祚(睡翁)와 동춘당의 아버지 송이창은 같은 雙清公(6代祖)의 자손으로 가까운 일가였고 또한 두 사람이 李潤慶(正獻公)의 外孫으로 姨從간이어서 아주 친밀하게 지내는 사이였다. 이때 睡翁이 아들 우암을 데리고 와서 청좌와에게 교육을 당부한 것이다. 동춘당이 우암보다 한 살 위였다.[2] 이때부터 두 분의 道義之契가 시작되었고 날로 두터워져 생애를 꿰뚫었다. 다만 기질은 서로 상반되는 면도 있었던 것 같다. 그 상반되는 면이 때로는 相補관계를 이뤄 世道에 도움을 주곤 했다. 우암이 훗날 "나와 公은 비록 대단히 사랑하고 좋아했지만 論議

1) 『同春堂 年譜』 1歲條.
2) 『同春堂 年譜』 9歲條. 『宋子大全』 「附錄」 年譜 8歲條.

是非에 있어서는 때로는 逈然(동떨어지게. 아주 현격하게)히 같지 않을 때도 있었다."고 술회하고 있다.[3)]

동춘당은 어릴 적부터 글씨를 잘 썼다. 그는 儒賢 중에도 글씨 잘 쓰는 名筆로 이름을 남기고 있지만 어릴 적에 골똘히 習字에 잠심해서 열 살이 채 되기 전에 이미 善書로 소문이 날 정도였다. 당시 竹窓 李時稷은 書家로 유명했는데 동춘당의 글씨를 보고는 "네가 이미 나보다 낫다."고 칭찬할 정도였다고 尤庵이 그가 지은 「墓誌文」에서 증언하고 있다. 이웃 아이들과 사귈 때도 반드시 편지(書札)를 주고받았다고 하니 그 어른스러움을 알 수 있고, 그때 벌써 그런 글씨를 사람들이 다투어 가지고 가서 간수하곤 했다고 하니 주변사람들에게 귀하게 대접받았음을 미루어 짐작할 수 있다.

동춘당은 온화한 성품이어서 사람들이 대단히 좋아 했지만 때로는 강직하게 안면을 몰수할 때도 있었다.[4)] 우암은 또 동춘당이 紛爭 해결에 능하며 특히 술자리의 어지러움을 풀어가기를 잘 한다고 말한다(公善於解棼尤長於酒場). 제자인 黃世楨은 "선생의 모습은 精金美玉같고 빛깔은 瑞日祥雲같으며 향기로움은 芝蘭같고 節操는 松竹같으며, 물과 달의 맑고 밝음 같고 얼음과 눈의 깨끗함 같으며, 온화하면 봄볕 같고 엄숙하면 서릿발 같으며 …"하고 극찬을 아끼지 않고 있다. 아무리 師弟間이라도 진실로 心服이 되지 않고는 그런 최상급의 형용이 나오지 않을 것이다. 동춘당을 日常으로 모신 손자(炳夏)도 "할아버지는 용모가 玉雪같고 眉目이 그린 듯 했다. 당시 어른들이 '秋水로 정신을 삼고 구슬로 뼈를 삼았다.'고 했다."라고 회고하고 있다.[5)]

우암은 위에 든 글에서 "대저 公께서 학문에 힘쓰기를 오래 쌓이게 되자 만년에는 德이 이뤄져 精粹한 기운이 얼굴에 나타나고 動靜과 語默이 단

3) 『同春堂集 別集』 卷9 遺事(宋時烈 撰), "余與公 雖甚愛好 而論議是非則或有逈然不同者矣."
4) 위의 책, "公接人溫和 故人甚愛之 而亦有沒顔面時矣."
5) 위의 책, 遺事(黃世楨 撰) "先生 貌如精金美玉 色如瑞日祥雲云云" 孫男炳夏 "府君 容貌玉雪 眉目如畫 一時長老 稱以秋水爲神 玉爲骨云."

정・장엄・閑整해서 모가 있지 않았고 법도를 넘어서지 않았으며 얼굴이 맑고 부드러웠으며, 말에 조리가 있고 마음 씀이나 일 처리에 있어서 간절하고 정밀 합당했다."고 쓰고 있다.

15세에 冠禮를 했는데 沙溪 선생이 친히 오셔서 관을 씌워 주셨고 이시직이 儐을 맡고 사계선생의 아들인 金集이 贊(執事)을 했다. 이듬해 어머니 金氏喪을 당했다. 그 애통해 하는 정상이 너무 곡진해 아버님께서 크게 걱정을 할 정도였다.

18세 되던 해(仁祖 元年, 1623) 5월에 沙溪선생을 찾아뵙고 비로소 門下에 들어 小學 家禮 등을 배우기 시작했다. 그리고 10월에는 愚伏 鄭經世의 따님과 혼인을 했다. 우복은 慶尙道 尙州 출신으로 西厓 柳成龍(退溪 李滉의 門人)의 문인으로 性理學과 禮學에 一家를 이룬 큰 학자였다. 그는 嶺南學派의 중심인물이었지만 理氣說이나 禮說에서 독자적인 理論을 提示하기도 했다. 우복은 장래가 크게 촉망되는 이 新進學者이자 사랑스런 婿郎을 몹시도 아꼈고 만나면 시간 가는 줄 모르고 학문을 토론했다. 원래 우복이 사계와 교분이 두터워 혼인이 성사되었지만 훗날에 와서는 嶺南學派와 畿湖學派 두 巨木間의 道義交에 동춘당이 한몫을 한 것으로 평가 받는다. 동춘당은 우복을 장인이자 스승으로 모셔 특히 禮學 방면에서는 많은 가르침과 示唆를 받은 것으로 생각된다.

혼인한지 4년만인 22세 때(仁祖 5년, 1627) 아버지가 돌아가셨는데 우복이 조문을 와서 喪禮의 자잘한 절차까지 서로 토론을 해서 시행했다. 물론 스승 사계의 지도로 하나에서 열에 이르기까지 朱子家禮를 따라 시행했지만 우복의 조언도 적지 않았다. 이때 사계 우복 두 巨匠이 동춘당을 '장차 禮學大家'가 될 것이라고 칭찬해 마지않았다고 한다.

예학에서는 그렇다 치더라도 性理說에 이르러서는 우복과 다소 견해를 달리 하기도 했다. 이 부분에 대해서는 우암도 「遺事」에서 "公이 우복을 돈독하게 믿었지만 '格物之說'에 이르러서는 그렇다고 하지 않았다(公篤信愚伏 而至於格物之說 則不以爲然矣)"고 적고는 論議 내용을 들고 있다.

年譜에 의하면 동춘당은 혼인한 이듬해인 19세 때 生員進士 會試에 합격했고, 이듬해에는 別試 初試에 합격했으며, 아들 光栻이 출생하여 경사가 겹치기도 했다. 그러나 다음해에 아버님 喪을 당해 3년 동안은 服喪을 해야 했다. 脫喪後 25세때 그에게 조정에서 내린 첫 벼슬은 翊衛司 洗馬였다. 學行으로 천거되어 열린 宦路였으나 나가지 않았다. 더구나 이듬해 스승 사계가 돌아가시었다. 동춘당은 沙溪 棄世후 그 아들 되는 신독재 김집선생을 '사계를 섬기는 禮'로 섬기게 된다.

28세때 童蒙敎官에 제수되었는데 잠시 부임했으나 곧 장인인 우복이 돌아가셔서 제자의 服을 입고는 벼슬도 버렸다. 이후 大君師傅며 禮山縣監등 관작이 내려졌지만 취임하지 않았다.

31세에 병자호란(인조 14년, 1636)이 일어났다. 국난에 크게 충격을 받아 한때는 향리에서 의병을 일으킬 생각을 했던 모양이지만 胡亂은 國恥로 끝나고 말았다. 이후 조정에서는 거의 해마다 불렀지만 그는 응하지 않았다. 때로는 마지못해 조정에 나아가서 사은숙배만 하고 낙향하기도 했다.

44세 때 인조가 승하하고 孝宗이 즉위하자 각별히 別諭로 불렀다. 그는 사양하다 上京했다. 新王에 대한 기대였을 것이다. 여러 번의 사양 끝에 그가 정작 취임한 자리는 司憲府 執義였다. 從3品이지만 百官을 糾察하는 法司・言官의 핵심이었다. 그는 당시의 권신 金自點을 당당하게 탄핵하여 失脚시키고 조정 요로에 포진해 있던 그 일파를 모조리 몰아내는 계기를 만들었다. 재야의 깨끗한 선비만이 할 수 있는 과감한 勇斷이었다. 당시 김자점 일파를 西人 중에도 仁祖反正에 功이 크다 하여 功西派라 했는데 이 일로 해서 세상에서는 동춘당을 淸西派라 일컬었다. 생애의 知友인 우암 宋時烈과 늘 政見을 같이 했고 진퇴도 일치하는 수가 많았다. 孝宗을 도와 수립했던 北伐계획이나 禮訟 등 국가적 대사나 綱紀・儀禮문제에 있어서 두 사람은 많은 부분 견해를 같이 했다. 그럼에도 불구하고 동춘당은 조정에 머문 기간은 극히 짧았고 생애의 대부분을 野에 묻힌 선비로 학문을 닦고 후진을 가르치는 데 정력을 쏟았다. 그에게 내린 벼슬은 進善 護

軍 同副承旨 贊善 吏曹參議 戶曹參判 등 다양했다.

53세(효종 9년)때 大司憲에 除授되었다. 이때 그는 人道와 居官하는 근본 도리로 事親 敬長 遠罪 遷善 등 조목을 나눠 자상하게 通諭하기도 했다. 곧 이조참판이 되어 성균관 좨주를 겸했고 다시 대사헌으로 옮겼으며 太學(성균관)에서 유생들에게 大學을 강의하기도 했다. 우암은 후일 「墓誌文」에서 "公의 나아가기를 어려워하고 물러가기를 쉽게 하는 의리는 朱子 儒門의 成法을 우러러 따른 것이다. 전후로 持平이 된 것이 3번이고 진선이 된 것이 6번이며, 집의・찬선이 된 것이 모두 7번이고 대사헌이 된 것이 26번이며, 참찬이 된 것이 12번이고 이조판서가 된 것이 3번이었다. 30년간에 항상 임금의 부름이 있었지만 공은 반드시 때를 헤아리고 理를 따져서 義에 맞아야만 움직였기 때문에 조정에 선 날이 겨우 1년 남짓했다. 그렇지만 임금의 德과 世道에 끼친 도움은 컸다."고 말하고 있다. 우암은 이어 "공이 가장 정력을 기울인 것은 心經과 近思錄 등이고 程朱學을 학문의 淵源으로 삼았으며, 또한 先儒 중에는 延平(李侗)의 성실성과 精明함을 가장 사모해서 항상 文廟에 배향되지 못한 것을 안타깝게 여겼고, 우리나라에서는 文純公 李滉을 종신토록 본받는 스승 감으로 삼았다. 그래서 세상 떠나는 그 해에 꿈에 뵙고서 지은 詩가 있으니 어찌 정신이 感通해서 그렇게 되었다고 하지 않을 수 있겠는가. 이에서 공의 心志와 氣象의 대개를 볼 수 있다."[6)]

그는 또 동춘당의 진정한 용기에 대해 말하는 것을 잊지 않았으며, "그러나 일에 임하고 義를 바로잡음에 있어서는 利害를 돌아보지 않았으며, 또한 賁育(중국 전국시대의 용사인 孟賁과 夏育)도 뺏지 못하는 氣節을 지니고 있었다. 그래서 간혹 임금의 뜻도 잃는 수가 있었고 소인들이 원수로 미워하는 것이 極에 이르기도 했으니, 이는 그 溫厚 和平한 가운데 스스로

---

6) 위의 책, 「墓誌文」, "公得力最在心經近思諸書 一切沿溯於洛閩之淵源 而又於先儒最慕延平之質慤精明 常以不得祀於聖廟爲慊 於本朝則以李文純公滉爲終身師法之地 故卒逝之年 有夢見之作 豈精神感通而然歟 於此可見公之心志氣象之大槩也."

正直 剛大한 氣가 있어서가 아니겠는가.”[7]라 하였다.

동춘당은 현종 13년(1672) 67세를 일기로 別世했다. 胡亂과 黨爭의 시대에 살았기 때문에 파란도 겪을 수밖에 없었지만, 타고난 ‘선비 氣質’에 깊은 학문적 蘊蓄・일관된 出處觀으로 해서 우리 儒學史에 큰 발자국을 남겼다. 文廟 배향의 영예도 지녀 두고두고 후세의 師表로 우러름을 받게 되었다.

3. 儒學史的 位置

1) 時代背景

儒學史的으로 보면 17세기는 기념할만한 세기였다. 우선 大德碩學들이 울연히 굴기했고 그에 따라 學術界가 활력을 띠게 되어 性理學이 定礎를 끝내고는 새로운 목소리를 내기 시작했으며, 禮學이 開花의 差備로 들어갔다. 이런 活力의 배경에는 다음과 같은 연유가 있었다.

㉮ 국초에 崇儒抑佛을 표방하고서 國策으로 ‘선비 기르기(養士)’ 사업에 주력한 것이 이 때에 이르러 人材의 輩出로 이어졌다.

㉯ 새로이 배출하게 된 인재들이 士林을 형성했고, 중앙정계로 진출하게 되자 필연적으로 기성훈구파와 갈등을 겪게 되어 이른바 士禍라는 피비린내 나는 참극이 빚어졌는데 그때마다 사림이 좌절을 당했다.

㉰ 거듭되는 士禍로 宦路를 단념하게 된 士林사이에 재야에 묻혀 독서와 사색 그리고 후진양성의 길을 택해 安貧樂道하는 풍조가 일어났으며, 조정의 顯官榮職보다 산림처사를 숭앙하기에 이르렀다.

---

7) 위의 책, “然遇事正義 不顧利害 則又有賁育不可奪之節 故或失君上之志 而一番人仇嫉 亦已極矣 豈其溫厚和平之中 自有正直剛大之氣耶.”

㉣ 고려말엽에 수용한 新儒學 그 중에도 性理學이 긴 學習期를 지나고서 새로이 학술계의 중심과제로 등장했다.

㉤ 성리학의 발달이 예학의 개화로 이어졌다.

이런 단계를 거치면서 학술계의 중심과제로 떠오른 性理學이 활발한 討究를 유발했고 종래 경전해석에 汨沒하던 학문적 분위기가 보다 사색적인 理學・心學으로 옮겨가고, 열띤 토론의 장이 마련되기도 했다. 활발한 편지왕래나 개인문집 편찬도 이 시기의 특징이라 할 수 있다.

2) 學統의 形成

학통이란 학문의 계통이라는 말이지만, 宋學 즉 신유학에서는 道統의 개념으로 정착이 되었다.[8] 성리학에서는 학통을 운위하는 수가 있고, 사승관계에 있어서 嫡傳弟子라는 말도 드물지 않게 쓴다. 四端七情・理氣論에 있어서 主理・主氣 혹은 折衷論 등으로 학설이 多岐多樣하게 전개되는 과정에서 저절로 學派가 형성되고 그에 따라 자연스럽게 학통 논의가 일게 된 것이다. 이런 學統論議가 우리나라에서는 文廟配享 문제가 제기될 때 주로 道統으로 해결하려는 경향으로 발전하기도 하고, 특정 儒賢의 正統性을 강조할 때도 원용되었다. 가령 仁宗 元年(1545년) 成均館 儒生 朴謹등이 靜庵(趙光祖)의 伸寃을 청하는 상소를 올리게 되는데, 그 글에서 다음과 같이 말하고 있다.

> 光祖의 學의 올바름(正統)은 그 傳해 받은 것이 유래가 있습니다. 어릴적부터 金宏弼에게서 業을 받았고, 宏弼은 金宗直에게 배웠으며 宗直의 學은 그 父인 司藝 叔滋에게서 전해 받았고, 叔滋의 學은 高麗 吉再에게서 전해 받았으며, 再의 學은 鄭夢周의 문하에서 체득한 것이고, 夢周의 學은 실로 우리나라의 祖宗이 되는 것입니다. 그 학문의 연원이 이와 같습니다.[9]

---

8) 최근덕, 『韓國儒學思想硏究』 377쪽 「韓國性理學의 道統과 圃隱」 참조.

성리학은 靜庵 이후 16세기를 거쳐 17세기로 접어들면서 學問의 중심에 자리하게 되고, 그 전개 또한 활기를 띠게 된다. 따라서 學派・學統도 다양과 풍성을 보여준다.

3) 同春堂의 思想的 特徵과 位置

(1) 동춘당은 朱子를 道統의 마지막 極點에 두고 그 사상의 계승과 계발에 힘썼다.

동춘당은 말한다.

> 道統의 傳은 伏羲로부터 비롯해서 朱子에서 끝났다. 朱子 뒤로는 또한 的實한 傳함이 없다"[10]

이 말은 儒學史에 있어서의 朱子學의 位置를 못 박은 것이다. 儒家의 聖經賢傳은 朱子만이 유일하게 적실한 해석을 내릴 수 있다는 선언이 된다. 주자 이전의 모든 儒籍의 해석은 주자사상에 준거해야 된다는 뜻으로도 확대할 수 있다. 동춘당이 朱子를 얼마나 존숭했으며 그 학설을 얼마나 돈독하게 遵奉했는가를 알 수 있는 대목이다.

그는 中國에서는 朱子 이후 元・明으로 내려오면서 뒤를 이을 者가 나오지 않았지만 우리나라에서는 다행히 栗谷같은 大賢이 나와 朱子 이후의 5백년 동안의 빈자리를 메꿨다고 생각했다. 따라서 栗谷이 직접 朱子를 계승했다는 주장을 세웠다. 이는 동춘당 뿐만 아니라 평생을 통한 인간적 학

---

9) 『仁宗實錄』 卷1, 元年(乙巳) 6月條 : "光祖之學之正 其所傳者 有自來矣 自少受業於金宏弼 宏弼學於金宗直 宗 直之學 傳於其父司藝臣叔滋 叔滋之學 傳於高麗臣吉再 再之學 得於鄭夢周之門 夢周之學 實爲吾東之祖 則其學 問之淵源類此."

10) 『同春堂文集』 卷20, 題跋 「寫進春官先賢格言屛幅跋」: "道統之傳 始自伏 羲 終於朱子 朱子之後 又無的傳."

문적 동반자인 尤庵의 확고부동한 믿음이기도 했다.[11]

(2) 동춘당은 畿湖學派의 제3세대로 繼往開來의 位置에 있었다.

연보에 의하면 동춘당은 15세 때 沙溪(金長生 : 1548~1631)를 賓(主禮)으로 삼아 冠禮를 치렀고, 18세 나던 해에 사계문하에 들어 小學 朱子家禮 등을 공부하기 시작했으며, 이 해 10월 愚伏(鄭經世 : 1563~1633)의 따님에게 장가들었다. 그리고 沙溪 棄世후에는 다시 사계의 아드님인 愼獨齋(金集 : 1574~1656)를 師事했다.

조선시대 유학사에서 嶺南學派 · 畿湖學派의 일컬음이 생겨난 것은 주지하다시피 退溪(李滉 : 1501~1570)와 栗谷(李珥 : 1536~1584) 이후였다. 두 先正을 정점으로 해서 학파가 갈린 것이다. 嶺南學派의 제1세대는 퇴계에게서 직접 훈도를 받은 문인들로서 鶴峰(金誠一 : 1538~1553) 西厓(柳成龍 : 1542~1607) 寒岡(鄭逑 : 1543~1620) 등인데 서애의 제자인 우복은 제2세대에 속한다.

한편 畿湖學派 역시 栗谷의 聲咳에 접한 문인들로서 嫡傳弟子의 일컬음을 받는 沙溪가 제1세대이고, 愼獨齋가 제2세대, 그리고 同春堂과 尤庵(宋時烈 : 1607~1689)등은 제3세대에 속한다. 사실 栗門 제3세대에 이르러 기라성처럼 俊才가 배출했고 이들에 의해 기호학파가 명실공히 골격을 이루었다.

동춘당은 장인이 되는 우복 정경세에게도 적지 않은 학문적 영향을 받은 것으로 믿어진다. 전술한 바와 같이 우복은 西厓의 高弟로 嶺南學派 제2세대의 領袖였다. 특히 禮學의 大家로 일컬어진다. 愚伏集을 보면 동춘당이 禮에 대해 질문한 問目이 많이 눈에 띈다. 다만 尤庵은 "公은 우복을 돈독하게 믿었지만 格物의 說에 이르러서는 동의하지 않았다."고 증언하고 있다.[12] 그러나 "두 선생의 門을 왕래하면서 날로 학문이 진보했고(往來於

---

11) 『宋子大全』 附錄 卷13, 權尙夏撰 墓表 "嘗責勉曰 朱子後孔子也 栗谷後朱 子也" 등 참조.

二氏之門 日以進益)" 愚伏이 作故했을 때는 師弟의 服을 입었다.[13] 장인으로보다는 학문의 스승으로 존중하고 받들었다는 표징이다.

沙溪는 "이 사람이 장차 禮家의 宗匠이 될 것이라(此哥將作禮家宗匠也)"고 기대했고,[14] 愚伏은 "아직도 連山에 있으면서 돌아오지 않았는가. 얻은 바가 더욱 많을 것이라 생각하고 깊이 기쁨으로 삼고 있다네. 禮文은 진실로 마땅히 널리 상고하고 자세하게 講해야 된다네. 그러나 心性에 관한 공부도 더욱 긴요한 일이니 모름지기 濂洛의 모든 책들을 熟讀해야 하고 朱子書節要는 항상 책상위에 놓여 있어야 하네."[15] 라고 채찍질하고 있으니 同春堂은 미상불 두 스승의 思想을 이을 수밖에 없었고(繼往), 이를 다시 後進에게 전해 주는 역할을 했다(開來). 同春堂의 문인은 훗날 학자이자 名宰相으로 이름을 떨치게 되는 藥泉(南九萬 : 1629~1711)을 비롯해 閔維重(1630~1687) 宋奎濂(1630~1709) 등 많은 高足으로 채워져 있다.

(3) 尊周大義에 입각하여 民族自尊을 일깨우고 이를 선비정신에 용해시켰다.

북쪽 만주대륙에서 신흥한 女眞族은 丁卯 丙子 등 두 번씩이나 한반도를 침입해 민족의 자존심에 큰 상흔을 남겼다. 역사적으로 변방의 오랑캐(蠻夷)로 下視하던 그들이 막강한 무력을 앞세워 질풍노도의 기세로 국토를 유린했고, 생민은 어육이 되고 국왕은 혼비백산 피난을 가는가 하면 끝내 무릎을 꿇는 수모를 당해야 했다. 종래 미개한 오랑캐로 발아래 두었던

---

12) 『宋子大全』 卷212, 遺事, "公篤信愚伏 而至於格物之說 則不以爲 然矣云云."
13) 『宋子大全』 卷182, 墓誌 "同春堂宋公墓誌" 참조.
14) 위의 책, 참조.
15) 『愚伏集』 卷13, 「與宋敬甫」, "尙在連山未還耶 想所得愈多 深以爲喜 禮文固當博考細講 然心性上工夫 尤是向 裏 緊切事 須熟讀濂洛諸書 朱子書節要 尤不可不常留案上也."

그들을 형으로 대접하는 兄弟國의 약조를 체결했다가 丙子年에는 임금 仁祖가 그들 발아래 무릎을 꿇고 九叩頭拜를 올리고서 목숨을 애걸하는 항복문서를 바쳐야 했다. 그들을 天子로 받드는 종속국이 되는가 하면 世子와 王子를 인질로 보내고 남녀노소의 분간 없이 수많은 백성이 포로로 끌려갔다. 이 민족적 굴욕의 시대를 산 동춘당은 절치부심 雪辱을 다짐했고, 그것을 尊周大義와 연결시켰다. 그의 생애의 동지인 尤庵은 말하기를,

> 스스로 尊周의 義理와 復讎의 意志로서 자기책임을 삼아 國力의 약함이나 軍勢의 적음은 돌아보지 않고 終始 한결같은 마음이 해와 달의 밝음과 같고 강물이 동으로 흐르는 것과 같아 神明에게 비춰봐도 부끄러움이 없었다.[16]

라 하였다. 尊周란 다름 아닌 문화사상으로 道義守護의 의지 표명이기도 했다. 이 사상은 우리 선비정신의 골격이 되어 한말의 衛正斥邪思想으로 맥이 이어진다.

4. 맺는 말

儒學史的으로 보면 조선시대의 유학은 新儒學·程朱學 또는 朱子學이라 일컬어지는 宋學의 討究에 汨沒했으며, 이 송학의 중심과제는 性理學이었다. 성리학은 16세기에 정초작업이 끝나고 17세기에 구조가 완성된다. 그 이후는 내부 단장시대다. 靜庵(趙光祖 : 1482~1519) 花潭(徐敬德 : 1489~1546) 晦齋(李彦迪 : 1491~1553) 등 유현이 崛起해서 초석을 놓았고 곧 뒤를 이어 退溪·栗谷이 큰 맥으로 솟구쳐 올랐다. 이른 바 영남

16) 『宋子大全』 卷182, 墓誌 「同春堂墓誌」, "自以尊周之義 復讎之志 爲己任 不顧國力之委弱 不憂吾勢之單寡 終始一心 如日月之昭 如河漢之東 此則可質於神明而無媿矣."

학파・기호학파의 일컬음이 생겨나고 양대학파에 각각 駿足들이 기라성처럼 울연히 일어났으며, 그에 따라 학술계는 아연 討究와 論辨의 場으로 활성을 띠기 시작했다. 국난이 잇따르고 민생은 도탄에 허덕였으나 선비의 학구열과 기개는 결코 위축되지 않았고, 그들 대부분이 참여하는 黨爭도 이론과 권력투쟁의 양면으로 전개되면서 과열로 치달아 식을 줄을 몰랐다. 논변의 시대이고 黨爭의 時代이며, 賢者・狙擊手의 時代였다.

동춘당은 사계・우복・신독재를 사사하여 性理學과 禮學을 익혀 宗匠의 지위를 누렸고, 栗谷－沙溪로 이어지는 畿湖學派에 속하면서 제3세대의 지점을 지켰다. 그는 현달보다는 學問, 영예를 추구하기보다는 默踐을 택했다. 그는 생애 중 持平 3번, 進善 6번, 執義・贊善 各7번, 大司憲 26번, 參贊 12번, 吏曹判書 3번에 제수되었으나 번번히 사퇴해 조정에 선 날은 겨우 1년여였다.[17]

현실정치에서도 영예를 좇는 허식을 가장 경계했다. 그는 지극한 知遇를 입은 孝宗에게 말한다.

> 지금 전하께서는 백성을 어여삐 여기는 정치를 극진하게 시행하고 있습니다. 그러나 만일에 털끝만치라도 영예를 추구하는 마음이 그 사이에 얽혀 있다면 그 정치가 비록 좋다 하더라도 기실은 거짓일 것입니다. 이는 天理와 人欲의 갈림(分岐)은 지극히 隱微하지만 公과 私의 道, 王과 覇의 略이 서로 멀게 되는 연유인 것입니다."[18]

그는 道學을 위에서 받아 아래로 이어 주는 역할을 충실히 했으며, 그래서 文廟에 陞廡하는 영예도 누렸고 後世의 尊崇도 식을 줄 모른다.

---

17) 위의 책, 參照.

18) 위의 책, "今殿下 恤民之政至矣 然如有一毫要譽之心 參錯於其間 則其事雖善而其實則僞也 此天理人欲之分岐至 微 而公私之道 王伯之略 所以相遠也."

17세기 禮治의 구현과 同春堂의 位相

정 옥 자*

1. 머리말

17세기는 조선후기 역사전개에 있어서 시발점의 의미를 갖는 시기이다. 16세기에 몇 차례의 士禍를 겪으면서 영남학파와 기호학파로 양대 학맥을 형성한 士林은 16세기말 東人・西人의 두 정파로 각각 전환되어 修己治人이라는 논리적 정합성을 추구하면서 學派=政派의 통일적 발전과정을 지향하게 되었다. 붕당 형성 후에는 붕당이 곧 학파이자 정파로서 존재하게

---

* 서울대 국사학과 교수.
이 논문은 한남대 충청학연구소가 주관한 '동춘당 탄신 400주년기념 국제학술대회'(대전시청, 2006)에서 발표된 논문임.

되었다.

對西人 정책의 차이로 동인이 남인과 북인으로 분파된 직후인 1592년 당시의 세계대전이라 할 임진왜란이 발발하자 이들 남인・북인・서인은 일치단결하여 재야사림이 추진한 의병활동의 지원을 받으며 전쟁을 수행하였다. 7년여의 전란이 끝나자 조선의 정계구도는 재편되었다.

기성정치세력인 훈구파와 사림의 정권교체기에 전쟁이 일어남으로써 대명외교를 통한 지원군의 요청 및 재야사림의 의병활동을 통하여 탁월한 전쟁수행 능력을 발휘하였던 사림이 정계의 주도세력화한 반면, 기성세력은 전후 불타버린 토지대장의 정리 작업을 통해 경제적 기반마저 상실하면서 자연도태를 당하였다.

왜란 중 主戰論을 주장한 강경파로서 전공을 세운 북인은 광해군의 즉위 후 大北政權을 구성하였다. 북인 역시 南冥 曺植의 학통을 잇는 사림임에는 틀림없었으나 순수성리학자들의 입장에서는 이단적 요소를 내포하고 있다고 여겨졌다. 순정주자학도를 자처하던 退溪 李滉계의 남인과 栗谷 李珥의 학통을 잇는 서인은 대북정권의 노선을 비판하게 되는데 廢母殺弟라는 綱常 윤리의 폐기로 북인은 정치생명에 치명적인 타격을 입게 되었다.

1623년의 仁祖反正은 서인이 주도하고 남인이 협찬하여 일으킨 쿠데타이나 易姓革命이 아닌 反正으로 귀착된 것이다. 반정이란 '撥亂世反諸正'의 준말로 난세를 마감하기 위하여 신하의 명분을 살려 왕실 내에서 적격자를 선정하여 왕을 교체하는 유교적 정변으로 전기의 中宗反正과 함께 주자성리학을 國學으로 채택한 조선왕조의 특수성이 반영된 사건이라 해석할 수 있겠다.

왜란에 의하여 구체제가 와해된 상태에서 반정이라는 비상수단으로 정권을 장악한 순정성리학자인 서인과 남인의 연립정권이 미처 그들의 이상을 정치현실에 구현하기도 전에 丙子胡亂이라는 또 한 차례의 전란에 휩쓸리게 되었다.

전쟁으로 인하여 동양 삼국이 퇴폐해진 것을 기화로 이미 대국으로서의 역량을 상실한 명나라를 쳐 中原을 도모하려는 야망에 불타던 여진족의 後金은 배후에서 동・서 진영을 구축하고 있던 명의 동맹국인 조선을 항복시켜 후환을 없앤다는 전략을 세우고 선제공격을 감행했던 것이다.[1]

1627년 '兄弟之義'를 내세우고 丁卯胡亂을 일으켜 조선을 제어하려 하였으나 별 효과가 없자, 1636년(인조 14) 대대적인 공세를 가하여 왔다. 그 시대에 조선은 농경사회로서 안정된 기반 위에 문화국가를 자처하고 있었으나 후금은 유목을 주업으로 하는 기마민족으로 뛰어난 기동력으로 전격작전을 감행함으로써 조선은 어이없이 항복하고 말았다.

'夷狄'이라 貶下하던 오랑캐인 북방족에게 국가의 상징인 왕이 三田渡에 나아가 무릎을 꿇음으로서 그 치욕의 상처는 조선후기 사회에 있어서 제일차적인 극복 대상이 되었다.

17세기 조선사회는 40여년 간격으로 일어난 임진왜란과 병자호란으로 인한 전쟁의 후유증의 극복과정이면서 동시에 정권을 완전 장악한 순정성리학자인 사림이 체제를 재정비하는 시기이다. 이들은 도덕철학이라는 성리학적 이데올로기와 현실정치를 긴밀하게 논리적으로 결합시켜 국내적으로는 禮治, 대외적으로는 華夷論에 입각한 北伐大義를 내세우면서 국민적 단합과 동의를 얻어내어 순수성리학적 이념으로 조선후기사회를 편제하여 갔다.

이러한 대내외적인 목표설정은 같았으나 방법에 있어서 노선차이를 보였던 政派들과 그 모집단인 學派가 정파 = 학파의 긴밀한 연계 하에 붕당정치를 전개해 나갔다. 그 과정에서 붕당 간에 禮論의 차이와 그 적용에 이견을 드러내어 정치문제로 비화된 禮訟과 그로 인한 정권의 교체 등 예치의 실상을 파악하고,[2] 국난을 극복하고 예를 세워 국가를 재건한 17세기 예치

---

1) 17세기 후반 北伐論을 치열하게 전개하는 과정에서 병자호란에 대한 인식이 더욱 깊어지는데 북벌론의 기수인 서인 宗匠 宋時烈과 대립했던 남인의 尹鑴 같은 사람도 그 구도를 "嗚呼 往矣丙丁之事 天不弔我 禽獸逼人 … 我以隣比之邦 處要害之地 居天下之後 有全盛之形 …"(『白湖全書』 권5, 甲寅封事疏)라 인식하였다.

2) 조선은 예치의 구현으로 '동방예의지국'이라는 별칭을 얻게 된다. 모든 예법은

의 시대에 있어서 동춘당 송준길의 위상을 점검해 보려한다.

2. 禮論의 전개

조선의 國學으로 뿌리를 내린 性理學은 우주와 인간에 다 함께 적용될 보편적 理法인 '天理를 추구하여 人心을 바로 잡는다(明天理 正人心)'는 뚜렷한 목적의식 하에 천리를 밝히는 우주론으로서의 理氣論과 인간의 心性을 수양하는 방법을 모색하는 心性論의 발달을 수반하였다. 이는 유교적 합리주의에 입각하여 性善說의 기반 위에 인간본성의 자율능력을 강조하는 입장이었다. 이 개인의 수양을 목적으로 한 심성론은 실천윤리 내지 사회윤리로서의 禮論의 발달을 요청하였다.

禮는 義의 궁극적 표현방식이며 도덕과 법의 중간적 기능을 갖고 있었다. 16세기 退・栗(退溪 李滉과 栗谷 李珥) 단계에서 심화된 이기론과 심성론이 修己治人이라는 유학의 기본입장에서 볼 때 修己에 중심이 두어진 이론체계였다면 예론은 治人에 비중이 있는 이론으로서 인조반정후 士林이 정계의 주도층이 되어 士大夫로서 禮治를 정치의 기본으로 설정한 17세기 조선사회에서 예론이 주요관심사가 된 것은 역사적 필연이었다.

예론 발달의 궁극적 목표는 사회정의에 대한 강렬한 추구이다. 그들의 이상적 정치형태인 王道政治의 구체적 방안으로 德治와 禮治가 강조되고 그 이론적 기반이 예론이므로 이에 대한 관심은 이미 조선전기부터 단계적으로 확대되고 있었다.

예론을 전문적으로 하는 학문이 禮學이라 한다면 그 立論書가 禮書이

예서에 의하여 실천되었으니 촌수에 따라 명칭이 다르고 그에 준하는 예를 행했다. 예를 들면 영어의 아주머니는 백모・숙모・고모・이모・외숙모・당숙모・재당숙모 … 등으로 정밀하게 명칭을 구분하고 촌수에 따른 예를 행하도록 규정되어 있다.

고 그 기초 위에 제기된 정치논쟁, 즉 예론이 정치문제화하여 논쟁을 벌인 사건이 禮訟으로 1659년 제1차예송(己亥禮訟)과 1674년 제2차예송(甲寅禮訟)이 대표적인 것이다.[3] 따라서 禮論 → 禮學 → 禮書 → 禮訟 → 禮治는 상호 연결되어 발전 전개되는 것이다.

조선의 국가적 禮制는 성종대『國朝五禮儀』로 성립되었는데, 이는 吉禮·嘉禮·賓禮·軍禮·凶禮의 五禮로 구성되어 모든 국가의식, 의전의 지침서가 되었다. 이는 1474년(성종 5) 申叔舟·鄭陟 등에 의해 완성되었다. 姜希孟이 쓴 서문에 의하면 세종대에 集賢殿의 유신들에 의해『杜氏通典』·『洪武禮制』 등을 참고하여 연구되었으나 완성을 보지 못하다가 성종 대에 비로소 완성되었다고 한다. 宋制를 중심으로 漢·唐의 古制, 더 소급하여 周代의 古制까지 참고하고 明의『홍무예제』를 참고하였다고는 하지만 삼국시대 이래 전승되어온 전통적 禮의 行用이 반영되었다.[4]

이에 대하여 사림은『朱子家禮』를[5] 전적으로 수용하고 이를 母本으로 하여 예론을 발전시키고 있었다. 冠禮·婚禮·喪禮·祭禮의 四禮로 구성된『가례』는 조선전기 사회에서는 이론의 천착보다 이해와 실천에 비중을 두었다. 이는 사림뿐 아니라 왕실에서도 적극 권장 이해되었는데 특히 喪·祭禮가 중점적으로 수용되어 三年喪의 원칙이 강조되었다.[6]

교화의 필요성에서 강조되었던『가례』는 사림의 성장과 궤적을 같이하면서 그 시행 강도가 높아졌다. 中宗反正후 鄭光弼 등 禮曹의 전문 관료들이『國朝五禮儀』를 중심으로『가례』의 부분적 시행을 주장한 반면 趙光祖 등 신진사류는『가례』의 완전한 시행을 주장한 것은 그 갈등구조의 단

---

3) 왕실의 服制 문제를 둘러싼 예론은 전기에도 사안에 따라 전개되었고 1626년(인조 4)에는 인조의 어머니이자 추존된 元宗의 妃인 仁獻王后 具氏(具思孟의 딸)의 服喪을 둘러싸고 李貴, 金長生이 三年喪을 주장하자 대간의 탄핵으로 좌절된 일도 있다. 다만 이 양대 예송의 특징은 西人·南人 양당의 정치생명을 건 이념투쟁화한 데 있다.

4) 이범직,『조선초기 五禮연구』서울대 박사학위논문, 1988. 참조.

5) 황원구,「『朱子家禮』의 형성과정」『인문과학』45, 1981. 참조.

6) 지두환,「조선초기『朱子家禮』의 이해과정」『한국사론』8, 1982. 참조.

적인 예증이었다. 전자인 國朝五禮儀派는 時制를, 후자인 古禮派는 『가례』의 전면수용을 주장하여 각기 禮曹와 三司를 통하여 자신들의 주장을 관철하고자 하였다.[7] 이러한 사실은 성리학 이해와 同軌를 보여주는 것이니 시행에 있어서도 부분・전면의 갈등이 있는 단계였으므로 『가례』에 대한 재해석이나 변용, 時宜性에 따른 재구성 작업은 17세기 이후에 이르러서야 가능하게 되었다.

16세기 家禮書의 존재는 독립된 단행본이 아니고 喪・祭禮를 중심으로 祭禮를 강조하면서 『가례』를 그대로 준수하거나 묵수하는 부분적인 것으로 몇몇 사림학자의 문집에 편입되어 있는 형태였다. 따라서 체계가 제대로 잡혀 있지 못하였으나 가문의 동질성을 확보하기 위한 각 가문의 생활규범서로서의 성격이 강하였다. 16세기 사림에게는 四端七情論으로 대표되는 심성론이 주관심사였고 예학의 성숙은 17세기 인조 대에 이르러 남인과 서인의 양대 학계에서 본격적인 예서를 간행하기 시작하면서 가능해진 것이다.

사대부의 예를 탐구하는 이들 예서는 대부분 『가례』를 저본으로 古禮에 소급하여 부연설명하거나 17세기 조선의 현실인 時宜性 내지 時王之制를 첨가하고 있는 것이 특징이다. 『가례』의 서문에서

> 무릇 禮에는 本과 文이 있는데 가정에 시행되는 것으로 말할 것 같으면 名分之守와 愛敬之實이 그 本이요, 관・혼・상・제와 儀章・度數 등은 그 文이다[8]

라 전제하고 이에 대한 자세한 설명을 하고 있는데 조선후기에 간행되는 모든 예서는 이에 기초하여 그 요체를 설명하고 『가례』에[9] 고증을 가하거나

---

7) 고영진, 『15·16세기 『朱子家禮』의 시행과 그 의의』 서울대 석사학위논문, 1989. 참조.

8) "凡禮有本有文 自其施於家者言之 則名分之守 愛敬之實 其本也 冠婚喪祭 儀章度數者 其文也"(『性理大全』 卷19, 家禮二)).

9) 『朱子家禮』는 필요에 따라 『家禮』로 약하기도 하였다.

덧붙이거나 아니며 언해하는 뜻으로 책이름을 붙이고 있고, 아니면 四禮 중 가장 긴요한 喪禮와 祭禮에 대한 천착과 재해석을 시도하는 업적들이 나타나고 있다.

이상과 같은 기본적인 흐름은 같으나 남인과 서인의 예서들은 이미 조금씩 상이점을 드러내고 있는 실정이었다. 남인학파로서 하나의 획을 긋는 禮家로서 寒岡 鄭逑(1543~1620)를 들 수 있다. 그의 예학도 朱子의『가례』에서 출발하였는데, 이에 補註 작업을 붙인『家禮集覽補註』를 31세에, 혼례에 관한「昏儀」를 37세에, 관례에 관한「冠儀」를 40세에 편찬하였다. 이러한 연구를 기초로 하여 60세 이후에는 宋儒의 禮說을 섭렵, 수렴한『五先生禮說分類』를 저술하였다. 이 책은 그가 61세때인 1603년에 완성되었으나 간행된 것은 그의 제자 李潤雨에 의해서 1629년(인조 7)에 그의「五服沿革圖」와 함께 이루어졌다. 이외에도 68세에는「深衣製造法」을 찬술하였고 古禮인『禮記』중 상례(喪禮)를 정리하여『禮記喪禮分類』를 펴내었다.[10]

『오선생예설분류』에서 5선생은 程顥・程頤・司馬光・張載・朱熹를 말하는데 이중 사마광은 성리학의 道統에서 제외된 인물이어서 흥미롭다. 주자의『가례』에서 관심을 확대시켜 北宋 諸儒의 예설을 분류 정리한 학적 태도는 새로운 흐름을 예시하고 있다. 같은 退溪 李滉의 학통을 계승하였으나 鶴峰 金誠一이 嶺南 南人학파의 嫡傳으로 평가되었음에 비해 정구는 曺植의 문인이기도 하였고 뒤에 근기남인학파를 형성하는 眉叟 許穆(1595~1682)에게 학통이 연결되고 있는 점이 주목된다.[11]

이 책에 대해서는 이미 당대에 이론이 제기된 듯하니 1611년 정구 자신이 쓴 서문 뒤에 보충하는 글에서

> 책이 類輯을 끝내자 어떤 사람이 보고 묻기를 편중에『주자가례』가 없

---

10) 김항수,「寒岡 鄭逑의 학문과『歷代紀年』」『한국학보』45, 1986. 참조.
11) 정옥자,「眉叟 許穆 연구」『한국사론』5, 1979. 참조.

> 으니 어찌된 일이냐고 하였다. … 이에 답하여 주자의 『가례』는 다른 학자들과 함께 門目에 따라 나누어 넣어 節目이 모두 갖추어져 있다. … 이 책은 諸家를 抄集하여 便覽하게 하려는 데 목적이 있다[12]

하였다. 주자의 예설을 다른 宋儒들과 똑같은 비중으로 목차에 따라 편집해 넣음으로서 상호 비교할 수 있게 배려함과 동시에 『가례』 일변도의 시류에서 벗어나려 한 것이니

> 『주자가례』는 이미 당세에 성행하여 집집마다 없는 집이 없고 사람마다 익히지 않는 사람이 없으니 어찌 중복하여 번잡하게 하겠는가[13]

라는 변명에서 분명해지고 있다. 이러한 시야의 확대는 다시 古禮인 『禮記』나 『儀禮』로 소급되는 예학풍을 보이고 있는데, 17세기 후반 다음 세대인 許穆의 六經을 중심으로 한 古學風이나[14] 白湖 尹鑴(1617～1680)의 朱子註 불신의 학풍과 연결시켜 볼 수 있다.[15]

이 책은 분류방법 역시 독특하여 12권 7책이 전집·후집으로 나뉘어 전집에서는 天子와 諸侯의 冠·婚·喪·祭 四禮와 雜禮를, 후집은 사대부의 四禮와 雜禮를 다루고 있다. 인용목록 48종 가운데 주자의 저서가 가장 많고 주자학에 의한 해석이 대부분이어서 다섯 학자라고는 해도 역시 주자학이 주류를 이루고 있는 사실은 당대 조선학풍에서 그 라고 예외일 수는 없다는 시대성을 내포하고 있다.

---

12) "五先生禮說 既訖類輯 人有見而問之者曰 爲五先生禮說焉 而朱子家禮尚不在編中 寧有說耶 … 若使家禮 隨門類入 則節目咸備 次第靡闕 亦可以據而行之 豈不爲禮家之完書哉 … 所以爲此書者 實非有求多於古人 只緣諸書散載之言 殊不便於倉卒之考閱 故今爲抄集便覽也"(『五先生禮說分類』 自序).

13) 위의 서문에 이어 "若家禮之書 夫既盛行於當世矣 家無不有 人無不講 今復取而編入 則豈不爲重複而煩猥者哉."

14) 주 11) 졸고 참조.

15) 한우근, 「白湖 尹鑴 연구 1·2·3」 『역사학보』 15·16·19, 1961.2 참조.

같은 退溪 문하의 남인학자 芝山 曺好益(1545～1609)은『家禮考證』7권 3책을 저술하였는데『가례』중에 해석하지 못할 문자나 구명하기 어려운 사물에 대하여 그 출처를 상고하여 밝히고 經史를 인용하여 증거하고 사이사이에 자신의 의견을 덧붙여 후학들이 보고 이해하기 쉽게 고증하였다.[16] 四禮 중 관례와 혼례는 조호익의 고증이고 상례의 成服 이하 祭禮는 그의 제자 潛谷 金堉 등이 수정 보완하여 1646년(인조 24)에 간행한 것이다. 이는 남인학자가 이룩한 최초의『가례』연구서로 후학들에게 입문서의 역할을 하였다. 서인학자인 김육이 그의 제자로 이의 간행에 힘쓰고 서문까지 쓰고 있는 점이 당시 학계의 상호 연관성과 개방성을 시사해 주고 있다.

정구・조호익과 거의 동시대인이며 역시 퇴계의 문인인 用拙齋 申湜(1551～1623)에 의해서는『가례』의 완벽한 번역서인『家禮諺解』가 이루어졌다. 우리말로 완역되었다는 것은 완숙한 이해에 도달하였음을 의미한다. 그의 季子인 參判 申得淵의 跋文에 의하면 신식 만년의 저술이라 하였으니 17세기의 소산임에는 틀림없다. 1632년(인조 10) 原城에서 5책으로 간행되었다.[17]

이상 3인의 남인학자 외에 安玜의『家禮附贅』가 있다. 호가 五休子로 알려진 안공의 생몰년은 알 수 없으나 이 책 自序에서 정구를 선생이라 지칭하면서 퇴계선생(이황)을 내세운 점으로[18] 미루어 남인학자로서 정구 다음세대로 추측된다. 필사본 8권 4책으로 1628년(인조 6) 10월에 안공 자신

16)「凡文字之未解者 事物之難究者 考其出處而明之 多引經史而證之 間亦附以己意 使後之學者 開卷瞭然 有若親承提誨於函丈之間 豈不爲後學之大幸」(『家禮考證』 金堉의 序文).

17) 刊記에「崇禎壬申原城開刊」으로 되어 있고 跋文에 신득연이 경위를 적으면서 '가례언해는 先君이 만년에 편찬한 것이다(家禮諺解 乃先君晩年所撰也)'라 하면서 자신의 직함으로 江原觀察使를 적고 있음에 비추어 그가 강원관찰사로 재직중 원주에서 출간한 것으로 생각된다.

18)「且退陶先生 以紫陽之學 倡導於前 寒岡東岡兩先生 繼以鼓之於後 家家有家禮之學 人人知禮義之方 古之伊洛 不足以爲高」(『家禮附贅』 自序).

이 쓴 서문에 의하면

> 내 고향은 佔畢之鄕이요 내 동네는 春亭之洞으로 孝悌遺俗과 奉先流風이 인멸되지 않았더니 병란(임진왜란) 이후 人亡俗頹하여 백가지 중에 하나도 남아있지 않으니 事親敬長의 예와 送終報本의 義를 어디에서 상고할 수 있겠는가[19]

하였다. 자신이 佔畢齋 金宗直과 春亭 卞季良의 유풍이 살아있는 密陽 출신임을 자부하면서 이를 계승하여 이 책을 펴내는 뜻을 밝히고

> 時王之制로서 준거를 삼고 前賢의 說로 보충하여 考證・發明하였다. 또 先正의 이론을 모아 俗禮로서 버릴 수 없는 것은 본문 뒤에 附贅하였다.[20]

고 하였으니 『가례』를 모체로 하되 先儒의 여러 학설과 우리나라 先正의 遺訓 및 俗禮까지 참작하여 時宜性을 살렸다는 것이다. 당시 조선현실에 맞는 예제의 창출을 위하여 노력하는 모습이 엿보이고 있다. 『가례』에 없는 부분이 권7·8의 新增 부분으로 저자의 창의성이 나타나 있는데 俗禮에 필요한 것을 분류하여 경전과 선현의 설과 함께 자기 견해를 피력한 것이다. 각 장마다 附・解・補・節로 원뜻을 보완하고 해설을 붙였다. 이 책은 1세기 후 후손 安景賢이 同宗인 順庵 安鼎福에게 위촉하여 재편집되었다. 1758년(영조 34) 안정복이 쓴 서문에 의하면

> 대략 考正을 가하고 다시 약간 조항의 校訂을 하였다.[21]

---

19) 위 문장을 이어 "況吾鄕乃佔畢之鄕 吾洞卽春亭之洞 孝悌遺俗 奉先流風 猶有不泯 兵燹以後 人亡俗頹 百不存一 事親敬長之禮 送終報本之義 焉得以詳之."

20) 위 문장을 이어 "故或準以時王之制 補以前賢之說 考證而發明之 且拾先正之論 與俗禮之不可已者 附贅本文之後."

21) "略加考正 復爲校訂若干條"(『家禮附贅』 再校本 安鼎福 序文).

고 하였지만 사실은 18세기 중반의 학계 수준에 맞게 전면 재편집되었음을 확인할 수 있다.

서인 예론의 대가는 沙溪 金長生(1548～1631)이다. 그의 대표적 예서인 『家禮輯覽』은 1599년(선조 32)에 편집을 마치고 저자 자신이 서문을 썼다.

> 나는 어려서부터 『가례』를 읽었으나 通曉하지 못함을 병으로 여겼는데 친구 申義慶과 더불어 십여 년 동안 강론하고 또 師門에[22] 就正하여 그 대강을 파악하였다. 이에 諸家의 설을 모아 조목마다 그 아래에 要刪·纂註하여 한 책을 이루니 『가례집람』이라 이름 하여 그 卷首에 圖說을 붙였다[23]

고 서문에 밝혔다. 이 책은 1599년 이후 필사본으로 자손과 제자들에게 통용되었으리라 추측되는데 이후 1685년(숙종 11) 제자인 宋時烈의 後序가 붙은 상태로 간행되었다. 예학에 밝았던 아들 金集(1574～1656)과 同門들이 교정한 것을 徐文重·李師命 등이 10권 5책에 圖解를 더해 총 10권 6책으로 간행한 것이다. 이 책도 『가례』를 모본으로 하였으나 다른 여러 학자의 학설을 따다 조문에 따라 뺄 것은 빼고 주석을 붙였을 뿐만 아니라 '愚' 혹은 '按' 자를 써서 자신의 의견도 보충해 넣었다. 특히 喪具에 대해서는 이미 『가례』와 『儀禮』의 舊制가 있지만 俗制의 便宜한 것이 있으면 함께 다루어, 쓰는 사람의 선택에 맡겼으니[24] 시속에 맞게 융통성을 살리고

22) 김장생의 연보에 의하면 13세에 龜峯 宋翼弼(1534～1599)에 從學하고 20세에 栗谷 李珥(1536～1584)의 문하에서 수업하고 33세에 牛溪 成渾(1535～1598)을 坡山에 往拜한 것으로 되어 있고 세 사람을 모두 선생으로 지칭하였다. 그의 예학은 특히 송익필에게서 많은 영향을 받았다한다.

23) "余自幼受讀家禮 嘗病其未能通曉 旣而從友人申生義慶 與之講論積有年紀 又就正于師門 遂粗得其梗槩 因共取諸家之說 要删纂註於逐條之下 編爲一書 名以家禮輯覽 又爲圖說 揭之卷首"(『家禮輯覽』 自序).

24) 『家禮輯覽』 凡例.
一. 圖說一依家禮次序 而間有補入者 故其序有不同者 覽者詳之.
一. 凡添補諸說 皆引其書名與篇目 至於瞽說 則以愚字按字別之.
一. 凡喪具 旣有家禮儀禮舊制 然亦有俗制之便宜者 則無存之 使其用者

있는 것이다. 송시열이 후서에서 이 책은 상례와 제례에 공을 깊이 들여 물에 띄워도 적셔지지 않을 만큼 완벽하여 『가례』의 충실한 보완작업이라고 평가하고 있는 것도[25] 栗谷 李珥 → 沙溪 金長生 → 愼獨齋 金集 → 尤庵 宋時烈로 이어지는 예학에 대한 자부심의 표현이다.

김장생의 『가례집람』에 많은 조언을 하였다는 그의 친구 申義慶의 『喪禮備要』는 1620년 김장생이 교정하였음을 밝히는 서문을 쓰고 있다.[26]

> 『가례』가 이미 詳備하지만 혹시 古今에 異宜하여 時用에 맞지 않는 것이 있어 委巷의 선비가 그 요령을 몰라 變常에 통하지 못하는 것을 병폐로 여겼다. 내 친구 신의경은 예학에 깊어 經籍을 널리 고증하여 그 大要를 뽑아 『喪禮備要』를 지었다. 대개 『가례』 본서에 따르되 古今의 예를 참고하고 諸家의 설을 때에 따라 添補하여 사이사이에 時俗之制를 붙여 실용에 편하게 하였다.[27]

하였다. 四禮 중 가장 중요시되던 상례만을 따로 뽑아 『家禮』를 근간으로 하되 時俗之制를 붙여 실용에 편하게 하였다는 것은 17세기 조선현실에 맞게 변용해 가는 작업을 의미한다고 할 수 있겠다. 신의경에 대해서는 인적사항이 전혀 알려지지 않고 있다. 아마 요절하였을 듯, 친구 김장생이 그 유고를 거두어 교정한 것을 1620년 일차로 간행하고 그의 아들 김집이 1648년(인조 24) 부친의 유지를 받들어 수정·증보하여 重刊하였다. 목판본으로 1책 102장이며 책 끝에 1621년에 쓴 申欽의 跋文이 있다.[28]

有所擇焉 他皆倣此.

25) "惟喪祭二禮 未暇及焉 勉齋續編 雖甚詳審精密 然學者猶以未徑夫子之手 不能無遺憾焉 以故先生於此二禮 用功尤深 雖謂之置水 不漏可也"(『家禮輯覽』 宋時烈 後序).

26) 김장생의 연보에는 1583년(선조 16) 36세 때 친구 신의경의 舊稿를 정리하여 成書했다고 하였다.

27) "朱子家禮所載 固已詳備 而或有古今異宜 不合於時用者 委巷之士 有不能領其要 而通其變常 以是病焉 吾友申生義慶 深於禮學 嘗博攷經籍 撮其大要 編爲一書 名曰喪禮備要 盖因家禮本書 而參以古今之禮 諸家之說 隨事添補 間亦附以時俗之制 便於實用者"(『喪禮備要』 金長生 序文).

김장생의 『疑禮問解』는 『가례집람』과 쌍벽을 이루는 예서로 그의 문인・친구들이 질문한 것에 대답하는 내용으로 구성되어 있다. 관례・혼례에 대한 질문은 소량이고 거의 상례・제례에 관한 조항이다. 질문은 두 자 낮추어 쓰고 답변이 주가 되어 윗쪽 끝까지 올려 썼으며 여러 經傳에서 인용한 諸說은 한 자 낮춰 써서 구별하고 있는데 가능한 한 질문자를 마지막에 표기하고 있다.[29] 질문자는 宋時烈・宋俊吉・李惟泰・姜碩期 등 그의 제자들이 대부분이지만 서인계 학자 뿐만 아니라 申湜 같은 남인학자도 참여하고 있다. 이 중 제일 많은 질문을 한 분이 동춘당 송준길이다. 책이름 그대로 예에 대한 의문점을 문답형태로 서술하고 있는데 예의 적용에 있어 경전에 나타나 있지 않은 변칙적인 사례를 어떻게 할 것인가 하는 變禮에 관한 사항이 대부분이다. 『가례』에 대한 이해가 심화되어 이를 당시 조선사회에 어떻게 적용해야 하는가에 대한 당시 학자들의 문제의식이 잘 반영되어 있으므로 주목되는 책이다.

이 책은 김장생 사후 그의 아들이자 수제자인 김집에 의하여 편집되었다. 申翊聖의 서문에서는 '門下의 諸君子가 遺文을 撰次하였으니 이 論禮之書는 잘 갖추어져 있어서 장차 세상에 크게 행해질 것이다'하였다.[30] 이 서문은 1643년(인조 21)에 쓴 것으로 李植의 서문과 함께 실려 있고 3년 후인 1646년(인조 24) 다시 金尙憲이 서문을 쓴 점으로 미루어 보건대 1643년에 두 저명인사에게서 서문을 받았지만 미처 刊印하지 못했다가 3년 후 1646년에 비로소 4권 4책으로 간행한 것이다.

김상헌은 서문에서 김장생을 '沙溪 金先生'으로 지칭하고 이 책은

28) 김집의 연보에는 그가 75세 되던 1648년 12월에 老先生이 저술한 『상례비요』를 重刊하였다고 하였다. 때문에 이 책이 김장생의 저작으로 와전되기도 하고 『沙溪全集』에 첨부되기도 하였다.
29) 『疑禮問解』 凡例.
30) "翊聖聞沙溪先生門下諸君子 撰次遺文 而論禮之書甚備 將大行于世云" (『疑禮問解』 申翊聖 序文).

> 평일 門人・朋友가 왕복 答問한 것을 전대 禮書에서 博攷하고 諸家의 講說을 旁採하여 분류 서술하였고 열람에 편하게 하였으니 책을 한번 열면 환연히 해석되어 明師・益友가 옆에서 대면하여 口誦해 주는 듯하다.[31]

고 하였다. 나아가 이 책을 캄캄한 밤을 밝혀 주는 밝은 촛불에 비유하였다. 김장생의 연보에 의하면 그의 대표적 예서인 『가례집람』은 1599년 52세 때 成書한 것으로 되어 있으나 『의례문해』는 연보에서 빠져 있다. 따라서 후자는 둘째 아들 김집이 후에 그의 나이 70세 되던 1643년에 교정하고 분류 작업을 한 것이다. 김집이 그 속편으로 『疑禮問解續』을 편찬한 것도 그 연속작업인 것이다. 이 속편은 1책 98장으로 刊年은 알 수 없다.

이 책에서 주목되는 점은 通禮의 宗法 조항이다. 崔碩儒와 李文載가 질문한 '庶子承重之節'과 '長子次子傳重之節'이 뒷날의 禮訟과 관련지을 수 있기 때문이다.

또한 이 책 끝에 부록한 「古今喪禮異同議」가 주목되는데 상례에 관하여 조항마다 儀禮經典의 전거를 예시하고 또 반드시 『五禮儀』를 대비시키고 있다. 원본에는 끝에 『家禮諺解』의 조항을 부기하고 『가례언해』의 잘못된 부분을 지적하고 있다.[32]

이상 김장생・김집 부자의 일련의 작업은 17세기 전반기에 구축된 서인 학계 禮說의 기반이 되었음에 틀림없다. 여기에 한 가지 부기한다면 金尙憲(1570～1652)의 『讀禮隨鈔』를 들 수 있다. 저자가 서문에서 戊午年에 상을 당하여 이 작업을 하였다 하므로 1618년(광해 10)무렵으로 추정되지만 간행 연도는 알 수 없다.

---

31) "凡於平日門人朋友 往復答問 輒博攷前代禮書 旁採諸家講說 其所致詳尤在於急遽嚴肅之地 彙分品別 各以類從 以便繙閱 使人心有所疑事 有可質不待聚訟 一開卷而渙然氷釋 有若明師益友 近在左右面論而口誦之"(『疑禮問解』 金尙憲 序文).

32) 규장각에 있는 『疑禮問解續』의 단행본에는 『가례언해』 조항이 있지만 『愼獨齋全書』에는 삭제되어 있다.

> 『禮記』가 『中庸』, 『大學』을 제외하고도 47편이나 되는데 기록한 사람이 한 사람이 아니다. 때문에 중복되고 모순된 것도 있으니 後學의 의심을 면치 못하는 것이다. 또 그 文義가 극히 광범하여 여러 학자가 注를 붙여 밝힌 바가 매우 자세하지만 반복 지리하여 이에 천착하려는 독자가 當年에 궁구할 수 없을 우려가 있다.[33]

고 전제하여 자신이 『예기』를 읽고 그 외에 『小學』·『가례』 등에서 고금이 異宜한 것을 보태어 참고에 대비하였다고 하였다. 김상헌은 김장생의 다음 세대로 김집과 같은 연배인데 尹根壽의 문인이고 仁祖反正에 가담하지 않은 淸西派의 영수이며 對淸 문제에 관한 한 일관된 斥和大臣이었다. 4권 4책의 목판본으로 남아 있다.

이상으로 17세기 전반 인조대의 남인학자와 서인학자들의 예서를 분류하여 개관하였다. 이러한 작업을 기초로 17세기 후반기에는 예론이 정치문제화 된 禮訟으로 확대되어 치열한 이론 투쟁 끝에 정권교체에까지 이르게 되었다.

3. 己亥禮訟(1659년)과 甲寅禮訟(1674년)

禮訟은 禮論이 정치문제화하여 朋黨간에 논쟁이 일어난 사건이다. 전기에도 『家禮』와 『五禮儀』에 대한 위상 설정을 둘러싸고 신·구 정치세력간에 첨예한 대립과 논쟁이 있었으나 신세력인 사림파는 학문적 미숙성과 과격성 때문에 패배하였다. 그러나 17세기 후반에 일어난 두 번의 예송은 이미 정권을 장악한 사림이 붕당을 형성하여 禮治를 구현하는 구체적인 방법으로 예론에 대한 논쟁을 전개한 것이다. 사건의 계기 역시 일반적인 것

33) "禮記一書 除中庸大學 尙四十七篇 記者非一手 是以所記言語多複出 間有前後抵牾 未免起後學之疑 且其文義極博 諸家箋註 發明太詳 反復支離 穿鑿讀者有當年下能究之患焉"(『讀禮隨鈔』 金尙憲 自序).

이 아니고 구체적이어서 國喪을 당하여 왕실의 服制 문제를 놓고 서인과 남인이 상호 이견을 제시하여 치열한 노선투쟁을 벌여 결과는 換局으로 낙착되었던 것이다.

1659년(현종 즉위년)에 일어난 제1차 己亥禮訟과 1674년(숙종 즉위년)에 일어난 제2차 甲寅禮訟은 15년의 시간 경과에도 불구하고 상호 연계선상에서 일어난 일련의 사건이며 주장의 논거도 같다는 점에서 한 사건으로 보는 견해도 있다.[34]

이 2대 예송의 목적은 宗法의 준수에 있었고 원인은 孝宗의 즉위와 宗統 문제에 귀착된다.[35] 효종은 왕위에 오르기 전 鳳林大君(인조의 둘째아들) 시절 형인 昭顯世子가 급서하자 인조 23년(1645년) 9월 세자로 책봉되었다. 소현세자에게는 이미 10세된 長子 石鐵이 元孫으로 있었기 때문에 종통으로 보아 당연히 원손이 王世孫으로 책봉되어야 하는 원칙이 깨진 것이다. 이에 봉림대군 스스로 그 부당성을 상소하였지만 부왕 仁祖와 金瑬가 주도하고 金自點이 배후에서 조정하여 일을 성사시켰다. 인조로서는 전란후의 비상체제하에서 어린 世孫으로는 불안하여 이미 27세가 된 믿음직한 봉림대군을 선택하게 된 것이다.

이에 사림은 그 변칙성을 지적하여 당시의 헌법이라 할 수 있는 종법질서의 고수를 주장하였고 그 결과 姜嬪獄을 초래하였다.[36] 효종은 1649년 즉위하자 사림의 淸議에 부응하여 淸西계열의 金尙憲·金集·宋時烈·宋浚吉 등 산림을 대거 등용하고 復讐雪恥를 위한 北伐大義를 표방하였

34) 이 양차의 예송은 사실상 하나의 고리에 연결되어 있고 기준도 같은 것이다. 1814년 玄道源이 편저한 『禮論』(규장각도서) 역시 이러한 시각에서 서술되었다.

35) 禮訟에 대한 최근의 논문으로는 지두환의 「조선후기 禮訟 연구」(『부대사학논집』 11, 1987)가 주목된다. 이 논문에서는 宗統의 문제를 부각시켜 효종 즉위년부터 예송의 발단으로 보고 있는 점이 특색이다.

36) 소현세자의 부인인 姜嬪은 김장생의 문인이며 서인계 사림인 姜碩期의 딸이다. 앞서 서술한 『疑禮問答』의 질문자 중 강석기가 주목되는 것도 이 문제와 결부되어 있기 때문이다.

다. 북벌을 위한 계획을 수립하여 산성을 차례로 개축·보수하고 군제개편, 군사훈련의 강화 등 군비에 주력하면서 전후 복구에 힘쓰다가 포부를 이루지 못한 채 10여년 만인 1659년(기해년) 5월 서거하였다. 효종의 재위기간에도 姜嬪寃獄 문제와 소현세자의 두 아들이 독살된 문제가 계속 사림에 의하여 제기되었는데 효종이 죽자 인조의 계비로서 효종에게는 계모가 되는 慈懿大妃 趙氏의 服喪 기간을 몇 년으로 해야 하는가가 문제되었다. 이는 효종이 장자가 아니면서 왕위를 계승하였기 때문에 일어난 문제로서 종통문제를 부각시켜 종법질서를 정리하는 시금석이 되어 사림에게는 북벌론과 비견되는 大義名分으로 제기된 것이다.[37]

인조반정 이후 계속된 서인과 남인의 연립체제 구도하에서 서인이 우세하였는데 이 때의 서인은 산림이 주도하는, 이이 → 김장생 → 김집 → 송시열의 학통을 고수하는 순정성리학자인 반면 남인은 그 성격이 복잡하였다. 광해군의 대북정권이 몰락한 이후 인조반정에 협찬한 공으로 정권에 참여하게 된 남인은 서인이 주도권을 잡은 상태에서 야당의 위치를 면치 못하였는데 같은 퇴계 학통에서 학문적 성향과 생활근거지에 따라 嶺南南人과 近畿南人으로 갈라지게 된다. 전자는 鶴峰 金誠一의 학통으로 경상도지방을 근거지로 在地地主로서 士族의 위치를 고수하였던 반면, 寒岡 鄭逑를 계승하는 학자들이 계속 仕宦하여 名門이 되면서 서울과 경기도 지방에 생활근거지를 옮김으로 후자인 근기남인이 형성된 것이다. 더구나 이들 근기남인에는 北人중 사림을 많이 포함하고 있던 小北계의 명문들이 편입됨으로써 상호 지역성과 정치성의 차이 외에도 학문성향의 차이까지도 나타나고 있었다.[38] 그러나 영남남인이나 근기남인이 기본적으로는 같은 뿌리인 영남학파의 東人에서 나왔기 때문에 계속 정치적으로 상호 연계하고 있었음은

37) "余曰 當初尤翁之設體府者 爲北伐之義也 已亥以後 北伐之義 歸之弁髦" (南紀濟의 『我我錄』 중 龍門問答 13쪽).

38) 영남남인이 퇴계 이황의 嫡統임을 자부하면서 한말까지 순정성리학자로 일관하였음에 반하여 南冥 曺植의 학통인 북인계를 흡수한 근기남인은 六經學을 중심으로 하는 복고적 古學風을 보였다.

사실이다.

이때 서인의 주장은 正體說로, 남인의 주장은 卑主貳宗說로 요약할 수 있다. 서인의 정체설은 四種之說에[39] 근거하였다.

一種 正體而不得傳重
二種 傳重非正體
三種 體而不正
四種 正而不體

위에서 '正'은 正長을 뜻하고 '體'란 父子관계를 뜻한다. 따라서 一種은 嫡子로서 廢疾이 있어 宗廟를 주관할 수 없을 경우에 해당한다. 二種은 庶孫이 후사가 되었을 경우이다. 三種은 庶子가 후사가 되었을 경우이다. 四種은 嫡孫이 후사가 되었을 경우이다. 이 네 가지 경우 중 효종의 왕위계승은 세 번째인 '體而不正'에 속한다는 것이니 體란 선왕인 仁祖와 父子관계이되 不正, 즉 正長 嫡長은 아니라는 것이다.

서인의 주장에 의하면 長子가 어려서 죽어 세자에 被封되지도, 장례도 정식으로 치르지 않았을 때 次子가 종통을 이었을 경우에만 명실 공히 장자로 인정될 수 있다는 논지이다. 그런데 소현세자는 이미 元孫 이하 세 아들을 두었고 그의 장례에 계모인 조대비가 長子服을 입었으므로[40] 효종은 차자로서 入承大統한 것으로 庶子(곧 衆子)로 보아 朞年服(1년복)을 입어야 한다는 것이었다.

이에 대하여 당시의 영의정 鄭太和는 이 일이 禍機가 될까 우려하여 『大明律』과 國制인 『國朝五禮儀』에 의거하여

> 장자나 서자를 논하지 않고 모두 朞年을 입는다(無論長子庶子 皆服朞年)

39) 『儀禮注疏』 賈公彦疏에 의함.
40) 인조나 趙大妃는 소현세자의 복을 朞年服으로 하였으나 이 때 와서 國制에 의한 長子服이라 주장하고 있는 것이다.(『我我錄』 23쪽)

라는 조항을 적용하였다. 이 때에 송시열은 申義慶의 『喪禮備要』 중 「不杖朞」 부분을 참고로 제시하였다.[41] 이에 정태화는

> 이제 그 증거를 얻었으니 걱정할 것이 없다.[42]

하고는 드디어 朞年制로 정하였다 한다.

앞에서 서술한 바와 같이 신의경의 『상례비요』는 서인의 대표적 예가인 김장생과 김집이 교정 보강한 책이다. 『가례』에 입각하여 상례만 집중적으로 심층 분석한 전문서로 1648년 간행되었던 바 10년 후에 일어난 예송에서 그 이론서로의 구실을 하게 된 사실이 주목된다.

1659년(기해년) 5월 효종의 승하를 계기로 國喪儀禮를 둘러싼 논쟁은 다음해인 1660년 3월 掌令 許穆의 상소로 가열되었다. 그 요점은 다음과 같다.

> 1. 장자가 죽고 제2장자를 후계로 하면 역시 장자이니 斬衰三年을 입어야 한다.
> 2. 庶子를 세워 후사로 삼았는데 3년복을 입지 않는 것은 妾子이기 때문이다.[43]

이상과 같이 주장하고 '서인측이 體而不正을 내세워 3년은 될 수 없다고 주장하는 것은 妾子로 보기 때문이다'라고 결론지었다. 나아가

---

41) 『禮論』(규장각도서 15185).
"尤翁曰 無已則有一焉 大明律及國制 無論長子庶子 皆服朞年 以此爲斷 不爲無據 而亦合聖人從周之義也 仍出示喪禮備要 不杖朞章 鄭公喜曰 今得此證 無憂矣 於是 遂定爲朞年之制"(여기서 尤翁은 宋時烈, 鄭公은 鄭太和를 지칭한다.)
42) 위와 같음.
43) 『顯宗實錄』 권2 현종 원년 3월 신미.

> 나라의 大喪은 일이 중하고 예가 엄하여 비록 儀節의 작은 것이라도 문란하게 行禮할 수 없다.[44]

고 하면서 誤禮를 바로 잡아야 한다고 하였다.

이에 禮曹判書 尹絳은 大臣·儒臣에게 收議할 것을 주청하여 왕의 허락을 얻어내는 한편 전기의 사례를 조사하였다.[45] 예종 때의 貞熹王后, 仁宗때의 文定王后가 같은 경우이므로 그 준거를 찾아 참고하려 하였으나 별 도움이 되지 못하였다.[46] 그 시대의 예의 行用이 가변적이며 임기응변적인 것으로 일관된 기준이 적용되지 못한 수준이었기 때문이다.

4월 庚子에 收議 결과를 예조가 보고하였는데 右贊成 송시열의 논지는 다음과 같았다.

> 1. 장자가 죽고 제2장자를 세웠을 때 그 역시 장자로서 斬衰三年을 입는 것은 장자가 어릴 때 죽었을 경우이다.
> 2. 庶子를 후사로 삼았을 때 3년이 안되는 이유는 妾子이기 때문이라는 허목의 설은 自下之說이지 疏說이 아니다. 庶子는 妾子가 아니라 衆子이다. 庶란 賤稱이 아니고 衆의 뜻이니 여러 禮經을 참고하면 그런 예가 많다.[47]

이는 허목의 상소에 대한 축조답변이니 庶子에 대한 해석의 차이를 설명하고 있다. 서인이 衆子(맏아들 이외의 여러 아들)로 해석하는데 반하여 남인은 妾子(첩의 아들)로 해석하는 것이다. 결국 서인의 주장은 종통을 昭顯世子에게 두고 효종을 차자로 보는 것이다.

송시열은 한걸음 나아가

---

44) 위와 같음.
45) 위와 같음.
46) 『顯宗實錄』 권2 현종 원년 4월 경자.
47) 위와 같음.

> 차자가 장자가 된다는 설은 周公(『의례』 經)・子夏(『의례』 자하전(子夏傳)・鄭玄(『의례』 鄭玄註)에서는 보이지 않다가 賈公彥[48]의 疏에서 비로소 보인다. 따라서 程・朱의 勘破를 거치지 않았으므로 許穆의 해석이 맞는다고 단정할 수 없다.[49]

고 주장하고 대왕대비 조씨는 인조와 함께 소현세자를 長子服으로 이미 입었기 때문에 더 이상 논란의 여지가 없다고 못 박았다.

남인인 윤휴는 서인 李惟泰에게 편지로 항의하면서 '長庶之說로 大統之重을 모호하게 했다', '宗을 둘로 하고 尊을 능멸한다(貳其宗而夷其尊)'고 비판하였다. 또 許積에게 편지하여 '종을 둘로 하여 군주를 낮춘다(貳其宗卑其主)'라는 주장을 제기하게 하여 「卑主貳宗之說」로 개념화시켰다.[50] 윤휴・허목 외에 尹善道・趙絅・洪宇遠・柳世哲 등이 여기에 합세하였다.

당시 服制辨論의 대표 주자는 서인측의 송시열・송준길・이유태와 남인측의 윤휴・허목이며 서인인 정태화 등이 양측을 무마하는 입장이었다. 특히 이때 문제가 된 嫡庶문제는 宋 이후에 강화되었다가 조선에 와서 더욱 심화된 것으로 庶子가 衆子냐 妾子냐의 논쟁은 조선적 특수성으로 해석된다.

제1차 기해예송이 일어난 지 15년 후인 1674년 2월 현종의 모후인 효종비 仁宣王后 張氏가 승하하자 다시 조대비가 며느리의 복을 얼마나 입어야 하느냐의 문제가 제2차 갑인예송으로 재연되었다. 처음 禮官은 朞年(1년)으로 정했는데 士論이 배척하여 다시 大功(9개월)으로 변경하자 현종은 드디어 의심을 품고 사실을 심문하였다. 이때 영남유생 都愼徵이 상소하여 「지난번 己亥服制가 장자의 복으로 1년으로 정한 것이 國制(『국조오

48) 唐나라 사람으로 『周禮』와 『儀禮』의 疏를 썼는데 鄭玄의 註를 한단계 진전시켰다는 평을 받았다. 程・朱의 단계에서 賈疏를 勘破하지 않았다는 송시열의 주장이 나온 것은 그가 후대인으로 鄭玄의 학통이기 때문일 것이다.

49) 주 46)과 같음.

50) '貳宗卑主說'이라고도 하며 임금을 낮추어 宗統을 둘로 만들었다는 것이다.

례의』)에 의한 것이었다면 이번에도 長婦의 복으로서 1년이어야 할 것이 아니냐」고 따졌다.[51)]

현종은 대신들을 향하여

> 己亥服制가 이미 時王之制를 써서 장자 중자의 구별이 없었는데(無論長子庶子 皆服朞年) 이제 논란하는 이유는 무엇이며 體而下正이란 말로 선왕의 은공을 저버리며 송시열의 他論에 붙는 이유가 무엇인가?

하며 엄중하게 힐책하였다.[52)] 이에 송시열은 待罪하고 있던 차에 8월 현종이 승하하고 肅宗이 14세의 어린 나이로 즉위하였다. 숙종은 선왕이 속임을 당했다고 생각하고 있었으므로 남인들은 이를 기회로 서인에 대한 대공세를 시작하였다. 다음해 1675년 정월에는 윤휴・허목은 물론 南天漢・李袤・李壽慶・洪宇遠・趙瑊・薛居一 등이 가세하여 계속 상소 공격하였다.

결국 갑인예송은 長婦의 복으로서 朞年으로 낙착되고 남인이 승리함으로서 서인은 실각하였으니 인조반정 이후 반세기에 걸친 서인주도의 연립정국형태는 끝나고 남인이 專權을 행사하기에 이르렀다. 송시열은 덕원에 유배되었다가 장기에 栫棘되고 李惟泰는 영변에, 李翔은 영해로 귀양되었으며 송준길은 관작이 追削되었다.

이상 두 번의 예송은 사실상 한 사건의 연속이라 해도 과언이 아니다. 인조의 계비인 趙大妃가 차자로서 入承大統한 효종과 효종비 인선왕후 장씨의 상복을 입는 기간, 즉 왕실의 복제 문제가 정치문제화된 것으로 왕실의 종통문제로 인한 예의 行用에 있어 그 기준이 남인・서인 간에 이견을 보인 것이다.[53)]

---

51) 『顯宗實錄』 권28 현종 15년 7월 무진.

52) 위의 책, 동년 동월 정축.

53) 서인은 효종의 즉위를 '聖庶奪嫡'으로 규정하여 변칙성을 전제로 하여 종통을 인정하는 입장이었음에 반하여 남인은 천자나 제후는 사대부의 예에 적용받지 않는 특수신분으로 존중되어야 한다는 입장에서 臣母說로까지 비약하고 있다.

그들 두 붕당이 내세우는 논거가 무엇이든 간에 근본적으로는 양파의 학문적 차이가 예론의 차이로 나타난 것으로 해석된다. 앞에서도 언급하였듯이 17세기 전반에 서인·남인의 양대 학파에서는 각기 禮書가 간행되어 그 이론적 준비기를 거친 것이다. 송시열이 『儀禮』의 賈公彦疏에서 四種之說을 내세우면서도 마지막으로 신의경의 『상례비요』를 정태화에게 제시한 것은 서인 예론이 『가례』에 입각하고 있음을 단적으로 보여준다. 이에 반하여 남인의 대표주자였던 허목의 『經禮類纂』은 古禮에 소급하여 『周禮』·『儀禮』·『禮記』 등 三禮에서 상·제례에 관한 조항만 1,000여조를 뽑은 것이다. 이러한 예론의 차이는 서인이 주자학의 절대 신봉을 주장하는 반면 근기남인이 원시유학인 六經을 중시하면서 古學적 복고성을 보이는 학풍을 조성하고 있던 데서 찾을 수 있다.[54]

따라서 서인측은 왕실이나 士庶人 모두에게 『가례』를 적용하여 '天下同禮'를 추구하려 하였음에 반하여 남인은 古禮에 입각하여 '王者禮不同士庶'의 입장을 고수하여[55] 왕권을 강화하려는 의지를 반영한 것이니 당시로서는 전자가 진보적인 면모를 보이고 후자는 보수성을 견지하고 있었음을 알 수 있다.[56]

4. 同春堂 宋浚吉의 위상

17세기는 사상적으로 예학에 기초한 예치의 시대이자 붕당정치의 시대였다. 붕당정치를 이끈 주역들은 학파의 영수로서 재야에서 학문에만 전념하

南紀濟는 『我我錄』 26쪽에서 이 양자를 비교검토하고 宗法·國統의 문제를 논하였다.

54) 주 11) 졸고 참조.

55) 최완수, 「秋史書派考」 『간송문화』 19, 1980. 참조.

56) 서인의 正體說이 신권론이라면 남인의 卑主貳宗說은 왕권 강화론이다.

던 산림들이었다. 이들은 국가비상시국을 당하여 정치일선에 초치되어 국가의 기본방향설정에 부심하였다. 이들은 양란 후 무너진 질서를 바로잡고 사회정의를 구현하는 방법으로 예론에 이론적 근거를 둔 예치를 지향하였으니 예학의 발달은 필연이었다.

동춘당은 바로 이 산림의 한 사람으로 정계에 나왔다. 어려서부터 함께 공부하던 동종의 송시열과 함께 서인산림의 대표주자로 출사하였다. 巖穴讀書之士로서 학문에만 전념하던 산림들이 대거 정계에 나서게 된 것은 붕당정치를 예고하는 것이었다. 이들은 학파가 모집단인 붕당의 영수로서 학계와 정계를 아우르고 있었다. 따라서 붕당은 이념정치집단이자 인재탱크였다.

붕당의 대표인 산림은 왕으로부터 世道를 위임받아 정계와 학계를 이끌어가는 경세가들이었다. 각 붕당들은 학문적 차별성을 갖고 여·야의 역할분담을 하며 一進一退하였으니 입헌군주제와 유사한 정치행태를 보였다. 붕당정치의 본질은 산림이 중심이 되어 각기 자기당파를 이끌며 여당과 야당의 입장에서 정치를 하며 왕은 국체의 상징이자 최종결재권자로서 남아있는 것이다.

송준길은 아버지 송이창이 벼슬하는 사이 서울 정릉동 삼현대에서 늦둥이(아버지 46세, 어머니 김씨 42세)로 태어났고(1606년 12월 28일), 여덟 살에 선조의 고향인 대전 회덕의 송촌으로 내려와 인생의 대부분을 여기서 지냈다. 그는 지속적으로 왕의 부름을 받아 여러 관직을 역임하였지만 실제 서울에서 산 시간은 1년여밖에 안되었다.

아홉 살이 되었을 때 한 살 아래 친척 우암 송시열이 그의 집에 와서 아버지 宋爾昌 밑에서 함께 공부하기 시작하였다. 이후 이들은 평생의 지기가 되었다. 18세가 되던 1623년 연산의 김장생을 찾아가 그 문하에 들었다. 김장생은 그의 외당숙이기도 하다. 송준길이 김장생의 예학을 전수받는 일차적 계기가 마련된 것이다. 율곡 이이－사계 김장생－신독재 김집으로 이어지는 기호학파의 정통성을 이어받게 된 것이다.

이 해는 인조반정이 일어난 해이기도 하다. 주지하다시피 인조반정은 서인이 주도하고 남인이 동조하여 일어난 정변으로 이후 정국은 자연스럽게 서인이 주도하게 되었다. 이에 서인은 반정에 가담하여 권력의 핵심에 자리잡은 功西와 산림계열로 학문적 배경과 명분이 강한 淸西로 노선 분립하였다. 청서파의 정통으로 부상한 김장생의 제자로 송시열과 함께 서인학맥의 계승자가 된 송준길의 미래는 희망적이었다.

반정이란 왕의 자질에 문제가 생겨 부득이 왕을 교체하여 정치를 바르게 하기 위한 조치로서 사건주모자가 왕이 되는 것을 피하고 왕실에서 적격자를 옹립하여 입승대통하게 하는 유교적 정변이다. 하지만 유교사회에서 왕을 몰아낸다는 것은 명분상의 문제가 있었다. 따라서 반정공신들은 산림계열의 청서에게 명분상 밀리게 되어 있었다. 더구나 권력을 잡은 이들 공서파가 급속도로 權貴化하고 친청파로 변질됨으로서 몰락의 길을 걷게 되었으니 이들은 반정으로 왕위에 오른 인조의 승하와 운명을 함께하였다.

인조사후 왕위에 오른 효종은 청나라에 대한 복수설치를 위한 북벌론의 기치를 높이 들고 산림들을 대거 정계에 초치하였으니 송준길은 송시열과 함께 이런 흐름에 부응하였던 것이다.

김장생 예학 형성에 있어서 송준길이 한 몫 단단히 한 것은 위에서 언급하였다. 『家禮輯覽』과 함께 김장생의 대표적 예서라고 할 『의례문해』의 질문자 중 대표적인 학인으로 활동하였으니 약 44%가 송준길의 질문이었다고 한다.[57] 또한 영남의 대표적 예학자인 정경세의 사위가 됨으로서 학문적 차별성이 분명해지고 있던 영남예학과 기호예학의 보합과정에 있어 송준길의 가교적 역할을 상정해 볼 수 있다.

그는 기호학파의 서인으로서는 드물게 영남남인의 대표적인 학자 정경세의 사위가 되었다. 정경세는 퇴계와 남명 양 선생 문하에서 공부한 영남의 대표적인 학자로 예론에 이름이 났다. 그가 송준길을 사위로 맞아들인 일화 역시 송준길의 면모를 여지없이 보여주고 있다.[58] 송준길은 과하지도 모자

---

57) 한기범, 『同春堂 宋浚吉의 禮學思想』(2002, 충청학연구 3집).

라지도 않은 중정을 지켜 정경세의 선택을 받은 것이다. 송준길의 이러한 행동은 그의 생애 전반에 걸쳐 나타난 균형감각을 보여주는 증표라 할 수 있다.

송준길의 이러한 중도성향은 불같은 성격의 우암 송시열을 감싸고 진정시키면서 17세기 조선사회 재건이라는 막중한 임무를 추진한 쌍두마차가 되었던 것이다. 흔히 兩宋으로 불리는 두 사람은 붕당정치가 치열해지던 당시에 굳은 동지애로 뭉친 지기로서 상호보완의 힘을 발휘하였던 것이다.

우리는 현재적 가치관 때문에 두 분에 대해서도 누가 우월한가 비교하려 하고 그 차별성을 부각시키고자 하는 병폐를 보이고 있다. 이를 두 분이 지켜본다면 아마도 그 어리석음에 혀를 찰 일이라고 생각된다. 두 분은 이신동체처럼 행동하고 끝까지 믿음을 잃지 않고 국가를 위해 헌신하였던 것이다.

어려서부터 병약하였던 동춘당이 1672년 67세를 일기로 세상을 뜨자 한 살 아래인 송시열은 4반세기를 더 살며 고군분투하였다. 그 사이에 제2차 예송인 갑인예송(1674년)으로 실각하였고, 1680년 경신환국으로 복권, 1689년 기사환국으로 다시 실권하여 사약으로 생을 마감하기까지 송시열은 험난한 인생역정을 살며 송준길의 따뜻한 인품과 협조를 그리워하였을 것이다.

동춘당은 그의 온화한 성품대로 험난한 정치적 격변기인 환국기가 시작되기 직전 생을 마감함으로서 비교적 평탄한 생애를 살았다. 노론・소론이 분립되기 전에 졸거하여 서인사대부로 일생을 마쳤음도 그의 행운이라 하겠다. 시대가 사람을 만든다고 했던가? 17세기 양송의 출현은 조선왕조의 재건을 위하여 하늘이 내린 축복이자 조선 문화 창달의 견인차로서의 의미가 있다.

---

58) 정경세는 충청도 연산에서 강학하던 김장생을 찾아가 사윗감을 직접 골랐는데 느닷없이 방문을 열자 방안에서 휴식 중이던 세 청년의 반응이 각기 달랐다고 한다. 송시열은 누운 채 그대로 책을 읽었고, 송준길은 일어나 목례만 하고, 이유태는 일어나 나와서 인사를 했다는 것이다.

5. 맺음말

이상으로 17세기 조선사회의 예학사와 예송의 문제를 개관하고 예치의 시대에 있어 동춘당 송준길의 위상을 검토하였다. 이 시기가 기본적으로 붕당정치기이며 그 주도층은 사림으로 출발한 학자관료인 사대부라는 전제하에 학파 = 정파의 구도로서 파악하였다. 그 붕당정치를 이끈 핵심주체로서 산림의 역할에 주목하고 서인산림의 대표주자로서 송준길의 위상을 점검하였다.

조선왕조는 文治主義를 표방하는 문화국가였고 성리학적 이데올로기를 통치이념화하여 편제된 사회이기 때문에 현실정치와 성리학적 도덕철학은 긴밀하게 논리적으로 결합되어 있었다. 따라서 성리학을 주전공으로 하는 사림이 修己治人의 정합성을 추구하면서 정치세력의 주체가 된 조선후기 사회에서 禮論을 사회정의 구현의 기본으로 하는 禮治를 내세운 것은 당연한 귀결이었다.

외래사상인 성리학이 조선사회에 이해되고 토착화하며 자기발전을 해가는 과정에서 볼 때, 전기에는 원론인 理氣論에 대한 이해와 그에 따른 人性論의 발달로 개인적 수양이 주요과제로 떠올랐다. 사람다운 사람 만들기가 가장 절실한 문제로 인식되었던 것이다. 개인의 수양 다음단계는 사회질서와 국가질서의 확립단계로 확장되는 것은 당연한 귀결이다.

17세기는 兩亂의 후유증을 극복하여 체제를 재정비하는 시기로서 대내적으로는 예를 세워 사회질서를 바로잡자는 禮治, 대외적으로는 復讐雪恥를 위한 北伐論을 내세우는 등 대내외적인 목표설정은 주요 정파였던 서인과 남인 공통의 것이었지만 실현방법론의 차이가 禮論으로 나타난 것이다.

16세기에 사림이 성장하면서 다진 학적 기반은 우주론으로서 理氣論과 이에 기초한 四端七情論으로 대표되는 心性論으로 다져지지만 예론은 미숙한 단계였다. 국가 의례로서의 『國朝五禮儀』가 성종 대에 편찬되었고 사대부는 『朱子家禮』의 喪・祭禮 중 제례를 중심으로 부분적으로 준수하는 형편이었다. 이때는 각 가문의 동질성을 확보하기 위한 생활규범서로서의 성격이 강하였다.

본격적인 禮書는 17세기 인조 대에 와서 비롯되었다. 영남학파의 남인과 기호학파의 서인 양대학파가 각기 『주자가례』를 탐구하고 재해석하는 과정에서 古禮에 소급하여 부연 설명하거나 17세기 조선의 현실을 반영한 '時王之制'를 첨가하여 時宜性을 살리고 있는 것이 특징이다.

이러한 기본 흐름은 같으나 남인과 서인의 예서들은 차츰 상이점을 드러내고 있었으니 근기남인 학파의 시발점이라 할 수 있는 寒岡 鄭逑(1543～1620)와 서인 예론의 대가로 평가되는 沙溪 金長生(1548～1631)에게서 이미 엿보이고 있다. 전자는 『주자가례』 일변도의 예학풍에서 탈피하여 北宋 諸儒의 예설에 시야를 확대시켜 朱子의 예설을 그 한 부분으로 파악하고 있는 점이 특색으로 나타나고 있다. 후자는 『주자가례』를 모본으로 하되 조선적 특수성을 감안하고 시속에 맞게 융통성을 살리고 있는 점과 變禮에 대한 관심이 특징적으로 나타나고 있다.

17세기 전반 예론의 입론서인 예서의 간행과 상호 차이점은 17세기 후반에 정치 문제화하여 1659년의 己亥禮訟과 1674년의 甲寅禮訟으로 구체화하였고 예송은 북벌론에 대응되는 大義名分으로서 정권장악의 방법으로 이용되었다.

'正體說'로 요약되는 서인의 예론은 기본적으로 『주자가례』의 정신에 입각하였고 士든 大夫든 일반 백성이든 왕이든 똑같은 예의 기준을 적용받아야 한다는 '天下同禮'의 입장이었던 반면, '卑主貳宗說'로 개념화되는 남인의 예론은 왕의 예는 일반 士나 庶人의 예와 동격일 수 없으므로 특별한 예를 적용하여 우대해야 한다는 '王者禮不同士庶'의 입장을 고수한 것이다.

전자가 臣權 강화의 입장에서 평등주의라는 보편성을 지향하였음에 대하여 후자는 王權 강화라는 특수성의 노선을 택한 것이다. 그 학문적 차이

점은 서인이 주자성리학을 고수하였음에 대하여 남인은 六經 중심의 복고풍을 보이고 있는 데서 찾을 수 있다.

제1차 기해예송은 서인의 승리로 종결되어 인조반정 이래 유지되어 온 서인우세 속의 남인과의 연립정권이라는 과도기적 구도가 계속되는 가운데 서인의 정치력이 강화되었다. 제2차 갑인예송으로 남인이 승리함으로써 남인 專權體制가 성립되었으니 이후 양정파간에 치열한 정쟁이 계속되어 1680년 庚申換局, 1689년 己巳換局, 1694년 甲戌換局으로 朋黨政治의 극성기를 도출하면서 그 한계성을 노정하였다.

17세기 전반 反正과 胡亂 이후의 비상시국에서 필요했던 거국내각으로서의 연립정권의 틀이 17세기 후반 안정기에 들어서면서 상호 專權을 행사하려는 정치의 본래적 속성에 의하여 예송이라는 이념 투쟁을 통해 여・야당의 본색을 분명히 한 것이다.

17세기 정계재편과정에서 송준길은 다소 비켜나 있다. 그가 1672년에 사망하였기 때문이다. 그의 사후 1674년 제2차 예송인 갑인예송으로 서인은 정계에서 실각하여 서인산림의 대표주자이자 그의 동지이던 송시열을 비롯하여 많은 서인정객들이 유배당하였다. 6년 후인 1680년 경신환국으로 서인이 복권하였지만 곧 서인 내 노선분립으로 노론과 소론으로 갈라지는 정치적 격변이 일어났다. 다시 10여년 후인 1689년 기사환국으로 남인이 득세함으로서 송시열은 사약으로 생을 마감하였다.

송준길은 그의 사후 치열하게 전개된 당쟁의 회오리를 비켜간 것이다. 인조반정으로 서인이 주도하는 정국 속에서 서인 산림출신으로 한평생을 살다가 서인이 실각하기 2년 전에 세상을 떴으니 그의 생애는 비교적 평탄했다고 할 수 있다. 공적인 영역에서 말하자면 17세기 예학의 시대에 예를 세워 양란으로 무너진 국가질서를 회복하고 사회정의를 구현하는데 예치의 시대적 책무에 큰 몫을 담당하였으니, 국가사회에도 크게 기여하였다고 평가할 수 있겠다.

同春堂 宋浚吉의 文廟從祀와 書院享祀

최 근 묵*

1. 머리말

同春堂 宋浚吉(1606~1672)은 조선후기의 성리학자이며 정치가로 이이－김장생으로 이어지는 기호학파의 학통을 이은 儒賢이다. 특히 그의 禮學은 특출한 것이었다.

송준길은 송시열과 함께 兩宋으로 지칭될 만큼 표리관계를 이루고 있었다. 이들은 同門受學에서 정치적 운명까지 함께 하였고 언제나 동춘당 송준길이 있는 곳에 송시열이, 송시열이 있는 곳에 그가 함께 하였다. 兩宋은

---

* 충남대 국사학과 명예교수.
이 논문은 『충청학연구』 6집(한남대 충청학연구소, 2005)에 수록된 필자의 논문에 약간의 수정・보완을 더한 것임.

성격상으로 차이가 많았지만 대체로 송준길은 송시열의 뒤에서 드러내지 않고 공을 뒷받침하였다. 그리하여 金石文에서도 대부분 비문은 송시열이 撰하고 송준길이 書할 만큼 온화하고 차분한 성격으로 보여진다.

조선시대 학자의 공업은 뒷날 문묘종사와 서원향사를 통하여 평가된다. 양송은 평생을 공생한 것과 같이 사후의 문묘종사에 함께 하였고 서원향사에도 생존순인 송준길, 송시열로 추향되고 있다. 본고에서는 송준길 사후 양송이 문묘에 종사하는 경위와 송준길의 서원향사에 대하여 그 내용을 살펴보고자 한다.

2. 同春堂 宋浚吉의 文廟從祀

1) 문묘종사의 유래

조선은 유교를 국가의 지도이념으로 하여 세워진 문치국가로 孔子를 정신적 지주로 삼아 숭배하였다. 그리고 공자의 학문인 유교는 가장 큰 권위를 갖고 있었다. 유교의 권위가 절대적으로 인정되던 당시에 유교에 대한 학문적 조예가 깊거나 유교 발전에 현저한 공로가 있는 儒賢은 공자를 모신 사당인 문묘에 종사하였다.

유교를 집대성한 공자를 받드는 묘우에 四聖을 배향하고 孔門十哲 및 宋朝六賢 및 七十二賢과 우리나라의 신라・고려・조선조의 名賢十八賢을 종사하여 太學生의 사표로 삼았다. 중앙에는 성균관, 지방에는 각 군현의 향교에 건치하였다.

국가에서 국학에 공자를 향사하는 문묘를 세운 것은 漢나라 때부터 시작하였다. 이는 유학의 道를 높임으로써 帝王의 지도이념을 정하고 어진 덕이 있는 사람을 존중하여 국가의 명맥을 오래가도록 하려는 것이었다. 국가에서 어진 사람을 높여야만 후세의 사람들이 성현을 배워 본받고자 할 것이고 천하 사람들이 지향하는 바가 하나로 통일될 수 있을 것이다. 유학의 道를 높여야만 후세의 사람들이 道學이 존귀한 줄을 알게 되고, 국가의 지도이념이 바르게 세워질 수 있게 될 것이다. 이런 뒤에라야 백성들이 올바르게 교화되고 국가의 바탕도 튼튼하게 된다고 사람들은 전통적으로 생각하여 왔다. 문묘는 곧 한 국가의 지도이념의 원천이자 정신교육의 본산이었다.

우리나라의 문묘제도는 중국의 제도를 수용하여 왔지만, 중국과의 차이점은 우리나라의 儒賢을 함께 향사하였다는 것이다. 우리나라에서 문묘에 향사되는 유현은 동방 18현이다. 고려시대 종사된 3인(최치원 : 1020년, 설총 : 1022년, 안향 : 1319년)을 제외하고 15현은 모두 조선시대에 종사되었다. 1517년(중종 12)에 鄭夢周를, 1610년(선조 34)에 金宏弼 · 鄭汝昌 · 趙光祖 · 李彦迪 · 李滉을, 1682년(숙종 8)에 李珥 · 成渾을, 1717년(숙종 43)에 金長生을, 1756년(영조 32)에 宋時烈 · 宋浚吉을, 1764년(영조 40)에 朴世采를, 1796년(정조 20)에 金麟厚를, 1883년(고종 20)에 趙憲 · 金集을 종사하였다.[1)]

조선시대 각종 祠廟에 향사하는 것을 그 내용별로 분류하면 복잡하다. 그러나 대체로 그 내용을 살펴보면, 어떤 인물의 공이 백성에게 있으면 社에 모셔서 향사하고, 공이 국가에 있으면 宗廟에 모셔서 향사하고, 공이 道에 있으면 문묘에 모셔서 향사하는 것이 고금에 통용되는 제사의 원칙이었다. 당시 사회에서 문묘에 종사되려면 유학의 道를 발명한 학문이나 유학을 발양한 공이 있어야만 했다.[2)] 즉, 그 학문과 도덕의 훌륭함이 마땅히 후세의 法式이 될 수 있어야 하고, 또 앞시대의 학통을 이어 후세를 열어줄 수 있는 학문적인 공이 있어야만 했다. 그리고 온 나라의 모든 사람들이 論議가 歸一되어야만 하기 때문에 학덕이 뛰어난 인물이라 해도 문묘에 종사되기는 어려웠다. 그러나 학덕이란 그 기준이 애매하여 눈으로 잴 수 없는 것이기 때문에 종사될 인물 선정에 있어, 처음부터 문제를 안고 있었으므로

1) 『增補文獻備考』 卷204, 學校考 3, 文廟條.
2) 奇大升, 『高峯集』 卷3, 「抵太學通文」.

언젠가는 시비를 야기시킬 소지가 있었던 것이다.

그러나 문묘에 종사된 당사자의 門人들은 학문적 자긍심을 갖게 되었고, 그 후손들은 대단히 명예롭게 생각하였으므로, 학자로써 문묘에 종사되는 것은 최대의 영광이었다.

2) 宋浚吉 · 宋時烈의 문묘종사

김장생 · 김집의 학통을 이어받은 송준길과 송시열은 양송이라 칭할 만큼 표리관계를 이루며, 동문수학에 관직의 출퇴까지를 평생 함께 한 뗄 수 없는 관계이다. 그러므로 문묘종사가 거론될 때도 두 사람은 언제나 함께 거론되었지, 한 사람을 지칭해서 논의된 적은 거의 없었다. 기호학파의 적통은 김장생에서 송시열로 이어지지만, 송시열의 뒤에는 언제나 송준길이 자리잡고 있었다. 송시열은 8세에 회덕에 나아가 송준길의 부친인 송이창에게서 수학하였다. 송이창은 어려서 辛應詩(1532～1585)와 김계휘 등에게서 수학하다가 송익필 · 이이의 문하에서도 수학하였다. 그는 송시열의 부친과는 三從叔 간이었다. 그러나 두 사람은 다같이 李潤慶의 외손으로 兩姨兄弟의 사이로 가깝게 지내면서 송시열을 문인으로 받아들였다. 송준길과 송시열도 은진송씨의 行列로는 조카뻘이나 이와 같은 연유로 서로 호형호제하는 사이였다. 송준길이 송시열보다 한 살 위였으므로 형으로 불리었고, 이후 두 사람은 평생을 같이 한 知己之友였다.

양송은 정계에 진출하여 당시 당쟁의 와중에서 많은 시련을 겪었다. 이들은 정치적인 혼란 속에서 기호학통의 조종인 이이와 성혼의 문묘종사운동에 이어 그 적통인 김장생의 문묘종사운동을 전개하여 이들이 사후에 그 뜻이 이루어졌다.

김장생의 문묘종사가 실현되면서 같은 해에 송준길과 송시열을 문묘에 종사해야 한다는 상소가 잇달았다. 숙종 43년 전라도 유생 鄭敏河가 양송의 문묘종사를 청하는 상소[3]를 올린 데 이어, 다음 해에 경기, 황해, 충청

三道의 유생 尹壽俊 등이 양송과 함께 박세채의 문묘종사를 청하였다.[4] 박세채는 일찍부터 송시열과 학문을 교류하여 함께 仕宦하기도 하였다. 서인이 노・소론으로 분열되자 그는 소론의 영수가 되었다. 양송과 박세채를 함께 문묘에 종사하자는 청에 대하여 노론계열의 正言 鄭宅河는 양송은 김장생의 적전으로 一世의 矜式이 되어 百代의 宗師가 될 수 있으나, 박세채는 비록 일세의 명유로 오랫동안 사림의 尊慕를 받기는 하나, 도학이 그보다 미치지 못한다는 이유로 박세채의 문묘종사를 반대하였다. 이 때 양송의 문묘종사를 청했던 정민하는 鄭澈의 5대손이었고, 박세채의 종사를 반대한 정택하는 그의 동생이었다.

양송의 문묘종사 요청에 소론계열의 李升運은 반대상소를 올렸고, 정택하는 박세채의 종사를 반대한 데 대하여도 소론측이 邪說로 侵詆하였다[5] 하여, 양송의 문묘종사 문제로 노・소론의 대립이 계속되었다. 양송의 문묘종사 문제로 노・소가 대립하는 상황 속에서도 숙종 45년까지 경상도 유생 成德徵, 전라도 유생 鄭國章,[6] 五道儒生 李萬和[7] 등이 잇달아 양송의 문묘종사를 청하는 상소를 올렸다.

서인이 노・소로 분열되는 초기에는 사문의 시비로 대립하였으나 갑술환국 이후에는 禧嬪張氏의 처벌문제를 중심으로 忠逆의 시비분쟁으로 변질되었다.[8] 노론측은 장씨가 仁顯王后를 저주 모해하였으므로 逆律로 몰아 사사시켜야 한다는 忠逆論에 대하여 소론은 儲君인 세자를 보호하기 위하여는 희빈장씨를 살려야 한다는 義理論을 폈다.

양송의 문묘종사가 활발히 논의되던 숙종 43년부터 45년은 세자가 代理聽政하던 때였다. 이 시기 노・소는 충역의 시비로 대립이 치열했을 때 세

3) 『肅宗實錄』 卷60, 43년 12월 己巳條.
4) 『肅宗實錄』 卷61, 44년 2월 己巳條.
5) 『肅宗實錄』 卷61, 44년 5월 庚申條.
6) 『肅宗實錄』 卷62, 44년 11월 壬午條.
7) 『肅宗實錄』 卷63, 45년 3월 丙子條.
8) 鄭萬祚, 「英祖代 初半의 蕩平策과 蕩平派의 活動」 『震檀學報』 56, 1989.

자는 노론을 견제하는 입장을 취하고 있었으므로[9] 양송의 문묘종사는 결정되지 못하고 있었다. 숙종 말년 노·소의 대립은 충역론의 시비가 있는 가운데 노론이 정국을 주도하였다. 그러나 대리청정을 하던 세자의 견제를 받다가 景宗이 즉위하고 일어난 辛壬士禍로 소론정권이 수립되면서 노론계열의 선현이 수난을 당했던 시기이다. 이때 송시열은 道峯書院에서 출향당하고, 사액이 철액되는 등 큰 화를 당하였다. 이러한 정국의 급변하는 상황에서 양송의 문묘종사는 논의될 수조차 없었다.

그 후 경종이 즉위 4년만에 죽고, 왕세자인 영조가 노론의 비호를 받으면서 즉위하여 정국은 다시 역전되었다. 정국이 변하자 書院, 祠宇에서 출향되었던 송시열의 복향이 이루어지고 노론의 伸寃運動이 전개되었다. 또한 양송의 문묘종사운동도 다시 전개되어 경기, 충청, 강원, 경상도 유생들의 상소가 차례로 이어졌다.[10] 그러나 영조는 자기의 왕위계승에 유공한 노론이 정권을 잡는 것이 당연하지만 신임사화와 같은 살육의 보복은 막아야만 불안한 왕권의 강화와 전국의 안정을 기할 수 있다고 생각하였다. 그리하여 신임사화에 직접 가담하지 않았던 緩派 소론의 계열로 蕩平策을 시행하여 당쟁의 폐해를 제거하려는 破朋論을 제기하였다.[11]

탕평책이 초기에 성과를 거두지 못하자 영조는 왕권의 강화와 정국안정을 목표로 丁未換局을 단행하였다. 즉 즉위 4년 만인 1727년 일시에 대신 및 三司에서 노론계열의 관료 100여명을 파직하고 소론계열을 등용하는 소론정권으로 換局시켰다. 정미환국 이후 이제까지 거론되었던 양송을 문묘에 종사하여야 한다는 상소는 단절되게 되었다. 그러나 양송의 학덕을 존모하던 전국의 유생은 영조 11년경부터 다시 종사를 청하는 상소를 계속 올렸다.

---

9) 李銀順,「18세기 老論 一黨專制의 成立過程」110, 1986, 63쪽.
10)『英祖實錄』卷7, 1년 9월 癸卯·戊戌條.
『英祖實錄』卷9, 2년 3월 己未條.
『英祖實錄』卷9, 2년 7월 戊午, 10월 乙卯條.
11) 李銀順,「18세기 老論 一黨專制의 成立過程」, 1986, 98쪽.

영조조 양송의 문묘종사운동은 정국의 추이에 따라 전개되었지만 이이·성혼이나 김장생의 종사를 청하던 때와 같이 譏誣나 辨斥의 논란은 없었다. 정국안정을 위한 탕평책의 실시과정에서 정치적 변동이 잦았던 시기에 왕은 당파의 정통성과 연관되는 문묘종사를 거론하여 당론의 대립을 가져올 필요가 없었기 때문에 문묘종사는 실현되지 않았던 것이다. 영조조 정국의 잦은 변동에도 정국을 주도했던 노론계열은 경종 때 소론계열의 집권의리를 일체 반역으로 규정하고, 소론계열의 숙청에 철저를 기하여 집권기반을 더욱 굳혀 나갔다. 그들은 學緣, 地緣, 人緣이라는 말로 결집되는 閥閱을 형성하여 집권 특수층을 이루었다.

영조 31년 노론계열은 乙亥逆獄을 계기로 하여 노론정권을 확립하게 되었다. 이와 같은 정치적 변화는 오랫동안 논의의 대상이 되었던 양송의 문묘종사도 자연스럽게 다시 거론되어 영조 32년(1756) 2월에 양송을 문묘에 종사케 되었다.[12] 이이·성혼의 문묘종사 이후 김장생과 송준길·송시열 등 기호학파의 적통이 모두 문묘에 종사되었다. 특히 이들이 문묘에 종사된 시기가 대체로 서인이 집권하던 시기에 서인계 인물만 문묘에 종사되어 문묘종사의 객관적 공정성이 많이 상실되고, 문묘종사의 가치가 급격히 하락하였다고 지적하는 경우도 있다. 또 남인들은 서인 집권하의 공정하지 못한 문묘종사의 의미를 인정하지 않았을 뿐 아니라 심지어 조소의 대상으로 삼기까지 하는 경향이 많았다.

기호학파의 적통들이 문묘에 종사된 점을 비판하는 입장은 조선유학의 오랫동안 대립된 학문적 차이에서 갈등을 빚어낸 문제들이다. 기호의 적통이 서인의 집권하에서 문묘에 종사된 것은 부인할 수 없는 사실이지만, 종사된 인물의 성격으로 보아 그 이전 東方五賢과 비교하여 볼 때 과연 당파적인 입장에서 자기의 권위만을 위한 것인가를 냉정히 비판하여 볼 필요가 있다. 조선후기 이이·성혼을 비롯하여 기묘명현을 문묘에 종사한 것은 조선 유학사가 그들의 위치를 올바르게 평가한 결과였다고 확신할 수 있다.

---

12) 『英祖實錄』 卷87, 32년 2월 乙亥條.

다만 이같은 선현의 위업이 당쟁의 와중에서 무조건 상대방을 폄하하고 반대하는 정국의 상황으로 인해 학문의 성향을 달리하는 선현을 서로 인정치 못했던 불행을 초래하였던 것으로 보여진다.

3. 書院 享祀

서원은 祠廟와 講學의 공간으로 보아 祭祀的 기능과 敎育的 기능이 결합된 것이다.

유교사회에서 교육기관의 제사적 기능은 成聖敎育이다. 유학의 발전에 혁혁한 공을 세운 대유학자이거나 나라를 위해 충절을 바친 인사들만이 봉안되어 선현의 학덕과 위대한 유훈을 하나의 모범으로 받들면 후학들을 계도하고 학문을 연마하는 데에 도움이 된다고 믿었기 때문이다.

조선시대 서원에 향사되는 인물은 학문으로 백대의 종사가 될 수 있는 사람, 祠宇는 '行誼節烈 一鄕矜式'이 될 인물로 구분되지만 조선후기에는 서원·사우의 구분이 희석되었다.

송준길은 문묘에 종사된 儒賢으로, 지방의 서원에 널리 향사될 수 있는 학자이다. 그러나 조선후기에는 학연, 지연, 혈연, 색연 등 파당적인 여러 현실과 서원의 남설, 첩설 등으로 제한적인 요건이 너무 많았다. 이에 사림들은 창설요건이 비교적 제약되지 않는 祠宇의 건립을 통하여 우후 죽순의 남·첩설이 이루어지고 서원·사원의 구분도 희석되기에 이르렀다.

송준길은 사우에 향사되는 경우는 없었다. 또 그와 같이 향사되는 인물도 그의 스승인 김장생과 평생동지인 송시열이 중심이 된다. 그가 향사되는 서원을 살펴보면 다음과 같다.

1) 崇賢書院[13]

숭현서원은 대전서 유성구 원촌동에 있었던 대전지방 최초의 서원이다. 숭현서원의 전신은 三賢祠이다.

삼현사의 건립연대는 확실한 자료는 없으나 임란 때에 소실되었다는 기록이나 여러 정황을 통해 볼 때 1570년대 즉 선조 초년 경으로 헤아려 볼 수 있다. 삼현사에 향사된 인물은 鄭光弼(중종조 영의정, 송순년의 사위)·金淨(기묘명현, 송여익 사위)·宋麟壽(을사사화에 피화) 등이다. 이들은 모두 士禍에 연루되어 파직되거나 희생된 士林의 인물이다. 삼현사가 창건된 동기는 恩津宋氏가 회덕지방에서 재지사족으로 크게 성장하면서 사림의 중망을 받던 절의의 인물 가운데 은진송씨와 관계가 깊은 인물을 향사하여 재지적 기반을 강화하였던 것이다.

임란 때 소실된 삼현사는 1609년(광해군 즉위년)에 송남수에 의해 지금의 자리인 원촌동에 재건되었다. 그리고 같은 해 이시직의 청액 상소문으로 '崇賢'이라는 사액을 받아 이후로 숭현서원이라고 하게 되었다. 또한 병자호란 때 절사한 이시직(송세영의 외손)·송시영이 별사되어 오다가 뒷날 祠宇에 配享되었다.

사액을 받은 숭현서원은 처음에 廟宇만 세워졌다가 뒤에 강당인 立敎堂, 문루인 詠歸樓 등이 건립되어 서원의 모습을 갖추게 되었다.

회덕지방에서 재지사족으로 크게 성장한 은진송씨는 여러 측면에서 향촌지배권이 강화되었다. 이같은 회덕지방의 사우는 兩宋과 같은 당대의 걸출한 유현이 배출되면서 그 학맥을 같이 하는 기호학통의 적통인 김장생을 추향하고 이어 송준길, 송시열을 추향하는 것은 당연한 추세였다.

김장생은 1646년(인조 24)에 숭현서원에 추향되었다.

---

13) 송인협, 「숭현서원에 대한 연구」『대전문화』 제6호, 1977.
위 연구에서 숭현서원에 관한 내용을 상세히 밝히고 있다. 위 연구 내용 가운데 서원성격에 대하여는 필자와 견해를 달리하고 있다.

송준길이 숭현서원에 추배된 것은 1681년(숙종 7)이다. 이때 宋奎濂이 올린 '代湖儒請同春先生配享崇賢書院疏'[14] 등의 추배상소가 이어지면서 숙종의 윤허를 받아[15] 추향되었다. 그리고 1694년(숙종 20)에 송시열이 이 서원에 추향됨으로써 숭현서원은 대전지방의 首善之地로서 士林활동의 중추적 기능을 하다가 대원군의 서원철폐령으로 훼철되었다.

2) 遯巖書院[16]

돈암서원은 충청남도 논산시 연산면 임리에 있는 서원이다.

연산지방은 光山金氏가 고려말부터 世居하던 곳이다. 김장생의 아버지인 金繼輝가 서울에서 연산으로 퇴거해 와서 후학양성을 위해 세운 것이 靜會堂이다. 김계휘의 사후 김장생은 정회당에서 강학활동을 하다가 1602년(선조 35) 이후에는 임리에 養性堂을 세워서 많은 제자들을 길러냈다. 金集・宋浚吉・宋時烈・李惟泰 등이 그 대표적인 인물이다. 이들을 중심으로 김장생의 문인들은 김장생이 돌아가자마자 사우를 건립하여 享祀하는 일을 주도하였다.

돈암서원은 1632년(인조 10)에 出文有司와 列邑有司의 주도로 충청도 20개 제읍의 사림이 창건을 발의하고 그 이듬해 완공하여 1634년에 김장생을 봉안하고 1659년(효종 9)에 김집을 배향하였다.

돈암서원은 김집을 서원에 배향하자 請額하여 그 다음해(1660, 현종 1)에 '遯巖'이라는 사액을 받았다.

사액서원이 된 돈암서원은 호서의 首善之地로 호서사림의 구심적 역할을 하였다. 그러므로 그의 적통을 잇는 송준길・송시열의 서원 배향도 당연한 일이었다.

---

14) 『霽月堂集』 卷4, 疏.
15) 『書院謄錄』, 辛酉, 正月五日條.
16) 李娟俶, 『遯巖書院』, 忠南大 석사학위논문, 1993.2.
위 연구에서 돈암서원에 대한 연구를 상세하게 하고 있다.

1688년(숙종 14)에 송준길의 추향을 청하는 글에서 '文正公 宋浚吉은 어려서부터 長生의 문하에서 수업하여 聖代의 眞儒가 되었습니다'[17]라고 한 바와 같이 송준길은 김장생을 잇는 진유로 뛰어난 예학자였다. 그리고 송시열은 숙종 21년에 이 서원에 추향되었다.

기호학파의 적통을 배향하고 있는 돈암서원의 권위나 영향력은 일정기간 유지되어 왔다. 그러나 숙종 22년 송시열을 독향한 華陽書院이 건립되고 老論이 정치적으로 득세하면서 송시열의 학문적 권위와 정통성이 합리화, 절대화 되자 기호학파계 사원의 首善之地는 화양서원으로 옮겨갔다.

이와 같이 17세기의 중앙정계, 학계를 주도했던 山林－金集·宋浚吉·宋時烈·李惟泰·尹宣擧 등－이 김장생의 문하에서 나왔고, 이들의 제자 가운데서 또한 산림이 배출되었다. 그리고 이들 산림이 돈암서원의 원장을 비롯한 원임을 맡고 있었으므로[18] 이 서원의 권위와 영향력도 산림의 그것에 상응하는 정도였을 것이다. 이와 같이 이 서원은 山林과 禮學의 산실이요, 기호지방의 首善之地로 士論을 형성하고 公論을 주도하는 서원이었다.

3) 忠賢書院[19]

충현서원은 공주시 반포면 공암리에 자리잡고 있다. 이 서원은 朱子廟와 孔巖書院이 발전하여 세워진 것이다.

이 서원은 이곳에 은거하여 강학하던 徐起가 주자의 진상을 모사하여 1574년(선조 7)에 그 영정을 공암의 蓮亭에 봉안하였던 주자영당이다.

주자영당에 서원이 세워진 것은 1581년(선조 14)이다. 서기는 제자를 강학하던 이곳에 주자를 주벽으로 하여 공주지방의 鄕賢인 李存吾·李穆·

17) 『書院謄錄』, 戊辰 3월 10일 條.
18) 李娟俶, 『遯巖書院』, 忠南大 석사학위논문, 1993.2, 40쪽.
19) 필자는 『忠賢書院』(社團法人 忠賢書院, 2001)에서 충현서원에 대한 내용을 종합적으로 정리한 바 있다.

成悌元을 배향하여 공암서원을 창건한 것이다. 이로 보아 공암서원은 鄕賢祠의 성격을 띤 사우로 보아야 할 것이다.

1591년 서기가 죽고 그 다음 해에 임진왜란이 일어나자 공암서원은 폐허화되었는데, 1610년(광해군 10)에 공주의 사림에 의해 중수되었다. 이때 서원의 중수에 참여한 사람은 서기의 문인으로 대부분이 공주목 관하에 과거 유성현 지방에서 세거하던 忠州朴氏들이었다.

공암서원은 1624년(인조 2)에 '忠賢'이라는 사액을 받고 이어 서원의 창설자인 서기를 別祀하기 시작하였다.

사액서원이 된 충현서원은 호서사림의 중심적 역할을 수행하게 되었다. 특히 기호학파의 적통이 연산・회덕지방으로 옮겨지고 老論의 정치적 득세는 충현서원에도 그 영향이 미쳤다.

처음 향현사에서 출발한 충현서원은 그 창설자가 서기이고, 서기는 화담학파에 연원하면서 同門인 朴淳은 유성현의 재지사족인 충주박씨로, 그의 친족들이 서기의 문하에서 수학하였다. 이같은 재지적 기반을 두었던 충현서원은 기호학파의 성세와 노론의 정치적 득세로 향촌에서의 사림의 동향도 자연히 기호학파의 적통이며 호서사림의 대표적 유현을 이 서원에 추향하고자 한 것은 자연스러운 것이었다. 그리하여 조헌・김장생・송준길・송시열 등이 이 서원에 추향되었다.

충현서원에 송준길이 추향된 시기는 1686년(숙종 12)이다. 송준길의 아버지 송이창이 서기의 문인이었고, 송이창의 서기에 대한 祭文이 전해질 정도로 충현서원과는 밀접한 관계를 맺고 있었다. 이러한 송준길의 추향시도는 1684년부터 있었다. 이때 추향을 주도한 이는 成楚和였다. 그러나 조정에서는 이미 회덕 유생들의 청으로 숭현서원에 배향하였으니 추배하지 말라는 것이었다. 그 후 추향을 다시 청하여 1686년에 이루어졌다.

4) 滄州書院

충청북도 옥천에 세워졌던 창주서원은 대원군의 서원철폐령 때에 훼철되었다.

옥천지방은 고려 때에는 행정구역상으로 경상도에 속했던 곳이다. 조선조에 경기 과전 원칙에 따라 충청도 군현의 일부가 경기도로 예속되면서 그 대신 경상도 군현의 일부가 충청도로 편입된 곳이 옥천지방이다.

충청도로 편입된 옥천지방은 조선시대의 학연·지연·혈연·색연 등 모든 면에서 경상도와 밀접한 관계를 지니고 있었다. 특히 조선 중·후기 중앙정계가 파당으로 분립되는 과정에서 이곳은 북인계의 파당과 연관되고 있었다. 이런 상황에서 옥천에 서인계의 조헌이 금산에서 순절하고, 송시열이 구룡에서 출생하여 정치적, 학문적으로 성장하면서 향권에서도 서인계의 세력이 점차로 성장하였다.

조헌은 의병장으로, 유현으로 옥천지방의 사림들에 크게 숭앙되면서 서원에 향사되었다. 그리하여 북인계 서원인 三溪書院에 배향되었다. 그러나 성격이 다른 서원의 배향은 지역에서 갈등이 조장되었다. 이에 인조 17년 金堉은 조헌의 位版을 表忠祠로 移安하였다. 그리고 1608년에 표충사 내에 창주서원을 창건하고 1682년(숙종 8)에 사액하였다.

옥천지방이 기호학파의 학연이 커짐에 따라 창주서원에 김집(현종 11), 송시열(숙중 20), 송준길(숙종 36) 등 기호 학맥의 유현과 재지의 향현인 郭垠(숙종 36) 등이 추향되었다.

5) 鳳巖書院

충청남도 연기군 서면 봉암리에 있었던 서원이다. 1651년(효종 2)에 창건된 것으로 추정되며 1665년에 사액되었으나, 서원철폐령으로 훼철되었다.

이 서원은 韓忠(1486~1521)을 독향한 서원이었는데 뒷날에 김장생·

송준길·송시열을 병향하였다.

한충은 기묘명현으로 청주에 세거하고 있던 청주 한씨 일족이었고, 그의 후손들이 서면 일대에 세거하고 있다.

서원이 건립된 지 11년만인 1662년(현종 3)에 김장생을 병향하게 되는데 그 경위는 잘 알 수 없다. 그러나 조선후기 많은 향현사가 서로 다투어 유현을 향현사에 함께 향사하여 재지사족의 권위와 향권에서의 우위를 점하려는 모습을 찾아 볼 수 있다.

1685년 송준길을 추향하였는데 사유를 살펴볼 수가 있다. 이때 연기군현의 유생 朴善一 등은 송준길의 도덕과 학문이 사림들의 추앙을 받고 있을 뿐만 아니라, 이 서원의 원장을 역임하면서 선비를 가르쳤던 유서를 들어 합향을 청하고 있다.[20] 이들의 서원 제향이 첨설임에도 박선일의 건의는 받아 들여져 이 해에 추향이 결정되기에 이른다. 실제 송준길이 연기에 우거한 기간은 정확하게 알 수는 없으나 서원 원장을 역임하고 왕래하면서 연기 樂隱洞의 뒷산에 있는 藏春場은 그의 유서가 남은 곳으로 이곳에는 그가 쓴 '藏春場'이라는 글씨가 남아 있다.

6) 龍江書院

충청남도 금산군 제원면 용화리 금강 상류인 용강가에 자리잡고 있던 용강서원은 1716년(숙종 42)에 세워진 서원으로 대원군의 서원철폐령 때 훼철되었다.

이 서원의 창건당시 전라감사는 이집이었다. 이집은 李光夏의 아들인데 이광하는 閔鎭夏·權尙夏와 더불어 '洛中三夏'라 불릴 만큼 절친했으며, 송시열의 문인인 李端夏와 집안간이기도 하다. 또한 봉안시대 감사 金普澤은 송시열의 문인인 김만기의 손자이며, 당시 군수 尹泓은 송시열의 제자이다. 이러한 관계가 송시열이 이유태·유계가 우거하던 금산지방에 연

---

20) 『書院謄錄』, 숙종 11년 11월 5일조.

고를 갖고 있음에 서원을 창건한 계기가 되었을 것으로 보인다.

이 서원의 창설 성격으로 보아 양송과 유계가 배향됨은 자연스러운 추세였고, 뒷날 金元行·宋明欽이 추향되었다.

7) 興巖書院

경상북도 상주군 내서면 연원리에 있는 서원이다.

상주지방은 송준길의 장인 鄭經世가 우거하던 지역이면서 송준길이 수령을 지낸 고을이다. 송준길은 생전에 처가에 왕래하면서 이 지방의 사림과의 교류가 활발하였으며, 그 문하에서 수학한 문인도 있었다.

1702년(숙종 28)에 이 지방 사림의 공의로 송준길의 학문과 덕행을 추모하기 위하여 창건한 獨享 서원이다. 1705년 '興巖'이라 사액되었다.

이 서원에는 1716년에 숙종이 하사한 御書를 기념하기 위해 세운 어필비각이 있다.

8) 星川書院

경상남도 거창군 북상면 월성리에 있었던 서원이다.

송준길은 병자호란이 일어난 다음해 정월에 전전하여 영남으로 향하여 安陰 盧溪村(함양 안의)에 우거하였다. 2월에는 迎勝村(거창군 마리면 영승리)으로 옮기고, 또 猿鶴洞으로 옮겨 살다가 다음해 정월에 향리인 沙寒里(이사동)로 돌아왔다.

송준길이 작고하자 거창의 유림들은 1703년(숙종 29)에 공의로 송준길의 학문과 덕행을 추모하기 위해 서원을 창건하여 위패를 모셨다. 서원철폐령으로 훼철되어 서원구지에는 유허비만 남아있다.

9) 黔潭書院

충청북도 청원군 부용면 금호리에 있는 서원이다.

송준길은 64세 되던 1669년(현종 10)에 학문을 닦고 만년을 보내기 위해 保晩亭을 짓고 거처한 지 3년 뒤에 세상을 떠나자, 1694년(숙종 20) 후손과 유림들이 송준길의 학덕을 기리기 위해 보만정 옆에 사당을 세우고 서원으로 키웠다. 이것이 금담서원이다. 이때부터 보만정은 금담서원의 강학공간으로 이용되었다.

금담서원은 1695년에 '黔潭'이란 사액을 받았다가 대원군의 서원 철폐령 때 훼철되었는데, 1920년에 보만정은 재건되었다. 금담서원의 경판고에는 1682년 왕명에 따라 간행된 『同春堂文集』 판각이 보관되었으나, 후에 상주의 흥암서원으로 옮겨졌다.

4. 맺음말

송준길은 정치적으로 크게 출세하지 않았지만 항상 송시열의 정치적 후원 인물이었으며, 예학사상에 한 장을 장식한 예학자였다. 특히 그는 영남에 혼인 연고를 가지면서 노론, 남인과 대립되는 상황에도 송시열과는 평생을 함께 한 온화한 인물이었다.

송준길이 문묘에 종사되어 유학자로서 최고의 영예를 누렸고 많은 서원에 향사되었기에 그 교화의 힘이 컸다 하겠다. 조선시대에는 위대한 儒賢이 문묘종사나 서원향사를 통하여 사림의 숭앙을 받고 향촌의 교화에 커다란 영향을 주었다.

현대에 와서 유교는 많은 사람들에게 큰 교화를 주지 못하고 또한 유현의 존재마저 잊혀지고 있다. 그렇다고 조선시대와 같이 향교나 서원이 교육기능을 수행할 수도 없다. 그렇다면 우리는 선현의 업적을 어떻게 기릴 수 있을 것인가. 그것은 선현의 학문을 현대적 조명을 통해 접근하는 것이다. 또한 여기에서 더불어 제언할 수 있는 것은 선현의 유물, 유적을 보존하여 그들의 채취를 통하여 접근하는 것이라 하겠다.

동춘당 고택이 유적지로 보존되고 많은 학술회의가 이뤄지면서 그의 사상이 조명되고 있다. 그러나 그의 유물이 산일되어 그 모습을 찾아보기가 점점 어려워지고 있다. 이제 우리는 송준길의 유물로써 후학들이 접근할 수 있는 공간 즉 기념관을 세우는 일에 앞장서야 한다. 하루 빨리 기념관을 세워 그의 유물을 수집 보존하여 널리 전시하는 것이 우리의 책무라고 생각된다.

제2장 동춘당의 성리학사상

同春堂 宋浚吉의 性理學

황 의 동*

1. 序　言

宋浚吉(1606～1672)은 17세기 조선조의 대표적인 유학자로서 기호학파의 중심적 위치에 있었다. 위로는 栗谷, 沙溪, 愼獨齋의 학문을 계승하였고, 그의 문하에는 屯村 閔維重, 霽月堂 宋奎濂, 霽谷 黃世貞, 藥泉 南九萬 등이 있었다.[1] 그의 문인록에 의하면 이 밖에도 寒水齋 權尙夏, 芝村 李喜朝, 瑞石 金萬基, 畏齋 李端夏, 明村 羅良佐 등도 그의 문하에

* 충남대 철학과 교수.
이 논문은 『유학연구』 4집(충남대 유학연구소, 1996)에 수록된 필자의 논문을 교정・보완한 것임.

1) 장지연 저 외, 『조선유교연원 외』(附 유학연원약보), 명문당, 1983, 457쪽.

출입한 것으로 보인다.[2)]

그는 학문에 있어서 뿐만 아니라 그 인품이 훌륭하여 衆望의 대상이었던 것으로 보인다. 그와 同門修學을 하고 同族으로 평생을 함께 했던 尤菴의 그에 대한 다음 인물평은 이를 입증해 준다.

> 公이 항상 스스로 말하기를 '나는 心力이 매우 약해 독서할 때에는 뜻과 생각을 다할 수 없었다'고 하지만, 이는 스스로 겸손해 한 말이다. 그 생각을 다 해 이른 곳에서는 십분 精明하여 쳐도 깨어지지 않는다. 대저 공은 用力이 이미 오래이어서 만년에 덕을 이룬 즉, 精粹한 氣가 面貌에 달하고 動靜語默이 端莊하고 閑整에 모남이 없지만 규범을 넘지 않았으며, 色容이 淸和하고 辭氣가 통달하며 存心處事가 간절하고 精當하였다.[3)]

> 나는 마음이 거칠어서 心學공부에 적극 힘써보려고 하지 않은 것은 아니었으나 실효를 얻지 못했다. 지금에 이르러 혈기가 이미 쇠하여 思慮가 적어지자 마음이 안정됨을 자연 깨닫겠으니 대체로 心學공부란 매우 어려운 것이다. 同春 형 같은 분은 자질이 스스로 높아서 나 같은 사람에 미칠 바가 아닌데도 오히려 마음 제어하는 일이 쉽지 않다고 생각하였는데 하물며 나 같은 사람이겠는가?[4)]

이를 통해 동춘당의 학문과 인품의 폭과 깊이가 얼마나 심대한가를 짐작할 수 있다.

그런데 동춘당의 학문영역은 대체로 性理學, 禮學, 經學, 經世學 등으로 大別될 수 있는데, 무엇보다도 예학에 특출했던 것으로 보인다.[5)] 그의

---

2) 『同春堂先生續集』(이하 『續集』이라 함) 卷12, 附錄7, 門人錄 참조.

3) 『同春堂先生別集』(이하 『別集』이라 함) 卷7, 附錄, 遺事, 尤菴錄 十六條: "公每自言 吾心力甚弱 於讀書時 不能極意窮索 然此自謙之辭也 其窮索到處 則十分精明 攧撲不破矣 大抵公用力既久 暮年德成 則精粹之氣 達於面貌 動靜語默端莊 閑整無有圭角 而不踰規繩 色容淸和 辭氣條暢 存心處事 懇惻精當."

4) 『宋子大全』, 附錄 卷14, 語錄, 權尙夏 錄, "答某則心麤 非不欲勇猛加工 而未見實效 到今血氣已衰 思慮漸寡 心境自覺安靜矣 大抵此事甚難 如春兄資質自高 非某所及 而尙自以爲制心未易 況如我者乎."

5) 현상윤, 『조선유학사』, 민중서관, 1948, 180쪽.

성리학에 대한 관심은 예학에 비해 적었던 것 같다. 물론 理氣心性論 외에 수양론에 있어서는 내용면이나 양에 있어서 많은 관심을 가졌던 흔적이 농후하지만, 理氣心性論에 대한 전문적인 논문이나 글이 全無한 실정이다. 겨우 『經筵日記』나 鄭經世, 鄭景式, 鄭景華 등에게 보낸 편지를 통해 볼 수 있을 뿐이다. 이는 동춘당이 살았던 시대적 사상적 배경과도 무관하지 않다. 정치적으로는 인조반정에 의해 광해군이 폐위되고(1623년), 李适의 난이 일어나는가 하면(1624년), 치욕적인 정묘호란과(1627년) 병자호란(1636년)을 겪었다. 또한 사회적으로는 饑饉과 질병으로 민생이 극도의 위협을 받는 상황이었으며, 사상적으로는 서양의 문물이 소개되는가 하면 대의명분을 강조하는 의리학과 예학이 주류를 이루고 있었다.

이렇게 볼 때, 동춘당이 활동했던 17세기는 16세기와는 달리 격동의 시대였으며, 철학적인 思辯에 몰두하기 보다는 당면한 현실에 대응하지 않을 수 없었다. 당시의 의리론이나 예학의 융성은 시대적 배경과 밀접한 연관이 있다.

먼저 그의 학문적 연원에 대해 고찰해 보고 그의 理氣論과 心性論을 논구하고자 한다. 그의 聘父인 愚伏 鄭經世의 영향과 관련하여 동춘당의 학풍을 退・栗의 절충 내지 조화적 관점에서 보고자 하는 견해가 과연 타당한지 이에 관해서도 검토하고자 한다. 또 일반적으로 동춘당의 성리학이 율곡설의 부연 설명으로 이해되고 있는데, 과연 율곡과 구별되는 동춘당의 성리학적 특성은 없는지 유념하고자 한다. 17세기 기호유학을 대표하는 동춘당의 성리학을 조명하고 그의 유학사적 자리 매김을 시도한다는 점에서 본 연구의 의미가 있다.

2. 同春堂의 學問的 淵源

먼저 동춘당의 학문적 배경과 그 연원에 대해 검토해 보기로 하자. 첫째는 家學的 연원을 들 수 있다. 동춘당의 7세조 雙淸堂 宋愉는 幽貞의 덕과 孤高한 절개가 있는 인물로서, 일찍이 벼슬에 나갔다가 神德王后를 太廟에 祔祀하지 않음이 의리에 어긋난다고 생각하여 바로 사퇴 귀향하여 회덕 白達村에 은거하면서 종신토록 벼슬에 나아가지 않고 의리를 지킨 伯夷風의 유학자였다. 그는 草堂 주변에 靑松과 翠竹을 심어놓고 하객을 모아 문예로서 朋友講習의 道樂을 즐겼으며, 모친 柳씨 부인에게 효성이 지극하였고, 제사에는 항상 精潔을 힘쓰고 禮行에는 반드시 古制를 遵行하였다. 그러므로 그 堂을 단종을 위해 수절한 朴堧이 雙淸堂이라 扁名하여 詩로 학행을 讚하였으며, 안평대군이 이에 和答하였고, 이어 단종을 위해 節義를 지키다 죽은 朴彭年이 記文을 지어 宋公의 孤高淸明한 덕행과 의리를 칭송하였던 것이다.

이렇게 볼 때, 쌍청당의 의의는 박팽년의 記文에 의하면 천지간 풍월의 淸明함과 쌍청당 宋公의 德光이 和光同淸된다는 뜻으로서, 이러한 宋公의 幽貞之德과 孤高之節은 그 정신이 그대로 후대로 전승되어 동춘당의 예학사상과 우암의 大義정신으로 집대성되었던 것이다.[6]

이와 같이 동춘당의 학문 형성에 있어서 쌍청당 송유의 '從容就義 物我雙淸'의 도학정신은 많은 영향을 미쳤으니, 그의 堂名이요 號인 '同春'이 바로 이러한 정신을 계승한 '物我無間 與物同春'에서 연유했다는 것을 주목할 필요가 있다.

또한 그의 빙부인 愚伏 鄭經世의 학문적 영향도 고려해야 할 것이다. 동춘당은 사계, 신독재의 문하에서 성리학과 예학을 수업했지만 일면 우복의 문하에도 출입했기 때문이다. 우복은 퇴계의 문인인 柳成龍의 문인이므로, 동춘당의 학풍에 미친 영남유학 내지 퇴계학의 영향을 가늠하는데 참고가 될 것이다. 동춘당의 성리학이 기본적으로 율곡설을 계승하고 있지만, 그의 퇴계에 대한 尊崇은 지극하였던 것이다. 그는 퇴계의 장처를 精詳愼密함에 있다 하고[7] 퇴계를 終身토록 스승으로 삼아 본받고자 하였다.[8] 이는 그

---

6) 유남상, 「여말선초의 유학과 대덕」 『대덕군지』, 대덕군지편찬위원회, 1979, 494쪽 참조.

의 卒年作인 다음 '記夢詩'를 통해서도 퇴계에 대한 흠모가 얼마나 지극했던가를 알 수 있다.

> 평생토록 퇴계선생님 공경해 우러르니,
> 세상 떠나셨어도 그 정신 오히려 感通시키네.
> 오늘밤 꿈속에서 가르침 이어받고,
> 깨어보니 山月이 창가에 가득하네.[9]

둘째는 율곡, 사계, 신독재로 이어지는 기호학파의 학문적 연원을 들 수 있다. 그는 율곡의 사단 칠정을 논한 글이야 말로 식견이 뛰어나고 언론이 통쾌하여 과거 여러 유학자들이 미치기 어려웠다 하고,[10] 율곡의 말은 高明通透한데 『聖學輯要』의 학문과 정치의 방법은 가장 切要하다[11]고 평가하였다. 또 율곡의 『擊蒙要訣』가운데 격언 수 십여 조를 방에 써 놓고 독서의 순서로 삼고 학도를 가르치는 데 참고하였으며, 隱屛精舍 學規를 게시하여 아침저녁으로 살피도록 하였다.[12] 뿐만 아니라 그의 성리학이 근본적으로 율곡설의 계승이라는 점에서도 동춘당의 학문적 연원을 율곡에게서 쉽게 찾을 수 있다.

또한 동춘당은 18세에 사계 김장생의 문하에서 수학하였고,[13] 사계가 세

---

7) 『別集』 卷1, 經筵日記, "浚吉曰 精詳愼密 李滉長處 …."
8) 장지연, 『조선유교연원』 卷2, 명문당, 1983, 88쪽.
9) 『續集』 卷6, 年譜, 壬子四十五年 六十七歲 條, "平生欽仰退溪翁 沒世精神尙感通 此夜夢中承誨語 覺來山月滿牕櫳."
10) 『同春堂先生文集』(이하 『文集』이라 함) 卷25, 浦渚趙公諡狀, "公又上箚曰 … 李珥論四七書 識見之超邁 言論之洞快 前古諸儒 罕有及者."
11) 『別集』 卷1, 經筵日記, "浚吉曰 … 李珥之言 高明通透矣 … 李珥所進聖學輯要 於人君爲學爲治之道 最爲切要 不可不講也."
12) 위의 책 卷7, 附錄, 遺事, 黃世貞 錄, "先生取栗谷先生擊蒙要訣中格言數十餘條 書之座隅 常目在之 而先生以爲其讀書次第 尤可爲學者法 敎授學徒之際 亦遵其制焉 先生在道山墳菴時 學徒多聚 先生以朱夫子白鹿敎條 及栗谷先生隱屛精舍學規 文憲書院學規等 文字揭之楣間 以爲朝夕觀省之地 …."

상을 떠남에 그 아들 신독재의 문하에도 출입하였다.[14] 그는 사계에게서『小學』『家禮』등을 배웠는데, 사계는 예로서 가르치면서 기뻐해 말하기를 "이 사람이 훗날 반드시 禮家의 宗匠이 될 것이라"[15]고 칭찬하였다. 이처럼 성리학은 물론 특히 예학에 있어서 사계가 그에 미친 영향은 컸다.

셋째는 朱子 및 李延平의 학문적 연원을 들 수 있다. 동춘당이 어려서부터 배운 학문은 물론 孔·孟유학이지만, 가까이는 성리학이 주류를 이루고 있다. 그것은 어려서부터 배운바가 성리학이었으며, 사계, 율곡으로 이어지는 기호유학 또한 주자학을 벗어나는 것이 아니었기 때문이다. 그는 유가의 道統이 伏羲로부터 시작되어 주자에게서 끝났다 하고,[16] 주자의 功은 성인보다 못하지 않다[17]고 추앙하였다. 또한 우리나라는 오로지 주자의 道를 爲主해서 陸學의 폐단이 없는 것은 퇴계, 율곡의 功이라 하였다.[18] 이와 같이 동춘당은 성리학에 근본을 두면서 또 先儒 가운데 李延平의 질박하고 성실한 학풍을 가장 사모한다 하였다.[19] 이연평은 주자의 스승이므로 동춘당의 학문적 연원이 성리학에 있음을 알 수 있다.

이렇게 볼 때, 동춘당의 학문적 연원은 가학적으로는 그의 7세조 쌍청당 송유와 빙부인 우복 정경세를 들 수 있고, 기호유학의 학통에서는 율곡, 사계, 신독재에 그 연원을 두고 있는 것이다. 아울러 李延平, 주자로 이어지는 성리학에 그 연원을 두고 있고, 우복과 연관하여 퇴계의 학문적 연원도 고려해야 할 것이다.

---

13)『續集』卷6, 附錄1, 年譜 癸亥 條.

14) 장지연 저 외,『조선유교연원』, 457쪽 참조.

15)『續集』卷6, 附錄1, 年譜 癸亥 條, "沙溪方以禮敎人 喜曰此哥佗日必作禮家宗匠."

16)『文集』卷20, 題跋, 寫進春官先賢格言屛幅跋, "道統之傳 始自伏羲 終於朱子."

17)『別集』卷1, 經筵日記, "朱子之功 不下於聖人矣."

18) 위의 책 卷4, 經筵日記, "浚吉曰 我國專以朱子之道爲主 而無陸學之弊者乃先正臣李滉李珥等之功也."

19) 장지연,『조선유교연원』, 88쪽.

3. 同春堂의 理氣論

성리학자들에 있어서 理氣觀은 세계를 보는 눈과 같다. 동춘당이 이 세계를 어떻게 이해하고 있는가는 그의 理氣觀을 통해 접근할 수 있다. 그의 理氣觀을 알 수 있는 체계적인 논문은 한 편도 전해지지 않는다. 다만『別集』의 經筵日記와 鄭經世, 鄭景式, 鄭景華에게 보낸 편지 속에서 간헐적으로 언급하고 있을 뿐이다. 따라서 동춘당의 理氣觀을 알 수 있는 자료는 극히 제한적이다.

그러나 그의『年譜』를 보면 30세에 정경식(憲世)과 退・栗의 理氣說을 논하고, 37세에 주자의『延平答問』을 교정했고, 43세에 우암과 함께『近思錄釋疑』를 교정했고, 44세에서 63세에 이르기까지 무려 20여 년간 經書와 性理 諸書를 강의한 것으로 보면, 그의 성리학에 대한 관심은 평생을 걸쳐 떠나지 않은 것으로 보인다. 따라서 理氣心性에 대한 전문적인 논문이 없다 해도 그의 성리학적 견해를 이해하는 데에는 어려움이 없다.

먼저 그는 이 세계를 理와 氣로 설명하고 이 양자는 본래 떨어질 수 없는 관계에 있다고 보았다. 그에 의하면 理는 氣 가운데 떨어지고 氣가 능히 用事함에 만물이 化生하니, 이것이 이른바 '氣以成形 理亦賦焉'이라고 말한다.[20] 理가 氣 가운데 떨어진다 해서 理와 氣가 떨어져 있다가 합한다는 의미는 아니다. 理氣의 妙合구조를 설명한 것에 지나지 않는다. 萬物化生은 理와 氣라는 두 실체개념을 전제해서만 가능하다. 그는 또 사람은 理氣가 서로 합해 되어진 존재로 보고 이것이 소위 '妙合而凝'이라 하고,[21] 우리의 마음도 虛靈知覺한데 理氣를 합해 이름한 것이라 한다.[22] 또 사단

20)『別集』卷1, 經延日記, "理墮氣中 氣能用事 而化生萬物 卽所謂氣以成形 而理亦賦焉者也."

21)『續集』卷10, 年譜, 六十三歲 條, "理氣相合而爲人 乃所謂妙合而凝也."

22)『別集』卷1, 經筵日記, "宋浚吉曰 心者虛靈知覺 合理氣而名者也."

칠정이 모두 氣發理乘의 구조임을 명백히 하여,[23] 인간의 심성세계도 合理氣의 구조임을 말하고 있다.

그러면 理와 氣의 관계는 어떻게 이해하고 있는가? 동춘당에 의하면 理와 氣는 원래 서로 떨어질 수 없다고 한다.[24] 그것은 周濂溪의 『太極圖說』과 같이 無極의 眞과 二五의 精이 오묘하게 합해 엉긴 것이다. 따라서 율곡이 '本混融無間' 다섯 자를 항상 贊誦했다고 말한다.[25] 이와 같이 理와 氣는 본래 混融하여 틈이 없는 관계로 있다. 따라서 理와 氣는 시간적으로 先後가 없고 공간적으로는 離合이 없으므로 퇴계의 互發을 비판하게 되는 것이다.[26]

그런데 동춘당은 鄭汝昌이 항상 주자의 『中庸』首章註에 나오는 '氣以成形 理亦賦焉'에 대해 의심을 가졌었는데, 율곡이 이를 잘 밝혀주어 後學에게 유익했다 한다.[27] 여기에서 정여창의 주자 註에 대한 의심은 氣先理後에 대한 비판에서 비롯된 것인데,[28] 율곡은 이를 '理氣不相離'를 밝힌 것에 지나지 않는다고[29] 해석하였던 것이다. 동춘당은 율곡의 이러한 해석에 동의하고 있다.

또한 동춘당은 '妙合而凝'에 대한 『性理群書』의 註 '妙於凝合 無間斷'을 이렇게 비판한다. 妙合이란 理氣가 본래 混融하여 틈이 없는 것으

23) 위의 책 卷3, 經筵日記, "若論氣發而理乘之 則不但七情 而四端亦然."
24) 위의 책, 같은 곳, "盖理與氣 元不相離."
25) 위의 책 卷5, 經筵日記, "太極圖曰 無極之眞 二五之精 妙合而凝 所謂眞者 以理言也 … 所謂精者 以氣言也 … 朱子註 妙合而凝 曰本混融無間 先正臣李珥常贊誦此五字."
26) 위의 책 卷3, 經筵日記, "發之者 氣也 所以發者 理也 無先後 無離合 不可道互發也."
27) 위의 책, 같은 곳, "盖理與氣元不相離 … 先儒臣鄭汝昌常以氣以成形 理亦賦焉爲疑 李珥爲之發明 以開來學矣."
28) 『一蠹集』, 遺集, 卷3, 讚述, "鄭汝昌取朱子中庸章句天以陰陽五行 化生萬物 而不取其氣以成形而理亦賦焉 曰安有後氣之理乎 余聞而甚高之."
29) 『栗谷全書』 卷31, 語錄上, "問氣以成形 理亦賦焉 未知此意 曰別無他意 只明其理氣不相離而已."

로, 凝은 聚이므로 氣가 모여 形을 이루는 것이니, 妙合과 凝은 두 가지 일이다. 그런데 註를 凝合으로서 말한 것은 한 가지 일이니 아마도 주자의 뜻과 맞지 않는 듯 하다. 또 '無間斷'이라 말한 것도 間斷字가 온당치 못한 듯 하니, 間隔으로 해석하는 것이 어떤지 모르겠다[30]는 견해를 밝히고 있다. 동춘당은 『太極圖說』의 '妙合而凝'에 대한 『性理群書』의 註解를 이렇게 비판하고 있는데, 이는 理氣의 묘합처 이해의 미비점을 지적한 것이다. 이와 같이 동춘당이 '氣以成形 理亦賦焉'이나 '妙合而凝'에 대해 精微한 관심을 갖는 것은 이른바 理氣說에 있어서의 난해처가 그 묘합처에 있기 때문이다.

그러면 동춘당은 理와 氣의 개념과 특성 그리고 그 기능을 어떻게 이해하고 있는가?

첫째, 理는 物마다 있지 아니한 바가 없으나 형상을 볼 수 없고 자취를 찾을 수 없으므로 形而上이라 하고, 氣는 형상을 볼 수 있으므로 形而下라 한다.

그런데 下란 형상이 있고 자취가 있음을 가리켜 말한 것이고, 上이란 形迹의 밖을 뛰어 넘어 보고 들을 수 없음을 의미한다.[31] 동춘당은 形而上과 下의 구별을 無形과 有形으로 나누고 감각적 경험여부와 연관시켜 설명하고 있다. 이것은 理氣의 개념적 근거를 『周易』 繫辭의 '形而上者 謂之道 形而下者 謂之器'에서 찾는 것인데, 문제는 無形, 有形에서의 形이라 하겠다. 形이나 迹을 감각적 경험의 대상으로 규정해 버린다면 心이나 사단 칠정같은 비물질적 무형의 존재에 대한 理氣論的 해석이 어렵게 된다.

---

30) 『文集』 卷10, 上愚伏鄭先生, "妙合而凝 性理群書註曰 妙於凝合 無間斷也云云 按妙合云者 理氣本混融無間也 凝者聚也 氣聚而成形也 妙合與凝 乃兩項事也 而註以凝合言之 乃一項事 恐不合朱子之意 註解又曰無間斷也 間斷字 恐未穩 以間隔釋之 則未知如何."

31) 『別集』 卷1, 經筵日記, "氣有形可見 故曰形而下 下者指有形有迹而言也 理於物無所不在 而無形可見 無迹可尋 故曰形而上 上者超乎無形迹之外 非聞見所及之謂也."

따라서 이에 대한 보다 정밀한 해석이 요구된다.

또 동춘당은 『周易』계사에 근거하여 器는 곧 氣요 道는 곧 理라 하고, 道는 진실로 形而上의 理이므로 形而下의 氣와 섞이어서는 안 된다고 말한다.32) 이와 같이 理를 형이상자로서의 道, 氣를 형이하자로서의 器로 이해함은 주자나 율곡의 이해와 다름없는 것이다.33)

둘째, 氣는 發하는 것, 理는 발하는 所以로 규정된다.34) 동춘당은 발하는 것은 어디까지나 氣 뿐이라 보고, 理는 그 스스로는 발하지 아니하면서 氣發의 所以가 된다고 이해하였다. 따라서 理發을 인정하여 理發, 氣發의 互發을 주장하는 퇴계의 설에 반대하고,35) 氣發理乘一途의 율곡설에 동의하였다.36) 동춘당은 이것이야 말로 자신을 포함해서 스승인 사계와 빙부인 우복도 견해를 함께 한다고 보았다. 동춘당은 율곡의 말에 따라 氣가 아니면 발할 수 없고 理가 아니면 발할 바가 없다고 본다.37) 이와 같이 理의 發을 부정하고 氣發만을 인정하면서 氣發의 소이를 理에 돌리는 것은 율곡설의 충실한 계승인 동시에, 기본적으로 그의 理氣說이 율곡, 사계의 正脈을 그대로 잇고 있음을 의미한다.

셋째, 동춘당은 율곡의 理通氣局說에 근거하여 理는 보편성, 氣는 局限性을 갖는 것으로 이해한다.38) 理가 두루 通할 수 있음은 理가 無形하기

---

32) 위의 글, 같은 곳, "對曰 易大傳曰 形而上者謂之道 形而下者謂之器 器卽氣也 道卽理也 道器之分固如是 … 道固形而上之理也 非雜以形而下之氣也."

33) 『性理大全』 卷26, 理氣1, "天地之間 有理有氣 理也者 形而上之道也 生物之本也 氣也者 形而下之器 也 生物之具也."
『栗谷全書』 卷10, 書2, 答成浩原, "理形而上者也 氣形而下者也."

34) 『別集』 卷3, 經筵日記, "發之者 氣也 所以者 理也 無先後 無離合 不可道互發也."

35) 위의 글, 참조.

36) 『文集』 卷14, 答鄭景式景華, "所謂氣發而理乘之者 非特七情爲然 四端亦然云云 先師常以栗谷之說爲從 非特先師之見爲然 外舅氏之見亦然."

37) 위의 책, 같은 글, "栗谷先生辨之甚詳 無慮數十百言 其大意 若曰發之者氣也 所以發者理也 非氣則不能發 非理則無所發."

때문이며, 氣가 局定하게 됨은 氣가 有形하기 때문이다.[39] 동춘당은 율곡의 理通氣局이야 말로 先賢이 아직 발하지 못한 形狀理氣本體를 直截하게 분명히 하여 百世에 후학을 깨우친 것이며, 그 학문의 精詣가 남보다 뛰어남이 어찌 이에 미칠 수 있겠느냐고 극찬하였다.[40]

넷째, 理는 氣의 主宰로, 氣는 理의 탈 바로 규정된다. 동춘당은 이 세계 모든 존재를 발하는 氣 위에 理가 올라 탄 氣發理乘의 구조 즉 '理乘氣'의 구조로 설명한다.[41] 따라서 氣는 理의 탈 바로서 理의 의착처가 되며, 마치 理를 담는 그릇과 같은 기능과 역할을 갖는다. 그리고 理는 氣에 실려 있고 태워져 있지만, 氣의 존재근거로서 主宰的 기능을 갖는다. 그것은 萬物化生의 주체가 氣라 할 수 있으나 氣는 理의 부리는 바가 아니냐는 물음에 동춘당이 옳다고 동의한 데서도 알 수 있다.[42] 이러한 理氣의 개념이해는 역시 주자나 율곡과 다르지 않다.

그런데 동춘당은 『詩經』의 '有物有則'과 연관하여 이 形이 있으면 이 理가 있다 하고, 父・子・君・臣은 형이하의 器로서 이것이 物이라 하고, 父의 慈와 子의 孝와 君의 義와 臣의 忠은 형이상의 道로서 이것이 則이라 하였다.[43] 마찬가지로 그는 또 天이 物을 生함에는 각각 그 법칙이 있으니, 마치 父子로서 말하면 父와 子는 物이고, 慈와 孝는 則이며, 耳

---

38) 『文集』 卷25, 浦渚趙公諡狀, "公又上箚曰 … 謂理通氣局 則其分別理氣可謂極明白矣."

39) 『栗谷全書』 卷10, 書2, 答成浩原, "理無形而氣有形 故理通而氣局."

40) 『文集』 卷25, 浦渚趙公諡狀, "公又上箚曰 … 至於理通氣局之論 發先賢所未發 形狀理氣本體 直截分明 可以開悟後學於百世 非其學問精詣超特絶出於人者 安能及此."

41) 위의 책 卷14, 答鄭景式景華, "所謂氣發而理乘之者 非特七情爲然 四端亦然云云 …."

42) 『別集』 卷3, 經筵日記, "上曰萬物化生 主於氣 而氣非理之所使耶 浚吉曰聖敎當矣."

43) 위의 책 卷1, 經筵日記, "然有是形 必有是理 卽詩所謂有物有則者也 如父子君臣是形而下之器也 是物也 父而慈 子而孝 君而義 臣而忠 是形而上之道也."

目으로서 말하면 耳와 目은 物이고, 聽과 明은 則이라 하였다. 따라서 先儒의 이른바 '物各付物'이란 것이 物이 모두 각각 그 법칙에 마땅한 것을 말하는 것이니 이것이 소위 '循天則'이라 하였다.[44] 이와 같이 동춘당은 父·子·君·臣은 형이하의 器로서 物 내지 形으로 보았고, 父·子·君·臣의 所當然之理라 할 수 있는 慈·孝·義·忠은 형이상의 道로서 則이요 理로 보았다. 여기에서 道와 則과 理를 상통해 보는 것은 별 문제가 없으나, 形이나 物을 氣와 동일시해 보아야 하는가 하는 문제가 남는다. 일반적으로 성리학에서『周易』계사의 '形而上者 謂之道 形而下者 謂之器'에서 道를 理로, 器를 氣로 보지만, 정여창이나 우암에서 처럼 形, 道(理), 器(氣)를 엄밀히 구별해 보기도 한다.[45] '有物有則'에서의 物과 形은 구체적인 사물존재 자체를 言表한다면 그것의 존재구조는 형이상자로서의 道와 형이하자로서의 器로 설명되는 것이다. 따라서 道를 理라 할 수 있고 器를 氣라 할 수는 있지만, 物과 形을 그대로 형이하자인 器나 氣와 동일시함은 性理의 정밀성을 결여한 것이다.

다음은 동춘당의『中庸』'費而隱'에 대한 理氣論的 해석을 검토해 보기로 하자. 동춘당은 慈·孝·義·忠은 理의 당연한 것으로 이른바 費요 用이며, 慈·孝·義·忠의 所以는 理의 所以然으로서 '至隱存焉'이며 이른바 體라 하였다.[46] 따라서 費를 用之廣, 隱을 體之微라 말한 것이 모

---

44) 위의 책 卷3, 經筵日記, "宋浚吉曰 天之生物 各有其則 如以父子言之 父與子物也 慈與孝則也 以耳目言之 耳與目物也 聽與明則也 先儒所謂物各付物者 物皆各當其則之謂也 此所謂徇天則也."

45)『一蠹集』卷1, 理氣說, "孔子曰 形而上謂之道 形而下謂之器 須知上下皆著形字 又分著道器之意 乃能知理氣之妙也."
『宋子大全』卷130, 朱子言論同異攷, "形而上形而下 退溪沙溪二先生所釋殊不甚安 … 二先生則以形與道爲二 而形與器爲一 似與孔子本旨不合矣 蓋道則理也 器則氣也 理氣妙合而凝 以生萬物之形 … 是皆以理氣形三字 分別言之矣 旣以理氣形三字 分別言 則當以道爲形之上 器爲形之下矣."

46)『別集』卷1, 經筵日記, "慈孝義忠 此理之當然者 所謂費也用也 所以慈所以孝所以義所以忠 此理之所以然者 卽至隱存焉 所謂體也."

두 理의 體用을 가리켜 말한 것이지 費를 氣, 隱을 理라고 말하는 것은 잘못이라고 말한다.[47] 그럼에도 선조 때 盧守愼, 許曄 등이 이러한 견해를 면치 못했는데, 李滉, 李珥, 奇大升 등이 이를 비판하는 데 힘써 노력하였다고 평가하였다.[48]

이와 같이 동춘당은『中庸』'費而隱'에 있어서 費는 氣로, 隱은 理로 分屬하는 폐단을 비판하고, 이는 理의 體用을 가리켜 말한 것에 지나지 않는다고 이해하였다.

또한 동춘당은『性理群書』註에서 太極은 精이 되고 陰陽은 粗가 되며, 太極은 本이 되고 陰陽은 末이 된다고 했는데, 이러한 해석은 틀린 것 같다고 하였다. 그것은 율곡이 精粗本末은 모두 氣이고 一理는 精粗本末彼此의 사이가 없이 통한다고 말한 데서 그 근거를 찾는다. 또 뒤에 주자의 글에서도 '氣의 精粗를 논할 것 없이 理는 있지 아니함이 없다'는 말이 나오고,『論語』註에서도 '理는 精粗本末이 없다'는 말이 있는 것으로 볼 때, 율곡과 주자의 견해가 일치하는 데서도 그 근거를 찾을 수 있다고 말한다.[49] 동춘당은 율곡과 주자의 해석에 근거하여『性理群書』가 태극과 음양을 각기 精과 粗, 本과 末로 分屬하는 것은 잘못이라 비판하였다. 즉 태극은 理이고 음양은 氣인데 精粗本末이란 어디까지나 氣에 국한된 구별일 뿐, 理는 精粗本末 어디에나 두루 통할 수 있기 때문에,『性理群書』의 해

47) 위의 책, 같은 곳, "其曰費 用之廣 隱 體之微 皆指理之體用而言 或謂費是氣 隱是理者 非也."

48) 위의 책, 같은 글, "小註朱子云云 蓋謂形而下者 甚廣之中實有形而上者各具於其間之謂也 非以費隱分屬形而上下也 語意甚明 而說者或因此而指費爲氣 如宣廟朝 盧守愼許曄等皆號讀書之人 而亦不免如此 先正臣李滉李珥及奇大升等 嘗辨之甚力矣."

49)『文集』卷10, 上愚伏鄭先生, "陰陽一太極註 朱子曰精粗本末無彼此也云云 性理群書註曰 太極爲精 陰陽爲粗 太極爲本 陰陽爲末云云 此註恐誤 栗谷先生云精粗本末皆氣也 一理通於無精無粗無本末彼此之間也云云 後考朱子書八卷二十六板有曰 不論氣之精粗 而莫不有是理焉 論語註亦曰至於所以然則理也 理無精粗本末云云 與李先生語合如何?"

석이 잘못되었다고 본 것이다. 이것 또한 동춘당의 성리학에 대한 식견과 이론의 정밀함을 보여주는 예다.

이상에서 동춘당의 이기관에 대해 살펴보았는데, 이에 대한 학계의 평가는 이론이 분분하다. 劉明鍾은 동춘당의 理氣說을 理氣混融說이라 하고 主氣說 내지 氣學으로 발전될 가능성이 있다 하였고,[50] 宋寅昌은 동춘당은 성리학적 입장에서는 율곡의 학설을 따랐으나 理의 일차성과 우위성을 인정함으로서 율곡보다 理를 중시하는 입장을 취했다 하고, 이는 퇴계에 대한 존숭과 무관하지 않다고 보았다.[51]

그런데 기본적으로 동춘당이 율곡의 理氣論에 동의하고 理氣二元의 존재관과 理氣妙合의 理氣觀을 따른다고 보면 主理도 아니고 主氣도 아니라 할 수 있다. 왜냐하면 理氣二元의 존재관에서 理와 氣는 하나의 존재성립에 필수적인 요소이기 때문이다. 즉 理나 氣 단독으로는 하나의 존재성립이 불가하기 때문이다. 아울러 理나 氣의 기능 또한 양자의 묘합적 구조하에서만 가능하기 때문이다. 심지어 理의 氣에 대한 主宰나 所以의 기능도 氣의 理에 대한 發의 기능과 相補的관점에서 이해됨이 온당하다 하겠다. 따라서 동춘당의 이기관이나 세계관은 율곡의 理氣之妙的 관점을 충실히 계승한 것으로 볼 수 있다.

4. 同春堂의 心性論

동춘당의 심성론을 알 수 있는 전문적인 논문은 전해지지 않는다. 다만 『경연일기』를 통해 그 대체를 파악할 수 있을 뿐이다. 이제 동춘당의 심성론을 人心道心論과 四端七情論으로 나누어 고찰해 보기로 하자.

---

50) 유명종, 『조선후기성리학』, 이문출판사, 1985, 74쪽.
51) 송인창, 「동춘당 송준길 유학사상의 자주정신」 『유학연구』 제1집, 충남대 유학연구소, 1993, 117~119쪽 참조.

동춘당은 心은 虛靈知覺한 것으로 理氣를 합해 이름한 것이라 한다.[52] 이처럼 心을 合理氣의 구조로 이해하고 虛靈知覺의 기능을 갖는 것으로 이해하는 것은 주자나 율곡과 의견을 함께하는 것이다.[53]

또한 心은 衆理를 갖추고 있고 萬善이 具足하다 한다. 이 마음은 안에서 거두어 들이면 그 속이 저절로 한결같음이 있고, 천지 밖에서 발하면 만사에 응함이 무궁하다. 마음에 거두어 들임은 體요 만사에 발함은 用이니, 반드시 本末을 갖추고 表裏가 하나같은 연후에야 酬酌萬變에 어긋나는 일이 없을 것이라 한다.[54] 이렇게 동춘당이 心을 衆理를 갖추고 萬善을 구족한 것으로 보는 것은 주자가 明德을 '虛靈不昧한 것으로서 衆理를 갖추어 만사에 응하는 것'이라고 설명한 것에 근거한다.[55] 또한 율곡도 사람의 한 마음은 萬理를 온전히 갖추었다고 말한바 있다.[56]

그런데 동춘당은 金萬重이 '虛靈은 心의 體요 知覺은 心의 用'이라고 말한데 대해 그것은 그르다고 말하고, 虛靈知覺이 모두 心의 體라 하였다. 그리고 '具衆理'는 體요 '應萬事'는 用이라고 분석하였다.[57]

이렇게 볼 때, 동춘당의 心에 대한 이해는 '合理氣'의 구조를 가진 것으

---

52) 『別集』 卷1, 經筵日記, "宋浚吉曰 心者虛靈知覺 合理氣而名者也."

53) 『朱子語類』 卷5, 性理2, "理與氣合 便能知覺."
『中庸章句』, 序, "心之虛靈知覺一而已矣."
『栗谷全書』 卷14, 人心道心圖說, "合性與氣 而爲主宰於一身者謂之心."
위의 책 卷31, 語錄上, "心之知覺 氣耶理耶? 曰能知能覺者氣也 所以知所以覺者理也."

54) 『別集』 卷1, 經筵日記, "方寸卽人之心 而衆理具焉 萬善足焉 此心 斂之於內 則其中自有一 天地發之於外 則應萬事而無窮 斂之方寸 體也 發之萬事 用也 必須本末俱備 表裏如一 然後酬酌萬變 可無謬戾之事也."

55) 『大學章句』 經1章 註, "明德者 人之所得乎天 而虛靈不昧 以具衆理 而應萬事者也."

56) 『栗谷全書』 卷20, 聖學輯要 2, "人之一心 萬理全具."

57) 『別集』 卷5, 經筵日記, "金萬重曰 虛靈心之體 知覺心之用 宋浚吉曰 此言非也 虛靈知覺 皆心之體 其曰具衆理而應萬事 具衆理體也 應萬事用也."

로 虛靈知覺한 것, 萬理를 갖춘 것, 萬善을 具足한 것으로 특징된다. 이러한 心의 이해는 주자, 율곡의 心 이해와 그 궤를 함께 하는 것이다.

다음은 동춘당의 인심도심에 관한 견해를 검토해 보기로 하자. 먼저 인심도심에 대한 동춘당의 개념설명을 보기로 하자. 배고프면 먹고 싶고 추우면 입고 싶은 것이 人心이다.[58] 또 입은 먹고 싶고 눈은 보고 싶고 귀는 듣고 싶고 사지는 편안하고 싶은 것이 人心이고, 맹자의 이른바 四端이 道心이다.[59]

이렇게 볼 때, 동춘당에 있어서 人心이란 血氣에서 나온 마음이고, 義理에서 나온 마음이 道心이다.[60] 이러한 동춘당의 인심도심에 대한 개념정의는 주자가 인심을 形氣의 私에서 나온 것으로, 도심을 性命의 正에 근원한 것으로 규정한 데서 연유하며,[61] 율곡이 理義를 위해 발한 마음이 도심이고, 食色을 위해 발한 마음이 인심이라[62]고 본 것과 같다.

그리고 동춘당은 이러한 인심도심의 경향성은 사람이라면 누구에게나 가능하다고 보았다. 비록 堯・舜이라도 人心이 없을 수 없고, 비록 桀・紂라도 道心이 없을 수 없다고 보았다.[63] 사람은 이 形이 있지 아니함이 없기 때문에 비록 성인이라도 人心이 없을 수 없고, 또한 이 性이 있지 않음이 없기 때문에 비록 盜蹠이라도 道心이 없을 수 없다.[64] 이와 같이 인간에게는 인심도심의 두 가능성이 보편적으로 주어진다. 그런데 人心을 먼저

---

58) 위의 책, 같은 곳, "飢欲食 寒欲衣 是人心也."

59) 위의 책 卷3, 經筵日記, "又曰 口之欲食 目之欲色 耳之欲聲 四肢之欲安佚 卽人心也 孟子所謂四端卽道心也."

60) 위의 책 卷1, 經筵日記, "宋浚吉曰 … 出於血氣之謂人心 發於義理之謂道心."

61) 『中庸章句』, 序, "心之虛靈知覺一而已矣 而以爲有人心道心之異者 則以其或生於形氣之私 或原於性命之正 而所以爲知覺者不同."

62) 『栗谷全書』 卷10, 書2, 答成浩原, "人心道心雖二名 而其原則只是一心 其發也 或爲理義 或爲食色 故隨氣發而異其名."

63) 『別集』 卷3, 經筵日記, "雖堯舜未嘗無人心 雖桀紂未嘗無道心."

64) 위의 책 卷5, 經筵日記, "宋浚吉曰 人莫不有是形 故雖聖人不能無人心 亦莫不有是性 故雖盜蹠不能無道心."

말하고 뒤에 道心을 말하게 되는 것은, 日用行事에 人心이 항상 발로되고 人心이 발동할 때가 많기 때문이라 하였다.[65]

그러면 인심도심의 理氣구조는 어떻게 이해하고 있는가? 동춘당은 앞에서 언급한대로 인심이나 도심 모두를 合理氣의 구조[66] 내지 氣發理乘으로[67] 이해하였다. 사람의 마음은 반드시 느낌이 있은 후에 발하는데, 발하는 것은 氣요 발하는 所以가 理다. 食色의 대상에 따라 느껴 발한 마음이 인심이라면, 의리의 대상에 따라 발한 마음이 도심이다. 이처럼 心의 구조를 合理氣 내지 氣發理乘으로 보고, 발하는 것은 氣요 그 氣發의 所以를 理로 보는 것은 율곡의 설과 다르지 않다.

그러면 인심과 도심의 상호가능성은 어떻게 보아야 할 것인가? 동춘당은 인심의 도심화 가능성과 도심의 인심화 가능성을 모두 인정한다. 그는 주자의 '인심으로부터 收斂하면 곧 도심이고, 도심으로부터 放出하면 곧 인심이라'고 한 말은 참으로 좋다고 평가한다.[68] 그는 또 '인심도심이 같지 않지만, 인심의 發을 理로서 裁制해서 中에 맞게 하면 인심이 도리어 도심에 맞는다.'는 우암의 말이 매우 좋다고 하였다.[69] 이와 같이 의복 음식에 대한 생각은 처음에는 인심에서 나오지만 발하여 모두 절도에 맞으면 도심으로

---

65) 위의 책, 같은 곳, "日用間人心發動時常多 故先言人心."
위의 책 卷3, 經筵日記, "日用行事之間 人心常常發露 故先言人心而後言道心."

66) 위의 책 卷1, 經筵日記, "宋浚吉曰 心者虛靈知覺 合理氣而名者也 出於血氣之謂人心 發於義理之謂道心."

67) 위의 책 卷3, 經筵日記, "若論氣發而理乘之 則不但七情 而四端亦然 大抵人心必有感而後發 發之者氣也 所以發者理也 無先後無離合 不可道互發也."

68) 위의 책, 같은 곳, "又曰先儒謂自人心收之 便是道心 自道心放出便是人心 此言甚好."
『性理大全』 卷32, 性理4, "自人心而收之 則是道心 自道心而放之 便是人心."

69) 『別集』 卷3, 經筵日記, "浚吉曰 時烈此言甚善 人心道心不同 而人心之發 裁之以理 使合於中 則人心反合於道心."

돌아가게 되며,[70] 만약 인심을 절제할 수 없게 된다면 도심은 날로 사라지게 되는 것이다.[71] 요컨대 '도심의 인심화' 보다는 '인심의 도심화'에 마음공부의 초점이 맞추어 지는 것이다. 동춘당은 주자나 율곡의 설에 따라[72] 도심으로서 主를 삼아 인심이 그 명령을 듣도록 해야 한다고 보았다.[73]

그러면 인심도심과 天理人欲의 관계는 어떻게 보고 있는가? 동춘당은 潛室 陳氏의 말을 인용하여 理에 맞고 절도에 맞으면 곧 천리가 되고, 理가 없고 절도가 없으면 곧 인욕이 된다고 하였다. 그리고 주자가 젊었을 때 인심을 인욕으로 생각했었으나, 늦게 그것이 그렇지 않음을 깨닫고 말하기를, 인심이 만약 인욕이라면 성인이 危字를 두지 않았을 것이라고 말했다 한다.[74] 본래 人心을 人欲으로 보고 道心을 天理로 본 것은 정이천에 의해서라 하겠는데, 주자도 젊었을 때 이를 따랐으나 늦게 깨달아 인심을 인욕으로 보지 않았다. 물론 율곡도 도심은 순수한 천리이어서 선한 것으로 보지만, 인심은 천리도 있고 인욕도 있어 선악의 두 가능성이 있는 것으로 보았다.[75] 동춘당도 이러한 주자나 율곡의 견해와 같이 인심을 인욕만으로

---

70) 위의 책 卷1, 經筵日記, "衣服飮食之念 初出於人心 而發皆中節 則歸於道心."

71) 위의 책 卷3, 經筵日記, "浚吉曰 人心若不能制 則道心日消矣."

72) 『中庸章句』, 序, "必使道心 常爲一身之主 而人心每聽命焉."
『栗谷全書』 卷14, 人心道心圖說, "治心者 於一念之發 知其爲道心 則擴而充之 知其爲人心 則精而察之 必以道心節制而人心常聽命於道心 則人心亦爲道心矣."

73) 『別集』 卷3, 經筵日記, "… 以道心爲主而人心聽命焉."
위의 책 卷1, 經筵日記, "… 因其道心之發 而擴充之 則天理之公 有以勝夫人欲之私 而能使道心常爲一身之主矣."

74) 위의 책 卷3, 經筵日記, "先儒謂中理中節 卽爲天理 無理無節 卽爲人欲 朱子早歲以人心爲人欲矣 晩覺其不然 曰人心若是人欲 則聖人不著危字矣."
위의 책 卷1, 經筵日記, "人心道心 伊川謂是天理人欲 而朱子少時亦從之 其後以爲有病."

75) 『栗谷全書』 卷14, 人心道心圖說, "道心純是天理 故有善而無惡 人心也有天理也有人欲也 故有善有惡."

돌리지 않고 천리가 될 수도 있고 인욕이 될 수도 있으며, 또 선할 수도 있고 악할 수도 있는 것으로 보았다. 그리고 동춘당은 周濂溪의 '誠無爲 幾善惡'이야 말로 인심도심이 나뉘는 곳이라 하고,[76] '誠無爲'는 太極이요 '幾善惡'은 太極이 陰陽을 生하는 것이라 하였다.[77] 결국 '誠無爲'는 마음의 본체로서 천리요 도심의 자리라면, '幾善惡'은 천리와 인욕, 선과 악의 갈림길이라 할 것이다. 동춘당은 欲이란 것도 반드시 沈溺을 말하는 것은 아니라 하고, 이 마음이 비로소 향하는 바가 있자마자 곧 欲이 된다 하였다.[78] 이는 그가 欲을 惡 일변으로 보지 않고 우리의 마음이 무엇을 향해 志向하는 욕구로 이해하여, 선악 양면의 가능성을 함께 갖는 것으로 보았음을 잘 말해 준다. 이러한 동춘당의 人心觀이나 人欲觀은 천리, 도심은 선이고 인욕, 인심은 악이라고 分屬하는 태도와는 분명히 다른 것이다. 이것은 천리와 인욕을 二元的으로 상대해 보지 않고 인간 마음의 양면으로 이해하는 태도다.

그럼에도 불구하고, 동춘당은 '인심을 도심으로 삼는 것은 마치 鐵을 銀으로 만들고 賊을 자식으로 삼는 잘못과 같다'고 말한다.[79] 또 인심도심은 公私義利의 구분이 判然하므로 둘 사이에는 터럭만큼도 용납할 수 없다 하고, 반드시 지극히 정밀하게 살피기를 白黑의 辨別과 같이 해야 한다 하였다.[80] 이와 같이 인심도심을 公과 私, 義와 利로 分屬하여 흰 것과 검은 것의 구별처럼 분명히 해야 한다는 것은, 인심에 대한 도심의 가치적 우위성과 도심에 대한 인심의 가치적 貶下를 깔고 있는 것이다.

이렇게 볼 때, 동춘당은 인심을 곧 인욕으로 돌려 악한 것으로 보지는 않지만, 純善의 도심과는 가치적으로 구별해야 한다는 신념이다. 따라서 동춘

76) 『別集』 卷5, 經筵日記, "周子云誠無爲 幾善惡 此人心道心分岐處也."
77) 위의 책 卷2, 經筵日記, "誠無爲 太極也 幾善惡 卽太極之生陰陽者也."
78) 위의 책, 같은 곳, "所謂欲者 非必沈溺之謂也 此心纔有所向便是欲也."
79) 위의 책 卷5, 經筵日記, "… 以人心爲道心者 比如喚鐵作銀 認賊爲子之類."
80) 위의 책 卷1, 經筵日記, "浚吉曰 人心道心判於公私義利之分 二者之間不容毫髮 必須察之極其精 如白黑之辨別也."

당의 인심도심설은 궁극적으로 도심이 항상 主가 되어 인심을 절제시키고, 또 인심은 항상 도심의 명령을 들어 인심의 도심화를 추구하는 데 있다. 이러한 동춘당의 인심도심설은 앞에서 지적한 것처럼 주자나 율곡의 인심도심설과 그 궤를 함께한다. 다만 동춘당의 창의성을 찾지 못하는 아쉬움은 있지만, 이를 통해 그의 성리학에 대한 해박한 식견은 충분히 짐작된다.

다음은 동춘당의 四端 七情에 관한 견해를 검토 정리해 보기로 하자. 사단이나 칠정은 모두 情의 범주에 속한다. 동춘당은 物에 느낀 것을 일러 情이라 하고, 그 정에 따라 헤아리고 計較한 것을 일러 意라 하였다. 주자가 情은 舟車와 같고 意는 사람이 舟車를 부리는 것과 같다고 하였다. 意는 선악이 있는데 이것이 소위 意의 발용이다. 理에 마땅치 않으면 곧 私意다.[81] 이와 같이 동춘당은 어떤 대상에 느껴 움직인 마음을 情이라 하고, 그 정에 따라 헤아리고 계산하고 비교하는 마음을 意라고 보았다. 따라서 意에는 선악이 있는데, 이것이 意의 발용이다. 意에 마땅치 않으면 곧 私意가 되고 악이 되는 것이다. 이러한 동춘당의 情・意에 대한 이해는 율곡의 견해와 같다. 율곡은 心이 느낀 바 있어 움직인 것을 情이라 하고[82] 心이 느낀 바에 따라 뽑아내고 헤아리는 것을 意라[83] 하였다. 그리고 동춘당이 意에 선악이 있다 했는데, 율곡은 先儒의 말임을 밝히면서 情에는 不善이 없으나 意에는 선악이 있다고 말한 바 있다.[84] 情 자체는 不善이 없다 하겠지만 절도에 맞지 않을 때 악으로 귀결된다는 것이다.

그러면 동춘당은 사단 칠정에 관해 어떻게 이해하고 있는가? 그는 칠정 가운데 선한 것이 사단이냐는 물음에 대해 칠정 속에 사단이 포함된다 하고, 율곡의 『聖學輯要』 가운데 이것을 논한 것이 매우 분명하다고 대답하

81) 위의 책 卷5, 經筵日記, "宋浚吉曰 情者感於物之謂 意者因其情而商量計較之謂 朱子謂情如舟車 意如人使舟車 意有善惡 而此所謂意發 而不當理卽私意也."
82) 『栗谷全書』 卷20, 聖學輯要 2, "情者心有所感而動者也 纔動便是情."
83) 위의 책, 같은 곳: "心之因所感 而紬繹商量者謂之意."
84) 위의 책 卷12, 書4, 答安應休, "近世儒者多曰 情無不善 而意有善惡."

였다.[85] 이와 같이 동춘당은 사단과 칠정을 별개로 구별해 보는 퇴계와는 달리 칠정 속에 사단을 포함시켜 보고 칠정 중의 善情이 사단이라고 보는 율곡의 설에 동의하였다.

또한 동춘당은 사단칠정의 理氣구조에 대해 사단을 '理發而氣隨之', 칠정을 '氣發而理乘之'로 구별해 보는 퇴계와는 달리, 사단 칠정을 모두 氣發理乘의 구조로 보는 율곡의 설에 동의하였다.[86] 따라서 사단이나 칠정 모두가 발하는 것은 氣요 발하는 소이는 理다. 그러므로 氣가 아니면 발할 수 없고 理가 아니면 발할 바가 없는 것이다. 이러한 사단 칠정에 대한 의견은 그의 스승인 사계 뿐만 아니라 빙부인 우복까지도 동의했던 바라 하였다.

또한 동춘당은 칠정은 사단과 다름이 있는 것이 아니라 하고, 칠정은 사단을 그 가운데 포함하고 있는데, 사단은 純善無惡하고 칠정은 선도 있고 악도 있다 하였다.[87] 따라서 사단은 칠정 중의 善情으로 純善한 것이지만, 칠정은 氣가 理의 주재에 대해 어떻게 發하느냐에 따라 선할 수도 있고 악할 수도 있다 하였다.

이렇게 볼 때, 동춘당의 인간 심성에 대한 이해는 주로 인심도심에 그 관심이 많은 편이다. 동춘당의 심성론의 요점은 心을 合理氣의 구조로 보고 虛靈知覺한 것, 萬理를 갖추고 萬善을 具足한 것으로 보는 점과, 인심은 혈기에서 나온 마음이고 도심은 의리에서 나온 마음인데, 도심의 인심화, 인심의 도심화 가능성이 모두 주어진다고 본다. 따라서 항상 도심을 주로 삼

---

85) 『別集』 卷3, 經筵日記, "上曰 七情中之善者爲四端耶? 浚吉曰 七情包四端 聖學輯要中論此 甚分明."

86) 『文集』 卷14, 答鄭景式景華(乙亥), "盖退溪先生論四端七情云 四端理發而氣隨之 七情氣發而理乘之 栗谷先生辨之甚詳 無慮數十百言 其大意若曰發之者氣也 所以發者理也 非氣則不能發 非理則無所發 所謂氣發而理乘之者 非特七情爲然 四端亦然云云 先師常以栗谷之說爲從 非特先師之見爲然 外舅氏之見亦然."

87) 『別集』 卷5, 經筵日記, "又曰 七情四端非有異也 七情包四端在其中 四端純善無惡 七情有善有惡."

아 인심이 그 명령을 듣도록 해야 한다는 입장이다. 또한 인심을 인욕으로 보아 악으로 규정하지 않고 선악 양면의 가능태로 규정하지만, 純善으로서의 도심과는 구별되어야 한다는 관점에 있다.

또한 인심도심, 사단칠정의 구조를 氣發理乘으로 보고 발하는 것은 氣요 그 氣發의 所以가 理라고 본다. 四・七論에 있어서는 사단을 칠정속에 포함시켜 보고 사단은 칠정 중의 善一邊으로 이해한다. 따라서 사단은 純善無惡하지만 칠정은 有善有惡하다고 본다.

이러한 동춘당의 심성이해는 율곡과 그 궤를 함께 하는 것이며, 역시 그의 성리학에 대한 깊은 이해를 헤아릴 수 있다.

5. 結　語

이제까지 동춘당 성리학의 理氣心性論을 고찰해 보았는데 이를 요약함으로서 결론을 삼고자 한다. 동춘당의 理氣心性論에 대한 관심은 예학이나 敬중심의 수양론에 비해 소극적인 편이다. 그것은 그의 문집속에 이에 관한 전문적인 논문이 전혀 발견되지 않은 것으로도 입증된다. 단지 『경연일기』와 정경세, 정경식, 정경화에게 보낸 편지 속에서 겨우 찾을 수 있을 뿐이다. 이것은 그가 살았던 17세기의 역사적 현실과 무관하지 않고 또 당시의 사상적 풍토와 깊은 관련이 있을 것이다. 이제 그의 理氣心性論의 내용을 요약하면 다음과 같다.

동춘당의 학문연원은 家學的 연원으로서 그의 7世祖 雙淸堂 宋愉와 聘父 愚伏 鄭經世를 들 수 있고, 기호유학의 연원으로 율곡, 사계, 신독재를 들 수 있으며, 家學的 연원으로 주자와 이연평을 들 수 있다. 아울러 우복과 연관하여 퇴계의 학문적 영향도 고려해야 할 것이다.

동춘당의 理氣論은 理氣二元의 존재관을 전제로 理氣妙合구조에 관심을 갖는다. 그에 의하면 理는 無形의 形而上者, 氣는 有形의 形而下者이고, 氣는 발하는 것, 理는 발하는 所以로 규정되고, 理는 두루 通하는 것으로, 氣는 局定한 것으로 설명된다. 또 理는 氣의 주재로, 氣는 理의 탈 바로 이해된다.

또한 동춘당은 道와 則과 理를 상통해 이해하고 形과 器와 物과 氣를 동일시 하고 있는데, 여기에서 形이나 物을 氣와 동일시해 보는 것은 문제로 남는다.

동춘당은 율곡의 氣發理乘一途와 理通氣局의 논리에 동의하고 이를 높이 평가하여, 그의 이기론이 율곡에 근본하고 있음을 알 수 있다.

또한 동춘당은 心을 合理氣의 구조, 虛靈知覺한 것, 萬理를 갖추고 萬善을 具足한 것으로 이해하였다. 그에 의하면 人心은 血氣에서 나온 마음이고 道心은 義理에서 나온 마음인데, 성인도 人心이 없을 수 없고 盜蹠도 道心이 없을 수 없다고 보았다. 동춘당은 人心의 道心化와 道心의 人心化라는 두 가능성을 모두 인정하지만, 그의 관심은 人心의 道心化에 있었다. 따라서 항상 道心이 主가 되어 人心이 그 명령을 듣게 해야 한다고 보았다.

아울러 人心道心을 人欲天理로 分屬하는 것에 반대하고, 人心을 天理와 人欲, 善과 惡의 두 가능성이 있는 것으로 보았다.

또한 동춘당은 人心道心, 四端七情의 구조를 모두 氣發理乘으로 이해하고, 四端을 七情속에 포함시켜 보고 七情 중의 善情을 四端이라 하였다. 따라서 四端은 純善無惡하지만 七情은 有善有惡하다고 보았다.

이러한 동춘당의 理氣心性에 대한 이해는 대체로 주자와 율곡의 설을 충실히 계승한 것이다. 특히 理氣妙合에 대한 관심, 氣發理乘, 理通氣局에 대한 긍정, 理發을 반대하는 점, 人心道心의 상호가능성, 人心聽命於道心의 강조, 人心을 人欲的인 악으로 보지 않는 점, 四端을 七情속에 포함시켜 보는 점, 人心道心 四端七情의 구조를 氣發理乘으로 보는 점 등은 율곡 성리학의 계승이다.

이렇게 볼 때, 동춘당의 理氣心性論은 독창의 면에서 다소 아쉬운 감이 없지 않다.

그런데 동춘당의 성리학에 있어서 그의 빙부인 鄭經世와 관련하여 퇴계의 영향이 어떠했는가를 유의할 필요가 있다. 이에 대해 동춘당의 철학적 위치와 특성을 퇴계와 율곡, 영남유학과 기호유학의 조화 내지 절충에서 찾기도 하지만,[88] 적어도 성리학적 측면에서는 이렇게 보기 어렵다. 이 보다는 율곡의 설을 충실히 계승하고 있다고 생각된다.

---

88) 이병도, 『한국유학사』, 아세아문화사, 1987, 267쪽.
유남상, 앞의 논문, 494～495쪽 참조.

同春堂의 修養論

徐遠和*

1. 서 언

"한 문중에서 태어나 함께 학문을 닦은 두 선생님은, 兩宋 千秋에 二程에 비견하리." 同春堂이 돌아가신 후 李端夏가 써 보낸 이 輓詞는 동춘당과 尤庵을 明道와 伊川에 비유하였는데 매우 적절하다고 하겠다. 공교롭고 홍미로운 것은 필자는 일찍 '二程'에 대해 연구를 하고 있어 『洛學의 源流』라는 책을 집필하였다. 얼마 전에는 金吉洛 교수의 회갑 기념 논총을 위해 『工夫論에 대한 탐색』이라는 논문을 썼다. 이번에 한국을 방문하여

---

* 中國社會科學院.
이 논문은 『유학연구』 4집(충남대 유학연구소, 1996)에 수록된 논문임.

연구하면서 또 기쁘게도 동춘당 학술대회를 맞이하게 되었는데, 김길락 교수님은 특히 필자에게 『同春堂의 修養論』을 발표토록 안배하여 주었다. 정말로 기회와 인연이 교묘하게 일치되었다고 말할 수 있다. 이것이 이른바 이번 발표의 緣起라 할 수 있겠다.

우암 宋時烈은 동춘당을 위해 쓴 『墓誌文』 중에서 "入論道德, 出贊謨猶"라고 평가하였는데, 이는 동춘당 송준길의 일생의 德業에 대한 적절한 지적이라 하겠다. 동춘당은 조선조 인조, 효종, 현종 3대에 걸치는 오랜기간 賓師職을 맡고 兩筵에 출입하면서 君德의 輔養 문제에 대하여 특출한 기여를 하여 "一代儒宗, 三朝賓友"라 칭송되어 왔다. 동춘당의 수양론은 실로 君德論이 핵심이 된다. 그러므로 필자는 연구 토론의 중점을 군덕론 문제에 두었기 때문에 혹시 『동춘당의 군덕수양론』이라 제목을 달았으면 더욱 적당하리라 생각된다.

2. 君德修養은 "太平之道의 기반이다"

군주제 시대에 있어서는 도덕으로 천하를 실현하는 것이 더없이 중시되었다. 통치자 특히 국왕의 품덕은 정치의 융성과 부패, 국가의 흥망 그리고 社稷의 安危와 직결되어 있다. 때문에 군덕의 敎養, 輔翼과 성취는 역대로 내려오면서 국가의 기틀을 세우는 하나의 大事로 간주되었다. 동춘당에 있어서 군덕의 보양은 "太平之道의 기반이며", 즉 국가의 태평을 위해 기초를 세우는 것이다. 동춘당은 『論輔養元子劄』, 『論君德劄』 등을 올렸을 뿐만 아니라 군덕의 수양을 전적으로 논하였으며 군덕을 보양하는 것을 자기 자신의 소임으로 여겨 經筵에서 군덕을 培壅, 陶冶하는 데 이용하였다. 그의 군덕론의 이론과 실천에 대하여 우암은 "君德世道에 그 기여한 바가 매우 크다"고 말한 바 있다.

군덕의 수양은 어찌하여 국가를 위해 태평지도를 세우는 것이라 할 수 있는가? 동춘당은 네 가지 측면에서 상세히 논술을 하고 있다.

1) 人主의 一心은 모든 변화의 근원이다.

"人主의 一心은 모든 변화의 근원이다."라는 것은 동춘당 자신의 발명이 아니며 이것은 이른바 「恒言」이라 할 수 있다. 동춘당은 이 말은 비록 '진부'한 점도 없지 않으나 '至理'를 포함하고 있다고 여겼다. 왜냐하면 "천하의 일은 어느 것 하나 인주의 마음에 근본을 두고 있지 않는 것이 없으므로" 다만 인주의 마음만이 "윗사람은 바르게 하고 아랫사람은 감화되게 하여 국가의 명맥을 영속할 수 있기" 때문이다. 중요한 것은 인주는 반드시 "먼저 이러한 마음을 세워야 하며" "立心"이라는 것은 "立本"이라는 것으로서 大本이 세워져야 비로소 "百務修擧" 할 수 있고 아래로는 민심을 기쁘게 하고 위로는 하늘의 뜻에 부합되며 재난을 제거하고 국가의 기운이 영원토록 연장되게 할 수 있는 것이다.

동춘당은 인주의 一心이 만약 "온갖 변화를 斡旋하는" 功能을 발휘하려면 반드시 "마음"의 "純一"을 전제로 하여야 한다고 여겼다. 그의 이른바 "聖心이 어찌 순수하다고 하지 않을 수 있겠습니까? 어찌 中에 부합되지 않을 수 있다 하겠습니까? 어찌 공평하다 하지 않을 수 있겠습니까? 이른바 '敬으로서 안을 곧게 하고 義로서 밖을 바르게 한다'는 여덟 자가 있는데 어찌 앞의 것을 참조하지 않고 가늠질 할 수 있다고 하겠습니까? 혹은 어찌 한시라도 소홀히 할 수 있겠습니까?"라는 연속 다섯 차례나 되는 질문은 바로 인주 "治心" 공부의 중요성을 강조한 것이다. "마음을 다스린다"는 것은 곧 本源을 배옹한다는 것이다. 인주는 왜 "마음을 다스리"는 공부를 해야 하는가? 동춘당은 "人心"이라는 것은 "活物"로서 반드시 그 활용이 있으므로 학문에 힘을 쓰지 않는다면 반드시 노름에 빠지게 되며 더욱이 "人心"이라는 것은 "二用" 될 수 없는 것이므로 다른 일에 잡히게 되면 반드시 덕성을 쌓는 공부에 태만을 부리게 된다고 여기고 있었다. 그리고 人心이란 본래 상실하기 쉬우며 더욱이 "인주의 한 마음"은 "모든 중책을 한몸에 지니고 있어 여러 사람들의 공략의 대상이 되고" 있기 때문에 "위험 속에 움직이고 안정되어 있기가 힘든 것이 匹士의 백배가 된다고 할 수 있다." 그렇기 때문에 더욱 더 本源을 存養하는 "治心" 공부에서부터 착수하는 것이 요청된다. "학자가 마음을 다스리지 못한다면 그 가정을 다스릴 수 없고 만약 帝王의 極尊으로서 스스로를 다스리지 못한다면 마음에는 멸망의 재앙이 생기게 된다".

이상의 것은 "마음을 다스려 근본을 세운다"는 의미에서 군덕의 수양을 논술한 것이다.

2) 천도의 운행은 끊임없고 성인의 도덕은 나날이 새롭다.

동춘당은 일찍 효종에게 『陽復日陳戒疏』를 올리고 "冬至一陽復於地中"이라는 천도 운행의 "陽長之義"에 근거하여 효종에게 "천도의 운행이 끊임없는 강건함을 체득하여" 聖德이 나날이 새로워지는 功業을 구할 것을 권고하였다. 이른바 성인의 도덕은 "나날이 새롭고 또 새로워진다"는 것은 동춘당이 군덕에 대한 한 조목의 기본적 요구로서, 그는 올려 보낸 상소장 가운데서 반복적인 설명을 가하였다. 그가 "성인의 도덕은 나날이 새롭고 또 새로워져야 한다"고 요구하는 이유는 한편으로는 군덕의 수양은 그 경지가 끝이 없으므로 진보하지 않으면 퇴보하게 되고 또다른 한편으로는 이른바 "風行草偃", "天下歸仁"의 효과를 얻는 것이기 때문이다. 다시 말하면 人君은 자신의 도덕수양을 보강하여 고상한 도덕지조로 만백성에게 영향을 주어야 하는데 마치 바람이 풀에 가해지면 풀은 반드시 쓰러지는 것과 같이 致治의 목표에 이를 수 있다는 것이다.

이는 "陽長之義"로부터 군덕의 수양을 논한 것이라 하겠다.

3) 應天撫時는 一心에 달려있다.

동춘당은 국가가 장차 다스려지거나 혼란해질 때에 늘 재변이 일어나는데 이는 "天心"이 人君을 仁愛하는 표현이며 그 뜻인즉 인군에게 경고를 내려 인군으로 하여금 "재해로 경각심을 높이고 몸소 수행에 힘쓰게 하여" 각종 재난을 은연중에 제거하도록 깨우쳐 주는 것이라고 여기고 있었다. 동춘당은 "天人感應"적인 "災異譴告"說에 근거하여 현종에게 天戒를 삼가 지키고, 恐懼修省하며, 應天撫時해야 하며 "應天撫時는 오직 인주의 一心에 달려 있다"고 애써 권고하였다.

이는 "應天之道"에서 군덕의 수양을 논한 것이라 하겠다.

4) 계몽을 통해 정도를 길러주는 일은 곧 성인의 과업이다.

동춘당은 "元子" 즉 儲君의 도덕수양문제를 각별히 중시하고 "원자"의 도덕 성품의 수양은 국가 미래의 "齊治之本"이라고 여겨 왔으며 『論輔養元子劄』을 만들고 先賢 趙光祖, 李彦迪이 원자의 보양문제를 논한 요점을 기록하여 바쳤다. 趙, 李 두 聖賢은 『周易 · 象上傳』의 "계몽을 통해 정도를 길러주는 일은 곧 성인의 과업이다"라는 말에 근거하여 원자의 보양은 요람에서부터 시작되어 매일 선량한 자들과 접촉하여 그 마음을 변화시켜 습관을 이루고 지식이 쌓이게 하여 "훗날 대업을 계승하는 토대로 되게끔 해야 한다"고 강조하였다. 동춘당은 두 성현의 말씀은 "萬世에 따르고 지켜야 할 법칙"이라 여겨 또 "전하께서는 두 성현의 말씀과 선조들께서 이미 행한 바를 따르고 원자를 교양하며 또 이로써 스스로 경계 반성해야 합니다."라고 말하고 있다.

이는 "蒙以養正之道"에서 군덕의 수양을 논한 것이라 하겠다.

총괄적으로 동춘당은 다양한 관점과 측면에서 군덕의 수양은 국가를 위하여 "태평지도를 세우는" 것이라고 논술하고 있다.

3. 君德의 輔養은 오직 經筵에서만 이루어진다.

동춘당은 賓師職位를 맡고 있었으므로 군덕의 보양을 자신의 소임으로 여기고 자연히 경연의 역할을 각별히 중시하였으며 경연을 군덕을 보양하는 주요한 또는 유일한 방법으로 간주하였다. 동춘당의 이 면에서의 논술은 매우 많은데 귀납하면 아래의 세 가지가 있다.

1) 君德의 성취는 그 책임이 經筵에 있다.

동춘당은 일찍 효종, 현종에게 고대에는 군덕을 이룰 수 있는 방법, 途徑은 다종다양하였다고 여러 차례 지적하였다. 예를 들면 "앞에서 의문이 생기게 되면 뒤에서 받들어 주시고 좌우에는 輔弼이 있었으며 지어는 침실에 침거하여 있거나 연회석에 이르기까지 箴規와 頌讀이 있지 아니한 것이 없고 그릇이나 변기 그리고 지팡이마저도 銘文과 戒言이 적혀 있지 않은 것 없다"라는 것 등이다. 그러나 후세에 와서는 단지 경연에서만 "얼마간 옛 규례를 모방하고" 있어 군덕을 보양하는 유일한 효과적인 방법으로 되고 있는 것이다. 만일 경연마저 폐기해버리면 군덕을 이루는 면에서 더욱 아무런 일도 할 것 없는 것이다.

2) 人君께서 힘써야 할 곳은 經筵에 지나지 않는다.

동춘당은 군덕을 이룰 수 있는 유일한 방법은 경연 하나 뿐이므로 인군은 마땅히 경연은 잘 이용하여 덕을 이루어야 하는 것을 알아야 한다고 생각하였다. 그리고 지적하기를 조선조 역대의 임금들 가운데서 경연을 늘여는 것을 견지하여 온 훌륭한 모범이 없는 것이 아니라고 하였다. 경연을 비교적 중시하여 온 효종에 대하여 동춘당은 그가 "경연에 빈번히 나오서서 賢人들을 가까이 하고 道를 강론하는" 것을 관찰하고는 "聖德이 나날이 제고되어 致治의 효과가 나날이 새로워지기를" 기대하였으며 늘 眼疾로 경연을 열지 못하고 있는 현종에 대해서 동춘당은 누차 말씀을 올려 오랫동안 경연을 폐기하여서는 안 된다는 것을 힘써 권고하면서 "비록 궁중에서 몸을 조리양하거나 혹은 내실에서 누워계시거나 혹은 실외에서 화동하시거나 늘 儒臣들과 접촉하여 함께 경연을 토론하게 되면 어찌 성덕에 보탬이 없겠습니까?"라고 건의를 하였다. 그는 『遺疏』에서 심지어는 현종을 "경연에 나오시는 것이 매우 드물고 학문에 진보가 없으며 근본 바탕에 세운 것이 없다"고 비평하기에 이르렀다.

3) 經筵을 여는 것은 새로운 開發이 있기를 희망해야 한다.

동춘당은 경연은 늘 열어야 할 뿐만 아니라 형식에 치우쳐서는 안 된다고 여겼다. 만약 형식만 갖추고 경연을 장식의 도구로 하여 義理를 체험하여 실행에 옮기지 않는다면 아무런 이로운 점도 없을 뿐만 아니라 도리어 해로운 것이라 하였다. 그는 인군은 경연에서의 의리의 설명을 중시해야 할 뿐만 아니라 귀중한 것은 새로운 "개발"이 있어야 하며 능히 체득하고 실행하여야 한다고 강조하였다. "체득하여 행동에 옮기는 內實"이 있어야만 비로소 경연이 군덕을 이루는 효과와 역할을 제대로 발휘할 수 있는 것이다.

4. 君德修養의 條目

동춘당은 군덕수양의 의의와 방법을 논술하였을 뿐만 아니라 군덕수양의 條目도 천명하고 군덕수양을 위해 표준과 규범을 확립하였다.

1) 修身 綱領

동춘당은 군덕을 이루는 것은 修己治人 즉 修身齊家治國之道에 있다고 생각하였다. 修己治人之道에 대하여 儒學 經典인『大學』과『中庸』에는 투철한 논술이 있다.『대학』은 "학문을 닦는 데 있어서의 강령으로" 취급되어 왔고『중용』은 "孔子문중에서 전수한 心法"으로 간주되어 왔다. 동춘당은『중용』과『대학』은 서로 밀접한 관계가 있으며 모두 다 修身治國의 道를 설명하고 있다고 생각하였다.『중용』의 이른바 "天命之性", "率性之道"는 각기『대학』의 이른바 "明德"의 "所具"와 "所行"이고,『중용』의 이른바 "修道之敎"는 곧 바로『대학』의 이른바 "新民"의 "法度"로 되며,『중용』의 이른바 "戒懼", "愼獨"의 공부는 곧 바로『대학』의 이른바 "正心", "誠意"에 속하며,『중용』의 이른바 "致中和"는 곧 바로『대학』의 이른바 "明德을 천하에 밝힌다"는 것이다. 동춘당의 군덕수양론은『중용』과『대학』을 하나로 하는 進路를 취하였다. 그리고 또 이로써 인군은 "任道"의 정신을 갖추어야 하고 "道에 任하여 의심하지 말아야 하며" 반드시 聖人을 따라 배우고 堯舜을 본받아야 하며 "반드시 이 道로 하여금 크게 밝혀지고 행하여지게 하여 道統의 전통을 이어받아야 한다"고 요구하였다. 이는 동춘당 군덕수양론의 기본적 강령이라 할 수 있다.

2) 立 志

동춘당은 군덕의 수양을 논함에 있어서 우선 먼저 立志를 중시하고 있다. 그가 쓴 進春宮의 先賢格言屛幅에는 우선 먼저 선현들이 입지를 논한 格言을 열거하고 있다. 이것은 인군의 뜻은 관건이 "聖" 한 자에 있는 것으로서 반드시 원대한 뜻을 품고 "하늘을 앙망하고 성인을 앙망하며" "배움에 있어서는 성인의 경지에 이르는" 것을 목표로 삼고 堯舜之治에 힘써야 한다는 것을 표명하고 있다. 그는 입지를 논할 때 또 張橫渠의 "天地를 위하여 마음을 세우고, 生民을 위하여 道를 세우고, 聖人을 위하여 끊어진 학문을 잇고, 萬世를 위하여 태평을 열다" 즉 "橫渠四句"를 들어 인군의 입지의 내용으로 하였다. 그리고 옛 제왕들이 뜻을 세우는 가운데서 시종일관하지 못한 것을 교훈으로 인군은 뜻을 세운 이후 "시대와 세상이 변이하는 가운데서 노름과 향락에 탐닉하여" 뜻을 개변하여서는 안 되며 "그 뜻을 계속 견지하고 추호의 변화와 후퇴도 하지 않게 되면 반드시 夙志를 이룰 수 있다"고 충고를 주었다.

3) 兩疑의 工夫

동춘당은 군덕의 수양을 논함에 있어서 "尊德性"과 "道問學" 중에서 어느 한 쪽을 홀시하여도 안 된다고 주장하였다. 동춘당의 해석에 따르면 "尊德性"의 "尊"은 곧 바로 "恭敬奉持의 뜻"이고, "德性"은 곧 바로 "내가 하늘로부터 받은 올바른 이치"이며, "尊德性"이라는 것은 결국 "本源을 存養하는 공부"로 된다. 그리고 "道問學"의 "道"는 곧 바로 "由"이고, "問學"이라 함은 곧 바로 "사람들에게 물어보고 스스로 배운다"는 것으로서 "道問學"이라는 것은 결국 "格物致知工夫"이며 이것이 군덕수양의 "兩疑工夫"인 것이다. "本源을 存養"하려면 반드시 敬을 간직해야 하는데 "마음을 간직하는 방법은 오직 敬일 뿐이며" "戒愼恐懼라 함은 바로 敬을 간직해야 하는 방법이다.” 그리고 “格物致知”는 바로 善을 밝히는 것이다. 이 兩疑의 공부는 다시 말하면 程頤가 말하고 있는 “涵養은 반드시 敬으로써 해야 하며 학문을 쌓는 것은 致知에 있다”라는 것이다. 이 외에 동춘당은 또 『대학』 공부를 논하면서 “『대학』의 공부는 知, 行, 推이다. 格物과 致知는 知이고, 誠意, 正心, 修身은 行이며, 齊家, 治國, 平天下는 推이다. 誠意는 自修의 첫 순서로서 上下를 일관하고 있으며 誠意를 할 수 없게 되면 知, 行, 推 등은 모두 할 수 없게 된다.”라고 말하고 있는데 『대학』공부를 知, 行, 推 세 자로 개괄하고 誠意로써 知, 行, 推를 일관하고 있어, “誠意” 한 조목의 중요성을 뚜렷이 하고 있다. 이것 역시 동춘당 군덕수양론의 한 가지 중요한 내용이라 하겠다.

4) 其他 德目

도덕수양 가운데서 동춘당은 “慈孝” “禮義” 등 덕목에 각별한 중시를 두고 있다. 그는 慈와 孝를 논하면서 제왕의 집안은 왕왕 慈孝之道에서 부족한 것들이 있는데 그 원인은 “情勢는 막기 쉬워도 讒間은 틈을 타기가 쉽기” 때문이라고 하였다. 그리고 제왕 집안의 慈孝之道가 어떠한가 하는 것은 역시 군덕을 평가하는 하나의 중요한 측면으로 되고 있다. 그러므로 인군이 오직 스스로의 단속을 엄하게 하시고 집안을 다스리는 데 삼가 조심하고 誠愛에 힘쓰고 孝敬에 돈독해야만 “스스로 不孝에 빠져서 친인들을 不慈에 떨어지게 하는 것을” 모면할 수 있다. 그는 禮義를 논함에 있어서는 禮讓으로써 나라를 위해야 하며 우선 먼저 인군 자신이 솔선적이어야 한다고 강조하였다. 다시 말하면 인군은 자신을 단속하고 국가를 다스리는 데 있어서 반드시 禮制로 檢束하여야 하며 자신의 솔선수범으로써 上下가 禮를 숭상하고 서로 공경하고 양보하며 조정이든 민가이든 그리고 일상생활과 언행에 이르기까지 예를 갖추지 않음이 없는 국면을 조성하여 조선으로 하여금 동방에 우뚝 솟아 있는 禮義之國으로 되게 해야 한다는 것이다.

5. 결 어

동춘당의 군덕수양론은 이론과 실천 두 가지의 면에서 모두 성공을 거두었다. 이론상에서 동춘당의 군덕수양론은 스스로 체계를 이루고 있으며, 실천상에서 동춘당은 군덕의 보양에 방도가 있어 이른바 "浚吉之道"를 형성하기에까지 이르렀다. 『經筵日記』에서는 "承旨 金萬基는 말씀 올리기를 宋浚吉이 올라오는 날에는 講席을 열고 돌아간 뒤에는 바로 정지하고 있습니다. 학문을 배우려고 하면서 이렇게 하는 것은 적합하지 않다고 생각됩니다. 臣이 원하고자 하는 바는 준길이가 내려간 후에 경연을 빈번히 열어야 한다고 말하는 것이 아니라, 단지 준길의 말을 사용하는 것으로서 준길의 道를 행하는 것입니다"라고 기재하고 있는데 "준길의 道를 행하다"라고 하는 것은 결국은 동춘당에 대한 가장 큰 찬양인 것이다.

同春堂的修養論

徐 遠 和*

1. 緣　起
2. 君德修養乃「基太平之道」
3. 輔養君德惟在經筵
4. 君德修養的綱目
5. 結束語

1. 緣　起

「同宗同道二先生, 兩宗千秋比兩程.」同春堂先生逝去後, 李端夏製送的這一輓詞, 以同春堂, 尤庵比明道, 伊川, 可謂十分貼切. 事有湊巧, 我對「兩程」曾作過研究, 寫有『洛學源流』一書. 前不久, 爲金吉洛教授回甲紀念文集撰寫了『尤庵工夫論探索』一文. 此次赴韓訪問研究, 又恭逢同春堂先生學術大會, 金教授特地安批我發表『同春堂的修養論』. 眞可以說是機緣巧合. 此便是寫作本文的緣起.

尤庵宋時烈在爲同春堂撰寫的『墓志文』中曾評價道 :「入論道德, 出贊謨猶」這對是同春堂宋浚吉先生一生德業的寫照. 同春堂於朝鮮仁祖, 孝宗, 顯宗三朝久處賓師之位, 出入兩筵, 對于君德的輔陽作出

---

* 中國社會科學院.

이 논문은『유학연구』4집(충남대 유학연구소, 1996)에 수록된 논문임.

了特殊的貢獻, 被譽爲「一代儒宗, 三朝賓友」. 同春堂的修養論以君德爲核心. 所以我將探討的重點放在君德修養論問題上, 也許以『同春堂的君德修養論』爲題更加合適.

2. 君德修養乃「基太平之道」

在君主制時代, 十分重視以道德化成天下. 統治者尤其是國君之「德」, 關係着政治的隆汚, 國家的興衰, 社稷的安危. 因此, 君德的敎養, 輔翼興成就, 歷來被視爲奠立國基的一件大事. 在同春堂看來, 輔養君德乃「基太平之道」, 卽爲國家太平奠立基礎. 同春堂先生不僅上過『論輔養元子劄』,『論君德劄』 等, 專論君德之修養 ; 而且以輔養君德爲已任, 利用經筵培雍, 陶冶君德. 其君德論的理論與實踐, 誠如尤庵所說 :「其有補于君德世道者大矣」.

君德修養何以是爲國家奠立太平之道? 同春堂從四個方面作了詳盡的論述

1) 人主一心, 萬化之源

「人主一心, 萬化之源」, 幷非同春堂的發明, 而是所謂「恒言」. 同春堂認爲, 此言雖近于「陳腐」, 却包含着「至理」, 因爲「天下之事, 無一不本于人主之一心」,「惟有殿下一心, 可以上格下威, 迓續景命」. 重要的是, 人主必須「先立此心」, 而「立心」卽「立本」, 大本旣立, 就可以「百務修擧」, 下悅民心, 上豫天意, 消彌災難, 延長國祚于無窮.

同春堂認爲, 人主一心若要發揮「斡旋萬化」卽功能, 須以「心」之「純一」爲前提. 其所謂「聖心其可有不中乎? 其可有不公乎? 所謂

「敬以直內, 義以方外」 八個字, 其可不參前而倚衡乎? 其或造次頃刻而有少忽焉者乎?」 連續五次發問, 就是强調人主「治心」工夫的重要. 「治心」 就是培雍本源.

人主何以要作「治心」工夫? 同春堂認爲「人心」是「活物」, 必有所用, 不用于學問, 則必用于玩樂 ; 而「人心」又不可「二用」, 旣役于他務, 則必怠忽于進德之功. 而且人心本易放失, 尤其是「人主一心」更是「百責攸萃, 象欲所攻」. 故其「危動難安, 萬信于匹士」. 因此, 更需要從存養本源的「治心」工夫作起, 「學而不能自治, 則無以治其家 ; 若以帝王之尊而不能自治, 則心有覆亡之禍矣」.

以上是從「治心立本」之義論君德之修養.

2) 天道不息, 聖德日新

同春堂曾向孝宗上『陽復日陳戒疏』, 根據「冬至一陽復于地中」這一天道運行的「陽長之義」, 勸戒孝宗「體天道不息之健」, 以求聖德日新之功. 所謂聖德「日新又新」, 是同春堂對于君德的一項基本要求. 並在奏疏中反復予以陳說. 其所以要求「聖德日新又新」, 一則是因爲君德的修養是無止境的, 且不進則退, 再則是求所謂「風行草偃」, 「天下歸仁」之效, 卽人君加强道德修養, 以高尙的道德情操影響民衆, 提高其道德水準, 達到致治的目的.

這是從「陽長之義」論君德之修養.

3) 應天撫時, 亶在一心

同春堂認爲, 國家於將治將亂之際, 常常有災異出現, 此乃「天心」仁愛人君的表現, 意在向人君發出警告, 提醒人君「因災惕念, 側身修行」, 將災難消彌於無形. 同春堂依據「天人感應」的「災異譴告」說,規戒顯宗克謹天戒, 恐懼修省, 應天撫時,「惟其應天撫時之機, 亶在人主一心」.

這是從「應天之道」論君德之修養.

4) 蒙以養正, 作聖之功

同春堂特別重視「元子」卽儲君的道德敎養問題, 認爲「元子」德性之養成是國家未來「齊治之本」. 並有『論輔養元子劄』, 錄先賢趙光祖, 李彥迪論輔養元子之要以進. 趙, 李二賢根據『周易・彖上傳』:「蒙以養正, 聖功也.」, 强調元子之輔翼應始於襁褓, 使之日接善類, 化與心成, 習與智長,「豫爲後日繼承之基」. 同春堂認爲, 兩賢之說, 可爲「萬世法程」, 且曰 :「惟殿下旣已兩賢之說, 祖宗之所已行者, 敎養我元子, 又以是自警省焉」.

這是從「蒙以養正之道」論君德之修養.

總之, 同春堂從多角度, 多側面論述了君德修養乃是爲國家奠立「太平之道」.

3. 輔養君德惟在經筵

同春堂旣然身處賓師之位, 以輔養君德爲己任, 自然十分重視經筵的作用, 而認經筵爲輔養君德的主要的乃至唯一的途徑. 同春堂先生這方面的論述甚多, 歸納起來, 有以下三點 :

1) 君德成就責經筵

同春堂曾先後向孝宗, 顯宗多次指出, 古代成就君德的方法, 途徑多種多樣, 如「前有疑後有丞, 左有輔右有弼；以至居寢宴處, 無不有箴有誦；盤盂幾杖, 無不有銘有戒」, 等等；而後世只有經筵才是輔養君德的唯一有效途徑, 在成就君德方面更沒有什麽事可作了.

2) 人君致力處無過經筵

同春堂認爲, 既然成就君德唯有經筵一條途徑, 人君就應該懂得很好地利用經筵以求成德. 並且指出, 在朝鮮朝歷代君王中, 不乞堅持常開經筵的良好榜樣. 對北較重視經筵的孝宗, 勸其「頻於經筵, 親賢講道」, 以期「聖德日躋而治效日新」; 而對常因眼疾停開經筵的顯宗, 則屢屢陳焉, 力勸其不可久廢經筵, 建議「雖於行宮調攝之中, 或臥內惑戶外, 頻接儒臣, 使之討論經傳, 則其於聖德豈無所補?」甚至批評其「經筵罕御, 學問不進, 本根之地未有所立」.

3) 開筵而翼有所開發

同春堂認爲, 經筵不僅要上開, 而且不應流於形式, 若徒具形式, 以經筵作爲修飾之具, 並不體驗義理而付諸實行, 則反而有害. 强調人君不僅要重視經筵上的義理陳說, 而且貴在有所「開發」, 能够體而行之, 有「體行之實」, 才能眞正發揮經筵成就君德的效用.

4. 君德修養的綱目

同春堂不僅論述了君德修養的意義與途徑, 而且闡明了君德修養的綱目, 從而爲君德修養確立了目標與規範.

1) 修身綱領

同春堂認爲, 君德之成就, 在於講求修己治人卽修身治國之道. 關於修己治人之道, 儒學經典『大學』,『中庸』有精辟的論述.『大學』被視爲「爲學綱領」, 而『中庸』則被視爲「孔門傳授心法」, 同春堂認爲『中庸』與『大學』互爲表裏, 共同講明了修身治國之道.『中庸』所謂「天命之謂性」, 分別爲『大學』所謂「明德」之「所具」與「所行」;『中庸』所謂「修道之敎」卽『大學』所謂「新民」之「法度」;『中庸』所謂「戒懼」,「愼獨」工夫卽『大學』所謂「正心」,「誠意」之屬 ;『中庸』所謂「致中和」則卽『大學』所謂「明明德於天下」. 同春堂的君德修養論採取了『中庸』與『大學』合一的進路. 並由此而要求國君具有「任道」的精神, 並由此而要求人君作到「任道不應」, 以聖人爲必可學, 以堯舜爲必可法.「必使斯道大明而大行, 以接道統之傳」. 這可以說是同春堂君德修養論的基本綱領.

2) 立 志

同春堂論君德修養, 首重立志. 其所寫進春宮先賢格言屛幅. 首例先賢論立志之格言表明, 人君之志, 關鍵在一個「聖」字, 必志存高遠,「希天希聖」, 以「學至於聖人」自期, 而致堯舜之治,. 其論立志, 又標擧張橫渠「爲天地立心, 爲生民立極, 爲去聖繼絶學, 爲萬世開太平」. 即「橫渠四句」, 作爲人君立志之內容. 並以前古帝王立志多有始無終的教訓, 規戒人君在立志之後, 不要因「時移世變, 事玩情狃」而改變志向, 而能「堅持此志, 無變無退」, 必酬夙志而後已.

3) 兩疑工夫

同春堂論君德修養, 主張「尊德性」與「道問學」不可偏廢. 按照同春堂的解釋,「尊德性」之「尊」即「恭敬奉持之意」,「德性」即「吾所受於天之正理」,「尊德性」乃「存養本源工夫」; 而「道問學」之「道」即「由」「問學」即「問於人而學於己」,「道問學」乃「格物致知工夫」. 這是君德修養的「兩疑工夫」. 要「存養本源」, 就必須持敬,「持心之法, 惟敬是已」,「戒愼恐懼, 即所以持敬之方也」;「格物致知工夫」, 就是明善. 這兩疑工夫, 也就是程頤所說的 :「涵養須用敬, 進學則在致知」, 此外, 同春堂又論『大學』工夫曰 :「『大學』工夫, 知, 行, 推也. 格物, 致知爲知, 誠意, 正心, 修身爲行, 齊家, 治國, 平天下爲推. 誠意爲自修之首, 通貫上下 ; 不能誠意, 則知, 行, 推皆無可爲矣」. 將『大學』工夫概括爲知, 行, 推三字, 且以誠意爲自修之首, 通貫知, 行, 推, 特別强調「八條目」中「誠意」一目的重要性. 這也是同春堂君德修養論的一個突出內容.

4) 其他德目

在君德修養中, 同春堂對於「慈孝」,「禮義」等德目予以特別的重視. 其論慈孝, 指出帝王之家往往於慈孝之道有所有虧缺, 其原因在於「情勢易阻, 而讒間易乘故」. 以帝王之家慈孝之道如何是衡量君德的一個重要方面, 强調人君只有嚴於自治, 謹於治家, 致誠愛, 篤孝敬,方可避免「自陷於不孝而陷親於不慈」. 其論禮義, 强調以禮讓爲國, 並先從人君自身作起, 卽人君律身, 治國, 必以禮制檢束, 造成一個以身爲敎, 上下崇禮, 朝廷閭巷, 日用云爲, 無不有禮的局面, 使朝鮮成爲屹立於東方的禮之邦.

5. 結束語

同春堂的君德修養論, 在學理與實踐兩方面都取得了成功. 在學理上, 同春堂的君德修養論自成體系；在實踐上, 同春堂輔養君德有方, 以至形成所謂「浚吉之道」, 誠如『經筵日記』所載：「承旨金萬基進曰：宋浚吉上來之日, 時開講席, 而退歸後, 便卽停掇. 若欲勉强學問, 不宜如此. 臣願毋謂浚吉下去頻數開筵, 則是乃用浚吉之言也, 是乃致浚吉之道」,「致浚吉之道」, 乃是對同春堂先生的最大褒獎.

同春堂의 性理學 思想

洪 軍*

1. 序 言

동춘당 송준길(1606~1672)은 17세기 한국의 대표적인 예학가이고 정치가이며 성리학자이다. 그는 우암 송시열(1607~1689)과 함께 한국유학사상에서 '兩宋'으로 불리는 중요한 역사적 작용과 심원한 영향을 갖고 있는 인물이다. 기호학파에 속하는 그는 영남학파의 학자들과도 밀접한 연계를 갖고 있었다. 그의 학풍은 嶺南-畿湖 학풍을 상호 조화하는 성향을 갖고

---

* 中國 復旦大學校(韓國中心) 敎授.
이 논문은 한남대충청학연구소가 주관한 '동춘당 탄신 400주년기념 국제학술대회'(대전시청, 2006)에서 발표된 논문이다. 이 글은 뒤에 수록하는 원문을 필자가 요약해서 번역한 것이다.

있다. 본문은 비교 연구적인 시각으로 동춘당의 성리학 사상에 대하여 살펴 보고자 한다.

2. 同春堂의 理氣說

이기설은 성리학의 주요 화두이다. 황종희(1610～1695, 자는 太衝, 호는 南雷)는 "理氣는 學의 主腦" 라고 지적한 바가 있다. 성리학자들은 '理'와 '氣' 두 개념을 사용하여 천지만물의 시원 즉 세계의 본원 문제를 연구하였다.

주지하다시피 주자철학 사상은 理와 氣 二分과 리를 최고 범주로 하는 理本論 哲學體系이다. 리는 주자의 철학체계 중에서 여러 가지 함의와 의미를 갖고 있다. 1) 리는 우주의 본체이고 천지만물의 존재의 근거이다. 그는 이르기를, "우주 사이에는 하나의 리가 있을 뿐이다. 하늘이 얻으면 하늘이 되고 땅이 얻으면 땅이 된다. 천지 사이에 태어난 자는 理를 부여받아 性을 얻는다."고 하였다. 이는 리 개념이 갖는 가장 기본적인 함의이다. 2) 리는 사물의 운동변화의 원인이다. 그는 천지의 운동을 陰陽之氣의 운동으로 보고 리를 그 운동의 '使之然者'로 보았다. 그는 이르기를 "누가 사지연자인가? 바로 道인 것이다"라고 하였다. 3) 리는 사물 운동의 법칙이다. 그는 "陰陽五行이 서로 條緒를 잃지 않는 것은 리가 있기 때문이다"고 말하였다. 4) 리는 또 인의예지의 총칭이다. 그는 "천리는 인의예지의 총칭이고 仁義禮智는 천리의 件數다"고 하였다. 인의예지를 리로 함은 주자 '理'개념의 중요한 함의이다.

이러한 '리'는 하나의 '淨潔空闊'의 세계이다. 그것은 '無形迹', '無情意', '無造作'의 초월적인 존재로서 實有一物은 아니다. 그는 理에게 또 有情意, 能賞善罰惡, 能造作하는 天命論의 특징을 부여함으로써 리의 所以然的 지위를 확보하였다.

무정의 무형적 무조작의 形而上學的 存在로서 리가 어떻게 천차만별의 현실세계를 창조하느냐 하는 면에서 그는 음양변화와 응집동정 조작 등의 특징을 갖고 있는 기 개념을 제기한다. 이는 리로 하여금 부착처와 의거처를 찾게 하였을 뿐만 아니라 리로 하여금 實理의 특성을 갖게 하였다.

理는 자기의 의거처인 氣를 찾음으로써 천지만물과 현실생활 세계를 창조할 수 있게 되었다. 그러나 주자는 리의 절대적 우위성을 주지는 않는다. 그는 "천지 사이에는 리와 기가 있다. 리는 形而上의 道이고 생물의 본이며, 기는 形而下의 器로서 생물을 담는 그릇이다"고 말하였다. 리와 기에 대하여 형이상, 형이하의 구별을 하는 동시에 리는 '생물의 本', 기는 '생물의 具'라 특징지었다. 그리고 양자는 불가분의 관계에 처하여 있다고 한다.

율곡도 주자와 마찬가지로 천지만물은 리와 기로 구성되었다고 하고 형이상, 형이하로 두 개념을 구별하였다. 이는 그의 리와 기에 대한 개념 설정이 주자와 맥을 같이 하고 있음을 말해 준다.

율곡은 리를 형이상학적 존재로 우주의 보편법칙과 사물의 이치로 규명하고, 또 리에 윤리도덕적 함의도 부여하였다. 그는 "一陰一陽은 천도의 유행이요, 元亨利貞 · 周而復始 · 四時의 錯行은 모두 自然之理"라 하였다. 리는 춘하추동이 순환 반복하는 객관법칙과 자연법칙이다. 또한 그는 리를 인간관계를 처리하는 윤리적 도덕관계의 원리 원칙으로 인식한다. 이는 주자의 理氣 개념과 대체적으로 동일한 것이다.

그러나 리기 개념의 구체적인 특징 규정에서 율곡은 주자와 다소의 차이성도 보이고 있다. 그는 리의 특징을 無形無爲 純善이라고 지적한다. 그는 이르기를 "리와 기는 시작도 없고 선후도 없다. 그러나 所以然으로 말하면 리는 樞紐 근저이므로 부득이 理爲先이라고 말한다."라 하였다. 율곡의 理氣論에서 리와 기는 '혼륜무간, 무선후 무이합'의 관계에 처해 있으므로 부득이 리위선이라고 말한 것은 주로 논리적 차원에서의 리의 선(在先)을 일컫는 것이다. 그는 리는 순선무악한 고로 리에는 한 글자도 가할 수 없고 일호의 수위도 가할 수 없다고 하였다. 인간의 도덕행위 중에서 리에 부합되는 것은 선한 것이라 하고 성즉리설을 수용하고 있다.

율곡철학 중 기는 중요한 의의를 갖는 개념이다. 예를 들면 陽之氣 陰之氣 本然之氣 天地之氣 遊氣 金氣 浩然之氣 등으로 다양하게 표현되고 있다. 그러나 리와 불상리의 관계에 처해 있는 기는 陰陽二氣이다. 淸氣는 양이고 濁氣는 음이다. 그는 말하기를 "리는 태극이요 기는 음양이다"고 하고 "淸자는 陽之氣요 濁자는 陰之氣"라 하였다. 기는 形而下者로 리와 對待되는 개념으로 형이하의 質料적 함의와 생물을 담는 그릇과 같은 기능을 갖고 있다. 율곡은 지적하기를, "기는 리의 所乘이요 … 기가 아니면 리는 의거할 곳이 없다.", "기는 리를 담는 그릇이다."고 한다.

리의 무형무위순선의 특징에 반해, 기는 유형유위담일청허의 특징을 갖고 있다. 율곡은 氣局에 대하여 말하기를 기는 이미 행적을 갖추었기에 본말이 있고 선후가 있다. 형체를 갖고 있는 기는 本體界에 반하여 現象界에 해당한다. 리는 형이상자로 초월성 보편성을 갖고 있으나 기는 형이하자로 실재성 특수성을 갖고 있다. '유형유위하며 또 무형무위한 자의 의거처가 되는 것이 바로 기'이다. 고로 율곡의 이기론에서 리와 기는 항상 함께 거론되는 개념이다. 아울러 기는 또 '담일청허성'을 갖고 있다. 그는 기의 본연상태를 '담일청허' '담연청허', 즉 호연지기로 해석한다.

율곡은 '理氣之妙'의 입장으로부터 출발하여 리와 기는 모두 분수성을 갖고 있다고 지적한다. '이기지묘는 보기도 힘들고 말하기도 힘들다. 리의 근원도 하나고 기의 근원도 하나이다. 기의 유행이 參差不齊하면 리의 유행도 참차부제하다.', '一氣의 운화는 흩어지면 만수가 되고 나누어 말하면 천지만물은 모두 一氣이다. 요컨대 천지만물은 모두 동일한 一氣이다.' 율곡의 '理一之理'와 '分殊之理'는 각기 '氣一之氣'와 '分殊之氣'에 의거하는 實理이다.

율곡학파의 嫡傳인 동춘당은 주자와 율곡을 매우 숭앙한다. 그는 임금에게 올린 '寫進 春宮先賢格言屛幅跋'에서 율곡의 '道統의 전수는 伏羲에서 시작하여 주자에서 끝났고 주자 이후로는 또 확실히 전수하는 분이 없었다'는 말을 인용하여 율곡의 견해를 좇아 주자를 유가 도통의 마지막 傳人으로 보았다. 아울러 그는 퇴계에 대하여서도 상당히 존중을 표하였다. 그는 經筵侍講에서 여러 차례 퇴계와 우복(鄭經世, 1563~1632, 호는 愚伏, 石潨道人 松麓) 등 영남학자들의 주장을 인용하고 있다. 그는 記夢詩 중에 쓰기를 '평생토록 퇴계 선생을 경모하여 우러러 왔더니 이 생명 다하도록 그 숭고한 정신 오히려 감통스럽네. 오늘밤 꿈속에서 가르쳐 주신 말씀을 이어 받고자 하였더니 잠을 깨고 나니 산마루에 걸친 달은 마침 창가에 머물었네.' 라 하였다. 이로부터 우리는 그의 학풍의 개방성 일면도 어느 정도 짐작할 수 있다.

이기론에서 동춘당은 또한 先師이신 사계(金長生, 1548~1631, 자는 希元, 호는 沙溪)의 설도 충실히 계승하고 있다. 沙溪는 율곡의 嫡傳 제자로 20세에 율곡에 사사하여 그 문하에서 수학하였고 그 후 龜峰 宋翼弼과 牛溪 成渾한데서도 가르침을 받은 적이 있다.

동춘당 역시 형이상, 형이하로 리기 두 개념을 규명한다. 그는 『易』 大傳을 인용하여 "器卽氣이고 道卽理라 하고 道器의 구분은 이와 같다"고 하였다. 리와 기를 곧바로 道와 器에 분속시켰다. 理와 道의 관계에 관하여 程頤가 말하기를, "하늘에 理가 있고 聖人이 理를 따라 행함을 道라 한다"고 하였다. 때문에 '道'와 '理'는 異名同實인 것이라 할 수 있다. 그러나 '道' 혹은 '天道'를 이를 적에는 흔히 그 앞에 '謂之'를 붙여 칭한다. 예를 들면 '그 리를 謂之道라 한다', '하늘의 자연스러운 자를 謂之天道라 한다' 등이다. '道卽理'의 용어는 『朱子語類』에서 단 한번 밖에 출현되지 않는다. '器卽氣' 구절은 『朱子語類』에서 사용된 적이 없다.

이는 역시 형이상 형이하로 리기 개념을 규명하는 우암의 설과도 다소 차이를 나타낸다. 우암은 "소위 道者理요 소위 器者氣다" 고 하였다.

理와 氣 특성을 지적하면서도 동춘당은 역시 '유형' '무형'과 '유적' '무적'을 사용하여 설명한다.

이러한 동춘당의 해석은 그 합리성과 간결성을 갖고 있는 면에 반해 사람들로 하여금 리와 기에 대한 분별이 다소 심한 감도 주고 있다. 그는 이르기를, “子思가 이미 하나의 道로 費隱 두 자를 串說하였은즉 道는 원래 형이상의 리이니 형이하의 기와 섞여있는 것이 아니다” 라고 하였다.

리기관계에 있어 그는 주자와 율곡설을 기초하여 리기 관계를 해석하고 기에 대한 리의 소이연의 작용과 주재의 역할을 말한다. 이어 그는 체용의 개념으로 기에 대한 리의 ‘소이연’작용을 말하였다. 만물의 생성에 있어 동춘당은 ‘理墮氣中說’을 주장하였다.

理와 氣의 일물, 이물, ‘理’를 ‘實有之 一物’로 보느냐 아니면 ‘非別有一物’ ‘若有之物’로 보느냐 하는 문제는 주자 이후로 역대 성리학자들이 줄곧 논의하여 오던 논제들이다. 주자는 이 문제에 있어 리기 불상리를 강조함과 아울러 ‘결코 이물이 아니다’라고 주장하여 왔다. 이에 대해 원나라 시기의 주자학자 吳澄(1249～1333, 자는 幼清, 호는 草廬)은 ‘非別有一物說’을 주장하여 주자의 이기론에 대한 수정을 진행하여 리의 實體性을 버리려 하였으며 理를 단지 氣의 條理와 規律로 인식하려 하였다. 이는 주자학의 주요개념인 理 인식 문제에서 주자후학들 사이에 ‘去實體化’성향이 나타났음을 의미한다. 그후 ‘朱學의 後勁’으로 불리우는 羅欽順(1465～1547, 자는 允升, 호는 整庵)은 아예 ‘理氣一物說’을 제기하고 있다. 朱子學 연구의 이러한 변화는 한국에도 전해졌다. 『困知記』가 한국에 전해진 후 퇴계는 『非理氣爲一物辯證』을 집필하여 羅氏의 ‘理氣一物說’은 “큰 머리처로부터 틀렸다” 고 하였다. 율곡도 羅氏학설에 대하여 평하기를 “整庵은 사물의 체를 望見하였으나 약간 미진한 점도 없지는 않다. 주자의 설을 확실히 믿지 않음으로 하여 생긴 주장이다. 허나 그는 자질이 英邁超卓하다. 그의 주장은 理氣를 一物로 보는 병이 있다. 사실 리기는 一物이 아니다.” 고 하였다. 퇴계와 율곡은 나흠순의 ‘理氣一物說’에 대하여서는 모두 비판의 입장을 취한다. 동춘당 역시 선유의 설을 계승하여 理氣二物說을 주장하였다.

주자 理氣說의 이원론적 논리구조는 필연코 理氣先後 理同氣異 理氣

聚散 등 문제에 부딪치게 된다. 이러한 문제에 대한 대안으로 율곡은 '理氣之妙說'을 제기하게 된다.

동춘당은 주자와 율곡의 理氣二物 리기설을 총결지어 "유형 무형로 말하면 器와 道는 二物이고 在上 在下로 말해도 역시 二物이다. 이렇게 보아야만 기 속의 리를 찾을 수 있고 道와 器의 불상분을 알 수 있다." 고 주장하며 '理墮入氣'설에 이어 리기 '妙合而凝'설을 제기하고 있다. 그는 "묘합이라는 것은 이기는 본래 혼융하여 틈이 없는 것이고 이는 理氣가 혼합하여 틈이 없다는 말이니, 바로 음이 靜한 때이다. 응은 모이는 것이니 기가 모여 형을 이루는 것이다. 이는 양이 동하여 형을 이루는 때이다."라 하였다.

리기 妙合而凝說에 대하여 동춘당은 妙合과 凝은 두 가지 일인데 『性理群書』 注에는 한데 엉켜 합한다고 말하여 한 가지 일로 만들었는데 이는 주자의 뜻과 부합되지 않는다고 하였다. 그는 또 『性理群書』 注解에서 妙於凝合 해석에서 "間斷이 없는 것이다." 하였는데, 間斷이란 말이 아마도 온당하지 않은 듯하니, 間隔으로 해석하는 것이 어떤지 모르겠다고 하였다. 리기 '渾融無間'설은 율곡이 선유들의 리기설을 총결한 거나 無間에 대하여 더 상세한 해석은 가하지 않았다. 동춘당은 '無間斷'을 '無間隔'으로 해석하였는데 이는 그가 주자 율곡 이기설의 난해처를 이미 의식한 듯싶다. 그의 리기 '渾融無間'설은 '理墮入氣'설의 유익한 보완이라 할 수 있다.

그러나 '渾融無間'설은 明대의 주자학자 薛瑄(1389~1464, 자는 德溫, 호는 敬軒)이 제출한 리기 '無縫隙'설을 연상케 한다. 薛氏는 理는 日光과 같고 氣는 飛鳥와 같다는 비유로 리기의 취산 운동을 이야기 한 적이 있다. 결국 그는 여전히 리기를 縫隙가 있는 걸로 보았다. '墮入'설에 대하여 羅欽順은 "이미 墮로 이야기 하였으니 理氣는 罅縫가 없을 수 없다"고 지적한 적 있다. 왜냐하면 '墮入'이란 말이 갖고 있는 내적 함의는 理가 墮入하기 전 氣와 나뉘어져 있음을 의미한다. 비록 동춘당은 리기 '渾融無間說'에 상세한 해석과 字義상에서의 조정을 하였으나 여전히 理同氣異 理氣聚散문제에 대하여 원만한 해결을 진행할 수 없다.

다음으로 동춘당은 율곡의 '理通氣局說'을 인용하고 있다. 그는 말하기를, "(율곡) 이통기국설은 선현들이 발하지 못한 바를 발하였다. 이기본체를 직접 분명하게 형용하여 백세후에도 후학들을 깨우칠 수 있다. 그 학문 경지가 탁월한 분이 아니고서야 어떻게 이렇게 할 수 있겠는가. 이통기국설은 이와 기를 분별하며 있어서는 지극히 분명한 것이다." 라 말하며 율곡의 이통기국설을 높이 평하고 있다.

이통기국설은 율곡이 理同氣異 문제를 답하려고 제기한 주장이다. 그는 이통기국에 대하여 "이통기국 네 글자는 스스로 체득한 것이다." 라고 일컬을 정도로 역시 자신감을 표하고 있다. 불교 화엄종에도 이통기국란 말이 나오나 이통기국으로 理同氣異를 말함은 율곡의 독자적인 견해이다. 아울러 율곡 철학에서는 理同氣異과 氣發理乘이 함께 논의 되고 있다. 그는 말하기를 "理는 무형하고 氣는 유형하기에 이통기국이라 하고 理는 무위하고 氣는 유위하기에 기발리승이라 한다" 고 하였다.

요컨대 동춘당의 이기론은 대체적으로 주자 율곡 설을 계승하여 만물은 모두 理와 氣로 구성되었다 하고 理氣 두 개념 설정에서도 율곡의 설을 따르고 있다. 그러나 율곡보다 道와 器의 분별을 강조하고 리의 무적성을 강조하는 성향에서는 그 차이성을 어느 정도 드러내고 있다. 이점에서 동춘당은 退・栗의 이기설을 절충하는 특징이 있다고 하겠다. 결론적으로 말하면 그의 이기설은 주로 '理墮氣中說', '理氣渾融無間說', '理通氣局說'로 구성되어 있다. 그러나 그의 理에 대한 이해는 여전히 전통적인 주자설[內在實體說]에서 이루어졌다 하겠다.

3. 同春堂의 四端七情說

四端七情論은 조선조 성리학의 주요 논제 중의 하나일 뿐 아니라 또 한국 성리학의 특징을 가장 잘 반영한 학설이다. 사칠설에서 논의되고 있는

四七理氣의 '發'과 性情之辯 등 논제는 주자학 더 나아가서는 신유학에서도 중요한 의의를 갖는 이론들이다. 주자는 사단에 대하여 "사단은 理之發이요 칠정은 氣之發이다"고 언급한 적이 있다. 그러나 이 말은 당시 중국 주자학자들의 주의를 자아내지 않았다. 주자도 이에 대해 해석을 가하지 않았다. 주자의 이 구절은 『語類』에 단 한번 나타날 뿐 주자의 기타 저작에서는 다시 찾아보기 힘들다. 주자의 본의는 사단은 理에 의하여 발하고 발하는 자는 기이며 정은 기에 속한다. 理에 대하여서는 發을 이야기 할 수 없다는 뜻이다.

한국에서 이 논변은 퇴계가 정지운(1509~1561, 자는 靜而, 호는 秋巒)이 제작한 『天命圖』에 대한 수정으로부터 시작되었다.

조선조 전기의 성리학자들은 이 문제를 논의하는 과정 중 우선 理氣의 '發'에 관하여 부동한 견해를 제출하게 된다. 퇴계는 정지운의 『天命圖說』를 訂正하여 '四端發於理, 七情發於氣'를 '四端理之發, 七情氣之發'로 고친다. 퇴계는 鄭氏의 사단과 칠정을 理氣에 분속시키는 이론이 중요한 철학적 의의가 있음을 인식한 듯싶다. 퇴계의 訂正이 학계의 논쟁을 가져오게 된다. 특히 奇明彥은 '理氣渾淪'사상에 입각하여 퇴계의 설에 질의하게 된다. 그는 말하기를 "理氣妙合 중의 혼륜으로 말하면 情은 선악을 겸하게 된다." 고 한다. 또 지적하기를 "四端과 七情은 所就以言之者가 다름으로 하여 四端과 七情의 구별이 있다. 七情 외에 따로 四端이 있는 것은 아니다." 고 하였다. 그는 사단과 칠정을 對擧互言하여 純理 혹은 兼氣로 일컫는 것은 합당치 않다고 지적하며 사단은 비록 순수한 천리의 所發이나 어디까지나 칠정 중의 묘맥에 지나지 않는다고 한다.

奇明彥은 사단과 칠정은 모두 정의 선악을 나타내는 일종의 성질일 뿐, 사단과 칠정이 각기 부동한 특성을 갖고 있는 것은 아니며 양자를 理氣로 분별해 칭해서는 안 된다고 한다. 奇氏의 견해는 주자의 설에 더 가까운 것을 우리는 알 수 있다.

奇氏의 질의에 대하여 퇴계는 답하기를 사단과 칠정을 理氣에 분속시켜 말하는 것은 선유설에 어긋난다 하고 理와 氣의 불상리성도 인정한다. 그러나 奇明彦 자신이 지적하듯이 所以言之가 부동함으로 분별해 말할 수 있다고 한다.

이어 퇴계는 "四端과 七情의 분별은 性에 本然과 氣稟之性이 있는 것과 같다." 하며 性을 理氣로 분별하여 칭할 수 있는 고로 情도 理氣로 나누어 칭할 수 있다 한다. 그는 四端과 七情이 그 발원처가 각기 所主와 所重이 있으므로, 理와 氣로 분별하여 칭하는 것은 가능하다고 한다. 퇴계는 결국 자기의 주장을 '四端理發而氣隨之, 七情氣發而理乘之'로 정리하여 소위 '理氣互發說'로 정착시키고 奇氏의 설은 '理氣共發說'로 간주한다.

明宗 14년(1559)부터 明宗 21년(1566)사이에 걸쳐 진행된 四七理氣 논쟁은 한국 유학사에 심원한 영향을 미쳤다. 한국성리학은 이를 기점으로 심성론 탐구를 중요시하는 특징을 띠게 되었다.

다음으로 理氣의 '發' 논쟁은 또 '主理', '主氣'의 문제를 발생케 한다. 퇴계는 말하기를, "대개 理發而氣隨之者는 理를 위주로 하여 말하는 것이고 理가 氣 밖에 있음을 말하는 것은 아니다. 四端이 바로 그러하다. 氣發而理乘之者는 氣를 위주로 하여 이르는 것이고 氣가 理의 밖에 있음을 말함은 아니다. 七情이 바로 그러하다."라 하였다.

사실 퇴계나 율곡 제현들은 주자의 理氣의 不離不雜 뜻을 이해 못하고 있는 것은 아니다. 퇴계는 "理와 氣는 본래 不相雜이고 또 不相離이다. 합하여 이르면 混爲一物이고 나누어 말하면 判爲二物이다."고 하였고 율곡은, "理氣는 二物도 아니고 一物도 아니다."고 말한다. 그러나 치우치는 성향으로 보면 퇴계는 理氣의 '不雜'에 편하였고 율곡은 理氣의 '不離'에 편하였다. 이러한 理氣觀상의 차이는 필연코 각자의 四七理氣論 상에서의 부동한 주장을 초래하게 된다.

율곡은 '理氣之妙說'로부터 출발하여 퇴계의 理氣互發說을 반대하고 奇明彦의 주장을 지지한다. 그는 퇴계가 주자의 뜻을 제대로 이해 못하였다고 하며 七情 뿐 아니라 四端도 氣發理乘이라 설하였다.

율곡의 퇴계설에 대한 비평은 성혼의 질의를 받게 된다. 이로 '退・高之辯' 후 또 율곡과 성혼 사이에 또 사칠논쟁이 일어나게 된다. 성혼은 주로 퇴계의 설을 받아들이며 율곡을 향해 질의하기를 옛적 퇴계의 理氣互發說을 의심하였으나 주자의 "人心道心의 차이가 혹은 形氣之私에서 생기고 혹은 性命之正에서 생겼다. 라는 말을 다시 음미하여 보니 퇴계의 호발설도 타당치 않은 곳은 없는 것 같다." 고 말하며, 四七對擧하여 '사단은 理에서 발하고 칠정은 氣에서 발한다' 고 한다. 成氏는 理氣호발설을 지지한다.

율곡은 성혼과의 서신 왕래를 통한 수차례 논쟁을 거쳐 자신의 성리학 견해를 가일층 명확히 하였으며 사칠 해석에 있어서의 氣發理乘說을 더욱 강조한다. 그는 예를 들어 말하기를 "소위 氣發理乘說은 가능한 것이다. 이는 특별히 칠정만 말한 것이 아니고 사단 역시 氣發理乘이다. 아이가 우물에 빠지는 것을 보면 측은지심이 발하는데 이를 보며 생기는 측은지심은 氣다. 이를 氣發이라고 한다. 측은의 본은, 바로 인이다. 이를 理乘이라 한다. 특별히 人心만 그런 것이 아니고 천지지화가 모두 氣發理乘인 것이다." 고 하였다.

동춘당의 사단칠정설은 율곡의 설을 충실히 계승한다. 『동춘당연보』에는 다음과 같이 쓰여져 있다.

> 우암선생이 말하기를 "日知皆擴充說에 관해 李滉과 李珥의 견해는 부동하다." 하였다. 이에 선생(宋浚吉)이 이르기를, "그 뿐이 아니다. 사단칠정론도 다르다. 國初 權近이 이 이론을 펴냈고 그 후 정지운이 『天命圖』를 제작하여 이 설을 따랐다. 李滉의 설은 이에 근원한 것이다. 그러나 사단은 理發氣乘이요 칠정은 氣發理乘이란 구절에 대해 李珥는 분별하여 해석하였다."라 하였다. 上王이 말하되 "理와 氣를 나누어 말한다면 어떠한 것이냐."고 하였다. 浚吉은 말하되 "李珥는 李滉의 말이 아직 온전하지 못하다고 한 것이 이것입니다. 사단은 다만 칠정 가운데서 善一邊을 집어낸 것이니 兩邊으로 상대하여 말할 수 없다는 것입니다. 만약 氣가 발하고,

> 理가 탄 것을 논한다면 七情만이 아니라 四端도 또한 그러한 것입니다. 대저 인심은 반드시 느낌이 있는 이후에 發한 것입니다. 발한 것은 氣요, 써 발하게 한 것은 理입니다. 先後도 없고, 離合도 없는 것이므로 互發이라고 말할 수 없는 것입니다."

權近(1352～1409, 호는 陽村, 자는 可遠)은 조선조 초기의 성리학자로 정지운 퇴계 등의 사칠설에 관한 사상 단서는 그의 성리학설에서 찾을 수 있다. 때문에 동춘당은 權氏의 학설이 사칠론의 선하(先河)를 열었다고 한다. 보다시피 동춘당은 四端七情 理氣之發에 있어 理와 氣를 분언하는 방식으로 사단과 칠정을 해석하는 것을 반대하며 발하는 자는 氣요, 所以發者가 理라 하고 사단은 단지 칠정 중의 純善者라 한다. 그는 또 이르기를

> 禮記에 말하기를 무엇을 일러 人情이라 하겠습니까? 喜 怒 哀 懼 愛 惡 欲 七情이란 것은 人情으로서 善惡의 總稱인 것입니다. 만약 七情 중의 惡이란 것과 四端과 더불어 相對한다면 可하거니와 만약 四端과 七情을 相對한다면 不可할 것입니다. 李滉의 四七을 相對한 論議는 비록 權近의 옛 學說을 따르고 있긴 하지만 義理를 비추어 살핌에 있어서는 그 失策을 면치 못했던 것은 天下의 公論이었습니다. 학자가 窮究하고, 格物하는 공은 다만 義理의 所在를 求함에 있는 것입니다. 만약 마음에 의심한 바가 있으면서도 辨析하지 않는다면 이 原理는 마침내 감추어지고 밝혀 내지 못할 것입니다.

고 하였다. 동춘당은 사단과 칠정은 '二情'이 아니고 양자는 '七包四'의 관계라 한다. 그는 퇴계와 율곡의 理氣說 차이를 이야기 하며 '氣發理乘說'에 대해 해석을 더 한다. 동춘당은 말하기를

> 대체로 퇴계 선생은 사단 칠정을 논하여 "四端理發而氣隨之, 七情氣發而理乘之"라고 하셨는데, 율곡 선생은 매우 자세히 변론하여 무려 수백마디의 말을 하 셨습니다. 그러나 그의 대의는 '發하는 것은 氣이고 발하게 하는 것은 理이니, 기가 아니면 발하게 할 수 없다. 이른바 氣發理乘은 것

> 은 "七情 만이 그런 것이 아니라 사단 또한 그러하다."는 것이었는데, 선사(金長生)께서는 항상 율곡의 설을 따르셨습니다. 선사께서만 율곡의 설을 따랐을 뿐이 아니라, 장인(鄭經世)의 견해도 그러하셨습니다. 제가 일찍 장인께 '퇴계와 율곡의 理氣說이 같지 않으니 후학들은 장차 누구의 설을 따라야 하겠습니까?'하고 물었더니, 장인께서 "율곡의 설이 옳다. 한번 자신의 몸으로 체험해 보라. 家廟에 들어가면 마음이 숙연해지니 이는 敬의 發虜이지만 그 숙연한 것은 기이다." 라고 대답하셨는데, 지금까지 그 말이 귀에 쟁쟁합니다. … 율곡의 이 논설은 참으로 百世를 기다려도 의심할 바가 없다고 할 수 있겠습니까. 가령 退陶가 다시 살아난다 하더라도 반드시 빙그레 웃을 것이고 오늘날처럼 분란스럽지 않을 것입니다.

동춘당의 장인 愚伏선생은 당시 영남학파의 주요 대표 인물이다. 그가 우복의 예까지 들어 이를 역설함은 그 자신은 율곡의 '氣發理乘說'을 확신함을 말한다. 주자도 사단과 칠정을 모두 情으로 보았으며 정은 性의 발로라 한다. 동춘당은 '사단'에 대해 역시 자기 해석을 가하고 있다. 그는 말하기를 "안에 있다가 밖으로 形容하는 것을 이르기를 端이라 하오니 人心의 근본이 착한 것을 여기에서 가히 볼 것이다"고 하였다. 이는 '사단'은 밖으로 形容한 것이기에 이미 발한 것이므로 정에 속하는 것이다. 그러나 그 근원은 성에 있으므로 동춘당은 성과 리의 관계에 대하여서도 지적하고 있다.

사단 중에서 동춘당은 측은지심을 특별히 중시하고 있다. 그는 '측은지심'이 사단중에서의 統攝 작용에 관하여 지적하기를 "사람은 측은지심이 없으면 죽은 물건(死物)이니 고기가 물을 떠나 얻지 못하면 살지 못하는 것과 같다. … 측은은 문득 이처럼 움직일 때이니 겨우 움직이면 문득 三者가 分界됨을 보니 봄에 나지 않으면 여름에 크지 못하고, 가을에 거두지 못하며 겨울에 貯藏할 바가 없는 것과 같으니 여기에 측은이 사단을 統率함을 가히 보겠다.古人이 庭草 驢鳴을 보고 仁을 체험 하였으니 이것은 天機가 流動하여 活潑이 地上에 펄펄 뛰는 것입니다."고 하였다. 이는 동춘당이 측은지심을 인간의 근본특성으로 보았음을 알 수 있다. 그 뿐 아니라 그는 仁 義 禮 智에 대하여서도 구체적인 설명을 진행하였다.

사단칠정 理氣문제는 사실 환언하면 性情의 문제이다. 고로 이 문제에 대한 논쟁은 자연히 성정에 관한 논의를 초래하게 된다. 양송선생과 동시대 인물인 明末淸初의 대학자 왕부지(1619～1692 : 字는 而農, 만년의 호는 船山)는 사단칠정문제에 있어 '四端非情論'을 제기하고 있다. 그는 "주자는 以性爲情 以情知性의 착오를 범했다."라 하며 性과 情을 天과 人에 분속시킬 것을 주장한다. 그는 사단은 도심 뿐이 아니라, 또 性이라고 말한다. 왕부지의 견해에 의하면 반드시 性과 情, 道心과 人心으로 사단과 칠정을 분언해야 한다고 주장한다. 왕부지와 동춘당의 사칠 견해상의 차이로부터 우리는 17세기의 중한 유학발전의 다양한 전개 양상을 엿볼 수 있다.

요컨대, 동춘당의 사단칠정론의 주요특색은 퇴계와 율곡의 사칠설의 차이에 관한 상세한 논술이라 하겠다. 동춘당은 퇴계설의 착오를 지적함과 아울러 율곡의 '氣發理乘說'을 상당히 숭앙하고 세밀히 해석하고 있다. 비록 그는 理氣 개념의 설정과 理氣 관계의 이해에서 퇴계와 율곡을 절충하는 성향이 있으나 그의 四七理氣論에서 우리는 그의 학문의 主氣論的 성격을 규명해 낼 수 있다.

4. 同春堂의 人心道心說

사단칠정문제에 관한 지속적인 연구는 性情의 善惡과 人心道心에 관한 토의로 발전하게 된다. 인심도심설 역시 조선조 성리학자들이 주로 의논하던 논제이다. 인심도심설은 주자학의 핵심 개념으로 公私와 天理人欲 등의 개념과 함께 연결되어 신유학 체계 중에서 중요한 위치를 차지하고 있다.

인심도심이 심성론의 중요한 개념으로 나타나기에는 二程의 공로가 크다. 二程은 道心은 公心 天理와 상호 연관되는 개념이고 人心은 私心 人欲과 상호 연관되는 개념이라 한다. 그들은 存公滅私 明理滅欲할 것을 주장한다. 이는 인심도심설의 관심이 송대 유학자들이 제창하는 이상적인 인격의 배양과 도덕자율성의 제고 천리로 인욕을 절제할 것을 주장하는 내용과 상당한 일치성을 갖고 있으므로 理學家들의 중시를 받게 된다.

주자는 인심도심설을 성인 堯舜相傳의 道라고 한다. 그는 도심은 義理之正에서 근원한 것이고 인심은 耳目之欲에서 근원한 것이라고 말한다. 已發과 未發로 논하면 인심과 도심은 모두 已發에 속하고 一心에서 발원하였다 한다. 인심과 도심 차별이 생기게 된 원인에 대하여 주자는 "마음의 虛靈之覺은 하나 뿐이다. 인심 도심 차별이 생기게 된 것은 혹은 形氣之私에서 발원하고 혹은 性命之正에서 발원하였기 때문이다. 위태롭고 불안하며 미묘하며 발견하기 힘들다." 고 하였다. 사람은 모두 氣를 품수 받아 형체를 이루고 理를 품수 받아 性을 얻는다. 주자는 정이천의 설을 수정하여 인심은 모두 악한 것은 아니라고 한다. 어느 정도로 인간의 자연속성인 생리욕망의 합리성에 대하여서는 인정한다. 그는 인심과 도심에 대해 분별하여 도심이 항상 一身의 주인이 되어 인심으로 하여금 그 명령을 듣도록 할 것을 강조한다.

주자는 비록 인심과 도심을 분간해 볼 것을 주장하나 二者를 分而爲二할 것은 주장하지 않으며 양자는 하나의 心이라 한다. 도심과 인심은 비록 천리와 인욕 개념과 상호 연관되는 개념이나 천리와 인욕처럼 긴장된 관계에 처해 있는 개념은 아니다. 주자는 천리와 인욕에 대하여서는 엄격히 구분하여 천리가 인욕을 이기는 것을 공부의 중심과제로 한다.

주자 사상의 전체 성향은 대체상 重義輕利이고 貴理賤欲이다. 그외 도심과 인심의 구분, 도심으로 인심을 주재하는 것과 천리로 인욕을 절제하는 것도 그의 주요 견해다.

율곡은 주자의 학설 계승을 발양하여 인심도심설과 이기설을 함께 논하고 있다. 이어 그는 도심은 氣를 떠날 수 없고 인심도 理에서 발원했다고 지적한다. 그는 말하기를 "도심은 비록 氣를 떠날 수 없으나 도의에서 발하였으므로 性命에 속한다. 인심은 비록 理에서 발하였으나 口體로 인해 발하였으므로 形氣에 속한다. 方寸중에는 二心이 없다. 발하는 단서에 二端

이 있으므로 도심을 발하는 것도 氣이다." 고 하였다. 율곡의 이 주장은 주자나 퇴계설과 차이성을 갖고 있다.

율곡은 인심도심은 一心에서 발하여 流爲二하였기에 異名인 것이지 도심이 一心이고 또 인심이 一心인 것은 아니다. 인심도심은 情과 意를 겸한다 한 것은 율곡이 주자의 인심도심설 발전이라 할 수 있다. 인심과 도심이 情 중의 商量 計較하는 意를 겸하고 있으므로 하여 二者의 관계는 상호 전환 할 수 있는 가능성을 구비하게 된다. 이로부터 율곡은 인심도심은 서로 겸할 수 없으나 서로 終始할 수 있다는 자신의 '人心道心終始說'을 제기한다.

율곡은 人心道心終始說에 이어 또 人心道心相對說를 제기한다. 그는 "道心은 순수한 천리로 유선무악이고 인심은 천리도 있고 인욕도 있기에 유선유악이다." 고 하며 인심의 선한 면을 인정한다. 동시에 율곡은 '人心惟危 道心惟微'에 대하여서도 자기 해석을 가하고 있다. 천리 인욕으로 보면 도심은 천리이고 至善한 것이다. 인심은 천리도 있고 인욕도 있어 有善有惡이다. 때문에 도심에 대하여서 존양하고 또 充廣 擴而大之해야 한다. 인심에 대하여서는 반드시 도심으로 절제하고 主宰해야 한다.

동춘당의 인심도심설은 대체로 주자 율곡의 설을 따른다. 그는 말하기를, "朱子序文에 상고성왕들이 道統을 전함을 역술함에 있어서 '危微精一'이란 十六字는 실로 만세심학의 연원입니다." 고 하였다. 그는 인심과 도심에 대하여 해석하기를 "인심을 닦으면 道心이요, 도심을 방출하면 人心이다" 고 하며, 양자의 상호 전환성을 강조한다. 그는 만년 기발용 시의 성찰 공부를 특별히 강조하며 인심에 대하여 때때로 엄격하게 防犯할 것을 요구한다. 그는 또 "심히 성찰하여 一念이라도 차실이 있으면 곧 바로 제거해야 한다"고 한다. 또 인심과 도심에 관하여서도 해석하기를 "心의 本體로 말하면 미발전에는 理를 위주로 하고 발한 후에야 氣가 用事한다. 周子가 말씀하기를 誠해야함이 없는 것은 선과 악의 기미이다. 이것은 인심과 도심의 분기처다."라 하였다. 그도 已發 未發로 인심과 도심을 구분하였음을 알 수 있다.

동춘당의 인심도심설의 주요 특색은 그의 心論에 있다.

1) 그는 心의 虛靈知覺性을 강조할 뿐이 아니라 허령지각에 대하여서도 깊은 연구를 갖고 있다.『연보』에는 다음과 같이 적혀 있다. "上이 養心閣에 납시니 侍讀官金萬重이 文義를 강의하여 가로대 '허령은 心의 體이고 지각은 心의 用입니다' 하니 先生이 가로대 '이 말은 그릇된 것이오니 허령과 지각은 다 心의 體입니다. 그 가로대 具衆理 應萬事라고 한 것은 具衆理가 體이옵고 應萬事가 用이 옵니다.' 心의 허령지각성은 心으로 하여금 능동성과 지각사려 작용의 특징을 갖게 한다. 동춘당이 體 用 개념을 사용하여 心의 이 근본특성을 설명함은 간명하고도 심각하다.

2) 동춘당은 心의 易動性 流動性을 중요시 한다. 그는 이르기를 "道가 넓고 넓사오니 어느 곳에서 下手하겠습니까? 用力할 방법은 莊敬自持를 넘음이 없어서 眞氏의 말씀이 실로 明白하고 精切하니 매양 先王을 모시고 이 글을 講할 적에 일찍이 여기에 反復詠歎하지 않을 수 없습니다. 무릇 사람의 한마음은 흐르기 쉽고 제어하기 어려우니 外貌가 잠깐이라도 莊하지 않고 敬하지 않이 한즉 마음이 문득 放逸한데 이릅니다."하였다. 人心이 흐르기 쉽고 제어하기 어려우기에 동춘당은 마음의 清明之體를 보존하는 방법으로 物欲을 제거 할 것을 요구한다. 그는 이르기를 "거울에 먼지가 없으면 밝은 것과 같고, 물은 흐리지 않으면 맑은 것과 같이 마음에 물욕이 가림이 없은 즉 清明之體 자연히 드러날 것이다."라 하였다.

3) 동춘당의 문장에서 心은 여러 차례 活物로 표현되고 있다. 그의 心論은 주자의 心보다 더 活用性을 갖는다 하겠다. 이는 양송으로 일컬어지는 尤庵 역시 마찬가지다. 우암은 이르기를 "대개 주자의 뜻은, 인심과 도심이 모두 이미 발한 것이다. 이 마음이 食色을 위하여 발하면 이것이 인심이 되지만, 그 발한 바를 헤아려 도리에 합당케 하면 도심이 된다. 식색을 위해 발한 것도 심이요, 발한 것을 헤아린 것도 이 심이다. 어찌 두 가지 마음이라 할 수 있겠는가? 대개 심은 살아있는 것(心是活物) 이다. 그 발은 무궁

하지만(其發無窮) 본체는 하나이다. 어찌 절제하는 것이 하나의 심이 되고 명령을 듣는 것이 이 다시 하나의 심이 되겠는가?" 라 하였다. '心是活物', '其發無窮' 등의 구절로 부터 우리는 한국 主氣論 학자들의 心論的 특징을 엿볼 수 있다.

주자의 心은 一身의 주재로서 體와 用을 겸하고 있고 초월적인 형이상의 性理와 實然의 형이하의 情氣를 겸하고 있다. 이는 소위 '一心'이 衆理를 구비하여 體로 하고, 만사에 응하여 用으로 한다는 뜻이다. 寂然不動자는 體요 感而遂通자는 用이다. 사실상 '一心'은 형이상과 형이하를 겸하고 있어 이 心은 초월적 차원에서의 本然之心과 경험적 차원에서의 實然之心, 양자의 統合이다. 고로 心은 一體兩面으로 存有와 活動 두 함의를 갖고 있다. 實然의 형이하자의 心은 활용과 조작의 기능을 갖고 있다. 마음은 이 기능으로 초월적 의미에서의 형이상자 心을 체현한다. 그러나 이는 禪宗의 '作用見性'은 아니다. 동춘당의 심성논 중에서 心은 많은 경우 實然의 形下의 '心'을 뜻한다. 그러나 이 또한 양명학에서 말하는 活潑한 心은 아니다. 이 心論의 修養論 상에서의 특징은 志의 導向 작용을 중시하는 것이다. 志는 '心之所之'이므로 마음으로 하여금 한 곳으로 쏠려 지게 할 수 있다. 때문에 이 心論에 기초한 工夫論은 立志를 특별히 강조한다. 동춘당도 역시 그러하다. 그는 이르기를 "殿下께서 臣의 말로 오활하다 마시고 반드시 모름지기 먼저 이 뜻을 세우십시오. 뜻을 세워 견고하게 정한 然後에 道統을 가히 이룰 것이고 治化를 가히 이룰 것입니다." 고 하였고, 또 이르기를 "진실로 能히 大志를 분발하신 즉 무슨 일인들 가히 做成하지 못하겠습니까?"라고 하였다.

동춘당은 諸儒의 心論에 관하여 다음과 같이 정리하여 말하고 있다. "聖賢이 心을 논함이 같지 않아 이 같은 곳도 있고 저 같은 곳도 있으며, 那邊을 좇아 用工함도 있고 這邊을 좇아 用工함도 있으니 그 돌아감에 일찍이 하나가 아님이 없으니 이른바 一方으로 좇아들어간 즉 三方으로 들어온 것이 다 그 가운데 있습니다."라 했다. 이 단락은 동춘당이 임금에게 『心

學圖』를 講解하던 중 李滉과 李珥의 所論이 같지 않은 연유를 해설한 구절이다. 이 해설로 부터 우리는 동춘당은 퇴계와 율곡의 心論에 상당히 깊은 연구가 이루어져 있었음을 짐작 할 수 있다.

인심도심설 면에서도 동춘당은 정밀한 연구가 있었음을 알 수 있다. 『年譜』기록에 의하면 "心經을 講하니 先生(동춘당)이 인심도심의 辨論에 터럭을 나누고 실마리를 풀어 증거를 이끌어 자상이 다 말씀하시니 上이 탄식하시여 가라사대 曉喩함이 참으로 간절하다."라고 쓰여져 있다. 그러나 현존의 문헌에서는 그의 人心道心道說에 관한 더 많은 구체적인 논술을 찾을 수 없어 그의 심성론 뿐 아니라 성리설에 관한 보다 전반적인 모습을 알아 볼 수 없어 아쉬운 점도 없지는 않다.

5. 結　言

본 논문은 비교적인 연구시각으로 동춘당의 이기설 사단칠정설 인심도심설에 대하여 살펴보았다. 보다시피 리기 개념의 설정에서 그는 리기를 二物로 분별함이 다소 심한 부분이 있다. 그러나 이는 그가 주장하는 理通氣局사상과 충돌되지는 않는다. 사단칠정 이기지발설에서 그는 율곡의 기발이승설을 높이 평하며 그대로 수용한다. 그러나 만약 율곡철학에서 이통기국설과 기발이승설이 서로 相對하여 일컬어짐을 감안하면, 이러한 주장은 또한 그의 성리학 이론의 내재적 수요라 할 수 있겠다. 인심도심설에서의 그의 이론적 특징은 주자의 實然之心에 대한 중시이다.

同春堂性理學思想淺析

洪 軍*

1. 序 言

同春堂宋浚吉(1606～1672) 是17世紀韓國著名禮學家和政治家, 同時亦是朝鮮朝後期韓國性理學的主要代表人物之一。作爲栗谷先生的再傳弟子, 在韓國儒學史上他與同屬畿湖學派尤庵宋時烈(1607～1689)並稱爲 '二宋'先生, 具有重要的歷史地位和影響。身爲畿湖學人他還與以退溪爲宗匠的嶺南學人保持密切聯繫匯諸家之長形成了 其頗具魅力的理論風格, 爲朝鮮朝禮學的形成和確立以及性理學說地發展做出了貢獻。本文擬以朱子、栗谷、同春堂思想之比較的視角, 來探討同春堂先生性理學思想。

* 中國 復旦大學校(韓國中心) 教授.

2. 同春堂的理氣說

理氣說是性理學的首要問題, 故性理學家們大都把它作爲其學說的基礎和出發點。對此黃梨州(黃宗羲1610～1695年, 字太沖, 號南雷, 學者稱梨州先生) 曾明確地指出 : "理氣乃學之主腦", 揭示了'理氣'問題在新儒學中的重要地位。 理學家們憑藉'理'、 '氣'兩個槪念所固有的客體性、本體性的內涵, 探討了天地萬物之源, 卽世界本源問題。

周知, 朱子的哲學思想是以理氣二分, 以'理'爲核心的理本論哲學體系。 '理'在朱子的哲學體系中具有多種涵義和用法。 首先, 理是宇宙之本體, 天地萬物存在之根據。他說 : "宇宙之間, 一理而已。天得之而爲天, 地得之而爲地, 而凡生於天地之間者, 又各得之以爲性。" 萬事萬物莫不有'其當然而不容已, 與其所以然而不可易者', '天下之物, 則必各有所以然之故與所當然之則, 所謂理也。' 這是理的最基本的涵義, 亦是朱子對二程思想的發展。 二程主要講社會倫理, 朱子則把理的討論拓展到宇宙自然界的各個方面, 指出 : '所當然'的倫理法則來源於'所以然'的自然法則, 而且二者是完全合一的。這樣把'理'眞正變成了宇宙本體。 其次, 理是事物運動變化的原因。 天地之間, 只是陰陽之氣滾來滾去, "是孰使之然哉 乃道也。" 道就是理, 理是'使之然者'。再次, 理是事物的規律。他說 : "陰陽五行, 錯綜不失條緒, 便是理", '固是有理, 如舟只可行之于水, 車只可行之于陸'。另外, 理又是仁義理智的總稱。他說 : "天理旣渾然, 然旣謂之理, 則便是個有條理底名字。故其中所謂仁義禮智四者合下便各有一個道理不相混雜。以其未發, 莫見端緖, 不可以一理名, 是以謂之渾然, 非是渾然裏面都無分別, 而仁義禮智卻是後來旋次生出四件有形有狀之物也。須知天理只是仁義禮智之總名, 仁義禮智便是天理之件數。" 倫理意義上的天理, 其中有具體的內容, 仁義禮智四者便是天理中的具體條理。 以仁義禮智爲理, 這是朱子‘理’概念的重要涵義。 所有這些, 朱子又稱之爲‘自然’或‘自然當然之理’。

這樣的‘理’, 是一個‘淨潔空闊’的世界, 它‘無形跡’、‘無情意’、‘無造作’, 是超越的存有, 但並非是實有之一物。他說 : ‘若理則只是個淨潔空闊的世界, 無形跡, 他卻不會造作’, ‘理卻無情意, 無計度, 無造作’。‘理’有情意、能賞善罰惡、能造作的‘天命論’的特點, 而又保持了‘理’的萬物之所以然的地位。

‘理’旣然是一個‘無情意’、‘無計度’、‘無造作’的形上之存有, 怎麽能派生出活生生的現實世界和千差萬別的客觀事物呢? 爲了解決這個矛盾, 朱子把‘氣’的範疇作爲了‘理’派生萬物的一個重要的中間環節。因爲與‘理’的無情意、 無計度、 無造作之特性相比, ‘氣’具有醞釀變化、凝聚動靜、造作萬物之特性, 故理必須借助氣的動靜, 才能凝聚生物。他說 : ‘善氣則能凝結造作。… 且如天地間, 人物草木禽獸, 其生也莫不有種, 定不會無種子, 自地生出一個物事, 這個都是氣’, ‘氣則能醞釀凝聚生物也。但有此氣, 則理便在其中。’

這樣‘氣’不僅把‘理’和‘物’聯繫、溝通起來, 使‘理’借助於‘氣’而派生萬物 ; 而且使‘理’有了‘掛搭’和‘附著’處。他說 : ‘無是氣, 則是理亦無掛搭處’, ‘若氣不結聚時, 理亦無所附著’, ‘無那氣質, 則此理無安頓處。’ 正因爲‘理’安頓在‘氣’上, 所以是個‘實底道理’。

由於‘理’找到了它藉以‘附著’的‘氣’, 故日月星辰, 人物禽獸等現實世界的生動場面便推演而出。 但朱子並未因此而損害了‘理’的絶對性。他在作總的論述時, 指出 : “天地之間, 有理有氣。理也者, 形而上之道也, 生物之本也 ; 氣也者, 形而下之器也, 生物之具也。” 在把‘理’、‘氣’做了形上, 形下區別之後, ‘理’便成爲‘生物之本’, 而‘氣’便成爲‘生物之具’, 或成爲生物的材料, ‘五行陰陽七者滾合, 便是生物底材料。’ ‘氣’作爲生物之具不能離作爲生物之本的‘理’, ‘理’仍處於主宰的地位。

栗谷同朱熹一樣, 也認爲天地萬物是由理和氣所構成。 而且, 對理、氣兩概念也做了形上、形下區別。他說 : '天地萬物之理則一太極而已, 其氣則一陰陽而已', '理, 形而上者也 ; 氣, 形而下者也。' 表明他對理、氣概念的認識並未超出朱子學的軌道。

栗谷把理看作形而上之存有, 卽宇宙的普通法則, 使它旣具有事物的規律、法則的涵義, 又具有倫理道德的原理、原則的涵義。比如, 他說 : "對一陰一陽, 天道流行, 元享利貞, 周而復始, 四時之錯行, 莫非自然之理也", 理是春夏秋冬周而復始的客觀規律、 自然法則。'道學本在人倫之內, 故於人倫盡其理, 則是乃道學也', 理則是處理人的倫理道德關係的原理, 原則。這與朱子對'理'的規定是基本相同。

不過, 在理、氣兩個概念的具體特性的規定上, 栗谷與朱子又有所不同。這亦是栗谷爲解決朱子所面臨的理何以爲萬化之根本的這一理論困境, 而所進行的嘗試。他把理規定爲具有'無形'、'無爲'、'純善'之特性的形而上之存有。他說 : '無形無爲而爲有形有爲之主宰者, 理也', 又言 : '理氣無始, 實無先後之可言。但推本其所以然, 則理是樞紐、 根柢, 故不得不以理爲先。' 不過這裏要注意的是, 在栗谷理氣論中, 理與氣是'渾淪無間, 無先後、無離合' 的關係, 不存在孰先孰後的問題。 故而'不得不以理爲先', 主要是指理的邏輯在先。同時, 理又作爲倫理道德的原理、原則, 它旣是人與人、人與社會之間關係的道德價値, 又是道德的價値評價。他說 : '朱子所謂'溫和慈愛底道德者, 卽所謂愛之理也。'底字之字同一語意, 何有不同乎! 大抵性卽理也, 理無不善'。栗谷顯然認爲性卽理, 但這並非孟子的內在道德性之性, 而是事物的所以然之理。理作爲慈愛之所以然的形而上本體, 它是純善之存有。'夫理上不可加一字, 不可加一毫修爲之力, 理本善也, 何可修爲乎?' 因此, 在人的道德行爲活動或事件中合乎理的便是善, 否則則爲惡。

那麽, 栗谷對'氣'概念是如何規定的呢? 在栗谷哲學中, 氣有很多種。如陽之氣、陰之氣、本然之氣、天地之氣、遊氣、木氣、金氣、浩然之氣等等。但與理不可離的氣卽爲陰陽二氣, 淸氣爲陽、濁氣爲陰。他說 : "理者, 太極也 ; 氣者, 陰陽也", 又言 : "淸者陽之氣, 而濁者陰之氣也"。氣作爲形而下者與形而上的理構成對待範疇, 具有形而下之質料的涵義及生物之具的功能。它是形而上之理的依著處和掛搭處。因此, 栗谷指出 : "氣者, 理之所乘也 … 非氣則理無所依著", "氣者, 盛理之器也"。

相對於理的'無形'、'無爲'、'純善'之特性, 氣則除了上述涵義之外, 又具有'有形'、'有爲'、'湛一淸虛'之特性。朱子主張氣是有形與無形的統一。他認爲, 一方面, '氣聚成形', 有了氣, 然後物才得以聚而成形, 有形之物便是氣 ; 另一方面, 天地之間又存在著無形之氣, 比如'聲臭有氣無形, 在物最爲微妙,而猶曰無之', 說明氣具有無形之特性。栗谷則明確指出, 理爲'無形', 而氣爲'有形'。他說 : '氣局者何謂也? 氣已涉形跡, 故有本末也, 有先後也。' 作爲有形象的存在, 氣屬於與本體界相對的現象界。理作爲形而上之存有, 其超越性、普遍性必須通過氣的有形性, 才能轉化爲存在於個別事物之中的特殊性, 進而顯示其實在性。'有形有爲而無形無爲之器者, 氣也'。因此, 在栗谷理氣論中理與氣是相互並擧、相互規定中顯示其內涵的兩個概念。 同時, 氣又具有'湛一淸虛'性。栗谷把氣之本然狀態解釋爲'湛一淸虛' 或'湛然淸虛', 卽'浩然之氣'。他說 : '氣之本然者, 浩然之氣也。浩然之氣, 充塞天地, 則本善之理, 無少掩蔽'。

栗谷從其'理氣之妙'的立場出發, 認爲不僅理具分殊性, 而且氣亦具分殊性。他說 : "理氣之妙, 難見亦難說。夫理之源一而已矣, 氣之源亦一而已矣。氣流行參差不齊, 理亦流行而參差不齊"、"一氣運化散爲萬殊, 分而言之, 則天地萬象各一氣也 ; 合而言之, 則天地萬象同一氣也"。因此, 栗谷的'理一之理'和'分殊之理'分別是依著於'氣一之氣'和'分殊之氣'的實理, 作爲氣之本然者的浩然之氣也是與理一樣純善之存有。而天地萬物之所以千差萬別，是因爲氣的有形有爲之特性使其在時空中的演化出現了變異。

作爲栗谷學派的嫡傳同春堂對朱子與栗谷十分推崇。他在進呈給國王的『寫進春宮先賢格言屛幅跋』中便引了栗谷的'道統之傳，始自伏羲，終於朱子。朱子之後，又無的傳' 一語，亦追隨栗谷將朱子視爲了儒家道統的最後傳人。同時，同春堂對退溪也表現出相當的尊敬。他在經筵侍講時還多次引退溪和愚伏 (鄭經世1563～1632，號愚伏，亦稱爲石濮道人或松麓) 等 嶺南學人的言論進行講解。有一首記夢詩中，他曾寫道：'平生欽仰退陶翁，沒世精神尙感通。此夜夢中承誨語，覺來山月滿牕櫳。' 這亦表現出其開放的治學風格。

在理氣論方面，同春堂的學說大體承襲了其先師沙溪(金長生1548～1631，字希元，號沙溪)的理論。沙溪被視爲栗谷的嫡傳弟子，20歲入栗谷門下受學，後又從學于龜峰宋翼弼和牛溪成渾等人。

同春堂亦是用形上、形下來規定理氣兩個概念。他引『易』大傳'形而上者謂之道，形而下者謂之器'講到 "器卽氣也，道卽理也，道器之分固如是"。直接以道器概念解釋了理氣，使之分屬於道與器。關於理與道的關係程頤曾曰："天有是理， 聖人循而行之， 所謂道也。" 因此，'道'和'理'是異名同實的，不過'道'或'天道'在他們的術語中常用'謂之'在先，如'其理謂之道'，'言天之自然者，謂之天道'，所以二程對'道'的描述和對'天理'是相似的，如'天理'具萬理，'道'也具萬理；'天理'是無形無象，'道'也是無形無象。'道卽理'的用法，在『朱子語類』中亦僅出現過一次。"'性者，道之形體；心者，性之郛郭。' 康節這數句極好。蓋道卽理也，如'父子有親，君臣有義'是也。然非性，何以見理之所在? 故曰：'性者，道之形體。'仁義禮智性也，理也，而具此性者心也。' '器卽氣'之一句，則在『朱子語類』中未出現過。

在理與氣的特性的規定上，同春堂仍以'有形'、'無形'和'有跡'、'無跡'來說明。同春堂曰：'氣有形可見，故曰形而下。下者，指有形、有

跡而言也。理於物無所不在, 而無形可見、無跡可尋。故曰形而上。上者, 超乎形跡之外, 非聞見所及之謂也。'

與其同時代的尤菴雖然亦用形上、形下來區分理與氣, 但是相比較而言比同春堂語氣要緩和一些。尤菴曰：'所謂道者理也, 所謂器者氣也', '自人物之形象言之, 其虛而能爲所以然者是理, 故謂之上。其經緯錯綜, 能此形象者是氣, 故謂之下云爾。'

在此同春堂的這一解釋有其合理性和簡明性, 但同時亦易使人產生對理氣分判過甚之感。 如他還言道：“子思旣以一道字串費隱說, 道固形而上之理也, 非離以形而下之氣也。” 因相較於退溪哲學, 栗谷哲學所强調的是二者的不離性, 卽理與氣的'一而二, 二而一'的妙合關係。

關於理與氣的關係問題上, 他是仍以朱子和栗谷的理氣觀爲基礎來解釋理對氣所以然之作用以及理氣關係。 同春堂認爲'有是形必有是理', 而且理之於物如'詩所謂有物有則者也'。 肯定了理對於氣的主宰作用。 接著, 他還以體用範疇來說明瞭理對於物的'所以然'之作用。同春堂曰：'父子、君臣是形而下之器也, 是物也。父而慈、子而孝、君而義、臣而忠是形而上之道也, 是則也。 慈孝義忠, 此所謂理之當然者, 所謂費也, 用也。所以慈、所以孝、所以義、所以忠, 此理之所以然者, 至隱存焉, 所謂體也。推之萬事萬物莫不皆然。'

進而在理氣如何生成萬物的問題上, 同春堂提出'理墮氣中'說。 同春堂曰：

'理墮氣中, 氣能用事, 而化生萬物。卽所謂氣以成形, 理已賦焉者也。'

理與氣是一物、 還是二物以及'理'爲'實有之一物'還是'非別有一物'、 '若有之物'等是一直以來困擾性理學家們的頗難回答的理論難題, 亦是朱子後學所熱衷於討論的問題。 在這一問題上朱子的態度是在講理氣不相分離的同時, 還强調理與氣'決是二物'。 對此元代儒者吳澄(1249～1333, 字幼淸,號草廬,元代理學的重要代表人物,與許衡齊名,有‘南吳北許’之稱)則提出‘非別有一物’說, 對朱子理氣論從理論上做出了調整。他說：‘理者, 非別有一物在氣中, 只是爲氣之主宰者卽是。無理外之氣, 亦無氣外之理。’ 强調理不是實體, 理只是氣之條理和規律。 表明, 在理的問題上朱子後學中已出現‘去實體化’的轉向。此後被世人稱爲‘朱學後勁’的羅欽順(1465～1547, 字允升, 號整庵)則明確提出‘理氣一物’說。 他說‘理只是氣之理, 當於氣之轉折處觀之。往而來, 來而往, 便是轉折處也。夫往而不能不來, 來而不能不往, 有莫知其所以然而然, 若有一物主宰乎其間而使之然者, 此理之所以名也。‘易有太極’, 此之謂也。’ 指出, 理並不是形而上的實體, 而是氣之運動的條理或規律。進而他又曰：‘僕從來認理氣爲一物’。朱子學的這一理論動向同時也影響到韓國。『困知記』傳入韓國後, 退溪從維護朱子學說的立場出發還特地撰寫『非理氣爲一物辯證』一文, 對其學說進行了批評。指出, 羅氏的‘理氣一物’說是 “於大頭腦處錯了”。 栗谷則對羅氏學說評價道：“整庵則望見體, 而微有未盡瑩者, 且不能深信朱子, 的見其意。 而其質英邁超卓, 故言或有過當者微涉於理氣一物之病, 而實非理氣爲一物也, 所見未盡瑩故言, 或過差耳。” 可見, 退溪和栗谷皆反對‘理氣一物’說, 而均接受朱子的理氣‘不離不雜’、 ‘決是二物’說。

同春堂亦繼承先儒之說主張視理氣爲二物。這一點我們可以從他維護栗谷說的立場中可以概見。同春堂曰：“稷乃謂其(按：指栗谷)學以理氣爲一物, 不以可笑可哀之甚乎。 邪說肆行而莫之禁, 則其眩亂注誤, 將至惑一世之人, 其爲禍豈不下於洪水猛獸哉。”

朱子理氣說的二元論結構必然會面對理氣先後、理同氣異、理氣聚散等問題的回答。面對朱子理氣說的這些理論困境, 栗谷則提出‘理氣之妙’說作爲了其解釋這些問題的理論前提。

同春堂則繼承朱子和栗谷理氣觀亦主張理氣爲二物的同時, 他還做了如下總結。曰 :“若以有形無形言, 則器與道爲二物 ; 以在上在下言, 亦爲二物。須如此說方見得卽形理在其中, 道與器不相分。” 之後, 同春堂繼‘理墮入氣’說又提出理氣‘妙合而凝’說。他寫道 :

‘廉溪所謂陰陽一太極, 卽所謂器卽道也。『性理群書』注錯誤處甚多, 至或不成文理, 而此條所釋精粗本末則無誤矣。若依栗谷說, 則精粗本末之下, 當著吐也。若然則釋陰陽太極, 不成說話矣。蓋大而莫能載, 小而莫能破者, 無非器也, 而理無所不在。子思所謂費而隱, 子夏所謂孰先傳焉, 孰後倦焉。程子所謂灑掃應對, 是其然, 必有所以然。與來示所引朱子語皆一義也。理固如此, 本無可疑, 但此所謂精粗本末無彼此一句, 分明是貼陰陽太極字說, 以爲理與氣無彼此耳。非泛論氣有精粗本末也, 如何。幸更細思之, 先賢說話橫說、豎說, 各有攸當, 最忌相牽强合作一說 … “按妙合云者, 理氣本渾融無間也。此乃理氣混合無間隔也, 乃陰靜時也。凝者, 聚也, 氣聚而成形也。此乃陽動成形時也。”

對於理氣妙合而凝, 同春堂還進一步解釋道 : 妙合與凝是兩項事, 而『性理群書』注把妙合與凝合爲一項事是不符合朱子本意。他還以爲『性理群書』注解把‘妙合而凝’解釋爲妙於凝合無間斷是有所未穩, 曰 :“無間斷也。間斷字, 恐未穩, 以間隔釋之, 則未知如何。” 理氣‘渾融無間’說, 栗谷總結前人關於理氣關係的論述時也曾提出過, 曰 : ‘理氣渾融無間, 無不相離, 不可指爲二物。’ 但是, 栗谷並未對‘無間’一詞做出進一步的解釋。同春堂把‘無間斷’釋爲‘無間隔’, 似乎表明他已意識到此說之理論要害。理氣‘渾融無間’說, 可以視爲對其‘理墮入氣’說的有益的補充。

不過, 此‘渾融無間’說似類于明代理學家薛瑄(1389～1464, 字德溫, 號敬軒, 諡文淸, 河東學派的締造者)提出的理氣‘無縫隙’說。薛氏還曾試圖以理如日光, 氣如飛鳥的比喩說明氣有聚散, 理無聚散運動。結果還是把理氣看成有‘縫隙’的。對於‘墮入’說, 羅欽順則批評道 :

"夫旣以墮言, 理氣不容無罅縫矣。" 因爲'墮入'一詞本身隱含著理墮入氣之前, 理同氣是被分隔著得意思。儘管同春堂對理氣'渾融無間'做了精心的解釋和字義上的調整, 但還是難以用此說來較圓滿的解釋理同氣異、理氣聚散的問題。

於是, 同春堂援引了栗谷的'理通氣局'說, 並對此說給予了極高的評價。同春堂曰 : "(李珥)至於理通氣局之論, 發先賢所未發。形狀理氣本體, 直接分明, 可以開悟後學於百世。非其學問精旨超特絶出於人者, 安能及此。謂理通氣局, 則其分別理氣, 可謂極明白矣。"

'理通氣局'說是栗谷爲回答理同氣異問題而提出。關於'理通氣局'這一命題, 栗谷認爲 "理通氣局四字, 自謂見得, 而又恐讀書不多, 先有此等言, 而未見之也"。儘管佛敎華嚴宗有理事通局之說, 但就其以'理通氣局'四字表述理氣之異而言, 則確是栗谷的獨見。雖然其思想也受到程伊川的'理一分殊'和朱子的'理同氣異'思想的影響, 但是程朱並未用'通'、'局'兩個概念說明理同氣異問題。這一命題提出的更直接的前提是, 栗谷對其'氣發理乘'思想的進一步發揮。因此, '理通氣局'說往往又與'氣發理乘'說相對待而言－－"理無形而氣有形, 故理通而氣局 ; 理無爲而氣有爲, 故氣發而理乘。"

由上所述, 在理氣論方面同春堂亦接續朱子、栗谷傳統認爲, 世界萬物皆由理與氣構成。而且, 理氣兩個概念的規定上也大體追隨了栗谷說。但是, 比栗谷更强調道器之分別和理的無跡、超乎形跡之特性。在這一點上, 同春堂似乎具有某種折中退、栗理氣說之傾向, 其作爲主氣論學者的理論特色並不明顯。若對其理氣觀作一概括的話, 他的理氣說主要由'理墮氣中'說、'理氣渾融無間'說、'理通氣局'說組成。三者在其學說中互爲補充, 相互關聯, 得到了較合理的邏輯闡釋。但是, 在對'理'的理解方面仍未溢出傳統的內在實體說之藩籬, 亦有其理論困境。

3. 同春堂的四端七情說

‘四端七情’之辯是朝鮮朝性理學的中心論題之一, 亦是最能反映韓國性理學理論特色的學說。它所關注的四七理氣之‘發’和性情之辯等論題, 在朱子學乃至在新儒學中皆具有重要理論意義。朱子在論及四端時, 曾說過‘四端理之發, 七情氣之發’。不過, 這兩句話在中國並沒有引起注意。朱熹本人也未對此做過進一步地闡發。據研究此一語僅見『語類』, 在朱子其他著作中再難找尋, 且朱子對這一句也並未進行具體的解釋。依朱子的思想理路來看, 可以把這句話理解爲四端是依理而發出的情, 發者是氣, 故情屬於氣, 在‘理’上則不說發。

在韓國此一理論濫觴於退溪對鄭之云(1509～1561, 字靜而, 號秋巒)所作的『天命圖』的修訂。

朝鮮朝前期性理學家們在探討這一問題的過程中, 首先圍繞理氣之‘發’產生了歧義。退溪在手訂鄭之云的『天命圖說』過程中, 將‘四端發於理, 七情發於氣’改爲‘四端理之發, 七情氣之發’。退溪意識到鄭氏將四端與七情分屬理氣而論的這一命題具有重要哲學意義, 但又感到鄭氏之說分別理氣過甚, 故在語氣上作了改動。退溪的這一訂正, 引起了學界的爭議。尤其是奇明彥從自己的‘理氣渾淪’思想出發, 對退溪之說提出了質疑。他說 : “就理氣妙合之中而渾論言之, 則情固兼理氣有善惡矣。” 進而指出 : 所謂四端、七情, “所就以言之者不同, 故有四端七情之別有, 非七情外複有四端也。” 故將四端七情對擧互言, 謂之純理或兼氣是不對的。四端雖爲純粹的天理之所發, 但只是發乎七情中的苗脈而已。理氣雖然實有分別(理爲氣之主、氣爲理之質料), 但在具體事物中卻混淪不可分開。他說 :

‘夫理, 氣之主宰也 ; 氣也, 理之材料也。二者固有分矣, 而其在事物也, 則固混淪不可分開, 但理弱氣强, 理無眹而氣有跡, 故其流行發見之際, 不能無過不及之差, 此所以七情之發, 或善或惡, 而性之本體或有所不能全也。然其善者, 乃天命之本然 ; 惡者, 乃氣稟之過不及也。則所謂四端、七情, 初非有二義也。'

奇明彥則認爲四端與七情皆是情的一種善惡性質, 並非四端七情本身有不同的特性, 故二者不可分理氣而論。無疑奇氏的觀點更爲貼近朱學理論。

對於奇氏的質疑, 退溪答復道 : 承認先儒並沒有把四端和七情分屬理氣的角度討論過其性質的不同, 也承認理與氣在具體生成的過程中是不可分離的。 但是, 正如(奇明彥)所指出的那樣因其所以言之不同, 所以分別而言之。 他說 : '性情之辯, 先儒發明詳矣。 惟四端七情之云, 但俱謂之情, 而未見有以理氣分說者焉 … 夫四端, 情也, 亦情也。 均是情也。 何以有四七之異名耶 ? 來喩所謂'所就以言之者不同'是也。 蓋理之與氣, 本相須以爲體, 相待以爲用, 固未有無理之氣, 亦未有無氣之理。 然而所就而言之不同, 則亦不容無別。 從古聖賢有論及二者, 何嘗必滾合爲一說而不分別言之耶 ? '

接著, 退溪指出情有四端、七情之別與性有本然、氣稟之別相同。性既然可以分理氣而言, 情爲什麽就不能分理氣而言呢 ? 他認爲, 由於四端、七情其所從來各有所主與所重, 可以分別從理、氣角度而言。他說 : '故愚嘗妄以謂情之有四端七情之分, 猶性之有本性、氣稟之異也。然則其於性也, 即可以理氣分言之 ; 至於情, 獨不可以理氣分言之乎 ? ' 退溪最後把自己的觀點歸納爲'四端理髮而氣隨之, 七情氣發而理乘之', 即所謂'理氣互發'說。而將奇氏之說稱之爲'理氣共發'說。

這場始于明宗十四年(1559年), 到明宗二十一年(1566年)結束的四七理氣之爭, 在韓國性理學史上產生了深遠的影響。 韓國性理學以此爲起點, 走上了以心性論探討爲中心的哲學軌道。 同時兩位巨儒八年的切磋, 也成爲了後學可資借鑒的典範。

其次, 順著理氣之'發'問題又有'主理'、'主氣'之分的問題。退溪云: "大抵有理髮而氣隨之者, 則可主理而言耳, 非謂理外於氣, 四端是也。有氣發而理乘之者, 則可主氣而言耳, 非謂氣外於理, 七情是也。"

其實, 退溪、栗谷諸賢並非不知朱子理氣'不離不雜'之義。退溪也說: "理與氣本不相雜, 而亦不相離。不分而言, 則混爲一物, 而不知其不相雜也。不合而言, 則判爲二物, 而不知其不相離也。" 栗谷亦有理氣 "旣非二物, 亦非一物"之說。但全面地看, 退溪畢竟著重於理氣之'不雜', 而栗谷則强調理氣之'不離'。兩人在理氣觀上的差異, 必然會引起在四七理氣論問題上的不同解釋。

栗谷從其'理氣之妙'的思想出發, 不同意退溪的理氣互發論, 轉而支持奇明彥的觀點。他說: '朱子之意亦不過曰: 四端專言理, 七情兼言氣云爾耳。非曰四端則理先發, 七情則氣先發也。退溪因此立論曰: 四端理髮而氣隨之, 七情氣發而理乘之。所謂氣發而理乘之者可也, 非特七情爲然, 四端亦是氣發理乘之也。' 一方面批評退溪未能眞正理會朱子之本意, 另一方面又主張不僅七情是氣發理乘, 四端亦是氣發理乘。

栗谷對退溪之說的批評, 遭到了成渾的辯難。於是, 繼'退、高之辯'之後, 栗谷和成渾之間又展開了第二次四七大論辨, 將之推向了高潮。成渾基本上持退溪的立場。他說: '今爲四端七情之圖, 而曰發於理、發於氣, 有何不可乎! 理與氣之互發, 乃爲天下之定理, 而退翁所見亦自正當耶?' 並向栗谷提出質疑道: 曾對退溪的理氣互發說存疑, 但細心玩味朱子關於 "人心道心之異, 則以其或生於形氣之私, 或原於性命之正'之說, 覺得退溪的互發說亦未嘗不可。'愚意以爲四七對擧而言, 則謂之四發於理, 七發於氣可也", 成氏傾向肯定理氣互發說。

栗谷同成渾數次交換信函進行論辨。結果, 使栗谷的性理學的立場更加明瞭。在栗谷看來, 對四七的解釋只能是'氣發理乘'。他說: '今若曰'四端理髮而氣隨之，七情氣發而理乘之'，則是理氣二物或先或後，相對爲兩歧，各自出發矣'。進而學例說："所謂氣發而理乘之可也，非特七情爲然，四端亦是氣發而理乘之也。何則？見孺子入井，然後乃發惻隱之心，見之而惻隱者，氣也。此所謂氣發也。惻隱之本，則仁也，此所謂理乘之也。非特人心爲然，天地之化無非氣發而理乘之也"，可見四端七情均是氣發理乘。

在四端七情說上同春堂基本接受了栗谷的主張。『同春堂年譜』中有如下的記述：

'尤庵先生曰："日知皆擴充之說，李滉、李珥之見不同矣。"先生(宋浚吉)曰："非但此也，四端七情之論亦不同。國初權近始發此論，其後鄭之云作『天命圖』而祖是說。李滉之言本於此，而有四端理髮氣乘，七情氣發理乘之語。故李珥作書以辨之。"上曰："分言理氣，何也。"對(按：宋浚吉)曰："此李珥所以爲未安者也。四端只是拈出七情之善一邊而言，不可分兩邊對說。若論氣發理乘之，則不但七情而四端亦然。大抵人心必有感而後發，發之者氣也，所以發者理也，無先後無離合，不可道互發也。''

權近(1352～1409，號 陽村，字 可遠)是一位朝鮮朝初期頗有影響力的性理學家，鄭之云、退溪等人的很多思想端緒可從他的性理學說中找到理論根據。故同春堂認爲權氏的學說開了四七論之先河。文中同春堂在講述李滉與李珥四七理論之不同時，闡明了自己的立場。卽在四端七情理氣之發問題上同春堂認爲不能以分言理氣的方式來解釋四端與七情，不能把二者兩邊對說。主張發之者是氣，理只是所以發者，四端只是七情之中的純善者。他接著又指出：

"夫孟子之言四端，所以明人之可以爲善也。故特擧情之善一邊言之，非謂四端之外更無他情也。若人情只有四端，更無不善之情則人皆爲聖人也，故四端只拈出情之善者而言也。『記』曰：'何謂人情？喜、怒、哀、懼、愛、惡、欲。'七者，卽人情善惡之總稱。七情中之惡者, 與四端爲對則可。若以四端與七情相對則不可。李滉四七相對之論, 雖因權近舊說, 而未免失於照勘。義理天下之公也, 學者窮格之功, 只求義理之所在。若心有所疑而不爲辨析, 則此理終晦而不明矣。昔程子作易傳, 乃竭一生之精力, 而朱子指其差誤處甚多。饒魯、陳櫟等至有願爲朱子忠臣, 不願爲朱子佞臣等語, 雖程朱之說, 或未免有可疑處。況李滉之言, 何可謂盡無差處乎。今以此爲李珥之疵, 其無識甚矣。李珥四七書, 識見之超邁, 言論之洞快, 前古諸儒罕有及者。"

同春堂認爲, 四端與七情並非爲'二情', 二者是'七包四'的關係。卽, 七情包四端在其中, 七情是人之情的總稱。反對, 退溪的把二者並立爲二物的思想。

在進一步談論退溪與栗谷理氣說之不同時, 他還對'氣發理乘'說做了進一步的解釋。同春堂曰 :

"蓋退溪先生論四端七情云 : '四端理發而氣隨之, 七情氣發而理乘之。'栗谷先生辨之甚詳。無慮數十百言, 其大意曰'發之者氣也, 所以發者理也。非氣則不能發, 非理者無所發。所謂氣發理乘之者, 非特七情爲然, 四端亦然云云'。先師(按 : 指金長生)常以栗谷之說爲從。非特先師之見爲然, 外舅氏(按 : 指鄭經世)之見亦然。弟常問之曰 : '退溪、栗谷理氣說不同, 後學將何所的從。'答 : '恐栗谷說是。試以吾身驗之, 如入家廟則心便肅然, 是敬畏之發也。而卽其肅然者, 乃氣也云云。'至今言猶在耳 … 栗谷此論眞可謂百世以竢而不惑, 使退陶而複作, 亦必莞爾而笑。"

同春堂的岳父愚伏先生是當時嶺南學派的主要代表人物。他以愚伏亦同意栗谷說爲由來强調'氣發理乘'說的正確性的目的在於, 試圖說服退溪門人亦接受此觀點。同時, 也表明他本人則對此說的確信不疑。

關於'四端'朱子亦視爲是情。認爲, '四端'和'七情'均是情, 皆爲性之所發。他在『孟子集注』中講道 : '惻隱、羞惡、辭讓、是非, 情也。

仁、義、禮、智, 性也。心, 統性情也。端, 緖也。因其情之發, 而性之本然可得而見, 猶有物在中而緖見於外也。' 同春堂對'四端'亦有其解釋, 曰 : "有諸內而形諸外者, 謂之端也。人心本善, 於此可見。" 指出, '四端'指形諸外者, 屬於已發, 故應視爲是情。但它又根於性, 卽發於仁、義、禮、智, 故心亦本善。對於'性'與'理'的關係同春堂則解釋道 : '大抵性字從心叢生, 與理字不同。理墮在氣中者, 方謂之性。故曰 '性卽理也'。蓋謂在人之性, 卽在天之理也。'

在'四端'中, 同春堂特別重視惻隱之心, 曰 : '心生道也, 有是心, 斯具是形。惻隱之心, 心之生道也。' 接著, 他又指出了'惻隱之心'在四端中的統攝作用。關於'惻隱之心'的重要作用, 他講道 : "人無惻隱之心, 便是死物, 猶魚之不得水則不生也 … 惻隱便是初動時, 纔動便見三者之分界。如春不生則夏不長, 秋不收而冬無所藏矣。此可見惻隱統四端也。古人觀庭草廬鳴以體仁, 此是天機流動活潑潑地也。" 可見, 同春堂是把'惻隱之心'視爲了人之所以爲人的根本特性。

不僅如此, 他對仁、義、禮、智亦做了如下論述。同春堂曰 :

'夫仁禮屬於陽, 義知屬於陰, 而陽德健、陰德順, 健順五常乃人之所同得。而並言物者, 凡物亦自得其一端, 如虎狼之仁、蜂蟻之義皆是。故謂之各得其所賦之理也。'

四端七情理氣問題, 其實質是性情問題。故順四端七情之辯, 自然會引出性情之辯。與'二宋'先生同時代的明末淸初著名學者王夫之(1619～1692, 字而農, 晩號船山)則在四端七情問題上提出了'四端非情'論。他認爲, 朱子犯了 "以性爲情、以情知性的錯誤", 而性、情分屬天、人, 這種混淆很可能導致'情'的僭越, '情'對'性'的侵蝕。他認爲, 如盡其性, 則喜怒哀樂愛惡欲熾然充塞, 其害甚大。他認爲, 四端不僅是道心, 而且還是性。船山曰 :

'今以怵惕惻隱爲情, 則又誤以爲以性爲情, 知發皆中節之和而不知未發之中也(言中節則有節而中之, 非一物事矣。性者節也, 中之者情也, 情中性也)。曰由性善故情善, 此一本萬殊之理, 順也。若曰以情之善知性之善, 則情固有或不善者, 亦將以知性之不善與？此孟子所以於惻隱羞惡辭讓是非之見端於心者言性, 而不於喜怒哀樂之中節者征性也。有中節者, 則有不中節者；若惻隱之心, 人皆有之, 固全乎善而無有不善矣。'

依他之見, 應以性與情、道心與人心來分言四端與七情。從船山與同春的四七見解中, 我們亦可窺出17世紀中韓儒學各自不同的多維發展路向。

總之, 同春堂四端七情理論的主要特色在於, 其對退溪與栗谷四七說之異同的詳細論述。同春堂在指出退溪說的錯誤的同時, 對栗谷的'氣發而理乘之'說表現出相當的推崇。儘管他在理氣概念的界定和理氣關係的理解上有折中退溪與栗谷的傾向, 但是從他的四七理氣論中我們還是可以其作爲主氣論學者的爲學性格。

4. 同春堂的人心道心說

四端七情問題在更深一層意義上的展開, 便是對性情善惡及人心道心問題的討論。人心道心問題也是朝鮮朝性理學者們十分關注的一個論題。

此說作爲朱子學之精髓, 與公私、天理人欲等問題相聯繫, 在新儒學體系中確實佔有重要的位置。

'人心道心'最早出現于『尙書・大禹謨』: '人心惟危, 道心惟微, 惟精惟一, 允執厥中'。意思是, 道義之心微而難明, 衆人之心危而難安, 只有精一而不雜, 才能保持中而不偏。後來, 荀子在『解蔽篇』中引『道經』曰 : '人心之危, 道心之微, 危微之幾, 惟明君子而後能知之。'『道經』系何書, 已不可考。但在荀子以前, 已有'人心'、'道心'之說則是可以肯定的。

‘人心’、‘道心’作爲心性論的重要範疇, 是由二程提出。 二程認爲, 道心、公心與天理相聯；而人心、私心則與人欲相通。程顥說：‘人心惟危, 人欲也；道心惟微, 天理也。’ 程頤說：‘人心, 私欲也；道心, 正心也。危言不安, 微言精微。惟其如此, 所以要精一。‘惟精惟一’者, 專要精一之也。精之一之, 始能‘允執厥中’, 中是極至處。’ 這裏伊川把‘道心’和‘人心’對立起來, 以道心爲正, 人心爲邪, 要用‘精一’功夫使‘道心’得到保持, 而不被‘人心’所擾亂。他强調：‘人心私欲, 故危殆；道心天理, 故精微。滅私欲則天理明矣’, 主張存公滅私、明理滅欲。道心人心說所討論的是道德與情欲、個體意識與群體意識的關係問題。這正符合宋儒注重培養理想人格, 要求提高道德自覺, 努力使道德意識最大限度的支配人的行爲的以理節欲思想。故受到了理學家們的普遍關注和重視。同時, 這也反映了理學心性論的進一步深入發展。

朱子認爲, 人心道心說是聖人堯舜相傳之‘道’。他說：‘所謂‘人心惟危, 道心惟微, 惟精惟一, 允執厥中’者, 堯舜禹相傳之密旨也。’

朱子把道心、人心解釋爲‘此心之靈, 其覺於理者, 道心也；其覺于欲者, 人心也’, 又說‘只是這一個心, 知覺從耳目之欲上去, 便是人心；知覺從義理上去, 便是道心。’ 卽以‘道心’爲根于義理之正的心, 而以‘人心’爲原於耳目之欲的心。

如就以已發、未發而論, 則人心、道心皆屬於已發, 二者皆發自‘一心’。那麽, 人何以會有人心、道心兩種不同知覺？朱子說：“心之虛靈知覺, 一而已矣。而以爲有人心道心之異者, 則以其或生於形氣之私, 或原於性命之正, 而所以知覺者不同。是以或危而不安, 或微妙而難見耳。” 凡人之生皆稟‘氣’以爲形體, 而以‘理’爲本性。發自作爲本性的理的道心常潛存心靈深處, 故曰‘微’；根於構成血肉之軀的氣的人心並非皆惡, 但不加控制就流於不善, 故曰‘ 危’。朱子在這裏糾正了伊川的說法, 提出人心並非皆是惡。‘若說道心天理, 人心人欲, 卻是有兩個心。 人只有一個心, 但知覺得道理底是道心, 知覺得聲色臭味底是人心’。‘‘人心人欲也’, 此語有病, 雖上智不能無此, 豈可謂全不是。’ 在一定程度上, 肯定了人的自然屬性所決定的生理欲望的合理性。

‘人心’旣然包括‘饑思食、寒思衣’的生理需求, 那麽雖是聖人也不能無‘人心’ ; ‘道心’旣出自本性之理, 那麽雖是小人亦不無‘道心’。他說 : ‘雖聖人不能無人心, 如饑食渴飮之類, 雖小人不能無道心, 如惻隱之心是。’ 這樣說來, 無論聖人或小人都同時具有‘人心’和‘道心’, 二者不因一方之存在而自行消失, 只是哪一方面而占得多從而爲主導的問題。‘問 : 人心可以無否 ? 曰 : 如何無得 ! 但以道心爲主, 而人心每聽命焉耳’。 他還把二者關係還比喩爲船和舵的關係。‘人心如船, 道心如舵。任船之所在, 無所向, 若執定舵, 則去住在我。’ 人心聽命於道心, 猶如舵可使船, 二者具有主從關係。 故在二者關係上, 朱子强調‘必使道心常爲一身之主, 而人心每聽命焉, 乃善也。’

朱子雖然提出人心與道心相分的理論, 但他並不把二者分而爲二, 它們只是一個心。‘大抵人心、道心只是交界, 不是兩個物。’ 由於是一個心, 就以‘不可作兩物看, 不可於兩處求也。’ 他認爲人生之欲是自然的客觀存在, 但必須將之納入天理的管轄之內, 以道心來節制人心。

這樣看來, 道心、人心問題雖與天理、人欲問題相對應, 但不似天理、人欲問題那樣顯得十分緊張。朱子對天理、人欲則卻有嚴格的區分, 而且認爲理欲是無法在同一個心內同時共存的兩邊相對之物。他指 : ‘問 : 飮食之間, 孰爲天理, 孰爲人欲 ? 曰 : 飮食者天理, 要求美味人欲’, ‘人之一心, 天理存則人欲亡, 人欲勝則天理滅, 未有天理人欲夾雜著, 學者需要于此體認省察之。’ 朱子認爲應以天理戰勝人欲來革盡人欲, 而以爲這是學習的重點。‘學者須是革盡人欲, 複盡天理, 方始是學。’

朱子思想的總傾向是重義輕利、貴理賤欲。其道心與人心之分，以道心爲主，人心服聽命於道心的思想以及通過存天理遏人欲來擴充道心的思想便是這個總傾向在其心性論上的反映。

栗谷則繼承和發揮朱子的學說，亦提出了自己對人心、道心問題的看法。首先，栗谷指出："理氣之說與人心道心之說，皆是一貫。若人心道心未透。則是與理氣未透也。理氣之不相離者若已灼見，則人心道心之無二原，可以推此而知之耳。" 可見，他的人心、道心說是直接從其理氣觀上生髮出來的，因其理氣說以理氣不相離爲立論基礎，故人心道心說也以其二者的相聯結和不可分爲其主旨，强調人心、道心的'無二源'。這一點與朱子和退溪的人心、道心之相分思想是有所不同的。

關於人心，道心的含義，栗谷認爲心感於物而動之際，性發而爲仁義禮智的，是爲道心；形氣發而爲食色之欲的，則爲之人心。他說：'人生而靜，天之性也。感於物而動，性之欲也。感動之際，欲居仁、欲由義 … 欲切偲于朋友，則如此之類謂之道心。感動者因是形氣，而其發也直出於仁義禮智之正，而形氣不爲之掩蔽，故主乎理而目之以道心也。如或饑欲食、寒欲衣 … 四肢之欲安佚，則如此之類謂人心。其雖本於天性，而其發由於耳目四肢之私而非天理之本然，故主乎氣而目之以人心也。' 人心道心之內容不同，因其所主不同而各異其名。道心是直出於仁義禮智，又不爲形氣所掩蔽，'主乎理'的；人心則是出於耳目四肢，不是直出於理之本然的，是'主乎氣'。

人心道心都屬於心之已發，皆隨心動而生，但沒有道義(或性命)則道心不生；沒有耳目四肢(或形氣)則人心不生。他說：'道心雖不離乎氣，而其發爲道義，故屬之性命。人心雖亦本乎理，而其發也爲口體，故屬之形氣。方寸之中初無二心，只是發處有此二端，故發道心者氣也，而非性命或道心不生；原人心者理也，而非形氣則人心不生，此所以或原或生公私之異者也。' 栗谷獨創新見，提出了'道心'不離乎'氣'、而

‘人心’原於理的思想。 此說與朱子和退溪的‘道心’發于‘天理’(性命)與朱子的‘人心’生於‘形氣之私’, 退溪的‘人心’生於‘形氣’思想相比較, 則確有較大不同。 但這也是與栗谷哲學以‘氣’爲主要範疇是密不可分。他認爲, ‘方寸之中’卽心, 原無‘二心’, ‘只是發處有此二端’, 才有人心、道心之別。從理無爲氣有爲, 性是心中之理, 心者氣也上說, 人心道心‘皆發於性’, 都是‘氣發’。他說 : ‘道心原於性命, 而發者氣也, 則謂之理髮不可也, 人心道心俱是氣發。’

人心道心源于‘一心’而流爲二, 異其名, 並不是說以道心爲一心, 以人心爲一心。他說 : ‘心一也, 豈有二乎 ? 特以所主而發者有二名’, 又說 : ‘人心道心雖二名, 而其原則只一心。其發也或以理義或爲食色, 故隨其所發而異其名’, ‘隨其所發’, 卽‘所主’之意。 同爲一心而異名, 於是‘人心道心通情意而言者也。人莫不有性, 亦莫不有形, 此心之知覺均由形之寒暖饑飽勞佚好惡而發, 則謂之人心。 初非不善, 而易流於人欲’。人心道心兼情意, 這是栗谷對朱子人心道心說的進一步發展。若以性、情範疇而論, 則道心、人心皆屬於情 ; 人心與喜怒哀懼愛惡欲之情相關, 而道心則爲惻隱、羞惡、是非、辭遜之情。但在朱子哲學處, ‘意’是從屬於‘情’的概念, ‘情’又一般被理解爲是喜、 怒、哀、樂等等, 而所謂‘意’不必都與‘情’相聯繫。故在其心性論中, ‘意’之念慮、計度之作用表現得並不明瞭。在栗谷哲學處, ‘意’則是與‘情’相並列的兩個範疇, 是一心之兩個不同境界。‘情’與‘意’涵義亦有明確的規定。 栗谷說 : ‘人心道心與性命形氣之相對而言不同, 且情是發出地, 不及計較’、‘蓋人心道心兼情意而言也。’ 可見, 栗谷的心性論確實比朱子的心性論更加細密而清晰。情是性發而爲情, 但其發雖爲自動, 然而人心與道心在情中還加入作商量計較的‘意’, 所以二者並無固定的、嚴格地分別, 反而處在可變的流動狀態中。 由此, 栗谷提出了自己的‘人心道心不能相兼而相爲終始’的‘人心道心終始’說。他說 :

‘今人之心直出於性命之正, 而或不能順而遂之, 間之以私意, 則是始以道心而終以人心也。或出於形氣，而不咈乎正理，則固不違於道心矣。或咈乎正理，而知非制伏，不從其欲，則是始以人心，而終以道心也。'

這是因意的商量計較，人心可轉變爲道心，道心可轉變爲人心，因此不能將人心與道心固定地加以區分。但是，人心與道心卻彼此無法兼有，因此與四端七情彼此兼有不同。栗谷對人心道心與四端七情的差異指出：

'心一也，而謂之道、謂之人者，性命形氣之別也。情一也，而或曰四或曰七者，專言理、兼言氣之不同也。是故人心道心不能相兼而相爲終始焉，四端不能兼七情而七情兼四端。道心之微，人心之危，朱子之說盡矣。四端不如七情之全，七情不如四端之粹，是則愚見也。'

又指出：

'七情則統言，人心之動有此七者，四端則就七情中擇其善一邊而言也，固不如人心道心之相對說下矣。且情是發出徽地不及計較，則又不如人心道心之相爲終始矣，烏可强就而相准耶。'

因七情是心動之時統而言之的七個種類，而此是按照發之原來，尙未達到比較而看的地步，故七情可包四端。又因四端是七情之善一邊，故七情可兼四端。但道心、人心旣彼此比較，因有對比之意，所以彼此成爲始終，不可彼此兼有。因此，栗谷認爲道心與人心是基於意之計較商量而存在的相對之物。他說：

'蓋人心道心相對立名，旣曰道心則非人心，旣曰人心則非道心，故可作兩邊說下矣。若七情則已包四端在其中，不可謂四端非七情，七情非四端也，烏可分兩邊乎？'

栗谷又由人心道心終始說，而提出人心道心相對說。這裏他陷入了自己設下的理論困境。栗谷認爲："道心純是天理故有善而無惡，人心也有天理也有人欲，故有善有惡。" 肯定了人心有善的方面。在這一點上，栗谷是有補於退溪的。退溪則從理貴氣賤之思想出發將人心變之稱爲人欲, 而且更將人欲歸之爲惡。既然人心也有善, 那麼人心之善與道心之善是同價値之善呢？還是不同價値之善呢？栗谷在四十七歲, 卽宣祖十五年所制進的『人心道心圖說』中指出 : '孟子就七情中別出善一邊, 目之以四端。四端卽道心及人心之善者也 … 論者或以四端爲道心, 七情爲人心, 四端固可謂之道心矣, 七情豈可謂之人心乎？七情之外無他情, 若偏指人心則是擧其半而遺其半矣。' 他將此二善視爲同價値之善。 這不能不同其强調的'人心道心不能相兼而相爲終始'說, 相發生矛盾。但從天理人欲的角度來看, 其人道說頗似'天理人欲相對'說。由此, 我們可以看出, 栗谷人道說較之朱子的人道說顯得更爲緊張和嚴峻。這也是二人'人心道心'說之重要區別。

同時, 栗谷還對'人心惟危, 道心惟微'做出了自己的解釋。從理欲之辯上看, 道心是天理, 至善 ; 人心有天理有人欲, 有善有惡。因此, 對於道心不只務在'守之'、'存養', 還要'充廣'、'擴而大之' ; 而對人心則須以道心加以'節制'或'宰製'。他說'如當食而食、當衣而衣、聖賢所不免, 此則天理也。因食色之念而流爲惡者, 此則人欲也。道心只可守之而已, 人心易流於人欲, 故雖善亦危。治心者於一念之發, 知其爲道心, 則擴而充之 ; 知其爲人心, 則精而察之, 必以道心節制。而人心常聽命於道心, 則人心亦道心矣, 何理之不存, 何欲之不遏乎！' 屬於人的'當食而食'之類的'食色'卽是天理 ; 只有'因食色之念而流爲惡者'才是人欲。之所以'流爲惡', 是因爲人在'食色'方面'有過不及', 不能'中節', 因此必須節制, '節制之者, 道心所爲也。' 因此, 以道心遏制人心是針對'流爲惡'、'流於惡'的人欲而言的。若能擴充道心、節制人心, 使形色各循其理, '則人心亦道心矣' ; 若人心不聽命於道心, 人又不能及時精察而節制, 則當正心誠意修身, 所謂'情勝欲熾, 而人心愈危道心愈微'時, '精察與否皆是意之所爲, 故自修莫先於誠意。' 如是, 則意能誠而其所發皆能呈現爲道心。

同春堂的人心道心說大體亦接續朱子、栗谷說而講, 曰 : "朱子之序, 曆敘上古聖王道統之傳, '危微精一'十六字, 實萬世心學之淵源." 他對人心和道心的理解是 "人心修之便是道心, 自道心放出便是人心", 主張二者的相互轉換性。故他到晚年特別强調氣之發用時的省察功夫, 要求對人心應時時加以嚴加防範。曰 : "深加省察如有一念之差用, 力速去焉。" 關於人心與道心的不同, 他則解釋道 : "心之本體而言, 未發之前理爲主, 旣發之後氣用事。周子云誠無爲幾善惡, 此人心道心分歧處也。" 表明, 也以已發、未發來區分人心與道心。

同春堂人心道心說的主要特色在於其'心'論。首先他强調'心'之虛靈知覺性, 而且對'虛靈知覺'也有精深的理解。『年譜』中記載 : "上禦養心閣。侍讀官金萬重講文義曰 : '虛靈心之體, 知覺人之用也'。先生曰 : '此言誤矣。虛靈知覺皆心之體也。其曰具衆理應萬事者, 具衆理體也, 應萬事用也。'' 心的虛靈知覺之屬性是, 使心具有能動性、知覺思慮作用的重要規定。同春堂以體用概念說明心之這一特性, 簡明且精到, 頗具特色。

其次, 同春堂强調心之易動性、流動性。曰 : "道之浩浩何處下手用力之方, 無踰于莊敬自持。眞氏之言實爲明白精切。每侍先王講此書, 未嘗不反復詠歎於此。 夫人之一心易流而難制, 外貌斯須不莊不敬, 則心便至於放逸矣。" 人心易流而難制, 那麽如何使其保持淸明之體呢 ? 同春堂主張要去'物欲', 曰 : "如鏡不塵則明, 如水不混則淸。心無物欲以蔽之, 則淸明之體自然呈露矣。"

再次, 在同春堂學說中'心'多次被描述爲'活物', 使其心比朱子之心更具活用性。同春堂則曰 : '人心是活物。終不得不用, 旣不用於學問, 則其所用不過宦官宮妾孌嬖戲玩之事而已。' 這一點在與其同時代的尤庵先生亦同。尤庵曰 : "蓋朱子之意, 以人心道心, 皆爲已發者矣。此心爲食色而發, 則是爲人心, 而又商量其所發, 使合乎道理者, 則爲道心。其爲食色而發者, 此心也。商量其所發者, 亦此心也。何可謂兩樣心也 ? 大概心是活物, 其發無窮, 而本體則一, 豈可以節制者爲一心, 聽命者又爲一心。” ‘心是活物’、‘其發無窮’等言論中, 我們可以看出韓國主氣論學者的心論的特色。

朱子的‘心’是一身之主宰, 兼攝體用, 兼攝超越形上之性、理與實然形下之情、氣。此所謂‘一心’具衆理乃其體, 應萬事者乃其用, 寂然不動者乃其體, 感而遂通者乃其用。其‘一心’實際上涵蓋形上、形下兩層, 即此‘心’既是超越層面的本然之心, 又是經驗層面的實然之心, 是二者的統合。故‘心’本身一體兩面, 既存有又活動。實然形下的‘心’具有活動作用的能力, 由此體現超越形上之‘心’, 但又不是禪宗的‘作用見性’。在同春堂的心性論中, ‘心’更多的是指實然形下之‘心’, 並非是王(陽明)學所講的一顆活潑潑的心。此一心論在修養論上有一特點, 即較重視‘志’的導向。‘志’爲‘心之所之’, 使‘心’全幅地趨向一個目的, 決然必欲得之。故特別强調‘立志’之重要性。同春堂亦是。他講道 : ‘願殿下勿以臣言爲迂, 必須立此大志焉。立志堅定, 然後道統可繼, 治化可成矣。’ 又曰 : “誠能奮發大志, 則何事不可做乎。”

最後, 同春堂對諸儒心論做了個概括。曰 : “聖賢論心不同有如此處, 有如彼處。有從那邊用工者, 有從這邊用工者, 其歸未嘗不一。所謂從一方入, 則三方入處皆在其中。” 這段話是同春堂向國王講解『心學圖』時, 針對李滉與李珥所論之不同而發的議論。從文義中, 我們可以看出他對退溪與栗谷的心論都精深瞭解。

在人心道心說方面, 同春堂應該具有極高的造詣和精深的見解。據『年譜』上曰 : “講心經。先生(按 : 指同春堂)于人心道心之辨, 毫分縷析援據詳盡。上歎曰 : ‘曉喩誠切也。” 但是, 從現存的文獻中我們很難發現其對人道說的更多系統論述, 無法瞭解到其更多的心性論乃至有關性理學說的觀點, 這是一件十分遺憾的事情。

5. 結　言

以上我們是從比較的角度, 對同春堂的理氣說、四端七情說、人心道心說進行了簡要論述。可以看出, 其在理氣概念之規定上似有分判理氣二物爲過甚之感。但, 這與其推重理通氣局思想並不產生矛盾。在四端七情理氣之發上, 他又特重栗谷“氣發理乘”說。不過, 若考慮在栗谷說中“理通氣局”說又往往與“氣發理乘”說相對而言的理路的話, 其在四端七情理氣之發問題上持“氣發理乘”之立場亦是其性理學理論內在要求的必然結果。在人心道心說方面其特點在於, 其對朱子所講的實然之“心”的重視。

제3장 동춘당의 예학사상

同春堂 禮意識의 사상적 기반

윤 사 순*

1. 여는 말

同春堂(宋浚吉, 자 明甫, 1606~1672, 동춘당은 당호)의 사상에 대한 연구가 본격화된 기간은 비교적 일천한 편이다. 그럼에도 지금까지 이루어 놓은 연구 성과는 괄목할만하다. 특히 그의 哲學과 禮說 및 政治思想은 몇몇 소수 학자들에 의하여 매우 알찬 성과를 거두었다.[1]

---

* 고려대 철학과 명예교수.
이 논문은 『충청학연구』 6집(한남대충청학연구소, 2005)에 수록된 필자의 논문에 약간의 교정 · 보완을 첨가한 것임.

논자는 이미 밝혀진 부문에 대한 고찰을 여기서 되풀이 하고 싶지는 않다. 의욕만은 되도록 전인미답의 '새로운 분야'에 대한 연구를 하고 싶다. 문제는 동춘의 경우, 위에 거론한 세 분야를 제외하면, 논자로서 특별히 접근할 분야가 없다는 데에 있다. 이런 사정에서 비록 학계에서 이미 거둔 성과를 응용하여서라도, 그의 사상에 대한 어떤 '새로운 이해'를 도출할 수 있다면, 그것도 하나의 가치 있는 성과일 것이다. 여기서는 이러한 종류의 고찰을 시도하려는 것이 논자의 생각이다.

동춘당은 우암을 비롯한 사대부들과 '世道정치'를 지향한 17세기의 인물이다. 당시 그의 주변인물들이 세도정치를 지향하던 시대였던 만큼 그가 그 시대의 풍조에 동참한 것은 자연스러운 현상이다. 그 世道정치는 19세기 외척의 발호와 전횡으로 이루어진 '勢道政治'와는 근본적으로 변별되는 정치이다. 勢道정치가 권력 장악을 기준으로 붙여진 명칭인데 비하여, 이는 정치 내용과 성격을 기준으로 붙여진 명칭인 점에 그 특징이 있다. 勢道정치가 정치의 정당한 원리인 義理 또는 道를 준수치 않고 권력만 획득・구사하는 것인데 비하여, 世道정치는 명분상으로는 정당한 원리(道)에 입각하여 유학의 이상정치(王道・至治)인 德治・禮治를 구현하려 하였다는 것으로 서로 변별된다.

世道정치의 특성은 한마디로 도덕의 실현에 있다. 그런 점에서 이것은 禮治를 내용으로 한다. 잘 알려진 대로 동춘은 17세기의 服喪문제를 둘러싸고 일어난 禮訟에서 서인을 대표한 당대 굴지의 예학자다. 그가 참여한 예송이 곧 예치의 일환임은 더 말할 나위 없다. 동춘의 경세관에서 이와 같이 예치가 핵심의 자리에 위치하는 것도 世道정치의 도덕적 특성에 연유한다.

世道정치나 예치는 이렇게 도덕성향을 특징으로 하는 점으로 해서 오늘날의 법치 주류의 정치와 구별된다. 世道정치와 禮治는 일정한 도덕관을

---

1) 동춘의 철학에 대하여서는 황의동 송인창, 예설에 대하여는 한기범, 정치사상에 대하여는 우인수 등이 대표적인 연구자로 꼽힐 듯 하다.

담지함으로써, 그에 상응하는 倫理觀과 哲學을 함유한다. 논자가 동춘의 예치로 상징되는 그의 전반적인 禮意識에서 그 사상적 기반을 찾는 이유도 바로 이러한 데에 있다. 그가 그 시기의 성리학자로서도 선두 대열에 위치한 학자였던 사실은 논자의 이런 작업에 힘을 보태는 요인이다. 결국 이 고찰의 주제는 그의 대표적인 禮說을 뒷받침하는 哲學思想의 특성적 사유를 밝혀내는 데에 궁극의 목적을 둔다.

2. 시대 상황

동춘당은 선조 36년(1606)에 태어나 67세 되던 현종 13년(1672)에 세상을 떠났다. 실질적인 사회 활동기간으로 보면 '17세기 중엽'이 사실상 그의 시대의 중핵에 해당한다.

그 시대는 비상한 역사적 사건들이 야기된 격동기였다. 동춘당 18세 되던 1623년에 광해군을 축출한 仁祖反正이 일어났고, 이듬해에는 李适의 반란이 일어났다. 이괄의 난이 초래한 영향도 컸지만, 인조반정은 조선조에 단 두 번밖에 없었던 쿠데타의 하나였던 점에서 주목할 만한 사건이었다.

대외적으로는 새롭게 세력을 팽창시킨 여진족(金)이 한족의 明을 무너뜨리고 淸國을 세우면서 조선을 계속 압박하였다. 그 청에 대한 소홀(崇明排淸)로 해서, 조선은 1627년(동춘 22세)에 丁卯胡亂을 겪어야했고, 그로부터 9년 뒤(31세, 1636)에는 인조가 삼전도에서 적장에게 무릎을 꿇어야 했던 치욕의 丙子胡亂을 당하였다.

호란 이후인 동춘 후반기에는 혹심한 환란은 없었다. 동춘 사망 이후에 정국 주도를 둘러싸고 일어난 당파간의 집권변환인 '換局'이 몇 차례 있은 정도다. 이는 16세기의 士禍期를 거치면서 대두한 四色의 분열이 17세기에 이르러 본격적인 朋黨政治의 양상을 띠었음을 시사한다. 광해기에는 北人이 정권을 독점하다시피 하다가, 인조기에는 西人이 득세하고, 효종조 이후에는 서인과 南人이 각축을 벌린 것이 곧 그 구체적인 붕당정치의 양상이다. 이 붕당의 형성은 자연히 지연뿐 아니라 학통과도 불가분의 관계를 가지게 되었다. 이것은 정주성리학을 통치원리로 삼았던 데서 야기된 불가피한 현상이었다.

사상계의 상황은 16세기에 退溪(李滉) 栗谷(李珥) 등 빼어난 학자들의 성리학 연구로 해서, 이미 조선성리학의 독자적인 특징을 확보한 뒤여서, 그것이 정치 사회 교육 등 문화전반을 이끄는 데 크게 영향을 끼쳤다. 특히 퇴계 율곡의 철학은 이 무렵 정치적으로 지향하던 世道정치의 형이상학적 기반을 구축하는 데 크게 공헌하였다. 그들의 天命觀에 기초한 四端七情理氣解釋論 등이 그러한 사상이다. 그 16세기 사상의 영향으로 해서, 이 시기의 학자들은 퇴율의 이론을 되새기거나, 그 이론들을 禮와의 관계에서 성찰하면서 예치의 방향으로 구현코자 진력하였다. 동춘 등에게서 예사상이 풍성하게 된 것도 이와 같은 사조의 동승에서 나온 현상이다. 조선유학사에서 이 시대를 가리켜 '禮學時代'라고 하는 것도 이러한 시대사조에 연유한다. 이런 점에서 동춘당의 예사상은 곧 이 시대 예학의 내용과 성격을 드러내는 하나의 대표적인 본보기에 해당한다.

3. 그의 행적

동춘당의 가정환경에서는 친가계통(부친은 군수를 지낸 淸坐 宋爾昌)보다 외가계통이 눈길을 더 끈다. 모친인 光山金氏가 沙溪(金長生)의 종제(사촌동생)여서,[2] 18세에는 사계에게 학문을 배웠고, 사계가 타계한 뒤 26세부터는 사계의 자제인 愼獨齋(金集)를 스승으로 모셨다.

沙溪가 栗谷(李珥)의 성리학을 계승한 대표적인 학자로서 특히 湖西 내

2) 동춘의 출생조차 沙溪와 그 자제 愼獨齋(金集)가 태어난 서울 정능동 사계부친 黃岡 金繼輝의 집에서 태어났다.

지 畿湖禮學의 종장이었고, 신독재는 그 부친(사계)의 예학을 계승한 학자임을 상기하면, 동춘당의 학통과 학문은 이미 확정된 것이나 다름없었다. 회암－율곡－사계－신독재의 뒤를 잇는 학통에서 그는 은사들이 각별히 탐구한 禮學을 발전시키는 것이 그에게 주어진 과업이었다. 그가 뒷날 湖西禮學 또는 畿湖禮學의 종장의 위치에 오른 것은 이와 같은 환경의 영향이 컸다고 보아야 한다.

사계 신독재가 西人의 후견인 위치에 있었음을 고려하면, 동춘 또한 뒷날 서인에 속하게 될 것은 예정된 것이나 마찬가지였다. 17세기 서인의 영수로서 정계를 누빈 尤庵(宋時烈)이 동춘과 같은 고장(회덕)에서 일생을 보내다시피 한 '同姓兄弟'로서, 사계 밑에서 동문수학한 사이였으므로 더욱 그렇지 않을 수 없었다.[3)]

하지만 동춘당의 품성이 원래 남과 잘 융화하는 데다가,[4)] 그 시기 영남예학의 대표적 학자 중의 하나인 愚伏(鄭經世)과도 인혼의 관계(그의 장인)를 맺고 있었으므로, 그의 학문의 폭은 결코 편협할 수 없었다. 그는 기호예학과 영남예학을 아울러 겸지・소통시키는 위치에 있었고, 실제로 그런 역할을 하였다. 이 점은 그가 사계의 『疑禮問解』의 형성에 기여한 질문 가운데서 확인된다.[5)]

사계를 스승으로 섬기던 18세에, 동춘당은 학문 외에 仕宦의 길에도 뜻을 둔다. 그 해에 그는 生員進士試에 응하여 합격하고, 이듬해에는 생원진사 會試에, 그리고 20세에는 別試 初試에 합격한다. 이는 비록 大科에는 응하지 않았을지라도, 그가 사환으로 나아갈 객관적인 자격을 일단 확보하

---

3) 사계가 타계한 이후 노년의 동춘이 스스로 「沙溪의 諡狀」을 짓고 그 諡號를 논한 끝에(51세), 주자의 스승인 李延平과 栗谷 牛溪의 문묘 종사를 청원한 사실은(58세) 그의 이와 같은 학통의식을 드러낸다. 그가 실제로 서인으로 정관계에서 활약한 것은 뒤에 살필 복상논쟁인 '예송'에서 확인된다.

4) 이 점은 尤庵(宋時烈)이 동춘당의 품성을 가리켜 "찌꺼기가 거의 없어 힘들이지 않고서도 쉽게 남과 융화한다"고 한 것으로 알 수 있다.

5) 한기범, 「同春堂 宋浚吉의 禮學思想」『충청학 연구』 3집, 한남대 충청학 연구소, 2002.12 참조.

였음을 시사한다.

28세의 동춘은 童蒙敎官을 잠시 하다가 곧 사임하고 귀향하였다.[6] 그 후 몇 차례 벼슬이[7] 주어졌지만 그는 다 사양하고 (인조 재위 기간에는) 취임하지 않는다. 旅軒(張顯光)·桐溪(鄭蘊) 같은 학자나 冶隱(吉再)의 유적을 찾든가, 退溪·栗谷의 四七理氣論(答鄭景式)을 논하기도 하고, 『延平答問』과 『近思釋義』 등을 교정하고, 우복과 청좌의 연보를 지으면서, 때때로 제자들을 모아 강론하는 '학자와 교육자'의 생활을 하였다. 그에 대한 '山林'이라는 청명의 적용 소지가 이 때부터 마련된 셈이다. 하지만 이 즈음 그가 元孫의 위호를 일찍 정할 것과 淸陰(金尙憲)을 불러 원손 保溥의 책임을 맡기도록 청한 것은 국사에 외면치 않는 그의 모습의 일단이다.

인조가 승하하고 효종이 등극하던 44세(1649년)부터 동춘의 생활은 크게 변하였다. 여러 차례 侍講院 進善을 받아, 經筵에 수시로 입참하여『中庸』을 강론하는 한편, 사헌부 집의로서 친청파인 金自點과 그 일당의 삭탈 관작과 유배를 강력히 주장하였다. 52세 때는 贊善으로 成三問 朴彭年의 사당을 지어 충열의 의리정신을 고취토록 촉구한다. 이듬해에는 호조참판 대사헌 이조참판을 거쳐 성균관 祭酒를 특히 겸하게 되었다. 이후 2년간은 兵曹判書 大司憲 右參贊에 오른다.

관료로서 동춘당은 무엇보다도 崇明反淸의 입장에서, 효종이 기획하던 '北伐'에 동조하였다.[8] 북벌책에 대한 동춘의 동조가 효종의 신임을 두텁게 하였음은 그가 효종에게 받았던 병조판서 등 그의 고위직책으로 짐작하기에

---

6) 부친의 삼년상을 마친 직후인 25세에 받은 첫 벼슬인 翊衛司 洗馬는 사양하고 취임하지 않았다.

7) 31세에 大君師傅, 禮山縣監, 38~40세에 司憲府持平이 주어진다.

8) 그가 일찍이 벼슬을 하지 않던 시기에, 병자란 종식에 따른 청의 조치로 심양에 끌려가 무참한 고초를 견디면서도 반청의 신념을 굽히지 않아 청국인들을 감동시킨 극단적 숭명반청주의자인 청음을 세손의 보양관으로 천거한 것이라든가, 입조하자 맨 먼저 친청배인 金自點 등부터 축출·유배케 한 것도 다 그의 반청노선을 반증하는 사례이다.

충분하다. 북벌정책은 그 성격상 비밀리에 진행될 수밖에 없던 것이어서 상세히 알려지지 않았지만, 그가 우암과 더불어 핵심적 위치에서 진행한 내용의 대강은 이미 학계에서 밝혀진 상태다.[9] 효종 말년에 그 대권이 동춘 우암 등에게 위임되었던 데서 북벌과 관련된 그의 위상은 짐작되기에 충분하다.

동춘의 경세설 가운데서 또 눈길을 끄는 것은 '先養民後養兵論'이었다.[10] 이는 無民이고서는 無兵이므로 당연한 주장이지만, 더 근본적으로는 당시 "民生의 困乏 정도가 나라의 근본을 動搖"시킬만한 사태임을 그가 숙지한 데서 나온 주장이다. 이는 民生의 돈후 조건이 충족되지 않은 상태에서, 북벌을 기획한다는 것은 무망한 허상을 그리는 것에 지나지 않음을 각성한 증거다. 동춘은 민생의 돈후를 기하기 위하여, "一大變通과 一大改革을 마치 燒死者 溺死者를 구출하듯이 하지 않고서는 결코 무사할 도리가 없다"고 역설하였다.[11] 그 구체적인 변통과 개혁으로는 군포 징수에 대한 것이 가장 대표적인 것으로 꼽혔다. 이런 점에서는 동춘의 爲民의식도 높이 평가할 만한 것이지 결코 소홀시 할 것은 아니다.

효종의 승하(54세, 1659년)를 당하여, 그는 우암과 함께 西人의 영수격 위치에서 '대왕대비의 服制議'를 헌상하였다. 이것이 뒷날 남인과의 치열한 예송의 주제가 된 그의 '己亥禮訟의 내용인 朞年說'이다. 기년설의 채택으로 세력을 더욱 공고히 한 그는 吏曹判書(54, 55, 63세)와 우참찬(55세) 元子 輔養官(60) 등의 현직 수임으로 노년을 장식하였다.

야인시절에는 말할 나위 없고, 관직에 종사하던 가운데에서도 동춘은 예학에서 손 뗀 적이 없다. 그는 스승인 사계의 『喪禮備要』를 교정하였고(45세), 왕에게서 『儀禮經傳』을 받으면서(50세), 왕명으로 『小學諺解』를 교정하고(62세), 그 발문과 『心經句讀』을 지어 왕에게 올렸으며(64세), 『五

9) 우인수, 「동춘당 송준길의 산림활동과 정치사상」 『충청학 연구』 3집, 2002.12.
10) 앞과 같음.
11) 『孝宗實錄』 卷20, 9년 9월 을미・계묘.

禮儀節目』을 箚論하였다. 그의 예에 관한 업적은 실로 다 열거하기가 어려울 정도다. 그 대강을 들면, 그가 관료로서 禮를 논한 「國恤時百官服制議」, 「大王大妃殿服制議」, 「國葬後行祭時先爲問安當否議」, 「練服變改議」, 「承命論許穆喪服疏箚」 등이 있고, 사우 친지인 沙溪, 愚伏, 愼獨齋, 月塘(姜碩期), 迂齋(李厚源), 樂靜(趙錫胤), 尤庵(宋時烈), 炭翁(權諰), 石湖(尹文擧), 美村(尹宣擧), 屯村(閔維重), 文谷(金壽恒) 등에게 표명한 예설들이 무려 6권 분량을 초과한다.

이와 같은 것은 먼저 그의 예학자로서의 위상을 짐작케 하지만, 또 한편으로는 그의 치국관이 특히 '禮治'에 치중한 것임을 드러낸다. 이것들은 그가 학자로나 관료로나 '치국의 가장 큰 비중'을 예치에 두고 있었음을 입증하는 증거다. 그의 服制議 제출은 그가 지향하고 시행하던 예치의 대표적 표징에 해당한다.

그 시대의 정치가 특히 '北伐'을 표방한 정치와 '禮治'로 상징되는 것이었음을 감안하면, 동춘의 행적은 그 시대의 정치를 그 시대이념의 정상에서 이끈 것이었다고 할 만하다. 그런 만큼 時代思想의 시각에서는 그의 禮治가 주의 깊게 새겨 볼만한 의의를 지닌다.

4. 예치의식의 예학화 경향

동춘은 예에 대하여 다음과 같은 글을 남겼다. "보고 듣고 말하고 행동함(視聽言動)이 하늘에 합당하면 이른바 禮에 이른 것이다."[12] "왕의 다스리는 법은 法制를 너그럽게 하고 禮義를 숭상하여 사람들을 스스로 바른 데(正)로 가게 하는 것일 따름입니다."[13]라는 것이다.

12) 『同春堂年譜』 64세 조.
13) 『同春堂集, 別集』 卷1, 「經筵日記」, 丁酉 10월 20일. (송인창, 「동춘당 철학에 있어서 예의 문제」에서 인용)

위의 첫째 글 내용은 공자가 예에 합치하는 행위를 하도록 "예가 아니면 보지도 듣지도 말하지도 움직이지도 말라"[14]고 한 것을 바탕으로 내린 동춘의 성리학적 예론이다. 이는 인간의 행위 일체가 '하늘'로 언표되는 '天理'에 부합한 규범이 곧 예라는 의미다. 이런 의미내용은 "예란 人事의 儀則이고, 天理의 節文이라"고[15] 한 주회암의 규정과 통한다. 원래 도덕과 같은 인간 행위(人事)의 규범(儀則)이 예의 기본적 특성이지만, 그것을 불변적인 원리인 天理의 구체적 구현(節文)이라고 회암이 부연한 데에는 예에 대한 절대시 사고가 작용하였다. 이로부터 성리학자들의 예에 대한 절대시 경향이 있게 되었다. 17세기 예송은 그런 사유경향의 표출로서 전형적인 사례다.

둘째 글의 내용은 공자가 法治를 배격하고 이상정치로 제시한 德治·禮治를 일단 고려하고 한 언설이다. 공자에 따르면, 법치란 민인의 양심을 잃게(無恥)하여 정치가 근본적으로 의도하는 질서를 바로 잡지(政正也) 못하는 대신, 덕치 예치는 민인을 양심에 따라 살아가게 할뿐 아니라 질서마저 바로 서도록(有恥且格) 하는 효과를 거둔다. 동춘은 그 공자의 사상을 계승하여 "법제를 너그럽게 하고 민인에게 禮義를 숭상하게 하도록" 왕에게 청원하고 있다. 그의 예치의식의 기초가 바로 여기에 자리한다.

이 대목에서 상기해야 할 것은 역사적으로 볼 때, 유학자들의 예의식이 원천적으로 '예교육자(相禮者) 출신'의 전통으로 해서 다른 어느 사상가들의 그 의식보다 강하지만, 그 유학자들 중에서도 성리학자들의 예의식이 가장 강한 사실이다. 그 원인은 성리학의 발흥이 老佛 특히 佛敎의 도덕(정치도 포함)의식의 희박으로 인한 현실대응의 실제성 박약을 배척의 과녁으로 삼은 데에 기인한다. 이 점은 여말 선초 유불 교체기의 정책으로 행하여진, 일반 사서인(私家)의 예인 『家禮』의 보급과 시행의 장려, 『五倫圖』의 간행 보급 및 왕가 또는 국가의 예인 『國朝五禮儀』와 『朝鮮經國典』의 제

14) 『論語』, 顔淵篇.
15) 『論語』 學而篇 朱子註.

정으로 확인된다.

15세기『小學』의 보급과 실천, 16세기에 이르러 시행된『呂氏鄕約』과 몇몇 조선의『鄕約』들이[16] 특히 정주성리학적인 예속을 양반 사대부뿐만 아니라 서민층에까지 전파·생활화하게 하였다. 거기에 理氣 개념을 원용한 16세기의 「天命論」·「四端七情論」·「人心道心說」·「誠敬·修養論」이 다 '예와 人性의 관계', 또는 '예와 天理의 관계'를 구명하는 점에서 일종의 예의 형이상학적 가능근거를 밝히는 성향의 작업이었다. 그런 작업을 거친 17세기는 이제 예에 대한 보다 충실한 연구와 시행 및 국가 정책 차원의 예치의 철저한 시책이 기다리고 있던 형편이다.

17세기 예학자들의 과제는 기존 예설의 정리와 古禮나『家禮』에 결여된 예목을 증보하는 것이었다. 寒岡(鄭逑)의『五先生禮說』과[17] 眉叟(許穆)의『經禮類纂』은 전자를 대표하고, 사계의『家禮輯覽』,『喪禮備要』,『疑禮問解』와 신독재의『疑禮問解續』은 후자를 대표한다. 사계와 신독재 문하에 있던 동춘이『의례문해』와 그 속책의 성립에 기여한 것은 이와 같은 예학의 흐름에서 있게된 자연스런 예학과제의 수행 작업이었다. 더욱이 그의 장인으로 영남 예학의 거두인 우복도『喪禮參考』를 남긴 학자임을 감안하면, 그의 예학적 과제는 가장 중요시되어 기정 세목의 부족을 절감하던『가례』의 喪禮 등을 증보하는데 기여하는 것이었다. 그리고『국조오례의』 등에도 명시되어 있지 않은 國葬 國喪의 경우에 행할 의례를 보충하는 작업이 그가 담당해야 했던 王家禮 또는 國家禮에 속하는 과제였다. 그의「大王大妃(趙大妃)服制議」는 이러한 과제 이행 가운데에 드는 대표적 사례다.

이러한 사정은 남인이었던 眉叟나 白湖(尹鑴)도 마찬가지였다. 다만 그

---

16) 시행되지는 않았지만 퇴계의『禮安鄕約』이 있었고, 율곡의『淸原鄕約』,『海州鄕約』,『社倉契約束』 등이 대표적이다. 이런 흐름에서 17세기 동춘의『懷德鄕約』 등이 나왔다.

17) 한강은 이외에『禮記喪禮分類』『家禮集覽補註』『五服沿革圖』「深衣制度」「冠儀·婚儀·葬儀」 등을 남겼다.

들과 동춘의 차이는 효종의 상에 임하는 大王大妃의 服制를 사서인의 예와 다르게 해야 하는가 같게 해야 하는가의 견해에 있었을 따름이다. 남인들은 그 복제를 『儀禮』(斬衰章)에 의거하여 王家禮인 점에서 사서인의 예와 다른 일종의 '特殊禮'로 해야한다는 주장을 편 데 비하여, 서인인 동춘과 우암 등은 그것을 『家禮』에 의거하여 사서인의 예와 같은 일종의 '普遍禮'로 할 것을 주장한 데에서 양측의 충돌이 있게 되었다. 이 점은 학계에서 이미 다 밝혀진 주지의 사실이다.

5. 예치와 세도정치의 관계

禮에 대한 담론에서 한 가지 더 빠뜨려서 아니 될 것은 예가 지닌 질서 수립의 성향이 가져오는 社會安定 효과다. 17세기의 두 차례에 걸친 호란은 16세기말 7년에 걸친 왜란의 상흔을 다 치유하지도 못한 상태에서 닥친 환란이었다. 그것들이 조선 사회에 입힌 악영향은 왕실에 입힌 치욕이라든가, 小中華를 자처하던 조선・文化民族의 자긍심에 상처를 준 정도에 그치지 않았다. 그것은 집권층의 능력을 의심케 하고, 경제적으로 민생을 더욱 피폐시켰으며, 신분질서의 문란까지 가져와 양반 중심의 사회체제마저 동요시킨 사건이었다. 따라서 집권층이 기존 질서의 고정화를 위하여서는 예의 강화가 하나의 대처방안이었다. 그 시대 예 중요시의 사조는 집권층의 이러한 시대적 대안으로 나온 현상으로도 이해된다.

17세기의 지배층이 예치의 시행을 극대화하려고 한 데에는 물론 정치적인 요인이 가장 크게 작용하였다고 보아야 할 것이다. 실제로 이러한 시각에서 이제까지 服喪문제를 둘러싼 禮訟이 일종의 黨爭으로 파악되면서, '官職은 한정'되었던 데 비하여 노동에 종사치 않고 관료로만 생계를 꾸려가던 '兩班層의 過增'이 예송의 원인이라고 이해되었다. 이런 이해는 물론 경제 사회적인 파악으로서는 수긍될 수 있다. 그러나 붕당에 의한 당쟁과

禮治 자체는 통치기법과 통치성격의 차이로 해서 서로 분별되어야 한다는 것이 논자의 판단이다.

이러한 판단에서 논자는 아래와 같이 동춘당이 지향한 '世道政治의식'이 예치의 강화의식과 연관됨에 주목한다. 17세기는 그 초두(1623년)부터 仁祖反正이라는 정치적으로 비상한 격변이 야기되었다. 이것은 조선조에서 일어난 반정으로서는 中宗反正에 못지않는 영향을 끼쳤던 만큼, 잠시 이에 유의할 필요가 있다. 이 반정의 주동자들이 金유 · 李貴 · 崔明吉 · 李适 등 서인이었던 까닭에, 이 뒤 서인이 득세한 것은 다 아는 사실이다. 하지만 이 사건에서 특히 유의해야 할 것은 '바른 데로 되돌린다'는 의미의 '反正' 구실에 해당하는 名分이다. 그 명분은 광해군이 두 형인 臨海君과 永昌大君을 죽이고 계모인 仁穆大妃를 폐비시키는 등 悖倫을 자행하였다는 것이었다. 연산군이 패륜 이상의 지극한 방탕으로 왕의 임무를 제대로 행하지 않았던 데 비하여, 광해군은 왕의 업무에는 충실하여 내외의 치적에 상당한 성과를 거두었지만 그의 패륜이 왕의 자격에 결격사유로 지목되었다. 이처럼 중종기의 반정정신의 구현과 인조기의 반정정신의 구현에는 차이가 있었다.

중종기에는 사림에서 소장층 인물 중 '경세의 열의와 능력'이 뛰어난 靜庵(趙光祖)을 앞세워 至治라는 이상적인 왕도정치의 실현을 목표로 하여, 君德의 구비와 아울러 정치 전반에 걸친 폐단을 개혁(維新)하는 것이 반정정신의 구현에 해당하였다. 이에 비하여 인조기에는 상황 자체가 많이 달라졌다. 기묘사화라든가 왜란 호란 등 위난을 겪기도 하였지만, 理氣論 등의 사변에 침잠하는 동시에 철저한 수양을 전제한 '爲己'를 꾀하는 성리학이 크게 발달한 터에, 예의식이 위와 같이 강화되었다. 다시 말해 사상적으로는 性理學과 禮學이 아울러 홍성하여 사림계를 풍미한 시기가 17세기이다. 수양에 학식을 겸비하고서도 官界로 향한 욕구를 떨쳤다고 인정되어 사림에서 '山林處士' 또는 '山林'이라는 청명을 듣는 선비들이 생긴 것도 이러한 時代思潮와 결코 무관하지 않다. 그런 만큼 인조 반정의 정신을 구현하는 길은 도덕적으로나 학문적으로 사림의 중망을 받는 노장층의 儒宗인 山林이 왕의 德과 禮부터 이끌면서, 국내정치는 물론이고 대외정치도 義理(바른 도리) 또는 名分을 위주로 해야 하는 것이었다.[18] 그러한 도덕적 명분·의리 중심의 정치가 곧 예치를 내용으로 한 世道정치였다. 따라서 그 시기의 예치는 성리학에 심취된 사림의 분위기가 세도정치를 지향한 조건으로 해서 더욱 중요시되고 강화되는 관계에 있었다.[19]

6. 예설과 성리설의 관련

1) 禮와 禮治

17세기의 예치가 그 시기 성리학의 발달과 짝한 것이라면, 예치의 성리학과 관련되는 부분이 더 해명되어야 한다. 이제 그 부분의 해명을 지향하면서, 잠시 禮 자체에 대한 이해부터 앞세우자.

禮는 고대의 제천행사에 연원을 두어, 『周易』과 『說文』에서 '履'라고 풀이되었다. 이는 예 개념이 일종의 '밟아 나아가는' 인간의 행위에 '절도'가 있음을 가리키는 의미로 출발하였음을 시사한다. 이렇게 제천행사 등에서 생긴 습속 또는 관습에서 이루어지기 시작한 것이 예지만, 荀子 등은 이것을 聖人이 지었다고도 한다. 그 이유는 惡으로 흐르기 쉬운 人性의 욕망을 제어하는 기제가 곧 예이고 법이라는 데 있다. 예가 善과 같은 道德 規範으로 사용되는 용법도 이처럼 악을 범하지 않게 하는 그 기능에

18) 崇明排淸과 北伐의 구호가 곧 그 시기의 의리 명분으로 대표적인 것임은 물론이다.

19) 臣權이 17세기에 앞 시대보다 더 신장된 이면에는 이와 같은 산림의 禮治를 내용으로 한 世道政治의 판도가 작용하였다. 同春이 '賢臣의 중용'과 '현신의 권한 확대'를 강조한 것도 이러한 맥락에서 이해될 수 있다.

근거한다.

예가 지닌 이러한 규범적 성격으로 해서 『禮記』에서 예는 "理也"[20] 또는 "理之不可易者也"[21]라 한다. 순자와 韓非子는 예를 "義"로도 풀었다.[22] 이 사례들은 모두 예가 理 또는 義로 표현되거나 서로 통하는 규범임을 가리킨다. 예의 규범성을 理 또는 天理라고 하는 것에 대하여 회암은 "天下의 모든 것에 當然之理가 있기 때문이라"[23]고 한다. 이는 바꿔 말해 예의 의미로 함축된 理가 곧 '當然'이라는 규범성임을 시사한다. 앞서 본 그의 예에 대한 정의가 "人事의 儀則이고 天理의 節文"이라 한 것도 이러한 배경에서 나온 것이다. '인사의 의칙'은 도덕적 규범인 당연 또는 당연한 법칙을 의미하고, '천리의 절문'은 그 규범의 비인위적 필연성을 의미한다. 특히 17세기의 예에 대한 절대시 사유는 이런 '禮意味의 確信'에서 나온 것이다.

과거의 예는 오늘날 예의 도덕적 의미만 갖지 않았다. 과거의 예는 「三禮」(周禮, 儀禮, 禮記)에서 보듯이, 도덕 외에 법과 제도 등의 의미까지 지녔었다. 그런 까닭에 일찍이 『左傳』에서는 "예란 國家를 경영하고 社稷을 안정시키고 民人을 질서 있게 하며, 後嗣를 이롭게 하는 것이라"고[24] 하였다. 예 하나면 정치가 다 되는 것처럼 禮治를 조선시대 사대부들이 강조한 이면에는 (그들의 관념에) 이러한 삼례의식이 작용하였음에도 유의해야 한다. 앞서 살핀 동춘 글에서 "법제를 너그러이 하고 예의를 숭상하여 사람들을 바른 데로 가게 하시라"고 하였던 것도 법제까지 어느 정도 대행하는 예의 성격을 고려한 데서 나온 발언으로 볼 수 있다.

---

20) 『禮記』, 仲尼燕居篇.
21) 앞의 책, 樂記篇.
22) 『荀子』, 大略篇, "義, 禮也." 『韓非子』, 解老篇, "禮者, 義之文也."
23) 朱熹, 『語類』 卷42, "禮謂之天理之節文者, 蓋天下皆有當然之理."
24) 『左傳』, 隱公11년. "禮, 經國家, 定社稷, 序民人, 利後嗣者也."

2) 성리설과 예설의 성향

성리학은 이미 밝혔듯이 사물의 모든 원리 원칙을 인성 물성과 관련시켜 탐구하는 것을 기본으로 하는 유학이다. 예나 도덕 등 규범법칙의 탐구도 성리학의 연구 대상에서 벗어나지 않음은 물론, 오히려 그것이 어느 원리의 연구보다 더 큰 비중을 차지하여 성리학의 중심연구영역에 든다.

도덕적 규범에 대한 성리학의 이론은 일단 원초유학을 발판으로 하는데, 그 발판으로 이용되는 것은 특히 『中庸』과 『孟子』에 담긴 사상이다. 『중용』에 따르면 도덕은 선천적으로 타고난 본성(天命之謂性)을 따르는 데서 자연적으로 이루어진다(率性之謂道). 그러한 본성을 맹자는 '四端' (惻隱 · 羞惡 · 辭讓 · 是非의 마음)으로 드러난다는 四德인 '仁義禮智'로 보았다. 성리학자들은 본성을 '天地之性' 또는 '本然之性'이라 하고, 사덕에 '信'을 더한 五性을 五常이라 일컬었다. 그들은 이 오상은 근본적으로 본성이지만 아울러 원리상으로는 도덕행위를 가능케 하는 원리이자 덕목이라고 간주하였다. 이런 사유에서 오상인 '仁義禮智信'은 곧 오륜의 원리인 '親義別序信'과 동일시되기도 한다. 그런데 사단은 맹자 이래 사덕의 비인위적인 자연발현이라고 주장된 터였다. 이에 성리학자들은 이제 '오상의 자연적인 발로'가 '五倫'을 이루어 이른바 '人倫'으로 표현되는 도덕이 성립한다고 하게 되었다. 이것이 성리학자들의 "天卽理" "性卽理"를 앞세우고 내린 전형적인 도덕론이다.[25] 그러면 이런 도덕론이 함유한 의의는 어떤 것일까?

다 아는 대로 오륜은 조선시대 으뜸가는 도덕 및 도덕체계인 동시에 사회체제의 기본구도였다. 이 점을 감안하면, 오륜을 떠 바치는 이론의 기초인 오상과 사덕, 특히 사덕을 현상적으로 증명하던 '四端說'은 곧 조선시대의 도덕과 사회체제를 아울러 합리화 타당화 하는 가장 근본적인 사유라는 의

---

25) 이 두 명제를 바탕으로 하여 그들이 존재론적인 담론을 확대할 때에는 '天命' '太極'까지도 本然之性에 포함된다.

의를 지닌다. 세도정치 이념 아래 지향된 예 절대시 경향에 입각한 禮治意識을 논하는 자리에서는 이 점을 간과해서는 아니 된다.

여기에 한 가지 더 고려해야 할 것은 성리학자들이 탐닉한 도덕설로는 사단설 계통 외에 한 가지가 더 있었던 점이다. 그것 또한 『중용』에 함유된 것이지만, '中庸'으로 일컬어지는 도덕설이다. 그 내용은 기본적으로 偏倚가 없고 過不及이 없는 '中'(특히 時中)으로서의 '節度'에 들어맞는 행위라야 정당한 도덕행위라는 것이다. 이 때 행위의 동기로 지적되는 것은 '欲'으로 집약되는 '喜怒哀樂'이다. 그리고 이 희노애락이 인간의 情을 대표하는데, 네 가지로는 불충분하다고 여겨질 경우에는 '喜怒哀懼愛惡欲'이라는 『禮記』(禮運篇)에서 말한 '七情'을 든다. 그리하여 중용의 도덕설은 七情으로 표현되는 '욕'의 조절이 있어야 절도에 맞는 '중'의 정당한 도덕행위로 된다는 이론을 가리키게 된다.

이쯤에서 우리는 16세기 秋巒(鄭之雲) 退溪 河西(金仁厚), 그리고 高峰(奇大升) 栗谷 牛溪(成渾) 등이 왜 '天命' 연구와 '四端七情'의 理氣論的 解釋에 몰두하였는지 짐작할 수 있게 될 것이다. 그것은 다 도덕규범의 연원과 실현 가능성에 대한 인식의 중요시와 비례하던 현상에 다름 아니다.

이미 밝혀진 대로 사단칠정의 해석을 둘러싸고, 퇴계는 理氣互發說을 기초로 "사단은 理의 發, 칠정은 氣의 發." 또는 "사단은 理가 발함에 기가 따르고, 칠정은 氣가 발함에 이가 타는 것(四則理發而氣順之, 七則氣發而理乘之)"이라 하였다. 이에 율곡은 발할 수 있는 것(發之者 곧 能發者)은 氣이고 발하도록 하는 것(所發者 곧 所以發者)은 理라는 사고를 기초로, "사칠 어느 것이나 다 氣가 발함에 理가 타는 것일 따름(氣發理乘一途)"이라 하였다. 사계 제자인 동춘은 물론 율곡의 설을 따른다.[26] 그런 만큼 이제 동춘의 예설과 율곡의 이 사단칠정설의 관련이 찾아져야 한다.

율곡이 "發하는 것은 氣일 뿐"이라는 점을 내세워, 퇴계와 달리 '氣를 위

---

26) 『同春堂文集』 卷14, 答鄭景式景華(乙亥).

주'(主氣)로 그의 사단칠정설을 주장한 것은 그의 선배인 高峰의 입장에 선 것이다. 일찍이 고봉은 퇴계에 대립하여 사단칠정의 해석을 氣를 위주로 시도하였다. 그러므로 율곡의 이론을 이해하려면 퇴계에 대립한 고봉설부터 충분히 파악하여야 한다.

회암 이상으로 理의 發用性을 주장하여, 조선성리학의 한(주리적) 특색을 드러내기 시작한 퇴계는 사단을 본성인 四德(四性)의 발로이므로, 도덕을 이루는 善한 情이라고 믿었다. 그의 "사단이 理의 發"이란 이 점을 "性卽理"의 명제 위에서 내린 해석이다. 나아가 그는 사단은 선하기만 한 것(純善 또는 皆善)인데 비하여, 칠정은 이기를 겸하여 "善惡未定" 또는 "本善而易流於惡"이라 하였다.[27] 이에 대해 고봉은 맹자가 말한 본 뜻으로는 사단이 선한 것이지만, 사단도 정으로 발출되는 데 있어서는 氣 작용이 없고서는 아니 됨을 지적하였다. 그런 점에서 칠정의 발로에서만 不中節이 있지 않고, 사단이 발로할 때에도 부중절이 있을 수 있다. 반대로 사단을 선으로 보는 것도 그 중절 때문인데, 칠정의 발출에도 중절이 있을 수 있다고 하면서, 그는 일반인(衆人)의 '七情의 중절' 사례를 그 증거로 든다. 이런 사례를 기초로 고봉은 사단과 칠정이 기의 작용으로 보아서는 '同實異名' 임을 천명하였다.[28] 氣의 작용을 기준으로 보는 한, "善惡 내지 道德여부는 中節 여하에 달렸다"는 것이 고봉 견해의 요지다. 이러한 견해에 대한 퇴계의 반론은 聖人의 칠정은 항상 중절하는 데 비해 일반인의 칠정은 그렇지 않다는 것이다. 사단 칠정은 결코 동실이명이 아님을 역설한 퇴계다.[29] 기의 발출 작용에서 성인과 일반인을 어디까지나 차별한 퇴계다.

고봉의 입장을 따르는 학자가 율곡임을 감안하면, 그의 사칠설과 관련된 도덕설이나 예설의 성향이 어떠리라는 것은 짐작하기 어렵지 않다. 그의 사칠설에 동조・추종하는 학자들의 예설을 포함한 도덕론 전반의 성향 역시

27) 『退高兩先生四七理氣往復書』, 참조.
28) 앞과 같음.
29) 앞과 같음.

마찬가지이다. 율곡이나 그의 사단칠정설 추종자들의 예설이나 도덕론은 '氣의 중절' 여하로 변별되는 선악을 기준으로 삼아, 성인과 일반인을 가리지 않고 보편적으로 적용되게 마련이다. 율곡계의 동춘 등의 복상설이 普遍禮의 성향을 띤 것도 이러한 사상에 근거한다고 할 수 있다.

이와 반대로 理의 自發性을 상정하여 회암 이래의 理貴 氣賤 관념을 더욱 강화하였고, 聖人과 일반인(衆人)의 도덕행위를 엄격히 구분한 퇴계나 그의 이론 추종자들에 있어서는, 예나 도덕의 연원을 氣의 중절 여하보다 스스로 발하는 本然之性에 두게 됨이 사유의 필연이다. 그 본연지성은 '天命의 性'이라고 하듯이 선천적으로 품득된 것이고, 행위 주체인 나의 의지와 상관없이 위계질서를 결정하는 모든 사물의 본질적고도 필연적인 우주의 근원적 원리(太極)이기도 하다. 이런 점을 고려하면, 퇴계나 그의 이론 추종자들의 예설은 왕권 신권의 위계질서 관념과 맞물려, 王家의 特殊禮를 당연시할 성향을 띨 수밖에 없다. 동춘 등 서인과 미수 등 남인의 복상 예에 대한 견해 차이의 이면에는 이러한 理氣論的 善惡觀의 상이한 사유가 있었음을 고려해야 할 것이다.

7. 닫는 말

1) 의문과 예상되는 반론

주제에 대한 고찰을 마치면서 논자는 이상과 같은 입론에 스스로 다음과 같은 반성을 하게 된다. 첫째, 성리학이 통치원리(이데올로기)였다고 해서, 사단칠정론 같은 심성정론이 아무리 윤리론의 성격을 띠었더라도, 정치의 시각에서 내리는 예설과 과연 '不可分의 關聯'을 가질 것인가 하는 반문을 할 수 있다. 이 반문에 대하여 논자는 사칠론과 예론에 어느 정도의 이질적인 한계적 특성이 있을 것은 먼저 인정한다. 그러나 天理와 연관된 義理

추구를 생명처럼 여기던 성리학자들의 사유경향으로 보아, 윤리론의 일반적 성격을 지닌 심성정론의 이해방식과 구체적 규범법칙의 이해방식은 그 이질적 특성 이상으로 밀접한 관계에 있다고 추단된다. 따라서 논자는 위와 같은 판단이 설득력을 상당히 지닐 것이라고 믿는다.

둘째, 퇴계가 사단칠정의 해석에 적용한 '本然의 性'에 해당하는 '發하는 理'는 결국 "統體一太極"의 一理나, 또는 율곡이 말한 "理通"의 遍在하는 理로도 볼 수 있지 않을지? 만일 그렇다면 율곡뿐만 아니라 퇴계의 사단칠정에 대한 이기해석론도 普遍禮의 사유를 뒷받침할 성향이 있다는 식으로 이해될 여지가 있지 않은가라는 반론에 논자는 직면하게 된다. 더욱이 율곡은 理通氣局을 이기의 기본적 특성으로 상정하고, 사단칠정에서 "氣發理乘"을 주장하면서, '기를 탄 리'(乘氣之理)를 '말을 탄 사람'에 비유하였다. 이 비유를 상기하면, 율곡의 사단칠정에 대한 이기해석론도 퇴계의 경우처럼 特殊禮의 사유와 긴밀히 관련된다는 이론이 가능하지 않은가 라는 반론으로 이어진다. 이에 대한 논자의 답은 사단칠정 같은 (맹자 표현의) '心', 또는 '情'에 있는 本然의 性이 '仁義禮智'를 의미하는 이상, 이 본연의 性인 理는 이른바 '氣를 탄 理'(氣에 墮在한 理)로서, 현상 속에 '分殊된 理'이지, 氣와 무관한 '理一의 理'라든지 '統體 一原의 理'가 아니다. 따라서 첫 반론은 성립되지 않는다. 그리고 율곡의 사칠론에서의 사람과 말의 비유는 "發之者氣, 所發者理"의 설명을 위하여 든 비유에 지나지 않을 뿐만 아니라, 그 사람에 비유된 理야말로 분수된 이로서 "발하는 理"가 아니다. 따라서 위의 반론들은 다 논자의 이론을 반전시키기에 부적합한 것이다.

2) 禮治에 대한 평가

조선에서 사단칠정에 대한 인식은 15세기 陽村(權近)에서부터 시작되었다.[30] 그 인식을 16세기의 대표적 성리학자들이 '天命에 대한 연구'와 연결된 문제로 제기한 것이 퇴계 율곡의 사단칠정설이다. 천명에 대한 16세기의 연구부터가 중국에서도 볼 수 없는 정도의 높은 열의로 행하여져,[31] 조선 '性理學'(性命義理之學) 연구의 독자성을 확보하였다. 그러므로 그것에 연계된 퇴율의 사단칠정설이 조선성리학 특유의 독자성을 띠었음은 조금도 이상한 일이 아니다.

氣는 물론 理에까지 자발성을 상정하여, 그것을 특히 四端에 적용한 퇴계의 이론은 인간의 善한 본성의 선험적 구비와 그것에 의한 '善行의 가능성'을 가르치려는 일종의 이성신뢰설이다. 그리고 사단에 대한 理發說은 五倫의 자율적 시행근거를 제시한 의의를 지닌다. 아울러 연산이후 士禍期의 혼란한 정치를 감안하여, 왕과 지배층의 '善政 특히 德治'의 가능성을 제시한 의의를 지닌다. 다시 말해 理發論으로 특징 지워지는 퇴계의 이론은 유학의 倫理를 비롯한 政治 社會의 질서를 잡는 전형인 이상론인 성격으로 해서, 그 이론의 논리적 약점을 능가하는 효력을 그 당시에 획득할 수 있었다. 조선조가 본질적으로 안고 있던 모순과 약점이 노정되기 시작하던 그 시기(사화기)의 상황 자체가 그러한 이상론을 희구하던 성향이 농후하였다. 더욱이 퇴계는 심오한 성리학 이론에 대한 깊은 조예를 당대의 학자들로부터 인정받았을 뿐만 아니라, 호서의 동춘도 존경할 정도로 謙讓의 人品까지 지녔던 까닭에, 16세기는 사단칠정론만으로 판단할 때에는, 율곡의 이론보다 퇴계의 이론이 힘을 얻었던 시대라 할 수 있다.

17세기의 상황은 앞서도 잠시 언급하였지만, 그 초두부터 율곡의 학통을 잇는 서인들이 집권하면서 그들의 종장인 山林을 내세워, 그들 기준의 도덕정치인 世道정치를 지향하였음을 상기해야겠다. 그리고 학문적으로는 16세기 후반부터 氣에 치중하는 整菴(羅欽順)의 성리설의 영향이 있었던 터에,

---

30) 權近, 『入學圖說』, 心圖.

31) 천명에 대한 上帝觀 적용과 理法天觀의 적용이 각기 王權에 대한 강약과 禮治의 효과를 가져오는 사상적 씨앗임을 논자가 이미 다른 자리에서 밝혔다. (논자, 「16세기 천명사상과 유교정치」 『역사상의 국가권력과 종교』, 역사학회편, 일조각, 2000.3.30)

왜란 호란을 겪으면서 '초감각적 추상적인 理'보다 경험되는 '감각적 구체적인 氣'의 유능함을 보다 많이 체험하고 체득하였다. 더욱이 17세기에 들어 남인의 白湖와 서인계통의 西溪(朴世堂) 등은 회암성리학의 핵심철학에까지 매우 비판적인 태도를 보였다. 율곡의 主氣 성향의 사단칠정론에 대한 학자들의 경도는 (약간의 붕당의식과) 이런 조건들이 영향을 끼친 결과로 보인다. 동춘의 禮意識에 대하여서는 이러한 배경을 염두에 두고 이해하지 않으면 아니 될 것 같다.

17세기 지배층의 예의식을 논하면서 그 시대의 禮治意識에서 빚어진 붕당간의 분쟁인 禮訟에 대한 평가를 생각지 않을 수 없다. 과거 다까하시 도오루(高橋亨) 같은 경우에는 그것을 조선 민족의 分裂性을 드러내는 증거로 삼았다.[32] 그 평이 조선 민족의 역사를 이끄는 능력 부재를 전제한 부정적 평가임은 더 말할 나위 없다. 하지만 그 예송의 분쟁은 위의 고찰로 미루면 무엇보다도 正名的 名分・義理를 중요시하는 성리학의 성향에서 야기된 현상으로 파악해야 한다. 그렇다면 그것은 성리학에서 추구하는 명분 의리라는 일종의 '合理志向의 思考가 정치현상에 투영된 것'에 다름 아니다. 이런 의미에서 예의식의 고조로 해서 일어난 禮訟은 매우 '고차원의 政治형식'에 속하지, 결코 저급한 정치행태에 드는 것이 아니다. 그것이야말로 합리성을 무엇보다도 중요시하는 文化政治의 한 양상이다.

모든 평가는 상대적으로 비교하는 데서 그 수준이 결정될 수 있다. 그것은 같은 시대 다른 나라의 정치현상과 견주어 보는 작업을 필요로 한다. 17세기 무렵 중국과 일본은 각각 어떠했나? 그 시대의 중국은 음흉한 환관들의 음모와 협잡 끝에 明이 망하고 미개한 淸이 무력으로 중원을 지배하기에 급급하였다. 일본은 한마디로 사무라이 정신을 내세워 칼로 覇雄을 가리던 幕府政治 수준에 머물렀던 정도였다. 예송 형식의 붕당정치가 차원 높은 문화정치의 수법임은 이러한 정치형태들의 비교에서 자명하여진다.[33]

---

32) 이 점에 대한 고찰은 논자의 「'高橋亨의 韓國儒學觀' 檢討」『韓國學』12집, 1976에서 상세히 하였음.

어떤 형태의 정치이던 지나치면 폐단이 생기듯이, 예치에도 단점이 전혀 없었다고 할 수는 없다. 그 단점은 예의 形式性 치중에서 비롯되는 실제성 또는 현실성의 약화를 의미한다. 특히 정주성리학을 교조적으로 신봉・시행하려는 시각에서 홍기된 禮治至上主義는 현실감각의 둔화로 인한 현실 대응력의 약화로 이어졌던 사실이 그 점을 입증한다. 이것은 예치가 지닌 合理性 追求의 한계이기도 하다. 시각을 바꾸면, 현실 대응력의 약화는 예치지상주의가 아니더라도, 전근대에 있어서는 朋黨政治가 지닌 한계에 기인될 가능성도 있음을 아울러 고려해야 할 것이다.

33) 이 붕당간의 분쟁이 심하였을 때 실은 (상대당에 대한 감시가 심하여서였던지) 부정 부패가 가장 적었다는 사실도 그 긍정적 측면임에 틀림없다.

동춘당 송준길의 예학사상

한 기 범*

1. 머리말

한국의 傳統禮學은 대개 朝鮮時代의 禮學을 지칭하는 용어로 이해되고 있다. 그리고 조선시대의 예학은 道統的 예학인 朱子禮學[1]에 대한 확실한 이해를 바탕으로 하여 그 위에 조선적인 색채를 새롭게 드러내면서 형성된 17세기의 朝鮮禮學[2]으로 대표된다.

---

* 한남대학교 사학과 교수.
이 논문은 『한국사상과 문화』 18집(2002년)에 수록된 필자의 논문에 약간의 교정・보완을 더한 것임.

1) 조선의 유학 경향은 朱子學으로 대표되고, 그 도통적 연원은 孔孟에 소급된다. 따라서 후일 도통의 정맥은 공자－맹자－주자로 인식되어 왔고, 性理學과 表裏를 이루는 禮學 역시 朱子禮學이 곧 근세의 道統的 禮學으로 인식되었다.

조선예학은 사실상 앞 시기에 退溪－栗谷에 의하여 형성된 朝鮮性理學에 영향을 받은 것이며, 그 실천의 학문으로서 이루어진 것이었으므로 도통적 요소와 학파적 요소, 특히 조선적 색채의 예 의식과 실천이 풍부하게 담겨 있는 예학이라 할 수 있다. 그런데 이러한 조선예학의 형성을 주도한 것은 畿湖學派의 정맥인 17세기의 湖西禮學派[3]였다.

同春堂 宋浚吉(1606～1672)은 이러한 호서예학파의 핵심적 禮家 중의 한 사람이었다. 그는 조선예학의 태두인 沙溪 金長生과 愼獨齋 金集의 문하에서 수학하였고, 그 예학적 嫡傳이 되었다. 김장생은 송준길을 평하여 "이 사람이 훗날 반드시 禮家의 宗匠이 될 것이다"[4]라 하였고, 그의 예문답서인 『疑禮問解』의 거의 절반은 그 자신과 송준길과의 예문답이었다. 송준길은 또한 김집의 예문답서인 『疑禮問解續』에도 상당수의 예문답을 남기고 있으며, 嶺南禮學의 대가인 그의 장인 愚伏 鄭經世와 나눈 상당수의 禮問答이 『의례문해』에서 다시 면밀하게 재검토되었다.[5] 그리고 현종대의 己亥禮訟에서 그는 尤庵 宋時烈과 함께 天下同禮의 보편지향적인 서인계 예설을 주도하였다.[6] 또한 산림 예가로서의 그의 돈독한 예행은 당시대는 물론 오늘의 우리에게도 귀감이 되는 실천 사례가 적지 않다.

지금까지 송준길의 예학에 대한 연구는 「同春堂年譜」 속의 몇 가지 예

---

2) 黃元九, 「李朝禮學의 形成過程」 『東方學誌』 6집, 1963.
韓基範, 『沙溪 金長生과 愼獨齋 金集의 禮學思想』, 忠南大 博士學位 論文, 1991).
______, 「김집의 예학사상」 『기호학파의 철학사상』, 예문서원, 1995.

3) 호서예학파는 조선예학의 태두인 金長生과 그의 嫡傳 門人들에 의하여 17세기의 湖西地方에 형성되었던 전문적인 禮學硏究派에 대한 이름이다(韓基範, 「17世紀 湖西禮學派의 禮學思想」 『전국역사학대회 발표 요지문』, 2000).

4) 『同春堂年譜』, 18歲時 記事(仁祖 元年, 1623년): "此哥 他日 必作禮家宗匠".

5) 『疑禮問解』에는 鄭經世의 禮說이 인용되거나 검증되고 있는 사례가 20여건 수록되어져 있다.

6) 韓基範, 「尤庵 宋時烈의 禮學思想과 現代社會」 『韓國思想과 文化』 14집, 2001.

설과 예송관련 예설의 개관적 검토[7]나, 己亥禮訟에서의 송준길의 예설에 대한 분석,[8] 그리고 송준길 예사상의 철학적 기반에 대한 검토[9] 등이 발표된 바 있다. 그러나 동춘당 예학에 대한 종합적인 분석과 해석은 여전히 숙제로 남겨져 있는 것 같다. 현재 송준길의 독립적인 禮書가 따로 남겨진 것은 없다.[10] 그러나 각종 관련자료를 통하여 그의 예학형성의 배경과 예사상의 대강을 살피고, 김장생·김집의 禮問答書 중의 그가 질문한 방대한 禮問答들과 『朝鮮王朝實錄』 등에 수록된 그의 禮說들을 두루 검토하면, 그의 예학이 지니는 특징과 사상성이 보다 선명하게 정립될 수 있지 않을까 한다.

본고에서는 먼저 동춘당 예학의 성립배경으로서, 그가 살았던 17세기의 시대배경과 그의 학문연원 및 그의 예사상적 기반이 무엇인지를 검토할 것이다. 다음으로 김장생과 김집의 禮問答書[11] 등에 수록된 송준길의 예설들에 대한 分析을 통하여 士大夫禮에 대한 그의 예 사상을 검토하고, 또 『朝鮮王朝實錄』에 수록된 그의 禮訟 관련 예설들을 분석하여 王朝禮에 대한 그의 예 사상을 고찰할 것이다.

이러한 일련의 검토는 17세기의 山林 禮家인 송준길의 禮學과 그 思想을 종합적으로 이해하고, 나아가서 '湖西禮學派의 學風'과 '朝鮮禮學의 形成'을 이해하는 데에도 상당한 시사를 줄 수 있으리라고 믿는다.

---

7) 南達祐, 『宋浚吉의 禮論에 관한 一 研究』, 인하대 석사학위논문, 1987.

8) 鄭炳連, 「同春堂의 禮學思想－己亥禮訟을 中心으로－」 『同春堂 思想의 體系的 照明』(발표 요지문), 충남대 유학연구소 국제학술대회, 1995.

9) 宋寅昌, 「同春堂 哲學에 있어서 禮의 問題」 『東洋哲學研究』 18집, 東洋哲學研究會, 1998.

10) 송준길이 禮書를 따로 지은 바는 없다. 그러나 門人들과 禮問答을 한 禮問答書(110여 問答)가 있었는데, 그의 死後에 한 문인의 실수로 분실되었다 한다(『同春堂遺事』, 黃世禎 錄 참조).

11) 김장생의 『의례문해』(총 543문항) 중 송준길의 질문은 239건(전체의 44%)이고, 김집의 『의례문해속』(총 151문항) 중 그의 질문은 16건(약 11%)이다(본고 3장 1절 도표 참조 바람).

2. 同春堂 禮學의 成立背景

1) 시대 배경

조선의 역사에서 17세기는 변화와 격동의 시기였다. 이 시기는 壬辰倭亂의 후유증이 채 가시지 않은 혼돈 속에서 시작되어, 대내적으로 仁祖反正과 胡亂, 北伐運動과 山林政局, 禮訟과 거듭된 政治的 換局이 있었고, 대외적으로는 朝鮮이 文明의 상징으로 尊崇하던 明이 망하고 오랑캐라고 무시하던 淸이 그 자리를 대신하는 국제질서의 대 변동이 있었다. 이러한 급격한 대내외적 변화와 문화적 충격은 조선사회의 기존의 價值觀과 秩序意識을 크게 혼란시켰다. 이러한 혼란기에는 흔히 새로운 가치와 질서의 창출을 희구하는 사회적 욕구가 나타나기도 했고, 기존의 價値와 秩序를 再定立하려는 보수적 경향이 더욱 강화되기도 했다. 당시의 조선사회도 예외가 아니었다. 송준길(1606～1672)은 이러한 변화와 격동의 시기를 살았던 인물로서, 예질서의 회복을 추구한 대표적인 山林 禮家였다.

송준길이 조선예학의 종장인 金長生의 문인이 된 것은 仁祖反正(1623년) 직후였다. 인조반정은 조선시대를 前後期로 양분하고 朝鮮後期를 새롭게 여는 역사적 사건이다.[12] 反正의 주역들은 일찍이 反正의 名分을 도덕정치로 표방하고,[13] 처음부터 崇用山林을 반정정국의 기본 틀로 구상하였으며, 그것은 이후 효종의 적극적인 산림 등용과 현종의 산림우대정책으로 이어졌다.[14] 이러한 일련의 산림 숭용책은 17세기의 정치가 山林政治

12) 정옥자, 『조선후기 역사의 이해』, 일지사, 1993 참조.

13) 이들은 大妃의 敎書를 통하여, '광해군 정권의 殺弟廢母의 패륜과 대명외교에서의 義理 名分의 상실'을 그들의 反正名分으로 제시하였다(『仁祖實錄』 卷1, 仁祖 元年 3月 甲辰條 참조).

14) 山林의 崇用은 두 차례의 계기가 있었다. 첫째는 인조반정 초기에 반정공신들

의 성격을 띠게 하였고, 山林의 宗匠들은 世道의 담당자로서 자임하며 보다 더 적극적으로 예치주의적 노력을 기울이게 되었다고 생각된다.

이 시기의 山林은 수준 높은 학덕과 군왕의 존숭으로 한 시대의 정치와 학문과 사상을 주도하였으므로 그 영향은 실로 지대하였다. 송준길은 김장생이 작고(1631년)한 이후 다시 그의 門子인 金集의 문하에서 학업을 마치었다. 김장생과 김집은 인조반정 이후의 조선사회에서 대를 이은 山林의 宗匠이었으므로, 그들의 산림적 역할과 사상과 학풍은 송준길에게 큰 영향을 미치었다. 김장생은 주로 禮問答을 통해 同春堂 禮學의 定立에 영향을 주었고, 김집은 예학적 영향 외에 山黨의 同志로서 정치적 활동을 함께 하였다.[15] 송준길의 예학적 관심과 禮治主義 意識은 이러한 과정에서 익혀지고 길러진 것이었다고 생각된다.

반정정권은 핵심적인 반정공신들의 학연관계로 인하여 처음부터 山林의 적극적인 지원을 받고 있었다.[16] 그런데 이들의 철저한 親明背金政策은 胡亂을 자초하게 되었고, 호란은 또한 孝宗의 北伐意志를 자극하였으며, 효종은 北伐의 추진을 위하여 山林을 적극적으로 등용하였다. 조정의 親

이 내건 '勿失國婚 崇用山林'(이건창, 『黨議通略』)이라는 정권장악 차원에서의 것이었고, 둘째는 효종 초에 친청파를 제거하고 公論을 야기하여 北伐의 기초를 다지기 위한 것이었다. 효종 말년 산림의 종장인 兩宋(송준길 송시열)에게 북벌정국의 대권을 위임한 것도 이러한 숭용산림의 한 결과였다. 산림우대책은 이후 현종대에도 계속되었다.

15) 李厚源(김장생의 孫婿)은 山黨의 구성을 山頭(김상헌 김집), 山腹(조석윤 유계), 山人(송준길 송시열 이유태)으로 파악하고 있었다(李厚源, 『迂齋紀年』). 그리고 이건창은 "산당은 김집을 주장으로 하고 송준길・송시열 등이 보좌했는데, 모두가 연산・회덕의 산속 사람들이어서 이들을 산당 이라 했다" 고 파악하였다(李建昌, 『黨議通略』, 仁祖朝至孝宗朝).

16) 李貴(반정 1등공신)는 栗谷門人으로 김장생이 함께 同門受學한 관계이고, 1등 공신 金瑬, 申景禛 崔鳴吉 具宏 등과 2,3등 공신 李時白, 張維 具仁垕 李厚源 등은 모두 김장생의 문인이었다. 반정 직후 김장생은 이귀, 김류, 최명길, 장유 등 4인에게 반정정국을 이끌어 나갈 대강을 쓴 한 통의 서신을 보내서 이들을 권면하고 격려하였다(한기범, 앞의 박사학위 논문 참조).

清勢力을 제거하고 북벌을 적극적으로 수행하기 위해서는 義理精神이 투철하고 사림의 지지를 받는 산림의 중용이 긴요했기 때문이었다. 송준길은 효종의 1,2차 密旨五臣[17]이 될 만큼 효종의 절대적인 知遇를 얻고 있었고, 효종 말년에는 송시열과 함께 북벌정국의 대권을 위임받아 大司憲, 成均館 祭酒(좨주),[18] 兵曹判書 등을 담당하기도 하였다. 송준길의 山林으로서의 位相과 時代的 責務를 가히 짐작할 수 있다.

그러나 효종의 갑작스런 죽음으로 북벌운동은 무산되었고, 顯宗年間에 발생한 두 차례의 禮訟은 그동안 안정기조를 유지해 오던 서인 중심의 산림정치 구도를 크게 흔드는 계기를 제공하였다. 예송은 붕당정치의 붕괴와 환국정치의 도래를 초래한 도화선이 되었다.

1659년 예송의 발단이 된 服制論爭은 처음에는 단순한 예설논쟁으로 시작되었으나, 윤선도가 이 문제를 효종의 정통성 문제로 비화시킴으로써 본격적으로 정치문제화 되어졌다.[19] 그러나 이 문제가 정치문제로 비화될 수 있는 여건은 이미 오랜 기간 내적으로 축적되고 있었다. 그것은 元宗追崇論과 鳳林大君의 世子 추대 등이 모두 正統論을 지지한 公論을 배격하고 王의 獨斷으로 이루어짐으로써 정통론과 현실론, 臣權과 王權의 대립 양상을 보이고 있었으며, 더욱이 17세기 후반에는 山林政治가 무르익은 상태였기 때문에 그 대립 양상이 더욱 첨예화될 수 있었다고 생각된다. 이 문제들은 내적으로 긴밀하게 연결된 정통론적 예학의 문제들이면서 동시에 현실적으로는 첨예한 정치적 문제들이었던 것이다.

---

17) '1次 密旨五臣'은 김집 송준길 송시열 이유태 권시 등 호서산림들이고, 2차 密旨五臣은 송준길 송시열 이유태 유계 허적 등이다(『草廬全集』 卷31, 「年譜」, 53세 4월조). 허적은 효종과 송시열의 獨對에서 北伐에 필요한 인물로 평가를 받고 있었다(『宋書拾遺』 卷7, 「雜著」, 幄對說話 참조).

18) 祭酒는 조선조 때 成均館의 정3품 벼슬이다. 성균관의 敎誨를 담당하고 주로 釋奠의 祭享을 주관하며, 정3품이상의 學德이 높은 사람으로 보임하였다.

19) 李迎春, 「제1차 禮訟과 尹善道의 禮論」 『淸溪史學』 6집, 1989.
李成茂, 「17世紀의 禮論과 黨爭」 『朝鮮後期 黨爭의 綜合的 檢討』, 韓國精神文化研究院, 1992.

송준길은 1672년에 작고하였으므로, 갑인예송(1674년)에는 참여할 수 없었다. 그러나 갑인예설은 송준길이 적극 참여하였던 기해예송(1659년)의 기년설에 직접 연관된 것이었으므로, 그의 기해예설은 갑인예송에서도 논란의 대상이 되었다.[20] 갑인예송은 남인의 승리로 귀결되었고, 따라서 서인은 정권에서 축출되고 남인이 권력을 장악하였다. 남인이 집권하는 동안 송준길은 기해예송의 주역이었다 하여 관직을 삭탈당하기도 하고, 다시 서인이 집권하면 관직이 회복되기도 하였다. 이제는 예설의 문제가 학술적으로가 아니라 정치적으로 해석되고 평가받는 상황이 되고 말았다. 예송은 17세기가 예학시대로 무르익게 한 하나의 요인이 되기도 했지만, 동시에 그것은 예학시대의 쇠퇴를 종용한 측면도 가지고 있었음을 보이는 대목인 것이다. 그러나 예송에 담긴 천하동례적 보편지향성은 보편을 추구하는 당시의 사회발전 방향을 선도하는 측면이 또한 없지 않았다.

2) 學問 淵源

송준길은 청년기에 조선예학의 종장인 사계 김장생으로부터 예학을 배웠다. 그리고 김장생의 사후에는 다시 그의 門子인 김집의 문하에서 계속 예학을 연구하였으며, 평생토록 스승의 예서들에 대한 교정과 정리사업을 꾸준히 수행하였다.

김장생은 스승 이이가 숙제로 남긴 '約禮'의 과제[21]를 완수하는 일을 자

---

20) 기해예송에서의 '朞年服' 결정은 母后가 長子 衆子의 구분 없이 기년을 입는다는 것이었다. 그러나 갑인예송에서의 복제는 모후가 며느리를 위해서 몇 년을 입을 것인가의 문제였는데, 長子婦(1년)와 衆子婦(9월)에 대한 복제가 서로 달라서 문제가 되었다. 효종을 장자로 볼 것인가 중자로 볼 것인가의 문제로 되돌아갈 수밖에 없었던 것이다(『經國大典』, 「禮典」 五服條 참조).

21) 김장생은 스승 율곡의 학문에 대한 평에서 '博文'의 功은 最多이나 '約禮'에 있어서는 오히려 이르지 못한 바가 있다(『沙溪全書』 卷45, 語錄(宋時烈 撰)라 하였다. 이것은 스승 율곡의 성리학적 성과는 지대하지만, 그 실천인 예학에 대해서는 과제로 남기고 있다는 것으로서, 그것을 자신의 과제로 자임하는 의지

신의 예학적 임무로 삼아, 주자의 미완성 『가례』를 보완하는 일[22]과 그것의 조선화에 노력하였고, 마침내는 朝鮮禮學을 이루어 낸 선도적인 예학자였다.[23] 김장생의 예학은 그의 문자인 김집을 비롯하여 그의 적전 문인인 송준길 송시열 이유태 등 湖西山林에 의해 계승 발전되면서 자연히 호서예학(호서예학파의 예학)으로 부를 만 하게 되었다.[24] 호서예학은 연원적으로 기호예학(기호학파의 예학)이며, 그것의 연원은 율곡(이이)·구봉(송익필)－주자－공자에 소급되는 것이었으므로, 도통적 예학의 성격이 강하였다.[25]

한편 김장생의 예학경향은 또한 '윤리질서의 재건'이라는 시대적 과제와도 밀접하게 연결되어 있었다. 그것은 그 자신이 한 시대의 世道를 책임져야 할 위치인 山林의 종장이었기 때문이었다. 이러한 배경에서 김장생은 『상례비요』, 『가례집람』, 『의례문해』, 『전례문답』 등의 전문적인 예서들을 남기었는데, 이 예서들에서 그는 주희와 이이, 송익필은 물론, 성혼 이황 정구 등 조선의 명유 및 중국의 역대 선유들의 예설과, 조선의 典禮 俗禮까지도 폭넓게 검토함으로써, 學術性과 專門性을 갖춘 朝鮮禮學을 이루어

가 담긴 표현으로 해석된다.

22) 송시열은 김장생의 문묘종사를 위해 올린 상소에서 "김장생은 … 뒤에 朱子가 禮書의 不備를 한탄한 것을 슬프게 여겨 만년에 禮書의 연구에 전념하였습니다." 라 하였다(『숙종실록』 卷12, 숙종7년 12월 계사).

23) 한기범, 「사계·신독재 예학의 성격」 『유교사상연구』 제19집, 한국유교학회, 2003.

24) 한기범, 「호서예학의 성격과 현대적 의미」 『호성유학의 현대적 계승』, 한남대 충청학연구소, 2004.

25) 唐代의 韓愈(768～824)는 유학의 道統的 연원이 堯－舜－禹－湯－文－武－周公을 이어 孔－孟으로 계승되었으나 맹자 이후에 그 맥이 끊기었다고 보았다(韓愈, 『昌黎集』 卷11, 「原道」). 한편 宋時烈은 그 끊겨진 도통이 宋代의 朱子(1130～1200)에 의해 회복되었고, 우리나라의 栗谷은 그 道脈을 계승한 인물이며, 그 적전이 바로 자신의 스승인 沙溪 金長生이라고 인식하였다(『宋子大全』 卷151, 「告沙溪先生墓文」). 그리고 송준길과 송시열은 그 학맥의 적전이 다시 김집에게 이어졌다고 인식하였다(宋浚吉 撰, 「愼獨齋 諡狀」 및 宋時烈 撰, 「愼獨齋 神道碑銘」 참조). 이것은 또한 兩宋이 이러한 道統의 嫡傳임을 自任하는 의지의 표출로 해석된다.

냈다.[26)]

이러한 김장생의 도통적이고 산림적인 예학 경향은 이후 호서예학파의 전통이 되었다. 이후 호서예학파의 핵심적 인물들이 모두 기호학파의 정맥이고 또 산림의 종장들이었기 때문이다. 김장생을 계승한 김집은 이러한 김장생의 예학적 동기와 업적을 계승하여, 父師의 미완성 예서들을 완성시킴으로써 김장생의 예학이 조선예학을 대표할 수 있게 한 실질적 공로자였다.[27)] 김집은 또한 왕조례의 개혁을 본격적으로 시도함으로써 가례의 정리단계에 머물러 있었던 사계예학을 극복하는 일면을 보이기도 하였다. 송준길은 이러한 스승 김집의 학문적 위상에 대해

> 생각컨대 우리 노선생(김장생－필자 주)은 실로 이 문성공(율곡 이이－필자 주)의 嫡傳으로 박실한 데에 노력을 오로지 하였는데, 선생(김집－필자 주)이 그 뜻과 비결을 계승하였으니 門路가 심히 바른 즉 統을 전함이 거의 폐단이 없다고 이르겠다.[28)]

라 하여 그 적통이 이이－김장생－김집으로 계승된 것임을 밝힌 바 있다.

송준길이 조선예학의 태두인 김장생과 그 嫡傳 門子인 김집의 문하에서 공부하게 된 인연은 양가문간의 혼인에서 비롯된 것이다. 즉 그의 어머니 김씨부인은 김장생의 백부 김은휘의 딸이었으므로, 김장생은 그의 표종숙(외당숙)이 되는 셈이었다. 이러한 연고로 해서 그는 태어날 때부터 김장생 김집과 같은 집에서 태어나는 특이한 인연을 맺게 된다.[29)]

---

26) 앞의 주 23)과 같음.

27) 한기범, 앞의 논문(1995) 참조.

28) 『愼獨齋 諡狀』(宋浚吉 撰).

29) 송준길이 태어난 곳은 黃岡 金繼輝의 옛집이었다. 김계휘는 외조 金殷輝의 형이고 김장생의 아버지가 된다. 이곳은 덕수궁 옆의 구 대법원 청사 자리(지금의 '서울 시립 미술관' 자리)로, 文廟에 종사된 김장생, 김집, 송준길이 출생한 곳이므로 사람들이 이곳을 '三賢臺'라 불렀다. 그런데 韓國禮學史의 관점에서 보면, 이곳은 또한 '朝鮮禮學의 瑞室'이라 부를 만하다. 17세기 '조선예학'의 형성에 크게 기여한 3賢이 태어난 朝鮮禮學의 瑞氣가 깃든 집이기 때

송준길은 15세에 冠禮를 치뤘는데, 이때 김장생이 와서 예식을 주관하여 그에게 冠을 씌워주었고, 김집은 贊을 하였다.[30] 또 18세부터는 김장생의 문하에 들어가서 공부하였다.[31] 그가 사계의 문하에서 禮를 공부하였고, 또 예학으로써 김장생의 큰 기대를 받고 있었음을 연보에서는 다음과 같이 전하고 있다.

> 사계 김선생의 문하에서 수학하시었다. … 먼저 啓蒙書를 배우시고 이로부터 왕래하시면서 모든 글을 다 통하시었다. 또 禮書에 精博하시어서 자기의 말을 외우듯 하시니 사계선생이 바야흐로 사람들에게 禮를 가르치시면서 기뻐하여 말씀하시기를, '이 사람이 반드시 후일에 禮家의 宗匠이 될 것이다'라 하시었다.[32]

송준길은 26세가 되던 해에 스승 김장생이 작고하자, 스승을 위하여 '加麻朞制(건을 쓰고 기년복을 입음)'로 상복을 입었다.[33] 스승을 위한 복제로서는 常例를 넘어선 파격적인 禮遇였다. 45세에는 沙山의 墳庵[재실]에서 스승의 禮書인 『喪禮備要』[34]를 교정하였고, 같은 해에 송시열과 함께 『栗谷年譜』를 교정하였다.[35] 그런데 『愼獨齋年譜』에 의하면 김집은 이

문이다.

30) 『同春堂 年譜』 18歲時 記事.

31) 김장생은 癸丑禍獄(1613) 이후 고향 連山에서 講學하고 있다가, 인조반정 직후에 再出仕하게 되는데, 송준길은 바로 이 해에 사계의 문인이 되었다. 冠禮 후 어머니의 喪을 당하였으므로 喪期를 마치고 바로 入門한 것이었다.

32) 『同春堂 年譜』, 18歲時 記事(仁祖 元年, 1623년).

33) 『同春堂 年譜』, 26歲時 記事.

34) 『상례비요』는 원래 申義慶(김장생이 어려서부터 함께 禮를 공부한 친구)이 家禮를 기본으로 하고, 여기에 古今의 禮와 諸家의 禮說로 보완하고 또 時俗의 禮를 첨부하여 만든 實用的 禮書였다. 그러나 이 책은 신의경이 미처 교정하지 못했고, 또 빠진 곳이 많았기 때문에, 金長生이 가져다가 校訂 補完하고 거의 20～30%를 새롭게 追加하였다(『沙溪年譜』 36歲時 記事). 그는 이 책이 1차 간행된 후에도 修補를 계속하였고, 金集이 또한 계속 교정 보완하여 重刊하였다.

35) 『同春堂 年譜』, 45歲時 記事.

미 2년 전에 이 책을 校正하여 重刊했다고 되어 있다.[36] 그렇다면 송준길이 이것을 다시 교정했다고 한 것은 무엇인가. 더 교정할 사안이 남아 있었음을 시사한다. 그리고 그것은 자신의 결단이라기 보다는 스승 김집의 부탁에 의한 것이 아니었나 한다. 그것은 송준길이 이 책을 교정했다고 한 前月의 年譜 기사에 '遯岩祠宇를 알현한 후 신독재선생과 회견하시었다' 라고 되어 있기 때문이다. 호서예학파의 학파형성의 한 단서는 바로 이러한 사계 예서에 대한 문인들의 공동적인 교정작업에서 찾아질 수 있는데[37] 송준길의 『상례비요』 교정 작업 역시 이러한 차원에서 해석되어질 수 있을 것이다. 또한 『율곡 연보』에 대한 송시열과의 교정 작업 역시 이들 호서예학파의 연원에 대한 한 단서를 보여주는 것이라 하겠다. 송준길은 또한 51세 때에는 김장생의 「諡狀」을 지었고, 이듬해에는 상소하여 김장생의 '諡號'를 청하였다. 송준길은 김장생의 사후에 그의 嫡傳 門子인 김집의 문하에서 학업을 마치었다. 김집의 예문답서인 『疑禮問解續』에는 송준길이 질문한 예문답 16조항이 수록되어 있어서 양현간의 예학적 교류를 확인할 수 있다. 송준길은 또한 스승 김집을 중심으로 송시열 이유태 등과 함께 山黨을 형성하여 친청세력인 김자점을 축출하고 북벌의리를 천명하는 등 山林의 禮治主義的 理想을 정치 현실에서 구현하고자 하였다.[38] 송준길은 김집의 喪을 당하여 師友로서의 禮를 다하였다.[39]

그러나 송준길은 또한 학파를 초월하여 영남학파의 종장인 退溪 李滉에 대해서도 깊이 尊信하고 있었다. 다음은 그의 「言行錄」의 한 기사이다.

---

36) 『愼獨齋 年譜』, 75歲時 記事.

37) 김집은 80세 때에도 문인 송시열 이유태 등과 함께 김장생의 예문답서인 『疑禮問解』에 대한 교정을 실시하였다(『愼獨齋年譜』, 80歲時 記事).

38) 『孝宗實錄』 卷2, 孝宗 卽位年 10月 癸卯, 乙卯條 참조.

39) 『同春堂 年譜』, 51歲時 記事, "尤庵(송시열－필자)과 더불어 加麻 3月을 하시고, 除服함에 미쳐서 선생이 말씀하기를, '吾輩가 이 老人에게 師友之間으로 처하였으니 마땅히 다시 수개월 心哀를 더하여야 할 것이라' 하니 우암이 또한 좇으셨다."

> 선생이 沙溪先生의 문하에서 수업하시고 退溪先生의 학문을 좋아하시게 되었다. 남의 병풍을 써 주실 때에 항상 退溪의 箴과 銘을 많이 쓰시었다. 일찍이 꿈에 퇴계를 뵈옵고 시를 지었다.[40)]

이 기록을 보면 송준길의 퇴계 이황에 대한 사모의 정이 어떤 것이었는지를 알 수가 있다. 일찍이 송시열도 이에 대해 "公(송준길－필자)이 동방의 선현 중에서 退溪先生을 가장 尊慕하였다"[41)]라 하여 이를 인정한 바 있다. 학맥과 당색을 기호에 두고 호서에 두었으면서도 영남의 종장을 우러러 사모한다고 공개하고, 그의 글을 항상 병풍에 옮겨 쓸 수 있었던 개방적 분위기가 이 때까지는 살아 있었던 것 같다. 그러나 기축옥사(1589)나 계축화옥(1613)과 같은 살벌한 당쟁이 이미 동서를 크게 갈라놓고 있었던 점을 고려한다면, 이것은 일반적인 정치분위기와는 상당히 다른 것이며, 따라서 이러한 상황에서 당색을 초월하여 퇴계 이황을 숭상한 송준길의 학덕은 확실히 돋보이는 대목이라 하지 않을 수가 없다.[42)]

또한 송준길은 嶺南禮家인 愚伏 鄭經世의 사위로서, 우복의 禮學的 訓導를 받음이 또한 적지 아니했다. 정경세는 유성룡의 문인으로서, 퇴계를 종장으로 하는 영남학파의 큰 학자이다. 김장생은 일찍이 말하기를,

> 禮學이 退溪보다 盛하여 금일에 가히 學問을 논할 사람은 愚伏 한 사람 뿐이다"[43)]

라고 하여, 우복 정경세의 예학적 위상을 높게 평가하였다. 사실상 송준길은 그의 예학공부에서 정경세의 영향을 받은 바가 적지 않았다. 이것은 그가

---

40) 『同春堂 先生 言行錄』(南宮垣 錄).
41) 『同春堂 先生 遺事』(宋時烈 撰).
42) 조선중기 호서・영남 예가의 예설 교류 역시 金長生의 『疑禮問解』가 가장 성하며, 그 경향이 가장 특출한 문인도 역시 宋浚吉이었다(韓基範, 「湖西・嶺南禮家의 禮說交流」 『조선시대사학보』 4집, 조선시대사학회, 1998 참조).
43) 현상윤, 『조선유학사』, 민중서관, 1949, 73쪽.

정경세와의 禮問答을 스승 김장생에게 다시 質正하고 있는 사례(『의례문해』의 예문답) 들에서도 여실히 증명된다. 정경세는 그의 말년에 사위 송준길에게 杜佑의 『通典』 1帙을 전해 주면서 말하기를 "이제 나는 늙었다. 후일에 궁벽진 시골의 學者와 더불어 講論하라"[44]고 하였다. 정경세가 다음 세대의 禮學的 講學을 그에게 당부하고 있는 모습인 것이다. 그렇다면 송준길의 예학적 위상은 17세기 중엽의 호서・영남예학의 예설교류를 실천하고, 또한 湖西禮學과 愚伏禮學의 예학적 정통을 계승하는 자리에 서 있었다고 할 수 있겠다. 이것은 동춘당 예학의 특성을 단적으로 보여주는 것으로서, 호서예학파의 학맥에서도 매우 독특한 측면이라 할 수 있다.

3) 主敬的 禮思想과 禮治意識

조선사회는 유학적 사고가 지배하는 사회였고, 그 유학은 사실상 理學과 禮學의 양 가지로 구성되어 있었다.[45] 전자가 형이상학적인 이념적 학문이라면 후자는 실천적 학문으로서, 양자는 상호보완적인 表裏의 관계를 이룬다. 따라서 송준길의 예학사상 역시 성리학적 이념과 사상이 그 기반이 되었다고 해야 할 것이다.

송준길의 스승인 金集은 일찍이 '禮는 人欲을 억제하여 天理를 보존하는 법칙'[46] 이라 하였고, 그 학맥적 연원인 주희는 '禮는 天理를 마디지어 놓은 것으로, 人事의 의식과 규칙이다'[47] 라고 정의하고, '聖賢의 千言 萬語는 단지 사람들에게 人欲을 막고 天理를 보존할 것을 가르친 것'[48]이라고 말한 바 있다. '人欲을 억제하여 天理를 보존하는 것' 이것이 곧 유교적

44) 『同春堂 遺事』(宋炳夏 錄).
45) 李瀷, 『星湖僿說』 卷19, 「經史文」, 儒術: "世之曰 以儒術者有兩岐 讀書談道謂之理學 考據冠婚喪祭之儀者 謂之禮學."
46) 『愼獨齋 遺事』(權克中 錄): "禮也者 制人欲 存天理底法則也."
47) 『論語』 學而篇, 朱子 註: "禮者 天理之節文 人事之儀則也."
48) 『朱子語類』 卷42: "聖賢千言萬語 只是教人 遏人欲存天理."

예정신의 기본이 되는 것임을 확인하게 된다. 이것은 곧 유교이념의 요체이며, 도통적 예정신의 핵심이다.

송준길은 이러한 도통적 예 정신에 충실하였다. 그는 '보는 것, 듣는 것, 말하는 것, 행동하는 것이 하늘에 합당하면 이른 바 禮에 이르게 된다'[49] 라 하였다. 이는 곧 '視聽言動이 天理에 합한 것을 禮라고 한다' 라는 말과 다르지 않다. 이것은 공자의 이른 바 '非禮勿視 非禮勿聽 非禮勿言 非禮勿動'[50]에 연원하여 예를 정의한 것으로 보이는데, 보고 듣고 말하고 행동하는 것이 모두 각각 天理에 맞으면 禮이고, 맞지 않으면 非禮라고 단정함으로써, 天理의 적합 여부가 禮와 非禮의 관건임을 분명히 하고 있다. 그의 이러한 예 인식은 위의 兩賢이 말한 바의 禮의 정의와 일맥 상통한다. 또한 그것은 그가 "私欲을 이기고 제거하여 행동이 天則에 합치되면 本心의 德은 온전하여 진다"[51] 라 한 것이나, "天理를 한 치 키우면 곧 人欲은 한 치 소멸되고, 인욕이 한 푼 자라나면 곧 천리는 한 푼 소멸된다"[52] 라 한 말들과도 상통한다. 요컨대 희구하는 바는 '克人欲 存天理'인 것이다.

그러면 人欲을 억제하여 天理를 보존하게 하는 법칙은 무엇인가? 김집에 따르면 그것은 다름 아닌 '禮'이다. 그렇다면 그것을 현실세계에서 구현하는 방법도 바른 예 정신의 정립으로부터 찾아져야 할 것이다. 송준길이 강조한 '主敬의 정신'은 곧 그 구현을 위한 예정신의 요체라고 할 수 있다.

다음은 효종과 송준길과의 敬을 주제로 하는 대화이다. 여기에서 송준길은 主敬의 정신이 어떤 것이며, 그것과 예치주의와의 연관은 어떤 것인지를 간명하게 설명하고 있다.

---

49) 『同春堂 年譜』 63歲時 記事: "視聽言動 合於天 則及所謂禮也."
50) 『論語』, 顔淵: "顔淵曰 請問其目[仁之目] 子曰 非禮勿視 非禮勿聽 非禮勿言 非禮勿動."
51) 『同春堂 年譜』 63歲時 記事: "克去己私 則動合天則 而本心之德全矣."
52) 『同春堂 續集』, 戊申 11月19日: "天理長一寸, 則人欲滅一寸, 人欲長一分, 則天理滅一分."

효　종 : 이른바 '主一無適'이라는 것은 고요할 때의 마음을 지키는 공부인가?

송준길 : 敬하면 마음이 곧 하나로 되고, 마음이 하나가 되면 즉 誠하게 되는데, 誠이라는 말은 實일 뿐입니다. 진실한 마음을 가지고 진실한 일을 행하여서 한 터럭만큼의 私意라도 그 사이에 섞여들 여지가 없으면 그것이 곧 하나로 오로지 함[主一]이며 다른 데로 나아감이 없는 것[無適] 입니다. 임금은 하루에도 萬幾(정치상으로 온갖 중요한 기틀, 천하의 큰 정사)를 행하게 되는데, 만약 한 가지 일에만 주로 하여 다른 일로 나아가지 않는다고 이를 뿐이면, 많은 일들이 거의 번잡하여 통일이 없게 되고, 또한 '至誠은 休息이 있을 수 없다'고 하는 말과도 틀리게 되는 것입니다.[53]

곧 敬은 마음을 하나로 하는 공부인데, 그것이 이루어지면 誠이 되고, 성은 곧 實일 뿐이며, 진실한 마음을 가지고 진실한 일을 행하되 여기에 터럭만큼의 私意도 없는 것이 곧 '主一無適'이라는 것이다. 實心으로 實事를 행하되 터럭만큼의 私意도 없는 것이 敬, 곧 '主一無適'이라면, 그것은 곧 克人欲 存天理의 방법이 될 수 있고, 성리학의 이념인 至公無私로 나아가는 첩경이 될 수 있는 것이다. 그런데 효종은 이 주일무적을 고요할 때의 마음을 지키는 공부로만 인식하려는 것이다. 그래서 그는 萬幾를 주재하는 군왕이 만일 주일무적을 靜時의 持心의 요체로만 인식하여 여기에만 매달린다면, 만사가 번거롭게 되어 체계가 없을 것이고, 특히 '至誠無息(어느 때나 어느 일에나 성실을 다하여야 하므로 지성은 쉴 때가 없다는 것)' 이라는 성인의 뜻을 저버리는 것임을 강조하였다. 즉 敬(主一無適)은 바로 誠으로 연결되는 공부이고, 動靜을 포괄하는 마음공부인 바, 君王의 일거수 일투족이 모두 주일무적이어야 함을 강조하고 있는 것이다. 그것은 곧 實心

53) 『同春堂先生 別集』 卷1, 「經筵日記」, 丁酉 10월 25일: "上曰 所爲主一無適者 乃是靜時 持心工夫耶 對曰 敬則心便一, 一卽誠, 誠之言實而已矣. 以實心行實事, 無一毫私意, 參錯於其間, 便是主一, 便是無適. 人君一日萬幾, 若主一事而不適他事云爾, 則庶事不幾於叢脞乎 而亦非至誠無息之謂也."

으로 實事를 행하되 터럭만큼의 私意도 없는 정치를 추구하는 것이다. 이렇게 본다면 주일무적의 敬의 자세야말로 군왕이 견지해야 할 禮治主義의 기본 정신이며, 나아가서 그것은 모든 사람이 禮를 바르게 실천할 수 있는 예정신의 기초라 해야 할 것이다. 송인창이 송준길의 예사상은 敬을 강조하는 데에서 그 특징을 찾을 수 있다고 보고, 또한 그것은 그의 현실인식과 대응에도 반영되었다고 보는 것[54] 은 송준길의 산림적 예치주의 정신과 그 실천의 검토와 관련하여 주목되는 지적이다.

이렇게 '主敬'이 비단 정시의 마음공부에 그치는 것이 아니라는 송준길의 인식은 그가 道를 우리의 일상생활 속에서 찾아져야 할 것을 강조하고 있는 것과도 상통한다. 즉 그는 道를 정의하여 '日用之間과 動靜之際에 일의 이치를 잘 살펴서 진실로 그 中道를 얻는 것'이라 하고, '이로써 덕을 이루면 修己가 되고, 교화를 베풀면 治人이 되며, 수기치인을 극진히 하면 그것이 곧 傳道인데, 道統의 서로 전해진 것이 바로 이것에 지나지 않은 것이므로 도통이 군왕에게 있다고 이르는 것'[55] 이라고 인식하였다.

그렇다면 산림정치기에 있어서 산림의 종장으로서의 송준길이 희구하는 도덕정치는 곧 主敬의 삶을 통한 천리의 보존과 구현이며, 그것은 다름 아닌 '예치주의의 지향', 바로 그것이었다. 그리하여 그는 효종 현종에게 매양 도덕정치를 강조하였고, 김장생 김집 정경세 등과의 집요한 禮問答을 통하여 바른 禮行의 정립을 위하여 혼신의 노력을 기울였다. 禮治主義의 실현은 군왕의 예치인식과 실천이 긴요한 것이기는 하지만, 동시에 民의 禮治진작을 위하여는 士大夫禮의 체계적 연구와 보급이 긴요한 과제였을 것이기 때문이다.

송준길은 예치주의의 기본서로서 또한 『家禮』외에 또한 『儀禮經傳通解』를 중시하였다. 『의례경전통해』는 도통의 정맥인 주자가 만년에 심혈을

54) 宋寅昌, 「同春堂 哲學에 있어서의 禮의 問題」 『韓國思想論文選集』 卷225, 불함문화사, 2001, 239쪽.

55) 『同春堂 文集』 卷1, 「疏箚」, 應旨兼辭執義疏 참조.

기울인 예서였다. 그것은 가례와 마찬가지로 주자의 미완성의 예서라는 점에서 한계가 지적되기도 하지만, 가례와는 달리 그 내용이 사례외에도 향례 학례 왕조례 방국례 등을 두로 갖추고 있다는 점에서 예치주의적 예서로서 이상적인 기본서가 될 수 있는 것이었다. 그것은 이미 송시열이 효종에게 "이 책은 治者에게 하루도 없어서는 안 될 책입니다"[56] 라고 강조하고 있는 데서도 알 수 있는 바이다. 다음의 기사는 『의례경전통해』에 대한 송준길의 관심과 연구 노력을 잘 보여준다.

> 효종대왕 을미(1655)년에 『儀禮經傳通解』를 비로소 御命으로 간행하였다. 그 전에 공이 이 글을 아주 부지런히 읽고 알뜰하게 보았다. 경인(1650)년에 김공 慶餘 由善[57]이 충청감사가 되었을 때, 공이 자주 그에게 청하여 營吏(감영의 아전)의 글씨 잘 쓰는 자를 시켜 한 통을 베껴 쓰도록 하자 하니, 유선이 쾌히 승낙하였다. 공이 기뻐하여 말하기를 '朱子께서 후학에게 좋은 은총을 베푼 뜻을 지금에야 시행하였다' 라고 하며 그 책이 이미 완성되자 매일 저녁 열람하였다.[58]

송준길은 효종이 『儀禮經傳通解』를 간행하여 보급하기 전에, 이미 개인적으로 이 책을 구하여 보고 '주자가 후학에게 남긴 은총'이라고 여기면서 매일같이 열심히 연구하였음을 알 수 있다. 그의 도통적 예인식의 일단을 확인케 하는 대목이다. 그의 이러한 예학 연구는 그의 산림으로서의 제반 활동에서 학술적 기초가 되었을 것이다. 효종은 뒤에 이 책을 간행하여 그 한 질을 송준길에게 보냈다. 이 때의 그의 '연보 기사'(50세)는 다음과 같다.

---

56) 『宋子大全』 卷5, 「己丑封事」: "儀禮經典通解者 朱子之所述 … 其目有家鄉邦國王朝禮 有國家者 不可一日而無者也."

57) 松崖 金慶餘는 약관에 문과에 장원급제하여 벼슬이 대사간, 부제학에 이른 인물이다. 회덕은 김경여의 外鄕(어머니는 은진송씨 송남수의 女)이며, 이로써 송준길 송시열과는 형제처럼 지냈다. 지금도 송촌에는 그가 살았던 松崖堂이 남아있다.

58) 『同春堂 遺事』(宋時烈 錄).

> 이때에 이르러 朝家가 비로소 刊行하여 特賜하시니, 선생이 상소하여 사례하시고 인하여 청하기를, 經筵에 임하시어 이 책을 講讀하시고, 몸소 敎化를 하시어 上下中外로 하여금 禮讓이 興行하게 하시면, 이른 바 '나라 다스리는 데 무엇이 어려울 것이 있겠는가. 천하를 두고 다스리더라도 어려움이 없다' 라 한 것이 금일에 거의 될 수 있을 것입니다.

그가 『儀禮經傳通解』를 임금이 경연에서 익혀야 할 예서이고, 몸소 교화하는 수단으로 삼아야 할 예서이며, 상하중외에 禮讓을 흥행케 할 예서라는 인식을 가지고 있었음을 알게 된다. 특히 그리하면 치국에 어려움이 없고 평천하에도 어려움이 없을 것이라는 대목에서 그가 이 책을 禮治의 절대적인 기본서로 인식하였음을 분명하게 보여준다.

송준길은 또한 만년에 특히 주자의 『資治通鑑綱目』을 좋아했다. 그의 <유사>에서는 "만년에 綱目을 좋아하셨는데 소인들이 임금을 현혹케 한다는 대목에 이르러서 반드시 책을 덮고 탄식하셨다"[59] 라고 전하고 있다. 주자에 의하여 의리로써 재정리된 <강목>은 義理名分을 생명처럼 여겼던 당 시대 산림들의 指南이 되는 책이었을 것이다. 그렇다면 이 책 또한 당시 예치주의의 주요한 기본서의 하나였을 것이라고 생각된다.

그러나 송준길의 예사상과 예치적 욕구가 가장 폭 넓게 나타나고 있는 것은 그의 『가례』에 관한 연구이다. 관혼상제의 사례는 기본적으로 사대부를 위한 예서이며, 그것은 상하에 모두 적용될 수 있는 예서라는 점에서 그 활용과 보급의 폭은 실로 광범한 것이었다.

또한 그의 가례에 관한 연구는 조선의 국제와 속례를 체계적으로 재검토하는 작업을 수반함으로써 그 예치적 효과를 더욱 실용적으로 실질적으로 높일 수 있는 방법이기도 했다.

---

59) 『同春堂 遺事』(宋炳夏 錄).

3. 同春堂의 禮說과 禮思想

1) 禮問答의 禮說과 禮思想

조선시대 禮家의 禮學과 禮學思想을 구체적으로 이해하기 위해서는 먼저 그의 禮書와 禮說을 정밀하게 분석할 필요가 있다. 그러나 송준길의 경우 그 예학적 명성과는 다르게 별도의 禮書가 제작된 바 없고, 또한 한권의 예문답서가 있기는 하였지만 그 마저도 중간에 분실되어 전해지지 못하고 있다. 따라서 송준길의 예학사상 연구는 우선적으로 그의 예설이 다수 포함되어 있는 김장생과 김집의 禮問答書들[60]에서 그의 예설을 따로 발췌하여 검토하는 작업이 불가피한 실정이다.

김장생의 『의례문해』와 김집의 『의례문해속』에 산재한 송준길과 김장생, 그리고 송준길과 김집과의 예문답의 내용들을 분야별로 정리해 보면 다음의 표와 같다. 표에서 송준길의 예문답의 내용과 함께 양 선생의 핵심 문인인 宋時烈과 李惟泰의 예문답의 경우를 함께 소개한 것은, 이를 통해 湖西禮學派에서의 송준길의 예학적 위상과 역할을 파악하는 데 도움이 될 수 있다고 생각되기 때문이다.

〈표 1〉 예문답서에서의 송준길의 예문답 실태

예문답서	문답내용	송준길	송시열	이유태	비 고
김장생의 『疑禮問解』 (543 문항)	家禮圖	4			
	祠堂禮	14			
	冠婚禮	5	3	5	
	喪 禮	141	17	28	

60) 김장생의 「의례문해」는 『사계신독재전서』 하권(명보정판사, 1978)의 594～769쪽에 수록되어 있고, 「의례문해속」은 『사계신독재전서』 하권의 1112～1153쪽에 수록되어 있다.

	祭　禮	75	2		
	(합 계)	239(44%)	22(4.1%)	33(6.1%)	
김집의 『疑禮問解續』 (151 문항)	祠堂禮	3			『의례문해』와 중복된 질문은 편집과정에서 제외된 것임.
	冠婚禮	1			
	喪　禮	11	5		
	祭　禮	1	1		
	(합 계)	16(10.6%)	6(4.0%)		

위의 도표에 의하면, 송준길이 김장생·김집 양 선생과 더불어 문답한 예문답의 분량은 다른 핵심 문인들과는 비교할 수 없을 만큼의 월등히 많은 것임을 알 수 있다. 두 예서의 예문답에 참여한 학자는 각각 13명, 24명(미상자 제외)인데, 질문 한 건수의 순위로 말하면, 송준길은 『의례문해』에서는 1위, 『의례문해속』에서는 3위가 된다. 후자에서 송준길의 문례건수가 적은 것은 후일 윤증 등이 이들 두 책을 합편하여 간행할 때, 『의례문해』에 중복되는 내용은 제외하였기 때문으로 보인다.[61]

김장생의 『의례문해』의 경우, 전체 예문답의 44%가 송준길에 의해 제기되고 있는 것은 특히 주목할 만 하다. 그의 問禮 비율은 송시열·이유태의 그것을 합친 것의 4배가 넘는다. 이러한 수치들은 김장생의 예학 형성에 있어서의 송준길의 역할과 위상, 또 호서예학파에서의 그의 예학적 위상을 가늠하게 하는 상징적 수치가 될 수 있다. 더욱이 그의 예문답은 수준이 높고 장문의 예문답인 경우가 많다. 이러한 예문답에는 자연히 질문자의 禮意識이 폭넓게 개진되고 이에 대한 자상한 대답이 많이 담겨 있다. 이러한 예문답들은 송준길의 예학 형성은 물론, 김장생예학의 형성과 정리에도 매우 긍정적으로 작용했을 것이다. 따라서 송준길은 사계예학의 嫡傳이면서 동시에 사계예학 형성의 가장 중요한 협력자의 한 사람이었다고 이해된다.[62]

---

61) 『疑禮問解(續)』 跋文 (尹拯 撰).

62) 여기서 '송준길이 사계예학 형성의 가장 중요한 협력자의 한 사람' 이라고 한 것은 김장생의 문자인 김집의 역할을 고려한 때문이다. 이에 대해서는 필자의 논문(김집의 예학사상, 『기호학파의 철학사상』, 예문서원, 1995)을 참조.

위의 도표에서 볼 때, 송준길이 가지고 있었던 예학적 관심은 가례 중에서도 주로 『喪禮』에 치중되어 있었음을 알 수 있다. 송준길은 인조에게 올린 상소에서

> 일찍이 듣건대 禮儀 3백 조항과 威儀 3천 조항은 모두 하늘이 정한 次序이며 등급이지만, 先王들의 신중한 뜻은 특히 喪禮에 대해서 더욱 정성을 기울였으니, 그것은 대체로 死喪의 變故는 실로 天理와 人情의 罔極한 일이기에 厚薄의 등급과 융쇄(隆殺)의 節次가 마치 혼란시킬 수 없는 天經地緯와 같기 때문이었습니다.[63]

라 하였다. 死喪의 변고는 天理와 人情의 망극한 일이어서 선왕들도 신중에 신중을 기한 것이었고, 따라서 그 厚薄의 등급과 隆殺의 절차는 결코 혼란시킬 수 없는 것이기 때문이라는 것이다. 이것은 그가 상례연구에 치중한 근원적 이유를 밝히고 있는 것이다. 실로 喪禮는 生者가 死者에 대해 永訣을 고하는 엄숙한 예이므로 자연히 孝心 등 人情이 가장 잘 발휘될 수 있는 예제였고, 따라서 의식 절차도 그만큼 복잡하고 섬세했다. 그러나 그것은 대개 졸지에 당하는 것이고, 또 祭禮와는 달리 한 번 밖에 치를 수 없는 것이어서 어렵고 잘못되기 쉬운 예제였다. 그러므로 상례의 의미를 충분히 체득케 하고 이에 바탕 하여 상례를 원만하게 잘 치르게 하는 것은 孝心을 불러일으키는 지름길이며, 이를 통해서 禮意識을 고양하고 널리 확산시킬 수 있는 것이기도 하였다. 따라서 그것은 '倫理秩序의 再建' 이라는 시대적 과제에 부응하는 것인 바, 송준길이 상례를 강조한 이유 또한 그의 산림으로서의 시대적 책무와 무관하지 않았을 것이다.

그러나 송준길이 예문답에서 喪祭禮에 대한 비중을 가장 크게 둔 또 하나의 배경은 그의 도통적 학맥에서 찾아질 수도 있다. 즉 도통적 예서인 주자의 『가례』는 주자의 교정을 거치지 못한 未及再修之書였고, 주자의 만년 예서인 『儀禮經傳通解』의 喪祭禮 역시 주자가 미처 정리하지 못하고

---

63) 『仁祖實錄』 卷46, 仁祖 23년 5월 20일(辛丑).

문인 황간에게 위촉한 것이어서 그 정합성이 논란될 여지가 많았기 때문이다. 상제례 연구는 당시 가례연구의 일반적 경향이기도 하였지만, 특히 호서예학파의 경우에는 도통적 예학의 보완과 완성, 나아가서 조선예학의 정립이라는 차원에서 그 연구가 더욱 심화되었는데, 김장생과 김집의 예문답서는 그 정수였고, 송준길은 이들과 함께 그 중심에 선 예학자였다.

(1) 家禮의 尊信

송준길은 도통적 예서인 『家禮』를 가장 존신하였고, 그 미흡한 부분에 대해서는 고례인 『儀禮』로써 보완하고자 하였다. 이것은 그의 학맥인 호서예학파의 기본적인 예학경향이었다. 다음의 예문답은 그의 이러한 예인식을 잘 보여준다.

> [문A] 喪禮는 마땅히 『가례』를 따라야 하는데, 혹 소략하여 미비한 점이 있으면 『의례』를 따르고자 한즉 또한 古今의 마땅함에 다른 점이 있으니, 어찌하면 그 중심을 잃지 않을는지요?(宋浚吉)
>
> [답] 마땅히 朱子가 임종할 때의 遺命으로써 기준을 삼으라(하략).[64]

상례는 마땅히 『가례』를 따라야 하고, 미흡한 점에 대해서는 『의례』로써 보완하여야 한다는 것이다. 송준길이 상례에서 주자의 『가례』를 우선적으로 중시하고 있었음을 알 수 있다. 상례는 『가례』에서 가장 많은 부분을 차지하는 분야이고, 그의 가례 연구에서 가장 핵심을 이루는 분야였다. 그런데 스승인 김장생 역시 주자가 임종할 때의 遺命을 기준으로 삼으라고 함으로써 그 역시 주자중심적 예인식을 가지고 있었음을 알 수 있다. 송준길의 주자중심적 예인식의 연원을 가히 짐작할 수가 있다.

송준길은 또한 國俗과 『家禮』의 예제가 상호 모순일 때, 이를 규명하고자 하였다.

---

64) 『疑禮問解』, 喪禮, 喪禮當遵用朱子遺命.

[문B] 『가례』에서는 '神主를 쓸 때에 다만 향을 피우고 술을 붓는다' 고만 말하였는데, 지금 풍속에 특별히 盛奠을 베푸니 해로운 것은 아닌지요?(宋浚吉)

[답] 俗을 따르는 것도 무방하다. 五禮에도 또한 題主奠이 있다.[65]

이 문답에서 송준길은 신주를 쓸 때 盛奠을 베푸는 國俗이 略式으로 시행되는 『가례』의 예제와 모순됨에 주목하고, 그것이 혹 가례의 예정신을 훼손하는 측면이 없는지에 대해서 주의하고 있었다. 송준길의 예학적 입장은 주자 중심적, 『가례』 중심적 경향이 주조를 이루고 있었음을 알게 된다.

(2) 古禮的 檢證과 情禮精神

이렇게 송준길의 예학은 가례중심적 경향이 강하였지만, 가례에 명기되어 있지 않거나 상호 모순되는 변례적인 문제에 있어서는 예설적 논란이 불가피했다. 더구나 위의 양 선생의 예문답서에 수록된 그의 예 질문들은 대개 『가례』의 變禮的 문제들이 주류를 이루었으므로, 송준길은 이런 사실들에 대하여 문제를 제기하고, 또는 고례나 속례 및 저명한 예가의 예설로써 비교적으로 검토하고, 결국은 동시대의 저명 예가들과의 예문답을 통해 이것을 질정하여 합리적이고 통일적인 예제로 정립하고자 하였다.

이 경우 송준길은 문제가 되는 예제나 예설을 우선적으로 고례나 저명 예가의 예설로써 검증하고자 하였다. 다음은 송준길이 스승 김집과의 예문답의 한 실상을 보여주는 서간의 한 대목이다.[66]

李氏의 序文[67]에 沽喪(고상)이란 글자는 『禮記』檀弓篇에 나옵니다.

---

65) 『疑禮問解』, 喪禮, 題主, 題主奠從俗加設.

66) 김집의 예문답서인 『의례문해속』에는 김집과 송준길 간의 예문답이 총 16건 수록되어 있다. 예문답은 실제로 이 보다 더 많았을 것이나, 후일 윤증이 김장생의 『의례문해』와 합본을 간행하면서 중복된 내용은 제외하였다 한다(『疑禮問解(續)』 跋文(尹拯 撰) 참조).

67) 이것은 이씨가 쓴 『疑禮問解』의 序文인 듯한데, 이씨가 누구인지는 詳考할

"杜橋의 모친상에 집안에 相(주인을 도와 모든 일을 처리하는 사람)이 없기 때문에 沽한 것이다."고 한 주에 "沽는 소략함이다." 하였으니, 논평하신 몇 단락은 저의 소견으로는 잘못을 깨닫지 못하겠습니다. 어떻게 생각하시는지요?[68]

이같이 송준길은 '沽相'에 대한 전거를 들어서 스승 김집의 지적에 대해 반문하고 있다. 그가 문제가 되는 예설을 古禮에 근거하여 해결하고자 했고, 또한 단순히 스승의 예설을 묵수하지는 않았음을 알 수 있다.

그러나 고례나 저명한 예가의 예설로써 검증이 용이하지 않은 경우에는, 주로 情禮로써 이를 해결하고자 하였다. 情禮는 곧 人情과 禮法[合禮的禮精神]이다. 예로부터 '禮出於情'이라 했다. "禮는 人情으로부터 나오는 것이다." 라는 말이다. 그러나 예는 인정에만 맡겨두어서는 안 된다. 인정에 흘러 예의 본의를 잃을 수 있으므로 인정을 적당하게 조절하고 절제하는 절도가 요청되는 것이다. 그것이 곧 禮法이며 合禮精神이다. 따라서 이러한 예법은 원래 聖人만이 제정할 수 있다고 믿어져 왔다. 그러므로 각 예제의 度數와 節度를 후학이 임의로 고칠 바가 아니었다. 따라서 예를 좋아하는 사람들은 古禮(周禮, 儀禮, 禮記)와 『家禮』 등 전통적인 예서나 도통적 예가들의 예설에서 예의 본의와 절도를 찾고 늘 이에 부합되게 실천하려고 노력하였다. 결국 禮는 人情에서 나오는 것이지만, 또한 그것은 예의 기본정신과 절도에 합치되어야 하는 것이다. 情禮는 이러한 人情의 측면과 예법 또는 合禮精神의 측면을 통칭하여 일컫는 말인 것이다.

다음의 예문답들에서 보이는 송준길의 질문 속에는 이러한 情禮를 중시하는 예정신이 잘 드러나고 있다.

[문C] 현손이 고조의 承重이 되어 國制를 따라 다만 3대를 제사한즉 高祖의 喪을 마치면 마땅히 그 신주를 埋安하는 것인데, 만일 고조모가 살아 계신즉 情誼에 차마 못할 바가 있으니 어떻게 하여야 하는

수 없다.

68) 『同春堂集』 卷10, 「上愼獨齋 金先生 集」(癸未, 1643).

지요?(宋浚吉)

[답] 情誼에 차마 埋安할 수 없으니, 별실에 봉안하는 것이 아마 당연할 것 같다.[69]

[문D] 한 선비가 조부모의 喪을 만나 期年을 마치고 素食하고 밖에 거함을 喪人과 같이 하였습니다. 또한 服을 마치고 이르기를, '지금 아버지가 重喪에 계시는데 아들이 어찌 감히 純吉하리요' 하고 白帶와 素服을 입고 연회와 풍악을 피하였으니 이 뜻이 심히 착한데 어떠합니까? 하니 愚伏이 답하기를 '이는 … 가히 일등으로 공경할 만 하다. 白帶와 素服은 또한 縞冠玄武의 뜻을 얻음이다. 그러나 띠는 검은 것을 쓰는 것이 옳을 것 같다' 하였는데 이 견해가 어떠한지요?(宋浚吉)

[답] 鄭說이 옳다.[70]

위의 [문C]는 國制가 사대부의 제사를 3대 제사로 제한하고 있어서, 고조를 승중한 현손은 고조의 신주를 바로 묘소 앞에 묻어야 하지만, 생존해 계신 고조비를 생각하면 인정상 그 신주를 바로 매안할 수 없다는 것이다. 그리고 [문D]는 한 선비가 조부상을 당하여 그 자신은 朞年의 복을 모두 잘 마쳐서 이제 상중의 예를 갖출 필요가 없지만, 그의 아버지가 3年服으로 아직 상중에 계셨으므로 아버지의 슬퍼함을 배려하여 흰 띠와 흰 옷을 입고 또 연회와 풍악을 피하였다는 것이다. 두 질문이 모두 법제적인 예제보다는 인정적인 情禮를 더 중시하는 그의 예인식을 잘 보여주고 있다.

다음은 송준길이 중국의 관행적 의례와 우리나라의 그것이 서로 다른 경우를 들면서 이것을 정례에 따라 판정할 것을 제기하는 문제이다.

[문E] 어떤 사람이 "外祖喪에 비록 아직 장사 지내지 않았어도 主婚하는 사람이 服만 없으면 혼례를 행할 수 있다" 라고 하니 그렇다면 宗子가 主婚하고 服이 없다면 부모가 아무리 무거운 服이 있더라도 혼례를 행할 수 있는 것인지요? 冠禮條를 참조해 보고 또 억측해서

---

69) 『疑禮問解』, 通禮, 班祔, 祭三代家玄孫承重而高祖母在則別室祭高祖.
70) 『疑禮問解』, 喪禮, 不杖朞, 祖喪期後服色.

> 말한다면 외조의 喪에 장사가 지나지 않았는데 혼례를 한다면 매우 미안할 것 같으니 예의가 어떠한 것인지 자세히 가르쳐 주십시오. (宋浚吉)[71]

송준길은 중국에서는 외조 상[72]을 당하여 아직 장사하기도 전에 혼례를 행할 수 있다는데, 우리의 윤리적 정서와는 판이한 중국의 이러한 혼례관행을 우리가 그대로 좇아 사용해도 되겠는가 라는 문제 제기였다. 이에 대한 김집의 대답은 퍽 인상적이다.

> [답] 우리나라 정세는 중국과 크게 다르고, 또 예는 人情에 맞게 만들어지는 것이니 어찌 가히 인정을 막고 古制에만 집착하여 우리나라의 常行之節(떳떳한 예절)을 무너뜨리겠는가?[73]

라고 대답하였다. 우리는 이로써 이들의 예학이 형식적인 예제의 복고나 명분주의에 고착된 편협한 예학이 아니라, 情禮 정신에 합당하고 조선적 예 정서에 충실한 합리성을 갖춘 예학이었음을 확인하게 된다. 이들이 중국의 先王之制와 그 실천에 대해서 조선적인 정세와 예의 원리인 情禮로써 이렇게 분명하게 거부하는 있는 것은 주목할 만하다. 이는 그간의 조선 예학의 연구 성과를 반영하는 것으로서 조선 예학이 더 이상 중국의 예제나 실천을 무비판적으로 답습하는 데 그치지 않고, 나름대로의 독자적인 해석을 통해 예론과 예제를 조선의 자주적인 시각으로 정립할 수 있는 단계에 이르렀음을 입증하는 바라 하겠다. 여기에는 조선예학의 정립을 주도한 호서예학파의 학문적 수준이 바탕을 이루고 있고, 송준길이 그 일익을 담당하고 있었음을 확인케 되는 것이다.

---

71) 『疑禮問解續』, 冠婚禮, 冠禮父母昏禮主昏者異同.

72) 『가례』에서 외조상에 입는 상복은 대공복이다. 그러나 그것은 조선의 관행이나 정서하고는 거리가 멀었다. 조선전기에는 혼인하여 처향이나 외향에 가서 사는 경우가 많았고, 그것은 子女均分相續이라는 사회경 제적 관습과 밀접하게 관련되어 있었다. 복제에서 외조를 멀리할 정서가 전혀 아니었던 것이다.

73) 『疑禮問解續』, 冠婚禮, 冠禮父母昏禮主昏者異同.

(3) 合理的・統一的 禮制의 추구

송준길은 가례와 고례 및 국속이나 국제 등의 예제가 서로 모순되거나, 예가들의 예설이 서로 다른 경우, 또는 지역간 문중간의 예제와 예설이 서로 상이한 경우 등에 주목하고, 이러한 것들을 면밀히 검토하여 합리적이고 통일적인 예제로 정비하고자 하였다.

다음은 그의 예 문답 중 이러한 예 인식을 보이는 몇 가지 사례들이다.

> [문F] 舅의 처는 服이 없는데, 國制에 緦麻라 하였으니 마땅히 무엇을 따라야 하는지요?(宋浚吉)
>
> [답] 舅의 처는 구모(舅母 : 곧 외숙모)라 이르는데 고례에서는 미루어 버리지 아니하였고, 開元禮와 國制에 모두 緦麻라 하였으니 厚한 禮를 따르는 것도 아마 무방할 것이다.[74)]

위의 [문F]는 禮에는 외숙모에 대한 服이 따로 정해진 것이 없는데, 조선의 법제에는 緦麻(3월복)로 되어 있어서 의례의 통일적 실천에 문제가 있다는 것이다. 이에 대해서 김장생은 厚한 예를 따르도록 질정해 주고 있다. 아마도 이러한 예문답을 통해서 이후로는 외숙모에 대한 복제[緦麻]가 통일적으로 시행되었을 것으로 판단된다.

다음의 예문답은 영남지방의 묘제를 일반화 할 수 있는가에 대한 문답이다.

> [문G] 지금 할아버지와 아버지의 묘가 각각 數舍[75)] 밖에 떨어져 있어서 四時의 墓祭에 다른 자손이 가히 分行할 사람이 없고, 하루 이내에 결코 양쪽 묘소에 제사를 행하기가 어려운데 어떻게 해야 하는지요? 嶺南俗例에는 數日을 앞당겨서 할아버지 묘소에 제사하고 당일에는 考妣墓에 제사하는데, 이것은 또한 주자의 除日 전에 행사한 의

74) 『疑禮問解』, 喪禮, 緦麻, 舅之妻.
75) 舍는 군대가 하루에 걷는 거리로 30리가 되는데, 우리나라 거리로는 50~60리에 해당된다. 그러므로 數舍는 아마도 100여 리 이상의 거리가 아닌가 한다.

리와도 부합하고, 또한 노복으로 하여금 묘제를 대신 하게 하는 것보다 낫지 않을런지요?(宋浚吉)

[답] 기간 전의 묘제는 주자의 행한 바가 있고, 또 영남의 풍속대로 행하는 것도 옳다.[76]

위의 [문G]는 묘제에 있어서의 變禮의 문제이다. 조부모와 부모의 두 묘소 간의 거리가 너무 멀어서 현실적으로 하루 안에 묘제를 다 드릴 수 없을 경우, 조부모의 묘제를 기간 전에 드리는 영남의 풍속에 대해서 논의되고 있다. 영남의 이러한 묘제 풍속이 송준길과 김장생의 예문답을 통하여 호서에 소개되고 그것이 통일적인 조선의 예제로 정립될 수 있는 길을 열어놓은 것이었다. 조선예학의 수립에 있어서 특히 호서 영남 예설과 예제의 조화로운 집성과 검토가 송준길의 중개적 노력에 의하여 이루어진 바가 적지 않았을 것을 짐작할 수가 있다.

다음은 養子 나간 사람의 喪祭禮에 관한 문답이다.

[문H] 宋澤之[77] 令監이 後喪(양자 나간 부모의 상)의 練祭를 거행하려던 때에 所生喪(자신을 낳아 준 생부모의 상)을 만났습니다. 어떤 사람이 말하기를 "所生父母의 초상에 練祭를 거행한다면 미안한 일이지만, '3년 喪에 이미 홑옷으로 練祥을 했다' 하고, 또 養父母의 喪에 장차 제사를 하려하는데 형제가 죽으면 이미 殯하고 제사를 행한다"라는 등의 말을 합니다. 자세히 참고해 보면 練祭를 물리지 못할 것 같은데, 어떻게 해야 하는지요?(宋浚吉)

[답] 낳아준 은혜가 참으로 무겁지만 이미 降服하여 期年服이 된 것이다. '3년의 喪에 이미 홑옷으로 練祥을 거행한다'는 말이 이와 같이 명확하니 사사로운 정으로 마땅히 제사 지낼 제사를 폐함은 불가할 것 같다. 비록 喪을 만난 것이 오래되지 않았어도 情으로는 차마 못할 것이며 그 사이에 또한 대신할 節目이 없으니 지금 情을 따라 고치는 것은 어려울 일이니 어찌 하겠느냐?[78]

---

76) 『疑禮問解』, 祭禮, 墓祭, 墓祭前期行祀.

77) 宋國澤(1597～1659)은 조선시대의 문신. 號는 四友堂. 懷德人으로 金長生의 문인이다.

결국은 양자 나간 부모의 연제를 지내려 할 때 所生父母의 喪이 났으면, 인정상으로는 미안하더라도 양부모의 제사를 물릴 수는 없다는 것이다. 예의 실천에서 진실로 정례가 중요하지만, '양자 나간 사람은 소생부모를 위하여 강복한다'는 종법적 원칙은 정례에 우선해서 실천되어야 한다는 입장이다. 변례의 문제에서 인정을 고려하되 종법적 의리명분을 저버리는 데 까지 가서는 안된다는 논리인 것이다. 이 점에 대해서 송준길과 김장생은 같은 예설적 입장을 가지고 있었다고 판단된다.

송준길은 또한 동일 문중에서의 예제의 실천이 상이한 경우, 이를 통합적으로 시행하고자 하였다. 이에 대해서는 다음 절에서 상술하였다. 이렇게 송준길은 서로 다르게 되어져 있는 예제나 예설들과 속례적 변례들에 대해서 문제를 제기하고, 이것들에 대한 합리적이고 통일적인 예제의 정립과 실천을 추구하였다.

(4) 普遍指向的 禮認識

전통적으로 유가의 예법은 왕조례로부터 시작되어 점차 사대부례로 확산되는 과정을 거쳐왔다. 따라서 그것은 연원적으로 차등적이고 분별적인 성향이 강할 수밖에 없었다. 그러나 점차 사대부중심의 사회가 발전하고, 普遍을 추구하는 性理學의 이념이 확산되어 감에 따라 사대부례 내부에서의 보편이 모색되고, 나아가서 사대부례를 왕조례와 일치시켜 天下同禮를 구축하려는 경향까지 나타나게 되었다. 그러나 조선시대에는 아직 이러한 일련의 변화 경향이 완전한 보편주의로 귀결되기는 어려운 시대적 사회적 한계를 지니고 있었다. 따라서 비록 상대적이고 제한적인 것이라 하더라도 보편적 예제로의 변화 추세는 한국 예학사상사에서 상당한 의미를 지닐 수 있는 것인 바, 이것을 보편 지향적 예학 경향으로 주목할 필요가 있다고 생각된다.

송준길의 예문답에서의 예설 중에는 이러한 보편 지향적 예설이 별로 많

78) 『疑禮問解續』, 喪禮, 練祥禫, 所生喪殯後當行所後喪練祥.

지는 않다. 그는 동시대의 예가인 송시열에 비하면 상대적으로 더 보수적 색채가 강한 예가이다.[79] 그러나 兩宋이 중심이 된 이 시기의 禮訟의 기본 논리가 보편 지향의 논리이고 보면, 주로 私家禮를 다룬 禮問答書에서의 禮說 중에서 그 普遍指向性을 찾아보는 것은 또한 의미있는 일이 아닐 수 없다. 송준길의 보편지향적 예학 경향은 다음의 禮訟의 예설에서도 검토될 것이므로, 여기서는 그의 4대제사론에 대해서만 집중적으로 살펴보기로 하겠다.

[문I] 옛날에 庶人은 다만 그 부모만을 제사하였고, 國制가 또한 그러하였습니다. 이른바 서인은 入仕하지 않은 사람의 通稱인즉, '考妣만을 제사한다' 함은 大略인 것 같은데 어떤지요?(宋浚吉)

[답] 程子께서 이르되 三廟 · 一廟나 祭寢에는 반드시 高祖에 까지 이른다 하고, 또 비록 庶人이라도 반드시 제사는 고조에 이르는 것이라 하였으니 今世에 이 禮를 준행하는 자는 근거가 있다.[80]

[문J] 오늘날 士大夫의 가문들이 혹은 4대, 혹은 3대를 제사하니 어떤 것이 옳은지요?(宋浚吉)

[답] 3대를 제사하는 것은 時王의 제도이다. 그러나 고조를 마땅히 제사한다는 것은 程朱의 明訓이 있을 뿐만 아니라, 우리나라의 先賢인 退溪와 栗谷 같은 여러 선생도 다 高祖를 제사하였다.[81]

위의 [문I]는 서인은 죽은 부모에 대해서만 제사한다는 國制의 규정이 지니는 의미를 문의하면서, 사실상 4대제사의 통일적 시행을 타진하고 있는 것이다. 여기서 김장생은 4대제사의 근거가 程子에게서 나온 것임을 밝혀 주고 있다. 그리고 [문J]는 3대제사와 4대제사가 사대부가에서 통일적으로 시행되지 못하고 있는 것에 대해 문제를 제기한 것이다. 역시 관심은 4대제

79) 韓基範, 「尤庵 宋時烈의 禮學思想과 現代社會」『韓國思想과 文化』 14집, 2001.

80) 『疑禮問解』, 通禮, 四龕奉主, 庶人亦祭及高祖.

81) 『疑禮問解』, 祭禮, 時祭, 祭四代.

사의 당위성을 밝히고자 하는 데 있는 것 같다. 이에 대해서 김장생은 4대제사가 비록 國典과는 다르지만, 중국의 程朱와 우리나라의 退栗이 시행한 제도임을 밝혀 그 타당성을 강조하고 있다.

그러나 송준길은 쉽게 4대제사로 전환하지는 못하였던 것 같다. 다음의 질문들은 그의 이러한 고민을 잘 보여준다.

[문K] 3대를 제사하는 것은 진실로 時王의 제도인데, 程朱의 論은 다 이르기를 "高祖의 服이 있으면 가히 제사를 지내지 않을 수 없다." 하였습니다. 퇴계는 이르기를 "士子로서 禮를 좋아한 집안이 고례를 따라 4대를 제사한 것은 또한 참람되지 않는다." 하고 "由告辭를 先廟에 갖추어 祧出하지 아니한다." 하니 어찌해야 할지 알 수 없습니다.(宋浚吉)

[답] 이제 4대를 제사한 것은 비록 고례와 국법에 어김이 되나, 나의 집은 程朱의 說을 따라 또한 4대를 제사하여 슬퍼한다. 또한 우복[정경세]의 말에 의하여 祧出을 하지 않은 것도 불가하지 않다. 82)

[문L] 저의 가문에서는 國制를 따라 다만 3대를 제사하고 先考(윗대의 선조)는 最長房에서 神主를 받들고 있습니다. 지금 先考와 같은 항렬의 인물은 다 사망하였으니 禫祭 이후에는 마땅히 祧出하려 하는데 祭田이 없어서 墓祭도 또한 장차 폐하게 되었습니다. 또 그 묘가 祖父墓의 위에 있어 四時에 홀로 할아버지 묘만 제사하면 심히 미안할 것 같은 고로 酒果를 간단히 설하라는 것은 일찍이 가르치심을 들었습니다. 다만 고조의 묘제를 폐하고 행하지 아니한 것은 심히 報本反始하는 자손된 법이 아니니 이에 宗人과 더불어 상의하여 가례에 歲一祭의 예에 의하여 姓孫과 더불어 輪回하여 행하고자 하는데 어떠한지요?(宋浚吉)

[답] 보여준 뜻이 지극히 좋으니 同宗과 더불어 상의하여 행하면 어찌 아름답지 않겠는가?83)

위의 [문K]는 고조의 신위를 조출하지 않아야 할 것인지에 대해서 문의

82) 『疑禮問解』, 通禮, 祠堂, 祭四代.

83) 『疑禮問解』, 「祭禮」, 墓祭, 高曾祖墓無祭田諸孫輪祭.

를 계속한 것이다. 김장생은 자신의 집에서도 4대제사를 하고 있다고 하면서까지 4대제사를 옹호하고, 아마도 우복이 제시하였을 고조 신위의 조출을 못하게 하는 예설에 대해서도 동의를 표하고 있다. 그리고 [문L]은 송준길의 집안이 아직도 국제에 따라 3대 제사를 지내고 있지만, 고조의 묘제를 폐하는 것은 미안한 일이니 동종과 함께 歲一祭를 드리는 문제를 상의하고 있다.

그런데 다음의 예문답에서는 그가 4대제사를 하려고 한다는 사실을 밝히고, 그러나 이 제사법이 종가와 상위되어 어찌 할 것인지를 상의하고 있다.

> [문M] 저희 집안에서 3대를 제사하는 것은 先世로부터 이미 그러하였습니다. 때문에 高祖의 神主는 宗子에게 이미 親盡이 되므로 遞遷한 先考는 最長房에서 제사를 받들었습니다. 이제 孤哀가 4대를 제사하고자 하여 그대로 받들고 옮기지 아니한즉 奪宗함이 있는 것 같아서 실로 심히 미안하오니 어떻게 하면 되겠습니까? 비록 이미 종가에서 체천하였으나 4대를 제사함이 본래 예의에 합하니 이 사유를 갖추어 告하고 그대로 받들어 제사하는 것이 또한 불가하지 않겠는지요?(중략) 종가와 더불어 相違한 고로 감히 이에 여쭙니다.(宋浚吉)
>
> [답] 哀는 이미 宗子가 아니니 宗孫이 있으면 감히 제 생각대로 마구 처단하거나 처리할 수 없으니 그대로 머물러 奉祭함은 어려울 것 같다.[84]

김장생은 종가가 3대를 제사하고 있으니, 최장방의 집에서 고조를 제사하는 것이 곤란하므로 종가와 논의가 필요한 것으로 답하고 있다. 그러나 다음의 『동춘당 유사』 기사는 이러한 난제가 해결되고 전체 종가가 4대제사로 통일되는 과정을 확연하게 잘 전해 주고 있다.

> 우리 종중이 判校(宋遙年)·正郎(宋順年) 두 파가 있는데 판교 자손은 제례를 국법에 의하여 3대만 지내고, 정랑 자손은 가례에 의하여 4대를 지

84) 『疑禮問解』, 通禮, 祠堂, 宗家祭三代長房不可奉高祖.

> 낸다. 한 일가들이 제례가 각각 달라서 불안한 바가 있다. 공이 여러 일가들과 의논하여 정랑파에 의하여 제사를 4대에 그치기로 청하였다. 여러 일가들이 다 믿고 따랐다. 이후부터 제례는 다 文公(주자)의 제도에 따르도록 하였다.[85]

회덕에 세거해 온 은진 송씨의 두 문중이 각각 판교공파(송준길 上系)와 정랑공파(송시열 上系)로 나누어져 있었는데, 후자는 주로 서울에 많이 살고 있었다. 정랑공파가 4대제사를 먼저 이행하였고, 회덕에 주로 살았던 판교공파는 국법대로 3대제사를 이행하고 있었던 것 같다. 송준길의 4대제사로의 결정이 여러 차례의 예문답을 거쳐 심사숙고 한 후에 결정되고 있지만, 전체 문중이 4대제사로 통일되도록 하는 일을 그가 앞장서서 추진하여 결정짓고 있음에서 그의 통일적 예인식과 함께 보편지향적 예인식의 일단을 확인할 수 있다고 하겠다.

2) 禮訟에서의 禮說과 禮思想

조선후기의 禮訟은 '예설논쟁이 정치문제로 비화된 사건'을 이르는 말이다. 이는 예송이 학술적 측면과 정치적 측면을 함께 지니고 있음을 시사한다. 그러나 한말 이후 예송에 대한 시각은 國權喪失이라는 현실 앞에서 이른바 黨爭亡國論과 결부되어 다만 당쟁의 하나로, 또는 당쟁의 도구로 인식되어 왔으며,[86] 이러한 예송에 대한 부정적 인식은 1980년대 이전까지 대세를 이루었다. 이후 황원구의 「기해복제연구」가 개고를 통하여 다시 학계에 부각되고,[87] 특히 지두환의 「조선후기 예송연구」에서 예송이 '성리학적

---

85) 『同春堂 遺事』(宋時烈 錄).

86) 幣原旦, 『朝鮮政爭誌』, 1907.
이병도, 『자료한국유학사초고』, 서울대국사연구실, 1959.

87) 황원구, 「기해복제논안시말」 『동아세아사연구』, 일조각, 1981. 이것은 그의 1960년대의 예송관련 논문(「所謂 己亥服制 問題에 대하여」 『연세논총』 2집, 사회과학편, 1963)을 개고한 것이다. 이 기해복제 연구(1963)는 현대적 시각에

이념논쟁'으로 부각되면서[88] 그동안 부정일변도로 인식되던 예송에 대한 연구가 새로운 전기를 맞게 되었다. 이후 이영춘은 예송을 이기론과 연관하여 성리학적 이념논쟁으로는 보는 견해에 반대하면서 17세기 예학을 보편주의 예학과 분별주의 예학으로 나누어보려는 시도를 하였고, 이봉규는 예송은 당쟁이나 이념논쟁으로가 아니라 尊尊과 親親이라는 유교 윤리적 측면에서 재검토되어야 할 것을 주장하는 등[89] 예송을 다양한 시각에서 규명하려는 노력이 계속되고 있다. 그러나 예송은 기본적으로 학술적 측면과 정치적 측면을 공유하는 것이므로 양자를 충분히 고려한 복합적 연구가 요청된다. 따라서 예송관련 禮說에 대한 충분한 검토가 전제되어야 하며, 이와 함께 사가례와 왕조례에서의 예설논쟁의 상호 연관성 문제, 정통론과 현실론, 왕권과 신권, 그리고 예송에 대한 당파적 성향 등이 복합적으로 연구되어야 할 것이다.

현종조에 일어난 2차례의 禮訟에서 송준길이 관련된 예송은 1차 예송인 己亥禮訟이다.[90] 그는 기해예송이 일어난 지 13년만인 1672년 작고하였으므로 그보다 2년 후에 일어난 甲寅禮訟에는 참여할 수가 없었다. 그러나 갑인예송은 그 예설적 연원이 기해예송에 있었으므로 사실상 그의 예설은 갑인예송과도 밀접한 관련을 지니고 있었다.

원래 기해예송은 효종에 대한 자의대비의 服制를 3년으로 할 것인가, 아니면 朞年으로 할 것인가의 문제로 발생되었다. 왕통을 계승한 아들을 위하여 母后가 어떤 상복을 입을 것인가의 문제였던 것이다. 그러나 그것은 단순한 복제의 문제에서 그쳐질 성질의 것이 아니었다. 왜냐하면 그것은 효

서 예송을 예학적으로 검토한 최초의 연구이고 선구적 연구였다.

88) 지두환, 「조선후기 예송연구」 『부대사학』, 1987.

89) 이영춘, 「제1차 예송과 윤선도의 예론」 『청계사학』 6집, 1989.
이봉규, 「조선후기 예송의 철학적 함의」 — 17세기 상복논쟁을 중심으로 —, 『한국학연구』 9호, 1989.

90) 己亥禮訟은 1659년 5월의 효종 사후로부터 시작되어 이듬해 5월 練祭를 지낼 때까지 1년간에 있었던 예설논쟁을 지칭하는 것인 바, 1660년의 3월과 4월에 다시 논란된 이른바 庚子禮訟을 포괄하는 의미로 말해지고 있다.

종의 종법적 위상을 長子로 볼 것인가 아니면 次子로 볼 것인가의 문제였고, 이것은 효종의 正統性 문제로 비화될 충분한 소지를 안고 있었기 때문이다.

그런데 기해예송은 인조년간의 元宗追崇이나 봉림대군의 世子册封 등과 내면적으로 밀접하게 연관되어 있었다. 그것은 사림계의 嫡系主義的 禮認識이나 왕조례에 대한 사림의 正統論的 公論이 국왕의 그것과 크게 상반되는 것이었음에도 불구하고, 사실상 매번 인조의 독단에 의하여 자의적으로 강행되었기 때문이다.[91] 그러나 17세기 중반 이후는 사림의 종장인 山林이 世道를 장악한 禮治的 山林政治期였고,[92] 또한 예학연구가 발달하여 예제와 예설에 대한 관심이 크게 고조되고, 그 시비 판정에의 욕구가 크게 성하였던 '禮學의 時代'였다.[93] 이것은 현종대의 禮訟이 우연히 혹은 갑작스럽게 발생된 사건이 아니라, 인조대의 왕위추숭과 왕위계승문제와 관련하여 그간에 누적된 왕권과 신권, 정통론과 현실론적 대립양상의 연장선상에서 일어난 사건이었으며, 여기에 무르익은 山林政治의 禮治主義와 고도로 발달한 禮學的 是非欲求가 첨가됨으로써 필연적으로 발생된 사건

---

91) 定遠君(인조의 생부)에 대한 추숭문제인 元宗追崇論爭은 인조 즉위년으로부터 무려 13년간이나 지속된 예설논쟁이었다. 이때 결국 인조는 士林의 반대 公論을 무시하고 거의 독단으로 원종추숭을 단행하였다. 그리고 소현세자가 죽은 후 그의 상기의 문제나 원손(소현세자의 아들)을 세손으로 정하자는 공론을 무시하고 역시 독단으로 봉림대군을 세자로 결정하였다(이때 송준길은 世子의 喪에 인조가 참최 3년을 입어야 할 것과 元孫의 位號를 정하고 김상헌을 賓師로 초빙할 것을 강력하게 진언하였다: 『인조실록』 권46, 인조 23년 5월 20일조).

92) 이 시기의 山林은 대개 禮學으로 무장하고 있었다. 기호계의 김장생 김집 송준길 송시열 이유태 윤증은 물론, 남인계의 정구 허목 윤휴 등이 모두 그러했다. 그리고 이들은 한결같이 禮治를 표방하였다.

93) 이 시기 산림들의 왕성한 禮問答書의 제작은 이 시기가 학술적으로 '禮學의 時代'였음을 시사한다. 예컨대 송익필의 경우, 그 「禮問答」은 겨우 60여 조에 불과하였으나, 17세기에 이르면 김장생의 『疑禮問解』 543문항, 김집의 『疑禮問解續』 151문항, 송시열의 『禮疑問答』 980여 문항, 그리고 윤증의 『疑禮問解』 600여 문항 등 획기적인 변화를 보이고 있다.

이었음을 의미한다.

처음 조대비의 복제는 기년설과 3년설로 대립되었다. 전자는 효종이 비록 왕통을 계승하였지만 출생의 序次로 보면 엄연히 次子인 만큼 조대비가 長子服인 3년복을 입을 수 없다는 논리로서 송준길 송시열 등의 서인계의 예설이었고, 후자는 효종이 王統을 계승한 만큼 長子로 인정되어야 하고, 따라서 조대비의 상복은 마땅히 3년복이어야 한다는 논리로서, 윤휴로 대표되는 남인계의 주장이었다.[94] 후자가 왕조례의 특수성을 인정하여 왕통의 계승자는 비록 차자라도 적장자로 대우하자는 논리인데 반하여, 전자는 왕조례의 특수성을 부정하여 비록 왕통의 계승자라 하더라도 그 출생의 서차에 따라 종법적 지위가 결정되어야 한다는 嫡嫡相傳의 正統論的 논리였다.

이렇게 조대비의 복제문제가 하나로 통일되지 못하고 논쟁이 심화된 것은 우선 國典인 『國朝五禮儀』에 이에 관련된 구체적 조항이 없었고, 또한 古禮의 관련조항 역시 그 해석이 회석될 가능성을 다분히 지니고 있었기 때문이었다. 따라서 대신들은 처음에 이 문제를 논의할 때, 송시열이 제시한 『儀禮』의 四種說[95]이 왕의 정통성을 건드릴 수 있음을 감안하여 이를 배제하고, 『大明律』과 국법인 『經國大典』 등을 근거로 하여 기년설로 정하고자 하였고, 송준길과 송시열도 이에 찬동함으로써 결국 國制朞年說로 매듭지어졌다. 그런데 이 국제기년설은 '모후가 장자 중자 구분없이 모두 기년복을 입는다'는 것으로서 사실상 그 성격이 선명하지는 못하였다. 즉 조대비의 상복을 일단 국제에 따라 기년복으로 정하였지만, 그 해석은 黨色에

---

94) 윤휴의 예설은 次長子說과 臣母說이다. 전자는 『의례』 斬衰章 父爲長子條의 '第一子死 取嫡妻所生第二長子 立之 亦名長子'에 근거하고, 후자는 어머니도 왕의 신하로 보고 군왕의 상에는 斬衰3年이 있을 뿐이라는 것이었다.

95) 四種說은 가공언의 「儀禮 注疏」에 정통을 계승한 아들이더라도 부모가 그를 위하여 3년 참최복을 입지 못하는 4가지의 경우를 이른다. 즉 正體不得傳重(적자로서 폐질 때문에 통을 계승하지 못한 경우), 傳重非正體(서손이 뒤를 이었을 경우), 體而不正(서자가 뒤를 이었을 경우), 正而不體(적손이 뒤를 이었을 경우)가 그것이다. 효종의 경우는 體而不正이라는 것이었다.

따라 서로 다를 수 있었다. 서인은 효종을 차자로 인식한 결과로 해석하여 내적으로 예송의 승리자로 자처하였고, 남인은 효종을 장자로 인식한 결과로도 해석될 수 있다는 데에 위로를 얻고 있었다.[96] 따라서 이 문제는 다시 논쟁의 쟁점으로 부각될 충분한 소지를 불씨로 안고 있는 셈이었다.

송준길은 처음 조대비의 복제가 기년복으로 정해지는 과정에서 국제기년복에 동의하였으나, 예송에 대한 송준길의 예설이 본격적으로 개진된 것은 사실상 다음 해인 경자년의 예설논쟁에서였다. 이듬해 3월 효종의 練祭日이 다가오자 남인 허목이 次長子說과 妾子說을 가지고 반론을 제기하며 3년설을 주장하였다.[97] 송준길은 처음 기년설에 동조하였지만 그의 예설을 적극적으로 제시할 계기가 없었고, 또 기년설 결정 이후 시간이 경과한 다음에도 계속해서 논란이 그치지 않는 것을 보고 차제에 이를 체계적으로 논할 필요를 느끼고 있었다.[98]

이때 허목의 상소에 나타난 3년설 주장의 요점은 차장자설(長子死 立第二長者 亦名長子 而服斬也)과 첩자설(立庶子爲後 不得爲三年 妾子故也)이었다.[99] 이러한 허목의 3년설이 제기되자 송준길은 상소를 올려서 이를 비판하는 자신의 예설을 개진하였다.[100]

> 『의례』에서 '아버지가 長子를 위하여' 라고 한 것은 위아래를 통틀어 말한 것입니다. 만약 허목의 말대로라면 가령 士大夫의 적처소생이 10여명인데, 첫째 아들이 죽어 그 아버지가 그를 위하여 3년복을 입고, 둘째 아들이 죽으면 그 아버지가 또 3년복을 입고, 불행히 셋째가 죽고, 넷째, 다섯째, 여섯째가 차례로 죽을 경우 그 아버지가 다 3년을 입어야 하는데 아마 예의 뜻이 결코 그렇지는 않을 것입니다.[101]

96) 李成茂, 「17世紀의 禮訟과 黨爭」『朝鮮後期 黨爭의 綜合的 檢討』, 한국정신문화연구원, 1992.
97) 『현종실록』 卷2, 현종 1년 3월 16일(신미).
98) 鄭炳連, 「同春堂의 禮學思想」『儒學研究』 4집, 忠南大 儒學研究所, 1996.
99) 이성무, 앞의 논문, 38~39쪽 참조.
100) 『현종실록』 卷2, 현종 1년 3월 21일(병자).

그는 먼저 『의례』에서 '아버지가 장자를 위하여 3년복을 입는다' 라고 한 규정은 상하를 통틀어 말한 것이라고 전제하였다. 즉 이 조항은 사대부례와 왕조례에 공히 적용될 수 있는 이른 바 通上下의 조항이라는 것이다. 이것은 그의 보편지향적 예인식을 보여주는 주목되는 대목이다. 따라서 그는 허목이 주장하는 次長子說에 대해서 이 규정은 사대부에게도 적용할 수 있는 논리라고 전제하고, 만일 허목의 말대로라면 士大夫의 처의 소생으로 10여명의 아들이 있다면, 장자이하 모든 아들들이 죽었을 때 그 아버지는 모두 3년복을 입어야 한다는 논리가 되는데, 이는 聖賢이 禮를 정한 本義가 아닐 것이라는 입장이었다.

또한 그는 허목이 관련 조항의 庶子를 妾子로 잘못 보고 있는 입장을 의식하여 다음과 같이 기술하였다.

> 생각컨대 注疏에서 말한 '첫째 아들이 죽으면' 이라 한 것은 바로 그 아래에서 말한 '嫡子로서 廢疾이 있거나 죽고 자식이 없어 傳重이 되지 못하여 3년복의 대상이 되지 못한 자' 일 것입니다. 傳重을 받지 못한 첫째 아들이 죽었으면 적처가 낳은 둘째를 후사로 세우고 역시 長子라고 명명할 것이나, 불행히 그가 또 죽어도 기왕에 첫째 아들을 위하여 3년복을 입지 않았기 때문에 당연히 후사가 된 둘째 아들을 위하여 3년을 입을 것입니다. 그러나 만약 첫째가 폐질이 있지도 않고 자식이 없지도 않아서 이미 그를 위해 3년을 입었으면, 비록 뒤에 둘째가 올라와 후계가 되더라도 3년을 입지 않고 朞年 만을 입는 것인데, 그것이 바로 아래에서 말하는 '體而不正' 이라는 것입니다. 만약 妾子가 後嗣가 되었으면 비록 첫째 아들이 폐질이 있거나 자식이 없어 3년을 입지 않았더라도 또한 妾子를 위하여 입지는 않는 것이기 때문에 그 위에 '嫡妻所生이다' 라고 특별히 밝혀 둔 것입니다.[102]

곧 허목의 차장자설에 의하여 3년복을 입게 하려면, 죽은 첫째 아들이 폐질이거나 자식이 없이 죽었을 경우이고, 그를 위하여 3년복을 입지 않았어

101) 위와 같음.
102) 위와 같음.

야 한다는 것이고, 관련된 차장자설에서 '적처소생'을 분명히 밝히고 있는 것은 첩소생은 이 규정에 해당되지 않음을 밝히고 있는 것으로 보고, 따라서 이 조항의 庶子가 곧 妾子가 될 수는 없다고 판단한 것이었다.

송준길은 다음 달인 4월 2일에 홍정당에서 인조를 인견하는 자리에서도 다시 이 문제를 재론하게 된다. 현종은 이 자리에서 송준길이 복제 논의를 올린 후에 허목이 다시 올린 상소를 보았는가를 묻고, 허목의 上疏와 服制圖를 함께 가져오게 하여 우승지 이은상으로 하여금 읽게 하였다. 송준길은 그 복제도를 보고서 다음과 같이 말하였다.

> 서자는 첩자의 호칭이라고 한 것은 바로 주소의 말이고, 정체로서 승중을 할 수 없다는 것은 장자이면서 아비에게 죄를 얻었거나 혹은 폐질이 있어서 후사가 될 수 없는 자의 경우입니다. 신등의 주장은 비록 적처 소생이라도 둘째부터는 서자라는 것이고, 허목의 주장은 서자는 곧 첩자라고 하기 때문에 말이 그렇게 서로 상반되고 있습니다 신과 시열은 둘째 아들은 비록 왕통을 계승하였더라도 3년의 복을 입어서는 안된다고 주장하는 것입니다.[103]

즉 자기의 생각은 적처 소생이더라도 둘째부터는 '庶子'라는 것이고, 허목의 주장은 庶子는 곧 妾子라고 보고 있다는 것이며,[104] 자신과 송시열은 둘째 아들은 비록 왕통을 계승하였더라도 3년의 복을 입어서는 안된다는 것임을 분명하게 밝히고 있는 것이다. 서인의 입장에서는 기해예송에서의 기년설로의 결정은 결코 국제기년설에 따라서 적당히 넘어간 것이 아니고, 효종을 확실하게 차자로 규정한 바탕위에서 정해진 예제였음을 확인하

---

103) 『현종실록』 卷2, 현종 1년 4월 2일(병술).

104) 송준길은 허목에게 보내는 편지에서도, '서자를 세워서 후사를 삼은 경우에는 삼년복을 입을 수 없는 것이니 이는 첩자인 때문이다(立庶子爲後 不得爲三年 妾子故也)' 라는 허목의 주장에서 '故妾子也' 네 글자는 허목이 논하여 정해진 말이 아닌가 라고 반문하고, 또 '체이부정'이라는 것은 서자가 후사로 된 것인데 이 '서자를 첩자로 보는 근거는 어디에 나와 있는가?' 라고 따져 묻기도 하였다(정병연, 앞의 논문 참조).

게 된다.

이때 또한 송준길은 '古禮에는 아버지가 장자를 위하여 3년복을 입게 되어 있으나, 우리나라 禮文은 근거할 것이 없으므로 단지 고례를 따라 그것을 행하고 있으며, 주자 역시 장자를 위하여 3년복을 입었다'고 하여 장자를 위한 3년복의 타당성을 강조하고, '인조가 소현세자에게는 마땅히 3년복을 입어야 했고, 효종상에는 대비가 3년복을 입어서는 안 된다' 라고 결론지었다.[105] 효종이 아무리 왕통을 계승하였다 하더라도 출생의 서차로 보면 차자임이 분명하고 따라서 종법상의 서차로 보아 대비의 복제를 기년으로 정한 것이 옳다는 것이었다.

이러한 송준길의 예설과 예사상은 인조가 봉림대군의 세자책봉을 시도할 때, 그가 앞장서서 세손의 위호를 정하자고 주장하였던 것과 맥을 같이 하는 것으로서, 그가 일관된 正統論的 禮學者였음을 입증하는 것이며, '禮의 기능은 統緖를 바로 하는 것'이라 한 스승 김장생의 예사상에 부합되는 것이었다. 그러나 그의 예송인식이 그의 사가례에서의 보편지향적 예설들과 함께, 왕조례의 특수성을 부정하고 왕조례와 사대부례를 동일시하려는 天下同禮의 普遍指向的 禮認識을 함유하고 있다는 점[106] 에서, 그것은 보편성을 강조한 家禮의 禮精神을 보다 충실하게 응용한 것이고, 산림의 정통론적 예치정신을 보다 철저히 반영한 것이며, 보편을 추구하는 시대정신을 先導하는 측면을 함께 지닌 것이었다고 생각된다.

4. 맺음말

한국사에서 17세기는 '山林의 시대'였고 또한 '禮學의 시대'였다. 인조반정 이후 인조 효종 현종 년간에 전개된 일련의 崇用山林策은 이 시기를

105) 『현종개수실록』 卷2, 현종 1년 4월 2일(병술).
106) 池斗煥, 「朝鮮後期 禮訟硏究」 『釜大史學』 11집, 1987.

山林政治의 시대로 만들었고, 양란 후 '예질서의 재건'이 시대적 과제로 부각되면서 山林禮家들의 禮治欲求가 증대되었다. 또한 이 시기에는 16세기의 性理學의 발달에 뒤이어 실천학으로서의 禮學이 크게 발달하였고, 이러한 학술적 추세가 산림의 예치욕구와 상승작용을 하여 마침내 '禮學의 時代'가 도래하였다.

宋浚吉(1606～1672)은 조선예학의 종장인 김장생과 그 아들 김집의 문하에서 연이어 禮를 배워 그 嫡傳이 되었으며, 17세기 중엽의 대표적 山林禮家가 되었다. 그는 김장생과 그 문인들로 구성된 湖西禮學派의 일원으로서, 연원이 되는 畿湖禮學의 道統的 傳統을 계승하여『朱子家禮』를 尊信하였고, 이 예서를 집중적으로 연구 보완하는 데 진력하였다. 그는 특히『가례』에 관련된 예설을 중심으로 스승 김장생과의 禮問答에 적극적으로 참여하여 沙溪禮學 形成의 출중한 협력자가 되었으며, 특히 호서·영남 禮家의 예설 교류와 조선의 變禮에 대한 예학적 검토를 확대함으로써, 호서예학이 지역적 한계를 극복하고 조선의 禮俗을 조화롭게 종합한 朝鮮禮學의 주역이 되게 하는 데에 기여하였다.

그는 '視聽言動이 天理에 맞는 것이 禮' 이며, 主敬의 삶을 통해 天理를 保存하는 것이 禮行과 禮治의 기본이 되는 것으로 인식하였다. 그는『가례』를 尊信하였으나, 변례에 대해서는 古禮와 선현의 예설로써 고증하고자 하였으며, 우리의 國制와 國俗이 전통예서나 전통예설과 다른 경우에는 情禮에 따라 합리적으로 결단하고자 하였다. 또한 그는 이러한 작업을 통하여 합리적이고 통일적인 예제를 정립하고자 하였다. 특히 그는 장인 鄭經世의 영남예설을 스승인 金長生에게 質正하는 과정 등을 통하여 호서예학과 영남예학의 조화로운 만남을 주선하였으며, 이로써 호서예학이 朝鮮禮學 형성의 주역이 되게 하는 데에 크게 기여하였다. 이것은 조선예학사에서 차지하는 동춘당예학의 위상을 알게 하는 바이다.

또한 송준길은 현종대의 예송에서 王朝禮의 특수성을 부정하고 사대부례와 왕조례를 하나의 종법적 잣대로 일원화하고자 하는 通上下 天下同禮

의 예인식을 일관되게 주장하였다. 이러한 그의 보편지향적인 예사상은 古禮에 비해 보편성이 더 강조된 家禮의 예정신을 보다 충실하게 응용한 것이고, 산림의 정통론적 예치정신을 보다 철저히 반영한 것이며, 보편을 추구하는 시대정신을 先導하는 측면을 함께 지닌 것이었다. 그것은 예학이 시대변화에 긍정적으로 작용할 수 있는 가능성을 시사하는 바라는 점에서 주목된다.

同春堂의 大儒品格과 禮學思想

潘 富 恩*

1. 머리말

동춘당 송준길 선생(1606～1672)은 조선 후기의 저명한 학자로서, 한국 문화사에 있어 매우 중요한 위치를 차지하며 사상적으로 강한 영향력을 가지고 있는 인물이다. 올 해는 그의 탄생 400주년으로서, 동춘당에 대한 연구 토론을 거행하는 것은 매우 특별한 의의가 있다.

동춘당을 이야기 할 때 반드시 함께 거론해야 하는 문화 위인은 바로 우암 송시열 선생(1607～1689)이다. 두 인물은 한 스승에게서 배웠으며, 서로

* 中國古蹟委員會 委員.
이 논문은 한남대충청학연구소가 주관한 ‘동춘당 탄신 400주년기념 국제학술대회’(대전시청, 2006)에서 발표된 논문에 약간의 수정・보완을 첨가한 것임.

의 학문에 깊이 공명하여, 學界의 宗師로서 사람들에게 '二宋先生'이라 불리웠다.

동춘당이 일생을 보낸 조선 후기의 어지러운 시대는 중국으로서도 명나라에서 청나라로 넘어가는 "하늘이 무너져 내리고 땅이 나뉘어 버리는 이른바 '天崩地解'의 시대였다. 이러한 17세기 중국에는 황종희, 고염무, 왕부지로 대표되는 조기 계몽사상가들이 출현하였다.

이송선생과 이러한 중국의 학자들은 이웃한 나라의 동배 학자라고 이야기 할 수 있다. 이들은 공통적으로 禮와 義를 중시하는 문화적, 정치적 공통점을 가지며, 中韓 양국은 역사적으로 오랜 시간 동안 "입술이 없으면 이가 시린 관계, 즉 '脣亡齒寒'의 관계로서 상존하였다. 그리고 당시는 명나라와 조선 두 국가가 당시 야만적이고 문화적으로 낙후되어 있던 청나라 귀족 집단에게 침입을 당하여, 백성들이 노예가 되고, 아름답고 우수한 전통이 짓밟히는 시대였다. 중국과 한국의 뜻 있는 선비들은 모두 반청운동에 고군분투하며 국가를 멸망의 나락에서 구하려 하였다. 명나라가 망하자, 중국의 황종희, 고염무, 왕부지는 산야에 은거하며 저술에 전념하여, 중화민족의 전통 문화에 대해 사고하고 정리하였다. 왕부지가 이야기한 "六經責我開生面"은 바로 이러한 의미이며, 황종희가 편찬한 『明儒學案』은 중국 역사적으로 가장 먼저 저술된 체계적으로 정리한 學術史의 전문 서적이다.

한국의 이송선생은 강한 反淸思想을 가지고 있었다. 그것은 동춘당의 연보에서 "이 때 淸人이 중국을 손아귀에 넣어, 명 왕실이 남으로 옮기니, 선생은 분개하시고 탄식하시며 명을 위해 청에 복수하리라는 뜻을 나타내셨다"라 한 것에서 보인다. 스승인 신독재 김집이 국정을 장악하자 이송선생은 함께 북벌을 논하였다. 그러나 이송 선생의 淸을 벌하고자 하는 北伐思想은 현실에서 결국 물거품이 되고 말았다.

그 후 두 선생은 강의와 저술에 힘을 다하였다. 우암선생은 명대 호광이 편선한 『性理大全』의 방법에 근거하여 『二程全書』에 例를 달아 다시 『程書分類』를 편사하였는데, 이는 거대한 학술적 가치와 의의가 있는 것이다(이 책은 금년 9월 중국의 上海古籍出版社에서 처음으로 출간되었다). 동춘당 선생은 古禮의 경전을 체계적으로 파고들어 창조적으로 연구하여 중요한 공헌을 하였다.

2. 큰 유학자의 품격과 풍채(大儒的品德和風範)

동춘당은 詩와 禮 專門家의 집안에서 출생하여, 독서를 즐겼고…또 글쓰기도 즐겼다 … 이웃집 아이들과도 문장을 지어 서로 답하였는데 그 글이 마치 어른들의 글다웠다. 어릴 적부터 집안 환경의 연마를 받아, 어린 시절부터 어떤 사람이 될 것인가에 대해 철학적 사고를 하였다. 아버지가 "감히 속이지 못하는 것과, 차마 속이지 못하는 것과, 능히 속이지 못하는 것, 이 세 가지의 차이점이 무엇인가?"라고 물었을 때, 그는 "위엄이 있어 사람들이 감히 속이지 못하니, 이는 두려움이며, 어진 마음이 있어 사람들이 차마 속이지 못하니, 이는 마음이 따름입니다. 지혜와 방법이 있어 사람들이 능히 속이지 못하니, 이는 그 밝음에 굽힘입니다."라고 답하고, 또 "차마 못하는 것은 상등의 것이고, 능히 못하는 것이 그 다음이며, 감히 못하는 것은 하등의 것입니다." 라 하였다. 여기에서, 동춘당은 '어짊(仁)'으로서 그의 인생철학의 핵심을 삼고 있는데, 이는 공자의 "仁者는 人이다"라는 사상과 맹자의 사람(人)과 인(仁)을 연결시켜 "합하여 말하면 道이다" 라는 사상 취지를 이어 받은 것으로, 그가 말하는 道는 爲人之道를 일컫는 것이다.

그는 사람은 마땅히 숭고한 人格이 있어서 권력과 세력에 굽히지 않으며, 교묘한 말과 그럴 듯한 얼굴 표정의 술수를 쓰는 사람의 수단에도 미혹되지 않아야 한다고 생각하고, 오직 사랑으로부터 출발한 '어진 마음(仁心)'을 갖고 있는 사람만이 사람들을 心腹할 수 있다고 생각하였다. 인간이 인간으로 됨은 인간으로서의 도덕가치를 결정하며 이는 天理의 체현이라 하였고 '세속적인 것에 구애되면 안 된다' 고 하였다. 이는 주자가 말한

"사람이라고 일컬음은 仁을 가르켜 이른 것이다. … 사람을 말하면서 仁을 함께 말하지 않으면 사람은 하나의 血肉에 불과하다" 고 한 것과 상통한 의미이다.

동춘당은 사물의 이치를 알아가는 것을 체험과 깨달음의 과정이라 여기고, 주관적인 생각만으로는 이룰 수 없다고 생각하였다. 그는 진리의 앞에서 모든 사람은 평등하다는 뜻을 나타내고, 陸象山이 이야기한 "그 이치가 어떠한가를 살필 뿐, 그 사람이 누군가에는 관여하지 않는다" 는 말에 찬성하였다. 동춘당은 "사람을 존중함은, 그의 道를 높이는 것이다. 道라는 것은 나의 얻음이라 사사로운 것이 아니다. 남과 내가 평론하고 증명하고 의견을 교환하여, 잘못되고 거짓된 것을 버림으로써 지당한 이치로 돌아오는 것이다. 이것이 바로 천하의 공평한 理致이다." 라고 하였다. '理'는 개인적인 私物이 아니라 공정무사한 공리인 것이다.

유가의 전통은 성현을 인간의 가장 이상적인 인간상으로 간주하며 모든 따라 배워야 할 최고의 典範이라 한다. 성현도 일반인과 동등하나 성현은 선을 지향하는 從善의 추구가 있음으로써 성인의 경지에 도달할 수 있다. 동춘당은 사람은 "尊德性 戒俱 愼獨工夫하고 … 학자는 평생의 노력으로 최선을 다하여야 聖賢의 규모를 이룰 수 있다" 고 하였다. 성현은 탁월한 식견과 넓은 흉금 그리고 백성을 아끼는 마음을 갖고 있다. 동춘당은 성현은 "濟民" "興邦" "利天下"를 목표로 한다고 하였다. 그들도 정사를 베푸는 중 작은 폐해가 출현하거나 혹은 한 시기 사람들의 오해를 자아낼 수 있으나 결국은 역사에 이름을 남긴다 하였다. 그는 "옛날의 성현 호걸들은 법을 실행할 때 많은 사람들의 의심을 받는다 … 그러나 그들은 많은 사람들이 보지 못한 바를 발견하여 주위 여론의 방해에 영향을 받지 않고 법을 실행하여 천하의 뜻을 이루고 천하를 다스리게 된다" 고 하였다. 서로 다른 의견들을 종합하여 가장 합리적인 결론인 "天下의 公平한 理致"를 추구하는 것이다. 동춘당은 성현에 대해, 성인과 현인은 다른 보통 사람들과 같지만, 聖賢은 善을 따르고자 하는 강한 추구를 가지고 있다는 점이 다르다고 생각하였다. 사람은 '덕성을 높이고, 두려워하며, 홀로일 적에 더욱 삼가는 등의 학자가 일생의 힘을 다해야 하는 공부'를 통하여 바야흐로 '성현이 규모를 나타냄'에 다다를 수 있다고 생각하였다. 그는 성현은 '백성을 구제함', '나라를 흥하게 함', '천하를 이롭게 함'을 목적으로 삼는다는 의견을 세웠다. 성인이 정사를 베푸는 과정에도 '작은 폐단'으로 인해 잠시간 사람들에게 의심을 받거나 오해를 사는 일이 일어나기도 하지만, 결국에는 세상에 그 공을 드날린다. 그는 국가와 사직에 위기가 닥친 때 일수록, 앞장서서 세상이 어려움을 가지고 내가 마땅히 해야 하는 일을 막지 말 것을 주장 하였으며, 또한 "화폐와 곡물을 거둠에서 전란까지 모두가 儒者의 일이다. 이를 물려받고서 고달피 여긴다면, 진정한 선비의 마음이 아니리라. 모든 군사, 경제, 정치가 선비가 담임해야 할 임무이며, 그러한 책임을 회피하는 것은 결코 진정한 선비의 마음이 아니다."라 하였다.

동춘당은 늘 진정한 선비의 마음으로 병들고 고달픈 사람들에게 자기 몸처럼 관심을 가졌으며, 자신이 몸소 체험하고 목격한 사회의 참담한 현상들을 심각히 폭로하였다. 이에 대해 근심하고 분개하며 한 가닥 마음이 불과 같이 하였으며, '온 마음을 다해 굶주린 백성을 구제하고 살리자' 며 백성을 화재와 수재 등으로부터 구제하기를 주장하였다. 그는 당시 민심이 놀라고 혼란스러우며, 길마다 분개함과 원망이 넘실대는 관리들의 백성에 대한 뼈를 두드려 골수를 빼가는 식의 박해를 묘사하며, 거북의 등에서 털을 얻어 내려고 하나 등 껍질에 마구잡이로 구멍을 내어도 털을 얻을 수 없다는 비유로 이러한 참혹한 박해의 경향을 구체적으로 묘사하였다. 동춘당은 조정에 올린 글에서 궁에서의 사치한 습속을 개혁할 것을 바랐으며, 선비는 절대로 "犯義"하고 "喪志" 하면 안 된다고 하였다.

인간관계에 대해서, 동춘당은 선비 사이에서는 학문상의 견해는 서로 다를 수 있겠지만, 근본적으로 "道"를 추구하는 정신이 있다면, 허심탄회하게 함께 탐구하고 토론할 수 있다고 생각하였다. 그는, "군자는 和而不同함으로, 어찌 반드시 같아야만 함을 논하며 또 어찌 견해를 함께 하기를 구하기에만 급급할 수 있겠는가. … 서로 간에는 오직 마음을 비우고 기운을 편안히 하고서 깊이 서로의 의견을 느끼고 그 뜻에 잠기어서, 지극히 당연히 돌아가야 할 바를 구할 따름이다." 라 하며, 학문 탐구 중의 절차탁마는 서로에게 유익하다고 생각하였다.

글로써 벗을 만남은 중국과 한국 학자의 전통이다. 그러나 정치상의 투쟁은 그렇지 않다. 이는 예로부터 이러하였다. 동춘당은 백성이 곧 근본이라는 인식에서 출발하여, 자신에게 돌아오는 불이익에는 개의치 않았고, 진정한 선비의 마음에서 출발하여 곧은 말을 하였기 때문에 그 또한 이로 인해 여러 차례 이간질과 모함을 당하였다. 예컨대 그가 제기한 폐정 개혁을 주장한 건의들은 신법을 찬성한다는 혐의로 이단자로 혐의를 받게 되고 그의 北伐 주장은 첩자의 淸 정부의 밀고로 불화를 당할 뻔 하였다. 이러한 동춘당이기에 "세속 도리가 변함에 일천일백 가지 기이함과 괴상함이 도처에 만연하니, 어느 누가 윤리를 지키며 폐단을 막을 수 있는 의견을 엄히 실시하여 이 세상을 붙들고 이 백성을 구제할 것인가?" 라고 마음 속 깊이 느낀 바를 말하였다. 동춘당은 또한 『朱子文集』가운데 한 단락 언어들을 인용하여 "小人"과 "君子"를 선명히 대조하며 묘사하였다. 그는 소인은 권세에 아부하나 君子는 光明正大하여 靑天白日과 같다고 하였다. 이것이 곧 동춘당이 이야기 한 '일천일백 기이함과 괴상함'과 '세상을 붙들고 백성을 구제하는' 두 가지 대립하는 인물이다. 이러한 점들에 대한 동춘당의 愛憎은 분명하여 惡을 싫어하기를 마치 원수 대하듯 함을 보여주고 있다. 그는 주자의 '그 사람의 道로 그 사람을 대하는 방법'으로 사회의 추악한 현상과 간신들을 대할 것을 주장하였으며 殺身成仁의 진정한 선비의 이상적인 인격을 적극 제창하였다.

동춘당의 큰 선비의 품격이 형성된 것은, 그가 평생을 주자학의 연구, 특히 주자의 『家禮』와 『語錄』에 대한 깊은 연구에 종사한 것과 나누어 생각할 수 없으며, 그 성과는 다른 사람이 가히 대신할 수 없는 것이었다. 예를 들어, 그는 「어록」 중에 출현하는 방언, 즉 지역에 따른 민간 언어를 매우 정확히 이해하여, 당시 한국 학자들의 周易 가운데 오해를 규정하였을 뿐만 아니라, 주자 당시에 주자와 함께 "東南三賢"이라 불리던 여동래와 장남헌 등의 저작들을 정독하여, 그들의 의리 사상을 흡수하고 받아들였다. 그는 주자의 유훈을 받아들여, "志士"가 물질생활의 풍족함을 추구하지 않으며 잘 입고 잘 먹는 것을 '지극히 작고 하찮은 일' 이라고 보고 가장 깨끗하면서도 괴로운 '풀뿌리를 씹는' 가난한 나날을 보낼지언정 '뜻을 거르고' '굳은 뜻을 잃어버리는' 과오를 저지르지는 않을 것을 주장하였다.

동춘당은 주자의 이러한 사상을 철저히 실천하였다. 예를 들어, 「음식을 사양하는 상소(辭食物疏)」의 '곡식과 고기를 붙여주라는 어명을 사양하는 상소'에서 그는 조정에서 생활에 보탬을 주고자 하사한 식사를 여러 차례 거절하면서, 성명을 거두어 주시기를 요구하면서, 먼저 관가의 양식 창고 안의 음식을 천하의 배 곪고 추운 자들에게 주어야 하며, 벼슬자리에 있는 사람은 먹고 살 수 있을 만큼 먹고, 춥지 않을 만큼 따뜻하고 나면 '분수에 맞는 것' 외의 '마땅히 얻어야 하는 것'이 있어서는 안된다고 생각하였다. 이에 뜻 있는 인사들은 오직 쇠퇴하는 것을 다시금 홍성케 하며, 나라를 근사하고 편안히 하는 사업에 참여하며, 내심의 수양에 더욱 힘써서, 한 때의 헛된 이름을 얻을 것이 아니라 후세의 법도가 되는 진정한 선비가 되어야 한다 라 하였다. 동춘당은 주자의 스승 이연평이 文廟에 배향되지 못한 것을 심히 불평하게 생각하여 문묘에 배향 할 것을 주장하였으나, 대신들은 나라 사정이 중국과 다르기에 완전히 좇을 수는 없다고 반대하였다.

동춘당이 세상을 떠나고 나자, 그는 현인으로서 높여졌으며, 문묘에서 그를 제사 지냈다. 그의 큰 선비 다운 품덕과 풍모는 후세 사람들의 공경과 숭앙하는 바이다.

3. 禮家의 종장, 禮學의 대성

동춘당은 어린 시절, 방년 18세부터 이미 예학에 큰 뜻을 두고, '널리 배우고 정밀히 사색하기를 마치 외우듯 하여' 부친 뻘의 학자들에게 "이 사람이 훗날 반드시 예가의 종장이 될 것이다" 라는 칭찬을 들었다. 송, 명 시대의 유학자들은, 때때로 理學者이자 禮學者이기도 하였다. 제일 처음 禮와 理를 한 가지로 칭한 것은『禮記・仲尼燕居』의 "禮라는 것은 理이다."에서 보인다. 二程 선생과 주자도 항상 "禮라는 것은, 理를 이르는 것이다." 라고 말하였다. 주자는 말하기를 "禮는 天理의 節文이다. 천하에는 모두 당연지리가 있다 그러나 리는 無形無影하므로 禮文을 정하여 사람들로 하여금 천리에 좇아 행하도록 한다" 고 하였다. 리는 자연과 인문 사회의 법칙과 규율을 포함하는 개념이다. 禮는 사회 규범과 도덕 규범을 뜻하는데, 하나하나의 예의 조문을 통하여 수신, 제가, 치국, 평천하의 목적에 도달하는 것이다. 동춘당은 예를 배우는 것은 文理를 정밀하게 알고 심성을 절제하는 것을 통하여 이루어야 한다고 한다. 동춘당이 즐겨 배우며 힘써 예를 실천했던 것도 백성을 구제하고 나라를 흥하게 하는사업에 투신하고자 했기 때문이다. 때문에 그의 禮學思想과 經世致用의 思想은 하나로 결합되어 있다. 선현인 퇴계와 율곡의 理氣分辨에 관한 문제에 대하여, 그는 꿋꿋이 '氣發而理乘之者'의 주장에 찬성하였다. 그는 말하기를 "율곡의 이론은 정말 만세를 지나도 변치 않을 정론이다. 퇴옹이 다시 태어난다 하여도 이 설에 대하여서는 빙그레 웃고 받아드릴 것이다" 고 하였다. 이로서 예가 확실하고 구체적으로 天理를 구현하고 있음을 증명하였다.

동춘당은 율곡의『聖學輯要』의 훈도를 따라, 국가의 존망과 다스려짐과 어지러움은 禮治의 실행 여부에 의해 결정된다고 여겼다. 이에, 동춘당은 필생의 정력을 기울여, 유가 문화 예의 제도의 損益의 변천 과정을 살피어 예와 情(세상의 정서), 예와 刑(형법의 거행), 예와 俗(세상의 풍속) 사이의 관계에 대해 세밀하고 치밀한 연구를 하였으며, "도, 덕, 인, 의가 예가 아니면 이루어지지 않는다(道德仁義, 非禮不成『예기』「곡례」)"는 주장에 기초하여, 옛 전통 도덕 문명의 정신을 계승, 발전시켰다. 그는 전국시기와 서한시기 유학자들의 禮儀에 관한 논저들을 모아 묶은 『禮記』및 동한의 정현의 『禮記注』, 당 공영달의 『禮記』, 특히 주자가 1196년에 편찬한 『儀禮經傳通解』(그 중 「가례」「향례」「학례」「방국례」「왕조례」), 여동래의 『종법조목』등을 깊이 연구함과 아울러 한국 선현들의 예학 사상을 계승 발전하여 자기의 예학 체계를 형성하였다.

동춘당이 예학을 고찰하고 연구하는 것은 바로 옛적의 예를 질정하여, 지금의 제도를 고찰하는 것이다. 그는 禮儀의 큰 벼리는 변하지 않고, 다만 역사의 변천에 따라 변화하면서, 자연히 '때에 맞는 올바름을 따르는' 수행을 한다고 생각하였다. 그는 중, 한 양국의 서로 다른 국정과 예의제도에 어떠한 차이가 있을 것이고, 이는 오직 임기응변의 방법을 선택함으로써만 해결될 수 있다고 생각하였다. 동춘당은 "대개 우리나라(한국)의 종묘 제도는 원래 古禮가 아니었으므로 주자가 초안을 세운 바와는 다른 것이었다. 만약 대개 융통하지 않으면, 오직 그 장소의 상황과 형편에 인하여, 형세를 검증하여 그것을 처리할 따름이다." 라고 말하였다. 동춘당은 전통의 고례와 민간 생활 습속이 세속의 예의를 형성하여, 이러한 두 가지가 겸행하게 되었을 때, '천지의 마땅한 이치와, 예의의 큰 벼리'만 위배하지 않는다면, 세세한 문제에 대해서는 융통할 수 있다고 생각하였다. 예를 들어, 동춘당 선생은 자신이 직접 본, 지방의 한 선비 집안의 여자 아이가 관직을 지내는 집안의 아들에게 시집을 가는 이야기를 하였다. 신부를 맞이하는 당일, 선비 집안에서는 신랑이 옛 예법의 의식에 따라 신부를 맞이하기를 바랐으나, 이 신랑은 옛 예법에 대해 알지 못하여 결국 당황하여 도망치고 말았다는 것이다. 동춘당은 이 일에 대해 한 번 웃고 말았으며, 이러한 일은 義에 아무런 해가 되지 않으며, 세속의 예법을 사용해도 무방하다고 생각하였다. 姓이 같으면 혼인(同姓婚姻)을 하지 못하는 문제에 대해, 동춘당은 반드시 『예기 · 대전』에서 이야기 하는 "백세를 지나도 昏婚을 不通하는 것은 주나라의 道이다"라는 것을 엄격히 따라야 한다고 생각하였다. 이는 단순히 "남녀가 성씨가 같으면, 그 후대가 번성하지 못한다(『좌전, 희공 23년』)"는 뜻 뿐만 아니라, 조선의 큰 성의 사람이 비교적 많아, 만약 이 예법을 엄격히 지키지 않았을 때, 윤리의 마땅함을 어길 수 있음을 염려한 것이기도 하였다.

동춘당은 "예"로서 자신을 엄격히 단속하였을 뿐만 아니라, 나이 어린 아들을 "날마다 네가 예에 몸을 다하여 선한 사람이 되기를 바랄 뿐이다."라고 교육하며 대인관계에서 '和爲貴'의 유가사상으로 처사할 것을 요구하였다. 동춘당은 장남헌의 말을 빌어 '死節之士'는 綱常을 지켜주는 賢人으로서 이러한 殺身成仁 하는 선비는 모두 제향하여 기념하여야 한다고 하였으며, 신분이 비천하다 하여 잊어서는 안 된다 하였다. 그는 "비록 武夫는 悍卒이라 하더라도 충절로 죽은 자라면 함께 제사의 반열에 두는 것이 합당하다고 여깁니다 … 그러나 만약 사우가 협소하여 용납할 수 없거나 신분이 미천해서 제사의 반열에 올리기 곤란하면 금산의총의 사례에 따라 庭階 사이에서 제사를 지내는 것이 합당하고, 소홀하고 구차히 하여 충혼들로 하여금 향우하게 하고 만당의 사람들로 하여금 불안하게 해서는 안 된다."고 하였다. 이러한 주장은 '禮不下庶人'의 옛 관념을 초월한 견해다.

동춘당은 예와 형법은 서로 관계가 있고, 국가의 법률은 반드시 '예'로서 기준을 삼아야 하며, 인도(仁道 · 人道)를 중시하여 억울한 죄를 지게 하는 것을 피해야 한다고 생각하였다. 항상 중대한 옥사를 처리하게 될 때면, "이는 큰 소송이니, 가히 십분 상세히 준비해 처리하지 않을 수 없다."하며 반드시 신중히 다루었다. 그는 말하기를 "상술이란 자가 이미 포도청에서 자복하여 공초했으나 형조로 와서는 이내 말을 바꾸었으니, 형조가 엄히 국문해서 진상을 캐낸 뒤에 법을 집행하기를 누차 청한 것은 옥사를 다루는 사체가 원래 그러하기 때문이다. 그런데 다시 국문하기를 기다리지 않고 곧장 처단한다면, 설령 이런 선례가 있었다 하더라도 잘못된 규례임이 틀림이 없었으니 후일의 폐단을 생각하지 않을 수 없다." 고 하였다. 옥사에 대한 실제 조사와 심판의 과정을 거치지 않고서 마음대로 대강대강 '곧바로 처리하는 것'은 예에 위배되는 '그릇된 규범'이며, 무궁한 후환이 있을 것이라는 것이었다.

예학의 문화 중, 喪禮와 服喪은 중요한 위치를 차지한다. 『禮記』의 예학에 관한 저술 가운데, 상례와 복상에 관한 분량이 가장 많다. 이것은 또한 동춘당 문집 가운데 가장 중요한 주제이기도 하다.

동춘당은 喪禮 중의 구체적인 문제를 답할 때 『논어 · 학이』의 曾子가 한 "身終追遠이면 民德이 歸厚矣" 라는 사상을 원칙으로 하였다. '愼終'이란 상례를 가리키며, '追遠'이란 제례를 가리킨다. 상례는 亡故한 친인을 애도하기 위한 것이고, 제례는 亡故한 지 오래되는 친인을 그리기 위해 설치한 것이다. 동춘당은 말하기를 장례 후 비록 亡故한 친인을 위한 '朝夕哭'은 끝났지만 그리는 정은 멀어져서는 안 된다. 때문에 "練(祭祀－下葬 후의 安靈之祭)후에 비록 朝夕哭은 끝나지만, 晨昏展拜 지연은 실로 합리적인 것이다."라 하였다.

동춘당은 당시 사회에 "承用俗禮"하고 古禮에 부합되지 않는 현상이 존재함을 발견하였다. 이에 대해서 동춘당은 말하기를 "愼終追遠을 멀리 하지 않고 義에 위배되지 않으면 俗禮에 따라 행하여도 무방하다."고 하였다. 동춘당은 "여행도중 집으로부터 상사 소식을 접하였을 때 어떻게 해야 하는가?" 라는 물음에 대해, "여행도중 공공장소에서 크게 곡하는 것은 野哭으로 적합하지 않다." 고 말하고, 비통한 마음을 억제하지 못할 경우 숙소나 방에서 곡할 것을 바랐다.

동춘당은 先儒가 '居喪에 곡하는 날을 자기의 善端이 발하는 때' 라 하였다고 전하고, 상례제도와 효도를 발양하여 윤리도덕 수준을 높여야 한다고 하였다. 동춘당은 17세기 조선의 大禮學家로 그의 사회사상은 당시 국가와 민족이 위기에 처하였을 때 家庭觀念을 강화하고 民族自存精神을 제고하는 역할을 하였으며, 인본주의 도덕윤리 사상을 발양하였다. 동춘당은 전통유가에 따른 '禮'의 부흥은 가족과 이웃의 단결 화목을 이루고 민족

응집력을 강화할 수 있다고 보았다.

4. 맺음말

현대 사회는 경제가 발전하고 사회가 번영함과 동시에 부정기풍과 부화타락, 도덕부패 등 현상도 나타나고 있다. 그리하여 사람들이 관심을 갖는 바는 잃어버린 도덕인심을 되찾고 사회질서를 온정케 하는 것이다. 현대인들은 古礼에 대해 점차 서먹서먹해지고 있으며, 그 가치에 대해서도 의심과 오해를 품고 있다. 그러나 우리는 응당 그 형식에 구애받지 말고 內的인 含意를 바르게 알고 잘 이용해야 한다. 이는 오늘날 사회도덕 문명건설에도 유익하다. 오늘 한국의 禮學 사상가이신 동춘당선생 탄생 400주년을 기념하는 가운데 우리는 응당 그의 大儒 도덕품격과 그의 예학 정신을 따라 배워야 한다. 만일 사람마다 동춘당선생의 그 '眞儒之心'을 구비한다면 세상은 더욱 아름다워질 것이다.

論同春堂的大儒品德和其禮學思想

潘 富 恩*

1. 序　言

同春堂宋浚吉先生(1606～1672) 爲朝鮮朝後期的著名學者, 在韓國文化史上據有重要的地位和思想影響, 今年正値他誕辰四百周年紀念, 爲此而擧行同春堂學術硏討會, 是具有其特殊意義的。這裏, 尤要提到的與同春堂同時的文化偉人, 乃是尤菴宋時烈先生(1637～1689), 論輩分尤菴高了一輩, 同春堂是其胤(族)子, 論年齡同春堂卻比尤菴長一歲, 他倆同出師門, 道合志同, 共爲士林宗師, 人稱之二宋先生。

同春堂一生經歷朝鮮後期的宣宗、仁祖、孝宗、顯宗四朝, 這也正是中國的明淸之際的"天崩地解"的時代。在此十七世紀, 中國出現了黃宗羲、顧炎武、王夫之爲代表的早期啓蒙思想家。而二宋先生與他們可謂鄰邦的同輩學者。中、韓兩國長期歷史上有著唇亡則齒寒的相關命運, 有著同屬於禮儀之邦的文化政治的歷史背景。而此時卻同遭

* 中國古蹟委員會 委員.

受當時野蠻落後的滿淸貴族集團的侵入, 人民被奴役, 優秀文化被蹂躪。中、韓的志士仁人皆奮起抗淸, 欲以救國家於淪亡。明亡後, 中國的黃(宗羲)、顧(炎武)、王(夫之)則隱居山野, 從事著述, 對中華的傳統文化進行歷史的思考和總結。 王夫之說的"六經責我開生面"便是此意。黃宗羲編著的『明儒學案』爲中國最早有系統的學術史專著。王夫之的『讀四書大全說』、 顧炎武的『日知錄』等, 上述的推陳出新之作, 便是這個時代背景的產物。

韓國的二宋先生, 有强烈的抗淸扶明的思想"是時淸人據中國, 明室南遷, 先生慨然有爲明報仇之意", "金集(愼獨齋)秉國政, 二宋先生俱侍幄議伐淸", 但"伐淸之議"在現實中竟成泡影。二宋先生屢辭不就徵召, 而致力於講學和著述。尤菴先生根據明代胡廣編撰的『性理大全』的方法, 對『二程全書』按類重新編寫『程書分類』,富有學術價値和意義。同春堂對古儀禮經傳進行系統深入而又別開生面的硏究, 爲朝鮮朝禮學的形成做出了重要的貢獻。

2. 大儒的品德和風範

同春堂出身於詩禮傳家的家庭, 早年就受家庭環境的陶冶, "喜讀書 … 期年盡讀史略, 又好習字 … 與鄰兒交必以書箚往復, 辭筆如成人, 人多取玩"。少年時, 他就對如何爲人的問題, 作了哲學的思考, 針對其父提出的 : "人不敢欺, 不忍欺, 不能欺, 何故有此三者之異 ? "的問題時, 他的回答是 : "有威嚴則人不敢欺, 是畏之也 ; 有仁心則人不忍欺, 是心服也 ; 有智術則人不能欺, 是服其明也", 又問"然則孰優 ? " 對曰 : "不忍者上也, 不能者次也, 不敢者下也。" 這裏, 同春堂是以"仁"作爲他人生哲學的核心, 他遵循孔子的"仁者人也"和孟子將人和仁連接起來說的"合而言之道也" 的宗旨, 認爲這個道, 就是爲人之道。同春堂認爲人應有崇高的人格，既不爲權威勢力所壓服，也不爲巧言令色的智術之士所眩惑，惟有以愛爲出發點的有“仁心”的人，才能令人心服。認爲人之所以爲人，乃是決定人的道德價値，也就是朱夫子所曾說的“人之所以得名，以其仁也 … 言人而不言仁，則人不過一塊血肉耳”。同春堂認爲人所體現的具體道德行爲，應該是峻潔剛毅，堅持其所當然的“天理”，“毋爲流俗之論所撓”。

同春堂認爲人們認識事物的道理是有一個體悟的過程，不可主觀片面，他說：“… 天下之義理無窮，一人之精神有限，自非聖賢，安能物物盡格，言之而盡中，前賢猶不能無待於後賢，後賢亦不得盡靠前賢，故陸象山之言曰：言當於理，雖婦人孺子有所不棄，或乖理致，雖出古書不敢盡信。朱子以此言爲當。”同春堂伸述了在眞理面前人人平等的意思，認同了陸象山曾說的“只看理如何，不管人是誰”的話。同春堂指出：“尊其人乃所以尊其道，道者非有我之得私也，彼此之間評證商榷，去就從違以求至當之歸。此乃天下之公理。”“理”不是屬於個人的私物，它是公正無私的公理，是人們長期社會實踐所證明了的。儒家的傳統是以聖賢爲“人之極至”，人們學習的最高典範，聖賢與普通人一樣，不過有著一個執著從善的追求。同春堂以爲人要通過“尊德性、戒懼、愼獨工夫 … 學者當竭一生之力而爲之者”方能達到“聖賢見成規模”。聖賢之所謂聖賢，他們是有著高遠之識見，廣大之心胸，他們立足以民爲本。同春堂指出聖賢是以“濟民”、“興邦”、“利天下”爲目的。他們在施政的過程中也難免會出現“小弊”或者一時被人誤解，然而畢竟垂功於世。“古之聖賢豪傑作法之始，必爲衆人所疑，非但疑焉，未必無惡之者，未必無小弊也。惟其獨見衆人所不能見，故不撓於衆人之口而行之不疑，以成天下之務，定天下之治也”，越是在國家社稷危難之際，更當挺身而出“毋以世亂而阻吾所當爲”。又說：“錢谷甲兵，皆儒者事，承以此爲苦，恐非眞儒之心，惟隨事當理爲宜。”凡軍事、經濟、政治都是儒者所應擔當的，推託責任便不是“眞儒之心”。

同春堂是以“眞儒之心”關心民間疾苦, 如同身受, 在他的文集裏在有關上疏國王、世子或者和學友間書信往來的文字中, 其中提到最多的是他經受痛苦的慢性疾病的折磨, 他如何用精神的力量支持著“其所當爲之事”。他對自己親身所曆的滿目瘡痍的社會現象作深刻的揭露, 於此而爲之“氣咆心悸”、“優悶憤慨”、“寸心如火”。“但念今日民生, 塗炭已極, 不可不變通拯救”, 主張“專心一力于賑活饑民, 如救焚拯溺之爲者, 庶幾上答天心, 下慰民望, 或不至土崩瓦解之歸矣”。他又進而描述當時“民情民驚駭, 憤怨盈路 … 穀貴如此, 而徭賦之繁, 一至於此, 明年大役, 又何以堪, 吾恐刮毛龜背, 毦不得成而殼已穿”。他以龜背上刮毛的比喩來形容官府對百姓的敲骨取髓的殘酷剝削, 是非常形象而適當的。同春堂在上朝廷的摺子中, 建議“罷絶諸工人役于差備門外, 毋玩細娯而忘大圖, 痛革宮中奢侈之習 …”。而作爲“士”的本身不可“犯義”、“喪志”, “唯其廉恥一節, 實關風俗之盛衰, 士夫持身, 惟此爲大”。

在人際交往的問題上, 同春堂認爲士人之間, 學術上的見解可以不同, 本著求“道”的精神, 可以虛心進行探討“君子和而不同, 議論豈必同, 亦不必汲汲求合 … 彼此之間, 惟當虛心平氣, 孰玩潛思, 以求至當之歸”。認爲學問上的切蹉于彼此有益, 以文會友是中、韓學者的傳統, 然而政治上的鬥爭則不同, 自古而然。同春堂從以民爲本的利益出發, 不計自身的利害, 以“眞儒之心”放言而直陳已見, 由此而屢遭讒言誣害, 例如他提出某些改革弊政的主張, 就被說成是“贊成新法”的異端者而陷入“譙責四起”的境地, 他曾有“抗淸之議”時, 就有內奸暗中向淸廷告密而險遇不測, 所以同春堂深有體會地說 : “世道嬗變, 千怪百鬼, 無所不有。孰有維持倫紀, 嚴設提防, 以扶斯世而濟斯民。” 也就是說在國家民族危難之際, 社會混亂, 自然會出現“千怪百鬼”之類的政治上的卑鄙小人, 而同時也亂世出英雄, 也可能會有“維持倫紀”、“扶世濟民”的“眞儒”應時而生。同春堂還特地引錄了朱子『文集』中的『王梅溪文集序』裏的一段文字, 說明朱子是如何將"小人"與"君子"作鮮明對照的描述、朱子筆下那些醜惡的卑鄙小人的特點是 :"依阿典忍, 回互隱伏, 糾結如蛇蚓, 瑣細如蜆虱, 如鬼蜮狐蠱, 如盜賊詛視, 閃倏狡獪不可方物者"。而君子的形象便是朱子所形容的"其光明正大, 踈暢通達, 如青天白日, 如高山大川, 如雷霆之爲威而雨露, 無纖芥可疑者, 必君子也"。朱子上述的兩種人描寫也正是同春堂所說的"千怪百鬼"和"扶世濟民"的兩種對立的人物, 這也表明了同春堂愛恨分明, 疾惡如仇的態度。他也要採取朱子的"以其人之道, 還治其人之身"的方法對付社會上醜惡的人與事, 進行大膽而深刻的揭露, 力倡樹立那種"抗節奮義, 殺身成仁"的眞儒形象。"使偸生苟活, 屈膝拜虜之輩, 心忸怩而顙有泚"。

同春堂大儒風格的的形式, 是與他畢生從事朱子學的研究是分不開的, 特別是對朱子『家禮』和朱子『語類』的深究, 其成就是無人可替代的。例如, 他還精確而通曉『語類』中的俚語, 卽地方性的民間語言, 糾正了當時韓國學者注釋中的誤解, 他以朱子的人格與學問作爲自己爲人治學的標的。此外, 他還精讀與朱子同時號稱"東南三賢"的呂東萊和張南軒的著作, 從而汲取其義理思想。同春堂謹記朱子"學者常以志士不忘在溝壑爲念, 則道義重而計較生死之心輕, 衣食至微末事, 不得未必死, 亦何用犯義分, 役心役志營營以求之耶? 某觀今人因不能咬菜根而至於違其本心者衆矣, 可求戒哉" 的遺訓。主張"志士"不追求物質生活的優裕, 視衣食爲"至微末事", 反對人們專注精力"營營以求"物質享受, 即使過著最淸苦的"咬菜根"的窮日子也不能"犯義"、"喪志"。只有追求高尙的道德境界和學問上的成就, 這就是"士"的"本心"和遠大志向。同春堂是將朱子的這種思想貫徹在他的實踐生活中去, 我們可以從同春堂的『辭食物疏』、『辭繼給米肉之命疏』等, 他多次拒絕接受朝廷的伙食貼補, 要求"收回成命", "卽今民饑賦重、殿屎盈路", "今域中凶歉, 餓殍載路"首先應該將官稟中的食物"賜天下之饑寒者”。當官的已基本溫飽, 足矣, 而不能再有“本分”之外的“非所當得者”, 否則便是“旣悲且慚”可悲可恥的事, 是違禮背義的。招來“人誅鬼責”的後果。因此有志之士只能參與“興衰撥亂, 嘉靖邦國”的事業, 加强內心的修養“誠心典學、篤恭務實”而成爲不是“取一時之虛名”而“可爲後世法”的眞儒。同春堂爲朱子的老師李侗(延年)未能從祀文廟之列, 甚爲不平, 認爲他是“闡明聖統之適傳, 開啓後人之標準”曾建議朝廷將李侗從祀文廟, 結果“大臣以異于中朝定制難之”, 未成。同春堂自己在辭世後, 被尊爲賢人而從祀文廟。他的大儒的品德和風範爲後人所欽仰。

3. 禮家的宗匠、禮學的大成

同春堂少年時方十八歲, 就潛心創研禮學“精博如誦”被其父輩學者所賞識, 稱 : “此哥他日必作禮家宗匠”。宋明時代的儒者, 往往旣是理家家也是禮學家。最初將禮、理並稱的是見於『禮記・仲尼燕居』: “禮也者, 理也”。二程先生和朱子也常說 : “禮者, 理之謂也。”而朱子把理、禮的關係說得非常淸楚。他說 : “禮謂之天理之節文者, 蓋天下皆有當然之理, 但此理無形無影, 故作此禮文畫出一個天理與人看, 敎有規矩, 故謂之天理之節文”。“理”是包涵自然和人文社會總的法則或規律, 它是“無形無影”抽象的“淨潔空闊的世界”。而“禮”則是社會規範和道德規範, 通過具體的禮儀條文達到修(身)、齊(家)、治(國)、平(天下)的目的。同春堂“以爲學禮之功, 以文理則精審而詳密焉, 以心性則檢制而和敬焉”。他的“好學勤禮”是爲了能投身於“濟民興邦”的事業。他的禮學思想是與經世致用的思想結合在一起的。因此在先賢退溪和栗穀關於理氣之辨的問題上, 他堅定地認爲“栗谷此論, 眞可謂萬世以竣而不惑, 使退陶(李滉)而複作亦莞爾而笑”, 也就是贊成“氣發而理乘之者"之說。 因爲程朱理學思想體系中也蘊含著"實"的一面, 把"氣"(宇宙萬物)說成是理的"安頓處", 宣傳"理寓於氣"、 "道不離氣" 於是理又是"實理"。 於此論證了"禮"是實實在在具體體現了"天理"的精神。

同春堂遵照栗穀『聖學輯要』的訓導 : "天尊地卑, 禮因立也。 類聚群分, 禮固行矣 … 衆人勉之, 賢人行之, 聖人由之。故所以行其身與其家, 與其國與天下者, 禮治則治, 禮亂則亂, 禮在則存, 禮亡則亡。" 認爲國家的存亡治亂是決定於禮治實行的與否, 因此, 同春堂傾其畢生的精力, 對儒家禮文化從禮儀制度的損益演變, 從禮與情、 禮與刑(法)、 禮與俗之間的關係進行細緻的探究, 本著"道德仁義, 非禮不成"(『禮記、 曲禮』)的宗旨, 繼承和宏揚古傳統道德文明的精神。 他對自戰國至西漢初, 儒家學者關於禮儀的散篇論著的彙編『禮記』及東漢鄭玄的『禮記注』, 唐孔穎達的『禮記正義』, 尤其對朱子於1196年編寫的『儀禮經傳通解』(其中包括『家禮』、 『鄕禮』、 『學禮』、 『邦國禮』、 『王朝禮』), 還有呂東萊的『宗法條目』等予以精心鑽研, 此外還汲取了韓國先賢們的禮學思想, 從而形成了自己禮學之大成的體系。

同春堂考究禮學乃是"質之古禮、 考之時制", 認爲"禮義之大綱"不變, 但也隨著歷史的變遷, 自然也會作出"隨時之宜"的修訂。 他指出中、 韓兩國的不同國情, 禮制上會存在某些差異, 這唯有採取變通的辦法來解決。

同春堂說 : "… 蓋我國(朝鮮)廟制, 原非古禮, 不與朱子所本擬定者同, 如不得大段變通, 則惟隨其地勢, 因其形便, 參量以處之而已。" 凡當傳統的古禮和民間生活習俗而形成自己的俗禮, 這兩者往往兼行並存的情況下, 同春堂認爲"事事無害於義者, 固當從俗, 然, 大義所關, 不可一以從俗爲諉", 凡不違背"天地之常理, 禮義之大綱", 細節問題上是可變通的。 例如同春堂先生擧了一個他親身所見的一件事, 說地方上有一個讀書人的女兒要出嫁給一個做官人家的兒子, 迎親的一天,讀書人要求新郎按古禮的儀式迎親, 可這位新郎不懂古禮, 竟狼狽落荒而逃, 後來只得用俗禮完成了事。同春堂對此置之一笑, 認爲這無害於義, 用俗禮也無妨。關於同姓不婚的問題, 同春堂認爲必須嚴格按照『禮記・大傳』所說的"雖百世而昏姻不通者, 周道然也"。這不僅是"男女同姓, 其生不繁"(『左傳』僖公二十三年), 而且朝鮮大姓的宗族人數較多, 如不嚴守此禮, 就有傷倫常。

同春堂不僅以"禮"嚴於律己, 而且教育年少時的兒子"日望汝役身於禮以作善人耳", "禮節之間, 亦須提掇精神, 詳緩跪拜、毋或輕遽顚趺以失容儀"並教導兒子要很好處理人際關係, 强調"和爲貴", "凡論人, 必當其情景, 然後彼亦心服, 切不可過中而激惱增鬧也" , 同春堂曾深切地體驗到 : 禮儀涉及王室的"繼統"與"繼嗣"之爭時, 必然引發宮廷內部爭權的政治鬥爭, 權臣們各爭著從古禮儀的條文中, 尋找有利於己方的解釋權, 這涉及王位繼承大政, 關涉國家的治亂興衰, 議論不愼會遭殺身之禍。在『年譜』的本傳中有這麼一段記錄 : "崇禎中先生擧焉, 爲世子洗馬, 固辭不就, 居久之。世子卒, 諡爲昭顯, 子柏幼, 王欲立鳳林大君爲世子, 先生上疏請立柏爲王世孫, 鳳林旣立爲世子, 先生遂廢, 終憲文王世不之征也。"這表現同春堂的剛直不阿、磊落光明的品德, 這也是同春堂以張南軒之言"伏節死義之士, 當于犯顏敢諫中求人"爲座右銘。同春堂認爲"伏節死義之士"是綱常賴以不墮的賢人, 這些"殺身成仁"者, 都應該設祭紀念, 不能以某些出身低微而淡忘之。"鄙意雖武夫悍卒, 苟以節死者宜在醊食之列 … 亦宜設祭於庭階之間 … 誠不可草草苟且, 使忠魂向隅, 滿堂不安", 這超越了"禮不下庶人"的古老定見。

同春堂認爲禮與刑(法)是相聯繫, 國家的法律應以"禮"爲準繩, 要講"仁"(人)道, 避免冤獄。凡遇到重大條件"此大獄也, 不可不十詳備以處之"必須愼重對待。如果"不待更鞫, 直加處斷, 設有前例, 必是謬規, 後弊不可不慮" 沒有經過案件的查實和審判的程式, 便草率地判決,這是違禮的“謬規”、有無窮的後患。

禮學文化喪禮、喪服佔有重要的地位, 從『禮記』以下有關禮學的著述中, 亦都是喪禮、喪服所占的篇卷爲最多, 這也是同春堂在其文集中的重要議題。現先將儀禮中有關喪禮、喪服的基本概念和程式稍作點交代, 以便理解同春堂所闡述有關於此的禮學思想的意義。

大斂－－最後一次爲死者著衣, 大斂畢則入棺殯－－大斂後棺柩由寢室搬到堂上停厝。在這段停厝期間, 孝子家人每天早晚各有一次奠祭, 相當於生前晨昏定省的延續。此之謂“朝夕哭”。到了出殯下葬時, 喪禮在旣葬之後, 回家便安排了一場任由盡情宣洩的“反哭”, 接著便是連續多日的“虞”祭。虞祭是安靈之祭, 虞祭之中准許有限制地哭, 但當虞祭結束之後, 卽不許再在別人面前哭了, 此卽所謂“卒哭”。

按家族親屬之親疏關係分別穿戴五等喪服, 有斬衰、齊衰、大功、小功、緦麻。規定“服重者尙粗惡”。斬衰－－穿不縫衣旁及下邊的喪服, 服喪期三年。齊衰－－穿縫衣旁及下邊的喪服, 亦喪期三年。大功－－穿手工粗糙的喪服, 服喪期九個月。小功－－穿手工較細的喪服, 服喪期六個月。緦麻－－穿細而疏的喪服及腰束麻絰帶, 喪期三個月。

同春堂在解答喪禮中的具體細節問題時, 乃是遵照『論語、學而』篇記載曾子的話 : “愼終追遠, 民德歸厚矣”, “愼終”指喪禮, “追遠”是指祭禮而言, 喪禮是爲了哀悼親人的亡故而設, 祭禮是爲了追思懷念遠離人世已久的親人而制。同春堂認爲“虞祭”之後, 雖然停止了向亡故的親人“朝夕哭”, 然而追思懷念之情是不能淡去的。所以他說 : “練(虞祭)後雖止朝夕哭, 而晨昏展拜之筵, 實合情理。退溪先生亦以爲善遵行。” 同春堂看到當時社會上也存在“承用俗禮”而不甚合“古禮”的現象, 例如按古禮當例如爲親人服喪三年期滿時, 孝子當設大祥之祭, 祭畢奉神主入祠堂、撤靈座, 棄絰杖而服喪。可是也有人家服喪“終三年不撤(靈座)”的。所以他說 : “祥後撤幾筵, 在古禮無可疑者”, “而聞… 家皆終三年不撤之, 始知大家名門, 亦未免承用俗禮”。同春堂認爲只要不離“愼終追遠”而“無害於義者”, 承用俗禮亦無妨。 當同春堂在被問到如果一個人遇到家中有喪事, “則途中哀至而哭”, “或以非奔喪而道哭, 近於野哭爲非, 或雲若在旅次則可哭, 何以處之？”。他的回答是“途中則不可, 旅次或可, 然亦在斟酌也。” 在旅途的公共場合應控制自己的悲傷, 不要縱情大哭。 要注意儀容禮貌, 這種“野哭”是不合適, 或者實在一時按捺不住悲情可躲在旅舍裏哭。

同春堂認爲“先儒以居喪哭泣之日, 爲善端發見之時”, 通過喪禮制度發揚孝道, 提高倫理道德的素養。 總之, 同春堂作爲十七世紀韓國朝鮮後期的大禮學家, 他的禮學思想在當時國家民族危難之際, 强化了家庭觀念, 提升了民族的自尊精神, 貫徹了以人爲本的道德倫理思想。『禮記・大傳』有論“宗廟嚴, 故重社稷”, “重社稷, 故愛百姓”。同春堂以爲傳統儒家“禮”的復興能夠和家族、睦鄕里, 有强大的民族凝聚力。 人人要具有“眞儒之心”從事於“濟民”、 ‘興邦’、 ‘利天下’的事業。爲此他的歷史貢獻是應以重視。

4. 結　言

現代社會經濟成長, 社會繁榮, 但隨之而來也出現的風氣不正、 人性墮落、道德淪喪的負面現象。因此人們關切的是如何道德人心的挽回, 社會秩序的穩定。 現代人對古禮已漸不爲人知, 對其功能價值感到懷疑或誤解, 但我們應不拘其古老的形式, 而掌握其內涵的意識, 古爲今用爲我們今天社會的道德文明的建設是有幫助的。今天値此紀念韓國禮學思想家同春堂先生的誕辰四百周年。我們當學習他的大儒道德品質和他的禮學思想。 如果人人都有一顆同春堂先生說的‘眞儒之心’, 那麽世界會變得更美好。

동춘당의 기해예설과 예송인식

김 문 준*

1. 들어가는 말

禮訟이란 효종이 죽은 후 현종초의 1차 복제문제, 현종말의 2차 복제문제 등의 전례문제들을 말한다. 이 문제들은 왕실의 전례문제로서, 왕실의 복상문제였다.

이러한 전례 문제가 대두하게 된 가장 직접적인 원인은 효종의 왕위 계승이 정상적인 방법에서 벗어난 것이었기 때문이었다. 조선의 왕위계승은 적

---

* 건양대 교양학부 교수.
이 논문은 『충청학연구』 6집(한남대충청학연구소, 2005)에 수록된 필자의 논문에 약간의 교정 보완을 더한 것임.

장자로서 이어지는 것이 원칙이지만, 효종은 세자인 소현세자가 사망하자 소현세자의 자식들이 있었는데도 불구하고 인조의 둘째 아들로서 왕위에 올랐다. 이러한 왕위계승에 따라 발생한 왕실의 각종 전례문제는 쉽게 처리하기 어려운 것이었고, 당시 정계에 대거 등장한 산림들은 이 문제를 통하여 정치체계와 사회질서를 정립하는 데에 있어서 대단히 중요한 문제로 여기어 각자 명분과 의리를 내세워 치열한 논쟁을 벌였다.

이 글에서는 17세기 전례상의 복제 논쟁에 참여한 同春堂 宋浚吉(1606~1672)의 예론을 도학정신과 이념성을 주목하여 검토함으로서, 그 의의를 살펴보고자 한다.

17세기 한국의 예송에 관한 연구는 한국 후기 정치사 및 학술사를 이해하는 데 대단히 중요한 문제이므로, 지난 십수년간 많은 연구가 이루어져 왔다. 예송에 관한 연구는 초기의 당쟁사 차원 연구,[1] 예송의 정치사상・사회사상의 이해에 관한 연구,[2] 한국철학사(유학사) 연구와 관련된 연구[3] 등

---

1) 당쟁사 관련 초기연구는 대략 다음 3편을 들 수 있다.
성락훈, 「한국당쟁사」『한국문화사대계』 2, 고려대학교 아세아문화연구소, 1965.
강주진, 『이조당쟁사 연구』, 서울대출판부, 1971.
현상윤, 『조선유학사』, 민중서관, 1949.

2) '예송'을 주제로 한 역사학계의 주요 연구 논문은 대략 다음 6편을 들 수 있다.
① 황원구, 「소위 기해복제 문제에 대하여」, 정세논총 사회과학편 2, 1963.
  * 개제 「기해복제논안시말동아세아사연구」, 일조각, 1981.
② 지두환, 「조선후기 예송연구」『부대사학』 11, 1987.
③ 정옥자, 「17세기 사상계의 재편과 예론」『한국문화』 10, 1989.
④ 이영춘, 「제일차예송과 윤선도의 예론」『청계사학』 6, 1989.
⑤ 이영춘, 「복제예송과 정국변동」－제이차 예송을 중심으로, 『국사관론총』 22, 국사편찬위원회, 1991.
⑥ 이성무, 「17세기의 예론과 당쟁」『조선후기 당쟁의 종합적 검토』, 한국정신문화연구원, 1992.

3) '예송'을 주제로 한 사상・철학 관련 주요 연구 논문은 대략 다음의 13편을 들 수 있다.
① 류정동, 「예송의 제학파와 그 론쟁」『한국철학사 연구』 중, 동명사, 1978.
② 정옥자, 「미수 허목 연구」, 한국사론 5, 서울대 인문대학 국사학과, 1979.

이 있으며, 이러한 연구의 내용에 송준길의 복제론에 대한 내용과 의의를 검토하고 있다. 송준길의 복제설만을 다룬 논문으로는 정병련과 한기범 등의 연구가 있다.[4)]

---

③ 정인재, 「윤백호의 예론과 윤리사상」『현대사회와 윤리』, 한국정신문화연구원, 1982.
④ 윤사순, 「조선조 예사상의 연구」－성리학과의 관련을 중심으로－, 『동양학』 13집, 단국대 동양학연구소, 1983.
⑤ 배상현, 「우암 송시열의 예학고」『우암사상연구논총』, 사문학회, 1992.
「조선조 기호학파의 예학사상에 관한 연구」, 고려대 박사학위논문, 1991.
「성호 이익의 예학사상」『태동고전연구』 제10집, 1993.
⑥ 허권수, 「17세기 문묘종사와 예송에 관한 연구」, 성균관대 대학원 박사학위논문, 1992.
『조선후기 남인과 서인의 학문적 대립』, 법인문화사, 1993
⑦ 이영춘, 「복제예송과 미수 허목의 예론」『한국종교사상의 재조명』－진산 한기두박사 화갑기념논총－, 원광대 출판부, 1993.
⑧ 류영희, 「백호 윤휴 사상 연구」, 고려대 박사학위논문, 1993.
⑨ 이봉규, 「왕권에 대한 예치의 문제의식」－宗法과 君子 개념을 중심으로－, 『철학』 72, 2002.
⑩ 이봉규, 「조선후기 예송의 철학적 함의」－17세기 상복논쟁을 중심으로－, 『한국학연구』 9호, 1998.
⑪ 이봉규, 「김장생・김집의 예학과 원종추숭논쟁의 철학사적 의미」『한국사상사학』 11호, 1998.
⑫ 이봉규, 「17세기조선상복논쟁적규범관」－관우대친친・존존관념적인식－, 국제유학연구 5집, 1998.
⑬ 이봉규, 「17세기 예송에 대한 정약용의 철학적 분석」－정체전중변을 중심으로, 『공자학』 2, 1996.

4) 정병련, 「동춘당의 예학사상」－기해예송을 중심으로, 한기범, 「동춘당 송준길의 예학사상」, 한국사상과 문화 18집, 2002.

2. 기해예송의 발단과 전개

기해년의 왕실 복제논쟁은 효종이 승하한 후, 그의 계모(인조의 계비, 자의대비)가 얼마 동안 복상을 입느냐 하는 데에 대한 논변이다. 효종은 차자였으나, 그의 형인 소현세자가 왕위를 계승하기 전에 사망하여, 차자로서 즉위하였다. 그러므로 효종은 왕통을 이어 왕위에 즉위하였지만 장자는 아니었기 때문에 효종의 모인 자의대비의 상복을 어떻게 해야 할 것인가 하는 문제는 정하기 어려운 문제였다.

〈효종과 현종의 왕가에서의 위치〉

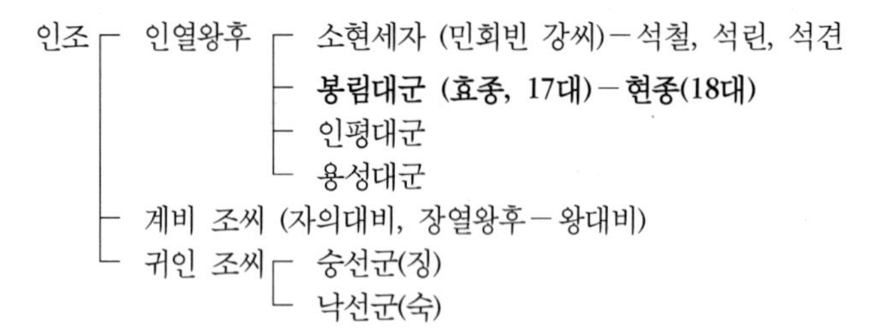

효종이 사망하자 예조판서 윤봉은 조신들에게 자의대비의 복제를 의뢰하였다. 왕가의 사례는 성종 때 제정한 『국조오례의』[5]에 준하여 시행하였는

5) 『國朝五禮儀』는 관민의 모든 의식 절차를 제정한 책이다. 세종 때 법전이나 예식의 성문화에 착수하여 『경제육전속전』을 펴내고, 이를 바탕으로 세조 때에 강희맹을 거쳐 1474년 신숙주 정척 등이 완성하였다. 길례(종묘 사직 등 천지 조상에 제사지내는 의식), 빈례(외국사신을 접대하는 예칙), 가례(임금의 혼인, 즉위, 세자 세손의 혼인 책봉 등의 예식), 군례, 흉례(국상, 국장에 관한 예식) 등 다섯 가지 예식을 중심으로 하여 관민의 모든 의식과 절차를 제정한 것이다. 조선 개국 후, 고려조에서 불교와 유교의 의식이 혼용되던 폐단을 고치고자 유교식 예법을 확정하기 위해서 만든 것이다. 그 후 1744년에 시행하기에 불합리한 몇 가지 조목을 첨삭하여 『국조속오례의』를 간행하였다.

데,『오례의』에는 대비가 차자로서 대통을 이은 아들을 위해 얼마동안 상복을 입어야 하는지에 대한 분명한 규정이 없었으며, 고례도 의거할 예증이 없었기 때문이다. 이에 조신들은『오례의』의 '어머니는 자식을 위해 기년복을 입는다(母爲子服朞)'라고 한 복제에 의거하여 기년상(1년상)으로 정하였고, 예학으로 일가를 이룬 김장생의 제자인 송시열, 송준길 등도 그들의 견해에 동의하였다. 고례에 차자가 왕위를 계승한 경우의 복제가 분명히 명시되어 있지 않으므로, 어머니가 아들의 상에 장자, 차자의 구별없이 기년복을 입는다고 한『오례의』에 따라 기년으로 하자고 논의하여 정한 것이다.

이에, 윤휴가『의례주소』의 가공언소에서 '첫째 아들이 죽으면 둘째 아들을 세워 장자라 한다'는 구절을 들어 효종이 차자이지만 장자인 소현세자가 죽었으므로, 차자가 장자로 되어 적통을 계승한 것이라고 반박하였다.[6] 그러자 송시열은 윤휴가 논증한『의례주소』에 기술된 사종지설 가운데 '체이부정론'에 입각하여, 기년이어야 한다고 재확인하였으며, 송준길도 이에 동의하였다.[7] 송준길과 송시열의 주장은 결국 효종은 인조의 차자이니 왕통계승은 '體而不正'에 해당하는 경우로서, 자의대비가 기년복을 입어야 한다는 것이었다.[8]

그러나 윤휴는, 왕가에는 왕통이 중요한 것이니 장자 차자 할 것 없이 효종이 왕인 이상 그를 위해 삼년상을 입어야 한다는 것이다. 그는 송시열이

---

6)『의례주소』는『의례』의 금문 고문을 참작하여 정현이 주를 달고, 이에 다시 가공언의 소를 붙인 것이다.

7) 四種之說은『儀禮主疏』喪服編 斬衰章 父爲長子條 賈公彥疏에 나오는 내용으로, ① 正體不得傳重, ② 傳重非正體, ③ 體而不正, ④ 正而不體를 말한다. ①은 적자로서 폐질 때문에 王位를 계승하지 못한 경우, ②는 서손이 뒤를 이은 경우, ③은 서자가 뒤를 이은 경우, ④는 서손이 뒤를 이은 경우이다. 이 네 가지는 비록 대통을 이어도 아버지가 아들을 위해 삼년복을 입지 않는다는 것인데, 효종은 體而不正에 해당된다는 것이었다.

8) 이와 같이, 인조대의 원종추숭문제, 현종대의 1,2차 복제문제에서도 어느 쪽 입장이든『가례』,『의례』,『경국대전』등 모든 예서들을 동원하여 논지를 증명하려 하였다. 한쪽은 고례인『의례』에, 다른 한 쪽은『가례』에 그 이론 근거와 자신 주장의 논거를 일방적으로 취하여 주장한 것은 아니었다.

주장한 예는 일반 사대부들의 예이지 왕가의 예가 아니라고 주장하면서, 송시열의 체이부정론이 '임금을 낮추고 종통을 두 개로 하는(卑主貳宗)' 것이라고 비판하며 반대했다.

당시 중신들(영의정 정태화 등)은 '체이부정'이라는 송시열의 견해를 덮어두고 국제인 『오례의』에 근거하여 기년복을 결정하였다. 소현세자의 아들이 살아있는 상황에 효종의 왕위계승은 부정한 것이라는 송시열의 주장은 왕위계승과 왕권 문제에 미묘한 문제를 야기할 소지가 있었기 때문이다. 그러나 사실상 그의 주장대로 기년복으로 결정되었으므로 당시 사람들은 송시열의 주장이 관철된 것으로 여겼다.

이러한 송시열과 윤휴의 논쟁은 효종의 종통계승의 정통성 여부의 문제로 비화되어 갔다. 종통계승의 정당성 여부는 중요한 문제이기는 했으나, 1차 복제문제 논쟁 초기에는 정치적 파당성을 띤 것은 아니었다. 그런데 1년 뒤 자의대비의 복상이 끝날 무렵, 허목이 장문의 상소를 올려 대개 윤휴설을 근거로 자의대비의 기년복이 잘못이니 고쳐야 한다고 주장하였다. 그의 주장은 두 가지로 요약할 수 있다. 하나는 '제일자가 죽었을 경우 적처소생 중 제이장자를 세워 또한 장자라 한다'고 명시한 『의례주소』의 해설을 근거로 대면서, 효종은 장자이므로 자의대비가 삼년복을 입어야 한다는 것이다. 다른 하나는 효종은 서자이므로 '체이부정'에 해당한다는 주장에 대한 비판으로서 주소에 기록된 서자는 중자가 아니라 첩자를 가리키는 것이므로 효종은 이 경우에 해당하지 않는다고 한 것이다. 그는 송시열의 주장이 '예를 그릇되게 하여 왕통을 어지럽히는(誤禮亂統, 乖禮亂統)' 것이어서, 그의 주장대로 하면 효종이 적통이 되지 않고 따라서 왕통이 확고할 수 없다고 비판하였다. 체이부정론의 '서자'란 개념을 문제 삼은 것이다.

송시열과 송준길은 이에 대해, 자의대비는 인조와 함께 이미 적장자인 소현세자 상에 장자복을 입었으니, 효종을 위해 다시 장자복을 입을 수 없다고 못박고, 서자는 중자와 첩자를 아울러 가리키는 것이어서, 천한 칭호가 아니므로 효종을 서자라고 하여도 무방하다고 하면서, 굳이 허목이 서자라는 용어를 첩자로 보려는 이유가 무엇인가 반문했다. 허목은 서자를 첩자로 보고, 송준길과 송시열은 중자로 보는 차이가 또한 문제가 된 것이다. 그런데 이 문제는 송시열과 윤휴와의 논쟁 중에 제기된 바 있었으며, '체이부정' 문제와 마찬가지로, 효종의 정통성 문제와 직결될 소지가 있었다. 결국 2차 예송 때 이 문제가 재론되어 송시열이 삭탈관작 문외출송을 당하게 된다.

그러나 1차 예송 때만 해도 이러한 논쟁이 아직 정치적인 문제가 되지는 않았다. 이 논쟁이 정쟁으로 전화되는 계기는 윤선도의 상소이다. 윤선도는 허목의 상소에서 한 걸음 더 나아가 송시열의 기년설이 임금을 낮추어 종통을 두 개로 만드는 '卑主貳宗'이며 '乖禮亂統'하는 것이라는 윤휴와 허목의 비판을 주된 내용으로 상소를 올려 송시열을 처벌할 것을 주장하는 정치적 공격을 하였다. 그런데 그의 상소는 매우 감정적이고 과격한 것이었으며, 윤휴와 허목의 이론을 정치적으로 이용하는 의도를 담고 있어서, 복제논쟁이 학문적 차원을 넘어 정치 다툼의 수단으로 전화되는 계기를 촉발하였다. 이로 인해 윤선도는 삼사를 비롯한 백관의 치열한 탄핵을 받고 함경도 유배에 처해졌으며, 이 때 이미 송시열은 낙향한 뒤였고 송준길도 이 상소가 올라오자 낙향했다.

그 후로도 송시열을 두둔한 유계의 상소, 윤선도를 두둔한 권시 등의 상소가 있었으며, 윤선도를 두둔하고 송시열을 공척한 조형, 홍우원, 서필원 등의 상소로 조정이 다시 시끄러워졌다. 이후로 복제논쟁은 학문적 대결에서 벗어나 정쟁의 성격으로 변하게 되어, 내용상으로도 왕가의 종통과 적통이 논란되는 엉뚱한 상황으로 변질되었다. 윤선도 등의 상소로 인한 파장으로 인해 윤휴 등도 당분간은 더 이상 학문적인 의미에서조차 이론을 제기할 수 없게 되었다. 이로서 자의대비의 상복은 기년복으로 확정되었다.

그러나 효종을 위한 자의대비 복제문제는 이로써 종결된 것이 아니라, 그로부터 6년 뒤(1666년, 현종 7년) 영남유생 1700여명이 삼년상을 지지하고 송시열을 비판하는 상소를 올리는 반면, 성균관과 경향 각지의 유생들은 연명 상소를 올려 기년설을 지지하는 등 중앙에서 지방으로 확산되어 갔다.

이로써 건전한 왕도정치의 바탕이 되어야 할 사림의 여론은 지방별 사우관계의 연계를 바탕으로 분기 대립하여 정국의 추이를 좌우하는 정쟁으로 돌입하는 양상마저 보이게 되었다.

3. 동춘당 복제예설의 내용과 의의

조선후기의 예송에 관한 관심은 한말 폐원단의 『한국정쟁지』(1907) 등의 식민사관적 당쟁론의 하나로서 부각되기 시작하였고, 이병도는 『자료 한국유학사 초고』 등에서 조선후기 당쟁의 한 부분으로서 설정하였다. 그들은 동서분당 이후 유학이 당쟁의 도구로 이용되었으며 예송이 그 한 예라고 보았다. 이러한 그들의 예송 인식은 조선 후기 사회를 부정적으로 보는 당시의 역사인식의 연장이었다. 이에 따라, 한국학계에서는 1987년 이전까지 예송에 대해 오직 한편의 연구 논문만이 있었으며, 두 편의 당쟁사 관계 개설서에서 예송 문제를 상당 분량 기술하였으나, 「연려실기술」이나 「당의통략」의 이해 수준을 넘는 것이 아니었으므로, 예송에 대한 본격적인 연구는 1980년대 후반에 이르러서야 비로소 시작되었다.

그동안 예송에 관한 연구에서 가장 중요한 관심의 대상이었던 부분은 송시열과 윤휴, 허목의 예설이고, 당쟁으로의 확산과 관련하여 윤선도의 상소 이후의 정국변화에 관한 부분이었다. 송준길에 관한 예송연구는 그만큼 주변적인 것으로 인식되었다. 그러한 이유로는 첫째, 송준길은 본격적으로 예송이 벌어진 2차예송(갑인예송, 1674, 현종 15년)이 일어나기 2년전에 사망하여, 기해예송의 기년설을 송시열 혼자 책임져야 했기 때문이었다. 송시열은 예송 문제 가운데에서 가장 부각되었던 '체이부정설'을 바탕으로 참최를 이중으로 하지 않는 不貳斬을 논거로 제기하면서, 모든 반대 의견 즉, 제왕가는 사가와 다르다는 윤휴의 斬衰服과 허목의 齊衰三年服 등을 비판하고 지속적으로 기년설을 주장했던 주역이 되었다. 둘째, 송시열은 조정에서 많이 논변한 반면, 송준길은 주로 탑전에서 임금에게 의견을 개진하였기 때문에 다른 사람들에게는 송시열이 기년복 주장의 장본이라고 생각하게 되었고 주로 송시열을 논박하였기 때문이었다.

송준길의 예송에 관한 상소문으로는 동춘당집에 실려 있는 「승명론허목상복소차」(경자 3월, 권4), 「이복제사자핵소」(계묘 8월, 권5), 「대왕대비전복제의」(기해 5월, 권9) 등이 중요한 글이며, 이외에도 기타 상소문, 허목 등과의 편지, 헌의, 소차 등이 있다.

송준길은 1차예송 초기 논쟁에만 관여했으며, 그의 주요 논쟁 대상은 주로 허목의 제최삼년복이었다. 그 과정은 당시 장령이었던 허목이 제최삼년복을 주장하는 상소를 올리자[9] 송준길이 이를 반박하는 상소를 올리고,[10] 허목이 송준길의 기년설에 대한 재차 반박 상소를 올리자,[11] 송준길이 재차 삼년설을 주장하였고, 다시 허목이 의례 상복도를 올렸으며,[12] 송준길은 탑전에서 현종에게 직접 이를 조목조목 비판하였다. 이 과정에서 송준길은 허목과 편지를 주고 받으며 논의하기도 했다.

송준길은 현종이 허목의 1차 상소를 검토하라고 명하자, 자기 의견을 상주했다. 당시 좌참찬으로 조정에 있었던 송준길은 다음과 같이 상소를 올렸다.

> "『의례』에서, 『아버지가 장자를 위하여』라고 한 것은 위아래를 통틀어 한 말입니다. 만약 허목의 말대로라면 가령 사대부의 적처 소생이 10여 명인데, 첫째 아들이 죽어 그 아비가 그를 위하여 3년복을 입었습니다. 그런데 둘째가 죽으면 그 아비가 또 3년을 입고 불행히 셋째가 죽고 넷째, 다섯째, 여섯째가 차례로 죽을 경우 그 아비가 다 3년을 입어야 하는데, 아마 예의 뜻이 결코 그렇지는 않을 것입니다. 주소에 이미, 둘째 적자 이하는 통틀어 서자라고 한다는 뜻을 분명히 밝혀놓았고, 그 아래에 '體는 체이나 正

9) 『현종실록』 卷2, 현종 1년 3월 16일.
10) 『현종실록』 卷2, 현종 1년 3월 21일.
11) 『현종실록』 卷2, 현종 1년 4월 2일.
12) 『현종실록』 卷2, 현종 1년 4월 10일.

이 아니라고 한 것은 바로 서자로서 뒤를 이은 자를 말한다.'고 하였습니다. 그런데 허목은 그 '서자'를 꼭 첩의 자식으로 규정지으려 하고 있습니다. 과연 그렇다면 이는 주소를 낸 이의 말이 앞뒤가 서로 현격한 차이가 있게 되니, 아마 그러한 이치는 없을 것 같습니다. 그리고 기년조에서 말한 '장자·장자부' 등도 허목은 모두 첩의 자식으로 단정하였는데, 예의 뜻이 과연 그런 것인지, 신은 이해할 수가 없습니다. … 생각컨대 주소에서 말한 '첫째 아들이 죽으면' 이라고 한 것은, 바로 그 아래서 말한 '적자로서 廢疾이 있거나 만약 죽고 자식이 없어 傳重이 되지 못하여 3년복 대상이 되지 못한 자'라고 한 것일 것입니다. 전중을 받지 않은 첫째 아들이 죽었으면 적처가 낳은 둘째를 후사로 세우고 역시 장자라고 명명할 것이며, 불행히 또 죽어도 기왕에 첫째 아들을 위하여 3년을 입지 않았기 때문에 당연히 후사가 된 둘째를 위하여 3년을 입는 것이지만, 만약 첫째가 폐질이 있는 것도 아니고 자식이 없는 것도 아니어서 이미 그를 위하여 3년을 입었으면, 비록 그 뒤에 둘째가 올라와 후계자가 되었더라도 3년을 입지 않고 기년만 입는데, 그게 바로 그 아래서 말한 '체는 체이지만 정이 아니다.' 라는 것입니다. 만약에 첩의 자식이 후사가 되었으면 비록 첫째 아들이 폐질이 있거나 자식이 없어 3년을 입지 않았더라도, 또한 첩의 자식을 위하여 3년을 입지는 않는 것이기 때문에, 위에다 '적처 소생이다' 라고 특별히 밝혀 둔 것입니다. … 허목의 논설 외에 또 혹자의 논설도 있는데, 그는 '帝王의 집은 대통 이은 것을 중히 여기기 때문에, 太上皇이 嗣君의 상에 있어 비록 차자 아들로서 들어와 대통을 이었더라도 모두 3년을 입어야 마땅하다.' 라고 했는데, 과연 그렇다면 비록 형이 아우의 뒤를 잇고 숙부가 조카의 뒤를 이었더라도 正體이거나 정체가 아니거나 따질 것 없이 모두 3년을 입을 수 있다는 것입니까? 그 것은 예문에 없는 예로서 감히 경솔하게 논의해서는 안 될 것 같습니다."[13]

그리고는 천하의 의리는 무궁무진하고 문장 해석의 견해도 각기 다르기 때문에, 한데로 몰아 그렇다 그렇지 않다를 단정할 수 없으므로, 사관을 보내 『실록』을 상고하기를 건의했다. 이에 『실록』에서 정희왕후가 예종에 대하여, 문정왕후가 인종에 대하여 이미 행하였던 제도를 상고하기 위하여 현종은 무주에 있는 赤裳山城 소장본에 사관을 보내 상고하게 하였다.

이후, 다시 허목이 또 상소하자, 현종은 송준길에게 허목의 상소문과 喪

13) 『현종실록』 卷2, 현종 1년 3월 21일.

服圖를 검토하게 하였다. 송준길이 상복도를 보고 다음과 같이 의견을 표명했다.

> "庶子는 妾子의 호칭이라고 한 것은 그게 바로 註疏의 말이고, 正體로서 承重을 할 수 없다고 한 것은 장자長子이면서 혹 아비에게 죄를 얻었거나 또는 혹 몹쓸 병이 있어 後嗣가 될 수 없는 자의 경우입니다. 신 등의 주장은 비록 嫡妻 소생이라도 둘째부터서는 '서자'라는 것이고, 허목의 주장은 서자는 '첩자'라고 하기 때문에 말이 그렇게 서로 상반되고 있는데, 신과 시열은, 둘째아들은 비록 왕통을 계승하였더라도 3년의 복을 입어서는 안 된다고 주장하는 것입니다. … 옛날 예는 아비가 장자를 위하여 3년을 입었으나, 우리나라 예문으로는 그것을 뒷받침할 만한 것이 없기 때문에 다만 옛 예를 그대로 준행하는 것인데, 朱子도 장자를 위하여 3년을 입었습니다. 지금 허목이 그의 소문에서 항목을 조목조목 다 나열해 놓았는데, 정체이면서 승중을 못하는[正體不得承重] 것은 비록 장자일지라도 혹 성년 전에 죽었거나 몹쓸 병이 들고 후사가 없는 경우를 이름이고, 체이면서 정이 아닌[體而不正] 것은 적처 소생의 둘째 아들을 이름이며, 정이면서 체가 아닌[正而不體] 것은 비록 嫡孫이기는 해도 체는 될 수 없음을 말합니다. 그리고『儀禮』에서 말하고 있는 것은, 사대부 사이의 일뿐만이 아니고 제왕의 집까지 통틀어서 말한 것입니다."[14]

이상, 송준길의 논지를 정리하면 다음과 같다. 첫째, 차장자가 제위에 오른다고 해도 그 사람은 서자이므로 참최삼년복을 입을 수 없다. 둘째, 왕위를 계승하여도 嫡適相承의 관계가 아니고 사종설에 해당하는 경우 삼년복을 입을 수 없다. 셋째, 제1자가 성인이 되어 세자로 책봉되어 있다가 죽었으므로 그 후 제위에 오른 차자는 장자가 될 수 없다. 이를 종합하면, 소현세자가 성인이 되어 죽었으므로 효종은 적장자가 아니라 서자이며, 사종설 가운데 적처 소생이기는 하나 정통이 아닌(둘째 아들인) '체이부정'(체이면서 정이 아닌)에 속하므로 삼년복이 아니라 기년복으로 해야 한다는 것이다.

---

14)『현종실록』卷2, 현종 1년 4월 10일.

4. 송준길의 예설에 대한 사상적 검토

1960년대 이후 70년대 말까지 이루어진 예송 연구는 그 편수가 적고, 역사적인 접근 및 평가는 거의 이루어지지 못했다. 그 가운데 본격적인 예송 연구는 아니지만, 최완수는 17세기 후반의 예치시대는 守朱子學과 脫朱子學이 대립되어 수주자학파인 송시열 등 서인들은 주자예학에 근거하여 王士庶同禮를 주장하고 탈주자학파인 허목 윤휴의 예학은 고례에 근거하여 王者禮不同士庶를 주장하였다고 예송의 성격을 규정하였다.

80년대 후반에 이르러 예학 연구자의 전변도 넓어지고 연구도 활발히 진행되어 연구업적도 많이 나오기 시작하였다. 연구방법론이나 수준도 이전보다 한 단계 더 높아지고, 예송에 대한 부정적인 시각에서 벗어나고자 하는 시도가 더욱 구체적으로 나왔다.

정옥자는 예송의 견해 차이는 주자가례를 따를 것인가(守朱子學派), 아니면 古禮를 따를 것인가(脫朱子學派)에 따라 비롯된 것이라고 보았다. 또한 17세기 조선 사상계의 동향을 정치적 배경과 관련하여 검토하고, 예론의 사상적 기초를 구명해 보려는 시도에서 17세기의 정치와 학문 사상을 통론하면서 당파의 모집단을 학파(퇴계학파－율곡학파)에 두고, 그들의 예론을 예론 → 예학 → 예서 → 예송 → 예치의 관계 구도를 통해 설명하고자 했다.[15]

지두환은 예송을 퇴계학파와 율곡학파의 형이상학(이기설)적 구조에 기초한 붕당정치의 양상이며, 사림간의 사회·경제적인 이념 대립까지 아우르는 이념대립이라고 이해하고자 했다.[16] 그는 종법을 성리학의 핵심이라고 보고 종법을 중심으로 예송을 정리하면서 성리학의 이념을 고수하여 실현하려던 天下同禮派(서인)와 이를 변칙적으로 적용하려던 王者禮不同士

15) 정옥자, 「17세기 사상계의 재편과 예론」『한국문화』 10, 1989.
16) 지두환, 「조선후기 예송연구」『부대사학』 11, 1987.

庶派(남인)와의 이념논쟁으로 파악하고 이기론과 예학을 연관시켜보고자 했다.

이영춘은 17세기 예학의 흐름을 보편주의예학과 분별주의예학으로 구분하여 인조대의 원종추숭, 현종·숙종대의 예송을 설명하였다.[17] 그는 분별주의 예관념은 조선 전기까지 확고한 전통을 가졌던 고전적·보수적 성향의 예학조류를 타고 있었으며, 보편주의 예관념은 16세기 이래 조선 사대부 사회에서 유행하기 시작한『주자가례』중심의 새로운 예학 경향을 반영한다고 규정하였다. 그리하여 허목·윤휴 등 남인학자들은 분별주의 예학자로, 송시열·송준길 등의 서인 학자들은 보편주의 예학자로 분류하였다.

이봉규는 尊尊과 親親이라는 규범에 대한 유가학파의 문제의식과 연관지어 예송의 철학적 의미를 해명할 필요가 있으며,[18] 경학적 맥락과 논의가 규범에 대한 유학의 인식과 어떻게 연계되는가를 분석해야 한다고 주장했다.[19] 또한 최완수, 지두환 등의 '천하동례－왕자사서부동례', 또는 이영춘

17) 이영춘,「예송의 당쟁적 성격에 대한 재검토」『조선후기 당쟁의 종합적 검토』, 한국정신문화연구원, 1992.

18) 이봉규,「예송의 철학적 분석에 대한 재검토」『대동문화연구』31, 성균관대 대동문화연구원, 1996.

19) 이봉규,「조선후기 예송의 철학적 함의」－17세기 상복논쟁을 중심으로－,『한국학연구』9, 인하대 한국학연구소, 1998.
이봉규는 이 논문에서 송준길과 송시열의 입장은 복제를 결정하는 원칙을 종통의 현실적 계승 여부와 독립시켜 이해하기 때문에, 복제를 통해 종통이 비종법적으로 계승된 것임을 드러낼 수 있으며, 복제의 결정 원리에서 군주의 신분보다 모자의 혈연적 관계를 우선시하여 尊尊의 관념보다 親親의 관념을 우선시하는 입장이고, 반면에 허목과 윤휴의 입장은 복제를 종통의 현실적 계승 여부에 따라서 결정하기 때문에 비종법적으로 계승된 권력이라 하더라도, 일단 종통을 계승한 권력에 대하여 그 정당성을 부여하는 입장이라고 보았다. 그런데 허목의 입장은 종통의 현실적 계승 여부가 장자를 결정하는 조건이라고 파악하는 점에서 복제를 종통에 예속시켜 이해하면서 親親의 관념을 우선적으로 적용하는 입장에 서지만, 윤휴의 입장은 尊尊의 관념을 앞세워 현실의 군주 세력이 사회구성원에 대하여 강제력을 행사할 수 있는 권한을 정당화하는 정치적 입장의 연속으로서 공맹계열의 인식을 벗어나 법가적 인식에 한층 친근한 견해라고

의 '보편주의－분별주의' 등의 개념을 통한 인식틀을 사용하여 예송을 조선 후기 사상사의 흐름과 연계하여 이해하려는 시도들,[20] 그리고 예학인식의 차이는 성리설에 대한 이해의 차이를 반영한다는 연구들[21]을 비판하고, 예송의 이견과 성리학의 형이상학 논쟁은 성격이 다른 두 문제로서, 성리학은 사양지심이 발생하는 과정에 형이상의 리인 예가 어떤 역할을 하는가의 문제라면, 예송은 삼강으로 표상되는 혈연과 신분 관계의 기본 준칙들을 예제에서 적용하는 과정에서 발생하는 문제이기 때문에 양자를 동일한 논점에서 함께 다루는 연구는 논점을 변경하는 잘못이라고 비판했다.[22]

이러한 연구 성과들은 전례상의 복제 논쟁에 대한 각 이론의 차이를 분명하게 구별하는 체계적인 인식틀을 제공해 주고 있다. 이러한 기존의 연구성과를 정리하면, 송준길의 복제론에 대한 입장은 수주자학파, 천하동례파, 보편주의예학파, '존존'의 관념보다 '친친'의 관념을 우선시하는 입장 등으로 인식되고 있음을 알 수 있다. 이러한 체계적인 인식틀은 복제론의 사상적 맥락과 입장의 차이를 선명하게 알게 해주는 장점이 있다. 중요한 문제는 송준길, 송시열 등이 주자학을 수호하고, 천하동례와 보편주의 예학을 주장하며, '존존'의 관념보다 '친친'의 관념을 우선시하였다면, 그러한 이유를 다시 생각해 보아야 할 필요가 있다. 그것은 송준길 송시열 등의 주장이 이른바 정몽주－조광조를 잇는 한국도학파의 의리정신에 입각하고 있다는 사

평가했다.

20) 예송의 주요한 주장들을 天下同禮와 王者士庶不同禮의 두 관점로 구분하여 설명하는 연구는 최완수가 제기하고 정옥자, 김항수, 유봉학, 지두환, 고영진 등이 주장하고 있으며, 보편주의와 분별주의의 관점으로 구분하여 설명하는 연구는 이영춘이 제기하고 있다.

21) 최완수, 「추사서파고」『간송문화』 19, 한국민족미술연구소, 1980.
지두환, 「조선후기 예송 연구」『부대사학』 11, 1987 ; 「조선후기 예송논쟁의 성격과 의미」『제23회동양학학술회의강연초』, 단국대 부설 동양학연구소, 1993.

22) 이봉규, 「예송의 철학적 분석에 대한 재검토」『대동문화연구』 31, 성균관대 대동문화연구소, 1996.

실이다. 따라서 송준길과 송시열의 복제론이 담고 있는 도학정신과 그 의의를 생각해 보아야 할 것이다.

5. 송준길 예론의 도학이념

송준길과 송시열의 주장에는 일관되는 도학의 이념과 정신이 내재해 있다. 그들의 주장은 예를 시행하는 데 있어서 '극기복례'라고 하는 예학의 기본 정신과, 유학의 정치사회사상에서 대단히 중요한 의미를 지니고 있는 '왕도정치'사상을 실현하고자 하는 일관된 도학정신을 견지하고 있다. 이와 같은 관점에서 송준길, 송시열 주장의 일관된 예론적 성격을 살펴보기로 한다.

1) 천리의 예제화와 극기복례정신

송준길과 송시열의 예론은 극기복례의 정신에 입각해 있다. 예행은 자신의 명과 분에 맞지 않으면 그르치게 되며, 극기라는 내성적 수양과정을 통하여 사욕과 사정이 제어되어야 진정한 예행이 된다. 극기복례정신을 성리학적으로 표현하면, 자기의 사정을 억제하고 천리에 입각한 예를 따른다는 정신이다. 따라서 성리학의 명제를 천리를 보존하고 인욕을 제거한다는 '存天理 去人慾'이라고 할 수 있다면, 예학의 명제는 자기의 감정을 표현하되 과불급 없이 예행을 준수하는 '抑情從禮'라고 요약할 수 있다.

예행 가운데 중요한 것은 관혼상제의 예이며, 특히 상제례는 유교의 예제 가운데 가장 중요시 되는 것이다. 이러한 예행은 각별히 억정종례하도록 강조되었다. 부모와 친족의 죽음을 맞이한 슬픔을 표현하되 과불급 없이 예법에 따르는 태도를 중시하는 것이며, 여기에서의 예법이란 종법이다. 성리학자들은 예란 천리의 인정에 근본하는 것이어야 한다고 여겼고, 그것을 예제화한 것이 종법이라고 생각했다. 송대의 성리학자들은 사라져가던 종법의 의의를 특별히 주목하고 재생하려고 하였으며, 조선의 성리학자들은 종법을 기본체제로 하는 사회를 완성하기 위해 부단한 노력을 경주하였다.

종법체제는 대종－소종의 엄별을 바탕으로 세워진 것이다. 송준길은 효종이 왕위를 이어 받았으나, 그 어머니 자의대비가 이미 장자인 소현세자와 마찬가지로 효종에게도 기년복을 입어야 한다고 주장하였다. 자의대비가 효종을 위해 삼년복을 입는다면, 대종－소종의 구별이 상실되기 때문이다.

송준길은 소현세자가 사망하자 인조가 장자로 대우하여 3년상을 주장하였으나 관철되지 못한 적이 있었다.[23] 송준길은 대종－소종의 구분은 천리로서, 어떠한 이유로도 변화시켜서는 안되는 것으로 여겼다. 그것은 왕통을 이은 효종의 경우에도 마찬가지로서, 소종지파인 효종을 대종으로 삼아 후하게 복제를 정한다고 해도 그것은 천리를 어기고 예에 어긋나는 것이라고 여긴 것이다. 송준길은 효종의 각별한 예우를 받았던 처지에서 효종의 상복 대우를 그렇게 소홀히 할 것이 없었다. 그러나 그는 현종이 왕으로서의 位相을 이용하여 부친을 지극히 대우하려는 私情을 다스려 대종－소종의 구분을 준수할 것을 주장한 것이다.

2) 왕도정치의 실현

위에서 거론한 바와 같이 송준길이 억정종례 정신과 종법 구현을 근거로 왕가의 전례문제를 다루었을 때, 왕통 계승이 심각한 문제가 된다. 왕위 계승의 원칙은 왕의 적장자가 왕위를 계승한다는 것이다. 그것은 왕통이 왕실의 종통으로 전수되는 것을 말한다. 효종이 즉위할 때에 소현 세자의 아들

---

23) 인조는 송준길 등의 소현세자에 대한 3년상 주장을 물리치고 『국조오례의』에 따라 1년상으로 치루었다. 이때 송준길은 인조의 격로를 사서 관직에서 물러나게 되었고, 이후 김상헌 등이 누차 재추천함에도 불구하고 인조는 등용하지 않았다.

이 있었으므로 왕위 계승의 정통성이 문제되지 않을 수 없었다. 그러한 상황인데도 불구하고, 송준길은 효종이 차자로서 종통을 이을 수 없다고 주장하였다. 유학의 예교사상은 국가의 기강과 사회 유지를 위해 왕가이든 사대부가이든 종통을 높이는 것을 중요하게 여긴다. 그것을 나라에 적용할 때, 왕통과 왕실의 종통은 불가분의 관계에 있다. 따라서 송준길과 송시열이 주장한 체이부정론은 왕위 계승에 있어서 심각한 문제를 야기할 수 있다.

그러나 송준길은 종통을 계승했다는 방식으로 효종의 왕위계승을 정당화하지 않고 있다. 송준길, 송시열은 효종의 왕위 계승에 있어서 왕실의 종통과 대통의 불가분성 보다는 왕도 실천 여부가 중요한 것이라고 생각했다.

송시열은 "대개 장자가 종을 세우는 것은 원칙이요 차자가 종을 빼는 것은 권도이다. 성인이 상경과 권도의 계제에 의리를 세움이 엄격하다." 라고 하여, 장자－차자가 각기 종을 세움은 의리에 입각하여 엄격히 지켜져야 하는 것이라고 하였다. 관점에 따라서는 효종은 왕위를 계승하였으므로, 인조의 차자이지만, 권도로써 인조를 이어 대통을 계승한다고 명분화할 수도 있다. 그러나 송시열은 효종의 왕위 계승에서는 대종－소종의 통서를 분명히 해야 한다고 여겼다. 효종이 인조의 장자가 아니라고 하여도, 그가 춘추대의를 행하여 왕으로서 대의를 이루고자 충실히 노력하였기 때문에 왕가의 종통을 계승하지 않은 왕위계승이라고 할지라도 하등 문제될 것이 없다고 하였다.

송준길과 송시열은 종통과 대통 계승문제를 별개로 하여, 효종이 이미 대통을 계승하여 인의를 실현하려고 노력하였으므로, 효종의 경우 왕통과 종통의 일치 문제를 중요하게 생각하지 않았다. 천명사상에 입각한 왕의 지위를 강조하여, 인조와 효종이 선왕의 적장자가 아니라도 왕위 계승은 문제될 것이 없다는 것이다. 왕통의 문제에 있어서는 종통의 문제보다 인의에 입각한 천명의 문제가 더욱 중요하다고 생각한 것이다. 왕의 적장자가 왕이 되는 것은 천리이나, 그 왕이 무도하여 인의를 저버릴 때에는 왕으로서 자격이 없다고 여기고, 왕이라도 무도한 자는 하나의 필부에 지나지 않는다는 유가 정치사상의 근본정신에 입각해 있다. 일찍이 맹자는 민본사상의 일환으로서, 桀紂와 같은 자들을 주살해도 좋다는 역성혁명을 주장했다. 무도한 천자는 더 이상 천자가 아니며 일개의 필부에 불과한 자로서, 그를 처단할 수 있다는 주장은 봉건체제하에서 쉽게 용납될 수 없었던 사상이 아닐 수 없다. 그러나 송유들은 『맹자』를 經의 반열에 올려놓아 四書의 하나로 추존하고 그 사상을 정통사상으로 삼았다. 송준길은 송시열의 생각과 마찬가지로, 인조－효종대의 전례문제를 해결하는 데에 있어서, 송대 도학자들이 천명한 왕도정신의 의의를 자신이 처한 역사적 상황에서 구현하고자 한 것이다.

송준길과 송시열은의 주장은 인조와 효종의 왕위 계승에서 왕통과 종통을 별개로 하여, 종통은 종법에 입각하고, 왕통은 德位一致에 의한 천명사상에 따른다는 주장으로, 한국사림정치의 본령을 보여주었다고 생각된다.

6. 맺는말

당시에 사림들이 예논쟁을 통해 실현하고자 한 것은 인의의 사회, 인의의 국가질서, 인의의 국제질서를 이루고자 한 것이었다. 그리고 그것을 이루기 위해서는 무엇보다도 극기복례를 통한 자기부정을 필수적으로 거쳐야 한다고 여겼다. 특히, 송준길과 송시열의 예론은 일관되게 도학정신에 입각해 있으며, 시대적 상황속에서 이를 견지하려 하였다.

송준길의 예론은 인조－효종의 부자관계를 정립하는 데에 있어서 성리학에 입각한 예학정신으로서의 '억정종례' 정신을 촉구하고, 그 구체적 사회적 용인 종법 구현은 대종－소종제를 인간사회 운영의 준칙으로 삼는 것이었다. 그것은 왕위계승의 문제에 결부되는 상황일지라도 다르게 적용할 수 없는 준칙이었다. 사정과 사욕을 억제하고 종법으로 운영하는 사회질서를 이루는데 예외를 인정하지 않고, '왕이라도'가 아니라, '왕일수록' 그러한 사명과 역할을 충실히 해야 할 의무와 책임이 있다고 생각했다.

17세기 전례문제 논쟁은 단순히 학문적 논쟁을 넘어 왕위의 정통성 문제가 결부될 수 있는 정치적 문제이기도 했다. 송준길은 효종이 개인의 입장에서 사정이나 사욕에 의하지 말고 솔선하여 예제질서를 준행해야 하고 유지해야 한다고 생각했다. 예행은 문명사회의 바탕이며, 왕은 자기의 권세로 자기가 하고 싶은 대로 예를 행하는 것이 아니라 만민이 따라야할 기준을 왕 역시 지켜야 한다. 그래야 왕다운 왕이라고 할 수 있다. 예제질서가 유지되기 위해서는 사회구성원 모두가 자신의 위치에 따라 자신의 역할을 충실히 수행해야 한다. 특히 왕은 누구보다도 인의와 예로서 덕치를 베풀어야 할 위치에 있다. 송준길의 예론은 유학정치사상의 핵심인 덕위일치를 보다 선명하게 한 주장이라고 생각된다.

2006년은 동춘당 탄생 400주년이 되는 해이다. 한국의 대표적인 지성인으로서 동춘당을 현창하는 다양한 사업을 준비해야 할 것이다. 그 가운데에서도 동춘당을 재조명하는 여러 가지 학술적 과제들을 검토해야 할 것이며, 특히 조선왕조실록, 의례문답, 서간문, 언행록 등에 산재한 동춘당의 예설을 한데 모아 선집을 만드는 일도 그 중의 하나가 되어야 할 것이다.

제4장 同春堂의 經世思想

송인창　　同春堂 宋浚吉의 經世思想
지두환　　同春堂 宋浚吉의 政治活動과 經世思想
우인수　　동춘당 송준길의 산림활동과 국정 운영론

同春堂 宋浚吉의 經世思想

송 인 창*

1. 들어가는 말

同春堂 宋浚吉(1606~1672)은 17세기의 한국유학사 및 정치사에서 매우 중요한 인물로서, 당대의 제반 현실 모순과 학술 문제에 대해 당파를 초월하여 의리를 추구하는 삶의 태도와 학문 경지를 보여주었으며, 이 때문에 오늘날까지 선비정신의 모범으로 일컬어지고 있다. 따라서 동춘당의 철학 이론과 경세사상을 검토하고 그 내적 연관성을 규명하는 일은 조선 선비정

* 대전대 철학과 교수.
위의 논문은 『儒學研究』 4집 (忠南大 儒學研究所, 1996)에 수록된 필자의 논문에 약간의 교정・보완을 더한 것임.

신과 학문정신을 이해할 수 있는 중요한 기반이라고 생각된다.

유학의 궁극적 목적은 '修己治人・修己安人'이다. 이때의 '修己'가 '治人・安人'으로 외연을 확장할 때 그 진정한 가치가 획득되는 것이라면, 동춘당이라는 한 인물을 이해하는 데 있어서 治人 철학으로서 그의 경세사상에 대한 연구는 그의 철학 이론에 못지않게 중요한 탐구 과제가 아닐 수 없다. '經世'라고 하는 말은 흔히 '濟民'과 함께 쓰여 '經世濟民'으로 사용되어 이는 곧 '세상을 잘 경영하여 백성을 구제한다.'라는 뜻이 된다.[1] 유학에서는 경세가가 천하를 다스리기 위해서는 무엇보다 먼저 자기 자신을 다스려야 한다고 가르쳤다. 그리고 자기수양은 반드시 세상을 구제하는 일로 연계하여 나아가야 진정한 儒者라고 할 수 있다. 경세가는 경세의 술수를 배우기보다는 자기의 마음을 어질고 바른 마음으로 다스릴 것이 선행되어야 한다고 했다. 경세란 자기의 어질고 바른 마음을 세상에 펼치는 일이라고 보았기 때문이다. 그래야 자기 자신을 위한 정치경제가 아니라, 세상과 백성을 구제하는 경세를 다할 수 있기 때문이다. 그러므로 朱子는 三綱五常을 이론 토대로 삼는 仁政 사상으로 경세사상을 제시하였고,[2] 동춘당은 道學의 사회적 실천이라는 문제로 표출하였다. 동춘당이 인조에게 올린 疏箚의 한 대목은 이 모두를 간명하게 집약할 만하다.

> 대체로 이른바 道라는 것이 무엇입니까? 바로 일상의 행위 사이에서 사리를 정밀하게 살펴 진실로 그 中道를 얻는 것입니다. 이로써 德을 이루는 것을 修己라 하고, 이로써 교화를 펴는 것을 治人이라 하며, 수기와 치인의 참됨을 다 하는 것을 傳道라고 합니다. 堯임금, 舜임금, 禹임금이 서로 주고받은 것도 단지 이와 같을 뿐입니다.[3]

---

1) 韋政通, 『中國哲學辭典』, 臺北 : 大林出版社, 1978, 692쪽 참조.
2) 曹德本, 김덕균 옮김, 『중국 봉건사회의 정치사상』, 동녘, 1990, 88~89쪽 참조.
3) 『同春堂文集』 (이하의 주에서는 『文集』이라 略稱함) 卷1, 疏箚, 「應旨兼辭執義疏」, "夫所謂道者何謂也, 卽其日用之間動靜之際, 精察事理, 允得其中. 以此成德謂之修己, 以此設敎謂之治人, 盡修己治人之實者, 謂之傳道. 堯舜禹之相傳, 只如此而已."

본고는 이와 같은 관점에서 동춘당 경세사상의 연원을 살펴보고, 다음으로 동춘당 철학의 구조적 특성이 무엇인지를 이론구조와 실천 적용의 양차원에서 분석하고, 이어서 동춘당 경세사상의 내용과 성격 등에 관하여 고찰하고자 한다.

2. 동춘당 경세사상의 연원

『동춘당 연보』에 의하면 동춘당은 어려서부터 榮川 郡守를 지낸 아버지인 淸坐窩 宋爾昌(1561～1627)의 엄격한 지도하에 주자학을 중심으로 하는 성리학에 입문하여 孔子・朱子・栗谷의 학문을 익혔고, 또한 7대조 雙淸堂 宋愉(1389～1446)의 고상한 風度와 높은 절개를 배우고 따르도록 가르침을 받았다.[4] 이에 따라 동춘당은 주자와 율곡을 정통으로 받들어 자신의 학문적 목표와 기준으로 삼고 이를 심화시켜 나갔다. 따라서 그에게 있어서 참다운 학문이란 주자를 배우는 일이었고, 그것은 또한 孔・孟을 배우고 성현의 뜻에로 나아가는 유일한 길이었다. 그가 「寫進春官先賢格言屛幅跋」이라는 雜著에서 율곡의 말을 인용하여 "道統의 전수는 복희에서 시작하여 주자에서 끝났다"[5]라고 단언한 것이나, 현종에게 "우리나라는 본래 정자・주자의 정맥을 유지하여 왔습니다."[6]라고 한 말에서도 이 점은 확인된다. 이후 그는 자신의 表從叔이자 율곡의 高弟이며 예학에 밝은 沙溪 金長生의 문하에서 공부를 하였다.[7] 사계는 주로 사상과 처세의 면에서

4) 동춘당은 자신의 학문 연원이 쌍청당에게 까지 미치고 있음을 浦渚 趙翼에게 보낸 편지 글에서 자세히 밝히고 있다. 『문집』 卷10, 書, 「上浦渚趙先生」 참조.

5) 『文集』 卷16, 雜著, 「寫進春官先賢格言屛幅跋」, "道統之傳, 始自伏羲, 終於朱子."

6) 『국역 현종개수실록』, 현종 6년 6월 10일.

7) 『同春堂年譜』 (이하의 주에서는 『年譜』라고 略稱함), 18歲條.

동춘당에게 심대한 영향을 끼쳤던 것으로 짐작된다. 죽음도 불사하고 公道와 大義를 지키는 정신, 시속과 결코 타협하지 않는 기개와 청렴결백한 인품은 그의 전생애를 지배한 것으로, 이 시기에 그가 스승인 사계로 부터 받은 유산이라 할 수 있다. 그리고 그 중에서도 특히 禮를 통한 '名分과 正統'을 강조하는 사계의 가르침[8]은 동춘당에게 춘추대의정신과 독자적인 禮說을 확립할 수 있는 기초를 마련해 주었다. 그 결과 그는 스승인 사계에게서 "이 사람이 훗날 반드시 禮家의 宗匠이 될 것이다."[9]라는 말을 듣기에 이르렀다.

동춘당이 의리를 준거의 틀로 삼아 현실사회를 해석하고 '大義의 성취와 대의의 지킴'을 위해서 신명을 바쳤던 것도 또한 여기에 근거한다. 따라서 우암이 「同春堂墓誌」에서 "스스로 尊周의 의리와 復讐의 뜻을 자신의 평생의 임무로 삼았다."[10]라고 쓴 것은 이런 문맥에서 이해되어야 한다. 위에서도 언급한 것처럼 '예'는 동춘당에게 있어서 인간이 지니고 구현해야 할 최상위의 가치인 道를 실천하는 데 있어서 그 핵심이 되는 개념이다. 그것은 또한 공자·주자·율곡·사계의 사상을 계승한 것으로 동춘당의 삶과 경세사상의 출발점이자 귀착점이기도 하다.

이미 지적했듯이 동춘당의 학문적 기초는 주자·율곡으로 대표되는 주자학의 세계였고, 이는 젊은 시절에 율곡의 학통을 계승한 沙溪 父子의 문하에서의 주자학 전공을 통하여 더욱 심화 발전되었다. 뿐만 아니라 이 과정에서의 주자를 근간으로 한 공맹학에 대한 권위적 이해는 그로 하여금 주자의 학문과 인생을 참다운 학문의 정도이자 전범으로 생각하게 만들었고, 또한 국난극복의 정신적 지주로 믿게 하였다. 그 이유는 바로 주자가 공맹의 도통을 잇고 그것을 다시 세상에 새롭게 밝힌 성인이며,[11] 따라서 正學을

---

8) 張世浩 교수는 사계 예학의 특성을 名分과 正統에서 찾고 있다.
장세호, 『사계 김장생의 예학 사상』, 경인문화사, 2006, 115~129쪽 참조.

9) 『年譜』, 18歲條.

10) 『宋子大全』 卷182, 「同春堂(浚吉)墓誌」, "自以尊周之義, 復讐之志, 爲已任."

공부하는 데는 주자를 존신함보다 앞설 것이 없다고 생각했기 때문이다. 이렇게 볼 때 그가 주자를 존숭하였던 일은 표면상의 명분에만 그치지 않는 실질적인 의미를 가졌던 것이라고 하겠다. 그가 우암과 더불어 『近思錄釋疑』를 校正한 일은 그 한 예가 될 것이다.[12] 그런데 그것은 의식된 것이건 의식되지 않은 것이건 동춘당 자신이 처해있던 학풍과 역사의 상황 안에서 형성되고 조건지어진 것임을 부정할 수는 없다. 여기에는 당대의 주자학 일색이다시피한 조선조의 일반적 사상풍토, 그리고 그의 가문의 학풍과 沙溪父子 및 장인인 愚伏으로부터의 영향 등의 문제가 관련된다. 이와 같은 동춘당의 주자에 대한 존숭은 그가 자신의 시대를 北方女眞族인 金나라에 의해 비참하게 유린되고 稱臣屬國을 서약했던 주자의 시대와 같은 것으로 파악하고 있었기 때문일 것이다. 동춘당이 40세 되던 해에 인조에게 벼슬을 사양하여 올린 상소에서 다음과 같이 말한 것은 그 단적인 예이다.

> 당세의 老宿한 師儒들과 의지가 굳세고 방정하고 곧고 절조있는 사람들을 널리 구하여 그들로 하여금 조석으로 세손의 좌우에 거처하면서 輔養하기를 朱夫子가 宋孝宗에게 고해준 법칙과 같이 한다면, 오늘날의 인심이 저절로 진정될 뿐 아니라, 후일에 大經大法을 세우는 데 있어서도 여기에서 밑바탕을 삼지 않을지 어찌 알겠습니까.[13]

동춘당이 '對淸復讐論'과 '對明義理論'을 내걸고 北伐論과 尊周論을 실천하려고 노력한 것도 바로 여기에 기인한다.[14] 그래서 그는 경연의 자리에서 효종에게 "일찍이 주자의 설을 반드시 행해야 하는 定論으로 여겼으

---

11) 『同春堂集別集』 卷3, 「經筵日記」(이하의 주에서는 「經筵日記」로 약칭함), 정유 10월 20일, "程子註解, 亦不如朱子, 朱子之功, 不下於聖人矣" 참조.

12) 우암에 의하면 『心經』과 『近思錄』은 동춘당의 학문이나 삶에 있어서 가장 큰 힘을 준 서책들이다. 「同春堂(浚吉)墓誌」, "公得力最在心經近思諸書" 참조.

13) 『국역 인조실록』, 인조 23년 5월 20일.

14) 존주론과 북벌론에 관해서는 정옥자, 『조선후기 조선중화사상연구』, 일지사, 1998 참조.

니 만약 오늘에 행할 수 있다면 어찌 다행스러움을 이루 다 말할 수 있겠습니까?"[15]라고 말하지 않을 수 없었다. 이처럼 주자는 학문과 삶의 正道를 얻고 구현하는 데 있어서 절대적 표준이 된다는 동춘당의 朱子觀은 그가 당면하고 있었던 17세기의 정치・사회・사상적 혼돈에 대한 위기의식에서 더욱 절실한 것으로 제창되었다. 동춘당의 판단에 의하면 당대는 모든 가치질서가 붕괴되어 "오늘날 백성들이 시름에 잠기고 군사들이 원망하고 온갖 폐해가 극심하고, 나라가 淸人의 통제를 받아 조석을 보전하지 못할"[16] 상황이었다. 여기에서 동춘당은 이를 극복할 수 있는 현실적 논리를 찾고자 하였고, 자신이 모색하는 사상의 근원으로서 또는 그 정당화의 근거로서 주자학이라는 기반을 필요로 하였다. 이 경우 주자학이란 현실의 모순이 극대화되는 시기에 처하여 社會紀綱을 새롭게 확립하는 정신이며, 신념상실의 시대를 헤쳐가면서 自己定位를 확인하려는 행동의 지표가 된다. 異端을 비판하고 正學을 밝혀 의리를 구현하는 데는 주자를 尊信함보다 앞설 것이 없다고 믿었기 때문이다. 다시 말해서 그는 "백성들의 곤궁함이 이미 극에 달하여 밖으로는 억압을 받고 안으로는 믿을 곳이 없어",[17] "비유하면 큰 병을 앓고 있는 사람이 元氣가 다 떨어져서 온갖 합병증이 함께 생겨나서 숨만 겨우 붙어 있는 것 같은"[18] 현실에서 주자학 수호와 중흥에 절대적 사명을 부여함으로써 자신의 세계내적 존재의미를 새롭게 확인하였던 것이다. 이와 같은 그의 태도는 "朱子의 주설이 더없이 친절한데 무엇 때문에 다른 의견을 낼 필요가 있겠는가"[19]라고 한 선언으로 간명하게 집약되었다. 이러

---

15) 『經筵日記』, 기해 5월 4일, "以爲嘗以朱子說爲必可行之定論, 倘得行之於今日, 豈勝幸甚."

16) 『文集』 卷7, 疎箚, 「請還收承旨臺諫罷職之命箚」, "今民愁兵怨, 百弊俱劇, 國爲淸人役如不保朝暮."

17) 『文集』 卷1, 疎箚, 「應旨兼辭執義疏」, "民生之困悴, 已到十分地頭, 外有所厭, 內無所恃."

18) 같은 책, 같은 곳, "譬如大病之人, 眞元澌盡, 百症俱作, 膈上一息, 綿綿僅存."

19) 『經筵日記』, 정유 11월 20일, "朱子註說十分親切, 何必要生他見."

한 관점은 무엇보다 是非와 正邪를 칼로 자르듯이 구분하는 춘추대의 정신의 순수한 발로로서, 다음에 살펴 볼 그의 현실인식과 호응관계를 이룬다.

이처럼 異端의 폐해로부터 주자학을 지키고, 의리에 입각하여 명분을 바로잡고 상처받은 나라의 자존심을 회복하고자 했던 동춘당의 도학정신은 그대로 그의 경세사상과 현실인식의 형성에 반영되고 이어짐으로써, 그의 경세사상이 주자・율곡학의 단순한 연장선상에만 있지는 않음을 확인하게 한다. 물론 이와 같은 특징과 가능성에도 불구하고 그가 여전히 한사람의 충실한 주자학도였다는 사실은 부정되지 않는다. 이미 살펴보았듯이 그의 학문적 기초는 주자・율곡・사계로 대표되는 주자학의 세계였고, 경세적 실천에의 관심 또한 宋代의 주자가 가졌던 '仁政'의 이상을 계승하는 것이었기 때문이다. 그렇다면 우리는 다음 장에서 동춘당 철학의 중요 내용과 특성을 검토하면서 이 점에 관하여도 제한된 범위에서나마 검토할 기회를 가질 수 있을 것이다.

3. 동춘당 경세사상의 철학적 기초

동춘당의 경세사상은 그의 철학 이론과 긴밀한 내적 연관성을 지니고 있다. 나중에 자세히 살피겠지만 理氣心性論의 경우 그것은 형이상과 형이하, 天理와 人欲, 公과 私를 엄격히 구분하고 敬과 存天理를 강조하는 道學的 경세사상으로 전개되었다. 그가 현종에게 "天理와 人欲의 큰 한계를 밝히시어 人心의 향배를 알고 公과 私利를 가리고 뭇 신하의 邪正을 살피는 일을 한결같은 뜻으로 오래 지속하여 게을리 하지 않으신다면 상제와 귀신이 위엄과 노여움을 도로 거두어 뭇 백성이 다 함께 복을 받을 수 있을 것 입니다."[20]라고 한 말을 상기할 때 이 점은 분명하다. 그런 의미에서도

20) 『국역 현종개수실록』, 현종 12년 9월 17일.

우리가 동춘당 철학의 구조적 특성이 무엇이고, 그 핵심적 지향이 어디에 있는가를 검토해 보는 일은 이 연구의 진행에 매우 필요하다 하겠다.

동춘당은 철학적 입장에서는 대체로 율곡의 학설을 따랐다. 그가 愚伏 鄭經世의 從弟인 鄭景式·鄭景華 형제에게 '퇴계의 설을 버리고 율곡의 설을 취함(舍陶取栗)'을 해명하는 답신에서 퇴계의 理氣互發說을 비판하면서 "율곡의 설은 진실로 百世를 기다려도 미혹됨이 없을 것입니다."[21]라고 한 말은 이 점에서 참고할 만하다. 그래서 그는 理·氣를 동시에 인정하면서 理와 氣의 妙合關係를 특히 강조하고 중요시 한다. 그가 자신의 聘父인 愚伏에게 "妙合이란 理氣가 본래 混融無間함을 말하는 것입니다."[22]라든가, 현종에게 "妙合而凝은 이기가 서로 합해 엉켜서 형체를 이룬 것입니다. 주자가 '묘합이응'을 본래 한 덩어리가 되어 틈이 없는 것(本混融無間)이라고 주석하였는데 先正臣 李珥는 이 다섯 글자를 항상 외면서 극치에 이른 말이라고 칭찬하였습니다."[23]라고 한 말을 상기할 때 이 점은 명백하다. 그에 의하면 理·氣는 混融하여 사이에 틈이 없으며, 서로 떨어져 있지 않다. 따라서 理 없는 氣나 氣없는 理는 생각할 수 없다. 이러한 논리를 바탕으로 그는 先後도 없고 離合도 없는 不可分的이고 동시적으로만 성립하는 理·氣의 관계를 다음과 같이 해명하였다.

> 무릇 사람의 마음은 반드시 느낌이 있은 뒤에 發하는 것입니다. 發하는 것은 氣요 發하게 하는 소이는 理이기 때문입니다. 따라서 理·氣는 선후도 없고 離合도 없는 것입니다. 그러니 理氣가 互發한다고 말할 수는 없는 것입니다.[24]

---

21) 『文集』 卷12, 書, 「答鄭景式景華」, "栗谷此論, 眞可謂百世以俟而不惑."

22) 『우복집』 卷13, 「答宋敬甫問目」, "妙合云者, 理氣本 混融無間也."

23) 『經筵日記』, 무신 11월 16일, "妙合而凝者, 謂理氣相合凝聚而成形也. 朱子註妙合而凝曰, 本混融無間, 先正臣李珥常贊稱, 此五字以爲至到之言."

24) 『經筵日記』, 戊戌 12월 17일, "大抵人心必有感而後發, 發之者氣也, 所以發者理也, 無先後無離合, 不可道互發也."

그러나 동춘당은 다른 한편으로 理와 氣의 妙合을 인정하면서도 理의 가치를 더 중시하는 입장을 취한다. 모든 존재가 理와 氣로 이루어진다는 점에 있어서는 하나이지만 각기 고유한 특성이 있어서 兩者는 논리적으로 서로 구별이 된다. 이러한 생각에서 그는 "無所不在"[25]의 理가 바로 道이며, 形而上의 이치로서의 道는 形而下의 氣와는 본질적으로 다르다고 하면서 "道는 본래 形而上의 이치이므로 형이하의 氣와는 섞일 수 없는 것이다."[26]라고 말하였던 것이다. 예컨대 그가 경연에서 효종에게 "形이란 氣이고 性이란 理이니, 이른바 '有物有則'이 바로 이것입니다. 理를 비유하면 사람과 같고, 氣를 비유한다면 말(馬)과 같습니다."[27]라고 한 말을 상기해 볼 때 그러하다. 그러나 동춘당의 理氣論이 율곡의 입장을 완전히 벗어나고 있는 것은 아니다. 그가 리・기 관계를 不相雜 보다는 不相離의 측면에서 파악하고 표현한 것은 理氣의 妙合의 원칙을 견지하는 율곡의 관점에 부합하고 있기 때문이다. 그가 리・기를 가리켜 "묘하게 합하고 엉긴 것"[28]이라든가 "리와 기는 원래 서로 떨어지지 않는 것"[29]라고 말한 것에서 이 점은 단적으로 나타난다. 이 점에서 동춘당과 율곡의 리기론은 별 차이가 없다.

그러나 동춘당은 율곡의 설을 절대화하여 추종하였던 것 같지는 않다. 그가 율곡의 리기론을 계승하여 그것을 자신의 논리로 부연하여 철학의 근본문제로 삼고는 있지만, 위에서 살펴본 바처럼 理의 일차성・우위성을 어느 정도 인정함으로써 理를 대단히 중시하는 입장을 취했기 때문이다. 그가 경연에서 "만물의 化生은 氣가 주관하지만 氣는 理가 부린다."[30]라고 말한

25) 『文集』 卷10, 書, 上愚伏鄭先生.

26) 『經筵日記』, 기축 11월 20일, "則道固形而上之理也, 非雜以形而下之氣也."

27) 『經筵日記』, 기해 11월 24일, "形者, 氣也, 性者, 理也, 所謂有物有則是也, 理譬則人也, 氣譬則馬也."

28) 『文集』 卷10, 書, 上愚伏鄭先生, "妙合而凝."

29) 『經筵日記』, 기해 11월 24일, "理與氣元不相離."

30) 『經筵日記』, 기해 11월 24일, "萬物化生, 主於氣, 而氣爲理之所使也."

것은 그 단적인 예일 것이다. 이와 같은 사실은 그의 학문적 태도와 무관하다 할 수 없으니, 그의 평생에 걸친 퇴계에 대한 존숭과 사모 또한 이 문제에 관련된다. "동춘당은 本朝의 先賢인 文純公 李滉을 종신토록 스승으로 생각하였다."[31]고 한 『현종 개수실록』의 同春堂 卒去記事와, 그가 서거하던 해 지었다는 「記夢詩」에서,[32] 그리고 동춘당이 진퇴문제에 있어서 매양 거론하고 모범으로 삼은 인물이 퇴계였다는 사실에서[33] 우리는 이 점을 확인할 수 있다.

속단하기는 곤란하나 이렇게 표명된 관점은 그의 心性論에도 그대로 적용되어 나타났다. 단적인 예로 그가 經筵에서 인재 등용의 방도를 묻는 인조에게 "먼저 本源을 수양하여 마음이 거울처럼 비고, 저울대처럼 공평하여 한 점 私慾의 얽매임도 없게 된다면 사람들의 邪正과 선악이 저절로 드러나서 취사의 기준이 마음 속에 정해질 것"[34]이라고 답변한 것이라든가, "사계절의 功이 다르다고는 하나 봄의 理가 그 사이에 언제든 행해지고 있는데 이는 人性의 仁이 義·禮·智를 겸하고 있는 것과 같습니다."[35]라고 말한 것은 이에 기인한 것이 아닌가 한다.

그리하여 同春堂은 '心'을 핵심논거로 하여 자신의 심성론을 전개하였다. 그에 의하면 心의 미발은 性이고 已發은 情이며 心이 발한 다음에 그에 관해 經營하고 商量하는 것은 意이다. 이 점에서 그는 주자나 율곡과 다르지 않다. 그는 심을 合理氣의 구조를 가진, 虛靈知覺하고 衆理를 갖추어 萬事에 대응하는 존재로 파악하고, 心·性·情을 총괄하여 일체적인 것으로 해석했고, 그것을 통하여 道心의 내용구조를 밝히려고 했다. 그래서 그는 召對에서 이를 다음과 같이 설명하였다.

---

31) 『국역 현종개수실록』, 현종 13년 12월 5일.

32) 『연보』, 67歲條 참조.

33) 『국역 효종실록』, 효종 9년 12월 17일과 『국역 현종개수실록』, 현종 10년 8월 17일 참조.

34) 『經筵日記』, 정유 8월 24일, "先修本源之地, 使此心鑑空衡平, 無一點私累, 則人之邪正妍媸, 自不可掩, 而取舍之極, 定於內矣."

35) 『국역 효종실록』, 효종 9년 12월 19일.

> 마음은 虛靈知覺한 것으로서 理와 氣를 합하여 이름한 것입니다. 血氣에서 나온 것을 일컬어 인심이라 하고 義理에서 나온 것을 일컬어 도심이라 합니다. 良心은 바로 본심이며, 赤子는 순수하고 전일하여 거짓이 없어서 본심을 온전히 보전한 자이고, 大人은 적자의 마음을 잃지 않은 자입니다. 사람들이 마음에는 허다한 양상이 있는 것으로 오해할 우려가 있기 때문에 그 조목을 나열해 써서 중간의 허령지각의 마음에 모든 마음을 통일시킨 것입니다. 그러나 그 실제는 하나일 뿐이니 惟精惟一하면 그 공부를 극진히 할 수 있습니다.[36]

> 虛靈知覺은 心의 本體를 가리켜 말한 것입니다. 未發 이전에는 리가 주관하고, 旣發 이후에는 기가 주관합니다. 일용지간에는 인심이 발동하는 때가 항상 많기 때문에 인심을 먼저 말하였지만 道心이 항상 한 몸의 주인이 되도록 하여야 하니 이곳의 공부가 가장 어렵습니다.[37]

이처럼 동춘당은 심을 허령지각의 본체로서 온갖 리를 갖추고 온갖 선을 구비한 것으로 이해하였다. 그리하여 그는 이를 바탕으로 하여 '마음 지키고 다스리는 工夫'를 강조하였다. 그러면 그가 말하는 '마음 지키고 다스리는 工夫'란 무엇인가? 아마도 '敬'이라는 한마디로 답할 수 있을 듯하다. '敬'은 그가 생각한 바 인간이 지녀야 할 최상위의 가치, 즉 인간의 삶에서 그 중심 자리를 차지하는 개념이다. 그것은 참다운 삶의 길을 구하는 직접적 · 역동적인 목표로서, 사람이 마땅히 성취해야 할 도덕적 · 정치적 理想이자 이념적 지표이기도 했다. 그가 道心을 기르는 방법을 묻는 효종에게 "마음을 지키는 것은 오직 敬 뿐입니다. 신령스러운 거북을 보배처럼 간직하고, 크고 아름다운 구슬을 조심해 받들듯이 하는 것이 바로 경입니다. 경

36) 『經筵日記』, 정유 10월 19일, "心者虛靈知覺, 合理氣而名者也. 出於血氣之謂人心, 發於義理之謂道心, 良心乃是本心, 而赤子則純一無僞, 全是本心者, 大人則又不失其赤子之心者也. 恐人錯認心有許多般樣, 故列書其目, 而統體於中間虛靈知覺之心, 其實一而已, 惟精惟一, 則可以盡其工矣."

37) 『經筵日記』, 을사 6월 10일, "虛靈知覺, 指心之本體而言, 未發之前理爲主, 旣發之後氣用事, 日用間人心發動時常多, 故先言人心, 而當使道心常爲一身之主, 此處工夫最難."

으로 마음을 기르면, 잡아 지킴은 간략하지만 베풂은 넓으니 경의 功效가 크다고 할 수 있습니다"[38]라고 대답한 것에서도 이 점은 분명히 확인된다.

동춘당이 敬은 한 나라의 存亡을 결정짓는 근본요인이 된다고 하면서[39] "聖學이 敬으로써 근본을 삼으니, 戒愼恐懼는 곧 持敬하는 방법이다."[40] 라고 말한 것은 이런 문맥에서 이해되어야 한다. 이 문맥에서 그가 말한 '敬'이란 물론 個人的 心性修養만을 뜻하지는 않는다. 그것은 개인적 덕성함양을 통한 治人·安人이라고 하는 넓은 의미의 사회적 실천까지도 포함한다. 그가 敬을 가리켜 "內·外를 합하고 動·靜을 겸하고, 始終을 일관하고 上·下를 꿰뚫는"[41] 것으로 풀이한 참뜻이 여기서 드러난다. 그가 聖人의 학문과 賢人의 학문을 비교하면서, '敬以直內, 義以方外'는 현인의 학문을 논한 것이라고 말한 것도 이와 무관하지 않다.[42]

그런 점에서 敬이란 말은 동춘당의 철학에 있어서 가장 중요한 철학적 주제이자 철학적 개념이라고 할 수 있다. 이때의 敬이란 마음을 한 곳에만 집중하고 진실한 일을 행하여서 한 터럭의 私意라도 그 사이에 끼어드는 일이 없도록 한다는 의미이며, 정제 엄숙한다는 의미로서 사람들이 마땅히 이루어야 하고 따라야 하고 밝혀야 할 것으로 된다. 同春堂이 '마음 다스리는 법'에 대해 묻는 孝宗에게 "일이 이르지 않았는데도 망녕된 생각으로 추측하거나, 일이 이르렀는데도 고집스럽게 일에 응대하지 않거나, 일이 이미 지나갔는데도 마음이 그 일을 따라가거나 하는 것은 모두 敬이 아닙니다"[43]라고 대답한 데서 이 점을 특히 선명하게 보게 된다.

---

38) 『經筵日記』, 정유 10월 14일, "持心之法, 惟敬是已, 若寶靈龜, 若奉拱璧, 卽敬也, 敬以養心, 則所操者約而所施者博, 敬之功, 可謂大矣."

39) 『經筵日記』, 신축 4월 7일, "災異之作, 出於欲亡未亡之際, 顧其怠敬, 國以存亡者, 乃古之言也" 참조.

40) 『經筵日記』, 정유 8월 19일, "從古聖學未有不以敬爲本, 戒愼恐懼, 卽所以持敬之方也."

41) 위의 책, 정유 10월 13일, "敬者, 合內外兼動靜貫始終通上下."

42) 『經筵日記』, 무신 10월 18일, "孔子以乾卦爲聖人之學, 坤卦爲賢人之學 … 敬以直內義以方外, 論賢人之學" 참조.

이와 같은 입장을 취할 때 '敬'을 강조하고, 한 나라의 存亡 · 安危와 밀접한 관련을 가지는 천리와 인욕을[44] 엄격하게 변별하는 일은 오히려 자연스러운 일일 것이다. 당연한 논리적 귀결로서 그는 인욕보다 천리를 보다 중시했고 천리가 구현된 세상을 꿈꾸었다. 그가 "천리는 모든 사물의 본체로서 無所不在한 존재이다."[45]라고 말한 것이라든가, "천리이거든 반드시 그 마음을 보존해 기르시고, 人欲이거든 반드시 극복해 제거해야 한다."[46]라고 말한 것은 이러한 인식의 소산일 것이다. 그리하여 그는 "일상 사이에 마음이 움직일 때 어느 것이 천리이고 어느 것이 人欲인지를 항상 살펴야 한다"[47]고 하면서 敬을 통해 人欲의 사사로움의 구속에서 벗어나 천리를 회복하고 道心을 밝힐 것을 주장하였다. 이에 따라 그는 敬을 군주가 자신의 몸을 닦는 수양의 요체이자 '內修外攘'의 내재적 근거로 이해했다. 즉 그는 敬을 가지고 개인적 덕성의 함양과 심성의 수양을 말하였을 뿐 아니라 人政을 행하여 人心을 수습하고 시대에 순응하는 근본문제로서 이해하였기 때문이다. 그가 "天下萬事의 근본이 오직 人主의 마음 하나에 달려있습니다. 그러니 마음 다스리는 공부를 어찌 소홀히 할 수 있겠습니까?"[48]라고 한 말이 그것이다. 따라서 그가 생각한 바 敬이란 마음을 곧게 하여 私意를 없애고 公道를 넓히는 일이며, "위태로운 인심을 안정시키고 은미한 도심을 드러내는 일"[49]이었다. 그것은 또한 당대의 현실적 모순과 폐단에 대한 절박한 비판의 칼날이기도 했다. 그러하기 때문에 그는 孝宗에게 "국

43) 『經筵日記』, 기해 2월 18일, "事未至而妄想縣度, 事方來而頑然不應,事已過而與之隨往, 皆非敬也."
44) 『文集』 卷1, 疏箚, 陣情辭識兼陣所懷疏, "遏人欲所以捍邊境, 存天理所以安社稷" 참조.
45) 『經筵日記』, 무신 11월 16일, "天理爲物之體而無所貴."
46) 같은 책, 같은 곳, "欲果天理也, 必存養之, 果人欲也, 必克去之."
47) 같은 책, 같은 곳, "日用之間常加省察, 此心之."
48) 『經筵日記』, 무술 1월 15일, "天下萬事之本, 只在人主一心, 治心之功, 其可忽哉."
49) 『經筵日記』, 정유 8월 19일, "心之危微, 政要著工, 惟精惟一" 참조.

가의 치란과 군덕의 닦여짐과 닦여지지 않음은 오직 인군의 한 마음에 달려 있다"[50]고 하면서 다음과 같이 말할 수 있었던 것이다.

> 天道不息의 강건함을 體認하여 성상의 학문과 덕과 공경이 날로 새롭게 함이 옳은 일입니다. 하늘을 두려워하고 경계함을 날로 새롭게 함이 옳은 일이며, 백성의 고통을 긍휼이 여김을 날로 새롭게 함이 옳은 일이며, 분노와 사욕을 억제하여 천선개악하는 일을 날로 새롭게 함이 옳은 일이며, (본성의) 회복을 도모하여 분발하고 힘쓰는 일을 날로 새롭게 함이 옳은 일이며, 公과 私를 잘 살피고 옳고 그름을 명확히 밝히는 일을 날로 새롭게 함이 옳은 일입니다.[51]

여기에서 이른바 僞學과 淫邪를 배격하고 '伐淸尊明'의 꿈을 실현하려고 했던 동춘당의 북벌론 · 존주론의 정신과 嚴正한 自己實現의 이론적 근거가 드러난다. 이렇게 해서 확립된 主敬的 思惟體系는 동춘당으로 하여금 朱子學的 道學의 正統을 자임하면서 남다른 도덕적 지향과 현실성에 투철한 삶을 살게 했고, 그리고 그것은 '당파를 초월해서 오직 義理만을 추구하는' 태도와 정신으로 집약되어 나타났다. 그러니 우리는 孝宗이 "동춘당은 마음을 잡아 지킴이 지극히 공변되어 사사로이 한쪽으로 편벽되는 법이 없다."[52]라고 한 말이나, 동춘당이 예를 묻는 탄옹 권시에게 "내가 이 일을 하는 것은 세도를 위해서이지 나 개인을 위해서가 아니다."라고 답한 것을 긍정하지 않을 수 없다. 이러한 의식의 밑바탕에는 물론 천리 · 인욕, 내수 · 외양의 일체성을 강조하면서도 인욕보다 천리를 앞세우고 외양보다 내수를 강조하는 기본 전제가 깔려 있다. 이처럼 경세적 실천에 있어서 외양보다 내수를, 즉 도덕적 수양과 엄격한 명분의 실천에 보다 큰 비중을 두는 그의 입장은 『大學』의 '內本外末'의 정신[53]과도 상통되는 것이라고 하

50) 같은 책, 같은 곳, "國家治亂, 君德修否, 惟在人主之一心."

51) 『文集』 卷2, 疏箚, 陽復日陳戒疏, "體天道不息之健, 聖學日新可乎, 聖德日新可乎, 聖敬日新可乎, 畏天戒日新可乎, 恤民隱日新可乎, 懲窒遷改日新可乎, 奮礪圖恢日新可乎, 察公私明是非日新可乎."

52) 『經筵日記』, 정유 11월 12일, "贊善則秉心至公, 無偏係之私."

겠다. 그리고 그것은 다음에 살펴볼 그의 主敬的 경세사상을 통하여 극명하게 표출되고 전개되었다.

4. 동춘당 경세사상의 내용과 성격

同春堂 經世思想의 性格과 內容을 구명하기 위해 우리는 잠깐 앞장에 언급되었던 철학의 핵심적 지향점을 상기할 필요가 있다.

이제까지 논의한 바에 의하면 同春堂 哲學의 특성은 그가 心을 허령지각의 본체로서 이해하고 그것을 인간의 본래성이자 당위의 道德律인 敬을 통해 현실적으로 구현하려고 노력한 데에서 찾아진다. 이 때 강조되는 敬의 의미는 개인적인 德性의 문제이면서 사람들 사이의 사회관계 속에서 나타나는 義理의 문제이다. 따라서 우리는 동춘당의 철학을 主敬의 철학이라 명명해도 좋을 것이다. 그리고 그것은 經世思想에도 반영되었으니, 그의 主敬的 사유체계에 바탕을 두고 있는 존주론이나 北伐大義精神 또한 이 문제에 관련된다. 그가 "일신을 주재하는 것은 마음이고 마음을 주재하는 것은 敬이다"[54]라고 하면서 '대청복수론'과 '대명의리론'과 같은 대의정신을 강조하고 그것을 통해 異端 비판과 正學 수호 내지 崇明伐淸의 이론적 근거로 삼은 사실이 그것이다. 그런 점에서 同春堂의 철학사상은 40여년 간격으로 일어난 壬辰倭亂(1592)과 丙子胡亂(1636)으로 인한 전쟁의 후유증의 극복과정 속에서 사회적 부조리가 극성을 부리던 혼란된 현실과 시대적 상황에 대한 정직한 응답의 결과라고 할 수 있다.[55]

53) 『大學』 10장, "外本內末, 爭民施奪" 참조.
54) 『經筵日記』, 정유 10월 19일, "蓋主一身者心而主一心者敬也."
55) 본고에서 깊이 다룰 성질의 문제는 아니지만, 정옥자 교수의 다음의 말은 시사하는 바가 매우 크다. "북벌론과 존주론은 사실상 동전의 앞뒤라 할 수 있었다. 북벌론은 시간이 경과함에 따라 內修外攘論으로 전환하고 있었으며, 17세기 후반부터 조선사회가 自强의 방안을 강구하는 방법이었다." 정옥자, 『조선후기

이러한 각도에서 同春堂의 경세사상을 검토할 때 가장 두드러지게 눈에 띄는 것은 主敬의 궁극적 목적인 '存天理'에 대한 강조이다. 그가 程子의 말을 빌려 "인욕을 막는 것이 변경을 방어하는 것이고, 천리를 보존하는 것이 사직을 편안하게 하는 것이다"[56]라고 한 말이나, "경이 마음속의 주인이 되고 義가 밖의 邪惡을 막아서 경과 의가 서로 도와 天德에 도달하는 것이다"[57]라고 한 말은 이러한 정황을 무엇보다 극명하게 보여주는 예일 것이다. 바로 여기에서 우리는 동춘당의 경세사상이 그의 주경사상에 기초하고 있음을 알게 된다.

그렇게 볼 때 동춘당에게 있어서 敬이란 이미 논했듯이 한 인간이 그의 존재됨상 거부할 수 없는, 실현되지 않으면 안 되는 存在原理이며, 行爲의 준거 또는 規範法則으로서의 主體的 眞理라고 이해할 수 있다. 그가 "인심과 도심은 公私와 義利의 구분에서 판별되는데 이 두 가지 사이는 한 터럭도 용납할 틈이 없다"[58]고 하면서 "임금의 마음이 한 점 티 없이 환히 비치는 明鏡止水처럼 바르게 되면 邪正이 그 자리에서 판가름 날 것이니, 저 소인들이 어떻게 농간을 부리겠습니까."[59]라고 말한 것도 이러한 인식의 소산일 것이다.

그러면 그의 대의 구현을 궁극목표로 하는 主敬的 思惟構造 속에서 현실의 바람직한 모습이란 무엇인가. 동춘당의 경우 그것은 君臣上下가 스스로 닦고 스스로 힘써서 "위로는 천심에 합하고 아래로는 민심에 순응하는"[60] 세계로 집약된다. 하늘이 기뻐하지 않아 災異가 거듭되고, 국사가 날

역사의 이해』, 일지사, 1993, 125쪽.

56) 『文集』 卷1, 疏箚, 陳情辭識兼陳所懷疏, "以爲遏人欲, 所以捍邊境, 存天理, 所以安社稷."

57) 『經筵日記』, 정유 11월 13일, "敬主於內義方於外, 敬與義相爲夾持以于天德."

58) 『經筵日記』, 정유 10월 14일, "人心道心, 判於公私, 義利之分, 二者之間不容毫髮."

59) 『국역 현종개수실록』, 현종 1년 3월 19일.

60) 『經筵日記』, 정유 10월 19일, "上合天心, 下順民情."

로 잘못되어 "아첨하는 무리는 날로 늘어나고 기개 있는 선비는 날로 줄어드는"[61) 혼돈의 시대, 신뢰할 만한 어떤 척도로 존재하지 않는 상황에서 그는 오로지 보편적 가치로서의 준칙이자 행위 규범인 대의에 합치되고, 근본을 따르는 현실만을 자신의 참된 현실로 인정했던 것이다. 이를 좀 더 구체적으로 표현하면 천하의 大本을 세우고 천하의 達道를 행하여 "사람이나 귀신으로 하여금 각자의 위치에서 편안하게 있도록 하는"[62) 세계라고 할 수 있다. 따라서 동춘당에게 있어서 참된 현실이란 인위적 욕망에 의해서 조작되거나 굴절됨이 없는 正・邪가 구별되고 윤리적 원칙이 엄격히 적용되는 原理實現의 세계였으며, 그것은 또한 평화와 문화가치를 존중하는 사회이기도 했다. 그런 의미에서 그가 이해한 마땅히 있어야 할 현실이란 인간의 존재 원리이자 도덕 실천의 법칙인 '敬'이 사사로운 人欲을 극복하고 스스로 자기의 모습을 드러내는, 그리하여 "中道가 세워지고 準則이 지켜지는"[63) 세계였다. 예컨대 소차에서 그가 "사람을 알아서 잘 임용하여 취하고 버리는 것이 사리에 맞으면 민심이 복종할 것이고, 變通하여 백성의 고통을 구제하고 사욕을 극복하여 선한 도리를 따르면 폐습이 제거되어 원근이 감화될 것이고, 자주 經筵에 납시어 어진 자를 가까이 하고 도의를 강론하면 성상의 덕이 날로 높아지고 정치의 효과가 날로 새로워질 것입니다"[64) 라고 말했을 때도 이 점은 명백하게 확인된다.

이에 의하면 대의구현을 궁극 목적으로 삼는 동춘당의 主敬的 사고는 어지러운 시대를 근심하고 바른 도리가 실현되기를 희구하는 충정의 표현이며, "먼저 本源을 수양하여 마음이 거울처럼 비고 저울대처럼 공평하여 한 점 사욕의 얽매임도 없게 하여"[65) 하늘이 사람에게 부여해 준 天理의 純善

---

61) 『文集』 卷5, 疏箚, 「辭憲職兼論君德疏」, "故諂諛日進而直諒之士日遠."
62) 『국역 현종개수실록』, 현종 7년 9월 24일.
63) 『經筵日記』, 무술 10월 20일, "自上必先建中建極" 참조.
64) 『文集』 卷1, 疏箚, 應旨兼辭執義疏, "知人善任, 擧錯得宜, 則民心服矣, 變通以救民隱, 克己以從善道, 則弊習可祛而遠邇風動也, 頻御經筵親賢講道, 則聖德日躋而治效日新矣."
65) 『經筵日記』, 정유 8월 24일, "先修本源之地, 使此心鑑空衡平, 無一點私

함을 회복하여 사람들로 하여금 도덕 실천의 주체가 되게 하는 데에서 크게 벗어나지 않는다. 즉 이 말은 모든 존재의 궁극적 근원이며 순선한 형이상의 본체로서의 천리가 보존되고 大本이 확립되어 사람들로 하여금 '예의를 숭상하고 스스로 正道를 걷게 하는 세상'을 만들고자 하는 노력을 의미한다. 그런 점에서도 '存天理遏人欲'이란 명제는 동춘당 경세사상 이해의 핵심적 디딤돌이 된다고 하겠다. 그가 현종에게 도통의 책임자가 될 것을 강력히 권면하면서 "천리가 한 치 자라나면 인욕은 한 치가 줄어들고, 인욕이 한 치 자라나면 천리는 한 푼이 줄어드니 천지가 산지박괘에서 지뢰복괘로 바뀌는 이치와 음양이 진퇴하는 기미도 이와 같습니다"[66]라고 한 말의 참뜻이 여기에서 드러난다. 그가 현종에게 『心經』의 句讀을 교정하여 바친 일이나,[67] 「太極節氣圖」를 헌상한 일[68] 또한 이와 무관하지 않다.

동춘당은 앞에서도 살펴본 것처럼 천리와 인욕을 엄격하게 구별하여 인욕보다 천리가 발용된 본연의 세계를 중요시 했고, 이를 통해 義와 不義, 正과 邪, 中華와 夷狄을 明辨하고 邪說을 물리치고 正道를 지키고자 했으며, 당위로서의 '本源的 現實'을 추구하였다. 이러한 관점은 도학의 사회적 실천이라는 문제로 이어져 '尊中華 攘夷狄' 정신과 '內修外攘'의 논리로 간명하게 표출되었다. 다시 말하여, 동춘당은 예의와 염치의 실현과 中華를 존중하고 夷狄을 물리치는 길이 천리의 완전한 회복에 있으며, 그것이 또한 상처받은 민족적 자존심을 회복하고 春秋大義를 확립하는 유일한 길이라고 믿었던 것이다. 그러하기 때문에 그는 "안으로 공경할 수 없으면 밖으로 의로울 수가 없다"고 하면서 효종에게 "지금 治兵과 講武를 하지 않을 수 없으나, 安民을 근본으로 삼지 않는다면 본말이 도치됨을 면치 못할 것입니다"[69]라고 말하였던 것이다. 이처럼 政事를 잘 닦아서 밖의 夷狄

累."

66) 『經筵日記』, 무신 11월 19일, "天理長一寸, 則人欲消一寸, 人欲長一分, 則天理消一分, 天地剝復之理, 陰陽進退之幾, 亦如此矣."

67) 『연보』, 60세조 참조.

68) 『연보』, 63세조 참조.

을 물리치자는 '내수외양론'은 동춘당으로 하여금 도덕적 세계의 새로운 가능성과 인간 존엄성의 확보가 '戒愼恐懼'[70]하는 삶을 통한 천리의 주체적 자각 및 구현에 있다고 믿었다. 다음의 대목은 이 문제를 특히 선명하게 보여준다.

> 대체로 재변이 생기는 것은 人事로 말미암지마는 이미 생긴 뒤에 그 재변을 그치게 하는 도리 또한 人事에 달려 있습니다. '만일 人事를 닦으면 재변은 재앙이 되지 않는다'고 했는데 이것은 程子의 말입니다. 그러므로 성상께서는 고요한 곳에 몸을 묻으시고서 마음을 차분하게 갖고서 하늘의 上帝를 대하듯이 조심하고 두려워해야 합니다.[71]

이처럼 '존천리알인욕'의 관점에서 현실의 제반문제를 보았기 때문에 사람이 자신의 본래성을 회복하고 확충해 나갈 것 같으면 누구나 다 堯舜과 같은 聖人이 될 수 있다[72]고 믿었고, 인간본성의 도덕 창생력을 적극 인정했다. 여기에서 이른바 인간의 정치적·사회적 행위를 설명하는 중요한 준거의 틀로 천리가 문제가 되고, 정치사회의 질서를 확립함에 있어서 인간의 내면적인 도덕성과 그 수양이 강조되는 것이다. 이와 같은 태도는 동춘당의 經世思想에 있어서 절의정신으로 표출되었고 교육분야에서의 많은 활약으로 나타났다.[73] 그는 이를 통해 민족이 당한 수모와 치욕을 씻고, 야만화된 사회를 바로잡아 正學에 입각한 '道德의 王國'을 건설하고자 했다. 그래서 그는 「應旨兼辭執義疏」에서 孝宗에게 정치의 요체는 다름 아닌 군주의

---

69) 『經筵日記』, 정유 8월 24일, "此時治兵講武, 不可不爲, 而不以安民爲本, 免本末之倒置."

70) 『經筵日記』, 정유 8월 19일, "從古成學 未有不以敬義本, 戒愼恐懼, 卽所以持敬之方也" 참조.

71) 『국역 효종실록』, 효종 8년 9월 5일.

72) 『文集』 卷1, 疏箚, 應旨兼辭執義疏, "任道不疑以聖人爲必可學, 以堯舜爲必可法" 참조.

73) 이 문제에 대하여는 김세봉, 「17세기 호서산림세력 연구」, 단국대학교 박사논문, 1995, 100~111쪽 참조.

수신을 통한 본원의 확립에 있음을 다음과 같이 상주하지 않을 수 없었던 것이다.

> 천하의 일은 임금의 한 마음에 근본하지 않는 것이 하나도 없어서 온갖 책임이 다 임금에게 돌아오고 온갖 욕심이 다 공격하므로 위험스럽게 흔들리고 안정하기 어려운 정도가 사서인보다 만 배나 됩니다. 바라건대 전하께서는 조심하고 경계하시어 조금도 게으름이 없게 하소서. 未發의 때에는 지키는 것을 더더욱 엄하게 공경스럽게 하고 已發의 즈음에는 성찰하는 바를 더더욱 정밀하게 하시면 … 참된 마음이 안을 지켜 객기에 흔들리지 않게 되고 혈기가 法道를 따라 순환하게 되어 즐거움과 노여움에 지나침이 없게 될 것입니다. 본원이 이와 같고서도 정치의 공효가 드러나지 않았다는 말은 신이 아직 듣지 못했습니다.[74)]

이렇게 볼 때 동춘당이 강조한 天理는 시대 현실의 변화 및 그 속에 있어서의 正과 邪, 中華와 夷狄, 王道와 覇道를 분별하고 비판하는 典範 내지 秩序賦與的 價値原理의 의미를 지닌다고 하겠다. 그런 점에서 동춘당의 주경적 사유체계는 義와 利가 상충하고, 正과 邪가 뒤섞이여 나라가 멸망할지도 모르는 위기적 상황에서 어지러운 세태와 정치적 타락을 바로잡고, 이를 통해 바람직한 公道의 확립에 기여하는 올바른 도덕적 의미를 밝히고자 하는 그의 愛君憂國의 간절한 충정의 한 표현이라고 할 수 있다. 다음의 예문도 같은 의미이다.

> 지금 國事가 진작되지 않아 민생은 나날이 피폐해지고 있습니다. 그러나 한결같은 정성으로 게을리 하지 않는다면 어찌 효과가 없겠습니까. 외적을 물리치고자 한다면 먼저 안을 잘 닦아야 하고, 국방을 튼튼히 하고자 한다면 먼저 養民에 힘을 써야 합니다. 안이 잘 닦여지지 않으면 외적을 물리

74) 『文集』 卷1, 疏箚, 應旨兼辭執義疏, "然天下之事, 無一不本於人主之一心, 而百責攸萃, 衆慾所功, 其危動難安, 萬倍於匹士, 誠願殿下臨深履薄, 固或少懈, 未發之時, 所以持守者, 愈嚴愈敬, 已發之際, 所以省察者, 愈精愈密 … 眞心內守而客氣不撓氣血循軌而喜怒不溢, 本源如是而治效未著者, 臣未之聞也."

> 칠 수가 없고, 백성이 양육되지 않으면 국방을 튼튼히 할 수가 없습니다. 매사에 그 요령을 얻어서 시종일관 게을리 하지 않으면 어찌 성공하지 않음이 있겠습니까.[75]

위의 예처럼 동춘당의 주된 관심은 '외양'이 아니라 '내수'였고, '先養民後治兵'이었다. 이는 동춘당이 민생의 궁핍이나 불안이 나라의 근본을 해치는 가장 무서운 적임을 투철하게 인식한데서 나온 결과의 산물이다. 그가 효종 즉위년에 효종에게 貢案의 개정과 대동법 시행을 적극적으로 상주하면서[76] 효종에게 "민생의 초췌함이 지금보다 심한 적이 없었습니다. 지금이야말로 治亂存亡의 기회입니다. 항상 불을 끄고 물에 빠진 사람을 건지듯이 서두르는 마음을 보존하여 백성을 위하는 방법을 급히 강구하여 실질적인 혜택을 입을 수 있게 하소서"[77]라고 말한 것도 이와 무관하지 않다.

여기에서 비로소 "백성이 바로 나라이고 나라가 바로 백성이다"[78]라고 하면서 백성들을 위해서는 양반들도 軍役을 담당해야 하고, 양반들이 소유한 면세 토지[79]와 사노비의 수를 대폭 줄여야 한다[80]고 주장한 참뜻이 밝혀진다. 뿐만 아니라 그가 당시 권세를 휘두르고 淸朝에 아부하여 朝廷을 어지럽히던 김자점 일파를 탄핵하여 그 시비를 가린 일이라던가,[81] 死六臣 중의 한 사람인 成三問(1418~1456)과 朴彭年(1417~1456)을 위한 祠堂 건립을 請한 일,[82] 우암과 더불어 북벌계획에 깊이 참여한 일, 그리고 江華

---

75) 『經筵日記』, 무술 2월 20일, "國事未有振作, 民生日就凋弊, 若一誠不懈, 豈無其效, 欲外攘必先內修, 欲治兵必先養民, 內不修則不能外攘, 民不養則不能治兵, 每事得其要領, 終始不懈則寧有不成."
76) 『文集』 卷1, 疏箚, 應旨兼辭執義疏 참조.
77) 『經筵日記』, 기축 11월 5일, "民生之憔悴, 未有甚於此時, 此實治亂存亡之機, 常存救焚拯溺之心, 凡爲民之術, 急急講究, 俾得蒙實惠焉."
78) 『文集』 卷6, 疏箚, 「應求言別諭仍乞解職疏」, "民卽國, 國卽民."
79) 『文集』 卷9, 獻議, 「因奉敎僉命胤上疏飢荒賑救請」 참조.
80) 『文集』 卷8, 啓辭, 「內司奴婢請勿復戶許充編伍斜付啓」 참조.
81) 『연보』, 40歲條 참조.
82) 같은 책, 52歲條 참조.

死節人의 追崇 건의에 대한 남다른 노력 등의 의미가 선명하게 드러난다. 太學士 黃景源(1707~1787)이 저술한 『皇朝陪臣傳』의 "先王이 밤낮으로 정신을 가다듬고 마음을 새롭게 해서 한결같이 인의에 근거하여 오로지 북벌에만 힘을 쏟고 그 뜻을 굳게 지켜나갈 수 있었던 것은 선생의 힘이었다."[83]는 한 대목은 이 모두를 간명하게 집약할 만하다.

당대는 의리를 다른 어느 때보다도 더 긴요하게 요하는 시대이면서, 그러나 또한 의리의 존립을 유례없이 위협하는 국면이라고 보는 데서 동춘당의 경세사상은 독특한 전개의 길을 걷게 되었다. 천리가 날로 소멸되어 인욕이 천리를 해치고 小人儒가 君子儒를 내물며 예의 파괴가 어느 때 보다도 극심하여,[84] "항상 私만 있는 줄만 알고 公이 있는 줄은 몰라서 시비가 전도된"[85] 시대에 처하여 이를 바로잡고 극복할 수 있는 유일의 지표가 敬을 통한 대의의 확립이라고 그는 생각했다. 유의할 것은 동춘당의 이와 같은 主敬的 思考가 숭고한 도덕적 의미를 담은 가치로운 삶에 대한 희구인 동시에 압도적인 역사의 어둠의 무게를 온 몸으로 지탱하면서 패덕한 세계에서 "聖學을 밝히고" "道統을 전하고" "大義의 실현을 향해" 곧게 나아가고자 했던 "正直剛大"[86]한 한 인물의 필연적 자기 확인이라고 해야 할 것이다. 이러한 생각에서 그는 孝宗에게 "만약 학문을 통해서 氣質을 변화시키지 못한다면 학문을 하지 않음과 무엇이 다르겠습니까"[87]라고 말하면서 治者의 主敬·講學을 통한 正心의 확립과 體得實踐의 중요성을 進言했던 것이다.

동춘당이 살던 17세기의 상황은 현실의 객관적 실체로나 그 자신의 주관적인 의식으로나 심각한 위기였고, 지식인들로 하여금 현실을 도피하거나

---

83) 『文集』, 附錄, 太學士黃景源選, 皇朝陪臣傳, "王日夜厲精, 更始一反於仁義, 而北伐之志, 益固者, 先王之功也."
84) 『經筵日記』, 무술 10월 27일, "今之禮壞 固已甚矣" 참조.
85) 『文集』 卷8, 啓辭, 「就職後再避啓」, "徒知有私而不知有公, 是非之顚到如此."
86) 『宋子大全』 卷182, 「同春堂(俊吉)墓誌」 참조.
87) 『經筵日記』, 무술 1월 16일, "若學而不能變化氣質, 與不學何異."

외면할 수 없게 한 격동기였다. 당시 조선사회의 역사적 상황은 수차에 걸친 외환과 내우, 천재지변 등으로 인해 16세기 이래 누적되어 왔던 제반사회의 모순이 극대화되는 시기였다. 이를 좀 더 부연하면 대외적으로는 倭亂(1592～1598)・胡亂(1627 및 1636～1637)과 명청교체와 같은 국제질서의 큰 변화가 있었고,[88] 대내적으로는 당쟁이 새로운 국면에 접어들면서 사림정치의 한 형태였던 붕당정치의 '상호견제와 비판'이라는 원리가 무너지고 점차 일당전제와 閥閱政治의 경향이 나타나고 있었다.[89] 그 결과로 사회기강은 해이해지고 민생은 극도로 피폐해져 굶어죽은 시체가 길가에 널려있고 "藥으로도 救할 수 없는"[90] 지경에까지 이른 상황이었다. 그래서 동춘당은 聖王의 법을 묻는 효종에게 "천하만사의 근본이 오직 人主의 한 마음에 있다"고 하면서 "王者의 나라 다스리는 법은 법제를 너그럽게 하고 예의를 숭상하여 백성들로 하여금 스스로 바른 길을 가도록 하는 데 있을 뿐입니다."[91]라고 말하지 않을 수 없었던 것이다. 그러한 까닭에 그는 당시의 위기적 현실과 시대상황에 대하여 도피하거나 또는 무관심하지 않았다. 오히려 그는 당대의 제반 현실적 모순에 대해 심각한 우려를 표명했고 치밀한 대응책을 강구하기에 고심했다. 이와 같은 태도는 도덕적 명분과 의리를 중시하는 도학정치와 '闢異端攘夷狄' 정신으로 표출되었고, 경제문제에서는 '외양'보다 '내수'를 강조하여 민생의 피폐함을 구제하기 위한 방안, 즉 貢案의 개정, 大同法의 확대실시, 社倉制 시행 등의 정책으로 제시되었고, 국방문제에서는 軍政의 정비를 통해 백성들의 무거운 軍役 부담을 덜어주고자 하는 방안 제시로 나타났다.[92]

---

88) 예컨대, 7년간에 걸친 壬辰倭亂은 중국에서는 왕조의 교체를, 일본에서는 정권의 교체를 가져오게 하였다. 강만길, 『韓國近代史』, 창작과 비평사, 1984, 55면 참조.

89) 이에 관한 대표적인 연구로는 이태진, 「朋黨政治 성립의 역사적 배경」 『朝鮮儒敎社會史論』(지식산업사, 1989)이 있다.

90) 『經筵日記』, 신축 2월 26일, "國勢日就頹剝莫可藥矣" 참조.

91) 『經筵日記』, 정유 10월 20일, "王者之治, 恢其法制, 崇其禮義, 使人自越於正而已."

이처럼 지차의 수신을 통한 민생의 정치적·경제적 안정에 일차적 목표를 두는 동춘당의 경세사상이 主敬의 철학에 근거한 것임은 물론이다. 그리고 그것은 군주의 正心과 이를 통한 민생의 안정, 그리고 올바른 도덕판단의 능력과 정신자세를 확립한 사람이 백성들을 도덕적으로 敎化·善導함을 정치의 요체로 삼는 주자의 仁政사상과도 통하며, 멀리는 백성을 근본으로 하는 선진유가의 인본사상과도 일맥상통한다. 그것은 오늘날에도 매우 중요한 의미를 갖는다.

그러니 우리는 그가 효종에게 "우리가 비록 文弱하지만 예의와 名敎는 찬연하여 中國에 못지않으니 국가가 믿고서 유지되는 까닭이 오직 여기에 있다"[93]라고 한 말이나, 현종에게 "반드시 올바른 예로써 지난날의 잘못을 바로잡아 한 시대의 제도를 정하기를 바랍니다"[94]라고 한 進言을 겸허하게 받아들이지 않을 수 없다. 그러나 이와 같은 그의 경세사상이나 현실인식은 모든 정치의 근원을 君主의 一心에 두고, 그것을 바르게 하는 것으로 급선무를 삼은 것이라는 점에서 보수적 성격을 지니고 있다고 할 수 있다. 결과적 관점에서 볼 때는 기존의 정치사회 질서의 기본구조를 절대화하고 고착화하는 방향으로 귀결될 소지가 있기 때문이다.

그러나 제도적 차원의 체제 자체의 문제보다도 체제의 운용과정에서의 도덕성을 더 중요한 것으로 여기는 동춘당의 경세사상의 의미는 오늘날의 정치구조 속에서도 충분히 되새겨보아야 할 가르침이 아닌가 한다.

---

92) 이에 관하여는 지두환, 「동춘당 송준길의 사회경제사상」 『한국사상과 문화』 22집, 한국사상문화학회, 2003 참조.

93) 『文集』 卷8, 啓辭, 「請罷變亂時失行婦女還女畜之法許其家長改娶啓」, "我國雖甚文弱, 禮義名教 燦然無媿於中華, 區區所恃以維持者."

94) 『국역 효종개수실록』, 효종 3년 11월 13일.

5. 나가는 말

이제까지 살펴 본 동춘당 경세사상은 치자의 수양을 통한 '본래성' 회복과 愛民精神의 각성을 무엇보다도 일차적으로 강조한 특성을 지니고 있다. 그런 면에서 그의 경세사상은 道德 敎化의 의미를 지닌 道學的 經世觀에서 벗어나지 않음은 명백하다. 그리고 우리는 그것이 그의 철학이론과 긴밀한 호응관계에 있으며, 그 전반적 내용과 성격에서 주자의 仁政思想과 일맥상통하고 있음을 확인할 수 있었다. 동춘당은 역사란 현실의 성패가 아니라 도덕적 시비의 초월적 기준에 의해서 저울질되며, 중요한 것은 결과적 성취와 어떤 업적보다는 행위자의 내면적 동기의 도덕성을 중요시했다. 그래서 그는 효종에게 "현재 종묘사직과 백성의 앞날을 위한 계책은 오직 원손교육과 聖學을 보도하는 데 있다"고 말하고, 효종에게는 "理欲의 分界를 밝히고 인민의 향배를 알아내고 일신의 공사를 분변하고 신하들이 사정을 살피는 일에 한결같은 마음으로 게을리 하지 마시고 그것을 오래도록 지켜 해이함이 없게 하소서"[95] 라고 말했던 것이다.

동춘당이 철학과 경세사상을 수립하고 시행하는 과정은 참다운 도리를 깨닫고, 자신이 살던 시대와 역사에 능동적으로 참여하는 행위이면서 동시에 민족자존과 국권회복에 헌신하는 과정이었다. 이런 점에서도 그는 결코 현실감각이 부족하거나 시대착오적인 관념을 가지고 은둔처세하는 단순한 山林儒者는 아니었다. 그는 예학자로서 또는 청렴결백한 선비로서 민중과 아픔을 같이하면서 일생동안 시대의 선두에 서서 北伐大義를 밝히고 사회의 기강을 확립하고자 "한 터럭의 私意도 두지 않았고 또 조금도 남을 이기려는 마음이 없이 단지 일에 따라 자신의 직분을 다하고자 한"[96] 인물이

95) 『文集』 卷7, 疏箚, 「辭職兼陳所懷疏」, "明理欲之大分, 識人民之向背, 辨一己之公私, 察群臣之邪正, 一意毋怠持久不懈."

96) 『文集』 卷8, 啓辭, 「以鑑察月令事引避啓」, "臣元無一毫私意於其間, 又

었다.

그의 투철한 삶의 태도와 정신적 높이는 그의 理우위적사고와 '主敬' 철학에 바탕을 둔 것이었다. 동춘당은 자신의 시대를 군자의 세력이 점점 쇠미해지고 소인의 세력만이 극성부림을 상징한 『주역』의 23번째 괘인 山地剝卦와 같은 시대로 파악하면서도[97] 끝내 절망에 머무르지 않고 역사현실 속에서 자신의 역할을 다 하고자 하였는데, 이러한 그의 태도는 인간을 천명의 자각주체로 이해하고, '내수와 외양' 또는 '敬과 義'의 양면에 걸친 도를 모순없이 통일적으로 체인하고 실천하려고 하였기 때문이었다. 그리고 그의 학문과 사상이 주자학의 기반에 의거하여 이루어졌다고 할지라도 그것을 自得・具現하고 하나의 시대적 사명으로서의 힘을 거기에 부여한 것은 다름 아닌 동춘당 자신의 至公無私한 인품과 정신, 나라에 대한 충성심 그리고 겸허한 구도자적 자세에 의한 것이란 점을 주목해야 한다. 그러기에 그가 "앎(知)을 귀하게 여기는 바는 그것이 실천(行)을 위한 것이기 때문이다"라고 하면서 "독서를 해도 몸소 행하지 않으면 책은 책이고 나는 나가 되고 마니 날마다 다섯 수레의 책을 읽는다 하더라도 무슨 이익이 있겠습니까"[98]라고 효종에게 말한 것은 이런 문맥에서 이해되어야 한다. 여기에서 우리는 자신의 삶과 철학을 일치시킨 정신이 진실로 死生을 초탈하는 신념에서 시대의 아픔을 자기화하고 그것을 통하여 민족과 국가를 사랑한 감동의 순간을 만나게 된다. 일생을 통하여 천리를 추구하고 사욕을 멀리하려는 일관된 敬의 태도를 견지하면서 역사적 책임을 완수하고자 한 동춘당의 철학사상과 경세사상은 성리학과 경세학의 회통을 현실에서 보여준 것이었으며, 이러한 동춘당의 사상과 일생은 대상세계만이 眞實界이고 세속적 가치가 가치의 전부인 것처럼 생각하는 현대인들, 특히 자기 이익을 위한 실리추구와 권모술수를 최고의 덕으로 여기는 이 시대 정치인들에게 내면세계의

無一毫好勝之心, 只欲隨事盡職."

97) 『文集』 卷2, 疏箚. 「兩復日陳戒疏」 참조.

98) 『국역 효종실록』, 효종 9년 12월 19일.

깊이를 새롭게 자각하게 하고, 도덕 가치의 순수한 아름다움을 다시 한 번 온몸으로 느끼게 해줄 것이다.

同春堂 宋浚吉의 政治活動과 經世思想

지 두 환*

1. 緖　論
2. 家系와 學風
3. 政治活動
4. 朝鮮性理學에 입각한 政治思想
5. 社會經濟思想
6. 結　論

1. 緖　論

한국사학계에서 조선후기 사상사 연구는 그동안 실학사상 위주로 연구되었다고 해도 과언이 아닐 정도로 실학사상에 집중되고 조선후기 성리학에 대해서는 거의 관심도 기울이지 않았었다.

따라서 동춘당 송준길은 우암 송시열과 兩宋이라 일컬어질 정도로 인조 효종 현종대에 가장 영향력 있는 사상가 정치가였는데도 80년대까지 거의

---

* 국민대 국사학과 교수.
이 논문은 한남대충청학연구소가 주관한 '동춘당 탄신 400주년기념 국제학술대회' (대전광역시청, 2006)에서 발표된 논문임.

연구가 안되었다. 1996년에 가서야 충남대 유학연구소에서 발간하는 『유학연구』 4집에 6편의 논문이 특집으로 나올 정도로 그동안 관심이 적었었다. 이렇게 1990년대까지 조명되지 않다가 90년대 후반에 들어서서 주목되기 시작하여 제4회 제7회 제9회 동춘당 문화제에서 3차에 걸친 학술세미나를 하기에 까지 이르렀다.[1] 그리고 2002년 12월 충청학연구소에서 동춘당 송준길의 삶과 학문과 사상이라는 주제로 7편의 논문을 실은 『충청학연구』 3집이 나왔다.[2]

이렇게 동춘당 송준길에 대한 연구가 진행되면서 철학 예학 교육 등 여러 가지 면에서 동춘당의 사상이 밝혀졌다. 그리고 산림활동과 정치사상에 대해서도 연구가 되었고,[3] 경세관에서도 사회 개혁을 주도하는 사상가 정치가라는 면도 밝혀졌다.[4]

본고에서는 이러한 연구를 바탕으로 同春堂 宋浚吉이 尤庵 宋時烈(1607~1689), 市南 兪棨(1607~1664), 草廬 李惟泰(1607~1684)와 더불어 당시 개혁을 주도하는 핵심세력이었다는 것을 동춘당의 정치활동과 經世思想을 통해서 살펴보려 한다.

2. 家系와 學風

宋浚吉의 字는 明甫이며 본관은 恩津이다. 號는 同春이고 堂號는 同

---

1) 1999년 제4회 동춘당문화제유학사상 학술세미나－동춘당 송준길의 생애와 사상.
2002년 제7회 동춘당문화제 초청강연 및 학술세미나－회덕의 선비문화와 유학박물관건립.
2004년 제9회 동춘당 문화제 학술세미나－同春堂 宋浚吉의 사상과 예술.
2) 『충청학연구』 3 (2002년 12월 한남대충청학연구소).
3) 禹仁秀, 「同春堂 宋浚吉의 山林活動과 政治思想」 『충청학연구』 3 (한남대), 2002, 167쪽.
4) 池斗煥, 「同春堂 宋浚吉의 사회경제사상」 『한국사상과 문화』 22, 2003.

春堂이며 謚號는 文正이다.

선조 39년(1606) 12월 28일 서울 貞陵洞 外家인 외조부 金殷輝(1541～1611)의 옛집에서 태어나 현종 13년(1672) 12월 5일 懷德 자신의 서재인 동춘당에서 67세로 별세하였다. 부친 宋爾昌(1561～1627)은 新寧縣監으로 재임중 이른바 七庶之獄 주모의 한 사람인 徐羊甲의 처남이라 하여 파직되었다. 宋時烈의 부친 宋甲祚(1574～1628)와 함께 雙清堂 宋愉의 후손이다.

〈은진송씨 송준길을 중심으로〉

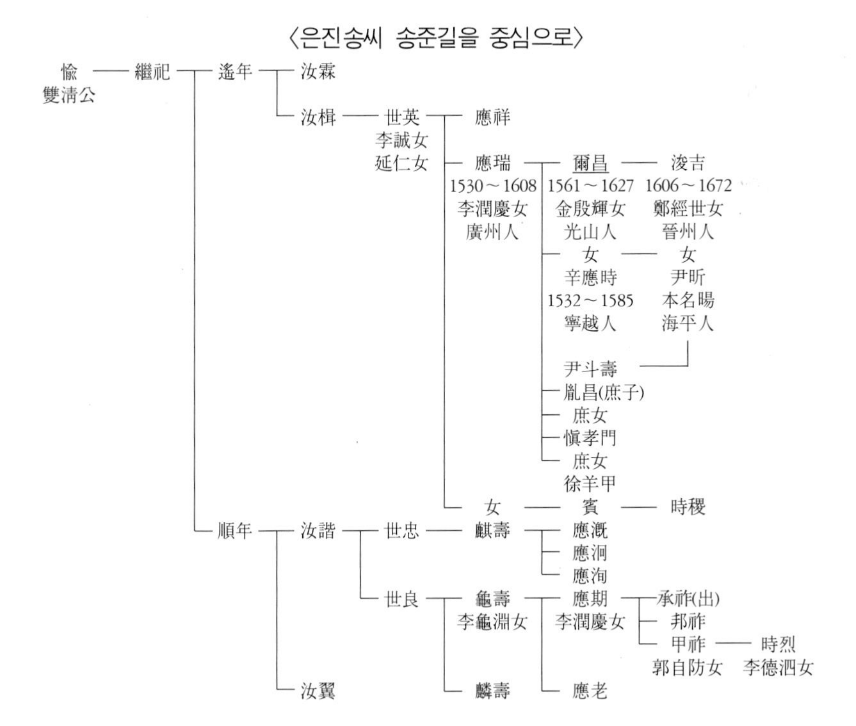

송이창과 송갑조는 본가에서는 숙질간이지만, 崇德齋 李潤慶(1498～1562)의 外孫으로 서로 姨兄弟 사이가 된다.

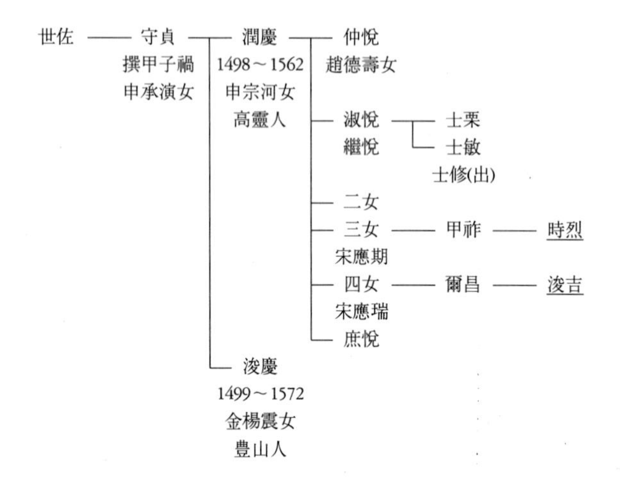

어머니는 光山人 金殷輝의 딸이다. 그러므로 沙溪 金長生(1548～1631)은 동춘당에게 外堂叔이 된다. 송이창과 김장생은 栗谷 李珥(1536～1584)와 龜峯 宋翼弼(1534～1599), 黃岡 金繼輝(1526～1582) 문하에서 같이 수학하였으며, 매우 가깝게 지냈다.

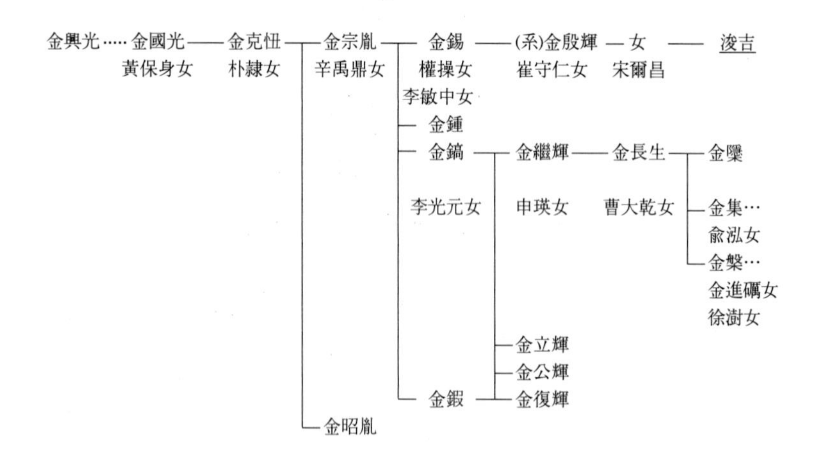

동춘당은 淸陰 金尙憲(1570～1652)과 그의 자손들, 그리고 屯村 閔維重(1630～1687)을 비롯한 驪興 閔氏 집안의 학자들과 학문적으로나 정치

적으로 밀접하게 교류하여 老論 세력을 형성하였다. 안동 김씨의 핵심 인물이라 할 수 있는 김수항의 손자인 김제겸이 증손녀 사위이고, 둔촌 민유중과 老峯 閔鼎重(1628～1692)은 동춘당의 門人이었고, 민유중은 사위가 되어 민유중의 아들 민진원과 민진후는 동춘당의 외손이 되었고, 숙종비 인현왕후 여흥 민씨도 동춘당의 외손이 되었다.

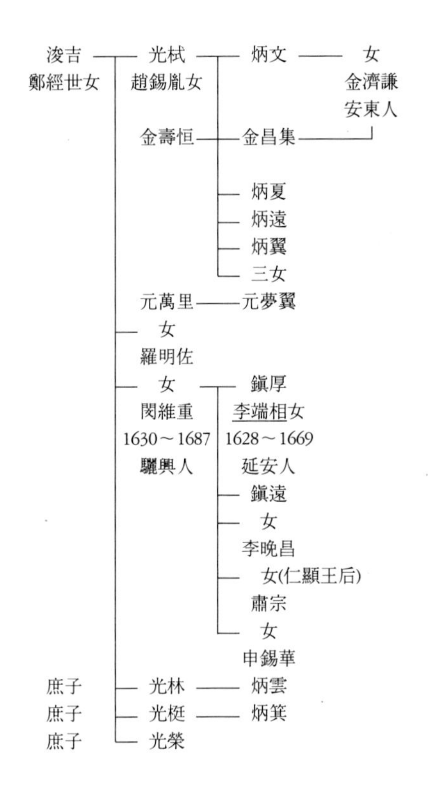

동춘당 송준길에게 소현세자빈의 아버지 姜碩期는 외사촌이 되고 김반의 아들인 김익희와 김반의 사위인 李厚源(1598～1660)은 7촌조카가 된다. 숙종비 인경왕후의 아버지 김만기도 7촌조카인 김익겸의 아들이다.

迂齋 李厚源은 金瑬 洪瑞鳳(1572~1645)과 더불어 인조반정을 주도하

여 靖社功臣 3등에 봉해졌다. 그리고 효종대 우의정에 오르기까지 인조 효종대 승정원에 가장 오래 재직하면서 인조 효종의 측근으로 정치의 핵심적인 역할을 하였다.

홍서봉은 황혁의 사위이고 이후원에게 황혁은 외삼촌이니 홍서봉과 이후원은 사촌 처남 매부 간이다.

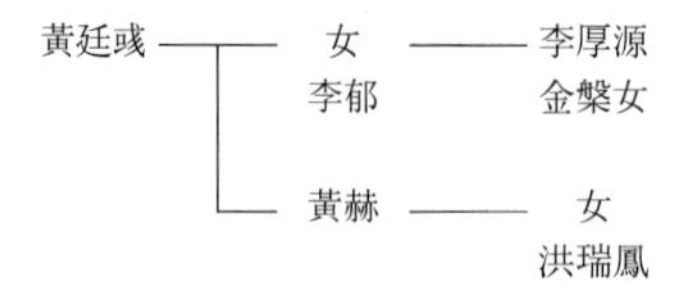

南人의 평이지만, 이후원과 송준길의 관계를 잘 말해주는 현종실록에 나와 있는 평이다.

우의정 李厚源이 죽어 승지를 보내 조의를 표하였다. 삼가 살펴보건대, 후원이 靖社勳에 들었기 때문에 과거 급제가 늦었어도 벼슬이 빠른 속도로 올라갔고, 지론은 비록 대단히 각박하였으나 그렇다고 남을 해치는 일은 없었다. 그러나, 자기 처제인 金益熙와 함께 힘과 마음을 합하여 송시열・송준길의 뒤를 적극 밀었고, 입이 마르도록 그들을 찬양하여 드디어 임금이 신임하고 온 조정이 무턱대고 따르게 만들었다가, 끝에 가서 예를 그르치고 정통을 어지럽게 하고야 말았으니, 후원도 그 점에 있어서는 그 죄 어찌 적다고 할 것인가.[5)]

5)『顯宗實錄』卷2, 현종 1년 2월 己丑(4) (36-245).

〈金殷輝 金繼輝 宋爾昌 兪泓 連婚圖〉

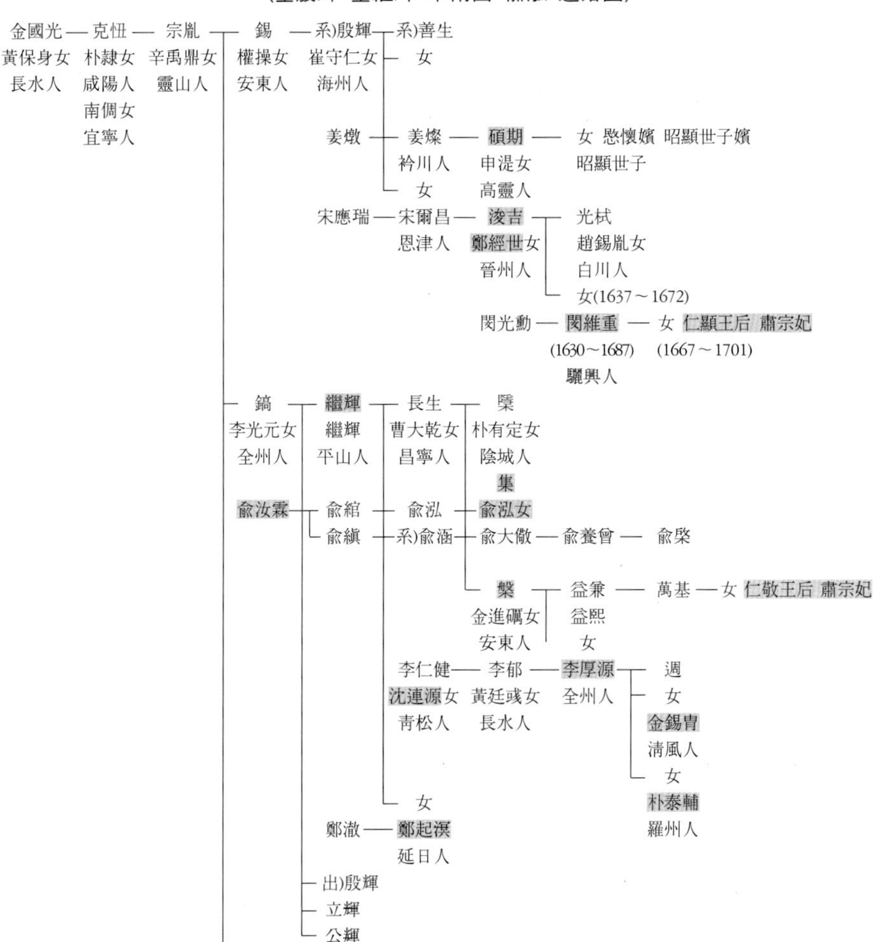

※ 출전: 『光山金氏丙子大譜』(1876 影印本) 2000, 光山金氏大宗會, 起昌族譜社 ; 『恩津宋氏譜(丁亥大譜)』, 『璿源錄』, 『韓國系行譜』地1574~1575, 人2339~2351

이렇게 볼 때 동춘당 송준길은 남인인 愚伏 鄭經世(1563～1633)의 사위이면서도, 사계 김장생 집안의 외손으로 당시 인조반정을 주도한 핵심세력의 정통을 잇는 핵심이 되었다. 효종대에는 山黨의 중심인물이 되어 정계를 주도해 갔다. 이후원의 「迂齋記年」에 의하면 당시 산당의 구성은 다음과 같다.[6]

산두(山頭) : 金尙憲(1570～1652) 김집(1574～1656)
산복(山服) : 조석윤(1605～1654) 유계(1607～1664)
산족(山足) : 이후원(1598～1660) 홍명하(1608～1668)
산인(山人) : 송준길(1606～1672) 송시열(1607～1689) 이유태(1607～1684)

그리고 율곡 사계로 이어지는 율곡학파의 학통을 이어받고 이를 민유중 김수항 등에게 이어줌으로써 우암 송시열과 함께 노론의 핵심이 되어 사상계와 정계를 주도하고 있었다. 특히 현종의 사부가 되어 현종대에 가장 신임을 받는 인물이 되면서 훈척들을 견제하고 내수사 궁방을 축소하는 중심인물이 되었다.

3. 政治活動

1) 仁祖代 政治活動－義理의 闡明

인조 1년(1623) 무렵부터 사계 김장생(1548～1631)에게 나아가 수학하였

---

6) 韓基範, 『조선의 큰 선비 동춘당 송준길』(대전광역시 대덕구 한남대 충청학연구소), 2006.
李鼎夏, 『迂齋記年』(국립중앙도서관 古2511 伝 62 202 46쪽, 1927)에는 "… 時一邊人謗公 以爲山黨 盖謂黨於山人 而山人指愼齋草廬春尤諸賢也 公以山黨之目 恐爲他日厲階 書報尤菴曰 近者時論 有山黨之標榜 而又有山頭山心山足之語 頭指淸愼兩老 心指文胤(金益熙字仲文趙錫胤字胤之) 足指武仲(兪棨)大而(洪命夏)諸人云" 이라 하여 山心에 유계 대신 김익희를 山足에 이후원 대신 유계를 넣고 있다.

고, 김장생이 별세한 후 신독재 金集(1574～1656)을 스승과 붕우 사이의 지위로 대접하면서 학문적 교류를 계속하였다. 인조 2년(1624) 생원 진사 회시에 합격하였다.

인조 8년(1630) 학행으로 천거받아 세자익위사 洗馬(정9품)에 제수된 이후 內侍教官・童蒙教官・대군사부・예산현감・형조좌랑・지평・한성부판관 등에 임명되었으나 대부분 관직에 나가지 않았고 20여 년간 학문에만 전념하였다.

단지 인조 11년(1633) 잠깐 동몽교관직에 나갔다가 장인 鄭經世(1563～1633)의 죽음을 이유로 사퇴하였다. 인조 14년(1636) 6월 大君師傅를 제수받았고 바로 禮山 縣監을 제수 받았으나 나아가지 않았다. 12월 丙子胡亂이 일어나 行在所에 갈 수 없어 부득이 하게 家廟를 받들고 沙寒里로 왔다. 인조 15년(1637) 1월 삼전도 굴욕을 당하며 인조가 항복하니 2월에 영승촌으로 옮겼다가 다시 猿鶴洞으로 옮겼는데 남한산성의 굴욕적인 소식을 듣고 속세에 뜻을 버렸기 때문이었다.[7] 그리고 의리를 천명한 사람들을 찾아 뵙고 순절한 사람들을 추숭하였다. 인조 15년 8월 桐溪 鄭蘊(1569～1641)을 찾아뵈었고, 인조 16년(1638) 1월 강화도에서 순절한 죽창 이시직 영전에 가서 곡하고 전을 올렸다.[8] 인조 19년(1641) 병자호란 때 순절한 竹窓 李時稷(1572～1637)과 野隱 宋時榮(1588～1637)을 모시는 忠節祠를 崇賢書院 옆에 건립하였다.[9] 이시직은 병자호란이 일어나자 강화에 들어갔다가, 강화가 함락되자 사복시 주부 宋時榮이 먼저 자결하니, 묘 둘을 파서 宋時榮을 매장하고 하나는 비워놓아 노복에게 자기를 그곳에 매장

---

7) 『同春堂年譜』 21쪽.

8) 『同春堂集』 卷17, 祭文 祭竹窓李公文 (문집총간 107책 120쪽).

9) 『同春堂年譜』 인조 19년(1641) 조.

議立忠節祠 先生以竹窓野隱二公 同時立慬 宜幷擧祀典 倡議立祠于崇賢書院之傍 名曰忠節.

『同春堂集』 卷16, 雜著 懷德忠節祠奉安竹窓李公野隱宋公通文(代崇賢院儒作) 辛巳(문집총간 107책 99쪽).

하도록 부탁한 다음 활끈으로 목을 매어 죽었다.

병자호란 후에 청나라에 붙은 친청파들에 의해 반청세력인 척화파들이 철저히 제거되는 심기원 옥사, 소현세자 죽음, 임경업 장군 옥사 등 일련의 사건들로 점철되었다.

인조 22년 3월 명나라와 연결하여 청나라를 치려하였던 심기원이 역모로 죽는 옥사나, 소현세자(1621~1645)가 인조 23년 2월 18일에 돌아와 두 달 만인 4월 26일 의문의 죽음을 당하는 것이나, 인조 24년 1월 세자빈인 강빈이 인조 독살하려고 했다하여 3월 15일 죽는 것이나, 강빈 형제들이 유배갔다가 죽는 사건들은 당시 청나라가 명나라를 멸망시켜가는 와중에서 김자점 등의 친청파들이 반청 척화세력들을 제거하고 정권을 장악하는 과정에서 일어난 정치적인 사건들이었다.

그리고 앞서 심기원 등과 함께 명나라와 연결하여 청나라를 치는 선봉장으로 거론되었던 임경업 장군을 청나라에서 붙잡아 놓고도 죽이지 않자, 인조 23년(1645) 12월 11일 김자점은 사은사로 간 기회를 이용하여 청나라 사신 정명수, 역관 이형장과 짜고 임경업 장군을 청나라에서 본국으로 귀국시켜 심기원 옥사와 연루시켜 죽이려 하였다.

이 음모는 성공하여 인조 24년(1646) 6월 3일 청나라에서 임경업 장군을 사은사 이경석의 행차에 붙여 돌려보냈고,[10] 6월 17일 인조가 심기원 역모 사건에 연루시켜 임경업 장군을 친히 심문하였고,[11] 6월 20일 林慶業(1594~1646) 장군은 심문 중 옥중에서 53세로 졸했다.[12]

임경업 장군은 義를 지켜 명나라와 은밀히 교류하였다가 명나라가 망하면서 잡혔지만, 청나라 황제마저도 임경업 장군의 기개를 보아 풀어주어 조선으로 돌아왔었다. 그런데 오히려 조선에서는 친청파들이 자기 나라를 배반하고 남의 나라에 들어가서 국법을 어겼다는 죄를 뒤집어 씌우고, 또 심

10) 『仁祖實錄』 卷47, 인조 24년 6월 戊寅(3) (35-278).
11) 『仁祖實錄』 卷47, 인조 24년 6월 壬辰(17) (35-279).
12) 鄭宷 撰, 「忠愍公神道碑銘 幷序」 『平澤林氏族譜』 卷1, 126쪽.

기원 역모 사건에 연루시켜 심문을 심하게 하여 옥중에서 죽게 한 것이다.

동춘당 송준길은 인조 23년 4월 26일에 소현세자가 죽으니 5월 20일 원손의 위호를 정하고, 심양에 끌려가서도 절의를 지킨 김상헌이 원손을 보양하게 할 것을 주장하여 훗날을 기약할 것을 주장하였다.

> 어리석은 신은, 원손을 교양하는 방도를 신중히 하지 않을 수 없고, 輔導할 사람도 잘 가리지 않아서는 안 된다고 여깁니다. 그런데 신은 모르겠습니다마는 전하의 조정에 나이 어린 世孫을 부탁할 만한 사람이 과연 누구이겠습니까. 전 판서 김상헌은 순수한 충성과 곧은 절조가 華夷를 聳動시킴으로써 한 시대의 중망을 지녔고 온 나라 사람의 본보기가 되었으니, 예전 역사에서 찾아보아도 흔치 않은 사람입니다. 그래서 어리석은 신은 세손을 보도할 사람을 가리려면 이 사람 말고 다른 이는 없다고 여깁니다. … 어리석은 신은 삼가 바라건대, 속히 禮官에게 명하여 일찍 원손의 位號를 정하시고, 김상헌을 불러들여 賓師의 직임에 두신 다음, 당세의 老宿한 師儒들과 의지가 굳세고 방정하고 곧고 절조 있는 사람들을 널리 구하여 그들로 하여금 조석으로 세손의 좌우에 거처하면서 輔養하기를 朱夫子가 宋 孝宗에게 고해준 법칙과 같이 한다면, 오늘날의 인심이 저절로 진정될 뿐 아니라, 후일에 大經 大法을 세우는 데 있어서도 여기에서 밑바탕을 삼지 않을지 어찌 알겠습니까.[13]

그리고 소현세자를 죽게 한 의원 이형익을 사형시킬 것을 주장하였다.

> 신이 들은 바에 의하면, 세자가 병이 위독하던 때에 李馨益이 조금도 신중히 하지 않고 의술을 함부로 써서 끝내 대단히 잘못되게 하였으니, 신은 바라건대 속히 이형익을 처형하여 온 나라 사람에게 사과하시고, 전하의 병세에 대해서는 당세의 훌륭한 의원들을 널리 불러들여 올바른 처방에 의해 약을 써서 일체 정당한 사리를 주로 삼으소서. 그렇게 하시면 거의 만전의 효험을 거둘 수 있을 것입니다.[14]

---

13) 『仁祖實錄』 卷46, 인조 23년 5월 辛丑(20) (35-222).
『同春堂集』 卷1, 疏箚 陳情辭職兼陳所懷疏(仁廟乙酉五月時昭顯世子新薨) (문집총간 106책 336쪽).

14) 『仁祖實錄』 卷46, 인조 23년 5월 辛丑(20) (35-222).

그리고 소현세자에 대한 복제로 장자를 위해 임금은 참최 3년을 신하들은 기년으로 從服할 것을 주장하였다.

> 대체로 7일의 제도는 古禮도 아니고 大明의 제도도 아니어서 여기나 저기나 모두 근거할 데가 없으니, 이는 선왕조의 예관이 한때의 억측으로 만든 것에 불과한 것입니다. 그런데 오늘날에 그것을 인습하여 전례로 삼으니, 신은 삼가 의혹됩니다. 예에 의하면 '長子를 위해 어째서 참최를 입는가? 임금에 대하여 正이며 體이기 때문이요 또는 장차 대를 전할 바이기 때문이다. 신하들은 어째서 기년복을 입는가? 임금이 참최를 입기 때문에 종복한 것이다.'하였습니다. 대체로 오늘날의 국본을 낳아준 분은 후일 종묘에 당연히 들어가야 할 것인데, 그분의 복을 입자마자 곧 벗어서 엉성하고 간략하게 해버리는 것은 종통을 높이고 국본을 중히 여기며 분의를 밝히고 윤리를 바로잡는 도리에 매우 어긋납니다.[15]

이러한 상소로 인해 인조는 동춘당 송준길을 폐치하다시피 하였다.[16]

이러한 상황에서 동춘당은 성리학 이념을 연구하고 실천하고 있었다. 인조 26년(1648) 1월 長女를 羅星斗(1614~1663)의 아들 羅明佐에게 시집을 보내면서 親迎禮를 행하였고,[17] 5월에는 송시열과 함께 『近思錄釋疑』를 교정하였다.[18] 9월 市南 兪棨(1607~1664)가 찾아와 飛來庵에서 우암 송시열 등과 함께 모였다.[19]

---

15) 『仁祖實錄』 卷46, 인조 23년 5월 辛丑(20) (35-222).
16) 『同春堂年譜』 28쪽(1981년 8월 성균관 번역본).
17) 『同春堂年譜』 36쪽(1981년 8월 성균관 번역본).
18) 『同春堂年譜』 37쪽.
五月 草清坐公年譜 與尤庵校近思釋疑.
『宋子大全』 卷137, 序 近思錄釋疑後序 (보경문화사 1985년 영인본 5책 6쪽).
19) 『同春堂年譜』 37쪽.
九月 市南兪公棨來訪 仍與尤庵諸公 會飛來庵 後尤庵作記 有曰 後雖有會時 而皆不如當日之盛.
『宋子大全』 卷143, 記 飛來菴故事記 (보경문화사 영인본 5책 147쪽).

2) 孝宗代 政治活動 – 王道에 입각한 北伐運動

(1) 殉節者의 追崇과 親淸派의 제거

효종은 즉위하면서 金尙憲(1570～1652)·金益熙(1610～1656) 등 병자호란에 직계 존비속이 청나라에게 참화를 당한 사람들을 중심으로 북벌정책을 시행할 것을 천명하였다.

이에 우선 효종 즉위년(1649) 6월 16일 宋時烈(1607～1689)·宋浚吉(1606～1672)을 시강원 진선으로 임명하고, 沙溪 金長生(1548～1631)의 손자이자 愼獨齋 金集(1574～1656)의 조카인 金益熙를 승지로 임명하였다.[20] 송시열의 사촌형인 宋時榮(1588～1637)과 金益熙(1610～1656)의 동생 金益謙(1614～1637)과 어머니 徐씨는 병자호란 때 강화도가 함락되자 자결하였다.[21] 그리고 효종 즉위년 8월 4일에는 강화도가 함락되자 화약으로 자결하였던 고 우의정 金尙容(1561～1637)의 동생이며, 斥和를 주장하다가 청나라에 끌려갔었고, 金尙憲을 좌의정에 임명하였다.[22]

한편으로 金自點(1588～1651)·조귀인(?～1651) 등 친청파를 제거해 나갔다. 효종 즉위년 6월 22일 양사에서 김자점의 죄목을 들어 파직을 간하였으나[23] 듣지 않았다.

효종 1년(1650) 2월 13일 김자점이 죄를 받아 그의 군관을 綾川府院君 具仁垕(1578～1658)에게 이속시켰다.[24] 이러한 와중에서 효종 1년 2월 18일 淸나라 사신이 갑자기 왔으므로 조야가 의심하고 두려워하였는데, 김상

20)『孝宗實錄』卷1, 효종 즉위년 6월 甲辰(16) (35-371).
21)『仁祖實錄』卷34, 인조 15년 1월 壬戌(22) (34-668).
『宋子大全』卷158, 碑 滄洲金公神道碑銘 (보경문화사 1985년 영인본 5책 448쪽).
… 丁丑二月 盟約成 始聞母夫人徐氏 與仲子益兼 殉節江都 公痛與賊戴天 …
22)『孝宗實錄』卷1, 효종 즉위년 8월 辛卯(4) (35-383).
23)『孝宗實錄』卷1, 효종 즉위년 6월 庚戌(22) (35-372).
24)『孝宗實錄』卷3, 효종 1년 2월 丙申(13) (35-413).

헌 · 김집 · 송준길 · 송시열 · 金慶餘(1596～1653 : 이귀의 사위, 김장생문인) 같은 이들은 벼슬을 내놓고 이미 물러가 있었다.[25)]

효종 1년 3월 1일에는 청사신이 사은사 仁興君 李瑛(1604~1651 : 선조서12남, 정빈민씨소생)과 副使 李時昉(1594～1660)에게 김자점을 좇아낸 것, 성지보수, 무기 정비 등에 대하여 물었는데 대답을 잘못한다고 구류를 시키고 이를 힐문하기 위하여 사신으로 왔다.[26)]

효종 1년 3월 3일 대신과 청사신을 맞을 대책을 의논하고,[27)] 효종 1년 3월 7일 청사신을 인정전에서 접견하고, 왜적을 빙자하여 성을 수축하고 병사를 훈련하지 말도록 하라는 것 등의 위협적인 칙서 1통을 받는다.[28)]

그러나 대조선 강경책을 고수하던 청나라 황제의 숙부 섭정왕 多爾袞이 효종 2년 1월에 병사하고,[29)] 다이곤이 생전에 찬탈 모의를 하였다는 것이 발각되어 관작이 추탈되면서,[30)] 권세의 원천을 다이곤에 두고 조선의 사정을 밀고하여 오던 역관 鄭命壽(?～1653)의 권한도 실추되었다.[31)]

이에 효종 2년(1651) 8월 4일 이완을 어영 대장에 임명하고,[32)] 8월 24일 호서의 대동법을 비로소 정하면서,[33)] 북벌 준비를 진행시켜갔다.

그리고 그동안 청나라를 끼고 세력을 누리던 친청파를 제거하기 시작하였다. 이는 효종 2년 11월 23일 인조의 후궁 趙貴人이 저주한 사건으로 시작되었다.[34)] 그리고 이어서 효종 2년 12월 7일 海原副令 李暎과 진사 申

---

25)『孝宗實錄』卷3, 효종 1년 2월 辛丑(18) (35-413).
26)『孝宗實錄』卷3, 효종 1년 3월 甲寅(1) (35-414).
27)『孝宗實錄』卷3, 효종 1년 3월 丙辰(3) (35-415).
28)『孝宗實錄』卷3, 효종 1년 3월 庚申(7) (35-417).
29)『孝宗實錄』卷6, 효종 2년 1월 癸卯(25) (35-468).
30)『孝宗實錄』卷6, 효종 2년 2월 乙丑(18) (35-469).
『孝宗實錄』卷6, 효종 2년 3월 己卯(2) (35-470).
『孝宗實錄』卷6, 효종 2년 3월 甲午(17) (35-472).
31)『孝宗實錄』卷6, 효종 2년 6월 戊申(3) (35-484).
32)『孝宗實錄』卷7, 효종 2년 8월 己酉(4) (35-502).
33)『孝宗實錄』卷7, 효종 2년 8월 己巳(24) (35-506).
34)『孝宗實錄』卷7, 효종 2년 11월 丁酉(23) (35-516).

壕가 조귀인의 종형 趙仁弼(?~1651)의 반역 음모를 아뢰었다.[35)]

이를 기화로 효종 2년 12월 14일에는 조귀인을 자결하게 하고,[36)] 12월 17일 김자점을 사형시켰고,[37)] 효종 3년 3월 2일에는 청과 은밀히 내통해 왔던 역관 李馨長(?~1651)을 제거하였다.[38)]

> 李馨長이 伏誅되었다. 이에 앞서 역적 김식이 供招하면서 이형장이 역모에 관련된 상황을 장황하게 끌어당겨 진술하였는데, 청나라를 빙자하여 우리 나라를 위협하는 계책이 포함되어 있었다. … 김식이 대답하기를, "신면이 나에게 권하기를 '이형장으로 하여금 은밀히 청나라와 내통하여 군대를 청한 뒤 龍灣에 와 주둔하게 하면서 山人을 [宋浚吉과 宋時烈이다.] 잡아가도록 하게 하라.'하기에 내가 그만 그 계책을 따랐습니다. 그런데 그 뒤 北使자 일을 조사할 목적으로 나오자 일의 기미가 먼저 누설되어 사람들이 많이 손가락질하며 의심하니, 신면이 일이 발각될까 두려워하여 또 나로 하여금 이형장에게 통지하여 중지하도록 하였습니다."하였다. 대개 이형장은 기축년 이후부터 김식·신면 등과 은밀히 모의하면서 '금상이 즉위한 초기에 오로지 제멋대로 의논하는 사람들만을 등용하고 무턱대고 元勳 대신을 죄주었다.'는 것으로 조정의 罪案을 삼아 청나라의 위세를 빌려 개인적인 원한을 풀려고 하였다. 그리하여 이형장이 使行을 따라 燕京에 가 은밀히 鄭命守에게 고하여 그를 부추겼다. 이에 청나라 사신 6인이 잇따라 왔는데 '조정이 金自點을 논죄한 일을 査問한다.'는 것으로 명분을 삼았다.[39)]

이러한 과정에서 효종 즉위년 6월 16일 송시열과 함께 侍講院 進善에 제수되었으나 상소하고 待罪하였다.[40)] 8월 26일 司憲府 掌令에 제수되었고,[41)] 9월 6일 司憲府 執義가 되었다.[42)] 이렇게 정계에 진출하면서 동춘

35)『孝宗實錄』卷7, 효종 2년 12월 庚戌(7) (35-518).
36)『孝宗實錄』卷7, 효종 2년 12월 丁巳(14) (35-519).
37)『孝宗實錄』卷7, 효종 2년 12월 庚申(17) (35-520).
38)『孝宗實錄』卷7, 효종 2년 12월 己未(16) (35-520).
『孝宗實錄』卷8, 효종 3년 3월 癸酉(2) (35-535).
39)『孝宗實錄』卷8, 효종 3년 3월 癸酉(2) (35-535).
40)『同春堂年譜』39쪽.
『孝宗實錄』卷1, 즉위년 6월 16일(甲辰) (35-371).

당 송준길은 효종 즉위년 6월 22일 양사가 김자점을 탄핵하는데 집의로 참여하고,43) 효종 즉위년 9월 13일 金自點(1588~1651)을 귀양 보내도록 청하였고,44) 김자점과 친분이 있는 이시만, 이이존, 이지항, 신면, 이해창, 엄정구, 황감 등을 추고 할 것을 주장하고,45) 9월 15일 李時萬 등 김자점 일파를 仕版에서 삭제하고 敍用하지 말 것을 청하는46) 등 친청파 제거를 주도해갔다.

한편으로는 병자호란 때 충절을 지켰던 사람들을 추숭하여 갔다. 효종 즉위년 11월 6일 경연에서 李時稷(1572~1637), 沈誢(1568~1637), 宋時榮의 증직을 청하여,47) 11월 8일 추증을 성사시켰다.48) 또한 강화도에서 사절한 尹烇과 金秀南에 대한 포상과 추증을 성사시켰다.49)

그리고 병자호란 때 척화를 주장하던 鄭蘊에 대한 諡號 하사를 주장하였다.50)

> 듣건대, 고 참판 鄭蘊에게 내릴 시호를 의논해 올렸는데 오래도록 윤허하지 않고 계신다 합니다. 성상의 의도가 어디에 계신지 모르겠습니다만, 정축년 변란 때 만약 김상헌・정온 이 두 사람이 없었다면 우리 나라의 절의는 거의 없어졌을 것입니다. 만약 諡狀을 내릴 경우 소문이 나 번거롭게

---

41) 『同春堂年譜』 39쪽.
『孝宗實錄』 卷1, 즉위년 8월 26일(癸丑) (35-386).
42) 『孝宗實錄』 卷2, 즉위년 9월 6일(壬戌) (35-390).
43) 『孝宗實錄』 卷1, 효종 즉위년 6월 庚戌(22) (35-372).
44) 『同春堂年譜』 40쪽.
『孝宗實錄』 卷2, 즉위년 9월 13일(己巳) (35-390).
『同春堂集』 卷8, 啓辭 兩司請遠竄金自點啓 (문집총간 106책 482쪽).
45) 『孝宗實錄』 卷2, 효종 즉위년 9월 己巳(13) (35-390).
46) 『同春堂年譜』 40~41쪽.
『孝宗實錄』 卷2, 즉위년 9월 13일(己巳) (35-390).
47) 『孝宗實錄』 卷2, 효종 즉위년 11월 辛酉(6) (35-398).
48) 『孝宗實錄』 卷2, 효종 즉위년 11월 癸亥(8) (35-398).
49) 『孝宗實錄』 卷19, 효종 8년 12월 壬申(4) (36-132).
50) 『孝宗實錄』 卷19, 효종 8년 10월 乙亥(6) (36-117).

될까 염려된다면 단지 시호만 하사하라는 명을 내리시는 것도 괜찮습니다.

그리고 삼전도 비문을 작성한 이경석이 인조의 행장을 찬술한 사실에 대한 비판을 하면서 청음 김상헌이 찬술해야 할 것을 주장하여,[51] 의리가 천명될 것을 주장하였다.

동춘당은 이렇게 의리를 지켜 순절한 사람들을 추증하고 척화를 주장하던 김상헌 정온 등을 칭송하여 의리를 천명하면서, 청나라에 아부해 절의를 지킨 사람들을 모해한 親淸派를 제거하는 데 앞장섰다.

(2) 王道的 北伐論

이처럼 척화파들을 제거하려던 친청 세력을 김자점 역모 사건으로 모두 제거한 효종은 이완(1602～1674), 유혁연(1616～1680), 원두표(1593～1664) 등의 무장을 중용하여 북벌을 위한 본격적인 군비 확충 작업에 착수했다.

금군을 1000명으로, 훈련도감, 어영청, 수어청을 강화하고 화포 조총 부대를 이전보다 훨씬 강화하였다. 그리고 속오군을 구성하여 10만대군을 형성하였다.

그리고 재정은 대동미 등을 강화도, 남한산성, 병조, 호조에 비축하여 군량 등 군사재정을 조달하게 하였다. 게다가 남한산성 수축, 백마산성 수축, 강화도 수축 등 청나라 침략에도 대비하였다. 이러한 양병 위주의 북벌론은 효종 8년까지 진행되었다. 그러나 이는 많은 무리를 가져왔다.

이에 효종 8년에는 송준길, 송시열 등을 불러올려 이를 해결해 가려 하였다. 이에 송준길 송시열 등은 正君心, 良民, 良兵을 통한 북벌론을 주장하였다.

---

51) 『同春堂年譜』 효종 즉위년 6월조.
時尤庵先赴 召先生欲與偕行 病不果 貽書屬之 略曰 大行行狀李相已製進 撰麻碑者 豈不可恥 況捨大匠 而屬之汗顏者 其優劣何如 今若捨彼而取此 豈不爲千古之快耶 恨無以此意 警欬於聖上也 大匠卽指淸陰.

이러한 왕도적 북벌론은 양민을 기본으로 하는 양병으로 나타났다. 이는 동춘당의 사회경제사상에 잘 나타나 있다.[52)]

우선 공안 개정을 하여 농민 부담을 줄여주면서 대동법을 시행하여, 양민하면서 국가 재정을 튼튼히 하는 왕도정치를 할 것을 주장하였다. 공인이나 중앙 지방 관청과 왕실에서 공안 개정을 함으로써 보는 손해가 바로 농민을 튼튼하게 하는 것이니, 농민을 튼튼하게 하는 공안 개정을 하면서 대동법을 시행할 것을 주장하였다. 즉 농민 부담을 줄여 농민을 기르면서, 기득권 층이 절약해서 재정을 확보하는 정책을 추진해야 할 것을 주장하였다.

그리고 노비종모법을 시행하여 양인 수를 늘임으로써, 동원할 수 있는 군인 수를 늘여 근본적으로 농민 부담을 줄이고, 노비를 소유하여 이익을 보는 양반이나 궁방의 이익을 줄여야 한다는 것이다. 게다가 농민의 군역 부담을 3필에서 1필로 줄이기 위하여 양반들이 호포를 내야하고, 여기서도 모자르는 재정은 내수사를 혁파하고, 궁방전을 혁파하고, 어렴선세를 군역 재정에 충당하여 보충하자는 것이다. 이렇게 하면 농민 부담이 줄어 양민이 되고 국가재정도 튼튼해지고 이를 기반으로 양병을 해야만 북벌을 할 수 있다는 것이다.

결국 양반이나 왕실의 기득권 층의 이익은 놔두고 농민에게 재정과 군역 부담을 시켜 양병하는 패도정치를 쓰지 말고, 기득권 층이 재정과 군역 부담을 하여 양민하면서 양병할 수 있는 체제를 만들어야 한다는 왕도정치론이었다.[53)]

이는 북벌을 하기 위하여는 부국강병해야 하는데, 이를 왕안석처럼 장리를 하는 청묘법을 실시하거나 농민을 모두 군대에 동원하는 패도를 쓰면 안되고, 맹자가 주장하는 정전제를 시행해서 순리대로 양민하면서 양병하는 왕도정치를 해야한다는 것이다.

효종 7년(1656) 1월 16일 侍講院 贊善에[54)] 2월 4일 吏曹參議에 제수

---

52) 池斗煥, 「同春堂 宋浚吉의 사회경제사상」 『韓國思想과 文化』 22, 2003.
53) 『孝宗實錄』 卷2, 효종 즉위년 11월 辛未(16) (35-400).

되고 贊善을 겸하였으나 상소하여 사직하였다.[55] 효종 8년(1657) 4월 11일 이조참의에 제수되었으나[56] 사직하였고, 6월 특별히 찬선에 제수되었는데, 당시 우암 송시열이 이 관직에 있었고, 임금이 轎子를 타고 올라오게 하였는데 상소하여 사직하였다.[57] 8월 소명에 따르기 위하여 서울로 출발하였는데 도중에 이조참의에 제수되어 한양 城 밖에 이르러 다시 사양하였으나 윤허하지 않았다.[58] 8월 17일 임금이 특명으로 송준길을 18일에 贊善에 제수되었고[59] 8월 23일 書筵에 입시하였고, 8월 24일 晝講에 입시하여[60] 임금의 실정을 논하고 祖宗에 관하여 논하였다.[61] 9월 21일 송준길이 건의하여 호서지방에 대동미 2만석을 감해주었다.[62] 成三問과 朴彭年을 위하여 祠院을 세워주기를 청하였다.[63]

효종 8년(1657) 10월 19일 『心經』을 강하고 율곡의 설이 퇴계보다 더 이치에 가깝다고 하였다.[64] 10월 25일 명나라 왕실에 밀사를 파견할 것과 성삼문 등을 배향할 것을 청하였다.[65] 11월 12일 『심경』을 강하면서 율곡과 성혼을 훌륭한 신하라 하였고, 당론으로 신하를 의심하지 말 것을 청하였고,[66] 효종 9년(1658) 1월 16일 尤庵 宋時烈의 부친인 宋甲祚가 仁穆大妃가 西宮에 幽閉되었을 당시 홀로 거적을 가지고 拜恩하였다 하여 褒賞

54) 『孝宗實錄』 卷16, 7년 1월 16일(乙未) (36-40).
55) 『孝宗實錄』 卷16, 7년 2월 4일(癸丑) (36-42).
56) 『孝宗實錄』 卷18, 8년 4월 11일(癸未) (36-86).
57) 『同春堂年譜』 93~94쪽.
58) 『同春堂年譜』 94~95쪽.
『孝宗實錄』 卷19, 8년 8월 12일(壬午) (36-105), 15일(乙酉) (36-106).
59) 『孝宗實錄』 卷19, 8년 8월 17일(丁亥) (36-110), 18일(戊子) (36-110).
60) 『同春堂年譜』 101~103쪽.
61) 『孝宗實錄』 卷19, 8년 8월 24일(甲午) (36-113).
62) 『孝宗實錄』 卷19, 8년 9월 21일(庚申) (36-115).
63) 『同春堂年譜』 147쪽.
64) 『孝宗實錄』 卷19, 8년 10월 14일(癸未) (38-119).
『孝宗實錄』 卷19, 8년 10월 19일(戊子) (38-119).
65) 『孝宗實錄』 卷19, 8년 10월 25(甲午) (36-210).
66) 『孝宗實錄』 卷19, 8년 11월 12일(庚戌) (36-129).

하기를 청하였다.[67]

효종 9년 2월 20일에 하직하고 돌아가는 자리에서, 외침을 막으려면 먼저 내정을 닦아야하고 軍兵을 다스리려면 먼저 백성을 길러야 한다고 아뢰었다. 이후 임금이 술자리를 베푸시고 貂裘를 下賜하였다.[68] 5월 4일 사직소를 올리면서 정개청의 일을 언급하였는데, 先師인 金長生에게 누가 될까 염려하여 변명하지 못했다 하니 임금이 尹善道(1587~1671)는 사리를 전혀 모르는 사람이라 하시고 어서 올라오도록 명하였다.[69] 9월 1일 特命으로 引見하였다.[70]

효종 10년(1659) 1월 5일(丁酉)에 荒政을 論하였다.[71] 2월 8일(己巳)에 賓廳의 引見에 入侍하여 各 衙門의 管餉 屯田을 혁파하기를 청하여 허락을 받았다.[72] 2월 19일(庚辰)에 賓廳의 引見에 入侍하여, 戶布事를 논할 때 형세가 거행하기 어렵다 하고, 軍丁이 도피하여 죽었다고 하는 문제를 논할 때는 백성들이 불쌍하니 변통해주어야 한다고 하였다.[73]

3월 8일에 特旨로 資憲大夫 兵曹判書에 陞拜하니[74] 上疏하여 사양하였다.[75] 3월 27일에 우암 송시열이 김홍욱의 죄를 풀어주어 災異를 늦추게 하자고 청하니 동춘당이 申寃하자고 청하여 허락을 받았다.[76]

---

67) 『同春堂年譜』 170~171쪽.
『孝宗實錄』 卷20, 9년 1월 16일(癸丑) (36-137).
68) 『同春堂年譜』 179~182쪽.
『孝宗實錄』 卷20, 9년 2월 20일(丁亥) (36-139).
69) 『孝宗實錄』 卷20, 9년 5월 4일(庚子) (36-145).
70) 『同春堂年譜』 187~191쪽.
71) 『同春堂年譜』 218~219쪽.
72) 『同春堂年譜』 220쪽.
73) 『同春堂年譜』 225~226쪽.
『孝宗實錄』 卷21, 10년 2월 庚辰(19) (36-176).
74) 『孝宗實錄』 卷21, 10년 3월 己亥(8) (36-176).
75) 『同春堂年譜』 226~227쪽.
『孝宗實錄』 卷21, 10년 3월 辛丑(10) (36-177).
76) 『同春堂年譜』 230~232쪽.
『孝宗實錄』 卷21, 10년 3월 戊午(27) (36-179).

이처럼 효종 말에는 정계에 적극적으로 등장하면서 왕도정치에 입각한 북벌론을 주도해가면서 개혁을 추진해 갔다.

3) 顯宗代 政治活動－禮訟과 改革

顯宗(1641～1674)이 즉위, 인조 계비 莊烈王后(1624～1688)의 복상문제로 이른바 禮訟이 일어나자, 송시열이 朞年喪(만 1년)을 주장할 때 그를 지지하여 小北의 尹鑴(1617～1680), 南人의 許穆(1595～1682)·尹善道(1587～1671) 등의 3년설과 논란을 거듭한 끝에 일단 기년제를 관철시켰다.[77] 현종 즉위년(1659) 6월 29일 이조판서가 되었으나 곧 사퇴하였고, 이후 우참찬·대사헌·좌참찬 겸 좨주·찬선 등에 여러 차례 임명되었으나 기년제의 잘못을 규탄하는 남인들의 거듭되는 상소로 계속 사퇴하였다.

이렇게 예송이 진행되는 가운데 동춘당은 여러 가지 개혁책을 주장하였다. 현종 1년 7월 18일 강원도의 柴場을 혁파할 것을 건의하였고,[78] 현종 1년 9월 29일 구황하는 계책에 대하여 물으니 세금을 반으로 줄이고 경내에 굶어 죽는 사람이 있으면 수령을 죄줄 것을 헌의하였다.[79] 그리고 내수사와 여러 궁방 등의 면세지를 폐지하고 어렴선세도 국가에서 모두 거둘 것을 헌의하였고,[80] 현종 2년 4월 7일에는 면세전을 폐지할 것을 건의하였다.[81] 현종 6년(1665) 원자의 輔養에 대한 건의를 하여 첫번째 보양관이 되었으나 이 역시 곧 사퇴하였다.

현종 8년(1667) 12월 許積(1610～1680)이 清에 들어가 顯宗에게 죄를 돌리고 벌금을 물고 돌아오자[82] 집의 이숙, 장령 박증휘 신명규, 지평 유헌

---

77) 『顯宗實錄』 卷2, 현종 1년 3월 丙子(21) (36-140).
78) 『顯宗實錄』 卷3, 현종 1년 7월 辛未(18) (36-269).
79) 『顯宗實錄』 卷3, 현종 1년 9월 辛巳(29) (36-281).
80) 『顯宗實錄』 卷3, 현종 1년 9월 辛巳(29) (36-281).
81) 『顯宗實錄』 卷4, 현종 2년 4월 丙戌(7) (36-293).
82) 『顯宗實錄』 卷13, 현종 7년 12월 辛未(25) (36-535).

이하, 헌납 김징, 정언 조성보가 합계하여 일제히 허적 등을 탄핵하였다가,[83] 도리어 현종으로부터 유배당하거나 下獄당하는 사태가 벌어졌다.[84] 이에 대하여 동춘당은 대간들을 강력히 변호하였다.[85]

현종 8년 6월 8일 대사헌에 임명되었다가,[86] 사직하여 6월 21일 체직되고, 11월 16일 다시 대사헌이 되었다가 12월 6일 체직되고, 9년 4월 17일 다시 대사헌이 되었다가 5월 1일 체직되었다가. 9년 8월 5일에는 이조판서가 되었다.

현종 9년 11월 18일 태극음양도와 복수 대의에 관한 차자를 올렸다.[87]

> 좌참찬 송준길이 太極陰陽圖 한 부를 그려 바치고, 간행하여 반포하기를 청하였다. 또 차자를 올려 純陰에서 一陽이 생겨나는 坤卦와 復卦 사이에 大往小來의 뜻을 진달하고, 이어서 송시열의 復讐大義의 의논을 가지고 상에게 '이때에 스스로 닦고 힘써 유사시의 계획을 준비하라.'고 권하였다. 상이 답하기를, "차자의 말을 살펴보고 또 그림을 관찰하니 경계와 가르침이 절실하고 지극하다. 좌우에 놓고 관람하지 않을 수 있겠는가."하였다.

당시에 송시열은 현종 9년(1668) 3월 28일 우의정이 되었으나 좌의정 허적(許積)과 불화가 심해 사직했다가, 이듬해 1월 4일에는 召對에 入侍하여 태조의 계비 신덕왕후 강씨의 능인 貞陵을 복구해야 한다고 청하고, 保伍法(환란을 서로 구원해 주는 제도), 鄕約, 동성불혼을 시행해야 한다고 주장했으며, 또한 재상 沈之源이 양자를 파하고 자신의 소생으로 종통을 잇게

『顯宗改修實錄』 卷16, 현종 7년 12월 辛未(25) (37-534).
『顯宗實錄』 卷13, 현종 8년 1월 丁亥(12) (36-537).
83) 『顯宗實錄』 卷13, 현종 8년 1월 甲辰(29) (36-540).
84) 『顯宗實錄』 卷13, 현종 8년 1월 甲辰(29) (36-540).
『顯宗實錄』 卷13, 현종 8년 1월 乙巳(30) (36-541).
85) 『顯宗實錄』 卷13, 현종 8년 2월 己未(14) (36-544).
86) 『顯宗實錄』 卷14, 현종 8년 6월 辛巳(8) (36-555).
87) 『顯宗實錄』 卷15, 현종 9년 11월 癸丑(18) (36-599).

한 것을 비판하면서, 대대로 번창한 문벌이 좋은 집안부터 종법을 철저히 준수할 것을 주장했다.[88] 1월 10일에는 율곡이 시행하려던 노비종모종량법을 시행해야 한다고 주장하여 법제화했다.[89]

이러한 개혁을 추진하는 중에 영의정 허적의 반대로 개혁이 지연되자, 현종 12년 6월에 尹堦(1622~1692)가 영의정 허적의 失政을 비판하고 북벌 준비에 박차를 가할 것을 건의하였고,[90] 현종 12년 11월에는 송시열이 다시 양반호포・貞陵 祔廟・서얼허통・동성불혼 등 성리학 이념에 따른 전반적인 개혁안을 제시하고,[91] 현종 13년 1월에는 허적이 재상의 도리를 잘못한다고 탄핵하였다.[92] 이와 함께 현종 12년 12월 尹敬教(1632~1691)[93]가, 현종 13년 5월 李翔(1620~1690)[94] 등이 허적의 실정을 비판하니, 현종 13년 4월 17일 송준길은 윤경교를 옹호하며 허적을 비판하고 나왔다.[95] 마침내 許積(1610~1680)은 영의정을 사직하고 5월 5일 판중추부사로 되었다.[96]

이렇게 현종의 국구인 김우명과 연합한 허적 등이 송시열세력과 대립하고 있는 가운데, 현종 13년 12월 5일 송준길은 졸한다.[97]

---

88)『顯宗實錄』卷16, 현종 10년 1월 戊戌(4) (36-605).
89)『顯宗實錄』卷16, 현종 10년 1월 甲辰(10) (36-607).
90)『顯宗改修實錄』卷24, 현종 12년 6월 戊戌(19) (38-67~68).
『顯宗實錄』卷19, 현종 12년 6월 戊戌(19) (36-699).
91)『顯宗實錄』卷20, 현종 12년 11월 丁丑(19) (37-3).
『顯宗改修實錄』卷25, 현종 12년 11월 丁丑(30) (38-87~90).
92)『顯宗實錄』卷20, 현종 13년 1월 辛未(24) (37-9).
『顯宗實錄』卷20, 현종 13년 6월 癸未(9) (37-18).
93)『顯宗實錄』卷20, 현종 12년 12월 壬午(5) (37-3).
94)『顯宗實錄』卷20, 현종 13년 5월 丙辰(11) (37-17).
95)『顯宗實錄』卷20, 현종 13년 4월 壬辰(17) (37-14).
96)『顯宗實錄』卷20, 현종 13년 4월 乙巳(30) (37-16).
『顯宗實錄』卷20, 현종 13년 5월 庚戌(5) (37-16).
97)『顯宗改修實錄』卷26, 현종 13년 12월 丙午(5) (38-130).

4. 朝鮮性理學에 입각한 政治思想

1) 心學에 입각한 經筵政治

동춘당 송준길은 사계 김장생을 스승으로 우암 송시열과 더불어 율곡학파를 정통으로 계승하는 사상가이다. 따라서 동춘당은 조선성리학에 입각한 정치사상을 주장하고 있다.

조선성리학은 心學에 근거하기 때문에, 正心을 중요시하고 있고 특히 임금이 마음을 바로 하는 것을 중시하고 있다. 그래서 현종 6년(1665) 11월 29일 求言에 응해서 올리는 상소에서 임금의 마음이 만화의 근원이라고 하여 마음을 먼저 바로 할 것을 주장하고 있다.[98]

> 신이 듣건대, 임금의 한 마음은 萬化의 근원이라고 했습니다. 삼가 바라건대, 전하께서는 먼저 이 마음을 확립시켜 분발하여 큰 일을 하시고 舊病을 革去하여 새로운 공력을 더욱 힘쓰소서. 그리하여 天數로 돌리지 마시고 時勢라 핑계하지도 마시고 의연한 자세로 邦本을 공고하게 하시며 世道를 만회할 것을 스스로 기약하소서.

따라서 동춘당 송준길은 효종이 즉위년(1649) 11월에 求言에 응하는 상소에서 心學에 근거한 왕도정치를 이어받을 것을 강조하고 있다.

> 신이 처음 뵙던 날에 말씀드리기를, "전하께서 바야흐로 『중용』을 강하고 계시니, 朱子의 序文에 자세히 서술한 옛날 聖王들이 도통을 전수한 危微精一 등 16자가 실로 만세 心學의 淵源입니다. 그러므로 예로부터 儒臣들이 그 임금에게 도통의 책무를 지도록 권면한 것은 충성하기를 원하

---

98) 『顯宗改修實錄』 卷14, 현종 6년 11월 辛亥(29) (38-490).
『同春堂集』 卷6, 應求言別諭仍乞解職疏 乙巳 11月 (韓國文集叢刊 1993년 影印本 106책 447쪽).

는 신하의 지극한 뜻이었습니다.[99]

여기에서 危微精一은 '人心惟危 道心惟微 惟精惟一 允執厥中'이라는 말로 『書經』 大禹謨에 있는 말로 『心經』 권1에 처음 나오는 말이다.[100] 명나라 篁墩 程敏政(1455~1499)의 『心經附註』가 나오면서 陽明 王守仁(1472~1528)의 양명학이 나오고 우리나라에서는 金宏弼(1454~1504) 趙光祖(1482~1519)로 이어져 退溪(1501~1572) 栗谷(1536~1584)에 와서 심학화된 조선성리학이 집대성되었는데, 바로 이 『심경부주』 처음에 나오는 구절이었다. 따라서 16세기 이후로 심학이 발달하면서 이 구절은 萬歲 心學의 淵源이라고 할 정도로 심학의 대명사처럼 되었다.

그래서 동춘당은 이러한 심학을 공부하여 임금이 마음을 바로 하여 堯·舜·禹·湯으로 전수되는 三代의 왕도정치를 할 것을 주장하였다.[101]

> 바라건대 전하께서는 유념하시어 道統을 담당할 수 있다는 것을 의심치 마시고, 聖人을 배울 수 있으며 堯舜을 본받을 수 있다고 생각하시어, 겁내어 스스로 물러서지도 마시고 스스로 무기력하게 구습만을 따르지도 마시며, 이해의 말에도 동요되지 마시고 세속의 의논에도 흔들리지 마시며, 기필코 이 도가 크게 밝아지고 크게 행해지게 하시어 도통의 맥을 이으신다면 만세의 다행이겠습니다.

이를 위해 경연에서 心經을 열심히 볼 것을 주장하였다.[102] 그리고 효종

---

99) 『同春堂集』 卷1, 疏箚 應旨兼辭執義疏 己丑 11月 (韓國文集叢刊 1993년 影印本 106책 341쪽).
『孝宗實錄』 卷2, 효종 즉위년 11월 辛未(16) (35-400).

100) 『心經附註』 卷1, 書 大禹謨 人心道心章.

101) 『同春堂集』 卷1, 疏箚 應旨兼辭執義疏 己丑 11月 (韓國文集叢刊 1993년 影印本 106책 342쪽).

102) 『同春堂集』 卷2, 辭賜米乞解職兼申榻前陳戒之意疏 戊戌 三月 (韓國文集叢刊 1993년 影印本 106책 368쪽).
『同春堂集』 卷6, 應求言別諭仍乞解職疏 乙巳 11月 (韓國文集叢刊 1993년 影印本 106책 447쪽).

은 경연에서 심경을 자주 강론하였고, 실제로 심경을 중시하고 있었다.

또 아뢰기를, "근일 筵席에서 『심경』을 강론할 적에 소신도 참석하여 그 대강만이나마 개진하였습니다만, 聖學이 그만큼 고명하신데, 어찌 강관을 기다려서만 알겠습니까. 오직 성상께서 정밀하게 관찰하고 힘써 행하는 데에 달려 있습니다."하니, 상이 답하기를, "聖經・賢傳은 그 어느 하나도 모범될 만하지 않은 것이 없으나, 그 중에서도 『심경』 한 책이 가장 정밀하고 절실하여 내가 참으로 좋아한다. 그러나 일이 눈앞에 닥치면 다시 잊어버리기가 일쑤이니, 이것이 바로 공부가 미진한 까닭이다." 하였다.[103]

이러한 정책들과 함께 동춘당이 시종 강조한 것은 經筵의 중요성이다.[104] 동춘당은 효종에게는 인조가 반정 초기에 3번이나 경연을 하고 자주 야대를 한 것을 예를 들어 경연을 자주 열 것을 촉구하였고,[105] 현종 1년에도 경연을 빠뜨리지 말고 자주할 것을 상소하였고,[106] 경연을 회피하는 顯宗에게 世宗朝 宣祖朝 孝宗朝를 사례로 들면서 경연을 자주 열도록 촉구하였다.[107]

전하께서는 임어하신 처음에도 경연을 열어 강독함에 있어서 이미 선왕

『同春堂集』 卷7, 因別諭宣召具陳所懷兼辭職名疏 庚戌九月 (韓國文集叢刊 1993년 影印本 106책 475쪽).

三筵古事 雖難卒復於今日 如於氣爽之時 神安之際 或日一或間日 召對儒臣 畢講心經下冊 兼使進讀史書 如前歲之爲 則其於操心持志之功 應務時措之宜 敬天勤民之道 豈不大有所益 …

103) 『孝宗實錄』 卷20, 효종 9년 2월 丁亥(20) (36-139).

104) 『同春堂集』 卷1, 疏箚 應旨兼辭執義疏 己丑 11月 (韓國文集叢刊 1993년 影印本 106책 341쪽).

105) 『同春堂集』 卷1, 疏箚 應旨兼辭執義疏 己丑 11月 (韓國文集叢刊 1993년 影印本 106책 341쪽).

『孝宗實錄』 卷2, 효종 즉위년 11월 辛未(16) (35-400).

106) 『顯宗實錄』 卷3, 현종 1년 12월 乙酉(4) (36-286).

107) 『同春堂集』 卷5, 疏箚 辭憲職兼陳所懷疏 壬寅 7月 (韓國文集叢刊 1993년 影印本 106책 421쪽).

> 만큼 부지런히 힘쓰지 못하셨는데, 그뒤에는 점차 폐하여 전혀 하지 않고 있습니다. 그러니 조정에 있는 신하치고 그 누가 이 점에 대해 걱정하지 않고 있겠습니까. 그런데도 감히 경연을 열라고 자주 청하지 못하고 있는 것은 단지 성상의 몸이 편치 못하여서일 뿐입니다. 기억하건대, 지난 무술년 겨울에 우리 효종 대왕께서는 불편하신 몸이 미처 회복되지 않았는데도 일찍이 신들을 부르시어 大造殿 침실 안으로 들어오게 하고는 조용히 강론하시었으며, 심지어는 유배 중에 있는 신하까지도 불러오도록 쾌히 허락하시었습니다. 신은 그 당시의 일을 생각할 적마다 감격스러워 눈물을 떨구지 않은 적이 없었습니다. 바라건대, 전하께서는 위로 효종 대왕을 본받으시어 날마다 儒臣들을 불러서 침실 안으로 들어오게 하고 전하께서는 앉거나 눕거나 편한 대로 하신 다음 입시한 자로 하여금 經史를 담론하고 古今을 이야기하게 하소서. 그러면 환관이나 궁녀와 더불어 깊숙한 구중 궁궐 속에 있는 것과 비교할 때 손해와 이익이 어떠하겠습니까.[108]

이러한 주장은 왕도정치가 경연을 중심으로 시행되어 왔기 때문에 나오는 주장이었다. 세종대 집현전이 경연을 전담하는 기관으로 만들어지고, 세조대에 집현전이 혁파되었다가, 다시 성종대에 홍문관이 집현전을 이어받으며 경연을 전담하는 기관으로 되면서 삼사의 중심기관으로 발달하였다. 이러한 경연에 붕당을 주도하는 산림이 초빙되면서 경연을 중심으로 하는 붕당정치가 발달하였다. 따라서 경연은 왕도를 실현하려는 붕당정치의 근원이 되었고, 심학에 입각한 왕도정치를 실현하려는 동춘당은 경연을 특히 더 강조하였던 것이다.

그리고 이러한 경연을 주도하며 왕도정치를 실현해갈 愼獨齋 金集, 尤庵 宋時烈,[109] 草廬 李惟泰,[110] 炭翁 權諰같은 山林들을 경연에 참여하도록 적극 추천하였다. 이는 현종 즉위년 11월 7일에 이수인, 윤선거, 윤원거, 신석번, 이상 등을 추천하는 것으로도 대변되고 있었다.[111]

---

108)『顯宗改修實錄』卷12, 현종 5년 11월 戊戌(11) (37-412).

109)『同春堂集』卷4, 疏箚 請留判中樞宋時烈箚 辛丑 5月 (韓國文集叢刊 1993년 影印本 106책 413쪽).

110)『同春堂集』卷3, 疏箚 辭大司憲兼陳所懷箚 己亥 6月 顯廟嗣服初 (韓國文集叢刊 1993년 影印本 106책 387쪽).

이러한 경연정치와 더불어 대간들을 중심으로 하는 왕도정치를 추구하고 있었다. 따라서 대간들이 활발하게 간쟁하여 왕도정치를 실현할 수 있도록 임금은 대각의 사기를 억눌러서는 안된다고 하였다.

> 준길이 아뢰기를, "지난번 간원이 사피한 데 대한 비답과 장령 趙克善의 상소에 대한 비답을 보고 신은 참으로 성상의 의도를 알았습니다. 그러나 마지막 몇 대목은 합당하지 않은 듯하여 삼가 성명을 위해 애석하게 생각합니다. 臺論이 격발되면 갈수록 격렬해지는 것이 본래 體例입니다. 그런데도 그들의 의사를 꺾어버리는 것이 너무 지나쳐서 대관들이 연약하게 논하는 것이 풍습을 이루었으니, 국가의 복이 아닙니다. 선왕조에는 대각의 신하를 대우하는 도리가 성대했다고 할 만합니다. 심지어 銀臺를 초치해 효유하기를 '소동파의 시에 「임금의 은혜를 깊이 사모해 차마 돌아가지 못한다.」 하였다. 어찌 한 마디 말이 쓰이지 않았다고 하여 갑자기 물러나 돌아가려 한단 말인가.'라고까지 하였으니, 사기를 마땅히 이와 같이 키워야 하지 않겠습니까.[112)]"

그리고 임금은 心學을 공부하여 마음을 평정하게 가지고 언관들을 대해야 한다 하고, 대간들이 왕실 친인척이나 재상을 비판하는 것을 허심탄회한 마음으로 받아들여야 한다고 하였다. 그래서 효종 10년 3월 26일 여러 宮家의 일만을 논한다고 효종에게 문책받은 대간을 별로 잘못한 일이 없다고 처치한[113)] 李時術 등 옥당을 추고하는 것이 부당하다고 상소하였다.[114)]

또 현종 10년 4월에는 이완 유혁연 등 재상의 잘못을 탄핵하였다 하여 대관의 잘못을 책망하는 것을 비판하고 대관을 존중할 것을 주장하였다.[115)]

---

111) 『顯宗改修實錄』 卷2, 현종 즉위년 11월 壬子(7) (37-129).
112) 『孝宗實錄』 卷19, 효종 8년 12월 壬申(4) (36-132).
113) 『孝宗實錄』 卷21, 효종 10년 3월 癸丑(22) (36-178).
『孝宗實錄』 卷21, 효종 10년 3월 戊午(27) (36-179).
114) 『同春堂集』 卷3, 疏箚 乞先遞祭酒兼論玉堂罷推未安箚 己亥 3月 (韓國文集叢刊 1993년 影印本 106책 383쪽).
『孝宗實錄』 卷21, 효종 10년 3월 丁巳(26) (36-179).
115) 『顯宗實錄』 卷16, 현종 10년 4월 己丑(27) (36-627).

송준길이 아뢰기를, "전하께서 이러시면서 연소한 대관의 잘못을 책망하시니, 가당하겠습니까. 대각의 신하는 제왕의 위엄에도 굽히지 않는 것을 귀하게 여기니, 비록 지나친 말을 하더라도 어찌 심하게 책망할 수 있겠습니까."하였다. 상이 이르기를, "경이 이처럼 말하니 고치는 것이 무어 어렵겠는가. 후에 마땅히 이러한 병통을 고칠 것이다."하자, 송준길이 아뢰기를, "후에 비록 고친다 하여도 뉘우치고 깨닫는 뜻을 보이시지 않는다면 저들은 종신토록 불안할 것입니다."하니, 상이 이르기를, "경의 말이 매우 근실하니 어제 대신이 말한 대로 '교활 간휼' 네 자는 삭제하도록 하겠다."

이처럼 동춘당은 심학에 입각한 왕도정치를 실현해야 한다고 주장하였고, 이를 실현하는 방법으로 山林을 경연에 초빙하여 세도를 맡기고 언관을 존중하여 사림정치를 해야 한다는 것이었다. 이는 至公無私한 왕도정치를 실현하기 위하여 훈척을 견제하는 데 주도적인 역할을 담당했던 동춘당이, 훈척 중심의 정치를 견제하고 사림정치를 실현해가는 방법이었다.

2) 王道政治에 입각한 북벌운동

동춘당 송준길은 율곡을 잇는 조선성리학자로서 요순 삼대의 이상사회를 만드는 왕도정치를 하는 것을 학문으로 연구하고 실천에 옮기려는 사상가 정치가였다.[116]

따라서 비록 병자호란을 당하여 우리가 수치스럽게 여진족인 청나라에게 무릎을 꿇고 항복을 했지만 이에 좌절하여 여진족인 청을 받들고 이를 모델로 하는 국가를 만드는 것은 두고 볼 수 없었다.

그래서 堯 舜 禹 湯 文王 武王 孔子 孟子 朱子로 내려오는 정통을 이어받아 성리학적인 이상사회를 실현하면서 청나라에 당한 수치도 씻어야 했다.

이러한 생각이 당연히 북벌운동으로 가지 않을 수 없는 것이었다. 그리고

---

116) 왕도정치에 입각한 북벌운동은 2004년 4월 제9회 동춘당 문화제 학술세미나에서 동춘당 송준길의 북벌운동과 정치사상으로 발표하였던 것을 참조하였다.

이러한 북벌운동이 무모하게 당장 북벌을 하는 것이 아니라, 첫째는 中華인 명나라가 다시 부흥하면 함께 오랑캐인 여진 청나라를 쳐서 수치를 씻는 것이고, 둘째는 여진 청나라가 다시 무력적으로 쳐들어오면 남한산성의 굴욕을 당하는 것이 아니라 을지문덕이나 강감찬처럼 싸워서 격파하는 것이었다.

이를 위해 백성을 풍족하게 良民하여 국력을 기르고, 남한산성 북한산성 등 산성을 강화하며 良兵 즉 군대를 강화하는 것이었다. 식량 군대를 풍족하게 하면 백성들이 믿지만, 부득이 하여 우선 순위를 정하라면 군대보다는 식량을, 식량보다는 信義 즉 마음 義理가 중요하다고 하였다.

그래서 왕도정치를 하여 의리와 부국강병을 같이 하면 좋지만 우선 순위를 매기라면 우선 의리를 지킨 사람들을 선양해야 했고, 다음으로는 민생을 돌보아야 했고, 다음으로 군대를 길러야 했다.

그래서 동춘당 송준길은 병자호란으로 땅에 떨어진 의리를 회복하기 위하여 당시 의리를 지킨 사람들을 선양하여 의리를 회복하는 것이 급선무였다. 그리고 양란으로 피폐한 민생을 회복하는 것이 다음으로 중요한 일이었고, 이를 바탕으로 군대를 기르는 것이 왕도정치를 하려는 조선성리학자로서는 당연한 것이었다. 그리고 효종이 부국강병만 하여 복수설치하는 북벌을 하려고 한다면, 山林으로서 효종에게 이러한 왕도정치를 가르쳐 임금의 마음을 바로 잡아주어야 하는 것이다.

이러한 정책의 차이가 『孟子』에서 보이는 王道와 覇道의 차이고, 이러한 왕도 패도의 차이가 貢案을 먼저 개정하고 大同法을 시행하려는 山黨인 金集과 대동법을 먼저 시행하고 공안을 개정하려는 漢黨인 金堉과의 차이로도 나타나는 것이다.

따라서 동춘당의 북벌운동은 義理를 회복하는 것으로 우선 나타나고, 先良民 後良兵으로 나타나는 것이 당연하였다. 이를 효종은 실제로 북벌을 하려고 했는데, 송준길 송시열은 말로는 북벌을 내세우고 실지로는 정권 주도를 하려 했다고 하거나, 효종과 송준길 송시열이 정책이 달랐다고 하는 것은, 조선성리학 이념이 무엇이고 이를 실현하는 왕도정치가 무엇인가에 대한 기준을 모르고 당리당략으로만 판단하는 데에서 비롯된 것이다.

조선성리학 이념에 따라 이상사회를 만드는데 어떻게 하는 것이 가장 正道인가를 먼저 기준을 세워놓고 이를 어느 사람이 어느 세력이 가장 잘 실천해나갔는가를 판단해가야 하는 것이다. 그리고 전제군주와 문벌귀족 같은 王權 臣權의 대립이 아니라, 임금이 이를 주도하는 정점이기에 임금에게 이를 잘 가르쳐 시행하게 했는가, 아니면 임금을 잘못 인도하여 나라가 잘못되게 하였는가가, 바로 개인에게는 君子인가 小人인가를 나누는 기준이고, 붕당에서는 改革인가 保守인가가 나누어지는 기준인 것이다.

왕권을 강화해서 인위적으로 무리하게 이상사회를 만들려고 추구하는가, 아니면 임금이나 신하나 이상사회를 만들려면 어떻게 해야 하는가를 논의하여 모두 이치에 따라 순리적으로 이상사회를 만들려고 추구하는가의 차이가 바로 覇道와 王道의 차이이다.

바로 仁義를 빙자하여 인위적 이익을 추구하는 覇道와 仁義에 따라 順理대로 이상사회를 추구하는 王道의 차이인 것이다.

5. 社會經濟思想

동춘당의 사회경제사상은 우암 송시열, 시남 유계, 초려 이유태 등을 비롯한 율곡학파의 입장이었다. 율곡학파의 사회경제사상은 조선성리학 이념에 입각하여 왕도정치를 시행해서 백성들의 생활을 안정시키면서 군사력을 강화하여 復讐雪恥를 하는 이른바 '先養民 後養兵'의 노선이다. 동춘당은 이를 충실히 견지하고 있었다.

> … 송준길이 아뢰기를, "현재 국세는 진작되지 않고 민생은 피폐하여 위망에 이를 지경인데도 이를 구제할 사람이 없다는 것이 신은 삼가 마음 아픕니다. 한 마음을 게을리 하지 않고 지성으로 치도를 구한다면 어찌 그 효

과가 없겠습니까. 외침을 막으려면 먼저 내정을 닦아야 하고 군병을 다스리려면 먼저 백성을 길러야 하는 법으로, 내정을 다스리지 않은 채 외침이 막아지고 백성을 기르지 않은 채 군병이 다스려진 일은 없습니다."하니, 상이 이르기를, "지금 한 말은 참으로 우연히 한 말이 아닌데, 명심하지 않을 수 있겠는가."하였다.[117]

이러한 입장에서 왕도정치를 하기 위해서는 정전제의 이상을 시행해야 한다고 보았다. 이를 위한 구체적인 방법으로 전세 공납 요역 군역 모두를 합하여 10분의 1세를 거두는 조세정책을 시행하고 환곡 사창 등 구휼정책을 시행해야 했다. 이를 위한 정책이 공안 개정을 전제로 하는 대동법과 양반 양인 천인의 역을 균등히 하는 균역법의 시행이었다. 따라서 대동사회를 이루는 데 부족한 재정을 충당하기 위해서, 내수사를 혁파하고, 궁방전을 줄이고, 어렴선세를 균역 재정으로 돌려야 한다고 하였다. 이는 왕실에서도 솔선수범해서 재정을 부담을 해야하고 이를 위해 사적인 재정을 절약하여야 한다는 것이었다.

1) 大同法 시행과 救恤 정책

동춘당은 효종 즉위년 11월 16일 貢案을 개정하고 대동법을 시행할 것을 적극 주장하고 있다.[118]

신은 평소 時務에 어두워 참으로 무슨 술책을 써야 구제할 수 있을지를 모릅니다. 그러나 시골에 살면서 익히 父老와 士民의 논의를 들었는데, 모두가 水陸軍의 隣族을 侵徵하는 것과 三稅木이 너무 가는 것 및 吏胥들이 농간을 부리는 행위, 공평하지 못한 부역, 고르지 못한 貢案이 오늘날의 고질적인 폐단이라고 하였습니다. 또 大同法을 시행하기를 바라는 마음이

---

117) 『孝宗實錄』 卷20, 효종 9년 2월 丁亥(20) (36-139).

118) 『同春堂集』 卷1, 疏箚 應旨兼辭執義疏 己丑 11月 (韓國文集叢刊 1993년 影印本 106책 341쪽).

『孝宗實錄』 卷2, 효종 즉위년 11월 辛未(16) (35-400).

> 매우 간절하여서 잔뜩 기대를 하고 있고 卒哭 이후에는 반드시 크게 진작시키고 크게 변혁시킴이 있을 것이니, 잠시 더 살아서 德化가 이루어지는 것을 보았으면 하고 있습니다.

동춘당은 백성들의 조세 부담을 줄이기 위해 大同法을 확대 실시할 것을 주장한다. 그는 특히 먼저 공안 개정을 하여 농민의 부담을 줄이고 대동법을 시행해야 한다는 율곡학파의 노선을 충실히 따르고 있다. 그래서 조세 수익만을 늘리는 데 급급하는 정책을 비판한다. 그리고 실제로 효종 8년 9월 호서 대동미를 감해줄 것을 건의하여 2만석을 감해주게 하였다.[119] 또한 그는 거두어들인 大同米를 荒政 비용으로 轉用할 것과 社倉制를 적극 활용할 것을 제안하고 있다.

> 또 아뢰기를, "隋나라 때에는 社倉이라 하고, 唐나라 때에는 義倉이라 했지만 그 제도는 동일했습니다. 朱子도 일찍이 조정에서 사창의 제도를 진달하여 천하에 반포해 시행하게 한 적이 있었습니다. 대체로 오늘날의 형편과 걸맞지 않아 지금 시행할 수 없는 옛날의 법제도 있습니다만, 사창의 제도만큼은 오늘날 행할 수 있는 것임은 물론 그렇게 하여 飢民을 구제할 수도 있을 것입니다."하였다.[120]

환곡으로 농민에게 꿔주어 이자가 늘어 농민이 갚지 못하면 유망하게 되는 것이니 이것을 모두 탕감해 주어 농민들이 안정되게 생업을 누리도록 해줄 것을 주장하였다.[121]

현종 1년 9월 29일 구황하는 계책에 대하여 물으니 세금을 반으로 줄이고 경내에 굶어 죽는 사람이 있으면 수령을 죄줄 것을 헌의하였다.[122]

---

119) 『孝宗實錄』 卷19, 효종 8년 9월 庚申(21) (36-115).

120) 『顯宗改修實錄』 卷2, 현종 1년 3월 戊辰(13) (37-144).

121) 『同春堂集』 卷6, 應求言別論仍乞解職疏 乙巳 11月 (韓國文集叢刊 1993년 影印本 106책 447쪽).

122) 『顯宗實錄』 卷3, 현종 1년 9월 辛巳(29) (36-281).

> 兪命胤의 상소 내용이 모두 절실하여 실로 더 보탤 것이 없습니다. 지금 국고가 고갈된 줄은 신도 본디 알고 있습니다. 그러나 들으니, 西路의 양곡도 거의 10만여 곡이 넘고 두 곳의 保障之地에도 비축한 곡식이 있으며 각 아문에 비축한 은과 베도 적지 않다고 합니다. 이것을 융통성 있게 덜어내어 1년의 경비로 충당하고 재해를 입은 정도를 따지지 말고 평상시의 세금과 여러 가지 貢賦로 거두는 쌀을 모두 반으로 줄이소서. 그리고 가난한 백성들을 진휼하는 방책을 지방 신하들로 하여금 힘껏 헤아려서 시행하도록 하되, 아뢰는 것 중 크게 시행하기 어려운 것이 아니면 모두 윤허하여 조금도 물리치지 말아 그 실효를 책임지웠다가 효과가 없거든 엄한 견책으로 그 태만함을 경계시키소서. 또 농토가 없는 가난한 백성들로서 이미 떠돌아 다니는 자들은 명년 봄이 되기 전에 모두 굶어 죽을 형편이니, 각도 감사에게 신칙해서 경내에 굶어 죽은 자가 많으면 그 수령을 죄주고 진휼하여 살린 자가 많으면 후한 상을 주게 하소서. 이러한 여러 가지 일들을 속히 선유하소서. 또 해조의 사목 중에 分數災를 불허하는 것과 內陳을 불허하는 것 및 개간한 땅으로서 당연히 災結로 처리해야 될 것에 대해 전일의 수량보다 줄이지 못하게 하는 것들을 백성들이 매우 고통스럽게 여기고 있으니, 다시 헤아리지 않아서는 안 됩니다. 환곡의 수납은 명년 봄의 진휼을 위한 것이기는 하지만 지금의 형편으로는 결코 전부 받아들일 수 없으니 전년의 예에 따라 반이나 혹은 3분의 1을 받아들인다고 분명히 알려서 각도로 하여금 이를 수행함에 혼란이 없게 해야 합니다. 신이 듣건대, 각도의 營將의 1년 供費가 매우 많은데 지금 흉년이라는 이유로 순회하며 군사를 모아 조련하는 일을 정지하였다고 하니, 영장은 하나의 쓸데없는 관직이 되었습니다. 서울로 불러 올려 그 녹봉으로 먹고 살게 했다가 명년 봄을 기다려 다시 내려 보내소서. 教養官은 맡고 있는 임무가 중요치 않으니 우선 폐지하고, 그 지공하는 비용을 기민을 진휼하는 데 전용하는 것도 한 가지 임시 방편일 것입니다.

당시에 재정이 어렵다고 하면서 허적 등 남인들은 환곡을 2분의 1 탕감, 3분의 1 탕감을 주장하고 있었는데, 동춘당은 이는 부유한 사람들에게만 이익을 주고 서리들이 농간을 부리어 실제 궁벽한 농민에게는 혜택이 안 간다고 하면서, 동춘당은 우암과 함께 전액 탕감을 주장하였다.

2) 軍政 整備와 王室財政의 개혁

軍役에 대하여 동춘당은 당시 인징 족징 황구첨정 백골징포로 대변되는 軍布의 수취와 充軍 과정에서 자행되는 폐단들을 없앨 것을 주장하였다.

현종 즉위년 10월 15일 동춘당은 아약 도고를 대상으로 포를 거두는 것을 탕감하는 대신 모자르는 재정은 내수사에서 충당할 것을 주장하였다.

> 준길이 아뢰기를, "선왕께서 말년에 군병들의 원한서린 고통을 애달프게 생각하시어 兒弱과 逃故를 대상으로 포목 거두는 일을 모두 면제시키려 하시다가 일을 미처 완결짓지 못하셨는데, 인심의 向背는 이 일에서 결판난다고 할 것입니다."하고, 태화가 아뢰기를, "감해 주어야 할 숫자는 2만 匹이라고 합니다."하고, 준길이 아뢰기를, "각 아문에 비축된 것도 부족한 상태이니, 그것을 다른 데로 옮겨 숫자를 채워 주기는 어렵습니다. 내수사는 옛날 선왕들의 대공 지정한 법이 아니기 때문에 예전에 儒臣들이 모두 혁파하도록 청했습니다만, 祖宗께서 설치한 제도를 졸지에 변화시키기는 형세상 어려우니, 상께서 짐작하여 내수사에서 덜어 내시어 탕감한 숫자만큼 채워 주신다면, 민심을 위로하고 기쁘게 하는 일대 조치가 될 수 있을 것입니다."하니, 상이 이르기를, "그 말이 괜찮다. 그러나 모름지기 1년에 얼마를 거둬들이며 얼마를 지출하는지 안 뒤에야 변통할 수 있을 것이다." 하였다.[123]

현종 6년 11월 29일 인징 족징 황구첨정 등 군정의 여러 가지 폐단에 대하여 논하면서 시골에서 직접 들은 백골징포의 절실한 사연을 들어 인징 족징 등 군정의 폐단을 시정할 것을 주장하였다.

> 신이 근래 듣건대, 어떤 시골 여인이 아이 하나는 등에 업고 또 하나는 손에 잡고서 어느 외로운 무덤 앞에서 울부짖으며 통곡하는 것이 마치 永訣하는 듯했는데 그 울음 소리가 가슴을 찢는 듯 처절하여 차마 들을 수 없었다고 합니다. 그곳을 지나던 사람이 괴이하게 여겨 사연을 물었더니, 그 여인의 말이 '나의 남편이 병들어 죽은 지 이미 3년이 되었는데도 代定

123)『顯宗改修實錄』卷2, 현종 즉위년 10월 壬寅(15) (37-127).

을 하지 못하여 아직도 白骨의 신포를 바치고 있는데 지난해 일곱 살 난 아이가 歲抄에 들어갔고 등에 있는 네 살 난 아이도 올해 세초에 들었습니다. 그동안 기필코 本土에 보존하고 있으려 했던 것은 단지 죽은 남편의 외로운 무덤이 여기에 있기 때문이었는데 이제는 결코 감당할 수 있는 형세가 없어졌습니다. 장차 流亡을 면할 수 없게 되었기 때문에 남편의 무덤에 와서 영결을 고하는 것입니다.' 하고서 하늘을 부르면서 통곡하므로 그 얘기를 들은 사람은 딱하게 여겨 슬퍼하지 않는 이가 없었다고 합니다. …[124]

효종 즉위년 11월 동춘당 송준길은 왕실이 내수사 궁방 어렴 등으로 사적으로 재산을 증식하는 것을 맹렬히 비판하고, 內需司를 혁파할 것을 강력히 주장하고 있다.[125]

내수사의 私藏에 이르러서는 전후의 유신들이 파하기를 청한 것이 한두 번이 아닙니다. 옛사람이 이른바 '제후의 富는 백성들에게 저장한다.' 라고 한 것은 이런 것이 아닐 듯하며, 朱夫子가 말한 바 '私貯로 여겨서 私人에게 맡긴다.' 라고 한 것이 어찌 매우 추한 것이 아니겠습니까. 지난날 臺臣이 성명께 바란 바가 심히 간절하였는데도 전하께서 살피지 않으셨으니 비록 간절한 개유를 받더라도 끝내 백성들의 마음에는 석연치 못한 점이 있을 것으로, 신은 전하를 위해 애석하게 여깁니다. 전하께서는 어찌하여 즉시 통렬하게 스스로 힘쓰지 않으십니까. 대신이 전후에 논한 데 대해 아울러 지휘를 내리시어 속히 깨달으심을 보이소서. 내수사 私財는 비록 갑자기 혁파하기는 어렵더라도 혹 年限을 한정하고, 혹은 절반으로 나누어 호조에 부치시고, 私奴로 투속한 자 역시 빨리 환급을 허락하시어 사방에 사례하기를 어제 宋時烈이 아뢴바 供上紙에 관한 일처럼 하소서.

이어서 효종 즉위년 11월 26일 사헌부 집의로써 내수사 혁파를 주장하면서, 내수사의 공사는 이조 당상과 낭청이 서명을 하게 한후에 출납하도록

---

124) 『顯宗改修實錄』 卷14, 현종 6년 11월 辛亥(29) (37-474).
『同春堂集』 卷6, 應求言別諭仍乞解職疏 乙巳 11月 (韓國文集叢刊 1993년 影印本 106책 447쪽).

125) 『同春堂集』 卷1, 疏箚 應旨兼辭執義疏 己丑 11月 (韓國文集叢刊 1993년 影印本 106책 341쪽).
『孝宗實錄』 卷2, 효종 즉위년 11월 辛未(16) (35-400).

하고, 內需司 奴婢에 대하여 유독 부역을 면제해주는 復戶 조치를 취한 것에 대하여 부당하다고 비판하였다.126)

> … 그 가운데 나아가 다음 방법을 생각해 보면 내사의 노비만이 유독 復戶하는 은혜를 입어서는 안 되고 또 編伍와 斜付의 [各司의 노비를 가려 뽑아 內庭의 役에 충당하는 것을 사부라 한다.] 역을 면제해서는 안 되며, 또 陳告의 예를 열어서도 안 됩니다. …127)

그리고 동춘당은 현종 1년에 4월에 내수사와 궁방 문제를 논하면서, 인조 효종대에 내수사 혁파는 공론이었는데 지금은 어쩌다가 바로 잡는 것을 청하는 정도이니 세상이 얼마나 변했는지 알 수 있다고 개탄하고 있었다.

> 내수사 문제는 계해년 초기만 하여도 儒臣들 모두가 그를 혁파할 것을 청하였었는데, 근년에 와서는 고쳐야 할 고질적 폐단이 비록 있어도 감히 곧바로 혁파를 청하지는 못하고 다만 어쩌다가 조금 바로잡을 것을 청하는 정도이니, 세상이 얼마나 변했는지 알 수 있지 않습니까? 내수사 공사는 크거나 작거나 그것을 반드시 이조를 거치게 한 것이 조종조의 옛 법이었고, 신이 기축년 논계 때는 먼저 정원을 거치고 그 후 다시 이조의 검사를 받도록 하자고 말하였더니, 선왕께서 너무 번거롭다 하시어 다만 이조로 하여금 그때그때 복계를 하도록 하였던 것입니다.128)

아울러 내수사의 재정을 荒政을 위한 비용으로 전용할 것을 주장하였다.

> 준길이 아뢰기를, "선왕께서 軍兵들의 고통을 생각하여 어린애와 도망자, 사망자에 대해 징수하는 베를 모두 면제하도록 하였는데, 일이 가닥이 잡히기도 전에 갑자기 하늘이 무너지는 슬픔을 당하였습니다. 바라건대 성명께서는 선왕의 마음처럼 마음을 가지시고 제때에 구획 처리하여 백성들

---

126) 『孝宗實錄』 卷2, 효종 즉위년 11월 辛巳(26) (35-406).

127) 『同春堂集』 卷8, 啓辭 內司奴婢請勿復戶許充編伍斜付啓 己丑 11月 (韓國文集叢刊 1993년 影印本 106책 485쪽).
『孝宗實錄』 卷2, 효종 즉위년 11월 辛巳(26) (35-406).

128) 『顯宗實錄』 卷2, 현종 1년 4월 丙戌(2) (36-242).

의 원성이 없게 하소서. 다만 각 아문에 저축된 것이 매우 부족하니, 만약 내수사에 저장된 것을 약간 떼내어 그것으로 감해진 수를 충당한다면, 백성들이 크게 기뻐할 것이고 성상의 덕화도 더욱 드러날 것입니다. 그러나 그것은 오직 성상의 특별 하교에 달려 있는 것입니다."하니, 상이 그렇다고 하였다.[129]

또한 이렇게 왕실 재정의 중심이 되는 내수사의 재정을 군정을 정비하여 모자라는 재정에 충당하자는 주장은, 궁방의 재정을 축소하여 균역을 실현하기 위한 재정에 사용하자는 주장으로 이어진다.

동춘당은 효종 초에 大君 公主를 비롯한 宮家에서 陳地와 漁場 등을 임의로 折受하는 등 민간의 경제를 불법적으로 침탈하는 폐단을 강력히 금할 것을 건의하고 있다.

또 신은 듣건대, 湖南·湖西 두 도는 백성들의 폐해가 심하여 연해 지방 일대가 어디서부터 어디까지는 어느 宮家의 소유이고 어디서 어디까지는 어떤 세도가의 소유가 되어 魚鹽의 이익에 백성들은 손을 대지 못한다고 합니다. 反正하던 처음에 대간의 논핵을 인하여 혁파했었는데, 그 후 침해가 또 전과 같아 백성들의 원망과 괴로움이 이에 극도에 이르렀습니다. 또 坡州는 작은 고을인데 大君이 農庄을 설치하여 부역을 피하려는 백성들이 다투어 달려가고 있는데도 관가에서 감히 호령을 하지 못해 백성들의 부역이 이 때문에 더욱 고통스럽습니다. 이러한 곳이 몇 군데나 되는지 모르며 宮奴들이 교만 횡포하여 소란을 피워 나라 사람들의 말이 자자한데, 아, 이 역시 금지시킬 수 없겠습니까.[130]

그리고 이를 현종 1년 현종 3년에도 계속 주장하고 있었다.[131]

---

129) 『顯宗實錄』 卷1, 현종 즉위년 10월 壬寅(15) (36-227).

130) 『同春堂集』 卷1, 疏箚 應旨兼辭執義疏 己丑 11月 (韓國文集叢刊 1993년 影印本 106책 341쪽).
『孝宗實錄』 卷2, 효종 즉위년 11월 辛未(16) (35-400).

131) 『同春堂集』 卷4, 疏箚 辭憲職仍陳所懷疏 庚子 7月 (韓國文集叢刊 1993년 影印本 106책 405쪽).
『顯宗實錄』 卷3, 현종 1년 7월 辛未(18) (36-269).

그리고 궁가에서 마음대로 절수하는 폐단이 있으니, 이럴 바에는『경국대전』에서 규정한 직전제에 따라 대군과 공주는 180결, 왕자와 옹주는 100결로 제한할 것을 주장하였다.

> "모든 정책이나 명령에 있어 그를 아침에 명령을 내리고 저녁에 고친다면 그도 미안한 일인데, 하물며 선왕조 때부터 해오던 일을 해당 아문의 초기로 인하여 그것을 따져 묻는다면, 그것이 어찌 뭇 신하가 전하께 바라는 일이겠습니까. 뿐만 아니라 옛날에는 職田 제도가 있어 大君・公主는 1백 80결이고 王子・翁主는 그 다음이었는데, 그 제도가 폐지되고 나서 떼어받는 폐단이 일어났던 것이니, 대신 및 호조의 의견을 물어 다시 옛 제도대로 하는 것이 좋을 것입니다."[132]

이처럼 동춘당은 현종 1년 9월 구휼 대책을 올리면서 내수사와 궁방전 등의 면세지를 혁파하여, 국가재정으로 써야 한다고 주장하였다

> 신이 항상 생각하건대, 우리 나라에는 면세지가 많은데 국가의 재용이 넉넉하지 못한 것은 오로지 이 때문이니, 매우 통탄스럽습니다. 만약 각 고을의 관둔전 및 충훈부 이하 각 아문과 내수사, 여러 궁가에 소속된 토지로 면세하는 곳을 모두 폐지하여 세금을 거둬 국가에 납부하도록 영구히 법제화함으로써 전국에 면세지가 없게 하고, 모든 學宮에 소속된 전지까지도 면세를 허락하지 않는다면 국가의 용도에 어찌 조금이나마 보탬이 없겠습니까. 세를 비록 국가에서 거둔다고 하더라도 관례대로 나누어 가지는 本田의 수확량이 적지 않을 것이니, 큰 문제는 없을 것입니다. 이 외에 鹽盆이나 漁箭, 船稅 역시 일체 국가에서 세를 거두어야 합니다. 이는 실로 지극히 절실하고 급박한 일이니 바라건대 전하께서는 묘당에 자문하여 과단성 있게 시행하시고 의심하지 마소서.[133]

『同春堂集』卷5, 疏箚 辭憲職兼陳所懷疏 壬寅 7月 (韓國文集叢刊 1993년 影印本 106책 421쪽).

『顯宗實錄』卷5, 현종 3년 7월 辛卯(20) (36-341).

132)『顯宗實錄』卷2, 현종 1년 4월 丙戌(2) (36-242).

133)『顯宗實錄』卷3, 현종 1년 9월 辛巳(29) (36-281).

이처럼 왕실에서 불법으로 재산을 늘리고 하는 것을 금지할 것을 요청하여, 왕실에서부터 至公無私한 정책을 솔선수범할 것을 요청하였다. 이는 이후 서인과 남인이 각축을 하면서 남인이 장희빈을 왕비로 옹립하고 집권한 시기를 제외하고 계속적인 궁방전의 축소로 나타났다.[134]

이는 임금이 쓰는 비용은 무한정이 아니라 卿보다 10배라는 『孟子』의 구절을 인용하여[135] 초려 이유태가 현종 1년 임금이 쓰는 재정을 경의 10배로 한정해야 한다는[136] 주장에서 여실히 나타나고 있다.

> … 그러나 八路에 大同法을 고르게 시행하여 1년 동안 御用에 드는 숫자를 恒定하여 놓고 시장에서 사다 쓸 것이요 먼 곳에서 구하여 오지 않는다면, 오늘날의 貢案은 고치려고 하지 않아도 저절로 고쳐질 것입니다. 孟子가 周나라의 頒祿法을 논하면서 말하기를 '임금은 卿의 俸祿의 10배이다.'했으니, 이것으로 기준을 삼는다면 어용의 숫자도 정할 수 있을 것입니다.[137]

이처럼 동춘당은 초려 이유태, 시남 유계, 우암 송시열과 함께 1필역으로 통일되는 균역법을 시행하여 대동사회를 이루어 가려는 정책을 주도해 가는 데 있어서, 군정을 정비하여 모자르는 재정을 내수사 궁방 등이 차지하는 왕실 재정을 개혁하여 충당해 가야 한다고 주장하고, 이를 실천해가는 데 주도적인 역할을 하고 있었다.

---

134) 朴準成, 「17·18세기 宮房田의 확대와 所有形態의 변화」『韓國史論』 11 (서울대), 1984.

135) 『孟子』 萬章章句 下 2장 6절.
大國은 地方百里니 君은 十卿祿이요 卿祿은 四大夫요 大夫는 倍上士요 上士는 倍中士요 中士는 倍下士요 下士與庶人在官者는 同祿하니 祿足以代其耕也니라.

136) 池斗煥, 「尤庵 宋時烈의 社會經濟思想」『韓國學論叢』 21 (국민대), 1998, 78쪽.
『顯宗改修實錄』 卷3, 현종 1년 5월 癸亥(9) (37-170).

137) 『顯宗改修實錄』 卷3, 현종 1년 5월 癸亥(9) (37-169).

6. 結　論

동춘당 송준길은 일찍이 외당숙이 되는 사계 김장생에게 배워, 우암 송시열과 함께 율곡학파의 중추가 되었다. 인조반정을 주도했던 迂齋 李厚源(1598~1660)과 滄洲 金益熙(1610~1656)가 적극적으로 우암과 동춘당을 추천하여 효종대 이후 이후원 김익희를 이어 정치세력의 핵심으로 등장하였다. 그리고 屯村 閔維重(1630~1687)의 장인으로 인현왕후의 외조부가 되어 숙종대 정치세력의 구심점이 되었다.

인조대에는 의리를 천명하고 소현세자의 적통성을 주장하였다. 효종대에는 친청파를 제거하는 데 앞장서고 왕도에 입각한 북벌운동을 주장하였다. 현종대에는 예송에서 임금도 예외없이 종법을 준수해야한다는 기년상을 주장하고, 대동법 시행 구휼정책, 내수사혁파 등 왕실재정 개혁, 군정정비 등 조선성리학 이념에 입각한 여러 가지 개혁을 주장하였다.

따라서 정치사상도 조선성리학에 입각하여 심학에 근거하는 왕도정치를 시행할 것을 주장하였다. 이를 위해 산림이 주도하는 경연정치를 강조하고 훈척을 견제하고 사림정치를 주도하는 대간을 존중할 것을 주장하였다.

그리고 사회경제사상도 井田制를 10분 1세로 생각하는 율곡학파의 사상을 이어받아, 전세 공물 군역을 합하여 10분 1세를 이루기 위하여, 우선 공안 개정을 전제로 대동법을 시행하는 정책을 주장하였다.

다음으로는 군정을 정비하고 군역 부담을 균등히할 것을 주장하였다. 이렇게 군정을 정비하고 균등히 하기 위해 모자르는 재정을 농민에게 부과하지 말고 왕실 재정을 축소해서 충당할 것을 주장하였다. 이를 위해 內需司를 혁파하고 궁방전을 축소하여 왕실이 솔선수범하여 至公無私한 정책을 시행하여 국가재정을 튼튼히 하고 농민 부담을 줄일 것을 주장하였다.

이와 같이 동춘당 송준길은 율곡학파의 핵심으로 요순 삼대의 대동사회를 이루기 위하여 왕도정치를 시행하고 10분 1세인 정전제를 시행하여 이상사회 복지사회를 이룰 것을 주장하였다. 이렇게 볼 때 기호 남인계 실학파에 비하여 송준길을 보수파로 보는 것은 사실을 잘못 파악하고 있는 것이다고 본다.

동춘당 송준길의 산림활동과 국정 운영론

우 인 수*

1. 머리말

山林은 조선 유교국가의 한 표상이었다. 산림은 山谷林下에 은둔해 있던 學德을 겸비한 학자로서 국가로부터 徵召를 받아 많은 특대를 향유한 이를 가리켰다. 조선 사회는 16세기에 이르러 李滉・李珥로 대표되는 많은 학자들의 성리학에 대한 깊은 이해와 교육활동에 힘입어 성리학적 소양을 갖춘 사류들이 전국 도처에 광범하게 포진하게 되었다. 학문과 덕행이

* 경북대 역사교육과 교수.
이 논문은 『충청학연구』 3집 (한남대충청학연구소, 2002)에 수록된 필자의 논문을 약간 수정한 것임.

뛰어난 산림들은 사류들의 정신적 이념적 지주로 그들을 대표하였다. 산림이 정치・사회적으로 주목받는 것은 자연스런 현상이었다고 하겠다.

산림은 조선후기 정치사의 특성을 잘 나타내주는 요소 중의 하나이다. 붕당들간의 상호 견제와 대립이 전개된 당시 정국의 해명에서 산림의 존재에 대한 이해는 필수적인 요소라고 할 수 있다. 산림이 정치적인 의미를 강하게 가지기 시작한 것은 사림이 주도하는 선조대부터였다. 이후 17세기는 산림의 극성기를 이루었는데, 宋浚吉은 바로 산림의 전성시대를 연 대표적인 존재였다.

본관이 은진인 송준길은 회덕에 거주하였다. 스승으로는 金長生・金集 부자를 섬겼고, 친구로는 宋時烈을 위시하여 李惟泰・兪棨・尹宣擧・權諰 등 쟁쟁한 인물들이 있었다. 특히 송준길・송시열・이유태 삼인은 젊은 시절 '生同志 死同傳'할 것을 기약할 정도로 믿음을 나누었던 각별한 관계였고, 김집도 삼인을 가리켜 '一身而二人'이라고 친밀함을 격려할 정도였다.[1] 송시열과는 11寸叔으로 1년 연장이었는데, 두 사람의 조모가 자매간인 인연도 첨가되어 있었다. 어려서부터 함께 학문을 탁마하였고, 평생동안 학문과 정치적 입장을 같이 하였기 때문에 세상에 '兩宋'으로 불리었다. 남인의 거두 鄭經世를 장인으로 모셨으며, 후일 閔維重을 사위로 맞아 숙종비 인현왕후의 외조가 되었다. 그의 품성은 단정하고 자상하고 온아하였다고 한다.[2]

정계에서 산림으로서 차지한 비중이 워낙 큰 인물이었기 때문에 그에 대해서는 지금까지 적지 않은 관심이 베풀어졌다. 먼저 정치사적인 측면에서는 우인수가 산림의 세력 기반과 정치적 기능을 다루는 과정에서 송준길에

---

1) 『草廬全集』 卷30, 「年譜」, 갑자(인조 2년)조.

2) 당시 史官들은 송준길을 평하여 '자질이 온아하였다'(『仁祖實錄』 卷32, 14년 6월 병신)거나 '사람됨이 단아하고 학문에 뜻을 두어 게을리 하지 않았다'(『同書』 卷46, 23년 10월 정해) 라고 하였다. 가까이서 兩宋을 보아온 金益熙는 두 사람의 품성을 대비시키기를, 송준길을 '端詳溫雅'로 송시열을 '峻整方嚴'으로 평하였는데, (『同春堂年譜』 인조 22년 11월조.) 정곡을 얻었다고 본다.

많은 비중을 두고 서술한 바 있으며,[3] 김세봉이 17세기의 山人勢力에 주목하면서 그 핵심이었던 송준길의 생애와 사상을 다룬 바 있다.[4] 사회사적인 측면에서는 성주탁이 회덕향안에 착목한 바 있고,[5] 한기범이 회덕지역의 향안과 향약을 중심으로 하여 송준길의 교육·교화활동을 다루었다.[6] 그리고 사상사적인 측면에서는 송인창이 유학사상과 철학사상을 중심으로 다룬 일련의 논고가 있다.[7] 특히 최근 호서지역사회를 중심으로 그에 대한 관심이 고조되면서 크고 작은 학술발표대회가 개최된 바 있다.[8]

본고에서는 위의 선행 연구들을 토대로 하여 주로 정치사적인 시각에서 산림 송준길의 교육활동과 정치 활동, 그리고 정치사상으로서의 국정운영론을 해명하고자 하였다. 먼저 그가 산림으로서 펼친 교육활동은 문인 양성과 경연·서연 활동, 성균관에서의 활동을 중심으로 다루었다. 정치 활동은 효

---

3) 禹仁秀, 「朝鮮 孝宗代 北伐政策과 山林」『歷史教育論集』 15, 1990.
______, 『朝鮮後期 山林勢力研究』, 일조각, 1999.
4) 金世奉, 「同春堂 宋浚吉의 生涯와 政治思想」『張忠植華甲紀念論叢』, 1992.
______, 「17世紀 湖西山林勢力 研究」, 단국대학교 박사학위논문, 1995
5) 成周鐸, 「懷德鄉約考」『百濟研究』 9, 1978.
______, 「尤庵宋時烈과 懷德鄉案」『韓國史論』 8, 1980.
6) 韓基範, 「17·18世紀 懷德鄉案의 重改修와 支配士族의 變化」『東西文化』 4, 한남대 동서문화연구소, 1993.
______, 「朝鮮中期 懷德士林의 鄉村活動과 社會思想－同春堂 宋浚吉의 사례－」『論文集(인문과학편)』 29, 한남대 인문과학연구소, 1999.
7) 宋寅昌, 「同春堂 宋浚吉 儒學思想의 自主精神」『儒學研究』 1, 1993.
______, 「同春堂 宋浚吉의 人品과 哲學思想」『百濟研究』 25, 1995.
______, 「炭翁과 同春堂 道義思想의 比較研究」『道山學報』 5, 1996.
8) 대표적인 것으로 1995년 충남대학교 유학연구소 주최로 열린 국제학술대회를 들 수 있다. 『同春堂思想의 體系的 照明』을 주제로 내건 학술대회에서 송준길의 사상을 집중적으로 조명한 바 있다. 이 때의 논자와 논제를 일별하면, 윤사순이 유학사적 위상, 성주탁이 생애와 유물·유적, 이남영이 도학정신, 강맹산이 역사의식, 황의동이 이기심성론, 佐藤貢悅이 일본주자학과의 비교, 徐遠和가 수양론, 정병연이 예학사상, 송인창이 경세사상, 사재동이 문학정신을 각각 발표한 바 있다.

종말년과 현종대에 정국을 주도하였던 사실을 중심으로 다루었다. 그리고 정치사상은 그가 정국을 주도하면서 국정을 운영한 논리로 제시한 崇明反淸論, 先養民後養兵論, 賢臣委任論의 내용과 특징을 살펴보았다. 이를 통해 조선후기 정치사에서 지니는 산림 송준길의 정치적 위상과 성격이 드러날 것으로 기대한다.

2. 교육 활동

산림의 활동 중 가장 근본적인 활동이고, 동시에 산림을 산림으로 존재케 한 것은 교육활동이었다. 여기서는 교육활동을 크게 문인 양성, 경연·서연 활동, 성균관 교육 활동의 순으로 나누어 살펴보고자 한다.

송준길은 18세에 사계 김장생 문하에 본격적으로 입문하여 학문을 닦았으며, 김장생이 세상을 떠난 뒤에는 그의 아들이며 학통의 적전을 이은 김집에게 계속 나아가 학문을 닦았다. 이후 그는 이이 → 김장생 → 김집으로 이어지는 기호 학통의 적전을 이으면서 학문과 교육에 힘을 쏟았다. 당시에 "학문의 도는 다른 데 있는 것이 아니라 오로지 엄한 스승에 있을 따름인데, 엄한 스승도 존경과 예우를 받는 산림만 못하다"[9]라는 말이 운위된 데서 산림이 세상의 스승으로 부각되었던 것을 알 수 있다. 그가 길러낸 많은 문인들은 산림으로서의 그를 정치적으로 무시하지 못할 존재로 만들었고, 정계에서의 활동의 기반으로 작용하였다.

그는 많은 문인을 양성하였는데, 그의 문인록에는 207명이 등재되어 있다.[10] 문과 출신이 27명, 당상관 이상의 관직에 오른 자가 32명에 이르렀다. 핵심 문인들을 간략히 제시하면 다음 <표 1>과 같다.

---

9) 『童土集』 卷5, 雜著, 與李相國敬輿書. "學問之道無他 只在於嚴師 嚴師莫若敬禮山林"

10) 『同春堂年譜』 所收 「門人錄」 (成均館 刊, 1981).

〈표 1〉 송준길의 문인 집단

姓 名	本貫	入仕經路	最高經歷	備 考
權尙夏	安東	逸	左議政	
李 翔	牛峰	〃	大司憲	
李喜朝	延安	〃	大司憲	李端相의 子
宋基厚	恩津	〃	掌令	
李箕洪	全州	〃	執義	
鄭道應	晉州	〃	縣監	鄭經世의 孫
閔維重	驪興	文	領敦寧府使	女婿
閔鼎重	驪興	〃	左議政	閔維重의 兄
李 選	全州	〃	吏參	李厚源의 子
趙相愚	豊壤	〃	左議政	
金萬基	光山	〃	領敦寧府使	
洪得禹	南陽	〃	監司	洪重普의 子
宋奎濂	恩津	〃	判書	
趙正萬	林川	蔭	判書	
李 翻	牛峰	文	右議政	李翔의 弟
李 濡	全州	〃	領議政	
李端夏	德水	〃	左議政	李植의 子
金 澄	淸風	〃	監司	
任 埅	豊川	〃	判書	
李尙眞	全義	〃	右議政	
安世徵	廣州	〃	參議	
閔鎭厚	驪興	〃	左參贊	外孫
李 翊	牛峰	〃	判書	李翔의 弟
金始振	慶州	〃	參判	
南九萬	宜寧	〃	領議政	
柳尙運	文化	〃	領議政	
金萬吉	光山	〃	監司	
金萬均	光山	〃	參議	金益熙의 子

다음으로 경연과 서연에서의 군주와 세자를 대상으로 한 교육활동에 대해 살펴보자. 산림의 징소에서 통시기적으로 운위되고 있던 것은 학덕이 높아서 군주나 세자의 학문 도야에 도움이 된다는 표현이었다. 효종대 영의정 李敬輿는 산림의 효용성을 네가지로 제시한 바 있는데, 이 때 제일 먼저 꼽은 것이 聖德의 함양에 보탬이 된다는 교육적 기능이었다.[11] 이 점은 산림

이 주로 임명된 관직을 통하여서도 확인이 된다. 조정에서는 산림을 위하여 산림만이 임명될 수 있는 관직 이른바 山林職을 새로이 설치하였는데, 모두 교육과 관련된 자리였다. 世子侍講院의 贊善·進善·諮議, 成均館의 祭酒·司業이 그것이다.

경연에서의 송준길의 활약은 효종 8년 출사한 이후 압권을 이루었다. 이조참의를 굳이 사양한 송준길은 찬선으로 서연은 물론이고 매번 경연에 입시하였다.[12] 그는 해박한 학문을 바탕으로 경연을 주도하였는데, 효종으로부터 "이 말들은 모두 요사이 경연관들이 말하지 않았던 것이다",[13] "찬선의 말은 근래 경연에서 듣지 못했던 말이다",[14] "내가 이 篇을 보고서 그 뜻을 알지 못하였는데, 지금 찬선의 말을 듣고 나서야 알게 되었다"[15]라는 등 매우 흡족한 반응을 이끌어내었다. 나중에는 효종으로부터 "송준길에게 배워야 얻는 바가 있고, 그렇지 않으면 배워도 배우지 않은 것과 같다"는 술회를 얻을 정도였다.[16]

특히 8년 10월부터 송준길은 경연에서 『心經』을 강하기 시작하여 효종의 마음을 닦는 공부에 힘을 기울임으로써 조신들로 하여금 하나의 큰 기회로 삼을 수 있겠다는 기대감을 갖게 하였다.[17] 실제 『心經』을 읽은 이후 효종이 특별히 잘못하는 것이 없다고 朝臣들이 서로 이야기할 정도였으며, 송준길과 효종의 만남을 '魚水契合'에 비유하기도 하였다.[18] 효종은 송준길과의 대화를 마치 醇酒를 마심으로서 취하는 줄도 모르게 심취해버리는

---

11) 『孝宗實錄』 卷4, 원년 7월 갑인. 나머지 세가지는 朝廷에 유익하며, 士林의 矜式이 되고, 조정의 신하들이 敬憚하게 된다는 것 등이었다.
12) 『孝宗實錄』 卷19, 8년 8월 을유·정해·무자.
13) 『同書』 卷19, 8년 8월 기축. "此皆近日經筵之所未言者."
14) 『同書』 卷19, 8년 8월 갑오. "贊善之言 近來經筵所未有也."
15) 『同書』 卷19, 8년 10월 을해. "予觀此篇 未曉其意 今聞贊善之言 乃知 …."
16) 『同書』 卷19, 8년 10월 무자. 『同書』 19, 8년 11월 기해. 『同書』 21, 10년 1월 기유.
17) 『同書』 卷19, 8년 11월 경자, 옥당의 응지상소 및 장령 조극선의 상소.
18) 『同書』 卷20, 9년 정월 임자, 2월 정해.

것에 비유할 정도로 즐거워했다.[19)]

시강원에서 세자를 가르치는 데에도 많은 영향을 끼쳐 송준길이 온 이후 세자가 아침에 일찍 일어나 독서를 하며 종일토록 부지런히 힘쓰는 등 효과가 컸다.[20)] 이에 효종은 부마들도 함께 가르쳐 달라고 부탁할 정도였다.[21)] 또한 서연시에 찬선은 諸宮僚 앞에 앉도록 특별한 배려를 받았으며, 세자는 찬선과 서로 揖禮하도록 해 달라고 청하여 효종의 허락을 받아내기도 하였다.[22)] 세자의 학문 도야는 국가의 큰 관심사였다. 세자는 다음 대의 군주가 될 인물이므로 유교 경전 및 이를 통한 유교적 정치 이념을 충분히 인식시켜줄 필요성이 있었다. 따라서 산림의 시강원에서의 역할은 경연에서의 역할 이상으로 기대되었다고 보여진다.

성균관은 내일의 관료군을 양성하는 최고 교육기관인 만큼 여기에 소속된 유생들의 훈도를 위해서는 학덕을 겸비한 인물을 필요로 하였다. 이러한 필요성에 가장 적합하게 부응할 수 있는 존재인 산림은 司業・祭酒를 통해 징소되었다. 司業은 종4품의 직과로 인조 원년 5월에 설치되었으며, 祭酒는 정3품의 당상관직으로 효종 9년 12월에 설치되었다. 특히 祭酒는 대사성과 함께 성균관의 최고 관직이었고, 산림으로서도 최고의 명예로운 직이었다. 그것은 한번 祭酒에 임명되면 별 하자가 없는 이상 더 높은 官階에 올라가더라도 겸임하며 久任하였던 데서도 확인된다. 祭酒에 처음 임명된 이가 바로 송준길이었다.

송준길은 祭酒로 있으면서 비록 성균관 실무에는 관여하지 않았으나 성균관에서 행하는 의식을 주도하였으며, 유생 훈도의 총책임을 지기도 하였다. 그는 가끔 성균관에서 특별 강론을 하였고,[23)] 성균관의 장서를 확보하는 데도 힘을 기울였다.[24)] 당시 교육 정책의 몇 가지를 개정하는 일도 주도

---

19) 『同書』 卷20, 9년 정월 임자.
20) 『同書』 卷19, 8년 10월 무자.
21) 『同書』 卷19, 8년 10월 을해.
22) 『同書』 卷19, 8년 10월 정묘・병인.
23) 『同春堂年譜』, 현종 2년 3월조. 『同書』 현종 10년 3월조.

하였다. 그 개정은 크게 네 가지 측면에서 이루어졌다. 첫째, 사부학당의 운영 규정 중 실효성이 떨어진 몇몇 규정의 폐지와 우수한 유생에 대한 선발 방식의 개선, 둘째, 우수한 성균관 유생에 대한 등용 규정의 제정, 셋째, 서울 지역에 파견할 동몽교관의 증설과 효율적인 활용 방안, 넷째, 서당 훈장의 선발과 서당 운영의 효율성의 제고를 통한 지방 교육의 활성화 방안 등이 제시되어 시행되었다.[25] 그리고 현종대에는 성균관에서 불시에 시험을 치뤄 우수자를 급제시킴으로써 성균관 교육을 활성화시키는 방안을 제시하여 시행하였다.[26] 또한 성균관 유생들을 고무하기 위해 송나라 李侗의 문묘 종사와 이이·성혼의 문묘 종사에 대한 빠른 결단을 촉구하기도 하였다.[27]

3. 정치 활동

1) 효종말 정국의 주재

효종은 부왕인 인조의 반정 명분 뿐 아니라 자신의 변칙적인 왕위 계승의 명분을 유지하고 확보하기 위해, 對淸 강경책인 北伐을 표방하며 하나의 정책으로 밀고 나갔다. 당시 효종이 북벌을 정책으로 내세우며 계획을 하게 된 것은 인조반정과 자신의 왕위 계승의 명분과도 밀접한 연관을 지닌 것이었으며, 아울러 당시 사류들의 崇明反淸의 감정을 그 기초로 하여 가능한 것이었다. 병자호란의 굴욕은 넓게는 일반 사류의 자존심을 짓밟은 것이어서 사류들 사이에 숭명반청의 기운이 넓게 확산되어 있었던 상황이었다.

---

24) 『孝宗實錄』 卷21, 10년 2월 기사.
25) 『同書』 卷21, 10년 2월 정축.
26) 『顯宗實錄』 卷2, 원년 2월 갑진. 『同春堂年譜』 현종 원년 2월 갑진.
27) 『同春堂集』 卷5, 辭憲職仍請宋朝李延平及我朝栗谷牛溪三賢從祀疏(계묘(현종 4년) 3월). 『顯宗實錄』 15, 9년 12월 계사.

효종대의 북벌 추진은 크게 3년 이후의 孝宗 主導期와 9년 이후의 宋時烈 委任期로 나눌 수 있다. 즉위초 효종은 북벌에 대한 집념으로 의욕에 차있었으나 청의 견제와 간섭 그리고 金自點을 위시한 親淸勢力의 존재로 인해 운신의 폭이 매우 좁았다. 효종 3년경이 되면 對朝鮮 강경책을 고수하던 청의 섭정왕 多爾袞의 죽음으로 대외적 상황이 호전되었고, 청과 은밀히 내통한 김자점을 비롯한 역관배가 제거됨으로써[28] 효종은 북벌 정책을 본격적으로 추진하게 되었다.

당시 송준길과 송시열은 효종에 의해 북벌 추진의 동반자로 주목되었으나 그들은 각종 핑계를 대면서 출사를 하지 않는 상황이 계속되었다. 그들이 소극적으로 대처한 것은 청나라의 의심을 살 수 있다는 점도 작용하였지만 북벌에 대한 방법론이 효종과 차이가 있었기 때문이었다. 그들이 북벌을 위한 방안으로 正君心·安民을 먼저 수행하여야 할 과제로 여기고 있었던데 비해, 효종은 직접적인 군비확충을 통해 단시일에 가시적인 성과를 거두기를 원하였던 것이다. 따라서 그들의 방법론은 효종에게 별다른 매력을 주지 못하였던 것이다.

효종은 3년 이후부터 자신의 방법론에 입각한 북벌 정책을 추진하게 되었다. 효종이 북벌의 인적 물적 자원을 확보하기 위해 추진한 제반 조치들 중 주요한 것만 살펴보면, 어영군과 금군의 육성, 觀武才와 閱兵의 실시, 營將의 파견, 奴婢 推刷를 통한 재원 마련 등을 지적할 수 있다.[29] 그러나 추진 과정에서 군비확충책에 적극적으로 참여한 李浣·元斗杓·金益熙 등에 대한 비판이 제기되면서 문무간의 갈등의 골도 깊어져 갔다. 무리한 군비확충 과정에서 일반 백성들의 고통도 극심한 것이어서 과중한 부역에 대한 불만의 소리가 높아지면서 향촌사회가 동요하였다.[30] 하지만 효종 앞

---

28) 『孝宗實錄』 卷7, 2년 12월 병진. 『同書』 8, 3년 3월 계유.

29) 효종대 군비확충의 구체적인 양상에 대해서는 車文燮 논문(「孝宗朝의 軍備擴充」 『朝鮮時代 軍制硏究』 단국대 출판부, 1977)을 참고하라.

30) 당시 인심이 危懼하고 유언비어가 계속 난무하였으며, 심지어 남산에 올라 山呼하는 무리까지 생겨나는 상황이었다.(『孝宗實錄』 13, 5년 11월 기유)

에서는 대신들조차 불가함을 말하지 못하는 상황이어서,[31] 오로지 '緘口結舌'을 능사로 여기는 풍조가 관료들 사이에 만연되어 갔다.[32] 시일이 지날수록 효종이 확신을 가지고 추진한 營將制度와 奴婢推刷 등 일련의 군비 확충책은 문신이나 사류 및 일반 백성들의 지지를 상실하게 되면서 그 기반부터 흔들리게 되었다. 문제의 심각성을 인식한 효종이 각 도의 공물을 停罷하는 명을 내렸고, 영장제도에 대해서는 우선 농번기를 피하여 훈련을 시행해본 후 절목을 고치도록 하자는 대안을 제시하였는가 하면, 各司奴婢身貢도 감하는 조치를 시행토록 하였다.[33] 이는 전과 다른 효종의 대응자세로서 신료들의 求弊案에 귀를 기울이지 않으면 안될 정도로 급박한 지경에 이르렀음을 말해 주는 것이다.

이러한 어려운 상황을 해결하기 위해 효종으로부터 다시금 주목받은 것이 사류의 중망을 모으고 있던 산림이었다. 효종 8년 간곡한 징소로 송준길이 출사하였다. 이조참의의 요직을 굳이 사양한 그는 찬선으로서 매번 경연에 입시하여 해박한 학문을 바탕으로 효종의 마음을 닦는 데 주력하였다. 경연에서의 송준길의 활약은 효종 8년 출사한 이후 압권을 이루었다. 이조참의를 굳이 사양한 송준길은 찬선으로 서연은 물론이고 매번 경연에 입시하였다.[34] 그는 해박한 학문을 바탕으로 경연을 주도하였는데, 효종으로부터 "이 말들은 모두 요사이 경연관들이 말하지 않았던 것이다",[35] "찬선의 말은 근래 경연에서 듣지 못했던 말이다",[36] "내가 이 篇을 보고서 그 뜻을 알지 못하였는데, 지금 찬선의 말을 듣고 나서야 알게 되었다"[37]라는 등 매우 흡족한 반응을 이끌어내었다. 나중에는 효종으로부터 "송준길에게 배워야 얻는 바가 있고, 그렇지 않으면 배워도 배우지 않은 것과 같다"는 술회를

31) 『孝宗實錄』 卷15, 6년 5월 정유, 7월 계미.
32) 『同書』 卷14, 6년 6월 임자. 『同書』 15, 6년 7월 계미.
33) 『同書』 卷18, 8년 5월 무신.
34) 『同書』 卷19, 8년 8월 을유·정해·무자.
35) 『同書』 卷19, 8년 8월 기축.
36) 『同書』 卷19, 8년 8월 갑오.
37) 『同書』 卷19, 8년 10월 을해.

얻을 정도였다.[38]

특히 8년 10월부터 송준길은 경연에서 『心經』을 강하기 시작하여 효종의 마음을 닦는 공부에 힘을 기울임으로써 조신들로 하여금 하나의 큰 기회로 삼을 수 있겠다는 기대감을 갖게 하였다.[39] 실제 『心經』을 읽은 이후 효종이 특별히 잘못하는 것이 없다고 朝臣들이 서로 이야기할 정도였으며, 송준길과 효종의 만남을 '魚水契合'에 비유하기도 하였다.[40] 효종은 송준길과의 대화를 마치 醇酒를 마심으로서 취하는 줄도 모르게 심취해버리는 것에 비유할 정도로 즐거워했다.[41]

時政에 대한 송준길의 건의도 효종은 경청하였다. "조정의 시비가 있으면 일에 따라서 모두 말해 주라. 그러면 내가 또한 다른 사람의 말과는 다르게 들을 것이다",[42] "일이 매우 미워할 만한 점이 있다. 그러나 찬선이 말을 하니 어찌 감히 유념하지 않겠는가",[43] "내가 찬선을 대우하는 것은 겉모양으로 하는 것이 아니고, 실로 마음에서 우러나온 것이다"[44]라고 한 것이 그 예이다. 송준길의 청에 따라 호서의 대동미 二萬石을 감해주었는가 하면, 鄭蘊·金集에 대해서 諡狀을 기다릴 것 없이 賜諡의 명을 내리기도 하였다.[45] 그리고 鄭介淸·郭詩·全彭齡을 봉사한 서원을 철훼시켰으며, 鄭逑를 추증하는 등[46] 송준길의 건의라면 될 수 있는 한 들어주었다.

드디어 9년 7월 송시열도 조야의 중망을 모으며 다시 출사하게 되었고, 뒤이어 송준길도 성묘를 마치고 환조하였다.[47] 송준길과 함께 효종을 인견

---

38) 『同書』 卷19, 8년 10월 무자. 『同書』 19, 8년 11월 기해. 『同書』 21, 10년 1월 기유.
39) 『同書』 卷19, 8년 11월 경자, 옥당의 응지상소 및 장령 조극선의 상소.
40) 『同書』 卷20, 9년 정월 임자, 2월 정해.
41) 『同書』 卷20, 9년 정월 임자.
42) 『同書』 卷19, 8년 8월 갑오.
43) 『同書』 卷19, 8년 10월 임오.
44) 『同書』 卷19, 8년 10월 무자.
45) 『同書』 卷19, 8년 9월 경신, 10월 을해.
46) 『同書』 卷19, 8년 9월 갑자, 10월 무자.
47) 『同書』 卷20, 9년 7월 정미, 신유.

한 송시열은 "재위 10년에 힘써 다스렸으나 치효가 없으니 그 이유가 무엇인지 모르겠다"며[48] 효종 재위 10여년 간의 정치를 조심스럽게 비판하였는데, 이는 양송이 자신들의 방식을 효종에게 강하게 심으려는 의도로 보여진다. 이어 북벌에 대한 구체적인 이야기가 많이 오고 갔다고 하나 효종이 史臣에게 기록하지 못하게 함으로써 전해지지 않고 있다. 이러한 과정을 거쳐 송시열은 이조판서에, 송준길은 이조참판에 임명되면서[49] 북벌을 포함한 나라의 운영을 거의 위임받기에 이르렀다. 이에 두 사람은 효종말의 정국을 주재하는 지위에 올랐던 것이다.

북벌과 관련된 논의는 거의 비밀스럽게 이루어졌기 때문에 구체적인 것은 알 수 없다. 다만 후에 송시열이 기록해 놓은 『幄對說話』라든지 문집이나 실록에서 산견되는 것을 통해 그 편린을 알 수 있을 뿐이다. 이를 통해 효종이 세상을 떠나는 10년 5월까지 송준길과 송시열이 주동이 되어 행한 북벌 준비 작업의 요목을 간단히 보면 다음과 같다.

첫째, 군주의 一心이 근본임을 강조하며 마음을 다스리는 도리로서 敬工夫를 강조하였다. 이미 8년 10월부터 경연에서 하고 있던 『心經』 강의에 양송이 적극 참여하여 효종의 급하고도 모난 성정을 교정하는 한편 군주의 도리를 기회가 있을 때마다 강조하였다. 그리고 백성들이 곤궁한 상태에서의 사치는 화합적인 측면에서도 북벌의 추진에 장애 요소로 작용할 수 있기 때문에 사치의 해를 天災보다 더 심하다고 하며 사치를 금할 것을 주장하였다.[50] 북벌이라는 대사업에 앞서 군주가 사욕을 버리고 진실로 북벌에만 전념하는 것을 일차적 선결과제로 삼았던 것이다.

둘째, 安民을 위한 제반 시책의 강구였다. 당시 백성들은 효종의 무리한 군비확충책으로 말미암아 상당히 곤핍한 상태였기 때문에 이 문제를 해결하지 않고서는 북벌은커녕 나라의 안정조차 위협받을 지경이었던 것이다. 양

---

48) 『同書』 卷20, 9년 9월 을미.

49) 『同書』 卷20, 9년 9월 임자 및 10월 임신. 송시열은 이조판서에 久任하였으나 송준길은 후에 찬선·대사헌·병조판서·우참찬 등의 관직을 두루 거쳤다.

50) 『孝宗實錄』 卷21, 10년 3월 임인.

송의 주장에 영향을 받아 효종도 전과는 달리 구휼에 적극성을 보이기 시작하였다.[51)]

셋째, 군병을 확보하기 위한 방책이다. 豪勢家에 투탁한 良民을 군병으로 확보할 것을 건의하면서 이의 실효를 위해 대군・부마가에서 솔선할 것을 촉구하였으며,[52)] 군비의 확충을 위해 납속책의 적극적 활용을 건의하였다.[53)] 나아가 송시열은 養兵과 養民을 병행할 수 있는 방법으로 '保伍法'을 제기하기도 하였다.[54)]

넷째, 인재의 수용을 위해 노력하였다. 먼저 유계의 등용을 적극 촉구하여 兵曹參知에 임명케 하였으며,[55)] 나아가 비국당상에 차임시켜 대소 공사를 유계로 하여금 專管케 하였다.[56)] 산림으로는 동문인 이유태・윤선거를 위시하여 문하생인 이상・송기후, 남인인 권시・허목・정도응 등이 징소되기도 하였다. 또한 '用人之規'를 변통하여 자격과 연한에 구애없이 擬望을 가능케 하자고 주장하였다.[57)]

위와 같은 북벌을 위한 일련의 시책 추진도 10년 5월 효종의 급작스런 죽음으로 더 이상 추진되지 못하였다.[58)] 그러나 군주로부터 전권을 위임받았다는 것은 이후 양송의 권위를 더욱 높여주는 요인으로 작용하였다. 그들은 북벌의 정당성을 이념적으로 뒷받침해주었을 뿐만 아니라 나아가 이의 실현을 위해 노력하였다. 북벌의 방법론을 두고 효종과 일치하지 않는 점도 있었지만, 결국은 양송이 제시했던 의견을 효종이 적극 수용하지 않을 수 없었던 점을 통해 그들의 위상을 엿볼 수 있다.

---

51) 『同書』 卷21, 10년 정월 정유・계축. 同 2월 갑자. 同 3월 갑인.
52) 『同書』 卷20, 9년 10월 기축.
53) 『同書』 卷20, 9년 11월 병오.
54) 『宋書拾遺』 卷7, 雜著, 幄對說話.
55) 『孝宗實錄』 卷20, 9년 9월 계묘. 『同書』 21, 10년 정월 경자.
56) 『同書』 卷21, 10년 2월 갑자.
57) 『同書』 卷20, 9년 10월 기묘 및 12월 기묘.
58) 이 때문에 송시열은 후에 少論으로부터 '刑家修己' 네 글자로 책임을 면하였다는 비판을 받기도 하였다.(『黨議通略』 肅宗朝, 司果 李世德 原情文)

2) 현종대 정국의 주도

현종대의 주된 정치세력은 서인과 남인이었다. 이 두 세력의 갈등 관계를 중심으로 볼 때 현종대 15년의 정국은 크게 7년을 경계로 전반기와 후반기로 나눌 수 있다. 현종 즉위년 제 1차 예송에서 서・남인간의 치열한 논쟁이 서인의 승리로 귀착되면서 남인은 중앙 정계에서 몰려났고, 서인의 독주체제가 전반기 동안 지속되었다. 그러다가 7년 이후가 되면 남인이 현종의 비호하에 중앙정계에 발판을 마련함으로써, 미약하나마 남인이 서인에 맞설 수 있게 되었다. 전반기는 서인이 독주한 시기라 할 수 있고, 후반기는 남인의 성장으로 서인이 우세를 유지한 가운데 서로 대립한 시기로 볼 수 있다.

그런데 현종대 정국에서는 서・남인의 갈등 외에 서인 내부의 갈등이 심각하게 전개되어 한층 복잡한 양상을 보인 것이 특징이다. 서인의 주류로서 峻論으로 표현된 계열은 송시열을 儒宗으로 추앙하며 모여있었기에 송시열계라 할 수 있고, 이에 대비된 비주류로서 緩論이라 표현된 일군의 인물들은 비송시열계라 하겠다.[59] 당시 송시열계는 서인의 주류로서 중앙관서 곳곳에 세력을 폭넓게 포진시키고 있었다. 비송시열계는 金佐明・徐必遠 그리고 이들을 동정하는 중도적인 인물로 구성되었는데, 그 세력은 송시열계에 비해 미약하였다. 그러나 그들은 송시열계의 세력 비대에 불만을 가지고 있던 현종을 등에 업고 정국에 파란을 일으키기도 하였으며, 때로는 남인과의 연계를 통해 송시열계의 독주를 견제하려 하였다.[60]

따라서 송시열계 서인들은 남인들의 도전과 비송시열계의 견제를 받았다. 그러나 전반적으로 볼 때 송시열계가 두 방향에서 들어오는 견제에 적절히

59) 『顯宗實錄』 卷9, 5년 윤6월 임신. 당시 완론으로 지목된 대표적인 이는 김좌명과 서필원을 위시하여 李慶徽・尹衡聖・柳尙運・趙遠期・朴增輝・吳始壽・尹深 등이었다.

60) 하지만 김좌명과 서필원이 사망하는 현종 12년 이후가 되면 비송시열계는 구심점을 잃어버리고 송시열계에 흡수되어 버렸다.

대응하면서 주도권을 행사하였다고 할 수 있다. 당시 정국에서 가장 영향력이 있던 인물은 역시 송시열과 송준길이었다. 양송은 제 1차 예송에서 남인들의 논거를 나름대로 조리있게 반박함으로써 서인 사류들의 명실상부한 종장으로서의 면모를 또 다시 과시하였다.

효종이 사망하고 현종이 즉위하자 인조의 계비이자 효종의 계모인 慈懿大妃 趙氏가 아들인 효종을 위해 어떤 상복을 입어야 할 것인가 하는 점이 조야의 논란거리로 부각하게 되었다. 효종이 인조의 장자로서 왕위에 오른 것이 아니라 차자로서 왕위에 올랐으며, 더구나 인조의 장자였던 소현세자가 아들까지 둔 장성한 상태에서 죽었기 때문에 문제는 더욱 복잡하였다. 그런데 예서에는 이 경우를 명확히 해 줄 명문이 없었을 뿐 아니라 우리나라나 중국에도 같은 경우의 예가 없었다는 데 문제의 심각성이 있었다. 결국 학문적으로 당대를 대표할 수 있는 산림의 의견이 중시될 수밖에 없었고, 그들의 주장에 따라 예론이 결정될 수밖에 없는 상황이었다.[61)]

이 때 제기된 복제는 크게 보면 期年服과 三年服으로 나누어지는데, 좀 더 자세하게 들여다보면 그 사이에도 약간의 차이가 있었다. 먼저 기년복을 주장한 서인의 경우 대신들인 鄭太和・沈之源・李景奭・李時白・鄭維城 등은 장・차자를 막론하고 아들의 상에는 기년복을 입는다는 國制에 근거한 기년복을 주장하였으며, 송준길・송시열・이유태 등 서인 산림들은 國制에 의거한 기년복을 따른다고 하면서도 古禮의 '四種之說'에 따라 효종을 차자로 규정한 기년복을 주장하였다. 한편 남인들은 대체로 삼년설을 주장하였지만 산림 윤휴는 王家의 경우 장・차자의 여부보다는 승통을 중

61) 예송에 대한 논고로는 다음의 논문들이 주목된다.
黃元九,「己亥服制論案始末」『延世論叢』2, 1963.
柳正東,「禮論의 諸學派와 그 論爭」『韓國哲學硏究』中, 東明社, 1977.
池斗煥,「朝鮮後期 禮訟 硏究」『釜大史學』11, 1987.
鄭玉子,「17세기 思想界의 再編과 禮論」『韓國文化』10, 1989.
李迎春,「第一次禮訟과 尹善道의 禮論」『淸溪史學』6, 1989.
______,「服制禮訟과 政局變動 －第二次禮訟을 中心으로－」『國史館論叢』22, 1991.

시하여야 한다는 입장에서 斬衰三年服을, 산림 허목은 次長子說에 입각하여 齊衰三年服을 각각 주장하였다.

조대비의 복제는 일단 여러 대신들과 양송의 의견에 따라 國制에 의거한 기년복으로 되었다.[62] 그러나 현종 원년 3월에 올려진 남인 허목의 복제 상소를 시작으로 서・남인 산림간에 팽팽한 예논쟁이 벌어지게 되었다. 이는 자연히 각 붕당의 당론으로 연결되었고, 산림은 자당을 대표하는 존재로서 이 논쟁에 참여하였다. 허목은 제 1차 복제 상소에서 효종이 인조의 第二長子로 왕통을 계승하였음을 강조하는 한편, '體而不正'조에 나오는 庶子는 衆子가 아니라 妾子를 가리키는 것이므로 효종은 여기에 해당되지 않는다고 하였다.[63] 따라서 대왕대비는 마땅히 齊衰三年服을 입을 의리가 있다고 하며 시정을 촉구하였다. 윤휴는 위의 허목의 설이 대체로 정당하지만 다만 허목이 근거하고 있는 賈公彦의 註疏는 사대부의 예이지 왕가의 예가 아니라고 하며, 왕가는 승통을 중시하여야 하는 것이지 長少나 嫡庶 등으로 논할 바가 아니라는 점을 강조하였다.[64] 결국 승통한 왕의 경우는 지존의 존재이기 때문에 親服이 아니라 至尊服이 마땅하니 삼년복이라도 斬衰三年服이라고 하였다.

이 때 송준길과 송시열이 다른 대신들과 마찬가지로 이번의 복제가 國制에 의거한 것이었다고만 했다면 더 이상 논쟁이 확대되지는 않을 수도 있었다. 그러나 당시 두 사람은 기호학계를 주도하면서 당대 학문의 최고봉으로 추앙을 받고 있었기 때문에 허목의 도전을 받은 이상 이를 묵과할 수 없는 입장이었다. 허목의 도전을 회피할 경우 그들의 학문상의 위상에 큰 흠을 남기는 것일 뿐 아니라, 무엇보다도 복제 논의가 왕실의 일이었기에 자칫하면 서인 전체가 큰 화를 당할 수도 있었기 때문이었다. 이에 두 사람은 남인의 도전에 맞서 싸워야하는 책임으로 허목의 주장에 대해 조목조목 반박하

---

62) 『顯宗實錄』 卷1, 즉위년 5월 을축.
63) 『同書』 卷2, 원년 3월 신미. 『記言』 64, 拾遺, 追正喪服失禮疏.
64) 『顯宗實錄』 卷2, 원년 5월 을묘조에 실려 있는 윤휴가 허목에게 보낸 편지.

지 않을 수 없었다. 복제 논의에 있어서 양송은 거의 같은 견해를 가지고 있었다.

송준길은 당시 결정한 기년복제는 古禮가 아니라 國制에 의거한 것임을 전제하면서도 허목의 주장에 대해서 반박하였다. 즉 '體而不正'조에 나오는 庶子는 허목의 주장과 같이 妾子가 아니라 衆子를 가리키는 것으로 보아야 한다고 하였다. 만약 그렇지 않다면 아버지가 된 자는 여러 아들이 죽을 때마다 삼년복을 입어야하는 무리가 따른다고 하였다. 그리고 승통을 중시한 윤휴의 설에 대해서도 正體·非正體를 가리지 않고 모두 삼년복을 입는 것은 아니라며 반박하였다.[65] 송준길은 허목의 상소를 읽고 질문하는 현종에게도 허목의 주장이 자신 및 송시열의 주장과 정면으로 다름을 재천명하는 한편,[66] 인조가 소현세자의 상에 실제로는 삼년복을 입었어야 했으나 그렇게 하지 않고 기년복을 입었다고 하는 등[67] 점차 예논쟁에 깊숙이 빠져들었다.

송시열도 허목의 주장 중 핵심이 되는 것을 "長子死立第二長者亦名長子而服斬也"와 "立庶子爲後不得爲三年妾子故也" 두 가지라고 전제한 다음, 전자의 경우는 장자가 미성으로 죽었을 때에 해당되는 것이라 하였다. 그리고 후자의 경우, '妾子故' 三字는 허목 자신의 설이지 疏說이 아니며, 이 경우 庶子는 妾子가 아니라 衆子를 가리키는 것으로 보아야 한다는 것이다. 즉 '庶'字가 賤稱이 아니고 '衆'字의 뜻이니 효종을 仁祖의 庶子라고 해서 효종에게 해로울 것이 없다는 것이었다.[68]

이와 같이 남인 산림의 도전에 맞서 송준길과 송시열은 삼년복의 부당성을 주장하면서 기년복의 타당성을 학문적으로 입증하려 하였다. 그 후 대부분 대신들이 복제가 國制에 따른 것임을 재삼 주장함으로써 드디어 기년복으로 확정되어 서인의 승리로 마무리되었다.[69] 이로 인해 양송의 권위는 더

---

65) 『同書』 卷2, 원년 3월 병자.
66) 『同書』 卷2, 원년 4월 병술.
67) 『同書』 卷2, 원년 4월 갑오.
68) 同上.

욱 높아지게 되었다. 그들은 서인의 중심에 위치해 있으면서 정국을 주재하는 위치에 서게 되었다. 효종 말년의 위임 통치의 경력에다가 현종 초년 예송에서의 승리는 그들을 명실상부한 서인 사류의 종장으로서의 자리를 확고하게 해주었다. 이후 그들은 막후에서 정국을 조정하는 역할을 담당하였으며, 다급할 때는 정면에 나서서 상대당을 공격하는 일을 담당하기도 하였다.

양송의 영향력과 위세는 관료들의 인사에서 잘 나타나 있다. 이조판서에 임명된 송준길은 이유태가 노모를 위해 관직을 계속 사양하고 나오지 않자, 그를 조정에 머물게 하려고 종7품 直長인 이유태의 형을 6품으로 올려 경기도내 수령으로 임명케 하였다.[70] 그리고 송준길이 강원도관찰사 朴長遠을 예조참판으로 품계를 올려 임명했다가 다시 강원도관찰사를 잉임케 함으로서 결국 그의 품계만을 올려준 일이 있었는데, 대신들도 여기에 대해 감히 이견을 말하지 못하는 상황이었다는 것을 통해[71] 그의 위세를 짐작할 수 있다.

인사권을 가진 관직에 있을 때는 물론이고, 그런 자리에 있지 않을 때도 뒤에서 관료의 인사에 영향력을 행사하였다. 송준길이 權諰와 尹宣擧의 징소를 청하려는 승지 金壽恒을 움직여 李翔까지 함께 징소하도록 청하게 한 것은[72] 그 예이다. 송준길이 元子輔養官에 임명된 김좌명을 외척이라는 이유로 탈락시킨 것이나,[73] 김익훈을 탄핵한 지평 愼景尹을[74] 송시열계가 더 이상 淸望에 들지 못하게 하였을 뿐 아니라 나중에는 비인현감으로 좌천시킨 것도 그 예이다.[75]

---

69)『同書』卷2, 원년 5월 정사. 이렇게 조대비의 복제는 國制에 근거하여 기년복으로 되었으나, 이 때 효종이 장자인가 차자인가는 분명히 해두지 않았다. 그런데 남인은 물론 서인 중의 상당수 인물들은 이 복제가 송준길·송시열의 주장 즉 효종을 차자로 인정한 데 의거한 기년복으로 인식하고 있었다. 이 착각은 15년 뒤에 다시 예송이 일어나는 계기가 되었다.

70)『同書』卷1, 즉위년 12월 경인.

71) 同上.

72)『同書』卷1, 즉위년 6월 병신·무술.

73)『同書』卷11, 7년 1월 갑신.

74)『同書』卷14, 8년 7월 을축. 이 때 김익훈은 역적 李馨長의 첩과 재물을 취한 것으로 탄핵받았다.

현종 11년경부터 양송은 남인 공격에 직접 나섰다. 남인이 비송시열계와 연대하여 송시열계를 압박해왔기 때문이다. 양송의 전위 역할을 했던 전라감사 金澄이 김좌명의 아들 김석주의 탄핵으로 파직되는 일이 일어났을 때,[76] 송준길은 그를 구원하다가 허적의 공격을 받았다.[77] 더구나 현종 12년 허적은 영의정에 올랐으며,[78] 김좌명과 서필원의 연이은 사망으로 인해[79] 현종으로부터 신임을 더욱 오로지하게 되었다. 이에 위협을 느낀 송시열계는 허적에 대한 대대적인 공격에 나서게 되었다. 이번에는 양송이 직접 나서야 할 정도로 상황이 긴박하였다. 먼저 정언 윤계가 대간의 위치는 날로 가벼워지고 대신의 권한은 날로 중해진다며 영의정 허적을 겨냥한 공격의 포문을 열었다.[80] 이어 우의정에 임명되었으나 출사하지 않고 있던 송시열은 주자가 정승에 대해 논한 말에 빗대어 허적을 비평하였다.[81] 여기에 부응하여 헌납 尹敬教는 영의정 허적의 독단으로 나라의 일이 무너진다면서 적극 매도하였다.[82] 송준길은 허적을 당나라의 간신 盧杞에 비유하여 맹비난하면서 공격에 가세하였다.[83] 현종이 송준길의 처사를 '護黨伐異'로 간주한 가운데,[84] 남인 지평 오정창이 송준길을 비난하면서[85] 사건은 더욱 커졌다. 이 때 송준길에 대한 옹호와 오정창에 대한 처벌의 요구에는 전체 서인이 동원되다시피 하였고, 특히 오정창에 대한 처벌은 양사 관원들이 반년 동안 주장하였을 정도였다.[86]

---

75) 『同書』 卷15, 9년 7월 임자.
76) 『顯宗實錄』 卷18, 11년 2월 신미.
77) 『同書』 卷18, 11년 3월 임술, 임신.
78) 『同書』 卷19, 12년 5월 계해.
79) 『同書』 卷19, 12년 3월 기미, 6월 계사.
80) 『同書』 卷19, 12년 6월 무술.
81) 『同書』 卷20, 12년 11월 정축. 『宋子大全』 卷14, 辭右議政三疏.
82) 『顯宗實錄』 卷20, 12년 12월 임오.
83) 『同書』 卷20, 12년 4월 임진.
84) 『同書』 卷20, 13년 4월 임진.
85) 『同書』 卷20, 13년 4월 임인.
86) 『同書』 卷20, 13년 5월 경술.

당시 송시열계의 독주에 대해 불만이 있던 현종은 양송을 견제하기 시작하였다. 양송의 주변 인물로서 송준길을 옹호한 李翔을 삭탈관작에 처하였고,[87] 대사성 李敏迪을 파직시키는 조치를 취하였다.[88] 나아가 송시열의 상소에 비답을 내리지 않았는가 하면,[89] 송준길의 위중함을 알려도 묵연히 있는[90] 등 불편한 심기를 노골적으로 드러내기도 하였다. 현종과의 소원한 분위기에서 송시열은 좌의정에서 물러났으며,[91] 얼마 뒤인 현종 13년 12월 송준길은 사망하였다.[92]

이상에서 살펴본 바와 같이 송준길은 서인의 중심 인물로서 정국을 주도하는 위치에 있었다. 말년에 현종으로부터 받은 견제는 그만큼 서인의 세력이 강고하였고, 그의 지위가 서인 내에서 확고하였음을 반증해주는 것이다.

4. 국정운영론

1) 崇明反淸論

인조반정의 이대 명분중의 하나였던 '崇明排金'의 외교노선은 결국 두 차례에 걸친 후금(청)의 침략을 야기하였다. 특히 병자호란으로 말미암은 삼전도의 굴욕은 왕실의 불행임은 물론이거니와 당시 사대부들의 자존심을 짓밟은 것이었다. 이에 많은 관료들이 관계를 떠났으며, 일반 사족들도 관계에의 진출을 꺼리면서 향촌에 은둔하기에 이르렀다.

당시 숭명반청의 분위기를 대변하면서 이를 국정 운영의 논리로 이끌어

87) 『同書』 卷20, 13년 5월 병진, 갑자.
88) 『同書』 卷20, 13년 6월 계묘, 7월 신해, 윤7월 계미.
89) 『同書』 卷20, 13년 6월 계미, 7월 계해.
90) 『同書』 卷20, 13년 7월 을사.
91) 『同書』 卷20, 13년 10월 임자.
92) 『同書』 卷20, 13년 12월 병오.

나가던 인물이 바로 산림이었고, 그 중심에 송준길이 있었다. 그는 병자호란으로 의기가 저상된 사류들에게 지향할 삶의 방향과 명분을 제시해 주었던 것이다. 특히 효종대 북벌 정책에 지대한 영향을 끼쳤다. 송준길은 송시열과 많은 점에서 인식을 공유하였다고 판단된다. 병자호란 후 송시열은 우리나라로서는 병자호란의 치욕 밖에 없으니 雪恥의 의리만이 있고 復讐의 의리는 없다고 생각하였고, 그리고 중국으로서도 大明이 流賊에게 망하였지 오랑캐에게 망한 것이 아니니 역시 복수의 의리는 없다고 볼 수도 있다고 하였다.[93] 그러나 '雪恥之事'를 위주로 하다보면 복수가 역시 그 속에 들어있게 되며 또한 중국의 땅을 빼앗고 중국민을 左衽하고 더구나 弘光皇帝가 오랑캐에게 被戮된 이상 원수가 아니고 무엇이겠는가라고[94] 하면서 송준길과 더불어 대명을 위한 복수의 의리를 중시하였다.[95]

이렇게 송준길의 의식 속에는 주자성리학자로서의 중국을 중심으로 하는 중화사상이 기본으로 깔려있었다. 명나라는 중국의 정통 왕조로서 신봉의 대상이 되었고, 더구나 임진왜란을 극복케 한 '再造之恩'의 나라로 깊이 각인되어 있었기 때문에 명나라를 숭상하는 것은 그에게는 자연스런 인식이었다.[96] 그리하여 제주도를 거점으로 하여 명나라 왕실의 후손과 만날 수 있는 수로를 개설하고, 이어 문안사를 보내어 연락체계를 갖춤과 동시에 중국의 사정을 탐지케하는 데 활용하자는 제안으로 발전하였다.[97]

숭명사상은 자연스럽게 명을 멸망에 이르게 한 청나라에 대해서는 적개심을 심어줌으로써 반청론으로 연결되었다. 그가 국정운영 과정에서 제기한 반청의 예는 여러 곳에서 확인할 수 있다. 먼저 병자호란시에 순절한 이들

---

93) 『宋門記述』 下(『稗林』 所收), 崔愼項.

94) 同上.

95) 『宋門記述續錄』 下(『稗林』 所收), 尹鳳九, 「江上問答」. "鳳九曰 聞淸愼春(淸陰 金尙憲, 愼獨齋 金集, 同春堂 宋浚吉을 가리킴 … 筆者註)諸先生 皆以大明復讐爲大義"

96) 『孝宗實錄』 卷19, 8년 10월 갑오.

97) 『孝宗實錄』 卷19, 8년 10월 갑오. 『同春堂集』 卷2, 貼黃箚(정유, 효종 8년 겨울).

을 위한 포상과 장려에 많은 관심을 가졌다. 국난 극복에 대한 단순한 포장책으로 제시한 것이 아니라 청의 침략에 대항하였다는 점을 크게 부각시킨 것이다. 그는 이미 인조 19년 36세 때 병자호란시 강화도에서 순절한 이시직을 모시는 충절사 건립을 창의한 바 있었다.[98] 그리고 효종대 조정에 출사해서는 앞의 이시직을 위시하여 심현·송시영의 증직을 성사시켰다.[99] 그리고 척화를 주장하였던 정온에 대한 시호 하사와[100] 강화도에서 사절한 윤전과 김수남에 대한 포상과 추증을 성사시켰다.[101]

그리고 그의 반청 인식은 송시열에게 보낸 편지에서 병자호란의 결과물인 치욕적인 삼전도 비문의 작성자였던 이경석이 인조의 행장을 찬술한 사실을 매우 못마땅하게 지적한 데서도 확인된다.[102] 이는 후일 송시열이 이경석을 비난한 데서도 드러나듯이 양송의 반청 감정의 일단을 드러낸 것이었다.

나아가 효종 즉위년 조정에 들어와서는 김자점의 찬출을 청하는 상소를 올리는 과단성을 보였다. 당시 청을 등에 업고 권세를 누리던 김자점과 그와 결탁된 이시만·신면·이지항·이해창 등 친청세력들을 조정에서 몰아내기 위해 노력하였던 것이다.[103] 그리하여 김자점과 그 일당들을 일시 조정에서 축출하는 데 성공하기도 하였다.

2) 先養民後養兵論

병자호란의 치욕을 씻기 위한 움직임은 북벌정책으로 나타났다. 문제는 북벌의 방법이었다. 효종은 단기간에 가시적인 효과를 노리면서 양병을 우

---

98) 『同春堂年譜』 인조 19년조.
99) 『孝宗實錄』 卷2, 즉위년 11월 신유. 『同書』 2, 즉위년 11월 계해.
100) 『同書』 卷19, 8년 10월 을해.
101) 『同書』 卷19, 8년 12월 임신.
102) 『同春堂年譜』, 효종 즉위년 6월조.
103) 『孝宗實錄』 卷1, 즉위년 6월 경술. 『同書』 卷2, 즉위년 9월 기사.

선시하는 정책을 추진하였다. 이에 비해 송준길은 양민에 기초하지 않은 양병의 허망함을 직시하고 있었기 때문에 양병에 앞서 양민을 우선시하는 주장을 폈다.

송준길에 있어 양병과 양민은 선택의 문제가 아니라 선후의 문제였다고 볼 수 있다. 그는 외침을 막으려면 먼저 내정을 닦아야 하고, 군병을 다스리려면 먼저 백성을 길러야 함을 누차 강조하였다.[104] 그도 결코 무예의 강마 자체를 부정한 것은 아니어서, 兵事를 다스리고 백성을 편안하게 하는 일은 당연히 병행해야 한다고 보았다.[105] 군사를 기르는 것도 儒者가 마땅히 해야 될 일로 인식하고 있었다.[106] 다만 안민을 못하고 능히 치병한 자가 없었다는[107] 관점에서 백성이 근본이고 講武는 말이라는 점을[108] 강조한 것이다.

그러한 원칙은 당시의 국내 현실 즉 잦은 흉년으로 기민이 발생하고 향촌사회가 동요하는 현실을 고려했을 때 더욱 설득력을 가졌다. 안으로는 국정을 닦고 밖으로는 외적을 물리치는 것이 당연히 힘써야 할 일이었지만, 지금의 급선무는 굶주리고 있는 백성을 구해 살리는 것이라는 것이 그의 판단이었다.[109] 양민을 위한 그의 구상은 단기적으로는 기민에 대한 진휼과 부담의 경감으로 요약된다. 장기적으로는 근본적으로 구조를 변통시키는 제도적인 개혁의 추진이었다. 여기에는 늘 사사로운 축재에 관심이 많던 왕실의 내수사를 위시하여 왕자·공주가가 포함되어 있었다. 이러한 그의 구상은 개혁 성향의 서인 지도자 대부분의 생각과도 일치하는 것이었다.

먼저 진휼과 관련된 것이다. 그는 진휼 정책은 마치 불을 끄고 물에 빠진 사람을 구하는 것처럼 신속히 시행해야 함을 강조하였다.[110] 진휼의 계책을

---

104) 『同書』 卷20, 9년 2월 정해. 『同春堂集』 卷2, 辭賜米乞解職兼申榻前陳戒之意疏(무술, 효종 9년 3월).
105) 『同書』 卷19, 8년 8월 갑오.
106) 『同春堂集』 卷13, 答閔持叔維重(기유, 현종 10년).
107) 『同春堂年譜』 효종 8년 10월 무술조.
108) 『孝宗實錄』 卷19, 8년 8월 갑오.
109) 『同書』 卷20, 9년 9월 을미.

몇가지로 나누어 개진한 바 있는데, 평상시 세금과 환곡의 환수액을 반으로 줄일 것, 진휼 성과에 따라 수령을 상벌할 것, 당장 다급하지 않은 비용을 줄여 진휼에 보탤 것 등을 주문하였다. 나아가 장기적 개혁안으로는 면세전을 모두 폐지하여 세금을 거둘 것, 어염선세를 모두 국가의 수입으로 확보할 것 등을 제시하였다.[111] 심지어 효종이 심혈을 기울인 營將制도 백성의 원성이 되고 있다는 점에서 폐지할 것을 주장하였다가[112] 한 걸음 물러나 영장을 잠시 소환하여 그 곡식으로 굶주린 백성을 구제할 것을 주장하였다.[113]

다음 부세제도의 변통을 주장하였다. 백성들로부터 편리한 것으로 호평을 받고 있던 대동법의 확대 실시를 주장하였다.[114] 그리고 대동미의 감액을 주장하여 호서의 대동미가 2만섬이 감해진 경우도 있었고,[115] 호남의 대동미도 1결당 13두가 아니라 10두로 감해야 함을 주장하였다.[116] 그는 당시 백성의 고통 중 가장 큰 것을 군포와 환곡으로 파악하였다. 특히 군포와 관련하여 언급한 부분이 많았다. 군포의 경우 과다한 징수액의 경감과 징수과정에서의 폐단 근절이 주 내용이었다. 즉 징수하지 못한 군포를 어린애, 사망자, 친족, 이웃에게 떠넘겨 악순환을 부르는 이른 바 황구첨정, 백골징포, 족징, 인징의 폐단을 시정할 것을 자주 건의하였다.[117] 그들에게 군포 징수를 면제한 대신 그 부족분을 내수사의 자금이나 내탕금의 출연으로 대

---

110) 『同書』 卷20, 9년 9월 을미・계묘.
111) 『顯宗實錄』 卷3, 원년 9월 신사.
112) 『孝宗實錄』 卷19, 8년 10월 무술.
113) 『同書』 卷20, 9년 9월 계묘.
114) 『孝宗實錄』 卷2, 즉위년 11월 신미. 『同春堂集』 卷12, 答金文叔弘郁(임진, 효종 3년). 『同春堂年譜』 효종 8년 10월 무술조. 『同春堂年譜』 현종 즉위년 10월 신묘조.
115) 『孝宗實錄』 卷19, 8년 9월 경신.
116) 『同春堂年譜』 현종 즉위년 10월 신묘조.
117) 『孝宗實錄』 卷2, 즉위년 11월 신미. 『同春堂年譜』 효종 8년 10월 무술조. 『顯宗實錄』 卷1, 즉위년 10월 임인. 『顯宗實錄』 卷11, 6년 11월 신해. 『同春堂集』 卷6, 應求言別論仍乞解職疏(을사 11월).

신할 것을 단기적 대안으로 제시하였다.[118] 그리고 군포 징수의 불공평과 불균등에 개입되어 있는 서리의 농간도 경계의 대상으로 지적하였다.[119]

위와 같은 양민을 위한 여러 시책을 건의할 때에는 항상 왕실의 사사로운 재산 축적을 문제점으로 거론하였다. 백성들로부터 원성의 대상이 되던 연해지역의 궁방 소유의 어장과 염전 문제,[120] 내수사와 궁방의 농장에 피역을 노리고 양민들이 대거 투탁한 문제,[121] 궁노의 횡포,[122] 공주의 집을 조정에서 지어준 점과 공주가가 너무 크고 사치스러운 점[123] 등을 수차에 걸쳐 지적하였다. 궁가의 부당한 축재와 과도한 사치의 폐단에 대해 다음과 같은 준엄한 직언도 서슴치 않았다.

> 근래 여러 궁가가 조세를 함부로 거둬들여 원한을 맺는 폐단이 이루 말할 수 없이 많습니다. 전하께서는 심히 단속하시더라도 오히려 혁파하기 어려울 것으로 생각되는데, 도리어 때때로 도와서 그들의 욕망을 이루게 하셨습니다. 전하께서는 왕자나 부마로서 얼어죽거나 굶어죽은 자가 있는 것을 보신 적이 있습니까. 더구나 그들의 거처에 모든 도구들이 지나치게 사치스럽고 화려하기 때문에 친하게 출입하는 사람들도 모두 한심하게 여기며 서로 말하기를 "大福을 받은 사람이 아니고서는 끝까지 잘 누리기를 바라기 어려울 것이다"라고 하니, 이것이 어찌 여러 궁가가 복록을 영원히 보존하는 길이겠습니까.[124]

해결책으로는 내수사의 왕실용 사재와 여기에 사노로 투탁한 자를 공공

118)『顯宗實錄』卷1, 즉위년 10월 임인.『顯宗實錄』卷11, 6년 11월 신해.『同春堂集』卷6, 應求言別諭仍乞解職疏(을사 11월).

119)『孝宗實錄』卷2, 즉위년 11월 신미.

120) 同上.

121) 同上.

122) 同上.

123)『孝宗實錄』卷20, 9년 2월 정해.『同書』卷20, 9년 9월 을미. 이러한 송준길의 지적에 효종은 다시는 짓지 않겠다고 약속하기도 하였다.(『同書』卷20, 9년 9월 계묘)

124)『同春堂集』卷5, 辭憲職兼論君德疏(갑진(현종 5년) 11월).

으로 돌릴 것,[125] 내수사 소속 노비의 부역 면제로 말미암은 평민 부담의 가중 문제 개선[126] 등을 주장하였다. 그리고 각 궁방에 산과 바다를 떼어줌으로써 발생하는 폐단을 근본적으로 해결하기 위해서 차라리 일정 토지를 지급하는 職田制로 복구하는 안을 제기하여 긍정적인 반응을 이끌어내기도 하였다.[127]

3) 賢臣委任論

송준길이 이상적으로 생각한 정치 형태는 군주가 현신에게 모든 정치를 위임하는 체제였다. 효종대에 송준길과 송시열에 의해 현신위임론이 자주 효종 앞에서 거론이 되는 등 논의가 이루어졌다.

"시종이 아니면 얼굴 아는 것도 어렵거늘 어찌 그 사람의 어질고 어질지 않음을 알겠는가"라는 효종의 물음에 대한 답변에서 송준길은 자신이 이상적으로 여기는 정치체제의 편린을 내비치었다. 그는 옛날에도 군주가 어찌 일일이 친히 본 뒤에 사람을 썼겠는가라고 전제하고, 한 사람을 얻어 맡긴즉 가히 어진 사람을 끌어들이고 불초한 사람을 물리칠 수 있다고 하면서 현신위임론을 개진하였던 것이다.[128] 송준길은 수차에 걸쳐 효종에게 "삼대의 일은 말할 것도 없지만 예를 들자면 符堅이 王猛을 발탁하고, 宇文泰가 蘇綽을 발탁하여 의심하지 않고 맡겼습니다."라고 하여 현신을 택해 정사를 위임한 사례를 지적하면서 효종을 유도하였다.[129]

---

125) 『孝宗實錄』 卷2, 즉위년 11월 신미.
126) 『同書』 卷2, 즉위년 11월 신사.
127) 『顯宗實錄』 卷2, 원년 4월 병술・정해. 『同春堂年譜』 현종 원년 4월 병술조. 그러나 이는 현종의 소극적인 태도로 흐지부지되고 시행되지는 않았다.(『顯宗實錄』 卷3, 원년 7월 신미. 『同春堂集』 卷4, 辭憲職仍陳所懷疏(경자, 현종 1년 7월), 『同春堂集』 卷5, 辭憲職兼陳所懷疏(임인, 현종 3년 7월)).
128) 『同春堂年譜』 효종 9년 2월 병술조.
129) 『同春堂集』 卷1, 應旨兼辭執義疏(기축, 효종 즉위년 11월). 『孝宗實錄』

위임론을 개진한 송준길의 인식은 송 신종대 왕안석의 개혁정치에 대한 긍정적 평가에서 잘 드러난다. 왕안석의 개혁 정치와 그를 등용한 신종의 안목에 대해 부정적 시각을 내비친 효종에 대해 그는 제한적 차원이나마 긍정론을 피력하였다.[130] 즉 왕안석이 기량이 좁고 학술도 엉성하였으며, 나아가 당시 노성한 대신들이 자기의 뜻을 따르지 않는 데 대한 불만으로 소인들과 체결함으로써 마침내 자신도 소인으로 낙인찍혔다고 하여 아쉬움을 표시하였다. 그러나 언행에 고상한 점이 있었고, 체제를 변통하여 공을 이루어 삼대의 지치를 만회하려는 의지가 있었다고 보았다. 그리고 신하에게 정치를 위임한 신종의 통치 방식 자체는 바람직한 선택이었음을 강조하였다. 이어 王猛에게 정치를 위임한 前秦의 符堅과 蘇綽에게 위임한 北周의 宇文泰의 경우는 성공작이었음을 부연하는 것도 잊지 않았다.

그리하여 앞장에서 이미 살펴본 바 있듯이 효종조 말에는 송시열에게 북벌을 포함한 정치의 전권이 위임된 바 있었다. 이는 송준길이 이상적으로 생각하였던 정치 형태로 그의 소망과 주장대로 실현된 것이었다.

송준길은 여기에 고무되어 그러한 정치 방식을 현종에게도 권하였다. 그는 현종 2년에 올린 상소에서 효종과 송시열의 관계를 촉나라 유비와 제갈공명에 비하면서 송시열에게 정사를 위임할 것을 우회적으로 표현하였다.[131] 그리고 현종 6년에는 "선왕(효종)께서 송시열에게 일을 위임하고 신으로 하여금 그와 함께 일하게 하고자 하셨으니 운운"[132]하며 효종이 송시열에게 정사를 위임한 사실을 환기시켰다. 현종 9년에는 "선왕께서는 나라를 송시열에게 위임하다시피 하였습니다"라면서 송시열에의 위임을 강조하다가 선뜻 동의하지 않는 현종에게 지체하는 것이 병통이라고 지적할 정도로 강권하였으며,[133] "송시열에게 위임하여 선왕의 정치를 점차 회복할 때

卷20, 9년 9월 을미.

130) 『同書』 卷20, 9년 11월 신축.

131) 『同春堂集』 卷4, 請留判中樞宋時烈箚(신축(현종 2년) 5월).

132) 『顯宗實錄』 卷10, 6년 7월 임진.

133) 『同書』 卷15, 9년 11월 기해.

가 지금"이라며[134] 현종의 결단을 재차 촉구하기도 하였다.

현신에게 국정운영의 전권을 위임하는 위임통치론은 송준길의 일관된 주장이었으나 현종대에는 실현되지 못하였다. 그의 주장은 군주의 독주를 견제하려는 신권 중심의 발상이었다고 할 수 있는데, 우세를 유지한 집권당의 처지에서 제기될 수 있는 성질의 것이었다.

5. 맺음말

송준길은 효종조와 현종조에 걸쳐 활약한 산림이었다. 산림으로서의 그의 정치적 활동과 국정운영론을 살펴보는 것이 본 연구의 의도였다. 이상에서 살펴본 내용을 요약하여 맺음말로 삼고자 한다.

산림으로서의 활동은 교육 활동과 정치 활동으로 나누어 살폈다. 먼저 교육 활동으로 향촌에서 약 200여명에 달하는 많은 문인을 양성한 사적인 교육 활동을 지적할 수 있었다. 중앙정계에 진출하여서도 주로 교육과 관련된 직임을 가졌는데, 우선 성균관의 祭酒로 오랫동안 재직하면서 유생 교육은 물론이고 교육제도의 전반에 걸친 개선과 교육의 활성화 방안을 모색하였다. 그리고 군주와 세자에 대한 교육에도 능력을 발휘하여 경연・서연에서의 그의 활동은 독보적인 것이었다. 특히 효종 말년의 경연은 조선시대 경연에서 유래가 없는 모범적인 사례였다고 해도 과언이 아닐 정도였는데, 그의 학문 실력과 교육 능력이 십분 발휘된 장이었다고 할 수 있다. 또한 경연이 단순한 교육의 장이 아니라 정치를 논하는 장으로 자연스럽게 연결된 것은 주지의 사실인 만큼 그 비중과 중요성은 더욱 컸다고 할 수 있다.

산림으로서의 정치 활동은 효종대와 현종대로 나누어 정국을 주도한 사실을 밝혔다. 북벌정책이 추진되던 효종대에는 북벌의 정당성을 이론적으

---

134) 『同書』 卷15, 9년 11월 신해.

로 뒷받침하였을 뿐 아니라, 효종 말년에는 전권을 위임받은 송시열과 함께 정국을 주도하였다. 민생 안정과 군병의 확보를 위한 여러 가지 방안과 제도적인 개혁을 모색하였으며, 인재의 등용에도 노력하였다. 현종대에는 제1차 예송에서 남인의 도전을 물리치고 서인의 집권을 고수하는 데 공을 세움으로써 효종조에 이어 계속하여 서인의 주류를 이끄는 정신적 지주로서의 역할을 하였다. 명분과 논리를 제공하면서 정국 운영을 주재하였던 것이다. 그는 때로는 막후에서 정국을 조정하기도 하였고, 때로는 상대세력에 대한 공격에 직접 나서기도 하는 등 서인 사류의 종장으로서의 면모를 과시하였다.

이러한 그의 정치 활동의 저변을 관통하고 있던 국정운영에 대한 논리는 대개 세 가지로 파악하였다. 숭명반청론, 선양민후양병론 그리고 현신위임론이었다. 첫째, 숭명반청론은 병자호란의 굴욕으로 의기가 저상된 사류들에게 지향할 삶의 방향을 제시한 것이었으며, 당시 추진되던 북벌정책의 이론적 기반이기도 하였다. 둘째, 선양민후양병론은 북벌의 방법론으로 제기된 것인데, 처음에는 효종의 생각과 일치하지 않았지만 나중에는 효종에 의해 받아들여졌던 것이었다. 셋째, 현신위임론은 군주의 독주를 견제하려는 입장에서 제기된 것으로, 우세를 유지하는 집권당의 처지에서 제기될 수 있는 성질의 것이었다. 이는 그의 소망대로 효종 말년의 정국에서 실현된 바 있었다.

제5장 동춘당의 서예와 문학

〈초청 강연〉

朝鮮後期의 眞景文化와 兩宋體

최 완 수*

1. 이념적 배경

진경시대라는 것은 조선왕조 후기 문화가 朝鮮 固有色을 한껏 드러내면서 난만한 발전을 이룩하였던 文化絶頂期를 일컫는 文化史的인 時代區分 名稱이다.

그 기간은 숙종(1675～1720)대에서 정조(1777～1800)대에 걸치는 125년간이라 할 수 있는데, 숙종 46년과 경종 4년의 50년 동안은 진경문화의 초창기라 할 수 있고 영조 51년의 재위 기간이 그 절정기이며 정조 24년은 쇠퇴기라 할 수 있다.

진경문화가 이 시대에 이르러 이처럼 난만한 꽃을 피워 낼 수 있었던 것

---

* 간송미술관 학예연구실장.
본 원고는 2002년 한남대충청학연구소가 주관한 제7회 동춘당 학술세미나의 <초청강연>에서 발표된 원고임.

은 그 문화의 뿌리가 되는 朝鮮性理學이라는 고유 이념이 이 시대에 이르러 완벽하게 뿌리를 내렸기 때문이었다.

원래 조선왕조는 朱子性理學을 國是로 천명하여 開國한 나라이었다. 그래서 元 지배시대에 중국으로부터 수용해 들여 아직 선구적인 학자들만이 그 얼개를 짐작하고 있는 생소한 이념인 주자성리학을 이념기반으로 하여 새 왕조의 문화를 창조해 가게 되니, 조선전기 문화 전반에서 중국풍이 만연하는 것은 당연한 일이었다. 중국의 뿌리를 옮겨다 심었으니 당장은 중국 꽃이 그대로 필 수 밖에 다른 도리가 없는 탓이었다.

그러나 우리의 풍토는 중국과 다르다. 그래서 우리는 반만년 동안 중국과 다른 문화를 이루고 가꾸어 왔다. 주자성리학 이념도 그런 우리 문화 풍토 속에 들어와서는 이에 적응해 가면서 변질되지 않을 수 없었는데, 우리 선조들은 역사적으로 늘 그래왔듯이 이 중국 발원의 주자성리학 이념을 완벽하게 이해하고 난 다음 발전적으로 深化시키는 방법으로 변질의 방향을 유도하여 조선성리학이라는 고유이념을 창안해 놓는다. 그 고유이념 창안의 장본인은 栗谷 李珥(1536～1584)인데, 율곡이 조선성리학을 창안해 낼 수 있었던 것은 바로 앞 세대인 退溪 李滉(1501～1570)이 주자성리학을 완벽하게 이해하고 그 이념체계의 요체인 理·氣에 대한 연구를 주자 이상으로 진전시켜 놓았었기 때문이었다.

주자성리학이라는 것은 宇宙의 生成 原理를 不變的 요소인 理와 可變的 요소인 氣의 상호 작용으로 보고, 人性과 物性이 모두 그에 의해 결정되니 扶善抑惡으로 人物의 性情을 다스려야 된다고 하는 儒敎哲學이다. 그런데 주자 단계에서는 이기의 상호작용 시에 불변적 요소인 理 자체도 氣의 작용에 감응하여 변화한다는 理氣二元論을 주장하는 데 그치고 있다. 이런 주자의 理氣二元論을 완벽하게 이해한 것이 退溪이었다. 이에 대해 高峯 奇大升(1527～1572)같은 이는 강력한 의문을 제기하여 이른바 四七理氣論의 불꽃 튀는 왕복토론이 전개되기도 하였다.

그 결과 栗谷은, 일찍이 金剛山으로 出家하여 佛敎 大藏經을 섭렵함으로써 주자성리학의 우주론적 철학체계의 원형인 불교철학을 근본적으로 관통한 실력을 바탕으로 퇴계의 이기이원론을 발전적으로 계승하여, 理氣의 상호작용 시라 할지라도 氣만이 작동하고 理는 氣에 편승할 뿐이라는 氣發理乘說을 주장하여, 만물의 성정이 氣의 변화에 따라 결정된다는 理氣一元論으로 심화시켜 놓는다.

결국 理는 만물이 공통적으로 소유하고 있는 것인데 氣만 대상에 따라 국한됨으로써 만물의 차별상이 나타난다는 주장이니, 이를 理通氣局說이라 한다. 이는 분명 주자가 아직 발명해 내지 못한 심오한 학설이었고 주자성리학이 도달해야 할 궁극의 경지이기도 하였다.

어떻든 성리학의 발원지인 중국에는 없는 이런 고도의 신학설이 성리학의 발전 결과 조선에서 출현하였으니 이를 조선성리학이라 해야 할 것인데, 이 신사상이 장차 조선 고유이념으로 뿌리 내려 그 뿌리를 바탕으로 새로운 문화의 꽃을 피워가리라는 사실은 이제 누구나 짐작할 수 있게 되었다.

그래서 율곡과 율곡의 학설을 지지하는 牛溪 成渾(1535～1598), 龜峯 宋翼弼(1534～1599), 松江 鄭澈(1536～1593), 白麓 辛應時(1532～1585) 등 율곡 師友들의 문하에는 이 학설을 추종하는 학자들이 구름 모이듯하여 거대한 학파를 형성해 가게 되니, 이들이 장차 西人으로 지목되는 조선성리학파들이었다. 공교롭게도 이들은 모두 경복궁의 서북쪽인 백악산(북악산)과 인왕산 기슭에 터잡아 살고 있었다. 율곡학파의 양 날개라 할 수 있는 우계와 구봉이 각각 백악산의 서쪽 기슭과 남쪽 기슭에서 나서 자라나 살았고 백록 역시 그 사이의 백악산 기슭에서 나서 자랐으며 송강은 인왕산 동쪽 기슭 옥인동에 터잡아 살았기 때문이다.

조선성리학파의 급속 성장은 여타 보수계열의 학자들을 결속시키는 動因을 제공하여 퇴계학설을 默守하는 퇴계 직제자들과 非純正朱子學者들인 花潭 徐敬德(1489～1546), 南冥 曹植(1501～1572)의 제자들이 연합하여 東人을 형성한다.

그러나 곧 순정주자학파인 퇴계계가 분리되어 南人을 표방하자 화담계와 남명계는 北人을 자처하는데 북인은 다시 분열하여 화담계는 小北이 되고 남명계는 大北이 된다. 이중에서 비순정성리학파로 보수성향이 짙던 북인 계열들은 선조말년과 광해군 시에 왕권과 밀착하여 정권을 천단하지만, 조선성리학이라는 혁신적인 고유이념을 바탕으로 이상사회의 건설을 꿈꾸는 조선성리학파들의 막강한 힘을 감당할 수는 없었다. 이미 민심이 그 변화와 혁신을 갈망하고 있었던 것이다. 전기 2백여년 동안을 주도해 온 생경한 외래이념을 청산하고자 하는 문화적 자존심이 상하에 팽배하고 있어서 그 도도한 흐름은 이미 時流가 되어 있었던 것이다.

그래서 조선성리학파는 보수적 순정성리학파인 퇴계계의 묵시적 동조아래 혁명을 일으켜 성공하니 이것이 仁祖反正(1623)이다. 이미 조선성리학파들은 전기 사회의 부패상을 직시하고 보수세력들의 부패무능과 무사안일을 신랄하게 지적하며 과감한 개혁을 요구하고 있었다. 그러므로 壬辰倭亂(1592)을 당해서도 곧바로 의병을 일으켜 국난 극복을 몸소 감당함으로써 군사 기반을 마련하고, 丁酉再亂(1597)으로 이어지는 7년 전쟁 동안 극도로 교란된 경제상황 속에서 무능해진 보수세력들로부터 염가로 장토를 구입하여 경제기반을 서서히 다져 나왔으니 혁명에 성공하지 않을 수가 없었다. 혁신이념 집단이 군사력과 경제력을 확보하였다면 이미 혁명은 성공한 것이나 마찬가지라 할 수 있을 것이기 때문이다.

그런데 이미 율곡이 조선성리학 이념을 확립해 가면서부터 율곡학파에서는 이 고유이념을 바탕으로 하여 문화 전반에 걸쳐 조선 고유색을 드러내는 문화운동을 전개하기 시작하였었다. 우선 문학에서 율곡의 평생지기인 송강 정철이 한글 가사문학으로 국문학 발전의 서막을 장식하였고 율곡학파인 簡易 崔笠(1539～1612)은 독특한 문장 형식으로 조선 한문학의 선구를 이루었으며 石峯 韓濩(1543～1605)는 조선 고유 서체인 石峯體를 이루어 내었다. 문장과 필법은 선비들의 일상사이니 율곡의 師友와 門生 중에서 얼마든지 이에 능한 이들이 배출될 수 있는 일이라서 이와 같이 신속한 반응을 보일 수 있었다.

그러나 그림만 하여도 선비의 일상사가 아닌 만큼, 선구적인 이념에 공감하는 선비 중에서 그림 재주를 타고 난 이가 출현해야만 고유이념을 바탕으로 하는 새로운 화풍을 창안해 낼 수 있게 된다. 따라서 조선고유 화풍의 출현은 조선성리학 이념에 투철한 그런 선비화가의 출현을 기다리지 않으면 안 되었다. 그런데 인조반정에 약관 29세로 참여하였던 滄江 趙涑(1595~1668)이 바로 그런 인물이었다. 그래서 곧 그림도 조선고유색을 나타내기 시작한다.

창강은 우계 성혼의 제자인 風玉軒 趙守倫(1555~1612)의 자제로 광해군 4년(1612) 金直哉 誣獄에 연루되어 억울하게 옥사한 부친의 원수를 갚기 위해 인조반정에 참여하였었다. 그러나 그는 名利에 뜻이 없어 반정 성공 후에는 일체 벼슬길에서 물러나 전국의 명승지를 유람하며 詩畵로 이를 寫生해 내는 일에만 몰두하게 되니, 이때 사생해 낸 詩를 眞景詩, 그림을 眞景山水畵로 부르게 되었다. 眞짜 있는 景致를 사생해 낸 시와 그림이라는 의미도 되고 실제 있는 경치를 그 정신까지 描寫해 내는 寫眞 기법 즉 초상 기법으로 寫生(寫眞景致)해 낸 시와 그림이라는 의미도 된다.

이런 眞景詩畵는 지극한 國土愛를 전제로 제작되는 것이니 국토애가 自己愛로부터 비롯되는 자긍심의 발로라는 사실을 감안할 때 고유이념을 갖는다는 것이 문화적 자존심을 지키는 데 어떠한 의미로 작용하는지 짐작하게 하는 詩畵의 寫生 작업이었다.

한편 인조반정 성공 후에 조선의 사림들이 성리학적 이상사회 건설의 꿈에 부풀어 있을 때 국제 정세는 조선에게 매우 불리하게 전개되어 가고 있었다. 우리 국토의 북쪽 변방에 터 잡아 살면서 우리에게 服屬해 오던 女眞族이, 明이 임진왜란에 우리를 돕느라 피폐해진 틈을 타고 강성해져서 淸나라를 건국하고 中原을 넘보면서 성리학적 국제질서를 파괴해 가고 있었던 것이다. 명의 종주권을 인정치 않는 것은 물론 우리와의 관계도 평등이상의 관계를 요구하고 나서게 되니 성리학적 이상국가의 건설을 꿈꾸며 인조반정을 성공시킨 조선성리학파들이 이런 무리한 요구를 수용할 리가 없었다.

그래서 군사력이 열세인 줄 알면서도 일전불사의 투지를 보이다가 결국 여진족에게 양차에 걸쳐 침략을 당하게 된다. 바로 丁卯(1627), 丙子(1636)의 두 차례 호란이 그것이다. 특히 병자호란에는 남한산성으로 피난하였던 인조가 청군에게 포위당하여 청태종에게 항복하는 치욕을 당한다. 이로 말미암아 조선 지식층들은 심각한 좌절감에 빠지게 된다.

여기서 지식인들은 자기 회복의 방법을 놓고 성리학의 절대 신봉이냐 이의 탈피냐 하는 두 가지 노선으로 갈라지게 된다. 율곡학파의 嫡統을 이은 尤庵 宋時烈(1607～1789)과 同春 宋浚吉(1606～1672) 등은 주자성리학의 절대 신봉을 주장하고, 비순정주자학적인 요소가 강하였던 小北系 출신 畿湖 南人 白湖 尹鑴(1617～1680)와 眉叟 許穆(1595～1682) 등은 성리학으로부터의 탈피를 주장하였던 것이다.

그래서 우암은 주자 연구에 골몰하여 『朱子大全箚疑』121권 17책과 「朱子言論同異攷」를 저술하여 주자 연구를 매듭지어 놓는 데 반해, 백호는 經書의 朱子註를 부정하고 독자적인 註疏를 다는 상반된 태도를 보인다. 결국 이런 상반된 이념대립은 유교의 이상정치 형태인 禮治를 실천하는 데 있어서 禮에 대한 해석의 차이를 보이게 됨으로써 國喪 중에 王大妃의 服制 문제가 도화선이 되어 禮訟이라는 원리논쟁으로 비화하게 된다.

이 예송에서 남인들은 '王者의 禮는 士庶의 禮와 같지 않다'고 주장하며 왕권을 절대화하려 하였다. 이에 대하여 왕권의 절대화를 원치 않는 서인들 즉 조선성리학파는 '천하의 사람들은 禮를 같이 한다'는 평등론을 주장하였다. 남인들의 움직임은 일시 왕권과 결탁하여 성공하는 듯하였다. 그러나 백성들은 평등을 전제로 하는 서인의 원칙론에 입각한 개혁을 열망하고 있었다. 그래서 백성들의 호응을 얻지 못한 남인들은 결국 숙종 20년(1694) 甲戌換局을 끝으로 정치 일선에서 완전 제거되고 만다. 이로부터 서인들 즉 조선성리학파들이 정치를 오로지 하게 되었다.

사실 병자호란을 겪고 난 이후 남인들의 파상적인 공세가 끊임없이 이어져 조선성리학파 즉 서인들이 수세에 몰린 경우가 여러 번 있기는 하였지만 世道의 所在가 西人 領袖의 손아귀를 벗어난 적은 없었다. 이는 인조반정 이후 조선성리학파들이 성리학적 이상정치의 구현을 표방하면서 나타나기 시작한 현상이었으니, 반정의 元勳이었던 栗谷 제자 默齋 李貴(1557~1633)가 世道를 율곡의 수제자인 沙溪 金長生(1548~1631)에게 위임한 이래 변함없이 이어져 온 전통이었다.

사계가 서거하고 나자 淸陰 金尙憲(1570~1652)이 세도를 담당하여 主戰派들을 이끌고 對淸强硬 자세를 끝까지 고수해 나가 민족의 자존심을 지키게 되었고, 청음 사후에는 사계의 衣鉢을 전수 받은 尤庵 宋時烈이 世道를 담당하여 孝宗과 함께 復讎雪恥를 부르짖으며 北伐을 도모하고 禮治의 기틀을 마련해 놓는다.

이와 같이 인조반정 이후에 비록 士林宗匠이 계속 世道를 담당해왔다 해도 우암처럼 국왕의 師父 자격으로 국왕의 절대적인 신임을 받으며 정사를 직접 천단한 예는 아직까지 없었다. 그런데 우암부터 이런 일이 비롯되자 조선성리학이라는 고유이념을 뿌리로 하는 진경문화의 싹은 모든 분야에서 맹렬히 움터 오르기 시작한다. 더욱이 우암은 복수설치를 부르짖으며 淸의 존재를 인정치 않으려는 강경한 세계관을 견지하고 있었기 때문에, 명나라를 멸망시키고 중국을 차지한 청나라이지만 중화대국으로 인정할 수 없다는 자세를 분명히 밝힌다.

문화적으로 우리보다 열등한 여진족이 무력으로 중국을 차지했다 해도 중화의 계승자가 될 수 없는데, 하물며 그 야만 풍속인 辮髮胡服을 漢民族에게 강요하여 중화문화 전체를 야만적으로 변질시켜 놓았으니 중국에서는 이미 중화문화 전통이 단절되었다는 판단이었다. 그러니 중화문화의 원형을 그대로 간직하면서 주자성리학의 嫡統을 발전적으로 계승하고 있는 조선만이 中華文化를 계승할 자격을 갖추었으므로 이제는 조선이 中華가 될 수밖에 없다는 주장이었다. 그래서 명실상부한 중화문화의 주체였던 明의 후계자를 자처하기 위해 우암과 그 제자들은 萬東廟를 세워 明太祖와 마지막 황제인 毅宗 및 임진왜란 당시 우리를 도와준 神宗황제 등의 제사를 지내고 조정에서도 大報壇을 설치하여 이들의 제사를 지낸다.

이런 생각은 당시 우리보다 열등한 여진족에게 치욕을 당하고 그 힘에 눌려 살아야 한다는 민족적 자괴감을 보상해 주기에 충분한 것이어서 상하의 전폭적인 지지를 받게 된다. 이로 말미암아 조선이 곧 中華라는 朝鮮中華主義가 조선 사회 전반에 점차 팽배해 가기 시작하였다. 그렇지 않아도 율곡학파에서는 조선성리학을 바탕으로 문화 전반에서 조선고유색을 현양해 오고 있었는데, 이제 조선이 곧 중화라는 주장을 떳떳하게 할 수 있게 되었으니 어찌 조선 고유문화를 꽃피워 내는 데 조금이라도 주저할 리가 있었겠는가.

2. 兩宋風의 根幹

조선성리학의 성립은 필연적으로 이들 조선성리학파의 정권 장악을 가져오게 하였으니 栗谷學派(西人)가 중심이 되고 退溪學派(南人)가 동조함으로써 이루어진 仁祖反正(1623)이라는 혁명의 성공이 그것이었다. 따라서 성리학의 이상인 왕도정치의 구현은 禮治라는 정치형태를 가져오게 하였고 이를 위해서 율곡학파의 수장인 沙溪 金長生(1548~1631)이 『家禮輯覽』 10권 6책을 편찬하며 퇴계문인 用拙齋 申湜(1551~1623)이 『朱子家禮』를 번역한 『家禮諺解』 5책을 내 놓는다.

이로써 조선왕조에 바야흐로 성리학의 이상인 禮治의 시대가 도래하는데, 마침 임진왜란(1592~1598)으로 조선과 명이 피폐한 틈을 타서 강성해진 만주의 여진족이 대륙을 넘보게 됨으로써 中華질서는 파괴되고 이를 고수하려던 조선은 이들에게 양차에 걸쳐 무력으로 유린되며 병자호란(1636)에는 끝내 인조가 청태종에게 항복하는 치욕을 당한다. 이로 말미암아 이제 막 예치의 이상을 구현시키려던 조선의 지식층들은 극도의 좌절감에 빠지게 된다.

여기서 이들은 자기회복의 방법으로 주자성리학의 절대신봉과 이의 탈피라는 두 가지 노선을 제기하는 듯한데 율곡의 정통학맥을 이은 尤庵 宋時烈(1607~1689)과 同春 宋浚吉(1606~1672) 일파가 전자에 속하고, 非純正朱子學的 요소가 강하던 小北系 출신인 白湖 尹鑴(1617~1680)와 眉叟 許穆(1595~1682) 일파가 후자에 속한다. 그래서 이들은 각기 自家學派의 이론적 근거 마련을 위해 부심하게 되었으니 송시열은 주자연구에 심혈을 기울여『朱子大全箚疑』6권 3책을 지어 주자 연구를 매듭짓고 윤휴는 경서의 朱子註를 쓸어버리고 독자적인 注疏를 내기에 이르렀다.

이에 양대학파에서는 '復讐雪恥'와 '禮治'라는 대내외적 목표는 동일하였지만 守朱子學이냐 脫朱子學이냐 하는 근본적 노선 차이로 예에 대한 해석의 相異를 가져와 '天下同禮'를 주장하는 守朱子學派와 '王者禮不同士庶'를 주장하는 脫朱子學派의 대립이 끝내 禮訟이라는 정쟁의 형태로까지 비화하기에 이르렀다. 그러나 조선왕조 개창의 근본이념으로 수용되어 이백여년의 咀嚼 消化 끝에 겨우 자기화에 성공함으로써 신생의 조선성리학으로 탈바꿈한 주자성리학은 이제 겨우 그 이상을 현실에 구현해 보려는 초창의 단계에 돌입해 있는 상태이었다.

이런 형편에서 주자학을 부정한다는 것은 곧 보수화를 의미하는 반동적 사고이기 쉬운데 실제로 이를 주장한 소북계의 인사들은 보수적 기질이 강한 名門 舊家 출신들이었다. 그래서 그들의 보수적 경향으로의 탈주자학 이론은 일반의 지지를 얻지 못하게 되며, 더구나 왕의 예는 일반의 예와 같지 않다는 '王者禮不同士庶'를 주장하여 왕권을 절대화 시키려는 움직임은 일시 왕권과 결탁하여 성공하기도 하지만 더욱 일반으로부터 외면당하는 결과를 가져와 甲戌換局(1694)을 계기로 이들의 주장은 철저하게 봉쇄당하니, 이제부터는 조선성리학이 절대적인 가치기준으로 확고한 자리를 차지하게 된다.

한편 조선성리학파들은 본래 명에서 주자학 발전이 크게 이루어지지 않은데 반해 조선에서의 발전에 긍지를 갖고 자신들이 주자학의 嫡派 정통임을 자부하고 있었는데 이제 漢族의 명이 여진족 청에게 멸망당하자 중화문화가 중국대륙에서 소멸한 것으로 보고 중화문화의 餘脈을 조선이 계승한다는 포부와 자세를 自任하게 된다. 이는 야만족 청에게 무력으로 굴복 당한 수치와 절망에 대한 심리적 治癒에 더없는 妙方이었다.

이러한 자긍과 적개심이 병자호란이후 조선을 지탱시켜준 정신적 支柱가 된다. 이로부터 조선은 명의 후계자임을 자처하며 조선이 곧 중화라는 朝鮮中華思想에 입각하여 朝鮮第一主義를 부르짖으며 제반 문화현상에 조선고유색을 현양해 나가니 美術史에서 東國眞風이라고 總稱할 수 있는 온갖 고유색이 나타난다.

書藝는 이런 시대사조에 가장 민감하게 반응한다. 우선 제일 첫 반응이 兩宋體의 풍미와 眉叟體의 출현이다. 兩宋이라 함은 宋時烈과 宋浚吉을 竝稱하는 것으로 이들은 율곡학파의 적통을 이은 法孫들이었으므로 당연히 석봉체를 쓰기 마련이었는데, 이들은 조선성리학의 체제를 완비하고 그 理想을 과감하게 실천해 나간 百世儒林의 泰斗답게 氣質이 雄渾하고 行儀가 壯重하였으므로 석봉체의 골격을 가지면서도 雄健壯重한 무게와 기품을 더하여 別格을 이루어 놓는다.

이러한 현상은 만년으로 갈수록 더욱 두드러져서 顔眞卿體가 가지는 雄健壯重味나 肥厚味를 연상할 정도가 되니 송시열의 論山 <黃山書院碑>(1664)나 송준길의 全州 <華山書院碑>(1664) 및 大田) <朴彭年遺墟碑>(1668) 등이 그 대표적인 예이다. 이는 석봉체에 녹아든 설암의 풍미를 극대화시켜간 현상으로도 파악할 수 있지만 이들의 기질이 만고충신 顔眞卿(709~785)과 같았기 때문에 이런 동질성이 자연스럽게 나타난 현상이라고 볼 수도 있을 것이다.

이에 그들을 추종하는 一世의 儒林들이 모두 그들의 서체를 배워 쓰게 되니 李宜顯(1669~1745)의 咸安 <趙旅神道碑>(1726), 李柬(1677~1727)의 扶餘 <義烈祠碑>(1723), 鄭彦燮(1686~1748)의 東萊 <壬辰

戰亡遺骸塚碑>(1731), 李亮臣(1689～1739)의 井邑 <宋時烈受命遺墟碑>(1731), 閔遇洙(1694～1756)의 淳昌 <三印臺碑>(1744)>와 井邑 <考岩書院廟庭碑>(1747), 洪啓禧(1703～1771)의 <安心寺事蹟碑)>(1759) 등에서 이를 확인할 수 있다. 즉 양송서체는 그들의 학문처럼 후학들에게 書法 正典으로 계속 추앙받게 되었던 것이다.

兩宋書體가 이처럼 웅건장중한 틀을 형성해가는 데는 물론 양송의 기질과 행의가 바탕을 이루었던 것이지만 그의 師友이던 谷雲 金壽增(1624～1701)이 금석학 연구에 정심하여 중국과 조선의 역대 金石 善書에 밝고 八分書에 정통하여 서법 정전이 무엇이고 顔體 연원이 八分임을 누누이 詳論하였을 터이니 이의 영향도 적지 않았으리라 생각된다.

한편 眉叟 許穆은 그의 학문이 주자 이전의 原儒學을 지향한 것처럼 서법 또한 三代 文字로의 복고를 신념으로 하여 唐・宋代 내지 明代의 僞作일 수 있는 <衡山神禹碑>의 기괴한 서체를 근간으로 진짜와 가짜를 불문하고 古篆體의 특징을 취하여 古文篆이란 새로운 서체를 창안해낸다. 奇古蒼勁한 이 서체는 그 典據가 불분명하고 字體가 기이하다 하여 당시에 송설체의 대가로 篆籒에 능통하였던 西谷 李正英(1616～1686)을 중심으로 이를 금하자는 논의가 있을 정도이었으나 어차피 그것이 조선고유색인 것만은 틀림없는 사실이다. 이정영은 貝嶠 李匡師(1705～1777)의 증조부이었다.

同春堂 宋浚吉의 書藝世界

정 태 희*

1. 序　論

同春堂 宋浚吉(1606～1672)은 조선시대 山林의 전성기 시대라고 할 수 있는 17세기를 산 인물이다. 주지하다시피 山林은 山谷林下에 은둔하면서 학덕을 겸비한 학자를 의미한다. 이들은 그 시대에 정치적・사회적으로 주목을 받으면서 국가로부터 徵召되었고 정치, 교육 분야에서 역량을 한껏 발휘하였다. 이렇게 山林이 교육과 정치분야에서 그들의 역량을 발휘할

---

* 대전대 서예학과 교수.
이 논문은『충청학연구』6집(한남대충청학연구소, 2005)에 수록된 필자의 논문에 약간의 교정을 더한 것임.

수 있었던 것은 16세기 李滉(1501~1570)・李珥(1536~1584)를 위시한 성리학자들이 주력해 온 성리학의 교육활동에서 비롯된 것이다.

동춘당 송준길은 영천군수를 지낸 은진송씨 爾昌과 광산 김씨 殷輝의 따님 사이에서 태어났으며 젊어서 율곡 이이의 문하에서 수학하였고 자는 明甫이고 시호는 文正이다. 「동춘당 연보」[1]에 의하면 동춘당은 외조부 김은휘가 살던 서울 貞陵에서 태어났는데, 이곳은 그의 스승 沙溪 金長生(1548~1631)・愼獨齋 金集(1574~1656) 부자의 출생지이기도 하다. 8살 때 부친 송이창이 관직을 그만두어 先代에 살았던 懷德 宋村으로 돌아오는데 동춘당도 따라 와 그곳에 거주하게 되었다. 또한 1623년 10월에 文莊公 愚伏 晋州 鄭經世(1563~1633)의 따님인 心에게 장가들어 명문가와 혼척 관계도 맺었다. 어려서부터 아버지의 엄격한 훈도아래 주자학을 중심으로 하는 성리학에 입문하여 孔子, 朱子, 栗谷의 학문을 익혔다. 성장해 가면서 宋時烈, 李惟泰와 '生同志 死同傳'할 것을 기약할 정도로 믿음을 나누는 등 주자와 율곡에 이어지는 정통에 자신의 학문적 목표와 기준을 두고 이를 심화시켜 나갔다. 그가 「寫進春官先賢格言屛幅跋」이라는 雜著에서 朱子를 가리켜 '道統의 마지막 傳承者'[2]라고 칭송하고 있는 점에서도 그의 길이 어디에 있었는지를 잘 보여주고 있다.

이렇게 학문적 기초와 기준을 성리학에 둔 동춘당은 조선 仁祖, 孝宗, 玄宗 년간에 經筵・書筵・上訴와 같은 활동을 하면서 왕과 세자, 조정이 道學的 理想의 세계로 나아가는 데 진력한 인물이었을 뿐만 아니라 현실 정치에 道學的 理念이 구현되도록 정치적 활동에서도 그 능력을 충분히 발휘한 인물이다. 동춘당과 우암(1607~1689)은 같은 은진 송씨로서 11촌 숙질간인데 송시열과 통칭하여 兩宋[3]이라고 일컫는 사실에서도 17세기 당시 사회에 그의 교육관과 정치관이 미친 역량과 비중이 얼마나 컸는가를 잘

1) 『同春堂 年譜』, 成均館, 學藝社, 1981.
2) 『同春堂文集』 卷20, 「題跋」, 寫進春官先賢格言屛幅跋. "道統之傳 始自伏羲終於朱子 朱子之後又無的傳."
3) 『顯宗改修實錄』 卷5, 顯宗2年6月 己丑條.

말해주고 있다. 그래서 동춘당이 갖고 있던 제반 현실적 모순과 사상적 문제에 대한 놀라운 통찰력, 超党就義的 학문 태도, 그리고 正直剛大한 삶의 자세와 교육관은 當代뿐 아니라 後代에도 모범이 되고 있다.

기존의 학자들은 山林과 동춘당의 개인역정, 사상, 교육, 정치에 관한 연구를 수행하여 그가 17세기 禮學시대의 중요한 부분을 차지한 학자임을 밝혀냈다.[4] 또한 어려서부터 당대 명필인 竹窓 李時稷(1572～1637)이 "네가 이미 나보다 낫다"고 칭찬을 아끼지 않았고 이웃 아이들과 사귀는 데 반드시 서찰로 왕복하여 그 사연과 필법이 성인과 다름없어 사람들이 가져다 구경하였을 정도로 서예세계에서도 영민함과 재주를 보여주었던 인물이다.

최근 은진 송씨 동춘당 문정공파의 후손인 宋鳳基가 선대의 유묵과 전적 및 고문서를 정리한 후 '선비박물관'[5]을 개관하여 다소의 진적자료들을 접할 수 있게 되었지만, 동춘당의 서예에 대한 체계적인 정리와 평가는 거의 이루어지지 못한 상태이다.

본 小論은 이러한 사실에 입각하여 동춘당의 육필과 판본, 금석문에 나타난 서예세계를 살피고 동춘당의 서예세계에 대한 연구의 초석을 마련하고자 한다. 그러기 위해서 우선 동춘당의 생애와 그가 보여 주었던 학문세계를 탐구하고 다음으로 조선 중기의 서예의 흐름과 동춘당의 서예세계를 작품 분석을 통해 서체 양상을 살펴보려고 한다.

---

4) 禹仁秀는 정치사적 측면을 주로 다루고, 金世奉은 송준길의 생애와 사상을 다루었다. 사회사적 측면은 成周鐸, 교육・교화 활동은 韓基範, 思想史的인 측면은 宋寅昌이 주로 다룬 바 있다.

5) 대전광역시 서구 둔산동에 위치하고 있으며, 보존 전시되고 있는 소장 전적을 종류별로 분류하여 보면 다음과 같다. 筆帖 10, 簡札 12, 記文 1, 文集 2, 家狀 1, 日記 1, 事實記 1, 諭書 및 批答書 2, 榜目 2, 書院關係文書 8, 契帖 10, 鄉約 1, 邑誌 1, 其他 2 등이다.

2. 同春堂 當代의 時代的 背景

동춘당의 서예세계에 대해 논의하기에 앞서 동춘당이 살았던 17세기의 역사적 상황과 개인적인 위상에 대해 검토하는 것이 순서라고 여겨진다. 어떤 사상가의 사상을 막론하고 그 사상체계는 객관적 현실에의 대응이라는 외적 요인과 함께 자라온 환경이 그 역량의 내적 요인이 된다는 점을 고려한다면 당연한 과정이다.

동춘당이 살았던 17세기는 몇 차례 잊을 수 없는 士禍를 겪었음에도 불구하고 당쟁을 계속하던 시대이다. 1609년 大北派는 光海君을 받들어 15년간 정치 전면에 나섰고 1623년(인조반정) 서인은 광해군을 축출하고 仁祖를 옹립하여 권력을 잡았다. 이렇게 거듭되는 대내적인 당쟁은 국가방위력의 약화를 초래하고 國利民福을 도외시하는 지경에 이르고 말았다.

결국 약화될대로 약화된 17세기 조선은 壬·丙兩亂이라는 외적의 침입을 맞는다. 일본은 육·해군 20여만 명으로 침공하여 온갖 만행을 저질렀다. 다년간의 전쟁상흔으로부터 채 벗어나기도 전에 1626년 後金으로부터 다시 침략을 당하였다. 後金은 의주, 곽산, 정주, 선주 지역을 정복하는 것은 물론 중부지방까지 유린하였다. 비록 그 전쟁이 두 나라의 和約으로 끝을 맺긴 하였지만 한반도의 중부와 이북의 피해는 이루 말하기 어려울 지경에 이르렀다.

1636년 12만 대군을 이끈 청나라 태종에 의한 침입(병자호란)은 또 한 번 한반도를 큰 혼란으로 몰아 넣었는데, 돌연적인 침략이라 미처 대처하지 못한 仁祖는 남한산성으로 퇴각하고 왕족과 궁내의 비빈, 대신들은 강화도로 도피하였다. 비록 애국군민들이 어려운 환경 가운데 봉기하여 결사적인 투쟁을 수행하였지만 침략을 막아내지는 못하였다. 청나라 군대는 서울을 점령하고 인조와 대신들이 피신한 강화도까지 쳐들어가 소현세자·봉림대군과 빈궁 및 여러 대신 등 200여명을 포로로 잡는 상황에 이르렀다. 이러한 상황 아래에서 조선 조정은 항복하게 되었고, 병자호란 이후 조선의 형편은 더욱 어려워졌으며 경제는 극심한 피해를 입었다.

동춘당은 이런 사회적 혼란, 禮儀 紊亂, 풍속의 타락, 기강 해이, 사학의 성행과 같은 모든 폐단은 모두 주자학을 올바르게 수행하지 못한 결과라고 해석하고 주자학에 기초한 전통적인 정주이학을 올바르게 세워 나라를 바로 잡아야 하고 주자학을 道統으로 삼아야만 이상적인 사회로 나아갈 수 있다고 주장하였다.[6]

동춘당이 이렇게 주자학을 그의 세계관과 수양론의 중심으로 삼은 데에는 서론에서 언급한 대로 개인적인 성장과정과 사회적인 학문의 방향에서 그 맥을 찾을 수 있다.

어린 시절 부군 송이창에 의해 줄곧 강조되어 온 주자학에 대한 가르침, 그리고 栗谷・沙溪・愼獨齋로 이어지는 畿湖學派의 嫡統을 그대로 수용하게 되는 사승관계[7]에서 동춘당이 주자학에 초점을 두고 사회를 바라보게 되는 것이 당연한 결과임을 알 수 있다.

율곡의 高弟이고 예학에 밝았던 沙溪 金長生의 문하생이었던 동춘당이[8] 사계의 사상과 처세술에서 깊은 영향을 받았다는 것은 익히 알려져 있는 사실이다. 더욱 '禮'를 통한 덕성의 함양을 강조하는 사계의 가르침은 동춘당이 春秋大義精神과 독자적인 禮說을 확립할 수 있는 기초를 마련해 준 계기가 된 것이다.[9] 그러한 스승의 가르침에 따라 동춘당은 이 禮를 평생의 가르침으로 삼고 힘써 체득하고 구현하는 일에 진력하였다. 그가 의리를 준거의 틀로 삼아 현실사회를 해석하고 '大義의 성취와 대의의 지킴'을 위해서 신명을 바쳤던 것 역시 여기에 근거하고 있는 것이다.

---

6) 그의 사상적 측면을 구체적으로 고구하는 것은 본고의 논지 전개에서 필요하다고 여겨지나 서예세계에 보다 초점을 맞추기로 한다.
7) 현상윤, 『조선유학사』, 민중서관, 1949, 173쪽 참조.
8) 『續集』 卷6, 「年譜」, 癸亥三年先生十八歲條 참조.
9) 宋寅昌, 「同春堂 宋浚吉의 經世思想」 『同春堂思想의 體系的 照明』, 忠南大學校 儒學研究所, 1995, 136쪽 참조.

결국 동춘당에게 있어서 '禮'는 인간이 지녀야 할 최상위의 가치였고 道의 개념에서 그 중심적 위치에 있었다. 이런 禮에 대한 이해는 동춘당의 삶과 철학사상의 출발점이자 귀착점이 되며 이러한 그의 정신은 서예작품에서도 그대로 구현되고 있다.

3. 朝鮮 中期 書藝의 特性

조선은 성리학을 건국이념으로 하면서 사회의 여러 방면에 걸쳐 유교적 체제를 정비하여 갔다. 그러나 성리학의 논리가 사상적으로 큰 흐름을 형성하였으므로 성리학적 審美眼이 발생하게 되었다. 성리학적 미의식은 조선문화의 각 분야에 반영되었는데, 예술 방면에도 투영되었다.[10] 서예에 있어서도 임진왜란을 전후하여 서체는 새로운 변화를 가져오기에 이르렀다. 송설체는 外形의 均整美에 치중한 결과 강건하지 못하고 자형의 변화가 없기 때문에 2백여 년이 지나자 변화를 요구하게 된 것이다. 송설체는 姸媚하여 운필이 부드럽고 모양이 아름다운 것이 특징이나 骨力이 부족하여 쓴 사람의 기상과 정신이 잘 드러나지 않는 서체상의 특징도 있다. 따라서 조선 중기에 들어서면서 이러한 外形美 위주의 글씨에서 벗어나 古雅한 품격을 되찾으려는 움직임이 전개되어 갔다. 이에 단정한 결구와 꼿꼿한 線條로 典雅한 서풍인 종요・왕희지를 비롯한 魏・晋 서예가의 고법이 이상적인 것으로 인식되었으며 송설체가 왕희지체로의 복고를 표방한 글씨였기 때문에 송설체의 유행 속에서도 왕희지체 등이 조선 중기 서풍의 주류를 이루게 되었다. 이미 조선초부터 여러 名蹟을 한 눈에 볼 수 있는『淳化閣帖』[11]이 국내에서 摹刻되기 시작하였고, 1416년(태종 16) 명나라에서 간

10) 李星培,『朱子學論叢』,「尤庵의 道藝一致的 書藝觀」, 社團法人 忠南大學校朱子學硏究財團 朱子硏究所, 圖書出版 梨花, 1996, 260쪽.

11) 唐 太宗의 秘府에 있었던 書蹟을 993년(淳化 3)에 王著가 칙명을 받들어 편

행된 『東書堂集古帖』이 국내에 유입된 사실에서도 그러한 상황을 알 수 있으며 따라서 서예계는 점점 帖學으로 이어져갔다.

위진시대의 필적을 새긴 법첩은 오랜 세월을 거치면서 거듭된 復刻을 거치고 있었기 때문에 生氣精神을 잃은 곳도 많은데, 그 중 왕희지체 小楷 법첩인 「樂毅論」·「東方朔畵像贊」·「黃庭經」 등은 그 진위가 의심스럽다고 지적되기도 하였다. 그럼에도 불구하고 이들은 위진 고법의 교본으로 널리 사용되어 조선 중기의 서예에 많은 영향을 미쳤다. 더욱이 한호가 이 영향을 받아 骨氣가 있고 端雅正麗한 고유 서체인 石峰體를 이루자 이후의 서예가들은 석봉체를 따르면서도 그 근원인 왕희지체에 대한 관심을 심화시켜 갔다.

石峰 韓濩[12](1543～1605)는 "성장해서 왕희지가 글씨를 써 주는 꿈을 두 번이나 꾸고서 이를 자부하였는데, 그의 법첩을 얻어 臨하였더니 더욱 逼眞하였다"[13]고 하였듯이 왕희지체를 독실하게 학습하여 剛硬端正한 독

찬한 것이며 모두 10권인데, 제1권: 역대 帝王의 書, 제2권: 漢에서 晋까지의 名臣書, 제3권: 晋·宋·齊의 名臣書, 제4권: 梁·陳·唐의 名臣書, 제5권: 古代에서 唐에 이르는 諸家 및 無名氏의 書, 제6·7·8권: 晋 王羲之의 書, 제9·10권: 晋 王獻之의 書로 되어 있다. 탁본 기술은 初唐 때 개발되었으나 그 기술이 최고조로 달한 완성시대는 北宋期로 淳化時代(990～994)에 간행된 淳化閣帖은 최고의 기술을 구사하여 정리된 탁본집성이다. 全10卷 가운데 大小王 二家의 작품이 반을 점유하고 있는데 이는 唐 太宗의 수집으로 대부분이 宋의 內府에 수장되어 있었기 때문이다.

12) 開城 출신으로 字는 景洪, 號는 石峰·晴沙, 본관은 三和이다. 正郞 韓寬의 손자로 어려서 어머니의 격려로 서예에 정진하였고, 1567년 진사시에 합격하여 別提·司禦·加平郡守·翕谷縣令을 지냈으며, 국가의 書寫專門人인 寫字官의 효시를 이루었다. 특히 임진왜란 당시 외교문서를 도맡아 서사하여 이름을 국내외에 떨쳤다. 왕희지의 小楷法帖인 東方朔畵像贊·樂毅論·筆陳圖·孝女曺娥碑 등을 학습하였는데 이를 바탕으로 豪快剛健한 독자적 서풍을 이루었다. 특히 1583년(선조 16)에 왕명으로 쓴 『楷書千字文』이 1601년에 판각되어 전국에 배포되어졌으므로 석봉체의 보급에 주된 역할을 하게 되었다.

13) 崔岦, 『簡易集』 卷3, 韓景洪書帖序. 李廷龜, 『月沙集』 卷47, 韓石峰墓碣銘.

자풍의 석봉체를 이루었다. 秋史가 석봉에 대하여 "비록 송설의 氣味가 있으나 古式을 깨달아 지켰다"[14]고 하였듯이 초기에는 당시 유행하였던 송설체를 배웠던 것으로 여겨진다.

당시 명나라의 王世貞(1526~1590)은 "성난 사자가 돌을 할퀴는 듯하며 목마른 준마가 샘물로 내달리는 듯하다"고 하면서, 王右軍과 함께 할 만하다고 평하였으며, 朱之蕃은 "해서가 매우 묘하다. 안진경의 위요 왕헌지는 아래이니 조맹부와 문징명은 미치지 못할 듯하다"[15]고 석봉의 글씨를 극찬하였다.

석봉의 碑文은 月沙 李廷龜(1564~1635)이 지었는데 내용 중에 "어느 날 점쟁이가 이르기를 동방에 옥토끼가 나왔으니 낙양의 종이 값을 올리리라 하였다"는 말은 석봉의 학서과정을 보여주는 한 예라 하겠다. 그러나 寫字官[16]으로서 大小·潤渴·太細 등이 없이 틀에 박은 듯한 방정한 글씨를 쓰기도 하여 후대의 비평을 받기도 하였다.

그러나 석봉체는 당시 왕실을 비롯하여 사대부와 민간에 이르기까지 널리 유행하게 되었다. 宋浚吉(1606~1672)·宋時烈(1607~1689) 등은 이러한 영향으로 석봉체의 골격을 유지하면서 肥厚한 획을 가미하여 독자적인 서풍을 이루었다. 이러한 석봉체의 출현은 마치 조선의 성리학이 실천적 면모를 갖추게 되면서 문화 전반에 걸쳐 조선의 고유색을 드러내는 조짐을 보여 鄭澈(1536~1593)이 한글 문학인 歌辭文學을 일으킨 것이나 崔岦(1539~1612)이 國土愛를 바탕으로 한 寫生的 소재의 漢文學을 이룬 것이나 李信欽(1570~1631)이 眞景風俗圖를 그려내기 시작한 것과 같은 맥락에서 이해될 수 있을 것이다.[17] 따라서 조선 중기는 왕희지체로 복귀되는

---

14) 金正喜, 『阮堂先生全集』 卷8, 雜識. "以至石峰而雖有松雪氣味 亦恪遵古式."

15) 許筠, 『惺所覆瓿藁』 卷18, 「丙午紀行」 4月 29日.

16) 朝鮮 中期 文臣으로 宮中의 書寫專門人을 지칭하는 관직이며 宣祖代의 北嶽 李海龍·石峰 韓濩가 시초였으나 후에 정원 40명의 사자관 제도로 발전하였다.

현상 속에서 송설체가 한 부분을 차지하면서 이어져 갔다.

앞에서 언급하였듯이 당시의 서예가 대부분이 고법을 표방하고 나섰는데, '魏晋筆法・晋體・王法'을 추구했다거나, '鍾王・晋人・右軍・二王'을 추종했다는 말이 그것을 의미한다. 그런데 당시의 왕희지체는 朝鮮晋體라고 할 만큼 이미 조선의 미감에 맞게 토착화되었으며, 또한 이우의『臨池說林』, 이수장의『墨池揀金』, 이서의『筆訣』등 서론이 저술되어 고법에 대한 이론적 규모도 갖추어 갔다.[18]

二王으로 대표되는 東晋시대의 서체를 晋體라 하는데, 이는 조선초에도 일반에 쓰이고 있었다. 眞景시대 學藝에 博通하였던 東溪 趙龜命(1693~1737)은 "우리 나라의 서예는 대략 세 번 변하였다. 國初에는 蜀體를 배웠고, 선조・인조 이후에는 韓(石峰)體를 배웠으며, 근래에는 晋體를 배우니 규모는 점점 나아지나 骨氣는 떨어진다. 요즈음의 진체는 여러 가지로 연구되어 모양이 변형되었는데 언뜻 보면 中華와 꼭 닮지 않음이 없는 듯하지만 그 실상은 겉모습만을 흉내낸 것이다"[19]라고 하였다. 이는 촉체와 한체가 성행한 이후 동진시대의 진체가 다시 성행하여 쓰여지기 시작하였음을 뜻하는 것이라고 여겨진다. 이는 端雅典重한 왕희지체 해서가 당시 사람들의 미의식에 부합되었기 때문에 晋體는 조선 후기에 일어난 소위 東國眞體의 基底를 이루었으며 조선 중기 서예가 형성되는 역할을 하였다.

새로운 서풍의 형성에 주도적 역할을 하였던 장본인들은 대다수 그 시대의 사상과 학문을 이끌어 갔던 인물이었기 때문에 조선 중기 서예가 역사적 사건이나 사상적 흐름, 학문적 경향과 항상 결부되어 있다는 점을 인식하여야 한다. 또한 새로운 문화를 수용하면서 이를 우리의 문화적 기반에 맞도

---

17) 崔完秀,「韓國書藝史綱」『澗松文華』33, 1987, 61~62쪽 참조.
18) 李完雨, 국사편찬위원회 편,『한국사』31,「조선 중기의 사회와 문화」, 탐구당 문화사, 1998, 491쪽.
19)『東谿集』卷6,「題從氏家藏遺教經帖」, "我朝書法 大略三變 國初學蜀 宣仁以後學韓 近來學晋 規穫漸勝 而骨氣耗矣. 今之晋體 究極變態 驟見之 未有不以爲逼肖中華而其實模儗眉髮."

록 변모시키는 과정을 통하여 전통 문화의 특질과 역량을 확인할 수 있는 것이다.[20]

조선시대에는 承文院에서 事大交隣의 문서와 咨文·御牒·御製·御覽 등을 正書하는 서사업무를 맡아보았다. 그런데 초기에는 서사담당관이 지정되지 않았으므로 소속 문신 가운데 글씨를 잘 쓰는 사람으로 하여금 이를 맡도록 하였다. 따라서 국가에서는 寫字者의 근무성적을 평소에 매겨두었다가 근무평가에 참작하였으며, 그 중 우수한 사람에게는 守令을 거치지 않고서도 4품 이상의 품계에 오를 수 있는 특전을 주기도 하였다.[21] 승문원에서 쓰인 서체는 반듯한 서풍이었는데 세종년간에 寫字가 반듯하지 않다고 하여 晋體를 구하였다[22]는 기록으로 볼 때 승문원에서는 왕희지체를 기준으로 하였음을 알 수 있다.

또한 이 시기의 전서와 예서는 대체로 종래의 서풍을 이어갔다고 할 수 있으나, 일부 서예가들은 예서에 전서의 자형이나 해서의 획을 가미하여 독특한 서풍을 보이기도 하였다. 그 중 전서는 小篆이 주류를 이루어 碑碣 등의 頭篆에 사용되었으며 記錄畵나 篆刻에서는 도안적 전서체인 奇古蒼勁한 古篆體가 널리 사용되었음을 알 수 있다. 또한 현재 볼 수 있는 예서는 고려시대까지 극소수이고 조선에 들어와서도 16세기 이전의 것은 드물다. 서풍은 唐隸나 일부 漢隸 碑拓을 근간으로 삼았지만 이를 충분히 소화해 내지 못하고 있다.

조선시대에는 우리 나라 명서가의 필적을 새긴 각첩이 중앙에서는 校書館 지방에서는 관아를 비롯하여 사찰·서원·개인 등에 의해 다수 간행되

---

20) 李完雨, 前揭書, 260쪽 참조.

21) 『經國大典』 卷3, 禮典 奬勸의 승문원에 관한 세목에는 문서 20건을 서사한 사람에게 考課에서 上 하나를 받은 것으로 쳐주고 寫字에 뛰어난 사람은 비록 죄를 저질러 자리에서 물러나게 되더라도 重犯·私罪가 아니면 그대로 근무하도록 하는 특전을 명시하였다. 李完雨, 국사편찬위원회 편, 『한국사』 31, 「조선 중기의 사회와 문화」, 탐구당문화사, 1998, 495쪽 재인용.

22) 『世宗實錄』 卷68, 17年 4月 8日 條.

었다. 조선초부터 왕희지의 蘭亭敍 · 東方朔畵贊, 조맹부의 證道歌 · 草書千字文 · 東西銘 · 赤壁賦, 雪菴의 頭陀帖 등 뿐만 아니라 金生 · 李嵒 · 李瑢을 비롯한 우리 나라 역대 명서가들의 필적이나 비문을 摹刻 · 拓印하여 학습자료로 널리 사용하였다. 그 한 예로 "김생의 글씨를 『匪懈堂集古帖』에서 보았다"[23]는 기록이 있는데 이 집고첩에는 중국 법첩을 모각한 부분과 안평대군의 발문이 있어 당시 중국과 우리 나라의 필적을 함께 새겼음을 알 수 있는 좋은 자료라 여겨진다.

宣祖(1567. 7 ~ 1608. 2 재위)로부터 景宗(1720. 6 ~ 1724. 8 재위)에 이르는 157년 간은 가장 고난과 치욕과 암담과 침체와 因循을 극한 시대인바, 이 현상은 문화면에 단적으로 나타나 서예에 미친 타격도 컸다.[24] 그러나 현존하는 묵적의 대부분은 이 시대의 것이 가장 많다.

인조반정의 성공으로 율곡학파가 정권을 잡게 되자 율곡학풍을 따르던 한호의 석봉체를 왕실과 사림은 물론 사자관까지 배우게 되니 이런 현상은 더욱 강화되어 율곡학파의 首長으로 조선 고유색 현양에 골몰하던 尤庵 宋時烈(1607 ~ 1689)과 同春堂 宋浚吉(1606 ~ 1672)도 이 書脈을 그대로 계승하게 되었다. 그래서 兩宋體라 불려야 할 이 서체는 眞景시대를 풍미하게 되는데 율곡서체의 淸勁味가 이에 가미되어 淸勁端雅한 특징을 보인다.[25] 이를 바탕으로 하여 小論系의 白下 尹淳(1680 ~ 1741)은 명대문화의 실질적 수용을 표방하여 文徵明(1470 ~ 1559)의 서체를 가미해 가니 圓嶠 李匡師(1705 ~ 1777)가 이를 계승하여 일가를 이루어 '東國眞體'라 하게 된 것이다. 이것은 사실 東國晋體의 誤記로 인해 얻은 別名이었다. 그러나 東國眞景과 의미가 상통하므로 이후에는 그 別名이 그대로 통용되게 되었다.[26]

따라서 조선 중기 서예의 특성은 다음과 같이 정리할 수 있을 것이다. 첫

---

23) 朝鮮總督府編, 『朝鮮金石總覽』 上, 188 ~ 189쪽 참조.
24) 金膺顯, 『書如其人』, 민족문화문고간행회, 1987, 263쪽.
25) 崔完秀, 『朝鮮王朝書藝史槪說』, 예술의 전당, 1990.
26) 崔完秀, 前揭書 참조.

째 古法으로 복귀하려는 현상이 일어나 고려말에 들어왔던 송설체가 조선 초기의 정착 단계를 지나 조선 중기에는 성행되어 조선식 송설체인 촉체로 변모되었다. 둘째 석봉체의 형성과 유행이다. 한호는 초년에 송설체를 익힌 후에는 왕희지체를 토대로 송설체의 연미한 맛을 제거시켜 강건하고 빈틈없는 결구로 독자성을 추구하여 자신의 서풍을 이루었고 이러한 서체가 왕실과 민간에 널리 유행되었다는 점이다. 셋째 왕희지체를 바탕으로 '東國眞體'라는 東國의 眞正한 서체가 이루어졌다는 점이다. 이밖에도 서체상에 있어서도 해·행·초에 두루 元의 영향을 받았으나 특히 초서는 개성이 잘 드러나기 때문에 많은 영향을 미쳤다. 초서의 명가로는, 唐 懷素의 영향을 받아 독자적 서풍을 이루어 東方의 草聖이라 칭하여지는 孤山 黃耆老(중종~명종 년간)와 圓筆의 妙와 奇古한 맛으로 리듬감을 추구하여 청아한 서풍의 시조작가로도 유명한 蓬萊 楊士彦(1517~1584)을 들 수 있다. 이들의 초서풍은 조선중기 초서의 큰 흐름을 이루었으며, 이 외에 申師任堂(1504~1551), 玉峰 白光勳(1537~1582), 聽蟬 李志定(1588~?) 등도 초서의 한 맥을 이루었다. 전·예서에서는 許穆(1595~1682)·金壽增(1624~1701) 등이 일가를 이루어 영향을 미쳤으며, 또한 양송체의 형성과 역대 명서가의 묵적을 간행하고 금석 탁본을 수집하여 연구함으로써 서예의 학문적 기초 등이 마련되었다는 점을 들 수 있다.[27]

4. 同春堂의 書藝世界

1) 同春堂의 作品世界 序說

14대 선조 원년으로부터 20대 경종 말년까지의 서예는 오랫동안 침체 상

---

27) 李完雨, 앞의 책, 259~260쪽 참조.

태에 빠져 있었다. 崇明사상으로 명대에 활약한 沈度・祝允明・文徵明・董其昌 등의 서풍이 유입되어 일부 서예가들은 영향을 받았으나 뛰어난 사람은 없었고 대체로 조선적 누기에 찬 서풍이 계속되었다. 이에는 양대 왜구의 난으로 국토가 황폐화되고 민생이 도탄에 빠졌던 점도 하나의 원인이 될 것이다.[28)]

이때 兩宋體는 隸書의 영향을 받아 이미 雄健壯重한 특징을 보이고 있었다. 이에 그 제자들 사이에서는 이를 顔體의 영향이라고 생각하였던지 안체를 따라 쓰는 사람도 생겨났으니 동춘당의 門人으로 少論 領袖가 된 南九萬(1629~1711)이 그 대표적인 예이다. 그의 글씨인 公州『雙樹亭紀蹟碑』(1708)를 보면 안법을 충실히 따랐으나 雄健壯重味가 없어 拙僕洶湧한 특징을 보인다. 이런 서법은 그의 甥姪들인 朴泰維(1648~1710)와 朴泰輔(1654~1689) 형제에게 전해졌는데, 이들 역시 안체 운필의 특징이라는 燕尾蠶頭法만 취하였을 뿐 雄健壯重味나 肥厚味는 없다. 이런 서체는 송시열의 수제자 權尙夏(1641~1721) 門人인 尹鳳五(1688~1769)에게로 이어져서 錦山의 「百世淸風碑」(1761)와 永川 「權應銖神道碑」(1767)에서 이를 보여주고 있다.[29)]

한편 예서의 맥은 金壽增에게서 金長生의 현손인 金鎭商(1684~1755)에게로 이어지고 이는 동춘당의 현손인 宋文欽(1710~1752)과 李麟祥(1710~1760)에게 전해져 송시열 문인인 兪漢芝(1760~1834)에게 이르는 사승관계를 보이면서 발전하니 예서는 노론의 전유물이 되었던 듯한 느낌이 있다.

동춘당 시기에 서풍의 범위가 보다 넓어진 듯한 것은, 篆 이외에 隸가 새로운 각도로 등장하게 되었고, 隸・行에서 안진경풍이 비로소 보이기 시작하였기 때문이다. 篆에서는 괴기한 造作으로 흐르는 것이 눈에 띄고, 隸 또한 漢隸도 唐隸도 아닌 형태가 파생되었고 한호풍의 지류가 성행되어 이

28) 裵吉基,『韓國美術史』, 大韓民國藝術院, 1984, 571쪽.
29) 崔完秀, 앞의 책 참조.

시대의 固陋와 암흑상을 노골화하고 있다. 그러나 이웃한 신흥 제국인 청에서는 명의 전통으로부터 새로운 자료가 발견됨에 따라 篆·隷의 연구가 성하여졌고, 秦·漢을 재현하려는 기세가 보였으며 殷·周의 鐘鼎 연구가 일어났다.[30]

1998년 동춘당 후손인 송봉기 家에서 한호가 楷行으로 쓴 「韓濩筆帖」 귀거래사[31](도1)가 발견되었는데, 이 필첩에 관해서는 『松潭集』[32]에 "송담 부군의 명성이 한 때에 드러나서 교제한 사람은 모두 당세의 명현이었다. 학문에 있어서는 율곡, 문장과 덕망에 있어서는 月沙·象村·一松, 시에 있어서는 五峰·東岳·石洲, 글씨에 있어서는 石峰, 그림에 있어서는 石陽正 등과 더불어 서로 교분이 좋았다. 제공의 간찰과 석봉이 쓴 귀거래사와 석양이 그린 대나무는 다 종가에 보관되어 있다"[33]라고 되어 있는데, 이러한 사실이 실제로 확인되었다. 이러한 점에서 볼 때 선대부터 석봉과의 교유가 두터웠으며 따라서 자연스럽게 석봉체의 영향을 받게 되었다고 여겨진다. 한호의 글씨는 진적으로 남아있는 것은 매우 드물고 대부분은 금석문으로 많이 남아있다. 따라서 이 필첩은 서예사적으로도 매우 가치 있는 자료라 여겨진다.

---

30) 金膺顯, 앞의 책, 264쪽.

31) 규격이 가로 23.3cm×세로 37cm로 1583년에 쓴 것이며 楮紙로 4장의 낱장으로 되어 있다. 한호가 송담 송남수에게 써 준 것인데 도연명의 「귀거래사」가 해행으로 쓰여진 필첩이다.

32) 松潭 宋枏壽(1537~1626)의 字는 靈老, 號는 賞心軒, 松潭, 百拙老人 등이다. 蔭補로 벼슬길에 나가 사헌부 감찰, 定山현감, 通川군수, 임천군수 등을 지냈다. 관직에서 물러난 후 귀향하여 쌍청당을 중건하고 독서와 시문을 즐기면서 많은 작품을 남겼다. 시를 지을 때는 깨끗하여 티끌하나 없었고, 글씨에도 법도가 있었고 細筆에 능하였다. 『檢身要訣』『海東山川錄』『松潭集』의 저술이 있다.

33) 『松潭集』, 恩津宋氏松潭公宗中, 1997, 424쪽. "松潭府君 聲名重一世 所與交皆當世名賢 學問則栗谷 文章德望則月沙象村一松 詩則五峰東嶽石洲 筆則石峰 畵則石陽正 相友善 諸公札翰及石峰所寫歸去來辭石陽畵竹 皆藏宇宗家."

「동춘당 일기」에 의하면 동춘당은 처음 공부를 시작한 것은 5세 때부터이며, 9세에 비로소 책을 읽기 시작하였다. 또 글씨쓰기를 좋아하여 10세가 안되어 書名이 알려지기 시작하였다고 한다. 또 글씨에 관해 그는 스승 김집으로부터 영향을 받은 것[34]으로 보인다. 김집의 글씨에 대해 송시열은 "왕희지의 해서체를 깊이 터득하여 글씨가 精健方嚴하였다"고 했는데, 왕희지의 해서체는 한호는 물론 이전 서예가들이 지향했던 바와 같다. 김집은 1644년 8월 제자 송준길에게 曹참의가 부탁한 묘표 글씨를 쓰라 하면서 송준길의 글씨에 대해 몇몇 지적한 편지가 있다.

> … 묘표는 필히 다른 사람에게 청하려 했는데, 자네(송준길)에게 부탁하는 것은 우연한 일이 아니라네, 굳이 사양하지 말게나 … 다만 그대의 字體가 짧고 작으니 자체를 좀 훤칠하게 하고 획을 크고 작게 하지 말고 되도록 정하고 굳세게 하였으면 좋겠네 … 자네가 만약 자형을 길게 하도록 힘쓰고 진력으로 精書하면 결코 지금의 어느 명필보다 못지 않을 것이네[35]

이러한 스승의 지도와 타고난 자질에 성실히 노력한 결과 불과 23세의 나이에 아버지의 묘갈 조성에 참여하여 이름을 떨치게 되었다. 아버지의 묘갈은 당대 최고의 명사들이 참여했는데 전면은 김집이 썼고 그 銘을 지은 사람은 淸陰 金尙憲(1570～1652)이며 篆額은 仙源 金尙容(1561～1637)이 썼다. 이후 동춘당의 명성은 점점 높아져 왕실에서도 誌文이나 諡册을 쓰라는 하명을 내리게 되었다. 이는 개인적으로 볼 때 명예스러운 일이나 처음에는 사양하다 결국 쓰게 되었는데 왕명을 사양하는 글에서 자신의 글씨에 대한 自評이 있어 주목된다.

> "삼가 말씀드립니다. 신은 본래 필력이 약한데다 해서는 더욱 어두우므로 친구들의 비문을 더러 쓰기는 하였으나 대체로 행초를 쓰다보니 글자가 단정하지 못했습니다. 더구나 지금은 노쇠한 병이 날로 심하고 두 눈이 완

---

34) 李完雨,『한국의 명서가』, 同春堂 宋浚吉 I.
35)『愼獨齋遺稿』卷7,「與宋明甫 浚吉 甲申八月」.

> 전히 어두워져서 글씨 쓰는 일을 폐한 지 이미 오래니 시책을 쓰라시는 명을 결코 감당할 수 없습니다"[36)]

동춘당은 비갈을 쓸 때 주로 해서와 행서를 혼용해서 사용하였다. 그러나 국가의 공식 문건에는 대체로 해서를 사용하는 것이 상례였기 때문에 이같은 진언을 올렸던 것이라 여겨진다. 사양끝에 결국은 書寫를 수행함으로써 명실공히 국중 제일의 명필 가운데 한명으로 이름을 올리게 되었다[37)]

동춘당은 석봉체를 기반으로 획에 굵기를 더하여 갔고, 우암은 웅건한 안진경체에 가까운 서풍을 이루어냈다. 이러한 점은 17세기에 율곡의 학통을 계승한 서인계열의 문사들 대부분 석봉체를 선호했다[38)]는 설에서도 알 수 있으며 이는 마치 안평체나 석봉체가 각 시대의 사상적・문화적 토대 위에서 송설체와 왕희지체를 바탕으로 형성되었듯이, 이 시대의 표상으로 양송체는 안진경체를 바탕으로 형성되었다고 할 수 있을 것이다. 이들의 공통되는 면모는 행초에서 나타나는데 다만 동춘당에 비해 우암이 좀더 거친 필치를 구사하였다. 다음의 동춘당 서간 내용에서 동춘당이 우암보다 작품수가 많은 이유는 동춘당이 문장은 우암이 낫고 글씨는 자신이 더 낫다고 말하고 있는 데에서 알 수 있다.

> "선대의 묘비문을 부탁하시는 분부를 받았으니 情義로 말하면 제가 어찌 사양할 수 있겠습니까. 하지만 文詞가 졸렬하기 때문에 친지 사이라도 이 일을 일체 사절하였습니다. 尤台(송시열)는 이미 뛰어난 문장을 이루었으니, 서둘러 청하는 것이 어떻습니까? 제가 비록 졸필이기는 하지만 삼가 글씨는 써드리겠습니다"[39)]

더욱이 이들은 바로 북벌의 주인공이었으며, 또한 禮로써 王道政治의

---

36) 『同春堂集』 卷8, 辭謚册書寫之命箚 己亥七月.
37) 이민식, 「兩宋書派考」 『兩宋體特別展』, 한신대학교박물관, 2001, 22～24쪽 참조.
38) 崔完秀, 「진경시대 서예사의 흐름과 계보」 『진경시대』 2, 돌베개, 1998, 29쪽.
39) 『同春堂集』 卷12, 答韓子耉壽遠 癸卯.

이상을 실현하고자 하였던 禮學시대의 주인공이었다. 顔之推로부터 顔師古・顔眞卿에 이르는 안씨 가문의 학문과 절의는 고금을 막론하고 칭송되었는바 예학시대의 표상으로서 안진경체는 사용하기에 적합하였던 것이다.[40] 이러한 영향으로 18세기 후반 조선 후기에 안진경 집자비가 유행하게 되어 한 시대의 풍조를 이루게 되었다.

양송체는 동춘당과 우암의 학문을 따랐거나 훈도를 받은 사람들로 이어지는데, 이는 양송의 학문과 인품으로 "學藝一致"를 추구하던 조선시대 지식인들이 가장 선호하던 서체로써 南九萬(1629～1704)・權尙夏(1641～1721)・宋奎濂(1630～1709)・宋相琦(1657～1723)・宋疇錫(1560～1692)・李宜顯 (1669～1745)・李縡(1680～1746)・閔遇洙(1694～1756) 등의 제자와 은진 송씨 일문 그리고 당시의 유림 등이 그들이다.

2) 同春堂의 作品世界

동춘당은 당대 대표적인 서예가였던 만큼 그의 금석문으로 現傳되는 것은 많으나 육필은 많지 않은 실정이다. 현전하는 육필은 그의 서예상의 특징과 의의를 이해하는 데 긴요한 작품이라 여겨져 그 특징을 요약해 보고 작품세계를 고찰해 보고자 한다.

<도 2-1, 2-2>는 규격이 가로 22cm×세로 42cm로 落款의 庚戌은 干支로 보아 동춘당이 하세하기 2년 전인 1670년(현종 11)에 해당되어 65세 때의 행서 작품으로 송봉기 소장이며 釋文은 다음과 같다.

> 淸明在躬 志氣如神 人欲淨盡 天理流行 庚戌季春 春翁書與炳夏孫 (맑고 밝음을 몸에 간직하고, 뜻과 기상을 신령스럽게 하라. 사람의 욕심을 깨끗이 없애고, 하늘의 이치를 흘러 행하게 하라. 경술계춘 춘옹 쓰고 손자 병하에게 주다)

---

40) 李完雨, 앞의 책, 253쪽.

이 작품은 둘째 손자인 판서 炳夏에게 써 준 것인데 虛畫과 實畫이 분명하며 검은 楮紙 바탕에 송화가루로 썼기 때문에 운필의 緩急과 용필법이 잘 나타나 있는데 운필은 비교적 速筆을 한 것으로 보인다. 또한 강건하면서도 유려한 필세를 보이고 있어 온아한 구성미를 느끼게 하며 붓을 꺾거나 돌리는 轉折이 원활하게 처리됨으로써 안정감을 잃지 않고 있다. 운필의 자유로움과 함께 사상적·문화적으로 완숙의 경지에 접어든 17세기 사대부 미의식의 면모를 살필 수 있다. 이와 관련하여 동춘당이 둘째 손자 炳夏에게 한 다음의 말도 새겨볼 필요가 있다.

> 內實이 없이 헛되게 이름만 얻으면 스스로를 속이고 또 남을 기만하는 일이 된다. 내가 헛되게 이름만 얻은 것을 스스로 부끄럽게 여겼다. 너는 겉만 꾸미어 치레하는 일에 관심을 두지 말고 오직 주어진 공부에만 힘을 쏟도록 하여라.[41]

<도 3-1, 3-2>는 규격이 가로 26cm× 세로 42.5cm로 푸른 당지에 묵서로 쓴 煽風帖이며 송봉기 소장이다. 연대 미상이나 이 글씨는 그의 보기 드문 육필 해서에 가까운 작품으로 <도 4-1, 4-2>, <도 5>, <도 6>과 비교해 보면 석봉체와 많이 닮아 있음을 알 수 있다. 釋文은 다음과 같다.

> 心要在腔子裏 坐如泥塑人 將上堂 聲必揚 將入戶 視必下 足毋蹶 衣毋撥 毋怠荒 終日端 (마음을 가슴 속에 간직하는 것이 중요하고, 앉아 있을 때에는 마치 진흙 인형처럼 하라. 마루 위로 오를 때에는 반드시 소리를 내고, 집안으로 들어갈 때에는 반드시 아래를 보아야 한다. 발은 재빠르게 움직이지 말며, 옷은 뒤집히지 않도록 해야 한다. 게으르고 거칠게 하지 말며 종일토록 단정히 있어야 한다)

이 글씨는 결구와 획법이 안정감을 주고 있어 근엄하면서도 정중한 느낌을 짙게 느끼게 하고 있다. 이는 여유있는 자세로 쓴 동춘당의 마음이 잘

41) 『恩津宋氏世蹟錄』, 恩津宋氏大同親睦會, 보전출판사, 1979, 363쪽 재인용.

전해진 것으로 소박하고 당당하다.

<도 7>은 연대 미상으로 잘 번지지 않는 종이를 사용하고 있으며 적절한 필속 · 적당한 비백 · 탄력있는 필획으로 강건한 분위기를 자아낸다. 이와 같이 동춘당의 글씨는 그의 학문세계와 함께 꾸밈과 기교가 없는 性情이 반영되어 단아하고 웅건한 필치로 드러나고 있다. 또한 '林'字의 결구가 흥미있게 보이며 '鼓'字는 자유로운 운필로 動態美가 드러나 보인다. 釋文은 다음과 같다.

> 園林窮勝事 鍾鼓樂淸時 (동산과 수풀 속에서 궁벽해도 좋은 일이요, 쇠북과 북으로 음악을 연주하는 맑은 시절이로다)

<도 8>은 64세 때의 것으로 이 또한 둘째 손자인 판서 炳夏에게 써 준 것으로 송봉기 소장이다. 이 작품은 동춘당의 스케일이 잘 드러나 있으며 생각을 다하여 쓴 것이라 생각된다. 현존하는 大字 초서로서는 드문 것으로 리듬을 중요시하며 열의에 찬 자신감을 보여줌으로써 당시의 기량이 쏟아부어져 있다. 連綿을 보이고 있으며 마음의 즐거움과 생각한 대로 쓴다고 하는 순수함이 작품에 드러나 있어 유려하고 분방함이 돋보이는 걸작이다. 동춘당은 석봉의 글씨를 익히고 익힌 뒤 왕희지체를 바탕으로 자신에 맞게 소화해 냄으로써 이러한 연면과 조형을 이루어낸 듯하다. 동춘당이 석봉체를 많이 배웠음에는 틀림없으나 여기에서는 완전히 탈피하여 나름대로의 독자성을 이루고 있어 세상을 관조하는 동춘당의 만년의 모습을 보는 듯하다. 釋文은 다음과 같다.

> 合驅殘臘變春風 只有寒梅作選鋒 莫把疎英輕鬪雪 好藏淸艶月明中 崇禎己酉淸和春翁書贈孫炳夏 (선달이 다 물러나가더니 봄바람으로 변하고 다만 찬 매화가 선봉에 뽑히도다. 성긴 봉오리가 가벼이 눈과 싸우게 하지 마시라. 달빛 속에 해맑은 요염함을 잘 간직하고 있으니. 숭정기유 청화 춘옹 쓰고 손자 병하에게 주다)

<도 9>는 동춘당이 35세 때 쓴 글을 모아 煽風帖으로 꾸민 것으로 송봉기 소장이다. 이 작품이 쓰여진 전후 시기의 동춘당의 행적은 34세 가을 병조좌랑에 제수되었으나 나가지 않았으며, 38세 때인 1643년(인조 21)에 사당과 정침, 동춘당을 건립하였고, 한성부 판관(종5품)에 제수되었으나 취임하지 않았다. 이때까지 벼슬에는 뜻이 없었고 학문과 서예 연마에 전념하면서 후진 교육에 전력하려고 한 것 같다. 작품의 규격은 가로 20cm×세로 13cm로 7장의 장지에 배접되어져 있는 행서 筆本이다. 글의 내용은 모두 4개의 작품으로 되어 있는데, 첫째 작품은 立箴幷序이고 둘째 작품은 晦齋 李彦迪이 30세에 지은 글을 쓴 것이다. 세 번째 작품은 退陶 李滉이 지은 聽松 成守琛의 묘지명을 쓴 것이고, 네 번째 작품은 退陶 李滉이 지은 灘叟 李延慶의 묘지명을 쓴 것으로 모두 古法의 전형을 따르면서 개성적인 필치가 많이 드러나고 있어 동춘당의 단아하면서도 淸勁한 필치를 보여주고 있다.

<도 10-1, 10-2>는 동춘당의 필적첩 중 제 1, 2면으로 五言・七言絶句가 초서로 쓰여져 있고 연대 미상이다. 규격은 가로 29cm×세로 45cm이고 紙本墨書로서 서울대학교 박물관에 소장되어 있으며 釋文은 다음과 같다.

> 山中無別味 藥草兼魚果 時有繡衣人 同來石上坐 (산중에 별미가 없어 약초와 물고기, 과일 뿐이로다. 때때로 비단옷 입은 자 찾아와서 함께 바위 위에 올라 앉네)
>
> 野人心計未全疎 此地來依水石去 今日獨來墟落盡 耦耕何處覓長沮 (들 사람 아직도 마음이 온전히 성글지 못해 이곳에 와 수석에 의지하다 가네. 오늘 홀로 와 보니 옛 터가 무너져 버렸으니 어느 곳에서 밭가는 장저(長沮), 걸익(桀溺)을 찾을까)

이 작품은 濃墨을 사용하였으며 운필이 매우 경쾌하여 활달한 기상과 함께 붓의 유연성이 잘 나타나 있고 긴장감과 굳센 필력을 엿볼 수 있다. '山'字에서 莊重美를 볼 수 있으며 '水'字의 결구가 흥미롭다.

<도 11>은 동춘당 필적첩 중 제7, 8면으로 연대미상이고 紙本墨書이며 서울대학교 박물관에 소장되어 있다. 釋文은 時乘六龍 剛健中正(때때로 육룡에 올라 타고, 굳세고 떳떳하게 중용을 지켜 올바르게 한다)이다. 이 작품은 점획에서 안진경의 필의인 燕尾蠶頭法을 볼 수 있으며 雄健莊重한 맛을 느낄 수 있다. 획법이 굳세게 보이고 붓끝의 정취가 잘 나타나 있어 동춘당이 다양한 필의를 바탕으로 강건한 서풍을 추구하였고 大字에 능하였음을 알 수 있다.

<도 12, 13, 14, 15, 16>은 규격이 가로 31cm×세로 45cm로 1册 29帳이며 楮紙에 쓴 煽風帖 筆本으로 육필을 장첩한 것이며 송봉기 소장으로 연대미상이다. 앞부분(<도 12, 13>)은 1장에 2자씩 12장에 24자가 해서로 쓰여져 있다. 이 작품은 剛毛를 사용하여 점획이 거칠고 강하며 線條가 葛筆과 함께 거침없는 필획이 두드러져 보인다. '之'字에서는 顔法이 나타나고 있다. 24字의 釋文은 다음과 같다.

> 功勞位尊 忠烈名存 澤流子孫 盛德之興 山高日昇 萬福是膺 (공로가 있으면 자리가 존귀해지고 충성과 열(烈)이 있으면 명예가 간직되어 은택이 자손까지 미친다. 융성한 덕이 일어나면 산처럼 높고 해처럼 솟아올라 만복이 이에 응한다)

다음은 중간 부분(<도 14, 15>)으로

> 陽氣發處 金石亦透 精神一到 何事不成 煌煌靈芝 一年三秀 子獨胡爲 有志未就 任重道遠 修辭居業 忠信進德 至誠惻怛 (양기가 피어나는 곳, 쇠와 돌도 뚫도다. 정신이 한 곳에 이르면 무슨 일을 이루지 못하겠는가. 빛나는 저 영지는 일년에 세 번 열매 맺는도다. 그대는 홀로 어이하여 뜻은 있으나 나아가지 않는가. 맡은 임무는 무겁고 길은 멀었으니 평소에 학업을 닦고 행해야 할 것이로다. 충성과 신의로 덕에 나아가며 誠을 다하고 있는지를 근심하고 경계하라)

1장에 4자씩 12장에 48자를 행서로 썼다. 이것은 淡墨을 사용하였으며 적당한 필속과 탄력있는 線條를 느낄 수 있다. 특히 '透'字는 자유로운 운필과 결구로 長江萬里와 같은 기상이 있으며 莊大하다. '有'字에서의 넉넉한 여유와 함께 '透' '有'字 모두 動態美가 돋보인다. 끝부분(<도 16>)에서는 故越同心日 등을 字數는 일정하지 않으나 1장에 3행씩 10장에 30행을 연면초서로 썼다. 활달한 기상과 탄력있는 線條와 함께 율동미의 변화로 장법상의 조화를 이루고 있다. 그리고 운필이 매우 경쾌하며 骨格美를 느낄 수 있고 轉折이 원활하게 구사되어 있다.

<도 17, 18>은 동춘당 필적의 제1, 2면과 7, 8면으로 가로 36cm×세로 59cm이며 朱子의 學古齋銘을 행서로 쓴 것이다. 紙本墨書로 개인 소장이며 연대미상이다. 이 작품은 행서에 간간이 초서의 자형을 혼용하여 쓰고 있으나 전체적으로 이질적이지 않고 조화되어 있으며 원숙한 필치를 볼 수 있어 동춘당의 전형적인 행서풍이 형성되기 시작했음을 알 수 있다. 方直한 운필과 太細의 변화와 함께 강한 필세를 보이고 있으며 붓끝의 정취가 잘 나타나 있다.

<도 19, 20>은 1690년에 세운 金成輝墓碣銘을 장첩한 제2, 3면으로 서울 개인 소장이다. 이 묘갈명은 기본적으로 석봉체를 기반으로 하고 있지만 결구나 자획에서는 이를 이미 벗어나 있어 동춘당 독자의 단아하면서도 典雅한 품격과 骨力을 나타내고 있다. 곳곳에 행서를 섞어서 해행의 분위기를 자아내고 있으며 해서의 자형에 행서의 운필로 쓰고 있기도 하다. 석봉체에서 이러한 예가 자주 나타나는데 이는 한호의 영향이라 여겨지며 이 작품에서는 해서와 행서의 조화를 한층 심화시켜 원숙한 필치를 보여주고 있다.

<도 21>은 규격이 가로 38cm×세로 20.5cm, <도 22>는 가로 57cm×세로 29cm, <도 23>은 가로 21cm×세로 23cm로 모두 紙本墨書이며 송봉기 소장으로 은진 송씨 선조들의 한글 편지만을 모아 장첩한 것이다. 「先世諺牘」 1冊 20장 중 3장이 동춘당의 諺牘인데 이는 매우 희귀한 자료이다. 愚伏 鄭經世의 딸로 동춘당의 배위였던 정씨 부인의 한글 서찰도 포함되

어 있다. 한글은 반포 이후 주로 여성이나 평민에 의해 사용되었으며 가사문학의 발전과 경서의 언해사업 등으로 대중화되어 갔다. 따라서 한글 서체는 조선 중기를 거치면서 쓰기에 편리한 필사체로 변화되어 갔는데 이 諺牘에서 당시의 한글서체의 필사체를 살펴볼 수 있으며 이는 한글서예사적으로나 규방문학과 여성사 등의 연구에 좋은 자료이기도 하다. 구애됨이 없이 자연스럽게 써내려 갔으며 連綿의 흘림과 시원한 필치를 느낄 수 있고 <도 23>에서는 동춘당의 수결도 보이고 있다.

<도 24-1, 24-2, 24-3>의 釋文은 다음과 같다.

> 堯欽舜一 禹祇湯慄 翼翼文心 蕩蕩武極 周稱乾惕 孔云憤樂 曾省戰競 顏事克復 戒懼愼獨 明誠凝道 操存事天 直義養浩 光風霽月 吟弄歸來 揚体山立 主靜無欲 整齊嚴肅 主一無適 博約兩至 淵源正脉 右退陶先生屛銘崇禎丙午孟秋四日(요임금은 위대하시고 순임금은 한결같으시도다. 우임금은 공경스럽고 탕임금은 두려워 하셨네. 경건한 문왕의 마음이여, 호탕한 무왕의 지극함이여, 주공께서는 건척(乾惕)을 말씀하셨고, 공자께서는 분악(憤樂)을 말씀하셨네. 증자께서는 항상 자신을 반성하시고 전전긍긍하셨으며, 안자께서는 극기복례를 일삼으셨네. 홀로 있을 때 항상 경계하고 두려워하며 조심해야하고 정성스러움을 밝혀 도를 모아야 한다. 지조를 간직하고 하늘을 섬기며 의로움을 곧바로 하고 호연지기를 길러야 한다. 몸가짐을 햇빛에 비치고 바람에 쏘이며 비오다 갠 뒤에 나타난 달처럼 맑게 하고, 시를 읊으며 자연에 돌아와야 한다. 몸을 떨쳐 산처럼 우뚝 서고 평소에 고요히 하여 욕심을 없애야 한다. 항상 단정하고 엄숙해야 하고 한가지에 힘을 다하여 다른 곳으로 가지 말아야 한다. 박문(博文)과 약례(約禮) 두 가지를 지극하게 하여 깊은 연못에서 흘러나온 물처럼 맥을 바르게 해야 한다. 퇴도선생 병명 숭정병오맹추사일)

이 작품은 木刻本으로, 61세 때의 작품이며 붓은 탄력이 강한 毛筆을 이용한 것으로 생각되며 長鋒에 무리함 없는 노련함과 순수함을 느낄 수 있고 서예학습의 교본으로 쓰려고 목판에 새겨 놓은 듯하다. 우리 나라 명서가의 각첩으로는 여러 사람의 글씨를 한데 모은 集帖과 한 사람의 글씨만을 새긴 獨帖이 있는데 집첩으로는 안평대군이 간행한 『匪懈堂集古帖』

이 가장 이른 예로 알려져 있다. 이 작품은 동춘당의 獨帖으로 시문을 새겼는데 분량은 적지만 기백이 가득차 있고, 대체로 雄健莊重하면서도 갈필이 보다 더 생동감을 느끼게 하고 있다. 목각은 각법이 비교적 예리하고 정교하여 당대 名人이 새긴 것 같으며 實作의 분위기를 자아내고 있다. 언제 새겨졌는지 알 수 없으나 오랜 세월 동안에 拓印되었어도 매우 양호한 상태로 보존되어 있다. 본 목각본은 1972년 봄에 직접 동춘당의 후손가에 수장되어 있는 것을 탁본한 것이다.

<도 25-1, 25-2>는 가로66㎝×세로113㎝의 한지에 두 글자씩 행서로 쓴 연대미상의 육필대자 묵서이며 9장으로 되었는데 몇 장은 낙장된 듯하여 아쉬움이 있으나 동춘당의 육필로 이렇게 큰 글씨는 희귀하며 양송체가 석봉체를 바탕으로 만년에는 안진경체의 肥厚味가 가미되어 영향을 미친 것이 "之"에서 나타나고 있고 웅건장중하여 득의작이라 여겨진다. 현재 남아 있는 내용은 "行事光明正大丈夫當如靑天白日得以見之"이며 2001년 송봉기가 지인으로부터 구입하였다고 한다.

<도 26-1, 26-2> 역시 가로76㎝×세로118㎝의 한지에 두 글자씩 행서로 쓴 연대미상의 육필대자 묵서이며 8장으로 되었는데 내용은 "在彼元斁在此無惡庶幾夙夜以永終詞"이며 <도 25-1, 25-2>와 함께 2001년 송봉기가 지인으로부터 구입한 것이다.

<도 27> 山仰樓는 가로113㎝×세로54㎝의 한지에 누각의 제자를 쓴 것으로 석봉체의 영향이 나타나고 있으며 필획이 힘차고 시원스럽다. 역시 <도 25-1, 25-2>, <도 26-1, 26-2>와 함께 송봉기가 구입한 것이다.

<도 28>은 法泉石潨 磨崖刻石으로 대전광역시 대덕구 중리동 115번지 松崖堂 앞에 위치하고 있다. 이 마애각석은 玉溜閣에서 마을로 내려오는 골짜기의 마을 가까이에 이르는 지점에 있었다. 옥류각 계곡은 언제나 물이 맑고 주변의 경관이 수려한 곳으로 계곡에는 크고 작은 바위와 돌들이 한 폭의 산수화처럼 펼쳐져 있다. 조선시대에 만들어진 懷德縣誌「古蹟」의 法泉洞 條에 다음과 같은 내용이 있다.

> 법천사 아래에 바위가 넓게 펴져 있는데 둘레가 수 십 걸음이나 되고, 시냇물이 바위 위에 흐른다. '법천석총'이라는 네 글자가 바위 위에 새겨져 있는데 문정공 송준길의 글씨이다.(在法泉寺下 巖石盤亘回 可數十步 澗水流於石上 有法泉石潨 四字刻在巖面 文正公 宋浚吉筆)

위의 내용에서 알 수 있듯이 본래는 계곡의 큰 바위에 法泉石潨 4字를 써서 새겼는데 굳센 골격미가 깃든 線條로 流暢蒼勁하며 획의 강약이 잘 조화를 이루고 있다. 3백년 이상 이 글씨는 바위에 새겨진 채 세인의 눈에 잘 띄지 않은 상태로 있었으나 1990년대 초 경주 김씨 문중에서 커다란 바위 중에서 글씨가 있는 부분만을 떼어내다가 현재의 위치에 놓고 조경용으로 사용하고 있다. 법천이란 법동의 샘으로서 법동 샘물이 솟아나 돌에 물소리가 난다는 의미로, 이 암각은 법천사 아래에 있었으므로 비래암과 법천사는 어떤 관련성이 있는 것으로 생각된다.

동춘당은 34세 때인 1639년(인조 17)에 비래암 앞에 '옥류각'을 짓고 학문을 강론하거나 국사를 걱정하였다. 따라서 이곳은 많은 문인묵객들의 발길이 끊이지 않았던 명소이기도 하였으며, 동춘당의 인품이 잘 드러나 있는 누각이다. 그러면서도 동춘당은 주변의 아름다운 경치에 도취하여 세상의 혼탁한 모든 물정을 잊고 자연 속에 묻혀 살고 싶은 마음이 생겨 1658년(효종 9)에 '超然物外(외물에서 벗어나 초연하라)'(<도 29>) 4字를 大字로 써서 옥류각 앞의 바위에 새겨놓았다. 동춘당의 大字는 당대의 석학답게 글자의 구성이 단정하며 필획이 剛健하면서도 동춘당의 학문세계와 性情이 반영되었기 때문에 결구가 방정하고 획법이 단아하면서도 飄逸한 정취를 느끼게 한다. 오랜 세월이 지났음에도 마멸되지 않고 거의 온전한 상태로 남아있으며 元나라 僧 雪菴[42]의 大字 楷書의 영향을 받은 한호의 대자 글씨를 수용하여 동춘당 특유의 대자 서풍으로 구사되어 있다.

---

42) 唐의 顏眞卿과 宋의 黃庭堅의 글씨를 바탕으로 독특한 大字書風을 이루어 후대에 큰 영향을 끼쳤던 서예가이다. 廉悌臣(1304～1382)의 『梅軒世稿』 卷3에 雪菴의 大字 筆蹟은 이미 고려말부터 우리 나라에 전해졌다는 기록이 보이고 있다.

동춘당의 금석문으로는 平山公(斯敏)墓碑, 柳祖妣墓碑陰記, 雙淸堂(愉)墓碑, 持平公(繼祀)墓碑, 宣務郞公(汝楫)墓碑陰記, 通政公(黃生)墓碑, 安東公(希建)墓碑, 進士公(希得)墓碑, 醉翁堂公(希命)墓碑, 榮川公(爾昌)墓碑, 睡翁景獻公(甲祚)神道碑, 雙淸堂墓碣子孫記, 崇賢書院碑, 華山書院碑, 遯巖書院碑, 平壤朴先生(彭年)遺墟碑, 南海忠烈祠李忠武公廟碑, 孝子崔達源墓碑, 俗離山事實碑, 林川公宋應瑞墓碑, 淸坐窩宋爾昌墓碑陰記, 竹窓李時稷墓碑, 學堂山墓表, 承仕郞公(世英)墓碑, 完山李氏墓碑, 鄭復始墓碣 등이 있다.[43]

위와 같이 동춘당은 조선조 500년을 통하여 가장 많은 금석문을 남겼는데 주로 은진 송씨 일문과 그와 정치적 입장을 같이 하였던 인사들의 비명을 많이 썼다. 『靑丘書畵譜』에 의하면 동춘당이 쓴 비문이 64개라고 하였다. 그런데 현재까지 조사된 바로는 남한에 소재한 예만도 82점[44]이 되는데 비갈이 81점, 마애각자가 1점이다. 이들 비문의 50%는 63～65세 사이에 쓴 것으로 비문의 90% 이상이 金尙憲과 宋時烈이 지은 것들이다. 이를 대별하면 中字의 단정한 해서로 쓴 것과 좀 큰 글자의 행서로 쓴 것으로 나눌 수 있으며 일반적으로 그의 글씨는 솜처럼 부드러우면서도 쇠처럼 강하다[45]고 평해지고 있다. 이 중에서 小楷는 지극히 정교한 「김상헌묘명후서」(<도 30>)를, 中楷는 웅건장중한 「민광훈 묘표」(<도 31>)를 대표작으로 들 수 있다. 1669년에 中字 해서로 쓴 「閔機神道碑銘」(<도 32-1, 32-2, 32-3, 32-4>)은 紙本墨書帖이며 그 중 제5, 6, 10, 11면으로 가로 26cm× 세로 34cm이고 學古齋 소장으로 慶州府尹 閔機(1568～1641)의 碑銘이다. 이 첩은 碑稿를 割裁하여 帖裝한 것으로, 앞부분에는 대자 해서로 쓴 민기의 墓表가 있으며, 민기의 큰아들 閔蓍重의 藏印이 찍혀 있다. 晋體를 기반으로 肥厚한 필획을 가미하여 謹正한 필의를 보이고 있으며, 석봉

43) 『恩津宋氏金石錄』, 恩津宋氏文獻飜譯編纂會, 美和出版社, 1983.
44) 이민식, 앞의 책, 22～24쪽 참조.
45) 송용재, 『同春堂 宋浚吉의 生涯와 思想』, 「同春堂 日記」를 통해서 본 同春堂의 生涯, 大田廣域市 大德區, 1999, 17쪽.

체에서 벗어나 방정한 결구와 여유로운 원숙한 자획으로 행서의 자형을 섞어서 썼다. 「遯巖書院碑」(<도 33>)나 「南海忠烈祠李忠武公廟碑」(1661년, <도 34>)는 결구가 납작하지 않고 유려하면서도 탄력이 있어 보여 강건한 독자풍을 느낄 수 있다. 이에 비해 좀 큰 행서로 쓴 「華山書院碑銘」(1664년, <도 35>)이나 「睡翁景獻公神道碑銘」(<도 36>)은 肥厚한 획과 유연한 운필 등으로 볼 때 석봉체로부터 탈피하였음을 느끼게 한다. 후대로 내려오면서 획이 점점 비후해지는 현상은 당시 청나라에서 안진경체가 풍미하였고, 국내에서도 朴泰維(1648～1686)·朴泰輔(1654～1689) 형제 등이 안진경체를 유행시킨 것[46]과도 유관하며 이는 석봉체에 나타나는 비후한 획이 안진경체로부터 나왔다고 인식했기 때문이라 여겨진다.

또한 「韓德及神道碑」(1664, <도 37>)는 동춘당 59세 때의 필적으로 필획이 석봉체에 기반을 두고 있으나 시원하게 운필되었고 「金光炯墓表」(1667, <도 38>)는 숙부인 김상헌이 비문을 짓고 동춘당 62세 때 쓴 것으로 글씨가 웅건하고 강건하며 막힘이 없다. 「閔齊仁神道碑」(1668, <도 39>)·「李有謙神道碑」(1669, <도 40>)·「金尙憲墓銘」(1671, <도 41>)·「閔光勳墓表」(1671, <도 42>) 등은 주로 동춘당 말년기의 것으로 웅건장중하다.

「李廷夔神道碑」(1746, <도 43>)는 이정기와 교유가 돈독하였던 우암이 지었으며 동춘당의 글씨를 집자하고 전액은 金壽恒(1629～1689)의 전서를 역시 집자하여 새긴 것이다. 이 시기 우암이 비문을 짓고 동춘당의 비

---

46) 朴泰輔, 『定齋集』 卷4 行狀, 『朝鮮故通訓大夫司憲府持平朴君(泰維)家狀』, "… 君於技藝 無所好 獨其書 天才自得 其用筆 骨肉相停 砥潤有光 愈大愈健 愈小愈媚 … 國初學書者 皆主趙孟頫 近代更尙韓濩 體格益卑 君始得顔魯公書表章之 一時字體大變 燕肆魯公書 爲之價高云.…", 吳世昌, 『槿域書畵徵』, 157쪽. 朴泰輔 條, "蔡之洪題曰 顧余愛此書甚 非謂其字好 突出漢晋諸子上 盖以其貞正謹慤 彷佛乎顔魯公筆法 而樹立之卓卓 殆無愧焉.(定齋書帖)."

문 글씨와 김수항의 전서를 집자하는 것이 유행하였다.

「濂洛正派 洙泗眞源」(17C, <도 44>)의 巖刻字는 道峯山의 道峯書院 앞 계곡에 있으며 도봉서원에 제향된 趙光祖(1482～1519)이래 서인들의 학문적 이념을 표현한 것으로 보인다. 여기서 염락은 宋代에 신유학을 일으킨 周敦頤와 程子 형제가 강학하던 곳을 가리키며 수사는 공자와 맹자가 제자들을 가르친 곳을 뜻하며 『春翁書』라 각인되어 있다.[47)]

그러나 동춘당의 금석문 중 대부분이 해서보다는 행서가 많은 편인데 행서로 쓴 「崇賢書院碑」(1667년, <도 45>), 「俗離山事實碑」(1666년, <도 46>), 「平壤朴先生(彭年)遺墟碑」(1668년, <도 47>), 「通正公(黃生)墓碑」(1665년 8월, <도 48>) 등은 비후하지 않으면서도 석봉체의 영향에 구애받지 않고 독자성을 가진 활달하고 淸勁端雅한 서풍을 보여주고 있다.

동춘당의 금석문 가운데 전서는 楷行에 가려 크게 각광을 받지 못하지만 능숙하여 당나라의 명필인 李陽氷을 충실히 따랐으며 희소하나 「雙淸堂(愉)墓表」는 동춘당이 쓴 頭篆(<도 49>)과 함께 뒷면은 子孫記가 細字의 행서로 陰刻되어 있다. 또한 「李時稷墓碣」의 전면은 김집이 썼는데(<도 50>) 양송의 서체 근원이 여기에 있으며 왕희지의 기반 위에 안진경을 가미시킨 글씨이다. 후면은 孝宗 4년(1653) 동춘당 48세 때 쓴 것으로 篆額과 비문을 썼다.(<도 51>) 頭篆은 당시의 소전풍이 그대로 나타나고 있어 근엄정중한 느낌을 주고 있다. 또한 금석문 가운데 예서 역시 희소하나 1657년 7월에 세운 「柳祖妣墓碑」(<도 52>)와 1664년 1월에 세운 「雙淸堂(愉)墓碑」(<도 53>)의 前面이 예서로 각각 글자의 크기가 11.3cm와 5.5cm의 크기로 쓰여져 있다. 당시의 한예와 당예의 복합적인 면보다는 당예에 더 가까운 느낌이 있으며 「雙淸堂墓碑」의 碑身은 위가 넓고 아래가 좁은 것이 특징이다. 또한 '선비박물관'에 『東湖妙筆』(<도 54-1, 54-2>)이 소장되어 있는데 이것은 예서에 능했던 洪錫龜[48)](1621～1679)

---

47) 이민식, 앞의 책, 30쪽 참조.

48) 字는 國寶, 號는 東湖, 九曲山人, 支離齋이고 1645년(인조 23)에 생원이 되

의 글씨를 장첩한 것이다. 그런데 여기에 나타난 예서풍과 동춘당의 예서가 닮아 있어 서로의 교류 영향이 아닌가 여겨진다. 한편 동춘당의 사후에도 그의 글씨를 집자하여「이정기신도비」처럼 비를 세우기도 하였는데 사후에 집자비가 만들어진 명필로는 金生・韓濩・金正喜 등이니 이를 통해서 동춘당의 명성을 다시 한 번 확인할 수 있다.

5. 結　論

이상 동춘당 당대의 시대적 배경과 조선중기 서예의 특성 그리고 그의 서예세계에 대하여 살펴보았다. 우선 동춘당은 당시의 사회적 혼란, 禮儀 紊亂, 풍속의 타락, 기강 해이, 私學의 성행 등과 같은 모든 폐단이 주자학이 올바르게 서지 못한 데에서 출발한다고 해석하고 주자학에 기초한 전통적인 정주이학을 올바르게 세우고 나라의 기강을 바로 잡아야 비로소 이상적인 사회로 나아갈 수 있다고 주장하였던 인물임을 알 수 있다.

이러한 주장을 하게 된 데에는 어린 시절 부군 송이창에 의해 줄곧 강조되어 온 주자학에 대한 가르침, 그리고 栗谷・沙溪・愼獨齋로 이어지는 기호학파의 적통을 그대로 수용하게 되는 사승관계에서 비롯된 것이고 그로 인해 동춘당은 평생동안 주자학에 초점을 두고 사회를 바라보고 해석하였다.

이미 언급한 대로 동춘당은 학문적, 정치적, 교육적인 능력 이외에도 서예에 대한 남다른 능력을 발휘하였다. 앞에서 논구한 동춘당의 서예세계를 정리하면 다음과 같다.

었고, 1650년(효종 1) 증광문과에 병과로 급제하고 해주목사에 이르렀다. 10여세부터 글씨에 뛰어나 많은 편액을 썼으며, 효종의 潛邸 시절에 총애를 받아 세자의 신발을 하사받았고, 천문학에도 정통하여 나무로 渾天儀를 만들기도 하였다. 글씨는 특히 예서를 잘 써서 현종의 격찬을 받았다.

첫째로 동춘당에게 영향을 미쳤으리라 여겨지는 조선 중기 서예의 특징으로는, 古法으로 복귀하려는 현상, 석봉체의 형성과 유행, 동국진체의 출현으로 석봉체를 형성했던 경험을 바탕으로 왕희지체를 완전히 소화하여 동국진체라는 고유색이 짙은 서체 출현, 그리고 이 밖에도 黃耆老・楊士彦 등 초서 명가의 출현, 許穆・金壽增 등의 전・예서, 양송체의 형성, 금석학 연구로 서예의 학문적 기초 마련 등을 들 수 있다.

둘째로 동춘당은 석봉체를 기반으로 획에 굵기를 더하여 갔고, 우암은 웅건한 안진경체에 가까운 서풍을 이루어냈다. 이는 마치 안평체나 석봉체가 각 시대의 사상적・문화적 토대 위에서 송설체와 왕희지체를 바탕으로 형성되었듯이 이 시대의 표상으로 양송체는 안진경체를 바탕으로 형성되었다고 할 수 있다.

셋째로 동춘당은 많은 금석을 남겼는데 이를 대별하면 中字의 단정한 해서와 행서로 쓴 것으로 구별할 수 있다. 그 가운데 해서보다는 행서가 더 많은데 행서로 쓴 「崇賢書院碑」, 「俗離山事實碑」, 「平壤朴先生(彭年)遺墟碑」, 「通正公(黃生)墓碑」 등은 비후하지 않으면서도 석봉체의 영향에 구애받지 않고 독자성을 가진 활달하고 淸勁端雅한 서풍을 보여주고 있다. 또한 전서는 희소하나 「雙淸堂(愉)墓表」의 頭篆은 동춘당이 쓴 전서로 당시의 소전풍이 그대로 나타나고 있어 근엄정중한 느낌을 주고 있다. 또한 금석문 가운데 예서 역시 희소하나 「柳祖妣墓碑」와 「雙淸堂(愉)墓碑」의 전면이 예서로 쓰여져 있는데, 이는 당시 예서에 능했던 洪錫龜의 글씨와 유사한 점이 있어 상호 교류의 영향이 아닌가 여겨진다. 이러한 작품들을 통해 볼 때, 동춘당의 생애 전반에서 드러나는 그의 정치・사상적 성향과 함께 그의 인품과 학덕이 작품세계에 그대로 구현되고 있음을 알 수 있으며, 이는 그의 학문적인 깊이와 사상체계가 현실적으로 발현되는 과정에서 이루어진 것으로 17세기 사대부의 선비정신과 미의식을 보이고 있으며, 이는 이후 18세기 동국진체가 형성될 수 있는 한 基底를 이루었다고 여겨진다.

〈圖　　版〉

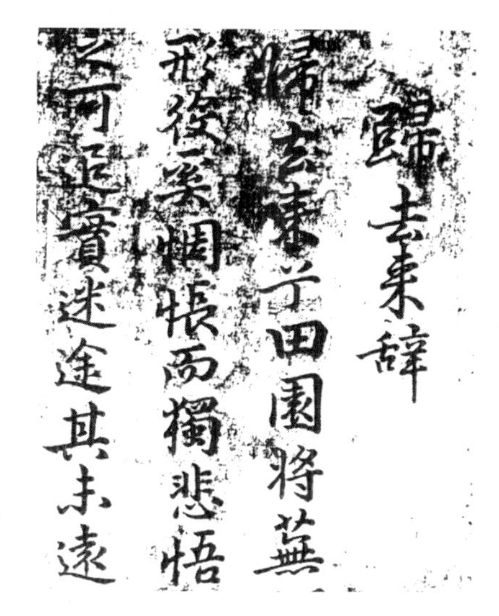

〈도 1〉 韓濩筆帖 歸去來辭

〈도 2-1〉

〈도 2-2〉

〈도 3-1〉

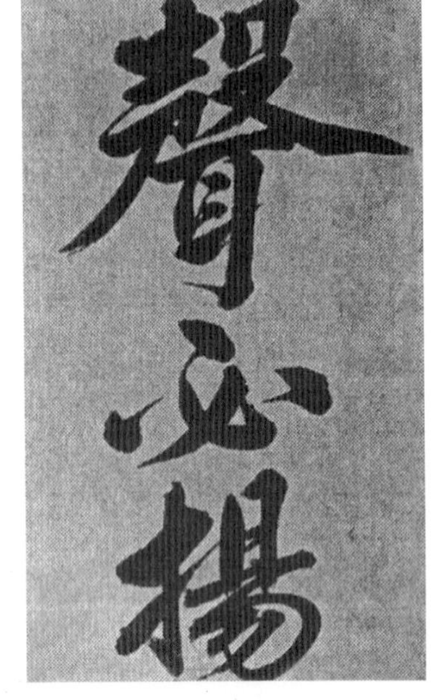

〈도 3-2〉

〈도 4-1〉 韓濩筆

〈도 4-2〉 同春堂筆

〈도 5〉 韓濩筆

〈도 6〉 同春堂筆

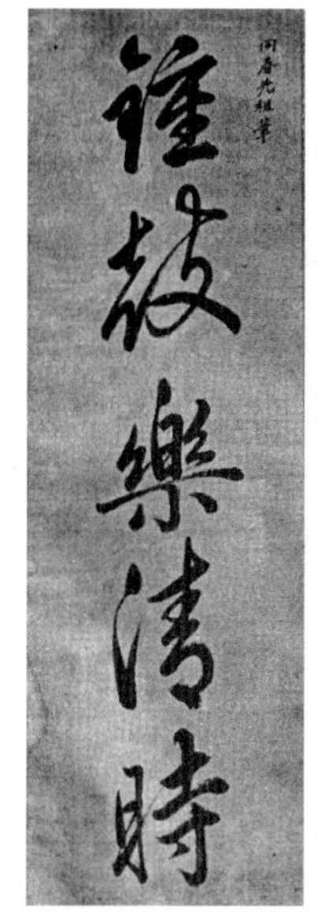

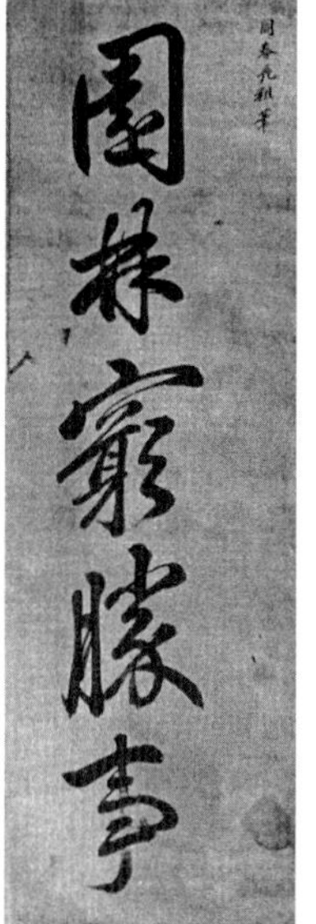

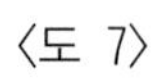

〈도 7〉

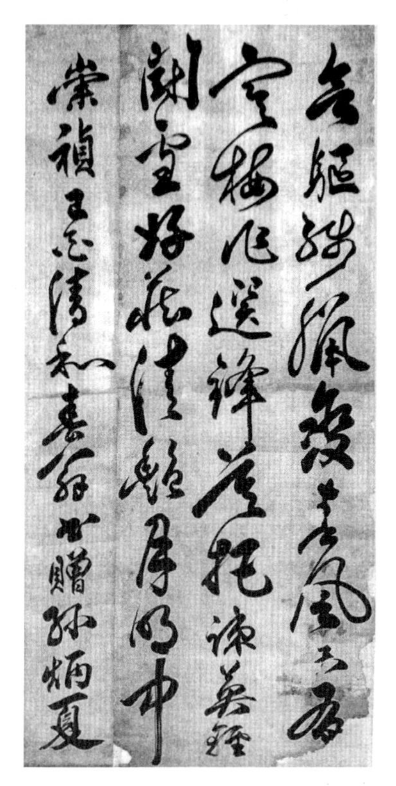

〈도 8〉

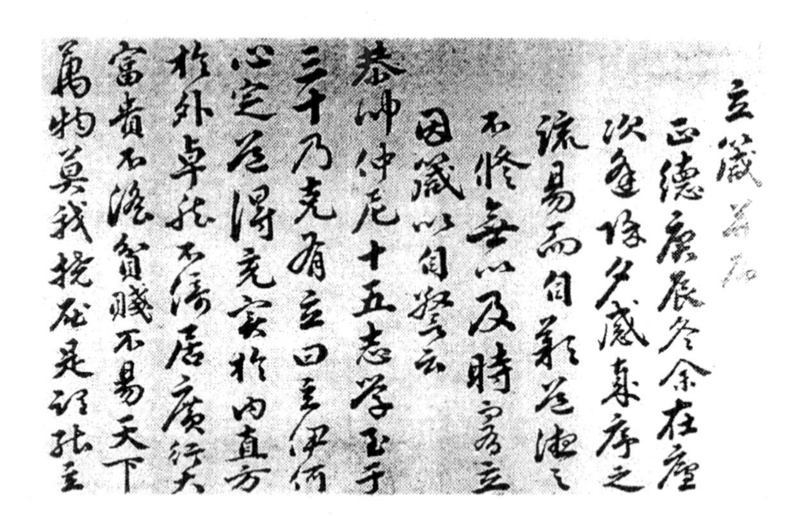

〈도 9〉

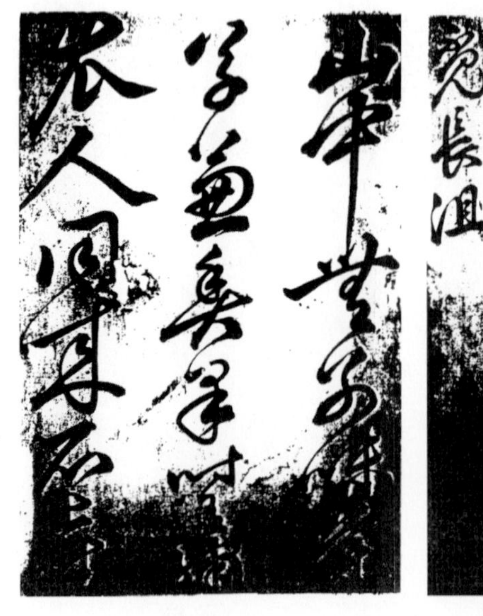

〈도 10-1〉

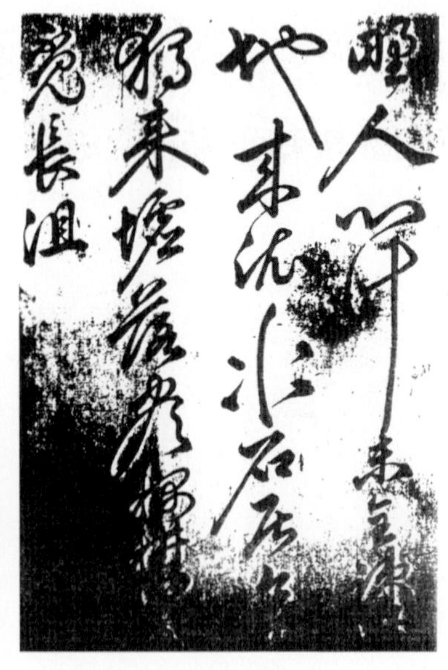

〈도 10-2〉

〈도 11〉

〈도 12〉 〈도 13〉

〈도 14〉 〈도 15〉

〈도 16〉

相古先民學以爲
己今也不然爲人
而已爲己之學先
誠其身君臣之義
父子之仁聚辨居
行無怠無忽至

〈도 17〉

進趨夜思晝行咨
詢謀度絶今不爲
惟古是學先難後
獲匪亟匪徐我其
銘之以警厥初
右朱子學古齋銘

〈도 18〉

〈도 19〉

〈도 20〉

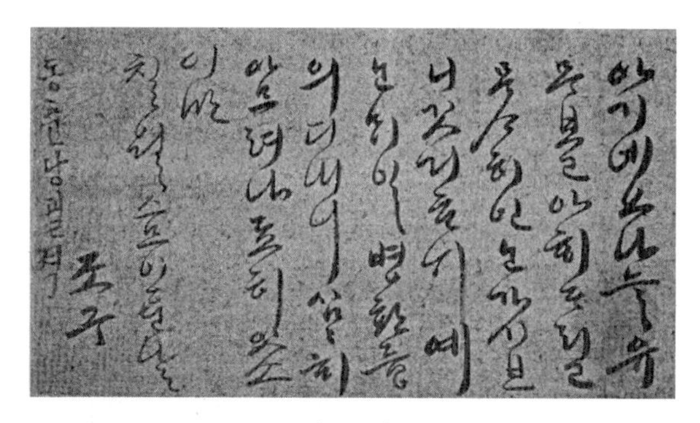

〈도 21〉

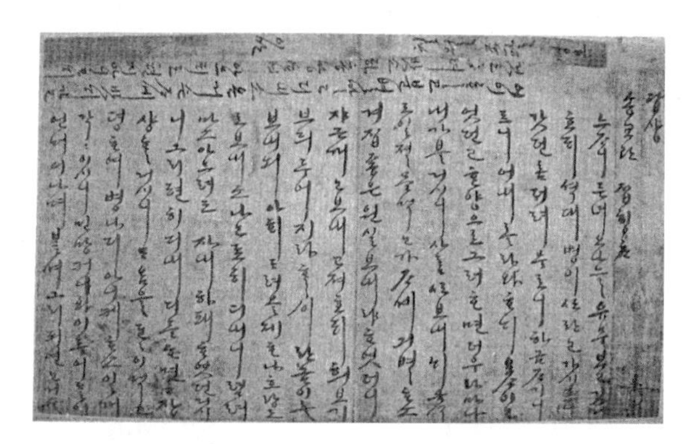

〈도 22〉

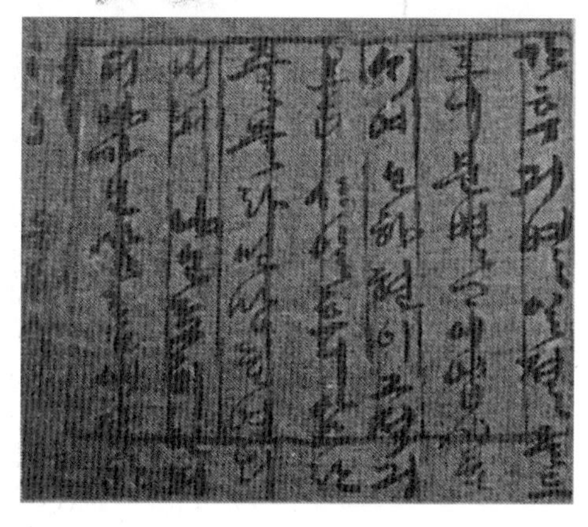

〈도 23〉

〈도 24-1〉 〈도 24-2〉 〈도 24-3〉

〈도 25-1〉 〈도 25-2〉

〈도 26-1〉 〈도 26-2〉

〈도 27〉

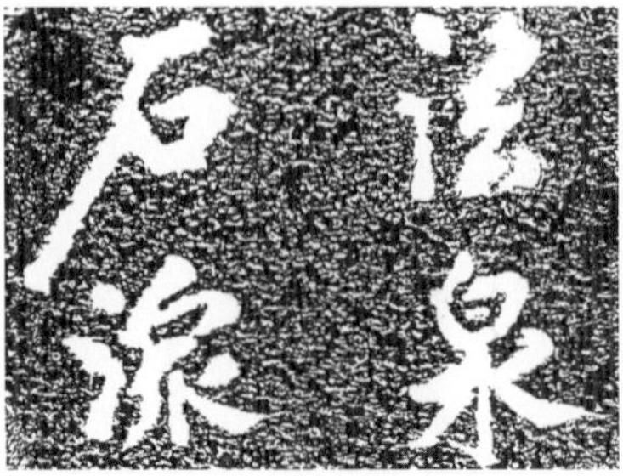

〈도 28〉 法泉石潒

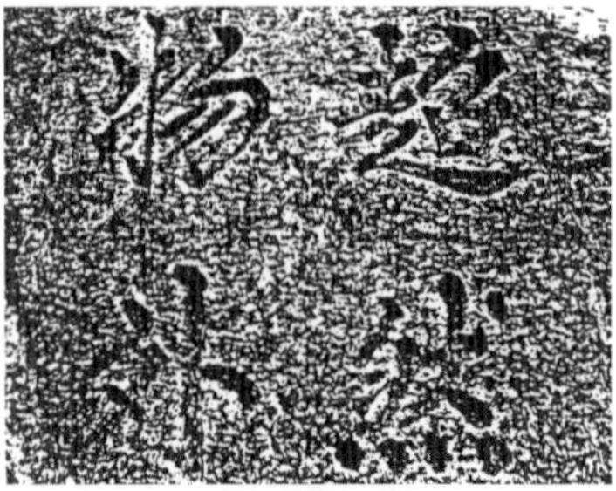

〈도 29〉 超然物外

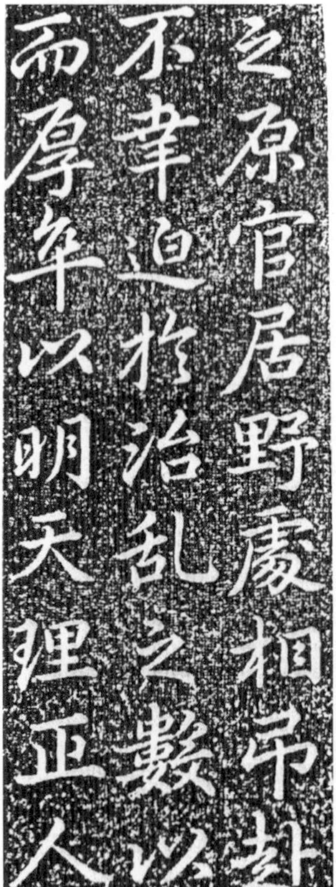

〈도 30〉 金尙憲墓銘後書

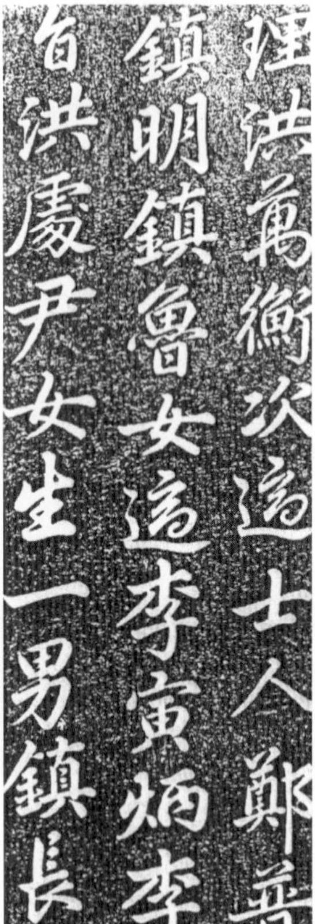

〈도 31〉 閔光勳墓表

政府領
議政閔

〈도 32-1〉 閔機神道碑銘

〈도 32-2〉 閔機神道碑銘

有明朝鮮通政大夫守慶州
府尹慶州鎭兵馬節制使
贈大匡輔國崇祿大夫議政
府領議政兼領 經筵弘文
館春秋館觀象監事 世子
師閔公神道碑銘并序

〈도 32-3〉 閔機神道碑銘

大匡輔國崇祿大夫議政府
右議政兼領 經筵事監春
秋館事 世子傅宋時烈撰
正憲大夫議政府左參贊兼
成均館祭酒 世子贊善宋
浚吉書

〈도 32-4〉 閔機神道碑銘

〈도 33〉 遯巖書院碑

〈도 34〉 南海忠烈祠李忠武公碑

〈도 35〉 華山書院碑銘

〈도 36〉 睡翁景獻公神道碑銘

〈도 37〉 韓德及神道碑

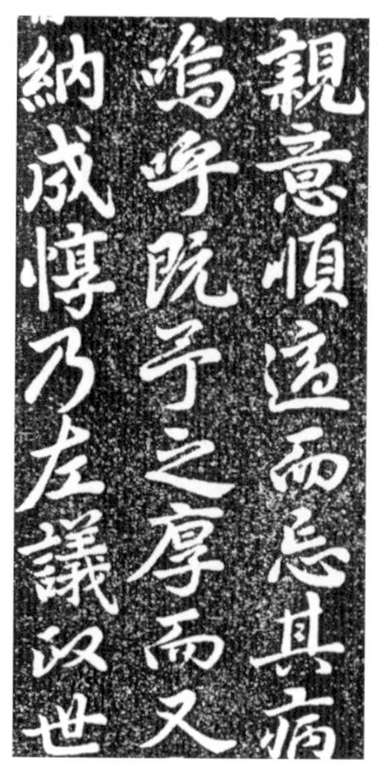

〈도 38〉 金光炯墓表

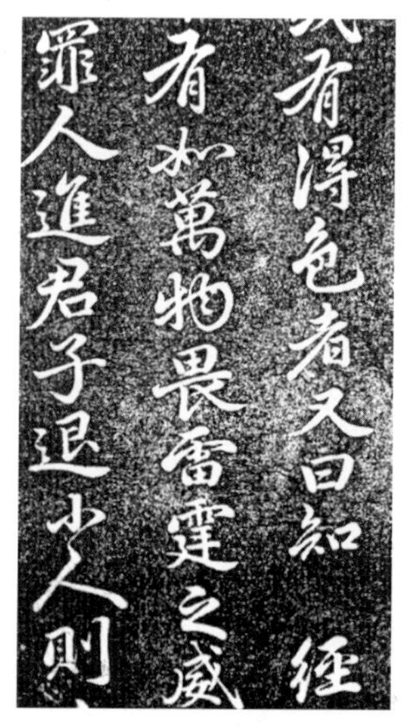

〈도 39〉 閔齊仁神道碑

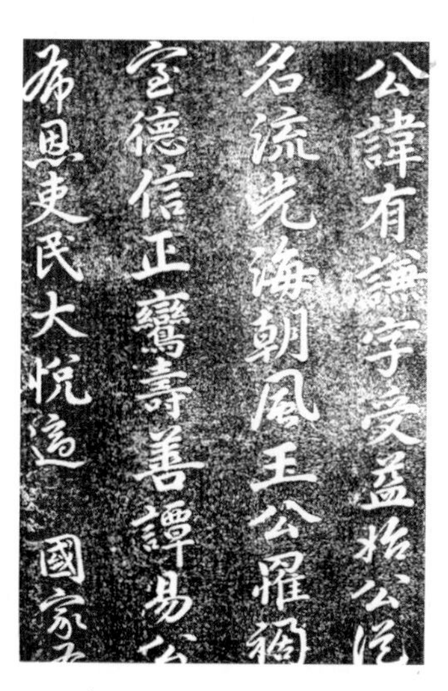

〈도 40〉 李有謙神道碑

〈도 41〉 金尙憲墓銘

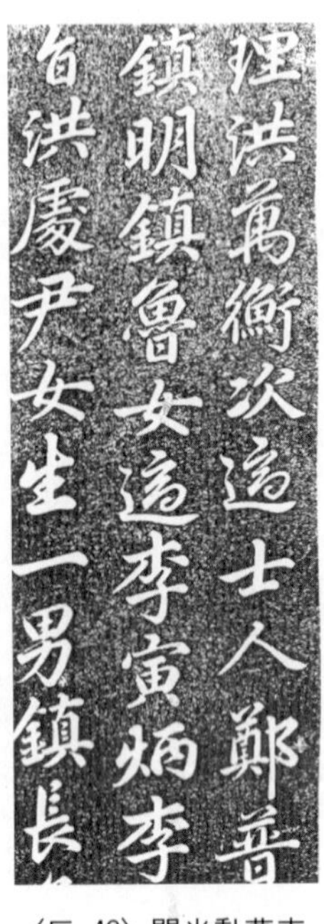

〈도 42〉 閔光勳墓表

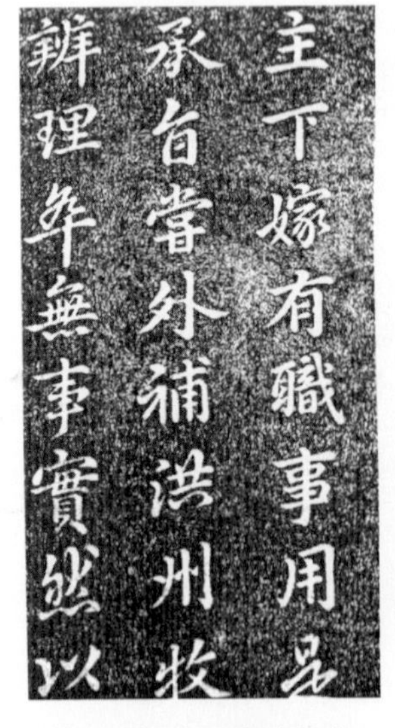

〈도 43〉 李廷夔神道碑

〈도 44〉「濂洛正派洙泗眞源」巖刻字

〈도 45〉 崇賢書院碑

〈도 46〉 俗離山事實碑

〈도 47〉 平壤朴先生(彭年)遺墟碑

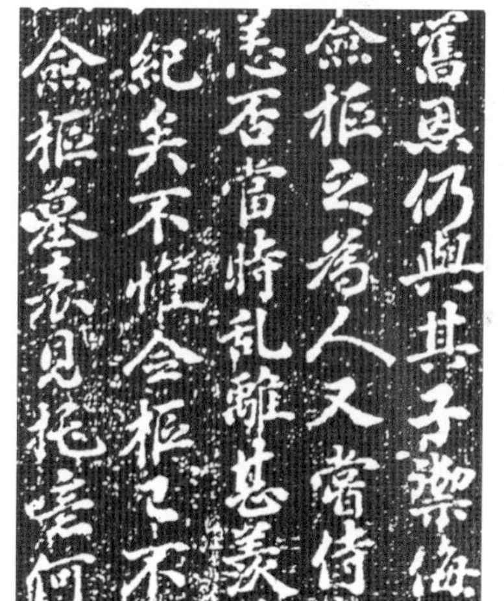

〈도 48〉 通正公(黃生)墓碑

〈도 49〉 雙淸堂(愉)墓表頭篆

有明朝鮮通訓大夫司憲府掌令 贈通政大
夫承政院都承旨兼 經筵參贊官春秋館修
撰官藝文館直提學尚瑞院正李公時稷之墓
贈淑夫人龍仁李氏祔左

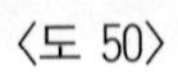

〈도 50〉

〈도 51〉 李時稷墓碣篆額

〈도 52〉 柳祖妣墓碑

〈도 53〉 雙清堂(愉)墓碑

〈도 54-1〉 東湖妙筆

〈도 54-2〉 東湖妙筆

『同春堂文集』의 文學的 實相

사 재 동*

1. 序　論

同春堂 宋浚吉(1606～1672)은 조선 후기 문신・학자로 유명하다. 그가 남긴『同春堂先生文集』28권과『同春堂先生別集』8권 등 중후한 업적이 이를 실증하고 있다. 그의 학문・사상과 인품・정리 그리고 생애・행적 등이 거의 전부 이 업적에 포괄되어 있으므로, 이를 바탕으로 그에 관한 연구가 진행되고 있는 것은 당연한 일이다.[1)]

---

* 충남대 국어국문과 명예교수.
이 논문은『유학연구』4집 (충남대유학연구소, 1996)에 수록된 논문을 수정・보완한 것임.

1) 그 동안 同春堂의 철학・사상 등에 관하여 단편적인 논고가 있어 왔지만, 이제 韓・中・日國際學術大會(1995.11.11, 충남대학교 유학연구소)를 열어, '同

이에 본고에서는 그 업적을 문학적 관점에서 고찰하려고 한다. 이런 점에서, 그 업적은 매우 중시된다. 그의 방대한 저술이 모두 문학으로 표현되어 있기 때문이다. 그가 이른바 세속적인 '문학'을 초월하여 '文以載道'의 문장관·문학관을 가지고 모든 문장을 지은 것은 사실이다. 그렇지만 오늘의 객관적 입장에서 그의 저술은 모두 문학이라고 볼 수밖에 없다. 그 저술의 문학적 실상과 문학사적 위상이 너무도 뚜렷하기 때문이다. 위대한 문학이 심오·장중한 사상·감정을 가장 완전하게 표현한 것이라고 한다면, 同春堂의 저술은 전체가 훌륭한 문학작품이라고 평가되어야 할 것이다. 우리 고전문학, 한문학의 개념·범주에서 광의나 협의를 불문하고, 同春堂의 저술은 '훌륭한 문학'의 수준을 족히 유지하고 있기 때문이다.

그 동안 同春堂의 저술을 문학적으로 논의한 본격적인 업적은 아직 드러나지 않는 형편이다. 그것은 선현의 저술을 감히 문학으로 취급할 수 있느냐 하는 선입견에 얽매인 덕분이 아닌가 싶다. 그리고 철학·사상·경학 등의 다른 측면에서 그 업적을 중시하고 전유물인양 연구하고 있는 경향에 그 문학적 고찰이 일단 밀려난 처지가 아니었던가 한다. 그러나 이제는 유경·불경·도경 등의 문장이 다 위대한 문학이라는 전제 아래 그것을 문학적으로 연구하는 시점에서, 同春堂의 업적은 문학적으로 검토·고찰할 단계에 이르렀다.

이에 본고에서는 첫째로, 同春堂의 업적을 문학작품으로 보고, 주제·내용에 의한 대국적 흐름과 문학장르에 입각한 몇 갈래로 파악하겠다. 그리하여 그 업적의 문학적 실상과 문학정신의 대강이 드러나게 될 것이다. 둘째로, 그의 追悼詩文을 중심으로 그 문학정신의 구체적 면모를 검색하여 보겠다. 따라서 그 문학정신의 실제적 일면이 부각될 것이다. 나아가 그의 업적이 문학적으로 조명되어 그 진가를 드러낼 때, 그것이 한국문학사 상에서 차지하는 위상을 추정하게 될 것이다. 그리하여 그 업적의 가치와 의의가 밝혀져서 한국의 철학·사상사 등과의 관계가 정립될 것이다.

春堂思想의 體系的 照明'을 추진하였다.

2. 同春堂의 文學世界

同春堂의 文學世界는 그의 文集에 응집되어 있다. 그의 文集에는 목록대로

> 疏・箚(140), 啓辭(40), 獻議(18), 書(167), 祭文(22), 祝文(29), 雜著(13), 記(2), 題跋(10), 碑(2), 墓碣(2), 墓表(18), 墓誌(5), 行狀(14), 諡狀(4), 年譜(1), 詞(2), 詩(95), 經筵講說(別集, 經筵日記) 등[2)]

이러한 작품들이 수록되어 있다.

이 작품들은 주제・내용으로 보아 크게 두 주류로 나누어진다고 하겠다. '主理之文'과 '主情之文'이 바로 그것이다. 그러면서도 전자가 후자에 비하여 우세한 편이다. 그 主理之文은 經學과 性理・道學 등에 입각한 事理를 논리적으로 기술한 문장들이다. 여기에는 주로 전계한 疏箚・啓辭・獻議와 함께 經筵講說 등이 포괄된다.

그리하여 栗谷・沙溪・愼獨齋의 학통을 이은 同春堂의 학문적 내면과 학자적 면모를 잘 드러내고 있다. 여기서 同春堂의 主理的 文學世界와 道學的 文學情神을 찾아 볼 수가 있겠다. 그리하여 同春堂은 이른바 道學派의 文統을 계승하고 있다고 보아진다.

그리고 主情之文은 心理와 四端・七情 등에 입각한 情理를 사실적으로 서술한 문장들이다. 여기에는 주로 전계한 書・祭文・記・題跋・墓碣・墓表・行狀・諡狀・詩 등이 포함된다. 그리하여 同春堂의 정서적 내면과 인간적 면목을 잘 나타내고 있다. 여기서 同春堂의 主情的 文學世界와 人間的 文學情神을 발견할 수가 있겠다. 그러면서도, 同春堂은 詞

---

2) 宋浚吉, 同春堂先生文集 目錄, 同春堂集 首卷, 崇禎後三戊子, 興巖書院. 1～32장.

章派라고 할 만큼 소위 순수문학을 개척하였다고 보기는 어렵다. 여기에도 同春堂의 도학자적 정신과 분위기가 엄연히 감돌고 있기 때문이다.

그렇다면 同春堂의 문학세계는 양면으로 대립되어 있는 게 아니라, 그것이 양측면으로써 조화를 이루어 있다고 하겠다. 적어도 主理之文이 주체가 되어 主情之文을 포용·통합시킨 것이 同春堂의 진정한 문학세계라 보아지기 때문이다. 그러기에 보편적으로 말하는 문학적 성격에서는 主情之文이 비교적 뚜렷한 일면을 드러내고 있는 게 사실이다. 따라서 同春堂의 철학·사상 등을 나타낸 면에서는 主理之文에 역점을 두겠지만, 그의 인격·정서 등을 나타낸 면에서는 主情之文에 주안점을 두어야 하겠다. 그중에서도 輓詩·祭文을 중심으로 하는 追悼詩文은 同春堂의 순연한 문학세계와 절실한 文學情神을 나타냈다는 점에서 주목되어야 할 것이다.

위에 든 同春堂의 문학작품을 장르별로 정리할 필요가 있다. 위 목록에서 그 나름의 갈래를 보인 것은 사실이나, 그 잡다한 작품 형태를 국문학의 체계에 맞추어 유형을 선명하게 하는 게 중요한 과제이기 때문이다. 일반적으로 국문학의 장르를 시가·수필·소설·희곡 등으로 대별하거니와, 同春堂의 모든 작품들은 희곡 이외의 3대 장르를 다 충족시키고 있다. 그리하여 그의 작품들은 近體詩系와 漢詩와 隨筆系 散文, 그리고 敍事系 傳記 등으로 나누어진다.

1) 近體詩系 漢詩

同春堂의 漢詩는 絶句와 律詩, 그리고 古詩와 詞(辭)로 전형화되어 있다. 五言絶句와 七言絶句, 五言律詩와 七言律詩, 五言古詩와 七言古詩, 그리고 辭體가 바로 그것이다. 이제 그 시들을 형식에 따라 개관해 보겠다.

五言絶句에는

謝道川寄白苟(2)・以臘劑爲報復寄一絶・偶吟寄道川道案求和(4)・偶吟・沂川洪相命憂挽(5)[3]

등 13수가 있고, 七言絶句에는

鄕老朴興男挽・贈友人・贈申侍直翊隆(2)・宗兄宋生國銓挽(2)・柳監察興龍挽・族姪宋生奎元挽・記夢

등 9수가 있으며, 五言律詩에는

李正字樟挽・族叔宋判官希建挽・竹窓李公挽(3)・次英甫所示尹汝望韻(3)竹窓李公夫人挽・庶舅金上舍伯生挽・尹大諫煌夫人挽・羅同知萬甲夫人挽(2)・盧正言峻命挽・金龍宮德民挽・鄭宜寧昌詩挽(2)・金監司慶餘挽(4)・閔監司光勳夫人挽・吳正言翽挽・李燕岐惟清夫人挽・浦渚趙相公挽(3)・樂靜公錫胤挽・族叔宋同知希命挽・郭獻納聖龜挽・申西源溊挽・中表兄宋生時倓挽・李正言光稷挽(4)・吳尙書竣挽(2)・次金沃川壽昌飛來菴韻・庶舅金生甲生挽・禹進士聖瑞挽・蘇監司東道挽・金新寧湍挽・閔綾叫汝老挽

등 44수가 있고, 七言律詩에는

李生惇挽(2)・尹大諫煌遷葬挽・淸陰金先生挽(2)・愼獨齋金先生挽・閔監司光勳挽・市南兪公棨挽(2)・金南原益烈挽・朴僉知桌挽・挽人・趙參奉相禹挽

등 13수가 있다. 그리고 五言古詩에는

琴巖宋公夢寅內挽・內弟金生梁挽・孟蔚山世衡挽・潛谷金相國堉挽・李察訪憬挽寧陵挽章・趙秀才持衡挽・趙懷德爾翻挽・李參

---

3) 『同春堂先生文集』 卷28, 2～23장, 이하 漢詩는 모두 이 범위 내에 실려 있다.

議有謙挽・族孫宋生夒鎭挽・族兄宋上舍國耆挽・金秀才得洛挽・族姪宋蔭竹奎光挽・成秀才奇童挽・浦渚趙相公改葬挽・朴尙書長遠挽・梁察訪以松挽

등 17수가 있고, 七言古詩에는

崎菴鄭公挽・中表姪宋生基泰內挽

2수가 있으며, 辭體로는

贈人(失名)・郭秀才昌遠哀詞[4)]

등 2수가 있다.

이상과 같은 그의 近體詩가 다른 문학장르에 비하여 그리 많은 것은 아니지만 모두가 佳作으로 남아 있어 다행이라 하겠다. 대체로 그는 七言보다 五言을 즐기고 絶句나 古詩보다도 律詩를 좋아했던 것으로 나타난다. 그래서 그의 한시는 운율의 배치・활용이나 시어의 간절・참신함이 빼어난 정감・시상을 절실하게 부각시키고 있는 것이다.

그런데 그의 漢詩는 거의 전부가 輓詩로 이루어졌다는 게 특징이라 하겠다. 그 漢詩 100수 중에서 「次英甫所示尹汝望韻」(3)[5)]・「記夢」[6)] 등 13수를 제외한 87수가 모두 輓詩로 되어 있기 때문이다. 따라서 그는 시인・문사로 자처하여 본격적으로 漢詩를 지은 게 아니라고 추정된다. 그는 부득이한 경우에 몇 편의 시를 지었을 뿐, 불가피한 경우에 망자를 위하여 만단정회를 시로써 읊어냈던 것이다. 그는 혈연・학연・친연 등에 얽힌 상하・좌우의 관계를 가장 중시・궁행하던 사상과 정감으로써, 그들의 사거에 대하여 깊은 애도를 가장 절실히 표현하였다. 그리하여 그의 祭文이 그

---

4)『同春堂先生文集』卷28, 1～2장.

5)『同春堂先生文集』卷28, 3장.

6)『同春堂先生文集』卷28, 22장.

러하듯이, 그의 輓詩가 絶唱으로 맺어진 것이라 하겠다. 그의 크고 무거운 시정신은 무던히 절제되고 응축되었다가 사별의 정한을 통해서만 시로서 터져 나왔기 때문이다. 그러기에 이 輓詩가 그의 문학정신을 구현하는 대표적 문학의 하나라 하겠다.

2) 隨筆系 散文

일반적으로 국문학 수필의 하위 장르에는 敎令・奏議・論說・序跋・傳狀・哀祭・書簡・紀行・日記・雜記 등이 포함된다. 그렇다면 동춘당의 산문은 위 장르 중에서 奏議・論說・序跋・傳狀・哀祭・書簡・雜記 등에 족히 유별・배속될 수가 있겠다.

奏議는 신하・백성들이 왕에게 올리는 일체의 문장을 이른다. 그렇다면 同春堂이 올린 「疏箚」과 「啓辭」는 모두 奏議에 해당된다. 그 「疏箚」에는

陳情辭職兼陳所懷疏
辭進善疏
辭掌令及別賜米饌之命疏 第21篇[7)]
承召在途移拜吏議到漢城外辭疏
乞歸疏 第32篇[8)]
辭大司憲兼陳所懷箚
請姑停水原新陵役事箚
辭吏判疏 等22篇[9)]
辭繼給米肉之命疏
論時事箚
陳情自劾兼辭册敎書寫疏 等19篇[10)]

---

7)『同春堂先生文集』 卷2, 1～45장.
8)『同春堂先生文集』 卷2, 1～45장.
9)『同春堂先生文集』 卷3, 1～37장.
10)『同春堂先生文集』 卷4, 1～39장.

陳情疏
申乞解職且辭別賜粮饌之命疏
中路告歸疏 等22篇11)
辭吏曹判書疏
到城外辭吏判疏
辭左參贊及兼帶箚 等24篇12)

이와 같이 총140편이 6권에 걸쳐 풍성한 질량을 보이고 있다. 그리고 「啓辭」에는

兩司請遠竄金自點啓
引避啓
論李時萬等啓 等36篇13)
史官論旨後書啓
承宣論旨後書啓
宮官論令後書啓 等9篇14)

이처럼 총45편이 엄연하게 자리하였다.

그가 관직에 임명되어 治國의 원리와 修身·齊家의 원칙을 들고 사직을 상소하거나, 재직시에 행직의 시비와 대책을 상달할 때, 그 문장은 성실·강직하여 불의·부정을 일체 용납하지 않았다. 그의 간결·장중하고 논리정연한 문장은 실로 충의·우국으로 가득하고 도학정신을 그대로 구비하였던 것이다. 그의 奏議는 그처럼 방대·다양한 질량으로 춘추필법의 전범을 보임으로써 도학사상을 명쾌·강건한 문학정신으로 구체화하고 있는 터이다.

論說은 정치·산업·윤리·학술·문화·교육 등에 관한 학자의 주견을 논리적으로 기술한 문장이다. 그렇다면 同春堂의 「獻議」와 「經筵講說」

---

11) 『同春堂先生文集』 卷5, 1～44장.
12) 『同春堂先生文集』 卷6, 1～40장.
13) 『同春堂先生文集』 卷7, 1～26장.
14) 『同春堂先生文集』 卷7, 26～35장.

등이 이에 속할 것이다. 이「獻議」에는

> 麟坪大君喪親臨賜祭儀注議
> 國恤時百官服制議
> 大王大妃殿服制議
> 陵號嫌避議
> 國葬後行祭時先爲問安當否議
> 經筵進講册子議

등 18편이[15] 있고,「經筵日記」는『同春堂先生別集』卷1에서 卷8에 걸쳐 실려 있는데 孝宗 元年 11월부터 그 8年 12月까지 經筵에서 향한 經書講論이다.

그「獻議」는 궁중법도를 중심으로 예제를 논의하여 상주하는 문장이다. 따라서 奏議와 비슷한 성격을 띠고 왕가와 조정에 직결되어 크게 물의를 일으키는 경우가 허다했던 것이다. 그래서 그는 관직과 생명을 걸고 언제나 백척간두에 서서 직필을 휘둘렀던 게 사실이다. 여기서도 원리 원칙과 정도 정법을 제창・수호하려는 도학정신을 구체화하고 있는 터다. 그리고「經筵日記」에 나타난 그의 論說은 왕과의 經筵對話로서 그 내용과 표현이 무겁고 값진 것이다. 그 論說은 왕의 질의나 문제 제기에 대하여 도학과 정도를 바탕으로 文史哲의 논거를 들고 종횡무진으로 논증・답변해 나간다. 그 일기체 속에 엄연하게 자리한 그의 논설은 가위 사계의 명문에 속하며 그 도학정통・춘추대의의 문학정신이 생동하는 터라 하겠다. 이처럼 그의 論說은 그 주제・내용이 진실・장중하고 논리가 정연하며 필치가 간결・투명하기로 유명하다.

序跋은 대강 서책의 서문과 발문을 말한다. 그렇다면 同春堂의「題跋」이 이에 해당된다. 그「題跋」에는

---

15)『同春堂先生文集』卷7, 35～49장.

王來舊館書李士尙壁間詩後
朱文酌海跋
寫進春宮先賢格言屛幅跋
題振衣閔公汝任題挹灝亭詩後
延平答問跋
語錄解跋
三節遺稿跋

등 9편이[16] 있다. 그는 남의 서책에 서문을 쓰지 않은 게 특색이다. 그만한 명성으로 그런 서문을 짓지 않은 것은 그의 겸허한 인품을 나타낸 것이다. 부득이한 친연을 따라 그 발문을 쓰되, 그 내용은 충실하고 그 표현은 절실하였다. 그 발문의 대상을 확실히 파악하고 그들과의 인연을 밝힌 뒤, 그 내용을 간요하게 해설하고 그 가치를 긍정적으로 평가함으로써, 빈틈없는 문장을 만들었다. 그리하여 그 문학정신의 일면을 겸허하고 절실하게 표출하고 있는 것이다. 한편 이 문장을 통하여 그 대상저술에 대한 긍정적 평가·비평을 가하고 있는 게 사실이다.

傳狀은 고인의 간단한 傳記와 行狀을 포함하여 이른다. 그 형태는 다양하지만 입전되는 인물의 생애와 행적을 간요하게 기술·평가하며 추모의 뜻을 곁들이는 문장이다. 그렇다면 同春堂의 墓碣·墓表·墓誌·行狀(短形) 등이 이에 속한다. 이 「墓碣」에는

行豊川都護府使李公墓碣銘
同知中樞府使贈兵曹判書李公墓碣銘

등 2편만이[17] 있고, 「墓表」에는

高麗大將軍呂公墓表
睡翁宋公墓表

16) 『同春堂先生文集』 卷20, 17~30장.
17) 『同春堂先生文集』 卷21, 3~8장.

右議政完南府院君李公墓表
慶州府尹贈領議閔公墓表
江原道觀察使贈吏曹判書閔公墓表
城均生員李君墓表
祖考贈參判府院君祖妣贈貞敬夫人李氏墓表
殤姊墓表

등 18편이나[18] 있으며, 「墓誌」에는

司憲府監察贈吏曹參議鄭公墓地銘
淑夫人衿川姜氏墓地銘
金城縣令南公墓地銘
淑夫人東萊鄭氏墓地銘
殤女壙記

등 5편이[19] 있을 뿐이다. 이들 墓碣・墓表・墓誌 등이 그나름의 독특한 양식을 취하고 있는 것은 사실이나, 그 기본구도와 내용이 대상인물의 一生行蹟을 약술하고 있다는 점에서 傳狀에 포괄될 터이다. 이어 「行狀」(短形)에는

戶曹參議鄭公行狀
恭人李氏行錄
八代祖妣烈夫安人柳氏行狀
七代祖考處士雙清堂府君行狀
高祖考宣務郞府君行狀
曾祖考承任郎府君行狀
先考清坐窩府君行狀
睡翁宋公遺事

등 10편이[20] 있다. 그는 선망 혈연・학연・친연 중에서 불가분의 관계를

18) 『同春堂先生文集』 卷21, 9～46장.
19) 『同春堂先生文集』 卷21, 46～60장.

가장 중시하고, 위와 같은 형태로 그들의 생애·행적 등을 서술·평가하고 추모의 뜻을 덧붙이는 명문을 많이 지었다. 그 문장에는 대상인물의 생애와 행적이 정확하고 조화있게 서술되고 공정하게 평가되어 있다. 거기에는 同春堂의 정성과 애정이 서리어 그 대상인물이 생동하는 느낌을 자아내고 있는 터다. 그 표현은 간결·절실하여 그들에 대한 기념비적 문장으로 완결된 것이다. 거기에는 대상인물에 대한 同春堂의 의리·정의·자애·추모·자성의 정감이 문학정신으로 승화되어 있다고 보아진다. 이러한 그의 傳狀이 長形으로 확대되고 긍정적으로 부연된다면, 바로 敍事系 傳記로 변용될 수가 있겠다.

哀祭는 哀悼文·祭文·祝文 등을 포괄하는 문장형태다. 어떤 혈연·학연·친연을 가진 인물의 장례와 제례에 바치는 일련의 추도문으로서 애도와 추모를 함께 어우르는 문장이다. 그러기에 그 대상인물의 탁이한 행적을 들어 그와의 관계를 회상하면서, 그 절실한 내용을 엮어 비감어린 표현으로 일관한다. 그리고 그 시대에 상응하는 각종 祭儀에서 그 신위를 향한 기도문으로서 축문까지 이 부류에 넣을 수밖에 없다. 이것도 역시 영가와 같은 차원에 있는 신위에 대하여 호소하고 감응을 간청하는 문장이기 때문이다. 그렇다면 同春堂의 祭文과 祝文이 이에 포괄되겠다. 그 「祭文」에는

祭李上舍俺文
祭愚伏鄭先生文
祭沙溪金先生遷葬文
崇賢書院祭淸陰先生文
祭愼獨齋金先生文
祭閔監司光勳文
祭孀女羅氏婦文
祭亡子文[21]

---

20) 『同春堂先生文集』 卷22, 1～41장 및 同書 卷23, 1～38장, 同書 卷24, 1～26장.

등 22편이 있고, 「祝文」에는

曾祖妣端人完山李氏墓告文
先祖雙清堂府君墓竪石告文
先祖妣柳氏旌閭後墓所告由文
赴召時家廟告文
先考妣墓破土還封告文
亡室贈貞夫人晉州鄭氏墓告文
亡子正郎墓告文
殤姉墓竪表告文[22]

등 29편이 있는 터다. 그는 혈연・학연・친연을 가진 선망 인물에 대하여 가장 절실하고 무게있는 정감을 정성과 기도로써 최대한 표출하여 祭文을 만들었다. 그의 祭文은 애도와 추모를 넘어서서 종교적인 차원으로 승화되어 있다. 따라서 그의 祭文은 그 사상과 정서의 주체를 내용・정신으로 담아 최선의 문학적 역량을 기울여 지어낸 정화라 하겠다. 그 祭文은 그의 저술 중에서 가장 빼어난 작품들로서, 거기에는 그의 진솔한 인간적 면모와 문학정신이 깃들어 있는 것이다.

書簡은 혈연・학연・친연 간에 주고 받는 안부・용건・사연 등을 적은 문장이다. 그렇다면 同春堂의 「書」가 바로 그것이다. 그 「書」에는

上沙溪先生

이라 하여 卷8·9에[23] 실려 있는 것이 우선 주목된다. 이것은 同春堂이 沙溪에게 儀禮關係를 문의하고 회답을 얻는 서신형태로서 무려 244건에 달한다. 이어

21)『同春堂先生文集』卷19, 1～30장.
22)『同春堂先生文集』卷19, 30～41장.
23)『同春堂先生文集』卷8, 1～42장 및 同書 卷9, 1～43장.

上淸陰先生(6)
上愼獨齋先生(15)
上愚伏先生(2)
上浦渚先生(2) 등 25편[24]
答姜月塘石期(4)
與羅同知萬甲(2)
與金由善慶餘(2)
與李士深厚源(32) 등 49편[25]
與宋澤之國澤(2)
與任李方義伯(5)
與趙胤之錫胤(19)
與宋英甫時烈(48) 등 87편[26]
與權思誠(19)
與尹吉甫(14)
答李泰之惟泰(36) 등 77편[27]
與洪大而命夏(25)
與趙仲初復陽(10)
與洪遠伯重普(6) 등 67편[28]
與羅于天星斗(4)
答李幼能端相(32)
與金元會澄(5) 등 80편[29]
答金久之(10)
答閔大受(18)
答閔持叔(41) 등 96편[30]
答南九萬(6)
與鄭鳳輝(17)
與黃周卿(6) 등 92편[31]

24)『同春堂先生文集』卷10, 1～42장.
25)『同春堂先生文集』卷11, 1～41장.
26)『同春堂先生文集』卷11, 1～40장.
27)『同春堂先生文集』卷13, 1～48장.
28)『同春堂先生文集』卷14, 1～39장.
29)『同春堂先生文集』卷15, 1～38장.
30)『同春堂先生文集』卷16, 1～44장.
31)『同春堂先生文集』卷17, 1～45장.

答李汝九(5)
答郭智叔(3)
寄子光栻(14) 등 75편[32]

모두 648편이 질량면에서 높은 수준을 보이고 있다. 그는 그만한 위치에서 혈연・학연・친연을 가진 인간관계를 정성과 신뢰로 유지・관리하면서 서신 왕래를 강화하였다. 그의 수많은 書簡이 이를 실증하고 있기 때문이다. 그의 書簡은 학문・윤리・교양이나 존경・정의・자애・위로・격려 등 그 대상과 처지에 따라 다양한 내용을 담고 있다. 그러한 내용을 그가 정성과 진정으로 절실하게 표현하는 데서, 그 書簡은 문학작품으로 조성된 것이었다. 여기에는 그의 진솔한 인격과 다정한 인간성이 깃들고, 그 문학적 역량이 드러나고 있는 터다. 그러므로 그의 작품다운 작품군의 하나는 역시 書簡으로서, 그의 자상한 문학정신을 제대로 부각시키고 있는 것이다.

雜記는 위 장르들을 제외한 잡다한 형태의 문장이다. 문자 그대로, 여러 가지 내용을 자유롭고 다양한 양식으로 표현하되, 그 자체의 독자적 개념과 영역을 확보하고 있다. 그것은 오히려 진솔한 내면상을 자연스럽게 표출함으로써 값진 문학성을 드러내게 된다. 그렇다면 同春堂의 「雜著」를 비롯하여 「碑記・記」 등이 이에 속할 것이다. 그 「雜著」에는

書示李氏子德輝
遯巖書院創建通文
一鄕以宋生時昇孝行呈方伯文
注山諸宗處通文
沙溪先生墓道樹碑時通文
諸子孫以先祖妣柳氏貞烈呈地主文
崇賢書院儒呈方伯文
憲府通諭各部榜
贈李生遇輝說

32)『同春堂先生文集』卷18, 1～43장.

등 14편이[33] 있고, 「碑記」에는

先祖妣柳氏旌門碑記
浦渚趙相公鐵山救荒碑記[34]

등 2편만이 있으며, 「記」에는

養正齋小記
新寧縣環碧亭重修記[35]

등 2편이 있을 뿐이다. 그는 도학자로서 규식적 저술에 얽매이다가 때로 색다른 생각과 느낌을 자유자재로 표현함으로써, 좋은 작품을 냈다. 이런 데서, 同春堂의 인간적인 내면과 진솔한 문학정신을 읽어낼 수가 있는 것이다. 실제로 그는 그의 「雜著」에서도 작품마다 그 주제에 충실하여 표현에 정성을 다하고 있다. 그런 가운데 자연 독실한 학자의 내면세계와 정결한 선비의 필치가 돋보이는 것이다. 기실 그 「碑記」나 「記」를 통해서도 기본적인 도학정신과 절실한 품격을 중후하게 표출하고 있는 터라 하겠다.

3) 敍事系 傳記

이 敍事系 傳記는 역사성을 띤 서사문학・소설형태에 속하는 것이다. 일반적으로 서사문학은 傳記的 類型을 그 기본구조로 하여 소설형태를 지향하고 있다. 실제로 그 서사구조는 '英雄의 一生'이라 하여, 입전 주인공의 완벽한 생애를 파란만장한 행적으로써 재구성해야 된다. 그것은 원래 그 주인공의 역사적 행적을 연대기적 순서대로 나열하는 데서 출발하지만, 그

33) 『同春堂先生文集』 卷20, 1～14장.
34) 『同春堂先生文集』 卷20, 1～3장.
35) 『同春堂先生文集』 卷20, 15～17장.

일생의 행적을 서사적으로 극화하기 위하여 미화・과장의 과정을 반드시 겪게 마련이다. 그 저명한 주인공의 탁이한 행적이 구비・문헌으로 전승되는 가운데, 그것은 자연 망각・부연의 변화과정을 거쳐 창조적으로 성장한다. 어느 단계에 이르러 그 행적의 다양한 전승을 집대성하여 그의 傳記로 완결・정착시키는 것이다. 여기서 그 주인공의 행적은 역사적 일대기로부터 벗어나 서사적 전기로 승화・공인되는 게 사실이다. 이러한 전기는 그 창작성・허구성의 정도에 따라 '傳'・'傳記'라는 명칭을 초월하여, '紀傳小說'로 통칭될 수가 있는 것이다.

그렇다면 同春堂의 行狀(長形)과 諡狀(長形) 그리고 年譜가 이에 해당될 것이다. 同春堂은 혈연・학연・친연을 맺은 고인을 입전하여 傳狀을 짓는 과정에서 그 행적이 탁이한 몇몇 인물을 특히 강조하여 장형의 傳記를 만들었다. 그는 그 대상인물들을 추도・기념하는 참뜻으로 忠義・尊師・情誼・慈愛 등의 정성으로 바쳐, 그들의 행적을 傳記的 類型, '英雄의 一生'으로 미화・강조하고 확대・서술했던 것이다. 그리하여 그가 이룩한 그 傳記는 이미 역사적 연대기가 아니라, 하나의 서사문학・소설형태를 지향하고 있는 게 분명하다. 그 대표적인 작품에는

愚伏鄭先生行狀 (卷22, 1-41장)
大谷成先生行狀 (卷23, 1-8장)
竹窓李公行狀 (권23, 8-21장)
全州府尹宋公行狀 (권23, 27-36장)
沙溪金先生行狀 (卷24, 26-37장)
愼獨齋先生諡狀 (卷24, 37-54장)
浦渚趙公諡狀 (卷25, 1-48장)
延陽府院君李公諡狀 (卷26, 1-41장)

등이라 하겠다.

이러한 작품들은 그 규모나 서사구조 내지 그 표현・문체에 있어, 족히 서사문학・소설형태로 규정될 수가 있겠다. 그만큼 저명한 인물들의 탁이

한 행적이 서사적으로 영웅화되어 주인공으로 행세하고 왕 이하 중요인물들과 함께 파란만장한 사건을 시종 주도하는 것이다. 궁중과 조정 그리고 사대부 사랑방과 안방을 연결하는 대소 곡진한 무대에서, 영웅적 주인공이 개성적인 등장인물들과 극적인 사건을 꾸며 나간다. 그것은 왕을 정점으로 하는 권력 투쟁의 소용돌이 속에서 생사와 승패가 뒤바뀌고 선악과 정사가 혼효되는 사건으로 긴장과 갈등을 고조시킨다. 그들의 사건이 절정에 이르러 모든 것은 결판나고 해결의 국면을 맞는 데에서, 그 장엄한 일생은 막을 내리는 것이다. 이러한 서사적인 사건의 추이에 상응하여 同春堂의 비평이 삽입되어 그 서사문맥은 더욱 강조·활성화되었던 터다. 그리고 이 작품들의 표현·문체는 서사문학·소설문체로서 조금도 손색이 없다. 그 무대 설정, 인물 묘사, 사건 서술에서 절실한 생동감이 드러나고, 인물들의 다양한 행동이 사건으로 연결될 때, 그 지시적 표현과 대화의 연결이 역동적 활기를 띰으로써 소설 내지 희곡의 문체를 그대로 따랐다. 이들 작품에는 同春堂의 학문·사상과 인생관·가치관 내지 국가관·역사관까지 융화되어 문학정신으로 구체화되고 있는 것이다.

3. 追悼詩文의 文學精神

전술한 대로, 同春堂의 저술 가운데 심금을 울리는 작품다운 작품은 바로 輓詩와 祭文으로 이어지는 追悼詩文이다. 혈연·학연·친연을 가진 망자를 위하여 애도·추념의 정성으로 명복을 빌고 영구불망의 자성으로 유훈을 받들겠다는 비원의 문장이기에, 거기에는 同春堂의 사상·정감의 세계가 너무도 인간적인 면모를 통하여 가장 잘 나타나 있다. 그리하여 이 追悼詩文에 용해된 그의 사상과 정감 일체가 문학정신으로 승화되어 있는 점이 확실해진다. 이것은 이미 지적된 바, 그의 다른 작품에 나타난 광범하고 도학적인 문학정신에 바탕을 두면서, 협의의 순연한 문학정신으로 승화된 것이라 하겠다. 우선 이 追悼詩文에 나타난 문학정신을 敬天・信靈・忠義・尊師・情誼・慈愛 등으로 나누어 보고, 그 작품을 통하여 이를 구체적으로 논의하고자 한다.

1) 敬 天

敬天은 선비의 근본정신이요 도학자의 기본사상이다. 그러기에 同春堂이 敬天에 투철하고 이를 체달하였음은 너무도 당연한 일이다. 그는 敬天의 지극한 심정을 생사・화복의 본원처로 보고 애도・위안의 근거로 삼는다. 그의 追悼詩文에는 그 주인공을 내는 것도 天命이요 돌아가는 것도 天定이라고 호소한다. 하늘이 인재를 내었으며 天壽와 天福을 누리게 할 것이지, 왜 그리 서둘러 요망하게 하느냐는 안타까움을 직설한다. 그의 追悼詩文은 예외없이 하늘을 우주적 절대자로 외경하면서, 결국 인간의 운명이 하늘의 뜻에 따라 결정되는 것이라 체념・자위하게 된다.

먼저 輓詩 중에서 「趙懷德爾翻挽」을 보면 그 정신이 돋보인다.

吾聞孔聖言　剛者未得見
剛何若是難　無欲人所鮮
擾擾季世間　猶得見夫子
夫子金玉姿　心境淸如水
忠孝得於天　友悌亦深至
前後服君喪　六年如一日
此事古所稀　吾心常敬服(中略)
人誰無一死　如此亦其足
誰非化下民　衰朽偏蒙澤
忘年托深契　金蘭未足說
壯逝老猶存　天理何舛逘
臨風送丹旐　觸物增悽楚
公家五璧聯　亦有雙玉樹
知公不食報　福慶應且繁

天心必有定　庶以慰公寃[36]

이렇게 天命과 天理 그리고 天心을 한꺼번에 수용하고 있는 것이다. 그의 모든 性品・資質이 天命을 타고 났다고 본 것은 天命觀의 숙명적 체달・수용을 토로하고 있는 바다. 그것은 유가사상의 근원을 각득한 현인의 생활철학으로 실천되고 있는 현실의 반영이다. 그 天命觀은 심오한 哲理에 연원하고 있지만, 이제 同春堂에게는 보편적인 진리로 활용되고 있는 실정이다. 그래서 天命은 敬天의 立體 또는 本體라 인식된다.

나아가 그는 天命으로부터 이치의 실상을 보고 天理를 내세운다. 이 天理는 공평무사한 것을 전제로 한다. 그러기에 順天者는 흥하고 逆天者는 망하는 것이 대원칙이 된다. 그런데 그는 가까운 인물들의 역경과 죽음을 통하여 그 원칙이 깨어짐을 실감하는 것이다. 그러기에 이런 죽음을 보고 天理에 어긋나고 벗어남을 읍고하게 된다. 나아가 그는 天理를 원망하며 '福善之天奈莽茫'[37]이냐고 외치며, '福善終無驗 天心亦靡常'[38]이라 단언・읍소하였다. 이만큼 그의 敬天은 역설적으로 강조되었던 것이다.

한편 그 祭文에서, 이러한 관념과 정황이 잘 드러나 있는 것이 「祭李上舍俺文」이라 하겠다. 그 초두에

> 夫天授子以英明之質端慤之行　則若將有所爲　而方壯之氣一病而折焉　與子以穎悟之資詩書之業　則若將有所需　而昴之材上舍而止焉　天之未定耶　其已定耶　曷爲不使我　失聲而驚呼　號天而慟哭耶[39]

이처럼 통열하게 그 심경을 토로하고 있는 것이다. 그는 친우의 죽음을 애통하는 자리에서, 그 빼어난 자질과 재예를 天授・天與로 확실하게 된다. 이것이 그의 天命觀에서 우러났지만, 그 친구의 죽음 앞에서 이 신념은

---

36) 『同春堂先生文集』 卷28, 14장.
37) 『同春堂先生文集』 卷28, 5장.
38) 『同春堂先生文集』 卷28, 4장.
39) 『同春堂先生文集』 卷19, 1장.

동요하지 않을 수 없다. 天命으로 그러한 인물을 냈으면 그만한 능력을 발휘하여 큰 사업을 하게 둘 것이지, 어찌하여 다시 죽음을 내리느냐는 한탄이 솟아난 것이다.

드디어 그는 고인과 함께 天心으로 돌아가 그 뜻에 순응하여 慰靈하고 자위하는 것이다. 이때의 天心은 天命의 運用을 나타내니, 이 '天心必有定'은 결국 '有命知天定'[40]으로 되돌아 가고 마는 터다. 그래서 그의 怨天은 死別을 통곡하는 어쩔 수 없는 방편이었다.

그러기에 大人의 풍도로 되돌아가 敬天의 心性을 견지하고 있었던 것이다. 요컨대 그는 이러한 天命觀을 그 追悼詩文의 정신적 강령으로 활용하고 있는 터다. 따라서 그가 체달・운용하는 敬天은 그 작품들이 지닌 문학정신의 대강이라 하여 마땅할 것이다.

2) 信 靈

모든 종교・사상에서 神靈을 믿는 것은 당연한 일이다. 비록 허탄과 怪力亂神을 부정하는 儒教・道教라 하더라도 망자의 英靈을 믿지 않을 수가 없겠다. 더구나 혈연・학연・친연의 영혼일진대, 어느 누구든지 그 존재를 절실히 신앙하는 것이 마땅한 이치다. 同春堂은 경학에 능통한 도학자로서 전후・좌우로 인연이 깊은 英靈들을 생존의 실체로 믿고 대화하는 지경에 이른다. 그의 祭文은 언제나 고인의 靈前・靈筵이나 英靈께 독백・대화하는 형식으로 진행되고 있다.

먼저 그 輓詩를 보면, 전체가 고인의 靈前에 바치는 추모・찬양의 내용으로서 祭文을 그대로 축약・응축시킨 것과도 같다. 그래서 그 信靈의 차원은 아예 죽음의 그림자를 아주 감추어 버린다. 그의 「鄭宜寧昌詩挽」에서도

---

40) 『同春堂先生文集』 卷28, 3장.

戎馬蒼黃日　華陽邂逅初
飄蓬相藉在　把酒各欷歔
往事渾如夢　浮生摠是虛
他年溪上約　不復煮秋疏[41]

이렇게 가까운 우정을 대범한 듯이 표백하고 있다. 거기에는 회상과 추억을 되살려 無常으로 승화시킴으로써 死別의 哀傷이 드러나지 않는다. 그리 담담하게 잠시 작별했다가 다시 만나자는 생전의 우정을 기약하는 것으로 보일 정도다. 그러나 거기에 감춘 우정이 절실할수록 그 비애는 心靈으로 상통하고, 그만한 인정에는 信靈으로 실감되는 것이라 하겠다.

실제로 그는 哀情을 참다 못하여 그대로 토로한 경우도 있다. 「羅同知萬甲夫人挽」에서는

哀哀至情在　慘慘未亡兒
尙慰爺孃意　知蒙覆護私
仁天猶不悔　薄命更依誰
欲語腸先斷　題詩寄我思[42]

이렇게 그 英靈의 손을 마주잡고 단장・애곡하는 것 같다. 그 대상이 여성이요 가까운 혈연이라는 점도 있지만, 이만한 정도라면 그 信靈에 바탕을 둔 그의 정감은 너무도 인간적인 면모를 보여 주는 터라 하겠다. 기실 근엄한 도학자의 인품 속에 감추어진 그 진실한 인정이 진솔하게 토로되어 모두의 감동을 내기 때문이다.

한편 그 祭文 중에서, 「祭月塘姜公文」을 보면 그 말미에

> 遂成永訣　而此生此世更無再覿之期　蟬蛻濁穢與化爲徒在兄得矣後死　如弟者更何所依而爲生耶　思之至此　五內如焚　惟兄好禮　出於天性　年高位尊　疾病呻吟之中　猶不廢講究　每以不佞爲可教　往復論

41) 『同春堂先生文集』 卷28, 9장.
42) 『同春堂先生文集』 卷28, 8장.

> 難 動以荀東前冬 寄以家禮解一帙 使標其訛誤以資參訂 顧瘖瘝踰年精力漸茶 未及卒業 而兄遽易簀 從今以往 誰與證質茫茫天地此痛無極 嗚呼悕矣 是豈易與俗人道哉 伏惟英靈如在尙鑑玆誠[43]

이처럼 절실하게 대화하고 있는 터다. 이러한 대화는 형체와 성음이 객관화되지 않을 뿐 心靈이 서로 통하여 진지하기 이를 데 없는 것이다. 그 대화의 내용 서술이 그 대상·처지에 따라 구체적이고 자상하기 때문에 생전의 대화로 실감되는 것은 당연하다. 그러기에 그는 그 英靈을 신뢰하는 데서 벗어나 生存의 인물로 부각시켜 마치 재회를 확인하는 정도에까지 이른다. 그렇게 영원히 잠든 사람을 다시 불러내어 만단정회를 풀고, 도로 그 자리로 보내는 것이다. 그래서 그 보냄이 사별이 되고 그 대화가 독백으로 메아리칠 때, 그 제문은 생사를 초월하여 감응·감동을 자아내는 터다. 더구나 이 작품에서는 학문과 인격으로 맺어진 형제간의 우의가 절실하게 전제되었고, 그 회상의 기술이 너무 구체적으로 전개되었기에, 깊은 공감대를 형성한다. 그래서 이런 祭文에서는 輓詩의 한계를 벗어나 生死와 離合의 극적 상황을 대조적으로 부각시키고 있다.

그러기에 그 英靈은 생전의 모습으로 부활하여 가슴과 가슴으로 대화하는 실감을 넉넉히 자아낸다. 따라서 그 英靈은 영생하는 실체로 승화되어 만인의 마음에 자리하고 무한한 부활을 반복하는 것이다. 同春堂의 이러한 信靈은 적어도 그 追悼詩文에서 핵심적 문학정신으로 승화된 것이라 하겠다.

3) 忠 義

이 忠義는 우국·충성과 절의가 복합된 것으로 선비와 도학자의 생명같은 실천規범이다. 同春堂의 忠義는 그의 언행과 작품의 도처에 충일하고

---

43) 『同春堂先生文集』 卷19, 11장.

있는 게 사실이다. 그 중에서도 追悼詩文에서는 그의 忠義가 대상인물의 생애와 행적을 평가하는 엄정한 기준으로 작용하고 있다. 이미 그의 追悼詩文에 오른 인물들은 忠義로 일관된 행적을 지켜 왔기에, 同春堂은 의기투합하여 이를 존경·찬양하기에 이른 것이라 하겠다. 이런 작품에서 그 忠義를 강조하다 보니, 그 정신이 전술한 隨筆系 散文이나 敍事系 傳記 등에 일관되게 편만한 것은 당연하다. 이러한 전제를 두고 그의 追悼詩文을 살피면, 그 忠義가 더욱 돋보이는 터다.

우선 輓詩에서, 「淸陰金先生挽」을 들어보면

精金良玉佐王姿　大節弧忠草木知
節似仲連蹈海日　忠如屬國嚙氈時
三韓禮義辭無媿　萬古彝倫賴不隳
想得天心應有定　生公伯仲伏華夷[44)]

이렇게 절절한 忠義를 철저히 설파하고 있다. 원래 淸陰의 忠誠節義는 靑史에 빛나거니와, 그것이 同春堂의 작품에서 다시 광휘를 떨치고 있는 터다. 실로 道學에서의 春秋大義는 그대로가 忠義로 나타나는 바, 이를 殉節로 실천하였기에 천추에 등불이 된다. 거기에 忠義로써 평생을 이어온 同春堂의 충정과 존숭·추모의 至情을 조화시킴으로써, 그것은 기념비적인 작품으로 승화되었다. 이밖의 여러 輓詩에도 그 주인공의 忠義를 찬양한 대목이 자주 나온다. 전게 「竹窓李公挽」에서 '板蕩見孤忠 大節光前史'[45)]라고 한 것은 竹窓의 드높은 忠節이 同春堂의 그것과 합세하여 강조된 것이라 하겠고, 「李正言光稷挽」 같은 데서는 '戮力輔王宮'[46)]이라 하여 그 忠義를 표출하고 있는 실정이다. 이런 忠義의 詩的 表現은 산문처럼 구체화되지는 않았기에 더욱 간절한 것이라 하겠다.

---

44) 『同春堂先生文集』 卷28, 8장.
45) 『同春堂先生文集』 卷28, 3장.
46) 『同春堂先生文集』 卷28, 17장.

한편 祭文에서, 「祭延城君李公時昉文」을 보면 이러하다.

> 維吾兩家　先誼特至　陳雷管鮑　千載可擬
> 逮及後人　似續無替　吾翁若翁　弟畜兄事
> 情好之篤　神明可質　白首風塵　共事王室
> 相期戮力　庶答洪渥　維公之家　世傳忠義
> 子父弟兄　爲國之紀　公年望七　一心愈赤
> 客歲大慼　相向號絶　奉戴嗣聖　泣血報追
> 益竭丹忱　以濟黔黎　事適政埤　心勞力盡
> 疾病之乘　神天不憖　聞公已革　急馳往訣
> 執手相敍　懇欵猶昔　臨絶諄諄　不及家事
> 如公忠梱　也豈有之(下略)[47]

이와 같이 그는 忠義로 맺어진 양가의 세의를 먼저 내세운다. 그리고 두 先人들의 형제같은 우정과 뜨거운 忠義를 구체적으로 예시하는 것이다. 이러한 전제를 두고 자신과 고인의 친연·우정을 강조함으로써 忠義의 공감대를 형성하게 되었다. 그리고는 상대 가문의 世傳忠義를 찬양하고, 고인의 忠義가 세상에 비할 데 없이 고결한 것임을 설파해 놓았다. 이것은 고인의 忠義를 통하여 同春堂의 忠義情神을 간접적으로 드러낸 것이라 하겠다. 이밖에도 많은 祭文에서 忠義를 표출하고 있으니, '愛君澤民之志'(祭愚伏鄭先生文)[48]라 하거나 '忠孝友弟固天所出'(祭趙候爾翻文)[49] 이라고 한 것 등은 그에게 있어 보편화된 인생관·가치관으로 정립되었다고 보아진다. 결국 이런 문장 표현을 통하여 同春堂의 忠義와 대상인물의 그것이 합일·상승함으로써, 그 작품들의 문학정신으로 작용하고 있는 터라 하겠다.

---

47) 『同春堂先生文集』 卷19, 14장.
48) 『同春堂先生文集』 卷19, 4장.
49) 『同春堂先生文集』 卷19, 25장.

4) 尊 師

이 尊師는 선비・학자의 지중한 도리다. 더구나 도통・연원을 가장 중시하는 도학자들의 경우는 이 尊師가 지극한 실천덕목이다. 이 尊師의 도리를 엄수하는 학자만이 그 학통을 제대로 계승・발전시킬 수 있기 때문이다. 이에 同春堂의 尊師는 가위 신앙의 지경에 이르고 있는 실정이다. 그의 尊師의 지념은 이 선사의 墓文・行狀・諡狀 등에 충일하고 있거니와, 이 輓詩・祭文에서 절정을 이루고 있다.

먼저 輓詩에서, 「愼獨齋先生挽」을 보면

三世儒宗道德崇　百年矜式國人同
須看詩禮趨庭日　要在中庸愼獨中
林壑豈無天下志　朝廷但計目前功
一時蹔出空爲兆　石室高名永不窮[50)]

이처럼 그 스승의 학덕을 기리고 경모의 뜻을 간절히 표출하고 있다. 기실 沙溪・愼獨齋와 同春堂・尤菴으로 이어지는 學統은 너무도 유명하거니와, 同春堂이 지닌 尊師의 신념・의리는 가위 종교적 차원처럼 심원해 보인다. 그래서 사제관계는 부자의 사이로 맺어졌기에, 제자의 도리를 경건히 실천함으로써 지극한 효성으로 나타난 것이다.

이제 그 尊師의 정신은 이렇게 확대・승화되어 나타난다. 「浦渚趙相公挽」에서

魚躍鳶飛妙　千秋道脉傳
大人心赤子　仁者氣春天
用舍關時運　行違見德全
草玄書甫就　公議待來賢

---

50) 『同春堂先生文集』 卷28, 11장.

小子蒙殊眷　常慙國士稱
陪游從兩老　忠孝見先陵
岳折人何仰　師亡士失承
丁寧記語在　一讀一沾膺[51]

라고 한 것이 바로 그런 사례 중의 하나라 하겠다. 우선 同春堂은 그 스승의 찬연한 道脈과 완전한 學德을 찬양하여 마지 않는다. 이어서 그는 스승의 특수한 가르침과 사랑을 크나큰 은혜로 되새기며, 두 스승을 모시고 노닐던 때를 감격으로 회상한다. 막상 그 스승이 돌아가심에, 우러러 뵙고 이어 받을 바가 없음을 통한으로 절감한다. 그리하여 스승이 격려로 지어 주신 글귀를 읽으며 하염없이 눈물만을 흘리는 것이다. 이만하면 그가 小子를 자처하며 尊師의 정신을 절실히 토로·표출하고 있는 터라 하겠다.

나아가 그의 尊師는 時空을 초월하여 승화되고 있었음이 분명해진다. 그가 돌아가던 해 정초 한 밤에 退溪를 모시고 간절히 배우던 꿈을 꾸고 「記夢」을 지어 그 감회를 표출하니

平生欽仰退陶翁　沒世情神尙感通
此夜夢中承誨語　覺來山月滿窓櫳[52]

이렇게 절실·간곡한 崇仰의 심정이 감격적으로 드러난다. 그 정신이 그만큼 순수·진솔하여 여타의 부대여건을 모두 초월·극복하고 있기 때문이다. 그리하여 同春堂의 그 尊師의 정신은 당시·후세에 상호 감통하여 강물처럼 면면히 흐르고 있는 터라 하겠다.

한편 그 祭文에서는 輓詩에 나타난 尊師의 흐름을 더욱 구체적으로 묘사해 놓았다. 우선 「祭沙溪金先生遷葬文」을 보면 그 중심부에서

嗚呼哀哉 先生之歿 距今十餘年矣 音容日遠 影響無憑 微言莫闡

51) 『同春堂先生文集』 卷28, 10～11장.
52) 『同春堂先生文集』 卷28, 22장.

墮緖難尋 追惟謦欬 至痛猶新 嗚呼哀哉 龍虎旣望 世道嬗變 千怪在百鬼 無所不有 就有維持倫紀 嚴設堤防 以扶斯世 而濟斯民 就有 孤雖獨倡 身任繼開 以衛斯道 而淑斯人 斯不惟敎三 小子區區 私痛已也 環東土一域 不外於先生之道者 所以追思永慕 旣沒世而愈不能忘於是尤切 此固人心所同 又安可誣也 嗚呼哀哉 小子顓蒙 早游函丈所以獎礪敎育 蓋不翅如天地 父母顧此 昏弱之質 元非受樂之資 一失依歸 有退無進 重以痼疾 纏髓無復 有奮迅勇往之望 新知不繼 舊蒙盡荒 而歲月侵尋 顚毛已種種矣 何昔日辛勤撫育 欲其成就之萬方而今直爲此昏昧 摧剝兀然一病人也 自悼志學無誠 天不助佑撫念身世旣悲且慙 他年地下更有何顔[53)]

이처럼 통한・애절하게 스승을 추모・불망하고 있다. 그래서 이 문장은 尊師의 극치라 하여 마땅할 터이다. 그는 沙溪와 가장 가까운 사제간임을 부인할 수 없다. 그가 沙溪의 表姪로서 그 도통을 이어 학문과 수양을 가장 절실하게 전수받았기 때문이다. 그러기에 同春堂은 그 스승의 서거에 비통・애도했을 것은 물론, 그후 10여년을 보내고 師恩을 되새기며 오히려 永慕・至痛의 심경이 더욱 절실해지는 것이다. 痛恨의 尊師, 그것은 스승의 학덕이 위대함을 찬탄하는 일로 대전제를 삼는다. 이어서 그 스승과의 긴밀한 사승관계를 강조하는 데에 역점을 두고, 그래서 추모・불망의 심경을 고조・토로하는 것이다. 여기서 그 제자로서의 자신을 참회・자책하는 데로 눈을 돌린다. 이제 同春堂은 스스로 병약・무능하여 그 거룩한 교육을 받고도 아무것도 이루지 못한 채, 혼매한 병인임을 실토한다. 그러기에 그는 신세가 비통하고 참괴함을 들어, 죽는 날 지하에서 그 스승을 다시 뵈올 면목이 없다고 읍소하는 것이다. 그만큼 학문과 인격을 이룬 同春堂으로서, 그 위대한 스승과 하찮은 제자의 거리를 극대화함으로써, 그 尊師의 높이는 가위 절정으로 확인되는 터다.

이만하면, 그 追悼詩文에 나타난 尊師의 情神은 그 학문적 생애의 기반을 이루고 빛나는 학통으로 이어졌다고 본다. 그러한 사승관계는 혈연관계

---

53) 『同春堂先生文集』 卷19, 10～11장.

를 곁들여 부자간으로 승화되었던 것이다. 따라서 이 尊師의 정신은 同春堂의 도학적 학문정신에 바탕을 두고 그 작품들의 문학정신으로 수용되었다고 보아진다.

5) 情 誼

이 情誼는 동학이나 선후배 내지 친연관계에 쏟는 의리・우의, 그리고 축의・비애 등 다양한 정감을 포함한다. 이것은 누구나 다 갖추어야 되는 인성・덕행이지만, 그것을 절실히 실천하기는 그만큼 어려운 터다. 그런데 同春堂은 너무나 인간적인 학자로서 이 情誼가 남다르고, 그 언행에서 실제적인 모범을 보여 왔다. 전술한 대로, 그의 主情之文에서 이미 그 情誼를 보였거니와, 이 追悼詩文에서 그 절정을 이룬다. 그처럼 지중한 인간관계가 사별을 통하여 붕괴될 수도 있고 강화될 수도 있는 게 사실이다. 이에 同春堂은 사별에 임하여 그 情誼를 절실히 표출・실천하고 있는 것이다.

먼저 그의 輓詩에서 그 情誼가 응축되어 나타난다. 그 중에서 「竹窓李公挽」을 보면

談笑春風襲　　襟懷霽月明
從來師友義　　別有弟兄情
已失船巖約　　誰同鶴野耕
忍看貴後語　　一字淚千行

世運今如許　　論襟憶去力
何顏載白日　　有淚怨蒼天
得正公無憾　　求生我自燁
落南仍抱病　　長痛望新阡[54]

이렇게 그 情誼가 충일하여 있는 것이다. 실제로 同春堂은 竹窓과 형제

54) 『同春堂先生文集』 卷28, 3장.

이상으로 두터운 정리를 가져 왔던 게 사실이다. 그가 말할 수도 없고 말하지도 않았던 그 깊은 情誼가 사별에 임하여 터져 나왔던 것이다. 그는 師友의 의리와 兄弟의 정리를 내세워 그 정의의 질량을 표출하고 있다. 이승에서는 다시 못 볼 그 情誼가 너무도 안타까워서 한 자를 쓰고 천 줄기 눈물을 흘리면서, 드디어 그를 앗아간 푸른 하늘을 원망하기에 이른다. 이런 표현은 실제적 정감보다는 많이 절제된 것으로서, 자신과 그의 거리가 너무도 멀다는 것을 재확인하고 그 情誼를 더욱 간절하게 부각시키고 있다. 그래서 그는 상대를 생시처럼 불러 내어, 살기가 부끄럽고 포병하여 오래 못 살 자신을 절실히 고백함으로써, 머지 않아 지하에서 다시 만날 것을 기약하는 듯하다. 그러기에 그들의 情誼는 결코 끊어질 수 없고 잠시 끊어졌다가 다시 배가 될 수 있는 절대적인 차원으로 승화되었던 것이다.

이러한 그의 情誼는 보편적으로 저변화되어 정도의 차이를 따라 그 輓詩에 편만해 있는 것이다. 그는 우정・학연・혈연 등의 사별에서 그들에게 수평적 情誼를 아끼지 않고 쏟았기 때문이다. 그 가운데 「內弟金生梁挽」을 보면

我生苦伶俜　相依惟有爾
內外托弟舅　情愛猶同氣
我病爾則健　我老爾方壯
常謂我先死　使爾營我葬
去憂邀爾來　濠榭作信宿
衣狗有萬變　袞袞悲歡劇
誓同江上社　蕭灑送暮年
別來幾日月　書札何翩翩
豈知一宵間　天高鬼神惡
人生孰無死　爾死最可惻
少壯遽如許　老病那足恃
門戶轉凄凉　宗嗣更無寄
情事爾未伸　經紀復誰托
一男纔齔齒　青閨聞善哭
日色爲爾昏　江流爲爾咽

爾有入土期　我病不得出
泉裏倘相逢　終知別時少
題詩寄冥漠　一夕腸九繞[55]

이처럼 그의 情誼는 절창으로 표출되었다. 그래도 그것은 시적 표현이기에 그만큼 절제된 것을 알게 된다. 그처럼 同春堂은 그 內弟와 가깝고 그 情誼가 유독히 두터웠기 때문이다. 원래 내종 형제는 아무 간격이 없이 절친한 사이가 된다. 그렇지만 同春堂의 경우, 그 내종과의 사이는 의기투합하고 가장 가까운 사이가 되었기에 학문을 논하기에 앞서 그 돈독한 情誼를 나누기에 바빴다. 서로 만나면 반가워 어쩔 줄을 모르고 침식을 같이 하며 죽음 뒤의 일을 협의하고 헤어짐에 섭섭함을 금치 못하며, 서신으로 문안하며 항시 잊을 길이 없었다. 그렇게 아끼는 동생이 이형의 사거에 장사를 지내 준다더니, 그 눈 앞에서 먼저 저승으로 떠난 것이다. 그래서 同春堂은 미처 비통의 심경을 토로하기도 어렵다. 그 문호가 처량하고 종사에 의지할 바가 없으니, 이런 아들은 멋도 모르고 젊은 아내는 흐느낄 따름이다. 그러기에 그는 할 수 없이 일월의 어둠과 강물의 울음을 통하여 자신의 비통·애절함을 비유·표현할 수밖에 없었다. 그래서 자신은 그에 따라 죽지 못하고 머지 않아 황천에서 다시 만나자고 기약하는 터다. 그래도 병들어 나가지 못하고 한편의 시로서 작별을 고하자니, 그 비애로 하여 창자가 뒤틀려 끊어질 듯하다. 이만한 표현이라면, 그의 情誼를 표백한 시 가운데서, 전무후무한 절창이라 하여 마땅할 것이다.

한편 그의 祭文에서는 輓詩에서 응축·표출된 情誼를 더욱 절실하게 펼쳐 놓는다. 그 중에서 직접적으로 연계된 작품은 바로 전게 「竹窓李公挽」이 祭文 「祭竹窓李公文」으로[56] 전개된 것이다. 내용의 중복을 피하여 거례·해설을 약하거니와, 이 祭文의 사실적 정황과 실제적 감동은 그 情誼를 고차원으로 승화시키는 터다. 그래서 그 전형적인 작품으로 전게한 「祭

55) 『同春堂先生文集』 卷28, 7장.
56) 『同春堂先生文集』 卷19, 6~8장.

李上舍忄奄文」에서 일부를 들면

> 君方在洛 意未承誨於啓手之日 各抱安仰之痛 未作相向之哭 惟竣引紼之辰 以爲相聚之期 而師喪未窆 君計又至 彼蒼者天曷其有極 嗚呼 其夢耶 其眞耶 抑將隨先生於地下 償平昔之素願耶 不然豈積善之家有餘殃 愷悌之士而未見勞耶 嗚呼哀哉[57)]

이렇게 놀랍고 애절한 우정을 토로하고 있다. 그들의 우정이 학연으로 절친하여 혈친을 넘어서 있음도 알려졌거니와, 그 친구의 부음이 경악과 비통을 금치 못하게 만든 것이다. 그러한 친구의 죽음이 이 스승의 사거와 겹쳐서 그 애도의 수위가 배가 되는 데에 그 情誼는 절정으로 부각되는 터다. 이것이 격동된 정감에 안정을 가하여 그 친구의 영령을 저승으로 보내는 제문으로 완성되기까지는 너무도 인간적인 우정을 토로하는 절절한 표현이 충분히 개진되어야만 했다.

여기서 그가 족친의 사별을 애도한 글 가운데, 「祭宋同知希明文」을 보면 그 후반에

> 嗚呼哀哉 惟公平生愛余特厚 相逢必歡喜 遇事必相講 每當酒席必呼我以前 把盃相勸 盡醉乃已 嘗執手而語之 (中略) 余雖不敢當 而公之言實出肺腑 每佩服不敢忘 噫公之五福旣備 哀樂已極 人生得此古今有幾 猶不能無慟者 吾先子行第 今己盡矣 殘門冷落 舊巷凄凉 從今社飮 宗會誰爲而醉舞於樽前 門中有大小事 誰與咨禀而行之 顧瞻斯世 又未見愛余如公者 未如是安得不爲之慟且哭焉[58)]

이렇게 장중·간절한 情誼를 진솔하게 묘파하고 있다. 그는 族子를 자처하면서 그 族叔을 父兄 겸 스승으로 믿으면서 각별한 혈연을 확인한다. 그 族叔에게 특히 두터운 사랑과 가르침을 받아 왔기 때문이다. 더구나 그 族叔의 기대와 격려가 너무도 간절·다대하였기에, 그는 영광과 책임을 항

57) 『同春堂先生文集』 卷19, 2장.
58) 『同春堂先生文集』 卷19, 19～20장.

상 되새겨 잊지 않는데서 특별한 情誼를 절감하게 되었던 것이다. 門中 宗事와도 관련하여, 그는 자신을 세상에서 가장 사랑한 族叔과의 사별을 그다지 비통・애곡하는 가운데 情誼를 가장 절실하게 부각시킬 수 있었다. 그것은 흔히 사별의 마당에 情誼를 극단적으로 표출하는 '慟惜之心'이나 '不肝蝕而腸裂'의 정황과도 상통하는 터라 하겠다.

이상과 같이 그 情誼가 이다지 적극적으로 애절하게 표명된 것은 그 追悼詩文의 특징이면서 그 문장정서의 기조적 보편성이라고도 보아진다. 다만 그 情誼가 追悼詩文의 제반 여건을 바탕으로 가장 효율적으로 설파된 것은 중시할 만한 일이다. 그리하여 그의 情誼는 이 문학작품들의 문학정신으로 뚜렷하게 자리잡은 것이라 하겠다.

6) 慈　愛

이 慈愛는 자손들에 대한 어버이의 깊은 심정이다. 이 심정은 평상시에 깊숙이 묻어 두었다가, 사별에 임하여 가슴과 온몸으로 터져 나오는 것이다. 이에 同春堂은 이러한 慈愛가 특출했다고 보아진다. 그가 그만한 천륜을 천부적으로 체달하고 있는 선비로서 불행하게도 자녀들의 요사를 만나게 되었기 때문이다. 그는 자식을 갑자기 여의는 어버이의 피맺힌 통한과 복받치는 慈愛를 시로써 응축・표백할 수는 없었겠다. 그가 아무리 도학자이었기로, 그렇게 소용돌이치고 몸부림쳐 폭발하려는 정감을 조용히 수렴・축약하여 묘사・제시하기는 실로 불가능하였기 때문이다. 그래서 그는 만부득이 요절한 자녀들을 제사하고 위령키 위하여 祭文을 지을 수밖에 없었던 터다.

그리하여 그 祭文 중에서 먼저 「祭孀女羅氏婦文」을 들면, 그 후반에서

> 天數人事有以致之　念及於此　哀腸自然寸斷　奈何乎哉　奈何乎哉　噫以汝之志槩風烈　生爲男子　則所以繼吾家聲　豈不益遠而且大　雖不幸而爲命薄婦人　若少遲其死　來眷吾餘年　則吾之暮境身心豈不少安

> 而今皆不能得 則無非我福遇羅積 見怒神天之致 尙復何說 (中略) 又人理之所不忍處 汝慈之棄我而先 殆將十載于玆 吾常悲之自今觀之冥然漠然 無所識知 吾所甚羡 汝於泉下倘拜汝慈 須致我此情 雖然吾衰甚矣 餘日無幾 不知泉裏團圓 果如此生也 否是不可幾也 言有盡而情不可窮 汝之英靈尙可鑑諒[59)]

이처럼 통한의 慈愛를 그리고 있는 것이다. 그에게는 羅氏에게로 시집간 딸이 있어 純明한 자질과 端裕한 언행이 가위 여중군자였다. 그래서 同春堂은 그 딸을 각별히 사랑하고 아끼었던 터다. 그러한 딸이 박명하여 일점 혈육도 없이 청상으로 살게 되었다. 그때 그 어버이 심정이 얼마나 안타까웠는지 그는 말로 다하지 못한다. 그 무렵 그는 이미 안해를 여의고 실로 외롭게 살았으니, 그 내심에 그 딸을 불쌍히 여기는 정도는 말로 표현할 수 없었다. 더구나 그 딸은 士女로 배우고 익힌 바를 따라 열녀의 도리를 다하려 한다. 그는 그 딸이 자결을 하려하다 방인이 구조하여 살아났다고 전해 듣는다. 그래서 딸을 불러 들여 함께 살면서 돌보려고 애썼으나 종내 말을 듣지 않고 일념으로 그 남편의 뒤를 따르겠다는 것이다. 그러는 가운데도 서로 왕래하고 서신으로 연락하면서, 여자의 일생과 부녀간의 정리를 도학적으로 문답하고 부녀간의 정리를 더욱 깊게 하였다. 그래서 同春堂은 그 딸에게 희망과 의욕을 불어 넣어 양자를 시켜서라도 그대로 살게 하려고 내심 최선을 다하고 있었다. 그러다 보니 그 불쌍한 상녀에게 慈愛가 온통 쏠리게 되었다. 그러던 어느날 갑자기 그 딸이 자결을 감행한 것이다. 그러니 그는 다시 어찌 말할 바를 모르는 것이다. 다만 그 모든 것이 자신의 복이 지나쳐 죄를 지은 탓이라고 오열에 차 있을 뿐이다. 그래서 사람의 도리로서는 차마 견딜 수 없다고 하늘과 신을 원망하면서도 결국 죽을 수는 없기에 그 비극을 되돌려 자위하고 위령할 수밖에 없는 실정이다. 그래서 딸의 영령에게 그는 이른다. 그 스스로 안해를 잃은 지 10년이 되도록 외롭고 비통하여 마지 않던 세월을 회상하면서, 죽어 저승에서 어미를 상봉하는 딸의

59) 『同春堂先生文集』 卷19, 26～27장.

감격을 오히려 부러워 한다는 것이다. 그 자지러지는 慈愛로 하여 자신도 죽어서 황천에서 안해와 딸을 만나 보고 싶다는 내심을 간곡히 보여 주는 바라고 하겠다. 그는 딸한테 아비의 이승 소식을 어미에게 반드시 전하라고 당부하니, 그 절실한 慈愛가 더욱 돋보인는 터다. 그래서 말이 다하여 무궁한 정회, 慈愛를 다 쏟을 길 없으니, 네 영령의 저승길을 마지막으로 기원할 따름이라고 읍소하는 것이다.

한편 同春堂은 아들을 여의고 마지 못하여 「祭亡子文」을 지었으니, 그 전반에서

> 古語云 至情無文 至哀無辭 吾於今日 更有何文 更有何辭 但自號天而長慟 願速溘然 無知而不可得也 此實余福過罪大見怒神天垂死之年 遽作無子之人 尙復何言 尙復何言 汝之死也 行路之人亦無不傷嗟 而悼惜之 況余之心其何以爲堪 天乎天乎 痛矣痛矣 汝之疾沈綿 殆過半歲 而從容調攝 以竢眞元之自復 未嘗以嗔志之一色 一加於妻兒 此則吾所不能心常歎賞 亦未嘗以一死字說到我耳 汝之欲慰我心 可謂至矣 (中略) 兩言皆欲寬慰汝病懷 而汝忽泫然流涕而不能已 余於是始疑汝雖不以死字爲說 而自知病之終 不能起也 然猶一念每望回蘇 此則吾之暗處也 追思凡百 五內若割[60]

이렇게 비통한 慈愛의 심경을 하늘을 향하여 토로하고 있는 것이다. 실로 그는 장성하여 처아를 거느리고 正郎까지 지낸 아들의 죽음에 아연실색하고 할 말을 잊는다. 그래서 그는 정감이 지극하면 글을 지을 수 없고 애통이 지극하면 말을 할 수 없다고 하면서 비로소 말문을 열어 하늘을 불러 길게 통곡할 따름이었다. 그는 자신이 큰 죄를 짓고 신천의 벌을 받아 아들을 잃었으니, 다시 무슨 말을 하라고 자책・자괴하는 터다. 그는 이어서 아들의 투병과 정을 묘사하여 그 안타까움과 처절함을 드러내고, 그 가운데서도 효행과 예절을 다 지키는 아들의 천품과 학덕을 간절히 찬양한다. 그러면 그럴수록 그는 천하를 다 잃은 듯이 '天乎天乎慟矣慟矣'라고만 울부짖는

---

60) 『同春堂先生文集』 卷19, 27～28장.

다. 그에게는 그 이상 할 말이 없다. 사실 구구한 말이 필요없는 것이다. 그만큼 慈愛가 지극하여 말과 글이 이루어지지 않는 경지를 이루었기 때문이다. 따라서 그 아들을 향한 그의 慈愛를 더 설명할 수도 없고 그렇게 할 필요도 없는 것이다.

실제로 이 同春堂의 慈愛는 子女에게 내린 그것을 떠나서, 그 제자나 자녀벌되는 친연의 죽음을 당해서도 절실하게 베푼 것이 사실이다. 예컨대 그의 輓詩·詞 중에서 「郭秀才昌遠哀詞」[61]나 「趙秀才持衡挽」,[62] 「金秀才得洛挽」[63]과 「成秀才奇童挽」[64] 등이 바로 그것이다. 이처럼 同春堂의 慈愛는 너무도 인간적인 정감으로 보편화되고 아름답게 승화되었다. 실로 그의 慈愛는 그 追悼詩文에서 절정을 이루고 '哀而不傷'으로 겨우 진정되었거니와, 그것이 작품들의 문학정신으로 정립된 것은 당연한 일이라 하겠다.

이상 몇 가지 측면에서 드러난 追悼詩文의 문학정신은 그 대강을 검토한 것에 불과하다. 이 밖에도 이 작품들에 포괄된 문학정신은 더 있기 때문이다. 그런데도 이상의 문학정신이 각기 분리되지 않고 융합·조화를 이룬다면, 그대로 완벽한 실상을 드러낼 것이다. 이러한 입체적 문학정신을 이회하여 보면, 그것은 적어도 四端에서 연원하고 있음이 드러난다. 이는 同春堂이 도학자로서 이 四端을 궁구·실천한 바, 당연한 귀결이라고 보아진다.

4. 結　論

지금까지 同春堂의 저술 전체를 문학적으로 고찰하고, 그의 追悼詩文

61)『同春堂先生文集』 卷28, 1～2장.
62)『同春堂先生文集』 卷28, 14장.
63)『同春堂先生文集』 卷28, 19장.
64)『同春堂先生文集』 卷28, 20장.

을 중심으로 문학정신을 탐색하여 보았다. 그 논의된 바를 요약하면 다음과 같다.

1) 同春堂의 저술은 문학적으로 대별할 때, 그의 학문・사상을 구현한 主理之文과 그 인간・정감을 표출한 主情之文으로 양면성을 띠고 흘러 왔다. 그리고 그의 문학작품들은 국문학 장르에 입각하여 볼 때 近體詩系 漢詩로는 五言絶句・律詩・古詩, 七言絶句・律詩・古詩 등에 걸쳐 輓詩 중심의 수작으로 이어졌고, 隨筆系 散文으로는 奏議・論說・序跋・哀祭・書簡・雜記 등에 걸쳐 명작으로 남았으며, 敍事系 傳記로는 敍事文學, 紀傳小說의 수준을 유지하는 雄篇으로 전개되었다. 따라서 이 작품 전반에는 그의 도학적 문학사상과 인간적 문학정신이 충만해 있는 것이었다.

2) 그의 追悼詩文을 그 핵심적 문학작품군으로 볼 때, 그에 내재한 문학정신은 대체로 敬天・信靈・忠義・尊師・情誼・慈愛 등으로 유별・조화되어 있었다. 그것은 同春堂의 인간적 내면과 정감적 실상을 보이는 문학정신으로서, 결국 그의 도학에 바탕을 둔 四端에서 우러난 것이었다.

3) 이와 같은 문학정신은 同春堂의 철학・사상과 융화되어 그의 인격과 학문으로 승화되었다. 그의 학통과 업적은 당시나 후대에 걸쳐 학술사・사상사의 흐름에 심대한 영향을 끼쳤던 것이다. 그리하여 그의 훌륭한 철학・사상・정신을 담은 문학이 당시나 후대의 文學思想 내지 文學史上에 지대한 공헌을 다했으리라 믿는다.

同春堂 碑誌文 硏究

정 경 훈*

1. 序　論

同春堂 宋浚吉(1606～1672)은 17세기 대표적 道學家로 당시 덕망 높은 학자였으며 정치가로 鴻儒였다. 동춘당이 생존했던 시기는 광해군의 폭정, 인조반정과 두 번의 호란을 겪으며 정치・사회적으로 불안이 극에 달했다. 그러나 동춘당은 당시 무너진 정치 기강과 혼란스런 사회질서를 안정시키고, 국가적 위기를 예학을 통해 회복시키려 노력했으며 조선예학을 성립시키는데 많은 공을 세웠다.[1] 그에 대한 연구는 주로 도학 사상과 예학 사

* 충남대 인문과학연구소 객원연구원.
이 논문은 『한국사상과 문화』 32집 (수덕문화사, 2006)에 수록된 필자의 논문에 약간의 교정을 더한 것임.

상・향촌문화 활동 등, 주로 도학가의 방면에서 많이 조명되어졌지만 문학적 성과에 대한 연구는 전무한 형편이다. 물론 당시 도학가들이 이론적 문학보다는 도학의 실천적 모습을 우선했으며, '道文一致'・'文以載道'라는 정신적 기반으로 문예 창작을 소홀히 한 경향도 없지 않았다. 그러나 당시 동춘당과 함께 조선 예학을 주도했던 尤庵 宋時烈(1607～1689)의 경우, 序・記・跋・碑誌文 등 자신의 문학적 재능을 표출한 작품들이 그의 방대한 문집에 산재하고 있음이 그간의 연구자들에 의해 확인된 바 있다.[2] 이와 동일 선상에서, 동춘당에 대한 올바른 조명을 위해 철학과 예학 사상뿐만 아니라 문학적 성과도 아울러 조망할 필요가 있다.

그가 남긴 문집에는 활발한 정치활동을 입증할 수 있는 疏箚와 스승과 제자들과의 왕복 書信・약간의 題跋과 비지문 등이 수록되어 있다.[3] 본고에서는 동춘당의 산문을 통해 그의 문학 세계를 조망해보고자 한다. 특히, 그 중 많은 작품이 전해지는 비지문에 한계를 두고 고찰해보고자 한다. 비록 여타 장르의 작품들이 있지만 비지문에는 가족의 죽음과 일가친척의 죽음을 애절하게 묘사하는 등 동춘당 문학의 특성을 이해하기 충분한 요소가 있다고 판단되었다. 이를 통해 동춘당에 대해 올바른 이해가 될 수 있는 계기가 되리라 생각되고 아울러 작품의 분석적 시도는 그의 문학 실체를 한 걸음 가까이 접근할 수 있으리라 기대된다.

---

1) 한기범, 『沙溪 金長生과 愼獨齋 金集의 禮學思想』, 충남대 박사학위논문, 1991.
한기범, 「同春堂 宋浚吉의 禮學思想」 『韓國思想과 文化』 제18집, 한국사상문화학회, 2002.

2) 김용태, 『尤庵 宋時烈의 文學思想 硏究』, 성균관대 석사논문, 1995.
김성룡, 「송시열 산문의 권위적 성격에 대한 연구」 『韓國漢文學硏究』 21집, 1998.
정경훈, 「尤庵 宋時烈 散文의 一硏究」, 성균관대학교 박사학위논문, 2005.

3) 민족문화추진회에서 편찬한 한국문집총간의 『同春堂集』을 살펴보면 書簡・疏箚獻議・雜著・記・題跋・祝文・祭文・碑誌文・行狀・諡狀・詞・詩・年譜 등 다양한 장르를 발견할 수 있다.

2. 文에 대한 理解

동춘당이 활동했던 17세기는 壬丙兩亂 이후 시대적 혼란기였다. 당시 성리학자들은 송대 朱子(1130～1200)의 사상을 계승하여 무너진 봉건 사회를 회복하고자 하였다. 동춘당 역시 주자의 사상을 계승한 성리학자로 이전 성리학적 재도론을 주장하던 성리학자와 큰 차이점은 없을 것이다.[4] 성리학자의 대체적 문학관은 '道文一致'라는 큰 명제 하에 있다. 도학과 문학의 종속적 관계, 즉 문학이 도보다 아래에 위치해 있고 도학적 사상이 함유된 문학을 참된 문학으로 여기고 있다. 이와 같은 경향은 동춘당도 마찬가지인데, 저서인『同春堂集』에 수록된 작품을 살펴보면 여타 문장가들의 序·記·跋·비지문 등 문예미를 함축한 작품들이 상대적으로 적다. 그러나 동춘당이 문학을 도외시 한 것은 아니다. 젊었을 때에 당대 유명인으로부터 문장에 대한 호평을 받기도 하였다. 이래 인용문은 清陰 金尙憲(1570～1652)이 동춘당의 문장에 대한 평가이다.

> 청음 김선생이 일찍이 부군의 글을 칭찬하면서, 송나라의 선배 유학자의 문자에 영향을 받았음을 말씀하셨다.[5]

인용문은 동춘당의 둘째 손자인 宋炳夏가 기록한 동춘당의『遺事』의 일부분이다. 청음은 동춘당의 문장에 대해 송대 先儒들의 문장과 유사한 점이 있음을 간파하고 송대 도학자의 문장과 상관관계를 통해 동춘당 문장의

---

4) 이 분야의 연구 성과로는 아래와 같은 논문이 있어 본고에서는 재론하지 않는다.
장원철,『조선후기문학사상의 전개와 천기론』, 한국학대학원 석사학위논문, 1982.

5) 宋浚吉,『同春堂先生別集』「遺事」, 한국문집총간 107, 480쪽.
"清陰金先生嘗稱府君之文曰, 有得於宋朝儒先文字云".

특성을 간략하게 설명하고 있다. 청음의 지적대로 동춘당은 당시 성리학자들의 전형적인 '도문일치'의 문학관을 소유했음을 미루어 짐작할 수 있다. 이와 같이 도문일치의 문학 성향을 지닌 동춘당은 자신의 문장뿐만 아니라 주변 인물의 문장 평가의 기준으로 삼았다. 특히 재주 있는 문장가들의 기교와 화려한 수식보다는 진실한 문장을 선호하는데, 다음 인용문에서 단서를 찾을 수 있다.

> 선생께서 말씀하시길, "우옹이 '이단하의 문장을 보았는데, 글자가 헛되게 내려가지 않으니 그 문장이 택당보다 낫다.'라고 했는데, 그 문장이 아름답구나."라고 하셨다.[6]

동춘당의 제자인 南宮垣은 동춘당이 39세부터 졸할 때 까지 28년 동안 모시면서 동춘당의 言行을 기록을 하여 동춘당 사후 24년인 숙종22년(1696)에 필사본인 『同春先生言行錄』을 남긴다. 이 저서는 동춘당의 평소의 모습을 잘 나타난 저서라 할 수 있는데, 인용문은 동춘당이 畏齋 李端夏(1625～1689)의 문장에 대한 평가이다. 비록 우암의 말을 간접 인용했지만 동춘당의 문장관을 살필 수 있다. 우암은 이단하의 문장이 헛되게 내려가지 않기 때문에 문장 사대가의 한 사람인 澤堂 李植(1584～1647)의 문장 보다 탁월하다고 하였다. 우암이 문장가인 택당보다 '虛'하지 않은 문장을 지향한 이단하의 문장을 호평하자 동춘당도 이단하의 문장을 가상하다고 여겼다. 즉, 동춘당이 추구했던 문장은 '허하지 않은(不虛)'문장을 의미한다.

다음 인용은 迂齋 趙持謙(1639～1685)의 문장을 평가한 글로 동춘당의 문장관을 확연히 들내고 있다.

> 조지겸 군이 여막 살이 할 때, 돌아가신 아버지인 송곡의 행장을 초해서 회덕 고향에 내려와 선생을 뵈었다. 선생이 자주 칭찬하시면서 말씀하시기

---

6) 南宮垣, 『同春先生 言行錄』, 필사본, 개인소장.
"先生曰, 尤翁云, 吾見李端夏文字, 字不虛下, 其文章, 似優於澤堂云, 其文章可尙".

를, "글이 진실해서 조금도 흠과 병이 없으니 성취를 이룬다면 반듯이 아버지 보다 못하지 않을 것이다."라고 하셨다.7)

위 인용문은 동춘당은 제자인 조지겸의 문장을 평가한 일부이다. 조지겸은 죽은 아버지를 위해 행장을 초하여 동춘당이 기거하는 회덕으로 찾아가 초한 행장을 보이자 동춘당은 조지겸의 문장에 대해 극찬하면서 그의 아버지인 송곡 趙復陽(1609～1671)을 능가함을 언급하고 있다. 이때 조지겸의 문장을 '切實'하다 지적했는데, '절실'의 성격에 주목할 필요가 있다. 切은 懇切하다는 의미로 정성이나 마음의 씀씀이가 더 없이 정성스럽고 지극한 상태를 의미한다. 또 實은 '진실하다'라는 의미로 해석할 수 있는데, 虛의 상대적 개념으로 거짓이 없고 바르고 허영이 없음을 의미한다. 다시 말해 동춘당이 조지겸의 문장을 칭찬한 이유는 화려한 수식이나 기교에 있지 않고 정성과 마음이 가득한 진실한 문장에 있음을 알 수 있다. 여기에서 동춘당이 추구하던 文의 성향을 엿 볼 수 있다.

3. 碑誌文의 概觀

비지문은 亡者의 업적과 사적을 후대에 전하기 위한 목적성을 내포한 문체이다. 이러한 목적성으로 인해 문예문이라기 보다는 실용성이 강한 의례문으로 인식되어 왔다. 그러나 비지문은 한유・구양수 등 당송팔대가들에 의해 죽음을 소재로 한 문예문으로 탈바꿈하기에 이르렀다. 특히 한유는 前代 궁정 문학가들이 주도하던 문풍을 일대 혁신하여 문학 향유 계층을 민중으로 확대시키고, 실리성이 강한 묘지명을 통해 자신의 감성을 표출하면서

7) 南宮垣,『同春先生 言行錄』, 필사본, 개인소장.
"趙君持謙, 居廬時, 爲其先人松谷行狀, 草下懷鄉, 見先生. 先生, 亟稱之曰, 其文切實, 無少疵病, 及其成就, 必不下乃翁云.

'古文'이라는 높은 성과를 이룩하였다. 그의 작품은 후대 고문가들이나 비지문을 창작하는 작가들에 의해 하나의 전범이 되다시피 하였다. 그러나 한유의 영향은 긍정적인 면모만 있는 것은 아니다. 비지문 가운데 일부는 후대 문인들이나 도학자들에 의해 諛文이라 혹독한 비판을 받기도 하였다.

우리나라의 경우, 비지문은 신라 이후 지속적인 창작과 발전을 거듭하여 조선 시대에는 깊이 있는 碑誌論이 창출되기도 하였다. 그러나 후대로 오면서 '망자의 정확한 사실과 신중한 기록'이 아닌 虛張과 誇張의 관행으로 인해 부정적 시각과 비판적 경향을 제공하였다. 그러므로 退溪 李滉(1501～1570)은 주위의 많은 비문 청탁을 거절하였고 神道碑文과 같은 거대한 비문 작업을 참여하지 않았다.[8] 이에 반해 동춘당과 우암의 경우, 다수의 비지문을 찬술하여 퇴계와 대조를 이루고 있다. 본격적인 논의에 앞서, 문집을 통해 살펴 볼 수 있는 비지문은 다음과 같다.

종 류	작 품 명	망자 이름	비 고
비	先祖妣柳氏旌門碑記	고흥 유씨	동춘당의 선조비
	浦渚趙相公鐵山救荒碑記	조익	
묘갈	行豊川都護府使李公墓碣銘	이시득	
	同知中樞府事贈兵曹判書李公墓碣銘	이시담	
묘표	高麗大將軍呂公墓表	여임청	
	睡翁宋公墓表	송갑조	우암의 아버지
	右議政完南府院君李公墓表	이후원	
	慶州府尹贈領議政閔公墓表	민기	동춘당과 겹사돈
	江原道觀察使贈吏曹判書閔公墓表	민광훈	
	行龍驤衛副護軍趙公墓表	조정호	
	淸寧君韓公墓表	한덕급	
	同知中樞府事李公墓表	이천	
	成均館學正韓公墓表	한준	
	原州牧使李公墓表	이성연	
	鍾城判官南公墓表	남수한	
	成均館生員李君墓表	이엄	

8) 이종호, 「退溪의 碑誌不作論」 『한문교육연구』 제5호, 한국한문교육연구회, 1991.

	祖考贈參判府君祖妣贈貞夫人李氏墓表	송응서 · 이씨	동춘당의 조부모
	先祖考雙淸堂府君墓表子孫記		자손기
	學堂山墓表		동춘당의 친족
	殤姊墓表	누이	동춘당의 누이
	庶叔禦侮將軍墓表	송윤창	
	庶舅成均館生員金君墓表	송백생	
묘지명	司憲府監察贈吏曹參議鄭公墓誌銘	정양우	
	淑夫人衿川姜氏墓誌銘	금천 강씨	
	金城縣令南公墓誌銘	남일성	
	淑夫人東萊鄭氏墓誌銘	동래 정씨	
	殤女壙記	송정일	동춘당의 딸

문집에 수록된 비지문은 碑 2편, 墓碣 2편, 墓表 18편, 墓誌 2편 등 모두 27편이다. 비지문의 찬술 대상이 되는 망자들은 浦渚 趙翼과 같이 유명 인사와 친족과 가족인 睡翁 宋甲祚 · 宋靜一 등이 대부분이다. 또 「先祖妣柳氏旌門碑記」 · 「淑夫人衿川姜氏墓誌銘」 · 「淑夫人東萊鄭氏墓誌銘」과 같이 여성을 대상으로 한 비지문도 찬술하였다. 그리고 「祖考贈參判府君祖妣贈貞夫人李氏墓表」 · 「殤姊墓表」 · 「殤女壙記」 등 자신과 아주 가까운 血親에 대한 비지문도 찬술하였다. 「선조고쌍청당부군묘표자손기」 · 「學堂山墓表」는 특정한 망자를 대상으로 창작된 작품이 아니다. 「先祖考雙淸堂府君墓表子孫記」는 자신의 7대조인 雙淸堂 宋愉의 자손들의 명단을 기록한 비문이고, 「학당산묘표」는 학당산[9]에 위치한 동춘당의 가족 묘소들을 간단히 소개한 것이다.

동춘당은 자신이 직접 비지문 찬술에 임하기도 했지만 先代의 비문은 당대 유명 인사들에게 찬술을 적극적으로 부탁하기도 하였다. 처음 동춘당이 비지문에 관여한 것은 자신의 부친 비문이다. 동춘당의 부친 靜坐窩 宋爾昌은 그의 나이 22세에 사망하였다. 비록 장성한 나이였지만 부모를 잃은 자식의 슬픔은 이루 말할 수 없었을 것이다. 그래서 이듬해인 1629년, 동춘당의 나이 23세 때 淸陰 金尙憲에게 직접 부친의 비문을 부탁하였고[10] 그

9) 대전광역시 송촌동에 위치한 산으로 현재 이 지역은 개발로 평지로 되었다.

비문을 자신이 직접 써서 묘비를 세우게 된다.

> 지극히 황송한 줄은 잘 압니다만 한 말씀 올리겠습니다. 소생의 고조부는 뜻을 펴지 못하고 가슴에 묻은 채 일찍이 세상을 뜨셨습니다. 그래서 이름이 사책에 오르지 못하고 묘도에도 후세에 전해 줄 만한 기적비마저 없었으니 이는 진실로 후손들의 통한입니다. … 비문을 짓는 일이 정양 중에 크게 불편하시리라는 것은 잘 압니다. 그러나 고조부의 사적이 많지 않으므로 문자도 간단할 것이니 한 번의 붓놀림으로 마치실 수 있을 것입니다. 소생은 집사께서 한번 붓을 놀리는 수고를 꺼려 부기하고 싶어 하는 유명의 지극한 소원을 저버리지 않으실 것으로 생각합니다.[11]

위 인용문은 동춘당이 청음에게 자신의 4대조 宣務郞 宋汝楫의 비문[12]을 부탁한 내용이다. 동춘당은 요절한 고조부의 죽음과 고조부의 묘소에 비문이 없는 것을 안타깝게 생각하고 청음에게 비문을 청탁한다. 당시 청음은 산림의 종장으로 덕망이 있어 그에게 비문을 얻는다는 것은 자손의 입장에서는 영광이 아닐 수 없었으며, 이는 조상에 대한 자손의 마지막 의무를 완수한 것처럼 여겼다.

> 선조의 묘명은 사사로운 정이 너무 절박하여 경솔히 말씀드렸습니다만, 외람되었음을 송구하게 생각하고 있는데, 시기를 넘기지 않고 문장을 다듬고 미덕을 자세히 서술하시어 저승의 조부와 이승의 자손의 기대에 부응해 주실 줄을 누가 생각이나 해겠습니까? 절하고 이 비문을 받아 큰 소리로 읽고 나니 가슴에 사무치는 고마움으로 흐르는 감격의 눈물을 금할 수 없습니다. 어느 가문의 자손이든 이런 문자를 구함에 있어 지극한 정성을 들이지

---

10) 金尙憲, 『淸陰集』 卷30, 「榮川郡守宋侯爾昌墓碣銘」, 총간 77, 419쪽.

11) 宋浚吉, 『同春堂集』 卷10, 「上淸陰先生」, 총간 106, 507쪽.(이하 같은 문집일 경우 작자와 문집명을 생략함)
"極知惶悚 小生高祖父 齊志早勿 名不登於史策 墓道又無紀實文字可以傳示來世者 此固後承之至痛 … 固知此事大不便於靜攝之中 而事蹟甚少 文字應簡 則一揮筆而可就 伏想執事必不憚一揮筆之勞 以孤幽明附驥之至望也."

12) 金尙憲, 『淸陰集』 卷32, 「宣務郞宋君墓碣銘」, 총간 77, 468쪽.

않은 사람이 없으나 종신토록 얻지 못하는 경우도 있고 여러 대 동안 뜻을 이루지 못하는 경우도 있습니다. 그런데 소생은 계속 삼세의 명문을 청하여 편지가 왕래한지 한 달 만에 소원을 이루었으니 이보다 큰 다행이 어디 있겠습니까?[13]

문집에 수록된 서간문을 살펴보면 그가 청음에게 여러 대의 비문을 부탁하면서 爲先事業에 열성적으로 임했음을 확인 할 수 있다. 이후 동춘당은 청음에게 여러 번 선대의 비문 찬술을 부탁하였다. 동춘당은 조부의 비문을 청탁을 하자 청음이 빠른 시일 내로 찬술을 하여 청음에 대한 고마움을 표시하였다. 이후 동춘당은 자신의 三世의 비문을 계속 청음에게 청탁을 하자 청음은 한달여 만에 삼세의 비문을 완성하였던 것이다. 동춘당은 여러 세대의 비문을 완성하자 자신의 보물로 여기고 저승에 있는 조상들도 만족할 것으로 확신하고 있다.

근래에 인편을 통해 대감의 답장을 받고 곧 宋丈이 전해 온 대감께서 지은 선대의 묘비문을 받아 삼가 손을 씻고 읽고 나니 영광과 감격을 금할 수 없습니다. 백 년 동안 여러 할아버님들께서 원했으나 이루지 못한 일을 마치 기다렸다는 듯이 오늘에야 대감의 훌륭한 문장을 얻어 지하의 보물로 삼게 되었으니 어찌 저승에 계신 조상님의 다행이 아니겠습니까? 비문 가운데 의심스런 한두 곳을 생각나는 대로 질문하지만 이것은 단지 다시 가르쳐 주시기를 원하는 것이지 감히 고쳐주시기를 바라는 것은 아닙니다.[14]

---

13) 「上淸陰先生」 卷10, 총간 106, 508쪽.
"爲之欣聳無涯 先祖墓銘緣係私情切迫 率爾扳控 方以僭猥爲懼 詎謂不踰時而研辭讚美 慰此幽明祖孫之望 拜受莊誦 不勝感涕篆刻之至 人家子孫 求乞此等文字 誠懇非不至 或終身不得 累世無成者有之 今小生連乞三世銘文 獲遂微願於往復旬月之間 又何爲幸之大也."

14) 「上淸陰先生」 卷10, 총간 106, 507쪽.
"一者便中 承拜台覆帖 繼而宋丈傳致所構惠先墓文字 莊盥奉讀榮感難勝 百年以來 諸祖父所願欲而未就者 今乃得 偉筆以爲地下重 誠若有所待者 詎非幽冥之幸歟 一二所疑 隨意輒稟 只願更承提誨 非敢必望以改定也."

대개 후대로 오면서 비지문을 찬술한 사람의 의지보다는 찬술자의 요구로 改作하는 경우가 빈번하였다. 그 이유는 망자와 비지문을 부탁한 사람과는 대개 혈연과 문인관계를 유지하였고 비지문이 보통 망자의 긍정적인 면모를 서술하니 부탁하는 사람이 찬술자에게 은연중에 요구를 할 수 있는 계기를 확보할 수 있게 된 것이다. 동춘당은 청음이 오랫동안 이루지 못한 선대의 비지문을 찬술해 주자 지극한 정의로 고마움을 표시하였다. 그러나 동춘당은 비문에서 의심된 점을 과감하게 질문하고 내용을 묻고 있다. 자신이 이해하지 못한 부분을 찬술자인 청음에게 확인하고자 질문을 했지만 비문을 자신의 의도대로 고쳐 주기를 요구한 것은 아니다. 단지 자신의 이해가 부족한 부분을 확인하는 절차일 뿐이다.

동춘당은 청음뿐만 아니라 당시 유명 인사들에게 선조의 비지문을 청탁하기도 하였다.[15)]

앞서 언급했듯이 비지문은 독특한 창작 동기로 인해 '후대에 전할 만한 사적을 기록한다.'라는 원래의 목적을 상실하고 아유문으로 치부되었다. 그러나 동춘당은 다른 사람의 비지문 찬술에 매우 신중하였다. 혹 아주 가까운 친족이나 至親의 요청이라도 항상 깊고 신중하게 생각하였다.

> 묘표문자는 누추하고 졸렬하여 부끄럽네. 설혹 버리지 않고 사용한다 하더라도 고쳐야 할 곳이 많을 것이네.[16)]

일반적으로 비지문을 청탁하는 사람은 비지문을 지을 작자의 위상이나 문장력을 항상 고려한다. 반면 청탁 받는 사람은 문장력과 위상을 당대에서 인정받는 것과 다름없어 큰 영광이 아닐 수 없다. 그러나 동춘당은 비문의

---

15) 「答鄭畸菴」 卷10, 총간 106, 512쪽.
"先祖墓銘 率爾扳乞 方懷悚仄 乃蒙不鄙 研詞發揮 極其秤停 百餘年諸祖諸父所願欲而未就者 今乃得之 豈但不 肖諸孫均蒙惠賜 會有先靈感泣於冥冥之中矣 喜幸銘篆無以爲喩."

16) 「答閔大受」 卷13, 총간 107, 59쪽.
"墓表文字 陋拙可愧 設或不棄 應多可改爾."

청탁이 오면 학자적 기질로 인해 항상 자신을 낮추고 신중하면서 상대방의 양해를 구하였다.

이상에서 살펴 본 바와 같이, 동춘당은 선대의 비문을 위해 당대 덕망가나 뛰어난 문사들에게 찾아가 청탁하면서 비지문에 대해 긍정적으로 인식하였다. 반면 그 자신은 비지문 찬술에 신중하게 접근하면서 학자적인 용모를 잃지 않았다.

4. 碑誌文의 內容

1) 忠・孝・烈의 創作論理

한문학에 있어 충・효・열은 가장 고전적인 소재이면서 봉건 사회의 패러다임이다. 특히 비지문의 특성상 망자의 혁혁한 공로가 미비할 경우 가장 일반적으로 사용되는 소재이다. 동춘당의 비지문에도 충・효・열에 대한 내용이 다수 등장하고 있다. 간혹 「선조고쌍청당부군묘표자손기」와 같이 특이한 경우를 제외하고는 충・효・열은 그의 비지문에서 피할 수 없는 소재이다.

> 부군께서 불행히 일찍 세상을 뜨시고 선조비께서는 그때 나이가 22세였으므로 친정 부모가 젊은 나이에 과부가 된 것을 가엾게 여겨 개가시키려 하자 선조비께서 차라리 죽을지언정 다른 마음을 품지 않겠다고 맹서하고 네 살 난 고아를 업고 수백 리 길을 걸어 송경에서 회덕의 시부모의 집으로 돌아와서 평생을 마치셨다.[17]

---

17) 「先祖妣柳氏旌門碑記」 卷17, 총간 107, 135쪽.
"府君不幸早世 先祖妣年方二十二 父母哀其早寡 將奪志 先祖妣矢死靡他 負四歲遺孤 徒步行數百里 自松京歸懷 德舅姑家 以終其身."

앞의 인용문은 동춘당의 8대조이며 宋克己의 아내인 고홍 유씨의 정려비문 중 일부분이다. 정려비는 이름에서도 볼 수 있듯이 충신·효자·열녀 등을 표창하기 위한 비이므로 그 내용에 있어 한계점을 내포한다. 이 정려비는 동춘당의 나이 48세 때 나라에 특별히 간청하여 세운 비문이다. 망자인 고홍 유씨는 22세에 남편 송극기의 죽음을 맞는다. 22세의 젊은 나이에 과부가 된 유씨 부인은 친정부모가 개가시키려고 하자 차라리 목숨을 끊을 지언정 두 지아비를 섬길 수 없다 하여 개성에서 수백리 떨어져 있는 회덕의 시댁까지 자식을 데리고 와서 평생 수절을 하면서 생을 마쳤다. 동춘당은 평소 유씨 부인의 행적을 烈女의 표상으로 생각하고 있어 비문을 찬술하게 된 것이다. 사실 위의 작품이 고홍 유씨에 대한 최초의 비문은 아니다. 이미 우암이 고홍 유씨의 묘표를 찬술하였다.[18] 그러나 유씨 부인이 돌아간지 200년이 지난 이후, 유씨 부인의 굳은 지조와 매서운 행실이 옛사람에 못지 않음과 이러한 미덕이 드러나지 않음을 한스럽게 여겨 이를 나라에 알려 특별히 정려비를 내리게 하고 이에 유씨 부인의 굳은 지조에 대해 다시 부각시키고자 찬술하게 되었던 것이다.

> 겨우 이를 갈 나이에 이 부인이 병을 앓자 공은 정성을 다해 모시고 병이 위독해지자 손가락을 베어 피를 받아 먹였으며 喪事가 나자 성인처럼 슬픔으로 몸이 야위니 보는 사람들이 기특하게 여겼다. … 동명 정공이 지은 공의 묘지에 "효도는 천성에서 나왔고 청백은 남이 알까 두려워하였다"라고 하였고, 우암 송공이 지은 공의 신도비명에 "고요하기가 깊은 연못과 같고 담박하기가 古井 같으며 맑기가 백옥 같고 깨끗하기가 맑은 얼음 같았다"라고 하였는데, 군자들은 이 말이 이치에 닿는 말이라고 하였다.[19]

위인 인용문은 경주 부윤 閔機의 묘표 첫 부분이다. 망자인 민기와 비문

18) 宋時烈, 『宋子大全』 卷201, 「先祖妣柳氏墓表」, 총간 114, 461쪽.
19) 「慶州府尹贈領議政閔公墓表」 卷18, 총간 107, 144쪽.
"纔齔 李夫人有疾 公至誠侍奉 疾病 割指以進 及喪致毁如成人觀者 奇之 … 東溟鄭公誌公幽堂而曰 孝出天性清畏人知 尤庵宋公銘公神道而曰 深淵古井 寒玉清氷 君子以爲知言云."

의 찬술자인 동춘당은, 민기의 손자인 민유중이 바로 동춘당의 사위이고 민기의 막내 사위인 樂靜 趙錫胤은 동춘당과 사돈관계가 되므로, 겹사돈이다. 이러한 관계로 인해 동춘당은 망자인 민기에 대해 자세히 알고 있었는데, 그의 묘표를 부탁받자 동춘당은 민기의 일생에서 가장 핵심적인 사항을 효성심에 두었던 것이다. 민기는 겨우 이를 갈 정도의 어린 나이였지만 어머니가 병환이 있자 몸소 손가락을 베어 피를 먹일 정도로 효성심이 뛰어났으며 어머니가 돌아가시자 喪事에 있어 슬픔을 다했다. 이것은 마치 당시 어린이들이 학습했던 『명심보감』의 효행편에 언급된 것과 같이,[20] 민기의 효성심의 전형적인 면모를 부각시키고 있다. 그리고 東溟 鄭斗卿이 찬술한 묘지명과 우암이 찬술한 신도비명에서 언급한 부분을 인용하며 자신의 주장에 신빙성을 부여하고 있다.

2) 깊은 情誼의 表出

비지문의 서술 전통은 『사기』의 영향으로 이룩된 것이다. 생전 망자의 사적을 기록한다는 것이 바로 비지문의 확고한 전통인 것이다. 그리고 비지문은 '죽음(死)'이라는 불변의 소재를 매개로 하기 때문에 다른 문학 작품에 비해 일정한 제약이 따른다. 그런데 한유의 등장은 비지문을 문예문으로 승격시키데 결정적인 계기가 되었지만 후대로 오면서 諛文이라는 汚名도 감수해야만 했다. 비지문의 취약점 중 하나인 諛文的 성격은 비지문 찬술의 특수한 상황에서 기인한다. 즉 亡者와 일정한 관계가 있는 비지문 청탁자와 '망자의 업적을 후대에 알린다.'라는 찬술의도가 찬술자에게 일정한 제약으로 작용했기 때문이다.

동춘당은 우암처럼 방대하지도 않고 여타 문장가들의 비문처럼 문장 표

20) 『明心寶鑑』, 「孝行篇」.
"子曰 孝子之事親也 居則致其敬 養則致其樂 病則致其憂 喪則致其哀 祭則致其嚴."

현기법이 다양하게 사용되지 않았다. 그러나 비지문의 찬술대상인 망자와 절친한 관계가 대부분이다. 또 동춘당의 묘표문 중 「先祖妣柳氏旌門碑記」·「睡翁宋公墓表」·「慶州府尹贈領議政閔公墓表」·「江原道觀察使贈吏曹判書閔公墓表」·「行龍驤衛副護軍趙公墓表」·「淸寧君韓公墓表」·「成均館學正韓公墓表」·「原州牧使李公墓表」·「祖考贈參判府君祖妣贈貞夫人李氏墓表」 등의 망자는 이미 신도비나 묘갈·묘지명 등이 있어서, 동춘당의 작품과 중복되는 경우가 많다. 비지문은 망자의 사적을 기록하는 기록물로, 즉 紀實에 목적이 있다. 그러므로 이미 기존의 비지문에서 망자의 사적을 기록했을 가능성이 농후하다. 그러면 동춘당이 그들의 비지문을 찬술한 동기에 대해 궁금하지 않을 수 없다.

> 아! 이곳은 증참판 한산 이공과 정부인 전주 이씨를 합장한 무덤인데, 우암 송상공이 지은 묘갈명에 공의 세계와 이력과 행실이 자세히 갖추어져 있으니 다시 덧붙일 필요가 없다. 그러나 나는 공에 대해 마음 속 깊이 사무치게 느끼는 바가 있다. 나는 공과 사돈 간으로 본래부터 정의가 깊었다. 경자년에 나는 외람되게 장악원 제조가 되고 공은 낭료가 되었을 때, 서로 사이좋게 지냈다. 얼마 되지 않아 내가 벼슬을 내놓고 고향으로 돌아오니 공은 나를 전송하기 위해 멀리 한강까지 나와서 술잔을 잡고 이별을 아쉬워하며 서로 마주보며 개탄하였다. … 공의 아들 광주 부윤은 나와 노년을 의탁한 벗인데, 나에게 '공의 무덤에 한마디 말이 없어서는 안 된다'라고 하니, 내 어찌 거듭 느낌이 일어나지 않을 수 있겠는가! 나의 고루하고 졸렬함도 잊고 평소 보고 알았던 것을 대략 기록하여 묘표 후면에 새기게 하였으니, 후세의 군자들은 고증하여 믿기를 바란다.[21]

---

21) 「原州牧使李公墓表」 卷18, 총간 107, 150쪽.
"嗚呼 此贈參判韓山李公衣履之藏 而貞夫人全州李氏祔葬之所也 尤庵宋相公銘其碣 其世系履歷行實 備矣 無容復贅 獨余於是有愴感者存 余與公實有姻婭之好 誼情固已深摯 而庚子間 余猥提樂院 公在郞僚 相歡甚也 亡何 余謝事還鄕 公遠將于江上 把酒惜別 相視感慨 … 公之胤廣尹公與余託歲寒之義 謂余不可無一語於公墓 督之不置 余於此安得不重有感也 忘其陋拙 略書平昔所見知者 俾刻于墓表之石陰 以竢后之君子有所徵言云."

앞의 인용문은 원주 목사 이성연의 묘표이다. 망자에 대해서는 이미 우암이 묘갈명에서 가계와 행실을 자세히 기록하였다.[22] 그래서인지 동춘당은 다시 덧붙일 필요가 없다고 자인하고 있다. 그러나 동춘당의 찬술한 묘표에서는 망자인 이성연과 자신의 애틋하고 잊지 못할 추억을 엿볼 수 있다.

1660년 현종 1년, 동춘당은 장악원의 제조에 임명되었고 이성연은 낭료로 임명되었다. 그들의 정치적 동료자이면서 이성연의 아들이 동춘당의 재종질이어서 평소 가깝게 지내던 사이이다. 동춘당이 얼마 되지 않아 벼슬을 내놓고 한양을 떠나 고향 회덕으로 낙향하자 이성연은 친히 한강까지 마중나와 서로 술잔을 기울이며 석별의 정을 나누었다. 그러나 이듬해 동춘당은 고향 회덕에서 이성연의 사망 소식을 듣는다. 이성연의 갑작스런 죽음은 동춘당에게 커다란 슬픔을 안겨 주었다. 동춘당은 이성연의 사망 소식에 그가 살았던 한양을 향해 목놓아 울면서 그에 대한 애도의 심정을 글로 표현하고 있다. 그래서 동춘당은 비문의 서두에서 이성연과 자신이 사돈지간으로 자신의 비문이 '誼情固已深摯'의 발로임을 밝히고 있다.

> 나의 죽은 아들은 낙정의 사위이고 공의 손자 유중은 나의 사위가 되니 우리 두 집안은 겹사돈으로 정의가 매우 지극하다. 그러나 인사가 변천하여 노쇠하고 병든 나만이 홀로 세상에 남아 있으니 지난날을 생각하면 슬퍼서 눈물이 흐른다. 비지 중에서 중요한 부분만을 뽑아 묘표 후면에 기록한다.[23]

위 인용문은 이미 앞 단락에서 언급한 「경주부윤증영의정민공묘표」의 마지막 부분이다.

망자 민기와 동춘당은 두 번의 혼인 관계로 겹사돈이 되었다. 특히 동춘당이 59세에 잃은 아들이 바로 민기의 막내 사위인 조석윤의 사위가 된다.

---

22) 宋時烈, 『宋子大全』 卷167, 「原州牧使李公墓碣銘」, 총간 114, 78쪽.
23) 「慶州府尹贈領議政閔公墓表」 卷18, 총간 107, 146쪽.
"余之亡子 即樂靜之婿 而公之孫維重 又余之婿 兩家重姻 誼情深摯 人事嬗變 獨余衰病 支離於世 俯仰今昔 爲之愴然一涕 玆就碑誌中 剟其梗概 書于墓表之陰如右云."

당시 동춘당은 연로한 나이에 아들을 잃은 슬픔이 컸는데, 게다가 죽은 아들의 생각과 망자인 민기와의 깊은 정의(誼情深摯)를 잊을 수 없었던 것이다. 그래서 노쇠한 몸이지만 지난 날 추억을 떠올리며 기존의 비문을 참고로 자신의 묘표문을 찬술한 것이다. 이와 같이 동춘당은 이미 찬술된 비지문이 있지만 망자와의 가까운 관계와 깊은 정의에 의거하여 비지문을 찬술하고 있다.

3) 血肉의 죽음과 運命的 認識

비지문은 사적인 친분관계를 기초로 청탁을 받아 피동적으로 제작하는 경우가 있고 스스로 억제할 수 없는 표현 욕구의 발산으로 인해 능동적으로 창작하는 경우도 있다. 전자의 경우 찬술자의 덕망과 사회적 위치를 기반으로 충실한 사실 기록을 당위로 삼고 있다. 반면 후자의 경우 찬술자의 감정과 일상의 체험을 통해 '사실의 기록'이라는 비지문의 속성을 한 단계 뛰어넘을 수 있는 계기를 마련해 준다. 이런 감정이 곡진하게 드러나기 위해서는 망자와 찬술자의 관계가 아주 특별해야 할 것이다. 그중 가족의 죽음에 대해 쓴 비지문에서 찬술자의 무한한 슬픔의 감정을 잘 드러내고 있다.

다음 인용문은 동춘당의 누이에 대한 묘표이다. 이 묘표는 동춘당이 별세하기 2년 전인 65세 때의 만년 작품인데, 동춘당은 망자인 누이를 생전에 보지 못했다.[24)]

> (자씨가: 인용자) 죽은 지 70여 년 뒤인 숭정 병오년에 아우 준길이 성묘하러 가서 무덤이 심하게 무너짐 것을 보고 오래될수록 더욱 알아 볼 수 없게 될 것을 걱정하여 흙을 다져 봉분을 만들고 이어 작은 돌을 세워 내력을 기록하였으니 후인들은 밟아 허물지 말라.

---

24) 「學堂山墓表」 卷18, 총간 107, 155쪽.
"噫 我姊與我兄 俱夭於一歲 姊葬在於連山居正里 我外王考兆下 後十五餘年而余始生."

> 아! 나는 이미 부모님을 일찍 여의고 형제도 없는데, 죽을 나이에 또 외아들 마저 잃었으니 신세가 처량하고 심정이 비통하다. 그러나 죽어서도 앎이 있다면 머지않아 지하에서 서로 모이게 되지 않겠는가! 오직 이것으로 자위할 뿐이다. 아! 슬프구나.[25)]

동춘당의 누이는 동춘당이 태어나기 15년 전에 죽었다. 그러므로 동춘당은 누이를 생전에 볼 수 없었고, 사후 제 삼자를 통해 누이의 일생 전모를 파악 할 수 있었다. 누이는 임진왜란이 일어나자 피난처에서 10세의 어린 나이로 요절하였다. 그러나 임진왜란의 비극은 누이가 사망했을 당시 부모들로부터 자식의 죽음을 직접 볼 수 없게 하였다. 70년이 지난 후 동춘당은 누이의 묘소가 심하게 훼손된 것을 안타깝게 여겨 봉분을 다시 만들고 그의 옆에 작은 묘표를 세우며 묘표문을 짓는다. 위는 이때 지은 묘표문으로, 누이의 요절을 애도하면서 마치 2년 뒤 자신의 죽음을 예견이라도 한 듯이, 저승에서 만날 것을 토로하고 있다. 또 비문의 마지막 부분에 자신의 생애를 되돌아보면서 불운했던 과거를 자위하고 있다.

> ① 은진 송준길에게 정일이라는 딸이 있었는데, 어려서부터 민첩하게 잘 깨달아 3, 4세 때에 말하는 것이 마치 어른과 같았다. 하루는 그 아비가 『천자문』을 펴놓고 시험삼아 "아무 글자는 무슨 뜻이고 아무 글자는 무엇을 이름이냐?"라고 물었더니 말이 떨어지자마자 서슴없이 대답하였는데, 꼭 맞지는 않았지만 이치에 가까웠으므로 그 아비는 기특하게 여겼다. 그러나 글은 여자가 할 일이 아니므로 다시 더 가르치지 않고 오직 유순에 대한 교훈만을 일러주었을 뿐이었다.
>
> ② 언젠가 고기를 먹을 대 말하기를 "네가 부귀한 집안에서 자라 부모가 죽으면 어찌하겠느냐?"라고 묻자 바로 슬픈 낯빛을 하며 "아버님께서는 어찌하여 아이들에게 차마 이런 말씀을 하십니까?"라고 하였으니 그 총

25)「殤姊墓表」卷18, 총간 107, 156쪽.
"後七十餘歲崇禎丙午 弟浚吉往省其墳 見其頹圯已甚 大懼愈久愈不克辨認 乃築土以封之 仍立小石以識之 庶後之人毋踐毋夷也 噫 余早失怙恃 終鮮兄弟 臨老又喪獨男 身世悲涼 情理痛迫 雖然死 而有知 幾何而不相聚於泉下耶 唯用是自慰 嗚呼悲哉."

명함이 이와 같다. 조금 자란 뒤에는 길쌈이나 바느질 등 부녀자의 일 중에 작은 일들은 직접 처리하여 도운 바가 많았다.

③ 그 어미는 바로 진양 정씨로 우복 선생의 막내딸이다. 선생은 이조 판서로 벼슬에서 물러나 상주 매호에서 별세하셨다. 선생의 연상에 미쳐 그 어미가 아이들을 데리고 매호로 간 지 3일 만에 정일에게 갑자기 병이 생겨 증상이 매우 위독하였다. 병이 위독할 때 어린 동생을 품에 안기게 하고는 어루만지면서 바라보면서 그 아비의 갓끈을 잡고 마치 영결하듯이 잠시 뒤에 죽었다.

④ 아! 애석하다. 자식이 화를 면하지 못한 것은 부모의 죄이다. 혹시 더운 날씨에 가마를 타고 먼 길을 달려간 탓에 생긴 병을 의원이 치료할 처방을 몰라서 비명에 요사하게 한 것인지, 아니면 정자가 말씀하신 "사람이 해야 할 도리를 지극히 하지 못하고서 어찌 감히 하늘을 책망하겠는가"라는 것인가! 아! 운명이로다. 정일은 천계 정묘년 3월 18일에 태어나서 숭정 갑술년 6월 7일에 죽었다. 그 다음달 25일 기유일에 시체를 가지고 돌아와서 회덕현 학당산 송씨 묘역에 있는 그 殤叔의 무덤 곁에 장사 지냈다.[26]

위 인용문은 동춘당의 비지문 중에는 곡진한 부성애가 가장 잘 표출된 작품이다. 망자는 靜一로 동춘당의 딸이다. 동춘당은 누이의 묘표에서 밝혔듯이 가족의 불운을 많이 겪었다. 동춘당은 16세에 어머니를 여의였고 22세에는 아버지도 죽음도 맞았다. 이후 29세 때에는 7세였던 딸 정일이 사망하였

---

26)「殤女壙記」卷18, 총간 107, 165쪽.
"恩津宋浚吉有女曰靜一 幼而警悟 三四歲 出語若成人 一日 其父披千字文試之曰 某字是何義 某字是何謂 輒應口對無疑 或不中不遠 其父奇之 以文非女子業 不復授 唯提耳以婉娩之教 嘗食肉謂曰 汝長膏粱 卽喪父母何如 乃蹙然云 阿父多向諸兒忍此語耶 其慧類此 稍長 執女工之小者相助爲多 其母 卽晉陽鄭氏愚伏先生之季女 先生以冢宰退 終于尙州之梅湖 及練 其母搬諸兒往赴 越三日而靜一暴得疾甚惡 旣病 令置其小弟于懷而撫視之 執其父冠纓 若告訣者 頃之而絶 吁惜矣 不免水火 父母之罪 意者 炎途之輿走 醫治之昧方 有以致非命之夭耶 抑程夫子所謂人理之未至 容當責命於天者耶 噫其命矣夫 靜一生於天啓丁卯三月十八日 死於崇禎甲戌六月初七日 翌月卄五日己酉 還葬于懷德顯之學堂山宋氏墓 與其殤叔同兆."

고 31세 때에는 6살인 아들 碩大가 죽었다. 또 59세 때에는 아들 正郞이 사망하기도 하였다. 부모의 죽음은 자신의 겪어야 하는 필연성을 가지고 있지만 자식의 죽음은 개연적 요소만 있을 뿐이다. 그러나 동춘당은 생전에 딸과 아들의 죽음을 겪는 비운의 처지에 놓인다. 위 인용문은 전문으로, 동춘당이 딸 정일의 일대기를 자신의 체험을 바탕으로 기술하고 있다.

①단락에서 동춘당은 정일이 매우 어린 나이에도 불구하고 천자문을 이해할 정도로 총명함이 있었음을 기술하고 정일의 총명함을 "或不中不遠"이라 완곡하게 표현하고 있다. 그러나 동춘당은 정일에게 학문보다는 당시 여성이 담당해야할 임무와 당시 절대적 규범인 순종만을 교육시켰다. ②단락은 동춘당이 기억을 통해 정일의 생전 일상생활을 차분히 기술한 부분이다. ③단락은 정일의 뜻하지 않은 죽음을 맞이하는 동춘당의 애절한 심정을 기술한 부분이다. 동춘당은 정일이 동생을 품에 안고 아버지의 갓끈을 잡으며 숨을 거두는 처연한 정경을 생생히 재연하고 있다. 동춘당은 딸의 죽음을 마치 제대로 치료를 못한 의원의 탓인 양 원망도 하지만 마침내 程子의 말을 인용하여 자신의 '운명'[27]으로 돌리고 있다. 동춘당은 사람의 힘으로는 돌릴 수 없는, 하늘이 미리 정해 놓은 '운명'이라는 절대 불변의 매개체를 통해 자신의 슬픈 심정을 감추며 哀而不悲的 태도를 보이고 있다.

5. 結　論

이상, 본고에서 동춘당 송준길의 비지문에 대해 거칠게 고찰해 보았다. 동춘당은 임병양난 이후 혼란스런 사회질서를 안정시키고 국가적 위기를

27) 동춘당은 '운명'이라는 매개체를 비지문에 빈번하게 사용하고 있다. 운명은 절대 피할 수 없는 불가항력적인 단어로, 동춘당은 이 단어에 많은 의미를 부여한 듯하다. 그러나 본고에서는 심도 있는 논의를 하지 못했다. 이에 동춘당의 문학의 올바른 정체성을 확립하기 위해서는 연구 자료를 확대시켜 전반적인 성격을 파악해야 하며 이는 후속 과제로 남긴다.

예학을 통해 회복시키기 위해 조선예학을 성립시키는데 전력을 다하였다. 그래서 기존의 연구 성과가 도학 사상과 예학 사상, 향촌문화활동 등에 편중되었다. 반면 그의 문학적 성과에 대해서는 거의 전무한 형편이다. 이에 본고에서는 그의 문집 소재 비지문을 통해 그의 문학의 한 단면을 살펴보았다.

동춘당은 도문일치를 추구하던 성리학자로 간절하고 정성이 가득한 '절실'한 문장과 거짓이 없고 진실한 문장을 추구하였고 이런 경향은 비지문에 확연히 드러나고 있었다.

동춘당은 비지문에 대해 긍정적 이해와 적극성을 가지고 있었다. 동춘당은 23세 청음으로부터 아버지의 비문을 받은 것을 시작으로 당대 유명인사에게 청탁을 하는 등 적극적으로 위선사업을 하였다. 그리고 27편의 비지문이 있을 정도로 찬술에 있어서도 긍정적으로 인식하고 있었다. 그의 비지문을 분석하여 정리하면 다음과 같다.

첫째, 그는 당대 대표적 도학자로 비지문에서도 한문학의 고전적 패러다임인 충 · 효 · 열의 정형화된 소재를 사용하고 있었다. 동춘당은 자신의 8대 선조비의 정려비문에서 당시 정형적인 여성상을 찬술하고 있었다. 또 민기의 묘표에서는 당시 규범적 항목인 孝를 통해 孝子의 전형적인 면모를 부각시키고 있다.

둘째, 동춘당의 비지문을 살펴보면 망자와 매우 가까운 경우가 대부분이다. 그것은 동춘당이 비지문을 찬술할 때 항상 깊은 정감을 표현할 수 있는 계기를 마련해 주기도 하였다. 동춘당은 망자의 기존 비문이 있더라도 자손들의 청탁이 있을 경우, 망자와의 깊은 정의를 잊을 수 없어 그들과의 일상생활의 추억을 떠올리며 기술하고 있다.

셋째, 동춘당은 생전에 가족의 죽음을 직접 목도하였다. 특히 아들과 딸의 죽음은 자신에게는 큰 슬픔이었다. 동춘당은 딸 정일의 묘지문에서 현명했던 딸의 모습과 죽음에 임박하여 애절한 모습을 교차시키면서 찬술하였다. 그리고 자신의 처연한 감정을 운명으로 돌리고 애이불비의 심적 모습을 표현하였다.

이상과 같이 진행된 본고는 비지문의 전반적인 내용을 파악하는 데 그쳤고 미처 살펴보지 못한 문제들이 남아 있다. 예컨대 비지문에 표출된 그의 사상이나 여타 다른 장르의 연구는 아직 충분하지 못하다. 이에 올바른 동춘당의 위상을 정립하기 위한 과제는 후속으로 남긴다.

제6장 동춘당의 생활모습

안상우　同春堂日記의 의약기록과 의료인식

송성빈　17世紀 湖西士林의 道義之交
－宋浚吉과 李惟泰의 사례－

同春堂日記의 의약기록과 의료인식

안 상 우*

1. 서 론

의약기록은 당대의 의료기술과 의료인, 의료문화에 대하여 알 수 있는 중요한 자료로 전문의방서가 아닌 의약관련 문헌기록을 뜻한다. 의료기술이나 의료지식은 고정불변의 상태로 전승된 것이 아니고 시대환경이나 의학사상의 변천 혹은 유행질병의 천이에 따라 변화를 거듭해 왔으며, 따라서 시대에 따라 의료인식에도 많은 차이를 보인다. 이 글에서는 17세기 조선을 대

* 한국한의학연구원 연구부장.
이 논문은 동춘당 탄신 400주년기념 국제학술대회(한남대 충청학연구소, 2006)에서 발표된 논문임.

표하는 유학자 同春堂 宋浚吉(1606, 선조 39～1672, 현종 13)이 남긴 日記에 기록된 저자의 질병과 치료처방 및 약재구입, 역병에 대한 대처 등 여러 가지 의약 관련 기록의 분석을 통해 당시 향촌의료현실에 대하여 살펴보고자 한다. 일기의 저자가 어떤 과정을 통해 의학을 학습하였는지는 상세히 알려지지 않았지만 의학지식이 풍부하였음을 이 일기를 통해 추정할 수 있다. 송준길이 활동한 시기는 『동의보감』이 출간되어 민간에 널리 유포되고 새로운 의약지식이 골고루 전파되는 시점이라 할 수 있다.

특히 이 일기에는 어려서부터 병약했던 저자가 자신의 건강상태 및 각종 병증과 복약, 치병을 비롯한 자기수양에 관한 기록들이 남겨져 있어 의학사적 측면에서 당시 사대부가의 의료실태를 살펴볼 수 있을 뿐만 아니라, 송준길의 질병관과 의료인식의 일면도 알아볼 수 있을 것으로 기대한다. 나아가 자신을 둘러싼 父子, 가족친지들과 師弟 등 주변 인물들과의 관계에서 발생한 治病, 看病, 問病, 致喪에 관한 기록들이 많이 들어 있어 당시 생생한 의료관련 기록들을 볼 수 있다. 또한 거주지 인근 지방의 疫病과 이에 대한 대처 및 避病, 의관의 파견 및 의료체계에 관한 사항들이 언급되어 있어 일반사에서 일일이 다뤄지지 않고 있는 당시 민간의 의료문화를 가늠해볼 수 있다.

이러한 조선유학자들의 일기 속에 남아있는 의학문화 관련 자료로는 李文楗(1494～1567)의 『默齋日記』[1]와 『養兒錄』,[2] 柳希春(1513～1577)의 『眉巖日記』, 朴趾源(1737～1805)의 『熱河日記』가 연구되어 공개된 바 있으며, 당대 지식인의 눈을 통해 바라본 조선시대 의학문화의 수준 및 가족의 질병과 치료를 통한 의료활동의 실상을 접할 수 있다. 또 痘瘡, 痢疾, 紅疫과 같은 역병의 유행과 이에 대응하는 의료체계가 드러나 있어 여러모로 의미가 있다.[3]

---

1) 김성수, 「16세기 鄕村醫療實態와 士族의 對應」, －默齋日記에 나타난 李文楗의 사례를 중심으로－, 경희대대학원, 2001.

2) 안상우, 「귀양살이 流配客의 손자양육기」－『養兒錄』 / 민족의학신문, 고의서 산책(281), 2006. 2. 24일자.

여기에서는 먼저 일반에게 잘 소개되어 있지 않은 이 일기의 傳承내력과 傳存상태, 그리고 사본상의 몇 가지 문제를 짚어보았다. 아울러 이 일기가 작성된 시점은 『동의보감』이 간행된 지 불과 30～60년 된 시점으로, 치병기록에 나타난 병증과 치료법, 방제와의 대조분석을 통해 당시 유행했던 질병의 유형과 증상 및 처방, 약제의 來源을 알아보고 나아가 당대 민간의료에 있어서 『동의보감』을 비롯한 향약의약서의 활용성에 대한 간략한 평가도 시도해 볼 생각이다. 이에 따라 본고에서는 먼저 저자 자신의 질병 증상을 중심으로 『동춘당일기』[4]에서 치병관련 기록을 발췌하여 시기별로 열거한 다음, 생애주기에 따른 신체건강과 질병, 노화의 양상과 변화의 추이를 살펴보고자 하였다. 특히 이 과정에서는 『同春堂年譜』[5]를 참고하여 일기의 기록과 대조하여 보충자료로 삼았다.

끝으로 송준길이 주도했던 회덕향약의 患難相恤 조목에서 동춘당의 의료인식을 찾아보고자 했으며, 당시 醫局과 藥契의 운영을 통한 仁人濟生을 實踐躬行하는 사례를 살펴보고자 약재의 비축과 재배, 역병에 대한 대처 방식을 통해 당대 향촌사족들의 의료인식의 일단을 엿볼 수 있었다.

2. 同春堂日記의 傳存

『同春堂日記』는 17세기 湖西지역의 대표적 유학자 중의 한 사람이자 文廟에 배향된 18현 중의 한 분인 同春堂 宋浚吉(1606, 선조 39～1672, 현종 13)이 남긴 日記이다. 그의 나이 24세인 1629년(인조 7)부터 1672년

3) 안상우, 「鄕村醫局 운영한 유학자의 건강돌봄」－『同春堂日記』/ 민족의학신문, 고의서산책(311), 2006. 10. 23일자.

4) 현재 전해지는 동춘당 송준길의 일기 전사본에는 원서명이 '文正府君日記'라고 되어있으나 이하 본고에서는 독자의 이해도를 높이기 위해 저자의 당호를 붙인 영인입력본의 서명 『동춘당일기』를 쓰기로 한다.

5) 『동춘당연보』(국역), 성균관, 1981.

(현종 13) 67세의 나이로 세상을 뜨기 직전까지 대략 44년간에 걸쳐 작성된 것이다. 후손에게 전해지는 부분은 필사원문이 337면에 달하는 정서본이다. 현재 남아있는 일기 가운데 1630～1635, 1640, 1643, 1662, 1667～1668년의 11년분이 빠져 있다. 하지만 없는 부분을 제하고서도 족히 33년분의 일기가 남아 있어 전 생애의 절반에 해당하는 기간의 일기인 셈이다. 아울러 『동춘당일기』 속에서 의약관련 기사만을 발췌한 것 만해도 A4 70여 쪽에 이를 정도로 그 분량 면에서 압도적이다.

이 일기는 원래 해 지난 册曆의 뒷장 즉, 이면지를 이용하여 기록한 것인데, 나중에 후손 宋正熙가 다시 淨書하여 옮겨 적고 『文正府君日記』라고 제목을 붙여 놓았다고 한다. 현재 선생의 친필 일기는 온전하게 전해지지 않고 있으며, 『문정부군일기』필사본 1책만이 유일하게 家傳되고 있을 뿐이다.[6)]

현재 이 일기는 후손인 宋容綍가 집안에서 전해 내려온 일기의 寫本을 가져다 원문을 현대식 가로쓰기로 바꾸어 띄어쓰기를 하고 날짜별로 행을 달리하여 편집해서 활자로 인쇄하였다. 또 책의 뒤편에는 일기의 원문을 그대로 축쇄하여 영인해 부록으로 붙여두었기 때문에 참고하여 대조해 볼 수 있다. 다만 현재 원문만 출판되었고 전문이 국역되지 않았기 때문에 널리 보급되기에는 애로가 있다.

일기의 전문은 크게 두 부분으로 나눠지는데 1629년 정월1일부터 1670년 12월 25일까지 기록된 '文正府君日記'와 다시 1670년 3월부터 죽기 직전인 1672년 9월 20일까지 기록된 別本으로 구성되어 있다. 별본은 시점상 1670년분이 겹치고 앞의 '문정부군일기'와는 다소 기재방식이 다르다. 또 별본의 첫머리에는 '恐是正郞府君日記'라고 기재[7)]되어 있는 것과 동춘당이 노쇠하여 죽기 3년 전부터 직전까지의 일기인 점으로 보아 아마도 이것은, 자손이 연로한 아버지를 위하여 대필한 부분으로 여겨지나 확실한 단서

6) 역사인물연구소 편, 『동춘당일기』, 향지문화사, 1995, 일러두기.
7) 전사자인 宋正熙의 注記로 여겨짐.

는 보이지 않는다.

송준길이 죽은 지 10년째인 1681년(숙종7)에 崇賢書院에 봉향되었고 이어 '文正'이란 시호를 받게 되므로 자필로 쓴 일기의 초본이 移書된 것은 1681년 이후일 것이다. 또 別本의 필사자를 '正郞府君'으로 기재한 것은 미심쩍다는 표현이 달려있긴 하지만 工曹正郞을 지냈던 그의 아들 光栻(1625～1664)이 별도로 작성된 사본으로 여긴 것 같다. 하지만 현재 이 별본의 일기는 기록된 시점이 正郞을 지낸 아들이 이미 사망한 뒤의 기록인지라 앞뒤가 맞지 않는다. 그러나 직계의 자손으로 큰 아들인 광식과 2명의 딸(사위 羅明佐, 閔維重) 외에 서자 3명이 있다. 장자 외에 光林은 彦陽縣監, 光梴은 副司果 벼슬을 했고 막내인 光榮은 일찍 죽은 것으로 기록되어 있다. 게다가 이들 중 광림은 1663년생으로 별본의 작성시작 시점인 1670년에는 불과 8살의 어린 나이이며, 셋째인 광천은 1668년생으로 3살밖에 되지 않았다. 더욱이 막내인 광영은 사망 전해인 1671년에 출생했기 때문에 출생전의 기록인 셈이다. 따라서 별본으로 전해진 일기의 실제 작성자는 광영이나 광천일 가능성은 없고 광림 역시 8살의 어린 나이로 연로한 아버지를 위하여 일기를 대필하기는 어려워 보인다. 따라서 실제 작성자는 장자인 광식의 아들, 즉 동춘당의 손자 중의 한 사람이 아닐까 추정할 뿐이다.

한편 원본을 옮겨 적었다는 宋正熙(1802～1881)는 동춘당의 7대손으로 1834년 進士에 이어 工曹參判을 지낸 인물로 工曹正郞을 지냈던 光栻의 4자인 炳翼의 5대손이다.

아직까지 이 일기에 대한 해제나 논구가 제대로 이루어진 바가 없고 다만 사본의 영인을 주도했던 송용재의 글[8] 가운데 '동춘당일기'에 대해 1쪽 분량의 짤막한 소개의 글이 있을 뿐이다. 이에 의하면 현재 남아있는 일기의 분량은 날짜로 따져 총 6,215일분에 해당하며, 가장 많이 쓴 해는 32세 때로 298일간에 이른다. 이 해는 1637년(인조 15, 丁丑)으로 병자호란이 일어나 현 경상남도 거창군 북상면 월성리로 피난했던 해이다. 일기를 적게 쓴

8) 송용재, 「동춘당일기를 통해서 본 동춘당의 생애」 『충청학연구』 3집, 2002. 12.

해는 59세인 1664년(현종 5)으로 이해에는 대사헌에 3번이나 제수되었으나 상소를 올려 체직을 받았던 해이다.[9] 이 해에는 특히 7월 16일에 봄부터 시름시름 아팠던 그의 장자인 광식이 泄痢症을 거듭하다가 끝내 소생하지 못하고 유명을 달리 했기에 심리적으로도 몹시 처참한 심정이었을 것으로 보인다.

〈표〉 송준길의 직계 世系表[10]

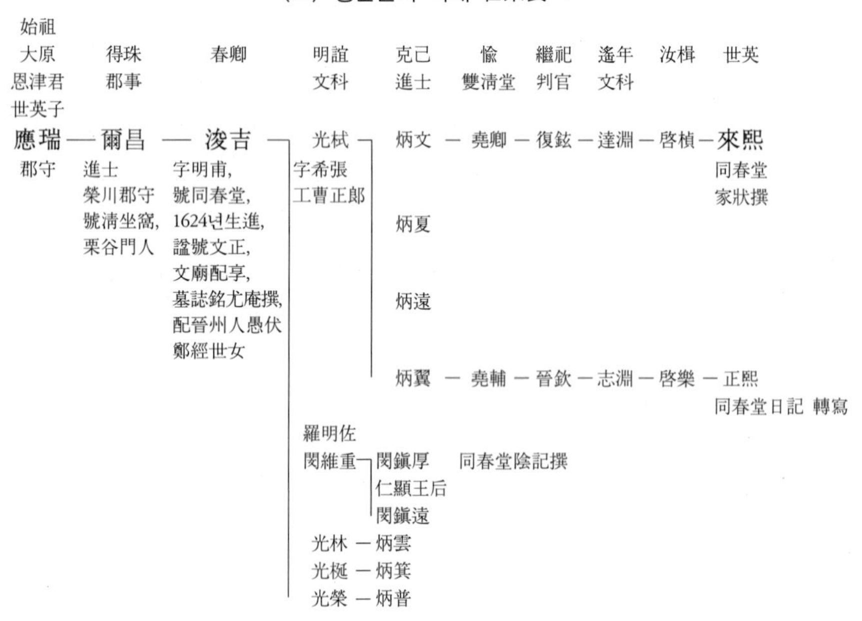

일기에 담겨진 일반적인 내용은 하루 분이 2줄을 넘지 않는 메모식으로 기록되어 있다. 주목할 점은 선생의 일생을 비추어 볼 때 정치, 학문에 관한

9) 송용재, 위의 논문, 137쪽.

10) 은진송씨 문정공파 족보를 참조하여 동춘당의 생애 관련 인물과 기록들의 작성자 표기.
본고에 등장하는 세계표와 가계조사는 한의학연구원 이선아 박사의 도움을 받았음.

기록이 보이지 않는다는 것이다. 단지 그 날의 날씨(雨, 風, 雪, 寒), 방문객 이름, 갔었던 곳, 만난 사람 그리고 본인의 질병 관계 등 아주 평범한 것들을 기록하고 있다.[11]

또한 이 일기의 발견과 공개 이후 공개적인 서평으로는 위의 논고에 덧붙인 충남향토문화연구회 김영한의 논평이 유일한데, 일기에 남아있는 의약기록과 관련하여 두 가지의 중요한 의미를 천명하였다.

"… 중간에 산실되었다 하더라도 남은 것만으로도 31년 동안의 일기가 3백년이 지난 오늘날에 나왔다는 것은 귀중한 史料라고 생각한다. 여기에 나오는 동춘 선생의 생애를 보건대, 첫째 선생은 젊어서부터 抱病으로 약물치료로 일생을 지냈음을 알 수 있고, 둘째 선생이 관직을 제수 받고 언제나 신병을 핑계로 사직을 상소한 것은 세인이 칭병으로 관직을 사양한 것과는 판이하게 다른 사실이었음을 증명해 준다."[12]

위의 언급 중 특히 동춘당이 사직을 위한 구실이 아닌 실제 건강이 좋지 않아 관직을 수행하기 어려운 상태였다는 사실이 다음 장의 일기 속에 남겨진 투병, 복약기록을 통해 확인할 수 있다.

3. 질병과 복약기록

1) 성장기와 得病(출생~30세)

『동춘당일기』 기록이전의 시기는 동춘당의 유소년기로, 그가 태어나면서부터 병약했던 것은 아닌 것으로 보인다. 그는 15세에 冠禮를 행하였고 18세인 1623년에는 愚伏 鄭經世의 딸에게 장가를 들었으며, 특별히 질병에

11) 송용재, 위의 논문, 137쪽.

12) 송용재, 「일기를 통해 본 동춘당 생애」 『충청학연구』 3집, 2002, 143쪽.

시달렸다는 기록이 없는 것으로 보아 성인이 될 때까지는 큰 병 없이 정상적인 성장과정을 거친 것으로 보인다. 그는 어려서 부친 爾昌(호 淸坐窩, 1561~1627)의 임소를 따라 鎭安, 新寧, 文義, 榮川 등지에 가서 같이 지낼 정도로 건강하고 부친의 사랑이 각별했던 것으로 보인다. 또 조부 應瑞(1530~1598)는 69세, 부친인 爾昌은 67세의 세수를 누렸으므로 특별히 短命한 가계라 할 수 없다. 그가 젊은 나이에도 불구하고 결정적으로 건강을 해치게 된 것은 그의 나이 22세인 1627년 부친상을 당하면서부터 라고 한다.

1626년 봄에 영천에 따라갔다가 9월 파관되어 宋村으로 돌아온 그의 부친은 이듬해 5월 세상을 뜨고 말았는데 이 때 동춘당은 부모를 모두 잃은 슬픔을 이기지 못하여 몹시 애통해 했으며 이때 얻은 병으로 일생동안 쇠약한 증세를 지니고 살아가야만 했다. 이에 앞서 16세인 1621년에는 모친상을 당했지만 그때는 부친의 각별한 救護를 받아 무사히 넘겼으나 부친상을 당해서는 슬픔을 이기지 못해 몸을 많이 상하게 되었다. 평생 동안 쇠약하게 지내면서 질병에 시달리게 된 것은 이때부터였다고 한다.[13] 실제 현재 남아있는 일기의 맨 처음 시점인 1629년(24세)의 기록 첫머리 1월 10일조에는 蔘苓丸을 복용했다는 기록이 있고 3월 27일에는 補眞丹을 복용하기 시작했다고 적혀 있어 위에서 언급한 쇠약증이 어떤 것이었는지를 잠작하게 한다.

방제명에서는 짐작할 수 있듯이 蔘苓丸은 삼령백출환(혹은 삼령백출산)을 말하는 것으로 보이는데 병후에 元氣虛弱하여 飮食不進한 증상을 다스리며 인삼, 복령을 主材로 脾胃內傷을 조리하는 방제(內傷調補藥)이다.[14] 삼령백출산의 경우 산제를 환제로 사용하기도 하였으므로 동춘당이

---

13) 동춘당연보, 11쪽.

14) 삼령환은 동의보감의 蔘苓白朮丸, 蔘苓白朮散, 蔘苓元과 그 명칭이 유사하다. 삼령백출환은 병후 원기가 허약해진 것을 치료하는데 원기를 기르고 비위를 보하며 음식 맛이 좋게 하고 火痰을 식히며 解鬱한다. 삼령백출산은 내상으로 비위가 허약해져 음식을 먹지 못하고 토하거나 설사하는 것을 치료한다. 삼령원

앓았던 병이 무엇이고 쓴 처방이 무엇인지 구체적으로 고찰할 경우에 같이 고려되어져야 할 것이다. 만일 동춘당이 식욕이 부진한 脾氣虛 증상이 생겼다면 이 약들을 사용하였을 것으로 추정할 수 있다. 그러나 식욕은 좋은데 오히려 몸이 마르는 식역증이라면 심적 스트레스를 해소하는 定志丸에 보음지제가 가미된 삼령원을 사용하였을 것이라는 것도 염두에 둘 필요가 있다.

또 약 2달 보름 후에 등장하는 補眞丹[補眞丸]은 주로 房勞過度로 인한 음식부진 증상에 補腎陽氣하는 방제로 鹿茸, 巴戟과 같은 補材가 들어가는 약으로 일반적으로 24살의 젊은 나이에 흔히 찾을 약은 아니다.[15] 위의 두 가지 처방은 모두 비위내상의 증상에 적용하는 약이지만 그 병인, 병리에 있어서는 서로 차이가 있다. 우선 전자는 순수하게 비위의 허약을 보하기 위해 調補하는 처방이고 후자인 보진단의 경우에는 不嗜飮食한 증상에 쓰지만, 下元陽衰하고 房勞過度로 말미암아 眞火가 쇠약하여 胸膈痞塞하고 飮食不消한 증상으로 補脾약을 먹어도 효험이 없는 경우에 적용한다. 이로 미루어 보건대 아마도 동춘당은 1월부터 蔘苓丸을 두 달 넘어 복용하여도 효과를 보지 못하자 그 원인을 腎陽이 허하여 中州不運하여 나타나는 증상으로 여기고 치법을 전환한 것으로 보인다.

다만 보진단을 삼령백출환·산과 동일한 병증의 연장선상에서 보진고를 사용하였다고 본다면 동춘당이 사용한 삼령원은 비기허로 인한 식욕부진을 치료하는 삼령백출산을 환으로 만든 것이고, 보진단은 보진고를 단으로 만들어 사용한 것으로 추정할 수 있다.[16] 그렇다면 당시 동춘당이 앓은 병은

은 위 중에 열이 울결되어 음식을 잘 소화시키지만 살이 찌지 않는 食㑊症을 치료한다.

15) 보진단은 동의보감의 補眞丸과 補眞膏와 그 명칭이 유사하다. 일반적으로 환약의 큰 것을 단이라 하고, 작은 것은 환이라고 하기 때문에 원래 梧子大의 보진환을 彈子大로 만든 것이거나 보진고의 고제를 단제로 만든 것으로 추정된다. 보진환은 房勞過多로 眞火가 쇠약해져서 脾土를 훈증하지 못하여 음식을 먹지 못하는 것을 치료하는 약이고, 보진고는 삼령백출환·산처럼 비위의 내상을 치료하는 약으로 기재되어 있으며 처방구성도 유사하다.

원기허약으로 인한 식욕부진으로 규정할 수 있다. 여하튼 동춘당은 음식부진과 비위내상, 그리고 원기허약과 같은 증상을 평생 지니고 살았던 것으로 보인다.

2) 잦은 질병과 服藥의 반복(31~44세)

이때부터 본격적으로 일기가 작성된 시기이며, 잦은 질병과 갖가지 증상으로 고통을 겪었다. 실제 이 시기 잦은 出仕에도 불구하고 오랫동안 공무를 감당할 수 없어 잦은 칭병상소를 올렸으며 遞職을 訴願하였다.

이 시기에 나타나는 대표적인 질병증상으로는 腎虛, 齒痛, 感氣, 腹痛, 泄痢 같은 상습증상이 교대로 반복되었으며, 固眞飮, (인삼)養榮湯, 六君子湯, 八物湯, 十全大補湯과 같은 보제를 주로 복용하였다. 특히 만성적인 비위내상과 함께 병발증상이 兼症으로 나타나는 경우도 있어 여러 가지 방제를 번갈아 복용하거나 兼服하는 경우도 있었다.

예컨대, 31세때인 1631년 6~11월에는 食積嗽, 痢症, 脾胃內傷, 陰陽俱虛症 등이 교대로 발병하여 瓜蔞丸[17]을 먹다가 痢症이 나타나자 약을 중단(瓜蔞丸停)하고 다시 내상조보약인 태화환(還服 太和)과 固眞飮子[18]를 먹다가 또 과루환－태화환－고진음자－평보지출환－고진음자로 이어가면서 몇 가지 상용방제를 그때그때 나타나는 증상에 따라 되풀이 하여 복용하는 상황이 연출된다. 또 이듬해인 1637년(32세)에는 지출환과 인삼양영탕을 兼服하는데 내상과 허증이 동시에 나타나기 때문에 행해진 일로 보인다.

또 齒痛이 젊은 나이에 일찍부터 발생하여 일평생을 괴롭힘 당하는데 32세인 1637년 11월 6일: 痛齒라고 기록된 이후, 11월 24~25일: 齒痛極苦,

---

16) 이 부분의 추정은 한의학연구원 조원준 박사의 조언을 받았음.
17) 식적수를 치료하는 방제로 동의보감 잡병편 수재.
18) 陰陽俱虛症을 치료하는 방제로 동의보감 잡병편 수재.

11월 27일: 齒痛復發, 11월 28～30일: 齒痛, 齒痛極苦, 平生未所有라고 표현하면서 연일 참기 힘든 극심한 통증을 호소하고 있다. 오죽 심했으면 극도로 강인한 절제력을 보였던 그가 평생 경험하기 힘든 고통이라고 적었을까? 이때의 치통은 1달을 넘겨 12월 1일: 齒痛, 12월 4일: 齒痛稍間, 12월 8일: 齒痛復發, 左頰浮, 超如拳이라고 이어진다. 기록으로 보아 단순 치통을 벗어나 좌측의 齒齦이나 하악골까지 병소가 번졌던 것으로 보인다. 이외에도 34세인 1639년 10월 22일에도 齒痛極苦, 49세인 1654년 4월 18일: 夜痛齒, 4월 19일: 齒痛, 又四體叔呻痛, 終日終夜, 4월 20일: 彌留, 4월 21일: 彌留, 4월 22일: 稍蘇라 하여 잦은 치통으로 고생하였음을 알 수 있다.

또 이 시기에 발생한 질병증상과 복약한 방제를 시기에 따라 열거해 보면 다음과 같다.

33세 脚氣 浮腫, 肩臂痛, 氣虛痰飮 증상 白芥丸과 六君子湯 복약.
34세 3월 加減八味元, 腎虛로 인한 消渴豫防
35세 9월, 12월에 固精丸 각1제씩 복용, 精滑脫
36세 3월, 9월 旣濟丹, 膀胱虛, 小便不禁.
三一腎氣丸, 紫河車丸, 混元丹, 腎虛, 陰虛 증상.
37세 2월 上下分消導氣湯, 氣鬱증.
9월－윤11, 12월 感傷夜深痛, 원인불명,[19] 柴陳四物湯, 柴陳平胃散 복약.
39세 大調中湯, 十全大補丸, 天眞元 熱痰, 陰陽俱虛, 內傷調補.
40세 7～8월 血痰之症, 二四湯(陰虛火動 咳嗽)
9～12월 補中益氣湯, 加減八味元, 滋陰淸火膏, 勞漱, 火嗽.
41세 大調中湯－熱痰, 朱砂安神丸－驚悸
嘔吐, 眩氣, 眼胞腫, 眼病久不差와 같은 증상이 발생했으나 별다른 처치가 없다.
10월에는 녹각을 먹은 뒤 나흘 뒤 대조중탕 5첩 복용
42세 六味 복용, 感傷, 患泄 등의 기록이 보임
咳喘증으로 十神湯 복용.

19) 38세때의 기록이 없으므로 언제까지 아프다 나았는지는 추고할 수 없음.

43세 感冒, 咳喘, 偏頭痛, 嘔吐, 곽란, 토사와 같은 증상 호소.
醒心散合瀉白散, 補中益氣湯 복약
精證에 六味, 玄菟固本圓, 二神交濟丹, 固眞飮, 安神丸 등 복용.
痎瘧에 養胃湯, 吐瀉, 腹痛, 泄瀉 증상으로 養榮湯 복용.
44세 편두통을 앓았으며, 소조중탕, 육미원, 이신교제단 등 복용,
眩氣, 心身虛怯으로 滋陰健脾湯, 益胃升陽湯 등을 복약.
두통, 한열과 같은 증상 발생, 逍遙散, 柴平湯 복용.

3) 중년건강기(45~51세)

이 시기는 중년을 넘어 의학적으로도 완연히 노쇠증상이 나타나는 시점인데도 불구하고 젊어서의 잦은 보제의 복용과 생활의 절제, 양생으로 오히려 다른 시기에 비해 다소 건강상태가 호전되고 비교적 활동력도 강화되었다.

이 부분에 기록된 질병증상으로는 患面瘍危, 患寒熱頭腹痛, 大泄四五度終日痛, 頭痛[偏頭], 腹痛痢証, 眩証, 感冒, 赤痢腹痛, 痢証眼疾俱苦, 脇痛, 墜馬少傷, 左頰浮紅, 似因痘瘡・破傷風之類 등 다양한 증상이 나타나지만 그리 심각한 질병으로 보이진 않으며, 상습감모나 외상성 질환에 불과한 것으로 보아 자체의 抗病力이 증강되고 체질에 맞추어 조절증력이 증진되었던 것으로 보인다.

호소증상 뿐만 아니라 복용한 방제 이름도 다른 해에 비해 많이 나타나지 않으며, 六味丸[20] 畢服, 補天大造丸劑服, 淸神散, 滋陰健脾湯 등 비교적 緩補劑에 속하는 약들만 몇 종 등장한다. 淸神散은 耳重聽에 쓰는 약으로 아마도 眩暈에 병발하여 耳鳴증이 심해졌던 것으로 생각된다.

이 시기를 개괄해 보자면 46세인 1651년 하반기부터 51세인 1656년까지 약 5년간의 일기에는 복용한 처방명을 적지 않았다. 그간에도 여러 가지 병증과 고통이 적혀있는 것으로 보아 내내 건강해서 약을 먹지 않은 것은 아

---

20) 입력본의 大味丸은 六味丸의 誤記.

니고 아마도 이전에 경험했던 상습증이거나 이미 상용했던 방제들을 반복해서 일일이 적을 필요가 없다고 생각한 것일까?

물론 전혀 약을 먹지 않았거나 아프지 않은 것은 아니지만 비교적 다른 시기에 비해 중증 질환이 나타나지 않았고 오랜 시간에 걸친 복약과 靜養, 養生의 효과 덕분에 다소 건강상태가 호전되었던 시기로 보인다. 이러한 판단은 다른 어느 시기에도 나타나지 않았던 尤庵 宋時烈 등과의 계룡산 유람(48세)과 이어 백마강을 유람(49세)한 기록이 나타나는 것으로 보아 미루어 알 수 있다.

비교적 건강 상태 양호하며 복약기록이 적고 상복할 수 있는 허한증의 보약만이 기록되어 있다. 이러한 상황과 보조를 맞추어 이 시기에는 중앙 정계에서 활발히 활동, 잦은 상소와 實職에 부임할 수 있었다. 하지만 이에 비해 가족들의 병고가 잦고 아이들이 두창, 홍역 등 역병에 이환되어 고생하고 자식을 잃기도 하는 등 인간적인 고뇌와 애로는 여전하였다.

4) 만성질환과 노년기(52~67세)

여지없이 노년기에 접어든 저자는 평소의 상습증과 더불어 허로, 만성 노인성 질환증상이 동시에 다가왔다. 이때 나타난 병증으로는 眼疾, 偏頭痛, 耳聾, 感冒, 傷寒, 咳喘, 失音, 暑病吐瀉, 暴泄, 腰痛, 眩氣, 齒痛, 面석배, 脇痛, 膝痛, 上吐下泄, 消渴, 勞復, 勞極, 勞瘵, 手足面浮腫, 所患支離, 虛憊와 같은 것들이다.

이와 같이 만성 소모성질환이 점차 가중되고 돌이킬 수 없는 노화증상과 상습증상에 시달린 것으로 보이며, 특히 중년 이후부터 시작한 잦은 안질과 만성적인 음허증상 역시 소갈증으로 진전되어 가는 과정으로 보인다. 또 늘 두통에 시달렸으며 잦은 상한감모[21]로 인하여 제대로 보제를 복용하기조차 어려웠을 것으로 보인다.

---

21) '感傷頭痛交苦.'

이와 아울러 51～2세를 전후로 侍講院 贊善직과 吏曹參議에 잇달아 제수되는데, 효종임금은 별도로 유지를 내려 신병이 많은 동춘당을 위해 교자를 보내 타고 올라오게 하도록 特命을 내린다. 또한 이때부터 內醫를 보내어 병을 살펴보게 하고 별도로 湯丸이나 酪粥, 宣醞, 餠饌 등 食物을 賜給하는 등 특별히 배려하였다.

노령에 따라 점차 건강은 악화된 반면, 벼슬길은 더욱 무거워져 호조참판, 대사헌, 이조참판, 병조판서, 이조판서 등 요직을 잇달아 역임하였다. 질병과 건강의 악화를 이유로 매번 사직을 청하였으나 거듭 왕명을 받아 죽기 직전까지 임명과 遞差를 반복하며 편치 않은 노년을 지낼 수밖에 없었다. 또 1664년에는 嫡長子인 光栻이 나이 40세 壯年의 나이에 먼저 세상을 떠 심리적인 충격이 컸을 것이다. 이외에도 여러 자손들이 홍역과 이질, 두창에 이환되어 고생하고 어린 두 딸과 작은 손자 永兒를 急驚風으로 잃는 등 인간적인 고통이 이만저만이 아니었다.

특히 65세 이후에는 급작스레 건강이 더욱 나빠진 듯 '近來感冒極苦, 久愈不歇', 혹은 '病無差意'라든지 '病勢一樣', '病未蘇', '患氣一樣爲悶', '病未上山' 등의 기술이 이어지고 있어 지리한 병중 상태의 지속과 괴롭고 답답한 저자의 심정을 표현하고 있다. 또 이듬해 봄에는 잇달아 內醫들이 파견되어 내려와 병문안과 진료가 이어지고 다소간 효험을 보았는지 가을 겨울을 잘 지냈으나 종내에는 노환과 숙환을 털어내지는 못하였던 것으로 보인다. 또 이 무렵부터 마지막 3년간의 일기 別本이 작성되는 와중에도 1671년에 흉년이 들자 집안의 곡식을 꺼내어 인근의 굶주리는 일가와 친구들에게 모두 나누어 주어 구제하였다. 이 일은 자신이 주도한 鄕約의 정신을 몸소 실천한 것이라 할 수 있다.

이와는 별개로 64세가 되던 1669년(현종 10)에는 송준길 자신이 (典)醫監提調에 임명되고 醫科初試에 試取官으로 활약하는 일도 있었다. 물론 의감제조직은 이조판서로서 겸직한 것이겠지만 평소 의약에 밝았고 近侍의 직책에 있으면서 의약을 논의하는 일에 자주 참여했던 이유도 작용했으리라 본다.

전체적으로 일기가 매우 단순명료하고 무미건조하게 기록하고 있음에도 불구하고 많은 부분 大殿과 왕실, 세자를 비롯하여 師弟 간, 집안친지, 벗들의 문병, 간병에 관한 기록, 더욱이 종중의 時祀나 집안의 忌祭祀에 몸이 아파 참석하지 못했다는 기록을 적고 있는 것으로 보아 그가 얼마나 스스로 예법에 철저하여 躬行實踐하고자 노력하였는지를 알 수 있다.

이 무렵에는 특히 鹿兎丸,[22] 玄兎丹과 같은 소갈증 치료방제가 사용되었고 延齡固本丹, 八味元, 瓊玉膏, 腎氣丸과 같은 養性延年藥餌나 補精藥餌가 많이 등장한다. 나아가 말년에는 勞復食復證에 쓰는 益氣養神湯이나 勞嗽, 勞瘵증에 사용하는 河車丸[23]이 등장하여 그가 대표적인 만성소모성 질환 중의 하나인 폐결핵을 앓았을 가능성이 높다.

이상 『동춘당일기』에 수재되어 있는 질환증상과 치법처방에 대해 연령주기와 시기별로 나누어 고찰해 보았다.

『동춘당일기』에 등장하는 60종 가량의 치료방제 중에서 몇 가지를 제외한 거의 대부분이 『동의보감』 해당 문을 중심으로 검출된다. 따라서 이 시기 『동의보감』이 간행된 지 30~60년이 지난 시점에서 이미 士大夫들이 의학지식의 정보원으로 활용하고 있었음을 알 수 있다. 특별히 출전이 다른 문헌으로는 『鄕藥集成方』과 『의방유취』, 『의림촬요』가 눈에 띄는데, 壬辰丁酉 양대 왜란을 통해 거의 失傳되었던 것으로 보이는 방대한 분량의 『의방유취』를 자유로이 참고하기란 용이하지 않은 일이었을 것이고 어차피 『의방유취』의 요지가 『동의보감』에 집약되어 편찬된 것임에 출전이 크게 다르진 않다.[24] 아마도 조선판 인용원서를 참고한 것 같으며, 향약방이나 전래방제의 경우, 『향약집성방』이나 『의림촬요』를 준용한 것으로 보인

22) 『향약집성방』 16권 鹿兎煎으로 보인다. 治三消渴利神藥 常服禁遺精, 止白濁, 延年. 이 방제는 消渴通治藥인 玄兎丹에 녹용을 더한 것이다.

23) 『향약집성방』 55권 河車元. 治勞嗽 一切勞瘵虛損, 骨蒸等疾.

24) 안상우, 「의방유취가 동의보감 편찬에 미친 영향」 『한국의사학회지』, 2000, 93~107쪽.

다.[25] 이 같은 상용방제의 출전문헌으로 조선의서들이 준용되는 것은 다음에 이어지는 醫局과 藥契의 운영에서 중대한 의미를 갖고 있다.

4. 동춘당의 의료인식

1) 懷德鄕約의 정비와 醫局, 藥契의 운영

또 하나 뜻 깊은 일은 저자가 향촌의 자치규약으로서 鄕規를 제정하고 懷德鄕約을 복원하였는데, 이 향약에는 환란을 당해 相扶相助하는 德目(患難相恤)이 들어 있다. 이중 주목되는 것은 60세 이상의 노비는 사역을 면해주고, 신분과 남녀의 차이에 관계없이 70세 이상 된 노인을 음식으로 축하하며, 고아와 과부를 돕게 하고, 재해와 유행병으로 고생하는 사람들은 향민들이 힘을 합해 조직적으로 돕게 하는 규정을 두었다.[26]

"한편 환난상휼에서는 회원이 재난을 당한 경우 서로 도와야 한다는 규정이다. 회덕향약에서는 재난을 수재나 화재, 질병, 고약, 무광, 빈핍 등 다섯 가지로 구분하고 각 경우마다 상부상조하도록 하고 있다. … 질병에 걸렸을 때에는 문병하거나 치료를 받을 수 있게 하고, 만일 모든 가족이 전염되었으면 노동력을 동원하여 때를 따라 그 집의 농사일을 해주도록 하였다."[27]

그의 이러한 향약운동은 17세기에 발흥한 湖西禮學의 실천적 일단으로

25) 이상 방제의 검색과 대조는 한국한의학연구원의 한의학지식정보자원 웹서비스 참조, www.jisik.kiom.re.kr

26) 한기범, 『조선의 큰 선비 동춘당 송준길』, 대전광역시대덕구, 한남대충청학연구소, 2006, 65~66쪽.

27) 한기범, 「동춘당 송준길의 향촌활동과 사회사상」 『충청학연구』 3집, 한남대충청학연구소, 2002. 12.

보이며, 다음의 글을 통해 당시 송준길이 자신이 갈고 닦은 학문과 평생을 괴롭혀온 질고와의 끈질긴 투쟁의 경험을 통해 患難相恤의 자치규약으로 실천하고자 했음을 짐작할 수 있다.

"16세기와는 달리 17, 8세기에 이르러서는 변화된 시대적 환경과 사상적 배경 아래에서 새로운 유학의 길을 모색하게 되었다. 전쟁과 가난 그리고 지도층의 분열과 패륜 속에서 국가질서와 사회질서가 와해되고, 인륜질서의 위기 속에서 윤리적 관심이 고조되고, 도덕국가의 재건이라는 시대적 요구에 따라 예학이 발흥하였다. 李珥 문하의 金長生을 중심으로 金集, 宋時烈, 宋浚吉, 李維泰, 兪棨, 尹宣擧, 權諰, 朴世采, 尹鑴, 尹拯 등 호서 유학자들에 의해 주도되었다."[28]

앞서 제시한 논리는 다음의 글을 통해 좀 더 구체적으로 확인해 볼 수 있는데, 당대 호서예학의 새로운 테제로 등장했던 約禮의 실천적 양태의 하나로서 향약과 의약계의 운영을 들 수 있을 것으로 보인다.

"훗날 金長生은 이러한 스승의 학문적 업적에 대해 '스승의 博文(이론의 학)의 공은 최고이지만, 約禮(실천의 학)에는 아직 과제로 남겨진 바가 있다'고 평가하였다. 이것은 그가 스승 李珥가 못다 이룬 약례의 과제를 그 자신이 맡아야 할 책무로 인식하고 있었음을 알게 한다. … 이러한 예교육을 정통으로 이어 받은 인물들이 바로 회덕의 宋時烈과 宋浚吉, 그리고 李維泰이다."[29]

그들은 특히 지역에 醫局을 두고 자주 會合을 하였으며, 醫契를 설치하여 약재를 비축하고 질병을 구제함으로써 매우 모범적인 사례를 보여주고 있다.[30] 이들이 설치 운영했던 의국과 의계가 어떠한 형태와 체계로 구성되

---

28) 황의동, 「호서유학의 흐름과 학문적 특성」, 호서유학의 현대적 계승－제3회 호서명현 학술대회, 한남대충청학연구소, 2004. 11. 30, 71쪽.

29) 한기범, 「호서예학의 성격과 현대적 의미」, 호서유학의 현대적 계승－제3회 호서명현 학술대회, 한남대충청학연구소, 2004. 11. 30, 86～87쪽.

30) 안상우, 「鄕村醫局 운영한 유학자의 건강돌봄」－『동춘당일기』/ 민족의학신문, 고의서산책(311), 2006. 10. 23일자.

어 운영하였는지는 정확히 밝히기 어렵다. 다만 醫局에서 자주 會合을 갖고 약재를 사들이는 한편 契會도 여는 것을 보아 향촌의료의 현장에 적극적으로 참여했음을 알 수 있다. 실제 일기에 나타나는 의국에서의 회합이나 접견 기록은 1638년부터 생애 마지막 해인 1672년까지 31회에 달한다. 더욱이 그가 직접 의국에서 숙직을 하거나 의국에서 會講, 會話, 門會, 司馬會, 小會를 했다고 적혀 있어 그곳에서 다양한 모임이 이루어졌음을 알 수 있다. 이중에는 또 醫舍라는 명칭도 있어 실제 치료를 위한 병동이 마련되어 있지 않았나 추정된다. 또 이와는 별도로 醫契로 표기한 곳도 3회 나타나는데, '赴醫契會'(1653. 11. 24), '醫契'(1658. 7. 6), '醫契小會'(1660. 7. 13)로 표현하고 있어 이것이 장기간 지속된 醫藥契會의 형태로 醫局이라는 향촌자율기구를 통해 유지되지 않았나 추정된다.

이 의국과 의계는 향촌에 소재해 있던 在地士族을 중심으로 운영된 것이 분명한데, 실제 일기 안에 기록된 시점과 『동춘당연보』의 관직에 나아간 시점이 서로 겹치지 않으며, 그가 이조참의, 이조참판, 이조판서, 병조판서, 대사헌 등 여러 차례 현직에 나가있는 동안에는 의국에서 회합한 기록이 거의 나타나지 않는다. 한편 동춘당은 64세가 되던 1669년 실제 典醫監提調[31]에 임명되었고 전의감에서 숙직[32]을 하거나 醫科試의 試取官으로 활약한 사실이 기록되어 있어 의관의 교육과 임명에 적지않게 영향을 미쳤을 것으로 여겨진다.

회덕향약의 실질적인 주도자는 동춘당과 우암 송시열, 송규렴으로 이른바 3宋이 새로 설립하다시피 정비한 것으로 알려져 있다. 이 중에서도 특히 우암 송시열은 스스로 의약에 조예가 깊어 나중 『三方』이란 의서를 지었다고 전한다. 또 그의 제자인 鄭澔는 스승이 지은 『삼방』을 보고 다시 이것을 보완한 『三方撮要』를 남겼다. 이로 보아 당대 이들은 향촌사회의 부족한 의료시혜를 자체적으로 충당하고 자율적인 보건의약지식의 공유를 위해 향

---

31) 일기에서는 '醫監提調' 혹은 '醫提'로 약칭.
32) 일기에서는 '宿典監'으로 기재.

약이라는 자율기구를 적절히 활용하고자 했을 것이다.

지방에서의 약계의 의미와 그 취지에 대해서는 동시대 洪宇遠(1605～1685)의 『南坡集』에 실린 '藥契序'에 잘 나타나 있다. 그는 약계가 仁人濟生의 뜻을 지니고 있으며 醫國之術의 의미가 있다고 천명하였다.[33] 한편 '藥院', '醫局廳', '藥局', '藥房' 등은 의약의 납공을 위한 기구로 선초부터 향촌에 존재하였으며 이곳은 바로 의생의 양성소인 동시에 약재의 확보 및 鄕民의 의료활동을 위한 의생과 藥夫의 활동중심지였던 것이다. 이곳에는 『동의보감』을 비롯한 의서가 구입되어 비치되고 있었으며, 특히 향촌에서 이용할 목적으로 『향약집성방』과 같은 방서가 고루 비치되어 의생의 의학습득과 처방에 이용되고 있었다.[34]

2) 藥材의 비축과 재배

또한 무엇보다도 급할 때 소용될 약재를 평소에 비축해 둔다거나 미리 사두었다가 약을 내어주고 나중에 분납하거나 대납해 받는 방식의 약계가 성행하였다. 그에 대한 폐단도 지적된 경우[35]가 있었지만 여하튼 그때그때의 약재의 수급을 조절하는 것은 藥契의 중요한 기능 가운데 하나였다. 『동춘당일기』에는 약재를 직접 재배하거나 고가약이나 수입약을 사들인 기록이 여러 군데 보인다. 지역에서 산출되는 토산약재 종류는 그 종자나 모종을 구해 직접 재배하고 키웠다. 그 종류로는 種菊, 川芎, 薄荷, 地黃, 枸杞, 梅, 榴, 枳, 何首烏, 免絲(子), 芍藥 등이다.[36] 이 중 국화나 매화, 작약은

33) 洪宇遠, 『南坡集』 卷10, 雜著, 序 한국문집총간(卷106), 242쪽.

34) 이규대, 「영동지방의 향약・동계」 『한국의 향약・동계』, 향촌사회사연구회편, 신용협동조합중앙회, 1996, 53～80쪽.

35) 私藥契의 폐단에 대해서는 『승정원일기』 효종10년(1659) 2월 8일조, 154책을 참조.

36) 『東國輿地勝覽』의 토산조를 살펴보면 당시 충청도 소산약재로 회덕현에서는 자초, 지황, 안식향, 복령등이 산출된다고 하였다. 토산약재와 향약개발에 관해서는 강연석, 「향약집성방의 향약의학 연구」, 경희대대학원, 2005를 참조할 것.

관상용으로도 이용되며, 何首烏나 구기자, 지황 같은 것은 구황식물이 되기도 하여 여러 용도로 응용할 수 있었을 것이다.

또한 지역에서 산출되지 않는 藥種이나 고가의 唐材(수입약재)는 인편을 보내어 몇 일씩 걸리는 서울에서 약을 사들여 왔다. 예를 들면 1636년 6월 22~7월 5일에 걸쳐 종(後奴)을 서울에 보내어 龍眼肉을 사들여왔다.[37] 이 약은 동춘당의 內傷을 치료하고 脾胃를 조리하는 데 常服할 목적으로 太和丸을 만드는 데 소용된 것 같다. 왜냐하면 서울로 약을 구하러 가기 전날인 1636년 6월 21일에 태화환을 빚게 시켰다[38]는 기록이 있고 藥夫가 서울에 다녀온 뒤인 7월 10일이 되어서야 비로소 반제를 지어 시작했다[39]고 하였으며 이후 瓜蔞丸을 먹다가(8월 10일, 9월 3일, 9월 15일 畢服) 다시 태화환을 먹는 일(8월 19일, 9월 19일)이 반복되다가 9월 30일에야 모두 복용했다[40]고 했으니 이 약을 완복하는 데 무척 많은 노력을 기울인 셈이다.

太和丸에 대해서는 『동의보감』 잡병편 卷4 內傷調補藥 太和丸 항목에서 龍眼肉 '無則益智代之'라 한 것으로 보아 당시 용안육을 구하기가 쉽지 않았던 듯하다.[41] 특별히 서울에 가서 용안육을 구해 온 까닭도 이러한 사정에 기인한 것으로 보인다. 이 방제는 원래 명나라 황실의 太醫 龔廷賢이 지은 『萬病回春』[42]에서 유래한 것인데, 원서에는 분량만 적혀 있을 뿐 용안육의 대체약재에 대해서는 한 마디의 언급도 없다.[43][44] 따라서 위에서 말한 龍眼肉이 없을 경우 益智仁으로 대신 하라는 注記는 허준

37) '爲覓龍眼, 送後奴京.'
38) '命太和丸.'
39) '劑太和丸半劑, 始服.'
40) '太和畢服.'
41) 허준 원저, 『원본동의보감』, 남산당, 1980, 440쪽.
42) 『만병회춘』에는 내상편에 있지 않고 음식편에 들어있다.
43) 明 龔廷賢 원저, 朱廣仁 點校, 『萬病回春』. 천진: 천진과학기술출판사, 2000, 119쪽.
44) 明 龔廷賢 撰, 周耀庭 點校, 『萬病回春』. 북경: 인민위생출판사, 1984, 107쪽.

이『동의보감』편찬 시에 조선의 약재 상황을 고려하여 넣은 것이라 볼 수 있다.

이 같이 약을 사들이는 일은 어느 정도 의례적인 것이었는지 이후에도 여러 차례 비슷한 기록이 보인다. 1647년 4월 24일에도 '送奴於京, 爲貿藥故'라 하였고 이듬해인 1648년 6월 8일조에도 '送夢奴於京 爲貿犀角故'라고 하였다. 용안육과 서각은 모두 수입약재로 고가의 唐材이다.

다른 한편 직접 약재나 약용으로 쓰일 재료를 장만하기도 하였다. 예컨대 1644년 6월 6일조에는 '造神麯'라고 기재해 있어 약용 신곡을 직접 제조하기도 했음을 알 수 있다. 또 동춘당 개인에게는 관례에 따라 관리에 대한 臘藥의 賜給이 이루어졌다.

> 1658년 2월 20일: '引見宣醞賜貂裘臘藥'

그의 문집에는 납약을 보내준 데 대한 감사의 시귀가 실려있기도 하다.

> "我有通靈藥, 還醫自家疾, 聊將贈同人, 勿謂吾未達"
> (『동춘당집』 卷24, 詩, [以臘劑爲報, 復寄一絶])

이와 아울러 병이 심해질 때마다 임금과 세자가 자주 어의를 보내어 湯丸약과 치료를 받게 하였다. 그런데 이와 별도로 충청감영의 감사로부터 약제를 지급받기도 하였다.

> 1649년 6월 15일: '命本道監司 相當藥物題給'

이와 함께 지방관아의 審藥이 자주 등장하는 것도 고위관직을 지낸 이에 대한 배려 차원으로 보인다. 아래의 기록들이 바로 이러한 설명에 부합하는 상황을 설명해 준다.

1649년 6월 19일: 審藥, 來問藥.
동년 6월 23일: 痛勢似歇, 審藥又過.
1653년 4월 22일: 訪審藥尹亨吉來見, 呈病狀.

3) 疫病에 대한 대처

조선시대 향촌사회에서 의료분야에서 가장 다급하고 위험한 상황은 역시 疫病의 유행과 전염에 대한 방역 문제였다. 당시 이에 대한 기록과 대처법을 통해 동춘당의 의료인식의 일단을 살펴볼 수 있다.

이때 가장 흔하게 등장하는 전염질환은 아무래도 紅疫과 痘瘡이 으뜸일 것이다. 실제 그의 가족과 자손 혹은 인근의 친지들 중 많은 수의 사람이 이로 인해 희생되거나 고통을 받아야 했다. 아래의 연이은 기록으로 보아 아이들을 여러 곳에 분산하여 피신시켜 전염원으로부터 격리시킴으로써 전염을 막고자 하였다. 아래의 기록들은 두창이나 홍역의 전염으로 가족과 아이들이 죽거나 이환되어 분산 격리시킨 경위를 알 수 있다.

–두창의 경우,
1636년 2월 21일: 鷄數鳴, 碩兒, 化, 季方, 携遠兒, 往明坊, 送淑兒貞陵.
동년 2월 22일: 英甫, 率兒喪, 埋廣陵, 移長興洞.
동년 2월 26일: 聞遠兒始痘.
동년 2월 27일: 淑兒, 又始.
동년 4월 22일: 以愼家染患, 往注山.

1658년 12월 28일: 小孫, 發痘.

1672년 2월 13일: 聞枓姪, 患痘於瑞興地.

–홍역의 경우,
1637년 12월 10일: 遠兒, 患紅疫.
동년 12월 15일: 遠兒, 發班.

동년 12월 20일: 遠兒, 病稍間.
동년 12월 21일: 淑兒, 又患.

1656년 4월 29일: 聖兒, 患紅疫, 歸.
동년 5월 6일: 子婦兩孫, 患紅疫, 甚劇.

동춘당은 당시 유행했던 두창, 홍역과 같은 급성열병의 전염규율을 잘 인지하고 있었다.

1645년 4월 22일: 聞兒病, 馳還, 已發痘.
동년 4월 28일: 夏兒, 已得回漿.
동년 4월 29일: 淑兒, 始痛.
동년 5월 15일: 至朝, 聞順兒, 痘發.
동년 5월 16일: 症勢, 小減.
동년 6월 9일: 君弼孫兒, 以痘夭.
동년 6월 20일: 遠伯, 以痘夭.

그는 또 醫局에서의 회합에서 역병의 대처를 논하고 돌림병에 대한 새로운 정보를 획득했을 뿐만 아니라 때로는 자신의 증상을 전염병으로 의심하기도 하였다.

1654년 11월 7일: 晩赴醫局會. 泰之, 聞其姪痘, 夜去.
동년 11월 20일: 傷寒苦痛.
동년 11월 21일: 左頰浮紅, 似因痘瘡・破傷風之類.
동년 11월 22일: 聞興吉, 患痘, 驚甚.
동년 11월 26일: 看興病於土井.

다음의 몇 가지 사례에서 보면, 동춘당은 여러 차례 거듭된 이병경험과 의약지식을 통해 두창의 증상변이에 따른 경과규율을 파악하고 예후를 판단하였으며, 원인에 따른 감별법도 숙지하고 있었던 것으로 보인다.

1654년 12월 14일: 聞宗兄, 病重, 歸省.
동년 12월 17일: 宗兄病, 乍緊乍歇.
동년 12월 19일: 友兒, 患痘, 發表不明.
동년 12월 20일: 巳時, 宗兄喪出, 以痘不得入哭, 來寓法泉.
동년 12월 23일: 兒痘, 似虛.

1655년 12월 3일: 聞聖兒有患, 歸見.
동년 12월 4일: 兒痘, 發表.
동년 12월 11일: 痘兒, 今日, 始有食道.
동년 12월 16일: 任兒, 又發標, 甚順.
동년 12월 22일: 賢兒及其弟, 皆發標, 甚稀.

1661년 3월 27일: 婢雲, 病如痘.

직계 자손의 경우, 그 증상이 미심쩍은 경우, 서울에 사람을 보내어 병증에 대해 자문을 구하기도 하였다.

1663년 5월 2일: 聞兒病, 歸, 似是痘症.
동년 5월 8일: 兒病, 更緊,
동년 5월 27일: 巨兒, 又發表.
동년 6월 7일: 兒痘, 甚不順.
동년 6월 21일: 夕以兒病, 歸.
동년 6월 22일: 送伻於京, 問兒病.

이에 대처하기 위한 최선의 방책으로 본인을 포함한 가족들의 전염원이나 전염지역으로부터 원격지로 분산 이송시켜 안전을 도모하고자 했던 것이다. 가족들뿐만 아니라 노비와 권속들 또한 예외가 아니었다. 지역 인근 전역에 걸친 대유행이 아닌 경우에는 의심되는 증후가 보였을 때 미리 예방적 조치에서 집안 바깥으로 보내거나 다른 집에 보내어 출입을 제한했던 것으로 보인다.

1639년 4월 2일: 以奴染, 移外廳.

1644년 6월 10일: 避染, 又移後家.

이러한 방역 조치는 醫契의 중요사안이었을 것으로 보이며 이때를 당하여 연일 醫局에서 醫會가 열리는 것을 확인해 볼 수 있다.

1644년 6월 14일: 會醫局. 愛奴, 患染出送.
동년 6월 15일: 會醫局. 極熱.

그러나 돌림병으로 죽었다 하더라도 손위 사람의 예를 갖추어야 할 경우에는 위험을 무릅쓰고 찾아가 조문하는 일을 감행한 것을 보아 보다 예를 행하는 데 더욱 충실하였음을 볼 수 있다.

1644년 12월 17일: 聞子健姊氏, 以痘化, 往哭之.

1669년 1월에는 동춘당 본인이 醫監提調를 맡고 있었음에도 불구하고 고향에선 자손과 친지가 痘瘡으로 비명에 요절하는 불운을 겪기도 하였다.

1669년 1월 21일: 聞光樞, 以痘化, 於望日.
동년 3월 5일: 宿典監. 聞扶餘, 以晦日, 以痘化.

또 본인 역시 66세의 고령에 이르러서는 역병에 전염되는 것을 우려하여 避染을 떠나기도 하였다.[45] 또 이때에는 宋村과 懷德 일대에 전염질환이 만연했던 듯 집안의 노복들이 많이 앓았고[46] 가까이서 동문수학한 尤庵으로부터도 집안 간에 전염이 될까봐 우려해서 왕래하지 못한다는 전갈을 받기도 하였다.[47] 이때의 돌림병의 유행은 몇 달을 걸쳐 치성했던 듯 4월에도 본가로 돌아오지 못하고 발길을 돌렸다는 기록이 남아있다.[48] 동춘당은 4달

45) 1671년 1월 18일 : 避染氣來鳴山.
46) 동년 2월 15일 : 奴僕多染患.
47) 동년 3월 10일 : 尤台 有家間染患 不得來云.

가까이 피염해 있다가 5월 12일이 되어서야 겨우 본가에 돌아올 수 있었다.

사실 이 해의 癘疫은 이전 해인 1670년 12월 11일 충청도 홍산 등지에서 치성했는데, 죽은 사람이 매우 많고 기근이 겹쳐 사망보고가 그칠 날이 없었다고 되어 있고 12월 18일 충청도 임천 등 읍에서는 사망자가 220여명이었다. 이 무렵 충청도 지역의 여역에 관한 실록기사만 뽑아보아도 1671년 1월 1일 충청도에서 여역으로 사망자가 220여명, 1월 21일 충청도 정산 등 읍의 기아와 동사, 여역으로 죽은 자가 43명이다. 1월 30일 충청도 여역 사망자가 554인, 2월 11일 충청도 옥천 등지의 굶주려 죽은 자가 59인이고 여역 또한 점차 치성해졌다. 3월 14일에는 충청도지역에서만 굶주리는 사람이 66,420인이라고 보고하였다.[49]

5. 맺음말

『同春堂日記』는 17세기 湖西지역을 대표하는 유학자 宋浚吉이 남긴 日記로 그의 나이 24세인 1629년(인조 7)부터 1672년(현종 13) 67세의 나이로 세상을 뜨기 직전까지 대략 44년간에 걸쳐 작성된 것이다. 후손에게 전해지는 부분은 필사원문이 337면에 달하는 淨書本으로 중간에 빠진 부분을 제외하고서도 33년분의 일기가 남아 있어 전 생애의 절반에 해당하는 기간의 일기인 셈이다. 특히 이 일기 속에서는 많은 분량의 의약관련 기사가 들어 있다. 어려서부터 병약했던 저자가 자신의 건강 문제와 각종 병증, 복약, 치병에 관한 기록들이 남겨져 있어 당시 사대부가의 의료실태를 살펴볼 수 있을 뿐만 아니라 동춘당 송준길의 의료인식의 일면도 알아볼 수 있다. 또 거주지 인근 지방의 疫病과 이에 대한 대처 및 避病, 의관의 파견 및 의료체계에 관한 사항들이 언급되어 있어 향약과 의국, 의약계를 중심으

48) 동년 4월 25일 : 將向舊村 聞到處染發 中江回棹.
49) 김두종, 『한국의학문화사대년표』, 탐구당, 1966.

로 한 민간의 의료문화를 가늠해 볼 수 있었다.

『동춘당일기』의 전승내력과 전존상태를 알아본 결과, 이 일기가 작성된 시점은 동춘당의 생애와 부합되지만 친필 일기는 온전하게 전해지지 않고 있으며, 저자의 사후 7대손인 宋正熙(1802~1881)가 淨書하여 옮겨 적은 것이 전해진다. 현재 이 傳寫本은『文正府君日記』와 別本의 '恐是正郞府君日記'라고 기재되어 있는 2가지가 함께 전해진다. 별본은 동춘당이 죽기 전 3년간의 기록인 점으로 보아 자손 가운데 한 사람이 작성한 것으로 보인다. 하지만 工曹正郞을 지냈던 그의 아들 光栻(1625~1664)은 이미 사망한 뒤의 기록인지라 실제 작성자가 아니다.

『동춘당일기』에 들어있는 의약기록을 중심으로 생애와 건강상태에 따라 크게 4시기로 나누어 고찰해 보았다. 먼저 일기 기록 이전의 성장기(출생~30세 이전)에는 부모의 愛護를 받아 큰 질병이나 장애 없이 정상적으로 성장했던 것으로 보이며, 그가 결정적으로 건강을 해치게 된 것은 그의 나이 22세인 1627년 부친상을 당하면서부터였다. 그는 30세 이전의 젊은 나이에도 불구하고 병후에 元氣虛弱하여 飮食不進한 증상으로 시달렸으며, 補腎陽氣하는 약을 먹어야할 정도로 허약증이 시작되었다.

31세 이후로는 차츰 더 건강이 나빠져 각종 질병증상으로 시달려야 했으며, 여러 가지 약을 교대로 복용하거나 심지어 兼服하는 경우도 보였다. 31세에서 44세까지는 잦은 질병과 복약이 반복되었던 시기로 이때부터 본격적으로 일기가 작성되었다. 실제 이 시기 잦은 出仕에도 불구하고 오랫동안 공무를 감당할 수 없어 질병을 이유로 자주 사직상소를 올렸다. 이 시기에 나타나는 대표적인 질병증상으로는 腎虛, 齒痛, 感氣, 腹痛, 泄痢 같은 상습증상이 교대로 반복되었으며, 固眞飮, (인삼)養榮湯, 六君子湯, 八物湯, 十全大補湯과 같은 보제를 주로 복용하였다. 특히 만성적인 비위내상과 함께 병발증상이 겸증으로 나타나는 경우도 있어 여러 가지 방제를 번갈아 복용하거나 겸복하는 경우도 있었다.

45세에서 51세까지는 중년건강기로서 이 시기는 중년을 넘어 의학적으로도 완연히 노쇠증상이 나타나는 시점인데도 불구하고 젊어서의 잦은 보제의 복용과 생활의 절제, 양생으로 오히려 다른 시기에 비해 다소 건강상태가 호전되고 비교적 활동력도 강화되었다. 특히 46세인 1651년 하반기부터 51세인 1656년까지 약 5년간의 일기에는 복용한 방제이름이 눈에 띄게 줄어들었을 정도로 중증 질환이 나타나지 않았고 오랜 시간에 걸친 복약과 靜養, 養生의 효과 덕분에 계룡산과 백마강을 유람할 정도로 건강상태가 호전되었다. 이러한 상황과 보조를 맞추어 이 시기에는 조정의 요직에서 활발히 활동하면서, 잦은 상소를 올리고 實職에 부임할 수 있었다.

또 52세에서 67세까지는 만성질환이 심각해지고 노년기에 접어든 저자는 평소의 상습증과 더불어 허로, 만성 노인성 질환증상이 동시에 다가왔다. 만성 소모성질환이 점차 가중되고 돌이킬 수 없는 노화증상과 상습증상에 시달렸으며, 특히 중년 이후부터 시작한 잦은 안질과 만성적인 음허증상 역시 소갈증으로 진전되어 가는 과정이다. 노령에 따라 점차 건강은 악화된 반면, 벼슬길은 더욱 무거워져 호조참판, 대사헌, 병조판서, 이조판서 등 요직을 잇달아 역임하였다. 질병과 건강의 악화를 이유로 매번 사직을 청하였으나 거듭 왕명을 받아 죽기 직전까지 임명과 遞差를 반복하며 편치 않은 노년을 지냈다. 또 1664년에는 嫡長子인 光栻이 나이 40세 壯年의 나이에 먼저 세상을 떠 심리적인 충격이 컸을 것이다. 특히 65세 이후에는 급작스레 건강이 더욱 나빠져 지리하게 병중 상태가 지속되고 당뇨병(消渴)과 폐결핵(勞嗽)를 앓아 고생하였다.

한편 여기 기재된 의약기록들은 치병기록에 나타난 병증과 치료법, 방제 등이 대부분 『동의보감』을 비롯한 『향약집성방』, 『의림촬요』와 같은 조선판 향약의약서를 활용한 것이어서 자못 그 역사적 가치가 높다. 이 시기 『동의보감』이 간행된 지 대략 30~60년이 지난 시점이지만 이미 士大夫들이 의학지식의 정보원으로 『동의보감』을 잘 활용하고 있었다. 또 향약방이나 전래약방의 경우, 대표적인 조선의서이자 향약방서인 『향약집성방』이나 『의림촬요』를 준용한 것이다.

다음으로 송준길의 의료인식에 대해 살펴보기 위한 방법으로 3가지 측면에서 의약적인 면모를 검토하였다.

우선 첫째, 동춘당이 향촌의 자치규약으로서 복원한 懷德鄕約에는 환란을 당해 相扶相助하는 患難相恤의 조목이 들어 있는데, 재해와 유행병으로 고생하는 사람들을 향민들이 힘을 합해 조직적으로 돕게 하는 규정이다. 이러한 향약운동은 17세기에 발흥한 湖西禮學의 실천적 사례이며, 저자 자신이 갈고 닦은 학문과 평생을 괴롭혀온 질고와의 끈질긴 투쟁의 경험을 통해 患難相恤의 자치규약으로 실천한 것이다. 일기에는 지역에 醫局을 두고 會合을 하거나 醫契를 설치하여 약재를 비축하고 질병을 구제하는 사례가 자주 등장한다. 이 의국과 의계는 향촌에 소재해 있던 在地士族을 중심으로 운영되었으며, 향촌사회의 부족한 의료시혜를 자체적으로 충당하고 자율적인 보건의약지식의 공유를 위해 향약이라는 자율기구를 적절히 활용한 사례이다.

둘째, 『동춘당일기』에는 약재를 직접 재배하거나 고가약이나 수입약을 사들인 기록이 여러 군데 보인다. 지역에서 산출되는 토산약재 종류는 그 종자나 모종을 구해 직접 재배하고 키웠다. 그 종류로는 種菊, 川芎, 薄荷, 地黃, 枸杞, 梅, 榴, 枳, 何首烏, 免絲(子), 芍藥 등이다. 또한 지역에서 산출되지 않는 藥種이나 고가의 唐材(수입약재)는 인편을 보내어 몇 일씩 걸리는 서울에서 약을 사들여 왔다. 예컨대 1636년에 종(後奴)을 서울에 보내어 사들인 龍眼肉은 太和丸을 만드는데 소용되었는데, 『동의보감』이 약에 대해 '無則益智代之'라 하여 당시 약재의 수급상황과 허준이 『동의보감』편찬 시에 조선의 약재 상황을 고려하여 넣은 注記를 확인할 수 있어 좋은 증거자료가 된다. 아울러 구하기 어려운 약재를 미리 준비하여 비축하고 神麴과 같은 효과 좋은 약재를 자체적으로 제조함으로써 향촌 중심의 적극적인 의료관을 가지고 있었음을 알 수 있다.

셋째, 조선시대 향촌사회에서 의료분야에서 가장 다급하고 위험한 상황은 紅疫과 痘瘡 같은 疫病의 유행과 방역 문제였다. 당시 이에 대한 기록과 대처법을 통해 동춘당의 의료인식을 살펴볼 수 있다. 이들은 아이들을 여러 곳에 분산시켜 전염원으로부터 격리시킴으로써 전염을 막고자 하였다. 또한 본인 스스로 급성열병의 전염규율을 잘 인지하고 있었으며, 증상변이에 따른 경과와 예후를 판단하고 원인에 따른 감별법도 숙지하고 있었다. 醫局의 회합에서 역병의 대처를 논하고 돌림병에 대한 새로운 정보를 획득했을 뿐만 아니라 그 증상이 미심쩍은 경우, 서울에 사람을 보내어 병증에 대해 자문을 구하기도 하였다. 또 본인 역시 66세의 고령에 이르러서는 역병에 전염되는 것을 우려하여 몇 달 동안 먼 곳으로 避染을 떠나 한동안 본가에 돌아오지 못한 경우도 있었다. 이 해의 癘疫은 1670년 12월 11일 충청도 홍산에서 시작하여 수백 명이 사망하고 이듬해 3월에는 충청도지역에서만 돌림병으로 굶주리는 사람이 66,420인에 이를 정도로 극심하여 그의 역병에 대한 인식이 정확한 것이었음을 알 수 있다.

17世紀 湖西士林의 道義之交

-宋浚吉과 李惟泰의 사례-

송 성 빈*

1. 머리말

錦谷 宋來熙가 지은 同春堂「家狀」에 보면 同春堂 宋浚吉과 친분관계를 맺은 사람들이 나열되어 있는데,[1] 그 중에서 송준길과 草廬 李惟泰의 道義之交를 기록한 내용이 있다. 특히, 이 두 사람은 '湖西五賢'으로

* 한남대 충청학연구소 객원연구원.

1) 도의지교로 사귀었다는 내용은 錦谷 宋來熙,「家狀」『同春堂集』3, 289쪽. 동춘당이 도의지교로 사귄 사람은 우암・윤석호・미촌・시남・초려이다. 탄옹과는 사귐이 여전했으며, 예론은 서로 달라도 절교하지는 않았다. 친구 중에는 완남 이후원, 沂川 홍명하가 가장 친밀하였다. 탄옹과는 사귀는 도리가 한결 같았으나 예론의 주장은 서로 달랐다.(남궁원,「선생의 친구들」『동춘선생언행록과 유사』, 향지문화사, 1999, 66쪽).

지칭되는 호서 유학의 중심인물들로서 양자의 간찰 교류 내용은 이유태의 문집인 『草廬集』에 80건,[2] 송준길의 문집인 『同春堂集』에 간찰 1건, 제문 1건이 남아 있다. 『초려집』에 비해 『동춘당집』에 남아 있는 서찰의 분량이 적은 것은 사실이지만, 『초려집』에 송준길과의 80건의 왕복 서찰이 등재되어 있는 것으로 보아서, 송준길도 이유태에게 최소한 40여 통 이상의 서찰을 보냈을 것으로 생각된다. 이렇게 두 사람이 평생 동안 서신을 교류하며 지냈음에도 정작 인간적인 교류자료가 정리・소개되지 못하고, 그것이 잘 알려지지 않아 그들의 돈독한 우의가 역사 속에 묻히게 된 것은 유감이 아닐 수 없다.

따라서 송준길가와 이유태가의 소장 문서를 통하여 두 사람의 우정을 재조명할 필요가 있다고 여겨진다. 또한 『동춘당집』에 이유태 관계 문건이 많이 누락된 것은 여러 가지 사정이 있었을 것이다. 이 글은 먼저 초려 이유태의 생애를 전반적으로 살펴본 후에, 다시 다른 여러 가지 방증 자료[3]를 동원해서 이유태와 송준길의 관계가 어떠했는지를 살펴볼 것이다. 그 과정에서 기존의 문집에 나타나지 않은 사실들을 다른 자료를 통해 밝혀냄으로서 그간의 전후 사정이 소상하게 드러내고자 한다. 이 글이 '17세기 호서사림' 연구에 일정 부분 보탬이 되기를 기대한다.

---

2) 李鍾福, 「草廬 李惟泰 硏究」 - 17세기 한 山林의 學問과 生活 -, 『草廬學論叢』 創刊號, 257쪽.
문집에는 206편의 書가 수록되어 있다. 호서오현 중 양송과의 교류가 가장 많은데 宋英甫(時烈) 113, 宋明甫(浚吉) 80, 尹汝望(文擧) 35, 兪武仲(棨) 29, 李擇之(選) 22, 金永叔(萬基) 20, 閔持叔(維重) 15, 洪大而(命夏) 15, 尹吉甫(宣擧) 15, 宋希張(光栻) 4 等으로 기록되어 있다. 송시열과의 서찰 왕복이 113건으로 더 많으나 송시열은 이유태보다 5년 더 살았고, 송준길이 이유태보다 13년 전에 死去한 것으로 볼 때, 80건의 왕복 서찰은(이중 답서가 절반이다) 송준길과 이유태가 살아 생전 가장 가깝게 세의를 논했다는 것을 알 수 있는 자료다.

3) 『草廬集』, 『덕은가승』, 『동춘선생언행록』, 『(동춘선생)유사』를 참고하였다.

2. 이유태의 생애

이유태(1607~1684)의 자는 泰之, 호는 草廬, 본은 慶州, 시호는 文憲이다. 그는 선조 40년(1607) 9월 1일 父 李曙와 母 淸風金氏(金養大女) 사이의 5男 1女중 3男으로 錦山郡 蘆洞里에서 태어났다. 이유태의 선대는 서울에서 세거하였던 것으로 보인다. 그러다가 壬辰倭亂과 인목대비 폐비사건을 기화로 曙 형제가 지금의 충청도 금산으로 이사하였다. 이유태는 진잠과 연산에서 청년기를 보냈으며, 장년기는 금산과 珍山 그리고 무주 덕유산하 산미촌에서 은병서재를 짓고 거기에서 살다가, 다시 공주의 草外(현 대전광역시 유성구 소재) 등지를 거쳐 57세에 공주 中湖(공주시 상왕동 중동골)에 이사하여 그곳에 정착하였다. 그는 10살(光海 8, 1616)때 부친을 여의고 모친의 슬하에서 자랐다.[4] 그 후 15세에 부친의 유언에 따라 고청 서기의 문인인 晩喜 閔在汶에게 나아가 수학하였고, 17세(인조 원년 : 1623) 가을에 監試에 합격하였으나 이듬해 봄의 監試會試에는 실패하였다. 그리고 다시 18살 때 민재문의 추천으로 사계 김장생의 문하에서 수학하였다. 사계 문하에는 후일 정계・학계에서 크게 활약하게 되는 인재들이 운집하였으니, 사계의 아들 김집을 비롯하여 송준길・송시열・이유태・윤선거・유계 등 이른바 湖西五賢이 대표적 인물이었다.

특히 이유태는 송준길・송시열 등과 함께 각별한 관계가 되어 이 세 사람은 '살아서는 뜻을 함께하고 죽어서는 후세에 전해짐을 함께하자'고 맹세하게 되었다. 또한 송준길은 이유태보다 한 살 많고 송시열은 이유태와 같

---

4) 李惟泰, 「年譜」『草廬集』 下, 卷1. "同春嘗有言 余拜之母夫人 而聽其先公訓子之嚴 宜乎有母之兄弟" 동춘이 말씀하시기를 "내가 이 아모의 대부인을 뵙고서 그 아버지가 아들 가르치는 엄격함을 들어보니 마땅히 이 아모의 형제같이 탁월한 훌륭한 자제가 있을 것이라고 했다."라고 한 것을 보아, 그의 아버지 月峰은 대단히 교육을 엄격하게 시켰음을 알 수 있다.

은 나이로 3인이 사계 김장생의 문하에서 교우관계를 맺어 도의로 허여하고 성현으로 기대하면서 약속하기를 '우리 三人 가운데 한 사람이라도 잘못이 있으면 마땅히 벌을 받을 것이다'라고 하였다. 이후로 과실을 서로 규제하고 서로 선을 책임으로 삼으니, 교분의 두터움과 강마의 정중함은 주자와 장남헌 · 여동래의 교분 못지않았다. 그러므로 신독재 김집이 일찍이 '그대들 三人은 한 몸이면서 二人이라'고 평할 정도로 돈독한 사이가 되었다.[5] 이유태는 24세(인조 8)에 別試에 합격하였지만, 모친의 병환 때문에 殿試에는 응하지 못하였고, 다음해 평산 신씨(申邦憲의 女, 申瑛의 玄孫)와 뒤늦은 혼인을 하였다. 그의 가계와 혼인관계는 다음의 <표>와 같다.

〈표〉 李惟泰의 가계와 혼인관계

- 龜瑞 (郡守)
  - 鯽(執議)
    - 大邦(副奉事)
      - 時 (進士) − 惟恒
      - 曙 (金養天女)
        - 惟澤(縣監)
          - 顗 (同中樞)
          - 頎
        - 惟孚(參奉)
        - 惟泰 (遺逸, 吏參) (申邦憲女)
          - 顒(別坐=尹文擧女) (生員, 進士)
          - 頔(主簿)
          - 頲(從士郎, 白弘基女)
          - 顧(別提=申啓澄女)
          - 女(=朴泰翊)
        - 惟謙(縣監)

그는 28세(인조 12)에 學行으로 발탁되어 禧陵參奉에 제수되었는데, 부

5) 李惟泰, 「年譜」『草廬集』 下, 卷30, 18歲時: "同春長先生一歲 尤菴與先生同年 而皆在金先生門下 遂與定交 許以道義 期以聖賢 仍與結約曰 吾輩三人一人有過當受收司之律 … 尤庵與安牛山(邦俊)書曰 生同志 死同傳 恩義如骨肉 愼獨齋先生曰 君輩三人一身而二人."

형의 권고에 못 이겨 出仕하였지만 오래 지속하지 못하고 이내 그만두었다.[6] 이어 大君師傅(33·38·40세), 內侍敎官(35세), 世子侍講院 諮議(41세) 등에 제수되었으나 모두 나가지 않았다. 이 기간에 그는 兩宋 및 兪棨·尹宣擧·尹元擧·金益熙·金慶餘 등과 교우하며 강학활동을 하였는데, 김집·송시열 등과 『喪禮備要』 및 『近思錄釋疑』의 교정(42세)을 본 것도 그 일환이라 할 수 있다.

효종은 즉위 직후, 김상헌을 元老로서 우대하고 讀書之人인 김집·송준길·송시열·이유태(43세)·권시 등의 五賢을 징소하라는 大臣의 건의를 받아들여 이들에게 글을 보내 모두 입조하도록 하였다.[7] 이유태는 이러한 산림에 대한 효종의 특별 배려로 바로 工曹佐郞에 제수될 수 있었다.[8]

그 후 이유태는 김상헌이 沈大孚·嚴鼎耉 등에게 공척당할 때 김집과 함께 김상헌을 伸救하고 그들을 대신 공격하기도 하였고,[9] 한편 조석윤을 공척했던 趙絅을 붕당으로 지목하여 공척하는 상소를 올리기도 하였다.[10]

---

6) 그는 30세(인조 14)에 건원릉 참봉에 제수되었을 때도 백씨와 모부인의 권고로 출사하였으나, 마침 이 해에 병자호란이 발생해 關東으로 들어가 피난하였다가 이듬해에 고향으로 돌아갔다. 그는 병자호란 이래로 세상에 별 뜻이 없어 무주의 덕유산하의 山味村에 卜居(32세)하였다.

7) 李惟泰, 「年譜」『草廬集』 下, 卷30, 記事(18歲時 5月 乙酉). "先生更思之 以爲 聖上爲東宮時 以漢武帝爲優於文帝 其有大志 可以仰體矣 遂決赴去 仍以申告曰 此行贊助大計 雖見敗 有辭於天下不然則進退無據 不可不愼終于始." 이 내용은 효종의 징소에 응할 것인가의 문제를 놓고 金集을 찾아가 상의를 했다. 이 글의 내용으로 보아서 당시 이들의 出仕는 효종의 北伐意志와 密通된 것이었다고 생각된다.

8) 『孝宗實錄』 卷1, 卽位年 6月 丁酉·辛亥. 이유태는 처음에 병조에서 翊衛司 侍直에 희망했으나 효종이 부당하다고 하여 공조좌랑으로 옮겼다.

9) 이유태는 김상헌에게 이 소의 내용을 서간을 통해 알리고, 귀향길에도 그들을 만나는 등 김상헌과 밀접한 관계를 유지하고 있었다. 그는 효종 3년 김상헌이 졸하였을 때에도 3개월간을 加麻하여 스승의 예를 취하였다.

10) 李惟泰, 「疏」『草廬集』 上, 卷2, 論事疏(己丑811月). "竊聞 吏曹判書趙絅 曾爲憲長也 發論原黨指斥 其流而至以趙錫胤目爲其賓汚之 以米布之說 以爲一二僚臣力辨而止云 吁亦甚矣 … 不過以朋黨之意 伐異己之

그러나 조경 공척과 姜嬪 獄事에 대한 그의 상소는 효종의 심기를 건드려 十年不收用을 받았고, 이에 대한 해제는 효종말년 양송의 건의에 의해 가능할 수 있었다.[11] 그는 거처를 자주 옮겨 다니는 중에도[12] 사우들과 같이 『栗谷先生年譜』(44세)·『近思錄釋疑』·『喪禮備要』(47세)·『儀禮問解』(48·49세) 등의 교정을 비롯해 강학활동을 소홀히 하지 않았다.[13] 그러다가 그는 다시 오랜동안의 폐고 끝에 효종 7년(50세) 민정중과 김익희 등의 추천에 의해 공조정랑에 제수된 이래[14] 양송 및 유계 등의 추천과 출사 권유 속에 사헌부 지평(효종 9, 52세), 贊善(53세), 掌令, 執義 등의 직에 제수되었으나 모두 나가지 않았다.

1659년(효종 10년, 53세) 그는 송준길·송시열·유계·허적 등과 함께 다시 2차 密旨 5臣으로 부름을 받고 조정에 나갔다.[15] 停擧令이 풀린 후에도 계속 不出仕를 고집하던 그가 돌연히 조정의 부름에 응했던 것을 보면, 이 때 그는 효종의 밀지에 상당한 기대를 걸었던 것 같다. 하지만 그는 상경한 지 몇 일만에 출사를 포기하고 다시 환향하고 말았다. 그리고 곧바

擧 則臣實未曉其心之所在也": 『孝宗實錄』, 卷2, 卽位年 九月 戊午 이 일로 조경도 이조판서직을 한 달 만에 물러나야만 했다.

11) 李惟泰, 「文山問答」 上, 『草廬集』 上, "答卷 孝廟末年 春尤復起 賤臣則以己丑疏中 有論姜獄事 深斥趙絅故 上嘗有疎狂之敎 而幸賴聖度包容 得免大罪 到此春尤力辨 天意快釋."

12) 韓基範, 「草廬 李惟泰의 政治思想 – '己亥封事'의 分析을 중심으로」 『草廬學論叢』, 社團法人 草廬學記念事業會, 162쪽. 45세에 양송이 동거 요청을 함에 따라 공주의 草外로 이사하여 47세에 금산으로 돌아가기까지 그곳에서 모친을 모시고 2년을 보냈는가하면, 49세에는 珍山에 옮겨 살았고, 50세에는 다시 草外에 우거하는 등 자주 옮겨 살았다.

13) 55～56세에 또한 양송 및 윤선거 등과 더불어 『經書辨疑』를 교정보았고, 66～68세시에도 역시 『家禮輯覽』에 대한 교정을 보았다.

14) 『孝宗實錄』 卷16, 7年 正月(丁未), 晝講. 같은 해 2월에 이조정랑 김수항이 성의와 예를 극진히 해서 산림을 불러들일 것을 청하였고(2월 丙子), 다음 해 5월에는 홍명하가 산림징소의 필요성을 효종에게 촉구하였다(같은 책 卷18, 8年 5月 丁未).

15) 李惟泰, 「年譜」 『草廬集』 下, 卷三十一, 53歲時, 4月 參照.

로 「己亥封事」를 작성하였는데, 이는 封事를 자신의 進退之計로 삼고자 한 때문이었다. 원래 효종을 상대로 작성된 그의 개혁책은 효종의 갑작스런 승하로 인해 올려지지 못했던 바, 송준길에 의해 현종에게 소개되면서[16] 현종의 지대한 관심을 끄는 데 성공하였다.[17] 현종은 조정에 이유태를 머무르게 하기 위해 그의 형을 畿邑(漣川)縣監에 특별히 제수하는 파격적 대우를 베풀었는가 하면,[18] 工曹參議・同副承旨・吏曹參議・右副承旨 등의 직을 계속 맡겼으나 출사하지 않았다.

己亥禮訟에서 그는 양송과 같이 朞年說을 주장하였고,[19] 윤선도를 敢言之士라고 변호한 권시를 맹렬히 공격하였으며,[20] 윤휴와는 절교까지 하는 등[21] 예송에 깊게 관여하였다. 1662년(현종 3, 56세) 그는 사직소를 통해 현종에게 분발하여 繼述之道를 실행할 것과 畿甸均田 및 宮家免稅革罷 등을 청하였고, 1665년(현종 6, 59세) 현종이 온양에 행차하였을 때는 特召에 응해 蠲役事와 社倉문제를 건의하였다.[22] 이 해에 그는 송시열과 윤선거 간에 윤휴 문제를 둘러싸고 논쟁을 벌인 동학사 모임에 참석하기도 하였다.[23] 그는 다시 『小學諺解』의 찬정에 대해 獻議(60세)하고 母親(61세)과

16) 李惟泰, 「年譜」『草廬集』下, 卷二, 11月 戊午, "除掌樂正 命持先朝未達萬言疏入侍經筵 因同春陳白而有是命."

17) 현종은 누차에 걸쳐 사관을 보내 그의 사직을 만류하였고, 노모에게 식물을 하사하는 우대 조치를 취하였으며 司僕正・執義・掌樂正 등 직을 연이어 제수하였다.

18) 『顯宗實錄』卷1, 卽位年 12月 辛卯. 이유태가 늘 노모봉양을 이유로 궐퇴하기 때문에 그러한 조치를 강구하게 된 것이다.

19) 『燃藜室記述』 卷31, "顯宗朝故事本末, 儀禮爲長子之喪服圖, 初宋時烈欲從尹鑴之言 定爲三年之制 李惟泰激動時烈 使之排群議而立已見."

20) 위의 책, 같은 조, "右尹權諰 伸救尹善道疏略 … 副護軍李惟泰 入對極論之 至言諸葛亮誅馬謖事."

21) 李惟泰, 「書」『草廬集』 上, 卷13, 與李錫之(戊午 九月).

22) 현종은 안질 때문에 온양에 자주 행차하였는데, 그때마다 양송 및 그를 비롯해 호서지방의 현인들을 불러들여 출사를 종용하였다.

23) 宋時烈, 「書」『宋子大全』卷122, 與或人. 이때 윤선거는 송시열의 강변에 의해 윤휴를 黑이고 陰이라 하였는바 이에 대해 송시열이 대단히 기뻐하자 이

伯兄(62세)의 연이은 상사를 치른 다음 시강원 贊善으로 春宮의 관례에 맞춰 상경하여 서연참여와 賜對에 응하였다(63세). 그는 현종에게 用人과 천하대본이 人主一心에 있음을 강조하고, 먼저 大志를 세워 인심을 얻는 데 힘쓰고 교화위주의 정치를 펼 것을 주장한 다음 疏를 남겨둔 채 귀향하였다.[24]

甲寅禮訟으로 인해 남인정국이 들어서자 그 여파로, 영변에 유배되었다가 6년 만인 1679년(숙종 5, 73세)에 석방되었는데, 이때 그가 지은 죄를 면하고자 예론을 變改하였다는 유언이 퍼져 송시열과 사이가 소원해졌다.[25] 유배시기 동안에는 『易說』(69세)과 『四書答問』을 완성하기도 하였다.

庚申大黜陟으로 인하여 서인정국이 들어섬에 따라 그도 敍用의 은전을 입었다. 그는 숙종에게 예론변개설에 대한 변명소를 올렸으나 그것은 이미

유태는 그것이 윤선거의 본심이 아니라고 하였다. 과연 나중에 이유태의 말이 사실로 들어나자 송시열은 그를 先見之明이 있다고 감탄한 적이 있다.

24) 李惟泰, 「年譜」 『草廬集』 下, 卷3. 이후에도 吏曹參議・兼贊善・吏曹參判 등의 제수와 別諭, 식물하사 등의 우대가 있었지만 모두 사양하였다. 그러면서도 그는 한편으로 啓를 통해 爲國之道는 인심을 얻는 것을 귀히 여긴다거나 궁가의 사치를 금할 것을 청하는 등의 지속적인 관심을 나타냈다. 숙종이 즉위한 뒤에도 사관을 통해 그를 부르거나 대사헌 직을 제수(69세)하기도 하였으나 역시 응하지 않았다.

25) 『肅宗實錄』 卷8, 『朝鮮王朝實錄』, 「年譜」 卷4, 『草廬集』. 갑인 예송 때 초려 이유태가 전의 비암사에서 대죄하며 복제설을 지어 수원 만의사에서 대죄하던 송시열에게 보내 添削할 것을 부탁했고, 이에 송시열이 가필하여 異見이 없음을 분명히 하였다. 그러나 이유태는 영변 유배 중, 오시수의 誣達로 釋放의 명령을 받았다. 吳始壽는 南人으로 당시 우의정이었다. 오시수는 甲寅禮訟에서 남인에게 패배하여 遠竄중인 서인들을 완전히 제거하기 위한 치명적인 수단으로 이유태가 예론을 변경하였다고 허위사실을 왕에게 告하였다. 서인을 완전히 제거하거나 또는 최소한 분열을 야기 시키려는 오시수의 음모는 적중하였다. 당시 예론은 國禁이 되어 이를 어기면 엄벌에 처하게 되어 있었지만, 이유태는 自明疏를 올렸다. 그러나 이유태의 門人인 瑞石 金萬基가 정원에서 오시수의 上達이 허위임을 밝히는 이유태의 自明疏를 留置하고 제출하지 않아서 大禍는 면할 수 있었다. 하지만, 이러한 일단의 사건을 기화로 이유태는 송시열로부터 터무니없는 의심을 받고 소원한 관계가 된 것이다.

숙종의 관심 밖이었고, 송시열에게도 서한을 통해 禮論變改說을 해명하기도 하고 서로 회동을 약속하기도 하였다. 그러나 양자의 만남은 끝내 이루어지지 못한 것으로 보아[26] 화해까지는 달성되지 못하였음을 알 수 있다. 그리고 그는 公州 中湖로 돌아와 독서로 소일하다가 龍門書齋에서 78세(숙종 10 : 1684)를 일기로 考終을 맞았는데, 이보다 일 년 전에는 부인 申氏와 仲兄의 상을 당하기도 하는 등 쓸쓸한 만년을 보냈다. 조정에서는 喪需와 造墓軍을 보내 山林儒者의 대우를 잊지 않았지만, 그의 개혁책의 우수성이 인정되면서도 조정에서 수용되지 못하였던 점은 애석하다고 할 수밖에 없다.

3. 송준길과 이유태의 道義之交

1) 知友로서의 교류

송준길과 이유태는 상당히 가깝게 지냈는데도 불구하고『同春堂集』에는 남아있는 교유문서가 거의 없다. 그러나 두 사람이 항시 국사나 가정사 등 문제가 있을 때는 서로 상의하며 친하게 지냈다는 것은 기록을 통하여 잘 알 수 있다. 먼저 필자는『同春堂集』에서 이유태 문건이 거의 없는 것은, 이유태가 시대에 영합하지 않고 옳은 말을 하며 어디에도 치중하지 않았기 때문이라고 생각한다. 그렇기 때문에 문자를 넣을 때 시비의 소지가 있으면 누락시키는 것을 우선으로 했던『同春堂集』의 편찬 원칙 때문에

---

26) 李惟泰,「年譜」『草廬集』下, 卷4, 壬戌 3月. “作錦山行與尤庵爲中半之約不遇, 4月 壬申, “芝湖李公 以書來問曰 頃者人言 尤庵與先生 約會於珍錦之頃 而先生故後期而至以致終不會合作一訪設 與豆村之設 相反云云.” 물론 이유태는 이것을 우연으로 치부하고 있지만 당시 분위기상 양자간의 분위기를 엿보기에 충분하다 할 수 있다.

이유태의 간찰이 배제되었을 가능성이 있다. 『草廬集』에는 양자 간에 최소한 80여 편의 왕복된 편지가 있고 그 중 답서가 절반인 것으로 보아 송준길의 편지도 여기에 준할 것이 분명하기 때문이다. 이유태는 송준길의 편지에 40여 편의 답신을 보냈으므로, 송준길 역시 이유태에게 40여 편 이상의 편지를 보냈음을 미루어 짐작할 수 있다. 그런데 『同春堂集』에는 이유태에게 보낸 편지 1건과 제문 1편만이 나온다는 점에서 당시 사세를 살펴볼 필요가 있다.

먼저 두 사람의 先師였던 사계의 行狀에서 보면,

> 선인의 행장은 선대에 가히 부탁할 곳이 없다. 금이 행장으로 그대에게 부치니 그대가 泰·英 아모 아모로 같이 짓고 명의는 세 사람 중에 아무 이름으로 해라. 그래서 제문도 행장도 세 어른이 지었는데 행장의 명의는 송시열이 지은 것으로 나왔다. (김집이 송준길에게 보낸 편지)[27]

라 하였고, 또한 사계 祭文에 세 사람이 연명해 지은 제문에서,

> 셋이 근래에 장차 한 언덕(한마을)을 점령하여 세 채의 집을 짓고 서로 의지하고 서로 도움을 주면서 일체 선생의 궤범을 따를 것이다.[28]

라 하였다. 김장생, 김집 문하에서 세 사람이 동문수학한 정의가 깊어 오래도록 도의지교를 유지하고자 기약하는 내용으로 세 사람의 우의가 오래도록 膾炙되고 있다.

다음으로 두 사람 사이의 도의지교로서의 친분관계를 보자.

> 도의 경지를 얻지 못해서는 근심을 하고, 얻어서는 즐거워하나니 오직 근심을 했기 때문에 이러므로 즐거움이 있는 것이다.[29]

---

27) 李惟泰,「文山問答」『草廬集』下, 卷上, 444쪽.
28) 李惟泰,「祭文」『草廬集』上, 卷上, 309쪽.
29) 李惟泰,「道山 憂樂齋銘」『恩津宋氏舊蹟攷』, 宋鎭道編著 恩津宋氏四

송준길이 22살 때 그의 아버지 송이창을 공주 사산에 장례지내고 三年 시묘시 그 여막 옆에 우락재를 짓고 수시로 기거하였는데, 편액을 이유태가 작호 기문하였다. 그 내용은 송준길의 경지를 이유태가 헤아려 표현한 知友로서의 정을 볼 수 있다.

> 우암 초려 두 분이 加麻服을 입었고 문인들이 가마한 자가 110여 인이 된다고 하였다.[30] 우암 초려 및 이상 김징 민유중의 제문과 병진 면례시 민유중 권상하의 제문이 나왔다.[31]

송준길이 졸했을 때, 이유태가 송준길을 위하여 가마복을 입고 제문과 만사를 썼다는 것을 알 수 있다.

> 泰之(草廬, 이유태의 字)는 청각나물을 아주 특별히 즐겼다. 일찍이 말하기를 "내가 전염병에 걸려 겨우 열이 내려갔는데 백가지 맛이 다 싫었다. 홀연히 베개 옆에 청각나물이 있는 것을 보고 손으로 가져다가 입에 넣었음을 깨닫지 못하였다."고 하였다. "식성은 가히 우습구나. 나도 혹 청각나물을 대하면 문득 태지를 생각하여 먼저 맛을 보았다."라고 하셨다.[32]

송준길과 이유태는 김장생에게 동문수학하면서부터 도의지교를 맺었을 뿐만 아니라 실제 서로의 식성, 취향까지도 서로 파악하고 정을 나누었음을 알 수 있다.

다음으로 양가사이에서도 친분관계가 깊었음은 다음 기록으로 분명해진다.

友堂派宗中, 165쪽. "未得而憂 旣得則樂 惟其是以樂 樂中有憂 憂中有樂 惟其是以樂."

30) 송정희,「年譜」『덕은가승』II, -宋氏家乘 卷4 七代祖 浚吉-, 향지문화사, 1998, 49쪽.

31) 위의 책, 122쪽.

32) 황세정,「옛정을 잊지 않음」『동춘선생 언행록과 유사』2, 향지문화사, 1999, 107쪽.

> 甲午(효종 5 : 1654) 8월 甲寅에 이초려 댁 경사의 연석에 나갔다. 초려의 자제 顒이 科榜을 같이 하였으므로 초려가 편지로 聞喜宴에 초청하여 나갔다.[33]

당시 대제학 채유후 및 대사성 김익희 등이 시관이 되어 송준길의 자제 광식과 이유태의 자제 옹이 같이 사마시험(생원, 진사)에 합격(동방과)하여 동문수학하고 동반 등과하여 동문의 정과 양 가문의 정이 한층 더 돈독하게 되었다는 것을 알 수 있는 문건이다. 당시 이옹은 장원급제하였다.

> 송준길의 손자가 이유태에게 어려서부터 수학했다. 이유태가 송준길에게 한 편지에 "어진 손자(남의 손자를 칭함)가 아직 눈물을 보이지 않으니 가히 기쁘다."[34]

옛날에는 자식을 친구에게 부탁해서 가르치는데, 부탁받은 사람은 친구를 생각해서 엄하게 가르쳤다. 이런 이야기가 있다. 친구 집에 보내 자식을 가르치는데 자식이 와서 얘기하기를 '공부는 안 가르치고 일만 시키더라. 다음부터는 가지 않겠다'고 하며 고자질하자, '그게 바로 배우는 것이다. 그런 것이 바로 자식 교육이다' 라고 하였다. 옛날에는 자녀교육을 믿을 만한 친구에게 교육했다. 이유태는 아들 넷 뿐만 아니라, 동생인 유겸의 아들 및 종제 유복의 아들 이변까지 송준길에게 보내 의탁했다. 이들이 송준길의 문인록에 올라있고,[35] 송준길의 아들 손자는 이유태 문인록에 올라있는 것으로 볼 때,[36] 양가가 서로 긴밀하게 자녀교육을 부탁하였음

---

33) 위의 책, 352쪽.
34) 李惟泰, 「書」『草廬年譜』上.
35) 「門人錄」『同春堂年譜』, 成均館, 1981, 486쪽. 李顒 字 伯瞻, 李頔 字 美仲, 李頲 字 景直, 李顧 字 季明, 李弁 字 汝章 惟復子, 李賴 字 叔永 惟謙子, 李배 字 丕卿 惟益子, 李瓶 字 汝器 李혜弟 惟復子, 李頹 字 汝勤 李弁弟.
36) 李惟泰, 「門人錄」『草廬年譜』下, 宋光栻 字 希張, 宋炳夏 字 子華 同春孫.

을 알 수 있다.

尹參議 服次(윤참의에게 복을 입은 후에 보낸 편지)[37]

스승의 상사로 산이 무너지는 아픔은 원통함이 어떠한지요? 서로 만나서 대화를 하지 못하므로 답답한 마음 절절합니다. 이어서 정다운 편지를 받아 가르쳐준 의도를 살펴보니, 슬프고 위로를 받은 그 심정 그지없구려.

弟(저) 역시 병든 몸으로 선생님 상차에 왕래하느라 증세가 위급하여 모든 증세가 가중되었지만 이 모두 말할 겨를도 없다네. 살아있는 아이의 이 질병은 구제하지 못할 것만 같더니 그제부터 다행히 생기를 찾은 듯하지만 놀라운 마음 지금껏 잊어지지 않는다네. 李顯의 병은 요즘 어떠한가? 염려스런 마음 비할 길 없는 데다 그의 아우 역시 매우 위독하여 아무런 차도가 없다 하니 무슨 증세인지 알 수 없으며, 위험한 생각 이루 말할 수 없어라. 근래에 집집마다 우환(돌림병)으로 시달리게 되니 아마도 무슨 운수 관계인가? 참으로 괴이한 일이로다. 모든 것이 심란하여 할 말 다 못 적는다네. 나(송준길: 필자) 또한 종제아이가 참척을 당하여 참담함을 견디기 어렵다.

스승인 김집이 돌아가신 후 초려의 사돈인 석호 윤문거에게 사위인 이유태의 아들 이옹의 병문안 및 가내의 문안을 묻고 답하는 막역한 이 내용의 서찰은 당시 송준길 이유태 윤문거가 서로 제 집안 내 집안 가릴 것 없이 가까이 왕래했다는 내용의 서찰이다. 윤문거는 이유태의 사돈이다. 즉 윤문거의 딸은 이유태의 큰 며느리이다. 다음 자료도 두 집안의 친분관계를 엿볼 수 있는 자료이다.

癸巳(효종 4 : 1653) 10월에 별시 초시에 합격하였다. 모든 벗들과 함께 소장을 올려 草廬 李公의 誣함을 변명할 것을 추진하였다. 이때 금산 사람이 李公이 餘力을 남기지 않았고 모함하였다. 부군이 창도하여 변명의 계책을 하였다. 양주 사람 安續이 疏頭가 되었다.[38]

---

37) 宋浚吉, 「同春堂年譜」, 91쪽. "閏五月往哭愼獨先生喪."

38) 『덕은가승』 Ⅱ, 「宋氏家乘」 卷6, 六代祖 光栻, 향지문화사, 1998, 351쪽.

2) 政治的 同伴者로서의 교류

정치적인 동반자로서 두 사람 사이에 조정에서의 옹호 천거하는 관계를 엿볼 수 있는 자료는 의외로 많다. 즉

> 그립던 차에 갑자기 정다운 편지가 당도하였기에 封緘을 뜯어 자세히 읽고서 정다운 많은 말씀을 살피고 나니, 말할 수 없이 기쁘고 위안되었습니다.
>
> 이곳의 저는 온갖 질병에 대한 우려로 속을 끓인 탓에 쇠한 모양이 점점 심해져서 눈도 어둡고 머리털도 半白이 되어 분명히 한 늙은이가 되었음을 느끼겠으니 신세가 가련합니다. 한 家門에서 세 사람이 官職에 除受된 것이 영광이 아니라 우환이라고 하신 형의 말씀이 진실로 옳습니다. 영화를 두려움으로 삼으라는 옛말이 실로 헛되이 한 말이 아니니, 道齋에서 한가로이 지내는 것이 분수에 합당합니다만, 그래도 오히려 끌어 일으킴을 면하지 못하여 한 번 사람들의 지적을 받게 될까 크게 불안합니다.
>
> 저 또한 여러 형들을 위해 반복해 생각해 본 적이 있는데, 黃山과 菅城이 陳疏하는 것은 마땅하지만 형의 경우는 관직도 낮고 친분도 소원하니, 呈狀하는 것이 좋을 듯합니다. 수일 전에 英甫가 갑자기 訪問하여 형께서 이미 정장했다고 하였는데, 그것이 과연 사실인지요? 만일 정장하였는데도 윤허하지 않으신다면 이는 실로 특별한 대우이니, 이때에 이르러 형께서는 어떻게 수습하시겠습니까? 염려되는 마음 그지없습니다.
>
> 英甫가 왔을 때 汝望(尹文擧) 兪公도 우연히 와서 한자리에 모였는데, 그가 말하기를 "지나다가 黃丈을 찾아뵈었더니, 황장께서 狀과 疏 중에 어느 것을 먼저 올리고 어느 것을 뒤에 올리는 것이 좋겠느냐고 물으시기에, 여망이 '소를 먼저 올리는 것이 마땅하다.'고 대답했다."고 하였습니다. 그 뒤에 어떻게 되었는지는 모르겠으나 형의 경우는 이와 같지 않은 듯하니, 잘 헤아려 처리해야 할 것입니다. 저의 생각에는 정장하는 것이 온당할 것 같습니다. 삼가 회답합니다(이때 孝宗大王께서 새로 王世子가 되셨는데, 淸陰先生이 宮官을 각별히 골라 뽑아야 한다고 건의하자, 특별히 愼獨齋 金集을 贊善으로, 尤庵 宋時烈을 翊善으로, 草廬 李惟泰를 諮議로 삼았다. 황산은 連山의 별호이고, 관성은 玉川의 별호이며, 道齋는 선생이 거주하던 곳이다)[李泰之 惟泰에게 답함(정해년 1647)].[39]

39) 宋浚吉, 「李泰之 惟泰에게 답함」『국역동춘당집』 2, 第11卷 書, 민족문화추

송준길 가문에 三人이 관직에 제수된 것이 영광이 아니라 우환이라고 한 이유태의 염려를 진지하게 받아들이는 송준길의 모습과, 벼슬을 사양하고자 하는 이유태의 뜻을 전한 것으로 특히 관직에 따라 국왕에게 진소하는 것과 관직이 얕아 呈狀하는 절차와 의리를 묻고 대답한 내용으로 관직의 출입까지 서로 의지하는 정이 담겨져 있다.

> 오늘날 諸臣가운데 才學이 뛰어나고 충성이 순박하여 中外의 칭송을 받는 사람들은 모두 하루도 전하의 곁에 있지 않아서는 안 됩니다. 이유태・권시 등도 학식이 해박하고 智慮가 심원하여 士類의 기대가 매우 무거운 사람들입니다. 잔악하고 누추한 신도 외람되이 帷幄에서 모시고 있는데 이 두 신하는 아직 먼 외방에 있으니, 마치 쭉정이가 알곡 앞에 있는 꼴이어서 신은 실로 부끄럽습니다. 바라건대 특별히 부르시어 경연에 입시케 하소서[求言하는 전교에 답하고 겸하여 執義를 사직하는 소].[40]

이것은 송준길이 이유태를 조정에 추천하는 내용의 문건이다. 이런 추천의 내용은 그 외에도 많이 발견된다.

> 송준길은 經筵에서 心經講論이 끝난 후에 當今의 第一人者를 논한다면 세 사람이 있는데 "方正하고 엄확하기는 臣이 宋時烈만 못하고, 재능이 넉넉하고 완전하기는 李惟泰만 못하며, 슬기 있고 많이 알기는 臣이 兪棨만 못하다"(경연에서의 송준길의 이유태에 대한 평).[41]

그렇다면 동춘당과 초려의 두 사람이나 양가의 친분관계나 조정에서의 두 사람의 옹호하고 천거하는 관계는 주변 사람들에게 어떻게 인식되고 있었을까. 다음은 그 같은 사실을 잘 보여주는 자료이다.

진회, 1999, 105쪽.

40) 宋浚吉, 「求言하는 전교에 답하고 겸하여 執義를 사직하는 소, 기축년 11월」 『국역동춘당집』 1, 제1권 疏箚, 민족문화추진회, 1997, 28쪽.

41) 『孝宗實錄』 八年 八月條, "方正嚴確 臣不如宋時烈 紆餘宛轉 臣不如李惟泰 英發該博 臣不如兪棨."

與錦山鄕校諸儒

신들이 유태에게 사생의 의리가 있어 유태의 사람됨을 익히 알고 있습니다. 유태가 초년에 학문에 뜻을 두어 행위가 순수하고 실덕을 닦아 명성이 저절로 나타나니, 성상께선 유현으로 열심히 초빙하고 많은 선비들의 촉망을 받게 된 것이 어찌 우연이겠습니까? 다만 금산 지역이 궁벽한 산협이라서 풍속이 비루하고 이렇다 할 문헌이 없었는데 유태가 오랫동안 우거함에 개연히 향풍을 변화할 것을 생각하여 聖廟(향교)를 높이고 賢祠(현인의 사당)를 수리하며 사당과 의재를 세우고 서당을 건립하여 삭망에 강학하여 그 과정을 엄히 하고, 춘추에 讀法(주민을 모아 법령을 읽어 들려주는 의식)과 의절을 익히며 입신의 근본과 행동의 방법을 교육함에 염치를 숭상하고 선은 선으로 여기며 악은 악의 대가를 받게 되었습니다. 이러므로 한 고을의 풍속이 점차 아름다워지면서 박정의 악이 점차 드러나고 유태의 어짊이 더욱 두드러져 박정의 원망이 더욱 깊어졌으니 그의 분노와 쌓인 유감으로 은연중에 틈을 노린 것이 하루 이틀 일이 아니었습니다.

아, 유태의 학문의 천심과 행실의 잘잘못은 우선 논하지 말고 성상께서 즉위 초에 현사로 징치하여 특별히 예우하셨으니, 성상께서 현재를 구하신 간절함이 어떠했으며 많은 선비들의 촉망은 어떠했습니까? 그런데도 한 번 김자점의 무리를 배척한 뒤로 세상에 큰 모욕을 당하여 대중의 욕설과 분노가 일시에 몰려들어 장차 그를 용납할 곳이 없게 하고 심지어는 연좌율의 명성이 華夷를 움직이고 사림의 모범이 되는 사람(청음 김상헌)에게까지 미치고 있습니다. 찾을 만한 하자가 없는데도 온갖 洗垢吹毛를 내어 못할 짓이 없으니, 훈유(향내 나는 풀과 냄새나는 풀)와 빙탄(얼음과 숯)은 상극의 원리가 이와 같지만, 인심과 세도가 이 지경에 이르게 된 일, 신 등은 실로 마음 아픕니다.

신 등은 그윽이 듣건대, 박정이 처음 왔을 때 향인에게 과장하면서 성사를 시킬 수 있다고 말했으니 향촌 구석의 혈혈단신이 무슨 요로의 원군이 있기에 항상 서울에 머물면서 악한 무리들과 교류하여 조정의 사찰도 아랑곳하지 않고 본도에서 변론할 생각도 없이 방자하고 기탄없음이 너무 심한 것입니다.

옛적에 공문중이 정자를, 천하고 간사하여 본디 행실이 없고 두루 고위층과 사간원의 관리들을 찾아다닌다고 모함했고, 심계조가 주자를 모함할 적에 크게 간악하다 지목하고 여섯 가지 죄상을 들어 궁궐에서 애매한 사사를 행하여 도적질하고 약탈하는 악이 못하는 짓이 없으니 공자께서 소정묘를 죽인 것처럼 해야 한다고 청했으니, 아, 옛 대현도 시기하는 자의 모함을 면할 수 없었습니다. 금일 유태가 모함을 받는 것이 어찌 괴이하겠습니까?
애석한 것은 성상께서 유태를 대우하는 방도가 크게 시작과 마무리가 없다는 것입니다. 무엇을 말한 것인가? 유태를 현사라 하지 않는다면 그만이지만, 만일 현사라 하신다면 비록 모함하고 헐뜯는 말이 있더라도 마땅히 성상의 마음으로 단정하여 한 마디 말로 배척하여, 현인을 모함하고 임금을 속이는 죄를 바로잡아야 할 것이고, 판례에 따라 해당 부서에 넘겨 조사하게 해서는 안 될 것입니다. 향인이 상소한 내용을 정원에서 혹 부당한 말로 기각을 청하더라도 성상께선 명석하게 살피시어 그의 잘못을 배척해야 할 일인데, 박정의 일에 관해서는 조금도 괴이하게 여기지 않아 그들의 계책을 구현시키니, 이는 신들이 천지의 위대함과 일월의 밝음에도 유감으로 여기는 바입니다.
지금 세도가 변천하고 시비가 혼탁하니 이 소를 올림에 時諱(그 시대에 용납되지 않는 언행)를 저촉하여 도화선이 될 것을 알면서도 신들은 의리가 師門에 관련된 이상 차마 함구하여 보신을 도모하면서 헤아릴 수 없는 함정에 빠지는 것을 바라보고 구제하지 않을 수 있겠습니까? 이에 감히 피어린 마음으로 성상께 머리를 조아려 한 번 깨우치시기를 바라오니, 엎드려 비옵건대, 성상께서는 특별히 통찰하시어 호서오악의 마음을 밝혀 주시고 빨리 그 죄를 바로 잡아 사문의 바람을 위로해 주신다면 매우 다행이겠습니다.

이것은 송광식이 아직 김자점이 실각하지 않았을 때, 이유태를 위하여 목숨 걸고 올린 변무소이다. 이 상소문을 보면 참으로 눈물겹지 않을 수 없다. 송광식은 이유태를 신의 스승이라고 표현했으며, 이유태 문인록에 첫 번째 나온다. 이 상소로 유림들과 공척하고 형조판서 이시방(연평부원군 이귀의 셋째 자제)이 임금에게 아뢰어서 송광식의 상소에 비답이 내려오므로 이유태의 무고함이 부당한 것에 대한 당시의 시비가 일단락되었음을 알 수 있다.

이에 대해서 이유태는 문인이나 공주·금산의 유생들에게 변무를 만류하는 편지를 거듭 보냈다.[42]

1664년(현종 6) 8월 16일 공주 향교의 이건을 둘러싼 향교 옛터의 사용문

42) 이유태, 『초려전서』 上, 卷13, 331쪽.

제를 놓고 여기에 송준길의 아들 송광식의 묘소 문제가 연관되자,[43] 이유태가 충현서원 유생들이 주가 되고 공주향교 유생들의 반발에 대하여 이치와 정리와 도의로써 공주향교와 충현서원 유생에게 그 옳은 뜻에 따라 허락하여 주기를 간곡히 회유한 글을 보낸다.[44] 송준길과 송광식, 이유태와 그 자제 이옹과의 끈끈한 인간적인 정리가 묻어나는 내용의 편지이다.

내용은 애초에 송준길의 자제(광식)가 어머니 산소를 천장하려고 공주에 땅을(송산소) 준비하려다가 뜻을 이루지 못하고 일찍 하세하자, 송준길이 그 자제 산소를 쓰려고 하니 공주 유림이 반대를 하여 일이 난관에 봉착되었다. 공주향교 사림들은 학교 뒷산에 송준길 자제 산소를 쓰면 인물이 안 난다고 하며 거부하였던 것이다. 그러나 이유태는 산소를 쓰면 송준길이 한 번이라도 더 왔다 갔다 하고, 그러면 간접적인 교육이 되기 때문에 쓰도록 하라고 권유하면서 공주향교 유생들에게는 대화를 하고 충현서원 유생들에게는 편지를 써서 그 산을 송준길 가에서 쓸 수 있도록 허급할 것을 권했다.[45] 처음에는 송준길 자제 송광식의 산소를 썼다가 다음에 송준길 산소를 썼다.[46] 송준길이 아들의 고심을 생각해서 그곳에(송산소) 산소를 쓰려고 하

43) 송광식은 갑진년(1664) 7월 16일 하세하여 10월 26일 공주향교 구터에 장례를 모신다. 이 과정에서 이유태가 충현서원 유생과 공주향교 유생을 설득하여 승낙을 받게 된다.

44) 이유태,『초려전서』上, 卷13, 303쪽.

45) 송정희,「祭文」『덕은가승』Ⅱ,「宋氏家乘」卷6, 六代祖 光栻, 향지문화사, 1998, 403쪽. 송준길이 아들 정랑 송광식의 제문의 "公山의 舊校의 터는 네가 평일에 사랑하고 즐거워하던 바이니 얻기를 도모하여 너의 어머니를 옮김을 원하는 땅이니라. 지금에 미쳐 모든 선비들이 쓰라고 허락하였으니 그 땅이 비록 상하고 파괴됨을 면치 못하였으나, 산천이 수려하고 體勢가 묘하고 아담하여 실로 그 비교가 드물다. 보완하여 정리하면 아주 정결하고 아름다움을 깨달을 것이다. 내가 아주 사랑하였느니라. 우암도 또한 늘 쓰라고 권하였다."는 기록으로 보아 공주 선비들이 산소를 쓰라고 허락했다는 내용은 이유태의 충현서원 및 공주 향교 유생을 적극적으로 회유한 결과라고 볼 수 있다.

46) 공주향교 구터와 관련이 있고 송준길과 아들 송광식의 묘소가 있는, 송준길 묘역 형성과정은 다음과 같다. 송준길의 배위 정씨부인은 송준길이 50세 되던 을미년(효종 6 : 1655) 10월 9일 공주 고을 동쪽 금강 상류 명탄리에 모시고, 송준

였던 것이다. 공주 송산리는 명승고적이다. 그곳의 송산소는 유래가 눈물겨우면서 깊고 멀기 때문에 지역의 이름이 되었다. 즉 송준길의 산소를 썼기 때문에 공주 유곡이 송산리(무령왕릉 지역)로 지명의 이름이 바꾸어진 유서 깊은 곳이다. 무령왕릉 밑에 현재 큰손자 병문의 산소가 있다.

3) 家門 간의 교류

이제 동춘당과 초려 兩家의 身後文字를 통해 두 집안의 실질적인 교분을 살펴보자.

> 오호라, 희장아! 이 어인 일인가? 그 마음 밝아 곧고, 그 자질 순수하여 아름답다. 가정교육 어려서부터 익숙했다네. 일찍부터 명성과 칭찬 나타나니, 사람들 먼 경지에 이를 것이라 칭송했다네. 훌륭한 자식이라 할 만하니,

---

길 자제 정랑 송광식은 송준길이 59세 되던 갑진년(현종 5 : 1664)에 공주 유곡(현 무령왕릉 : 공주 송산리)에 모셔지게 된다. 송준길 산소는 계축년(현종 14 : 1673)에 연기 죽안으로 모셨다가, 4년 후인 병진년(숙종 2 : 1676)에 11월 18일 지세가 낮고 습하여 회덕 흥룡리로 정씨부인과 합폄으로 모셨다. 이후 송준길 손자 병문이 임술년(숙종 8 : 1682)에 하세하여 유곡 정랑 묘역 조하로 모셔지게 된다. 또한 송광식의 산소는 계해년(숙종 9 : 1683) 3월 19일에 조씨 부인이 하세하여 금강 조역에 합폄하려 하였으나 재난을 만나(1682년 8월 아들 병문이 졸하고 이듬해 조씨 부인이 하세하여, 1년도 안 되어 집안에 상사가 겹쳐진 것을 뜻한 것이 아닌가 함) 드디어 회덕 흥룡리 부모 산소 조하로 천장 합폄하였다. 6년 후 기사년(숙종 15 : 1689)에 송준길 산소는 술인이 흥룡의 묘지가 또 헐어야 한다고 하여 체백이 편안치 못할까 두려워하여 아들이 준비하려 했었던 공주 유곡으로 천장했다가 11년 후 경진년(숙종 26 : 1700) 10월 21일 진잠 사점동으로 다시 천장하고, 그해 겨울 아들 송광식의 산소는 회덕 흥룡에서 진잠 사점동으로 천장함으로써 오늘날 송준길 묘역이 형성되었다. 이 진잠 사점동 바리고개에는 원래 이유태의 아우 이유겸의 산소가 있었으나 송준길 산소가 천장해 옴으로써 고등산으로 천장해 갔다고 한다(긍당집에 긍당 이규헌이 송준길 산소를 봉심하고 지난 일을 추억하면서 '방선조 유겸을 천장한 고등산이 발의산만 하겠느냐?'고 읊었다).

> 부조의 가업 계승하였도다. 나에게도 자식이 있으니, 그대와 함께 종사했다네. 재주가 있건 없건, 각기 제 자식을 말한다. 이미 장성하여 두 아비를 한결같이 보는지라, 서로 돌보며 백 년간을 의지하고 기대려 했더니, 어찌 알았을까? 하늘의 재앙이, 양가에 함께 이를 줄이야. 아이가 죽은 지 얼마 안 되어 그대 또한 일어나지 못한다. 내가 악을 쌓은 자라, 그 재앙이라 하겠지만 덕문에서도 면하지 못함은, 하늘의 뜻 헤아릴 수 없다네. 나의 운수로, 그대가 어찌 죽을 수 있나? 그러나 그대의 죽음은 나의 운수에 관련된다네. 나의 아이가 비록 죽었으나, 그대가 있어 믿을 만하였더니, 그대 또한 이 지경에 이르렀으니, 내 장차 어찌할꼬? 그대가 노성 현감으로 재임할 적에, 백씨는 대흥 읍재여서, 어머니를 모시고 노성을 지나 갈 적에, 그대는 동헌에서 맞이하였지. 아우 謙이 현재의 후임자가 되었으니, 어머니께서도 기억하시네. 지난 일을 말함에, 눈물만이 나온다. 오호라, 희장아! 만사를 포기했구나. 황천길이 혹 편안할 수 있으니, 산 자가 괴로울 뿐이다. 우리 양가의 손자가, 다섯이고 넷이니. 하늘이 혹 그들에게, 폐기하지 않을까 싶다. 금강은 멀리 밝고 계룡산 푸르르다. 혼백이 이곳에서 노니니, 아, 천만년 이어지리라. 한 잔 술 영원히 고별하니, 오호라, 끝이로다.[47]

이것은 초려의 송희장 제문이다. 송준길은 자제를 이유태에게 공부시키고 이유태는 그의 제・종제 및 아들들을 송준길에게 공부시켜 서로를 부와 자식처럼 일컬었고, 父인 동시에 師가 되었다. 아울러 송준길과 이유태는 맏 자제를 잃는 아픔까지도 같이 겪게 되어 서로에 대한 점이 남달리 애틋하였다. 특히 송광식 제문에 二父一視라는 문자가 나오는데, 광식이 저 아버지를 내 아버지로 보고 내 아버지를 저 아버지로 봄으로써, 두 집안의 자손들이 양 선조를 친 부모처럼 섬기고 있는 모습을 알 수 있고, 어른들은 양가 자제들을 친자처럼 생각하였다는 내용이다.

다음은 동춘당이 지은 초려 모친 청풍김씨 만사(同春挽草廬大夫人)이다.

> 늘 내 어머니처럼 보았으니,
> 인생 90년이라네.

---

47) 李惟泰, 「詩」『草廬全集』 上, 卷13, 320쪽.

> 자손은 비할 데 없이 어질고
> 복록도 누가 견줄까?
> 호원의 지역에 묘를 쓰니,
> 구천에 교룡이 모였네.
> 여러 아들과 금석 같은 친구를 맺으니,
> 회장 못 가는 병든 몸 눈물만 흐르네.[48]

이것은 송준길이 이유태 모친에 대하여 언제나 보기를 우리 어머니와 같이 했다는, 친구 모친에 대한 애틋한 정이 흠뻑 묻어나는 문건이다. 또한 이유태의 부모 묘비명은 송시열이 찬하고 송준길이 썼다.[49] 이밖에도 송준길이 이유태 사촌동생 이유복의 만사도 썼다.

> 나의 벗 泰之(초려의 자)와는
> 한 평생 굳은 金石 친구인지라,
> 때문에 여러 사촌들과 추종하여
> 한결같이 나의 골육지친 같다네.[50]

송준길은 이유태의 사촌 이유복을, 이유태를 생각하여 친형제 이상 골육지친으로 보았음을 알 수 있다.

또한, 이유태는 송준길 부인에 대한 만사를 쓰고 있다.

> 동춘당과 형제 호칭을 하니,
> 숙인은 곧 나의 형수님이시다.
> 항상 왕래하며 내당에서 뵙고 절하니,
> 착한 덕 연원이 있음을 알았네.
> 친정아버지 愚伏 鄭經世는 세상에 이름난 분이요,
> 송씨 또한 덕문이 아닌가?
> 대략 글(書史)을 통하여 대의를 알았으니,

---

48) 李惟泰,「文山問答」卷上,『草廬年譜』下, 446쪽.
49) 李曙 墓碣(宋時烈撰 宋浚吉書 金壽恒篆), 清風金氏 墓碣(宋時烈撰 宋浚吉書), 이유태의 종제 유복의 묘비명 역시 송시열이 찬하고 송준길이 서했다.
50) 李惟泰,「文山問答」『草廬年譜』下.

지아비를 좇아 한 마디 말도 어긴 적이 없었네.
지아비 병 수발 30년에,
거처와 복식을 모두 알맞게 하였지.
약값으로 시집올 때 옷가지를 다 팔았으니,
지금 온전한 생활은 모두 그 은혜라네.
임종에 자기 몸 죽음을 슬퍼하지 않고,
부군이 어찌 살아갈까 한했다.
부군 눈물 흘리고 친척 슬퍼하니,
어질고 효성스런 자식과 손자들이라.
지아비 앞서 죽음은 부인의 지극한 소원이었으니,
수(上壽下壽)를 논해 무엇 할까?[51]

이 만사는 송준길 뿐만 아니라 그 부인인 정씨부인에게 육친의 정으로 절절히 그 아픔을 표현함에 유려하고 잔잔한 문장이 마치 물 흐르는 듯하다. 내용은 송준길과 좋은 의가 있으니 숙인은 곧 우리 형수가 된다는 것이니, 각별한 도의지교를 나타낸 것이다. 송준길의 어머니가 안 계셔서 이유태는 당시 부인을 생면한 것이다. 평소에 서로 왕래하면서 중당에서 절을 했다. 이유태나 송시열은 어머니가 계셨기 때문에 어머니를 뵙고, 송준길은 어머니가 안 계셨기 때문에 부인을 생면한 것이다. 송시열이나 이유태의 부인은 친구들이 서로 상면한 기록이 없다. 당시 예법이 엄정하여 상면할 수 없는 상황에서 상면했다고 하는 것은 송준길과 이유태가 얼마나 남다른 우정을 가졌나를 볼 수 있는 문건이다. 다음은 이유태가 지은 송준길의 제문이다.

---

51) 李惟泰, 「詩」『草廬年譜』上, 27쪽. 또한『덕은가승』에 있는 아들 광식이 찬한 중「정경부인 정씨 행장」기록의 "갑술년(인조 12 : 1634, 동춘당 29세)에 嚴君(아버지 즉 송준길을 칭함)이 병에 걸려 거의 위중하시어 인하여 골수의 병이 되었다. 先妣(돌아가신 어머니)가 정성을 다하여 간호하시매 옷에 띠를 풀지 않고 약물과 음식 받들기를 반드시 친히 스스로 임하여 보시고 받들기를 만족하지 않은 적이 없었고 심지어는 그 시집올 때의 옷을 없애어 공급하였다. 이와 같이 하기를 거의 30년이란 오랜 세월에 조금도 게을리 하지 않았다."는 내용과, 이유태의 정씨부인 만사의 행적 내용이 거의 일치되는 것을 볼 때 얼마나 송준길과 가깝게 지냈는가를 알 수 있다.

생각건대, 공께서는 아침 햇살에 이채로운 봉황이요, 형산에 아름다운 옥이로다. 봄바람처럼 온화하고 가을 달처럼 높고 밝다. 일찍부터 도 있는 분을 친히 하여 덕을 이루고, 만년에 성상의 부름에 응하여 학문을 행하고자 하였네. 나의 패물 빛나고 나의 의복 정갈하네. 효종이 등극하시니, 강산의 치욕을 씻을 수 있다. 사악한 것을 꺾고 맑게 함은 누구의 공인가? 옳은 일을 마치고 그른 일을 제지함은 바로 공의 충성이시다. 세 조정(仁·孝·顯) 20년 동안에 나가고 물러나기를 예에 맞게 했어라. 임금의 예우는 전대에 찾아볼 수 없고 상상과 희망의 풍채는 한 세상을 울렸다. 대업을 다하지 못함에 의리에 편안하지 못하여라. 벼슬에 물러나 고향에서 배회하였다. 임금에 대한 충성심, 태양을 향한 해바라기로군. 올곧은 말씀 한 번 올리니, 조야를 진동하였네. 도는 한때 막혔으나, 명성은 영원한 세대에 천년을 흐르리라. 나 같은 용렬한 사람이 일찍부터 벗으로 섬겨 손발 같고 친형제 같았네. 師門에서 종유한 지 몇 년이런가? 거처할 적에는 상을 같이 하고, 행할 적에는 말고삐를 연결했어라. 갈고 닦는 학문에 도움을 받았고, 친밀한 정의 늘그막에 더욱 두터웠지. 혹 말하고 혹 침묵하며, 혹 오래하고 혹 속하게 하였네. 처음에는 비록 어긋나기도 했으나 귀결점은 같았지. 공이 병으로 누었을 적에 내가 병문안하였네. 체력은 비록 고단하나 정신은 쇠하지 않아. 술잔 잡고 농담하고서 돌아온 지 한 달이 지났지. 운명하던 그 날, 길에서 부음을 듣고서 놀라 울부짖으며 문에 들어서니, 이미 옷과 이불을 덮었구나! 애통하고 애통하며 끝이로군! 끝이로다. 선비는 종장을 잃었고 나라는 시구(의심을 풀어주는 시초대와 거북)가 없구나. 임금께서 애도하시어 은전을 내리셨네. 공께서 황천에 계시니 이승 길은 어이하랴! 장사지내는 그 날 친척과 손님이 다 모였네. 옥 같은 얼굴빛 눈에 쩌렁쩌렁한 목소리가 귀에 남아있네. 가슴을 저미는 아픔에 어깨를 잃은 슬픔이다. 그 누가 알며, 그 누가 알겠는가? 공이 혼령 다 없어지지 않았다면 나의 진심 보시라![52]

이것은 마치 송준길의 영정을 들여다보고 있는 듯한 글이다. 오랜 지기와 동고동락한 형제의 정리가 참으로 진하게 우러나는 정분과 추앙이 표현되어 있다. 이유태는 또한 송준길의 제문뿐만 아니라 만사도 다음과 같이 지어 남기고 있다.

---

52) 李惟泰, 「祭文」『韓國文集總刊 同春堂集』別集, 卷9, 民族文化推進會, 492쪽.

鸞鳳之姿金玉相	난봉의 자태 금옥의 모습
斯文正脈在吾東	우리 道의 바른 맥이 동방에 있네
聖賢事業工夫上	성현의 사업을 공부하고
世道汙隆進退中	세상의 옳고 그름에 진퇴를 맞추었네
天意却從時節異	임금의 뜻은 도리어 시절 따라 달라도
我心惟有死生同	내 마음은 오직 사생 간에 같이하려 했었네.
黔潭物色渾依舊	금담의 물색은 옛날과 같은데
白髮春風哭未窮	백발로 통곡하기 그치지를 못하네.[53]

여기서 이유태는 송준길을 '鸞鳳之姿와 金玉之相'으로 표현하고 斯文의 정맥으로 나타내었다. 단정하고 깔끔한 송준길의 모습이 잘 표현되어 있다.

4. 맺음말

지금까지 송준길가와 이유태가의 문적을 중심으로 이유태의 생애를 개괄해보고 송준길과 이유태의 도의지교에 대하여 살펴보았다. 송준길가와 이유태가는 개인적으로 그리고 자제와 형제 조카까지도 서로 내왕하며 도의로써 친교를 하였다. 즉 지교로 인연을 맺고 있다.

우선 김장생, 김집 문하에서 두 사람이 동문수학한 정의가 깊어 오래도록 도의지교를 유지하고자 기약하는 내용이 사계 행장이나 제문 등에서 보이고 있다. 또한, 두 사람은 양가의 집안 대소사뿐만 아니라 서로의 식성, 취향까지도 서로 파악하고 정을 나누었음을 알 수 있다. 또한 조정에서도 옹호하고 천거하는 친분관계는 계속되었고 향촌에서도 상호 협력하고 교분을 나눈 사실은 그 도의지교가 매우 깊은 것임을 알 수 있게 한다. 이 같은 교분은 그들의 자질들에게까지 단절 없이 이어져 내려왔음을 알 수 있었다.

이 같은 사실을 고려할 때, 송준길과 이유태와의 관계는 유달리 밀접하여

53) 李惟泰,「挽宋同春明甫」『草廬年譜』上, 35쪽.

『草廬集』에 송준길과 이유태의 간찰 왕복 내용이 80여 건이나 된다는 점에서 이에 대한 보다 심도 깊은 연구가 이루어져야 한다고 생각한다.[54] 또한 이와 관련하여『同春堂集』에 이유태에 관한 많은 서신 및 자료들의 누락분은 추후 연구를 통해 정리할 필요가 있다고 보겠다.

---

54)『草廬全集』에 있는 송준길과의 왕복 간찰 내용은, 대부분 국가나 가정의 중대한 일을 서로 난상 토론하여 절충점을 찾아 새로운 방안을 모색하기 위한 것임을 알 수 있다.

1. 동춘당연구 논저목록

資 料

『同春堂文集』(上, 中, 下), 恩律宋氏同春堂文正公派宗中, 1986.
『同春堂先生文集』, 以文社, 1986.
『同春堂先生文集』, 册1-14(發行處 不明).
『同春堂日記』, 同春堂文正公派宗中, 1995.
『同春堂集』1, 韓國文集叢刊. 106, 民族文化推進會, 1993.
『同春堂集』2, 韓國文集叢刊. 107, 民族文化推進會, 1993.
『沙溪集. 宋子大全. 同春堂集』, 同和出版社, 1977.
정태현 역, 『동춘당집』1, 민족문화추진회, 1997.
정태현 역, 『동춘당집』2, 민족문화추진회, 1999.
정태현 역, 『동춘당집』3, 민족문화추진회, 2001.
정태현 역, 『동춘당집』4, 민족문화추진회, 2003.
송창준 편역, 『동춘선생 언행록과 유사』, 계성회, 1999.
송래희 편저, (국역본) 『동춘당 가장』, 향지문화사, 2006.
韓國文集編纂委員會 編, 『同春堂先生文集』 1-4 (韓國歷代文集叢書 138-141), 景仁文化社, 1994.

著 書 (연구총서 · 저서)

『金長生. 宋時烈. 宋浚吉』, 同和出版公社, 1977.
『유학연구』4집 －同春堂思想의 體系的 照明－, 충남대학교 유학연구소,

1995.
『충청학연구』 3집 －동춘당 연구 특집 1－, 한남대 충청학연구소, 2002.
『충청학연구』 6집 －동춘당 연구 특집 2－, 한남대 충청학연구소, 2005.
『韓國思想論文選集』 97 : 宋時烈(2)・宋浚吉・李惟泰 外, 불함문화사, 1999.
김낙진, 「金長生・金集・宋時烈・宋浚吉」『韓國思想論文選集 225』, 불함문화사, 2001.
한기범, 『조선의 큰 선비, 동춘당 송준길』, 종려나무, 2006.

論文 1 (학위 논문)

남달우, 『송준길의 예론에 관한 연구』, 인하대학교 석사학위논문, 1987.
문수정, 『동춘당 송준길의 정치사상』, 조선대학교 교육대학원, 석사학위논문, 2006.
박대현, 『「어록해」연구』－「어록해」의 성립과 발전 양상을 중심으로－, 영남대 대학원, 2000.
송성빈, 『송준길의 학문과 사상』, 한국교원대학교 석사학위논문, 1997.
홍경림, 「동춘당 송준길 서예 연구」, 원광대학교 석사학위논문, 2002.

論文 2 (일반 논문)

강맹산, 「同春堂의 歷史意識」『儒學研究』 4, 忠南大 儒學研究所, 1996.
김세봉, 「同春堂 宋浚吉의 生涯와 政治思想」『中齋張忠植華甲記念論叢』, 1992.
김문준, 「同春堂의 己亥禮訟과 禮訟認識」『충청학연구』 6, 한남대 충청학연구소, 2005.
반부은, 「동춘당의 大儒品德과 예학사상」『동춘당 사상의 재조명과 동춘당의 위상』, 한남대 충청학연구소, 2006.
사재동, 「同春堂의 文學精神 : 追悼詩文을 中心으로」『儒學研究』 4, 忠

南大 儒學硏究所, 1996.

서원화, 「同春堂의 修養論」『儒學硏究』 4, 忠南大 儒學硏究所, 1996.

서주상, 「忠賢書院 配享 九先生의 學問과 思想(송준길 편)」, 忠賢書院, 2001.

성교진, 「同春堂 宋浚吉의 性理思想에 관한 硏究」『哲學論叢』 17, 새한철학회, 1999.

_____, 「退栗學에 根據한 同春堂의 本體와 人·道의 問題」『形而上學』 7, 토마스학회, 1999.

성봉현, 「동춘당 송준길가의 가계와 혼인」『충청학연구』 6, 한남대 충청학연구소, 2005.

성주탁, 「同春堂 宋浚吉의 生涯와 遺蹟」『儒學硏究』 4, 忠南大 儒學硏究所, 1996.

송용재, 「『동춘당일기』를 통해서 본 동춘당의 생애」『충청학연구』 3, 한남대 충청학연구소, 2002.

송인창, 「同春堂 宋浚吉 儒學思想의 自主精神」『儒學硏究』 1, 忠南大 儒學硏究所, 1993.

_____, 「同春堂 宋浚吉의 人品과 哲學思想」『百濟硏究』 25, 忠南大 百濟硏究所, 1995.

_____, 「同春堂 宋浚吉의 經世思想」『儒學硏究』 4, 忠南大 儒學硏究所, 1996.

_____, 「炭翁과 同春堂 道義思想의 比較硏究」『道山學報』 5, 도산학술연구원, 1996.

_____, 「동춘당 송준길의 도의사상」『儒敎思想硏究』 11, 한국유교학회, 1999.

_____, 「동춘당 송준길의 철학이론과 교육사상」『哲學硏究』 51, 철학연구회, 2000.

_____, 「同春堂 哲學에 있어서 '禮'의 問題」『충청학연구』 3, 한남대 충청학연구소, 2002.

_____, 「同春堂 宋浚吉의 敬思想」『韓國思想과 文化』 15, 韓國思想文化學會, 2002.

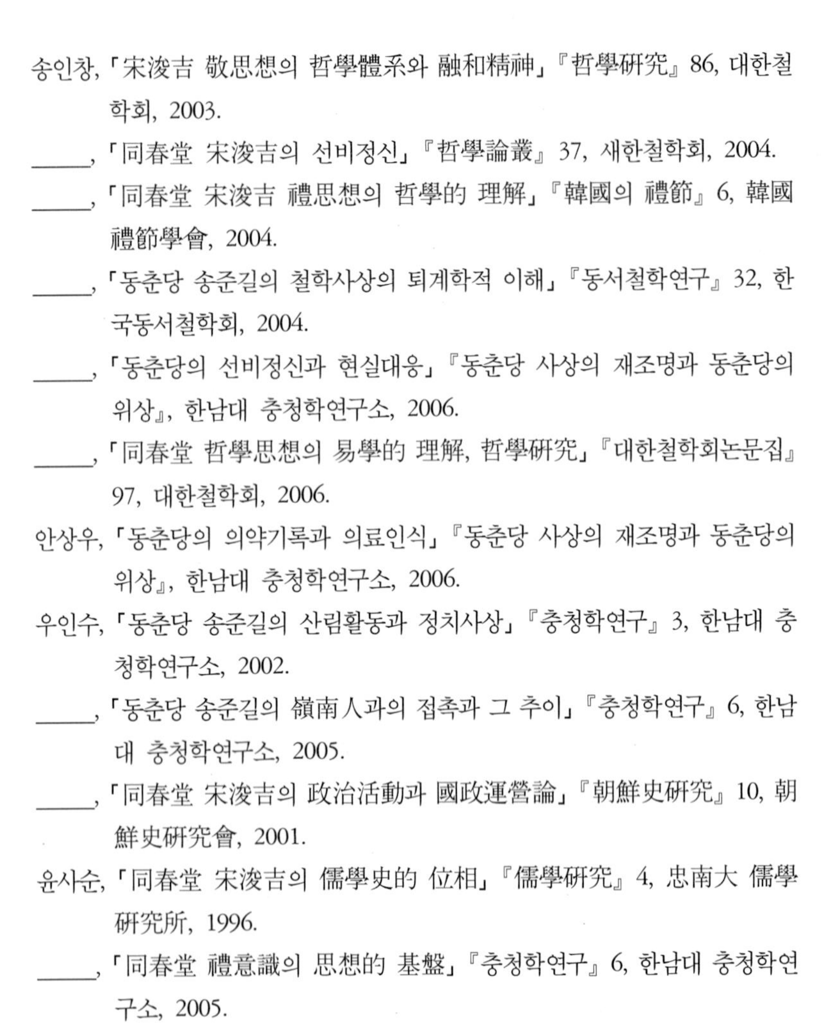

송인창, 「宋浚吉 敬思想의 哲學體系와 融和精神」『哲學硏究』 86, 대한철학회, 2003.

_____, 「同春堂 宋浚吉의 선비정신」『哲學論叢』 37, 새한철학회, 2004.

_____, 「同春堂 宋浚吉 禮思想의 哲學的 理解」『韓國의 禮節』 6, 韓國禮節學會, 2004.

_____, 「동춘당 송준길의 철학사상의 퇴계학적 이해」『동서철학연구』 32, 한국동서철학회, 2004.

_____, 「동춘당의 선비정신과 현실대응」『동춘당 사상의 재조명과 동춘당의 위상』, 한남대 충청학연구소, 2006.

_____, 「同春堂 哲學思想의 易學的 理解, 哲學硏究」『대한철학회논문집』 97, 대한철학회, 2006.

안상우, 「동춘당의 의약기록과 의료인식」『동춘당 사상의 재조명과 동춘당의 위상』, 한남대 충청학연구소, 2006.

우인수, 「동춘당 송준길의 산림활동과 정치사상」『충청학연구』 3, 한남대 충청학연구소, 2002.

_____, 「동춘당 송준길의 嶺南人과의 접촉과 그 추이」『충청학연구』 6, 한남대 충청학연구소, 2005.

_____, 「同春堂 宋浚吉의 政治活動과 國政運營論」『朝鮮史硏究』 10, 朝鮮史硏究會, 2001.

윤사순, 「同春堂 宋浚吉의 儒學史的 位相」『儒學硏究』 4, 忠南大 儒學硏究所, 1996.

_____, 「同春堂 禮意識의 思想的 基盤」『충청학연구』 6, 한남대 충청학연구소, 2005.

이남영, 「同春堂 宋浚吉의 道學精神」『儒學硏究』 4, 忠南大 儒學硏究所, 1996.

정경훈, 「同春堂 宋浚吉의 碑誌文攷」『韓國思想과 文化』 32, 修德文化社, 2006.

정덕기, 「宋浚吉先生과 그의 遺品」『충무』, 1970.

정병연, 「同春堂의 禮學思想 : 己亥禮訟을 중심으로」『儒學硏究』 4, 忠南大 儒學硏究所, 1996.

정옥자, 「17세기 禮治의 구현과 同春堂의 位相」『동춘당 사상의 재조명과 동춘당의 위상』, 한남대 충청학연구소, 2006.

정태희, 「同春堂 宋浚吉의 書藝世界」『충청학연구』 6, 한남대 충청학연구소, 2005.

조종업, 「도학사상에서 본 동춘당의 서예」『동춘당 사상의 재조명과 동춘당의 위상』, 한남대 충청학연구소, 2006.

佐藤貢悅 ; 최승호 역, 「同春堂의 朱子學과 조래의 朱子學 : 韓・日儒敎의 비교연구 序說」『儒學硏究』 4, 忠南大 儒學硏究所, 1996.

지두환, 「同春堂 宋浚吉의 社會經濟思想」『韓國思想과文化』 22, 韓國思想文化學會, 2003.

_____, 「同春堂 宋浚吉의 北伐運動과 政治思想」『충청학연구』 6, 한남대 충청학연구소, 2005.

_____, 「同春堂 宋浚吉의 經世思想과 學術的 課題」『충청학연구』 6, 한남대 충청학연구소, 2005.

_____, 「동춘당의 정치활동과 경세사상」『동춘당 사상의 재조명과 동춘당의 위상』, 한남대 충청학연구소, 2006.

진기홍, 「官版 語錄解에 대하여 : 그 편저자는 宋浚吉이다」『古書硏究』 20, 韓國古書硏究會, 2002.

최근덕, 「同春堂의 儒學史的 位置」『충청학연구』 6, 한남대 충청학연구소, 2005.

최근묵, 「同春 宋浚吉의 文廟從祀와 書院享祀」『충청학연구』 6, 한남대 충청학연구소, 2005.

한기범, 「同春堂 宋浚吉의 禮學思想」『韓國思想과 文化』 18, 韓國思想文化學會, 2002.

_____, 「同春堂 宋浚吉의 鄕村活動과 社會思想」『충청학연구』 3, 한남대 충청학연구소, 2002.

_____, 「송준길의 예설과 예사상 －서간문의 예설 분석」『대전문화』 12, 대전시사편찬위원회, 2003.

_____, 「同春堂 宋浚吉의 禮學과 연구과제」『호서지방사연구』, 경인문화사, 2003.

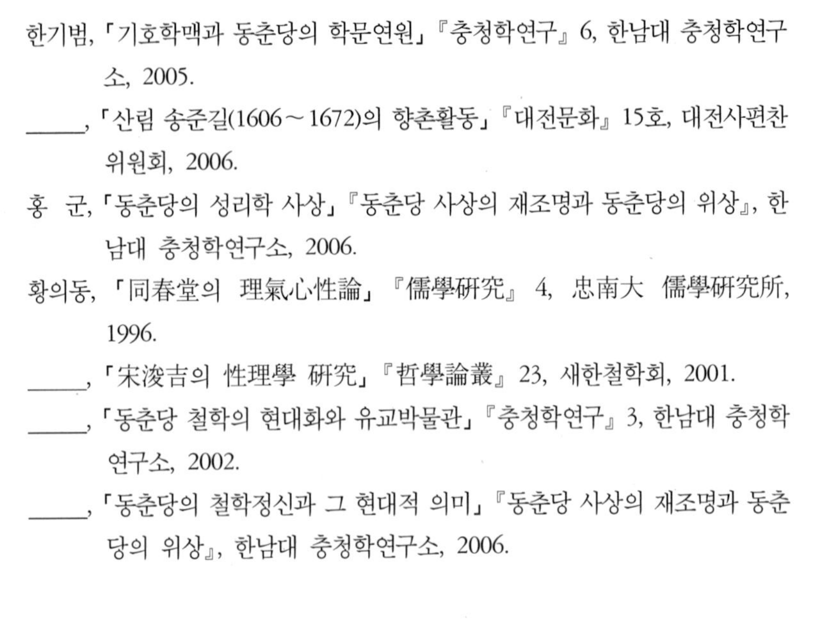

한기범, 「기호학맥과 동춘당의 학문연원」『충청학연구』6, 한남대 충청학연구소, 2005.

_____, 「산림 송준길(1606～1672)의 향촌활동」『대전문화』15호, 대전사편찬위원회, 2006.

홍 군, 「동춘당의 성리학 사상」『동춘당 사상의 재조명과 동춘당의 위상』, 한남대 충청학연구소, 2006.

황의동, 「同春堂의 理氣心性論」『儒學硏究』4, 忠南大 儒學硏究所, 1996.

_____, 「宋浚吉의 性理學 硏究」『哲學論叢』23, 새한철학회, 2001.

_____, 「동춘당 철학의 현대화와 유교박물관」『충청학연구』3, 한남대 충청학연구소, 2002.

_____, 「동춘당의 철학정신과 그 현대적 의미」『동춘당 사상의 재조명과 동춘당의 위상』, 한남대 충청학연구소, 2006.

其他

『송시열・송준길 서예 특별전(자료집)』, 한신대학교 박물관・국사학과, 2001.

『동춘당 송준길의 서예 : 송준길 선생 탄신 400주년 기념전』, 한신대학교 박물관, 신구문화사, 2006.

2.『同春堂集』解題

李 俸 珪*

1. 머리말

이 글은 17세기 기호학파의 대표적 山林學者로서 활동한 同春堂 宋浚吉(1606～1672)의 文集에 대한 해제이다. 송시열과 함께 兩宋으로 일컬어지는 同春堂의 학문적, 정치적 입장은 17세기뿐만 아니라 그 이후 조선성리학에 깊은 영향을 남기고 있다. 본 해제에서는 文集의 간행 경위를 먼저 살펴보고, 현재 남아 있는 자료들을 통해서 生涯, 性理說, 禮論, 經世論 등에 관련한 同春堂의 주요한 입장을 간략히 밝혀보고자 한다. 해제의 관

---

* 인하대 철학과 교수.
이것은 민족문화추진회가 간행한『동춘당집』에 수록된「해제」를 전재한 것임.

행상 주석은 생략하였다. 좀더 상세한 연구는 후일 다른 지면을 통해서 발표하겠다.

한편, 판본들 사이에 나타나는 내용상의 增減에 관해서는 朴小東(민족문화추진위원회 국역실장)선생이 비교조사하여 도표로 알기쉽게 제시한 바 있다. 따라서 그 도표를 본 해제뒤에 附記하겠다. 참고하기 바란다.

2. 문집간행 경위

同春堂이 남긴 글들은 1682년『同春堂先生文集(이하『同春堂集』으로 통일함)』으로 校書館에서 간행된 이후 몇 차례에 걸쳐 계속 보완되었다. 크게는 初刊本 本集과 別集, 重刊本 本集과 別集, 續集 등으로 구분된다. 重刊할 때 初刊本의 체제를 改編하여 일부 자료를 빼고 새로운 자료를 추가하는 등의 새로운 보완을 하였으며, 續集 간행시에도 새로운 자료를 일부 추가하였다. 문집의 간행 경위에 관련한 사항은 年譜의 관련 조목, 別集의 改正凡例, 續集의 凡例 등에서 살펴볼 수 있는데, 그 경위는 대략 다음과 같다.

初刊本 本集은 1682년에 校書館에서 간행하였다. 庚申換局으로 同春堂의 명예가 회복된 뒤 肅宗의 命에 따라 간행한 것이다. 年譜의 설명에 따르면, 宋時烈(尤庵, 1607～1689)의 删定을 거쳐 24篇으로 간행되었으며, 그 板刻은 1694년에 세워진 黔潭書院에 보관하였다고 한다. 그런데 이 本集에는 序・跋이 없어 문집의 간행 경위에 대한 더 이상의 자세한 내용을 알 수 없다. 본집의 체제는 문집의 일반적 체제와 달리 疏箚類를 처음에 그리고 詩를 맨 뒷부분에 배열하고 있는데, 전제 24권이다. 본집의 내용 중 일부는 중간본과 속집의 편찬 과정에서 빠져서 초간본에서만 볼 수 있는 경우도 있다.

初刊本 別集은 언제 어떤 경위로 간행되었는지 불분명하다. 年譜 1682

년 조목에는 모두 24편이라고 적고 있는데 이것은 本集의 篇數이어서, 본집이 간행될 때 別集이 함께 간행되지 않은 인상을 주고 있다. 그러나 구성내용이 本集의 내용과 함께 짝을 이루는 보완적 형태이고, 板刻도 本集과 동일한 유형인 것으로 보아 본집을 간행할 때 함께 기획되어 이 별집도 본집의 뒤를 이어 간행되었을 것으로 생각된다. 별집은 師友들과 학문적 토론을 주고받은 書信들을 모은 師友講論, 同春堂이 쓴 外舅 鄭經世(愚伏, 1563～1633)와 先考 宋爾昌(淸坐窩, 1561～1627)의 年譜, 文廟에 관한 獻議 1편, 그리고 同春堂에 대하여 쓴 遺事와 祭文類 등으로 구성되어 있다.

『同春堂集』이 초간된 이후 첫번째 보완은 同春堂의 年譜를 완성하는 작업이었다. 同春堂의 문인이었던 黃世禎(霽谷, 생몰년 미상), 權尙夏(遂庵, 1641～1721), 洪得禹(守拙齋, 1641～1700) 등이 주동하여 초고를 세책으로 완성하였는데, 宋時烈이 그 초고를 刪節하다가 다 못마치고 賜死당하였다. 이후 金昌協(農巖, 1651～1708)이 계속해서 교정을 보다가 그 역시 못마치고 별세하였으며, 결국 同春堂의 曾孫 堯佐가 4권 2책으로 완성하였다. 權尙夏는 서문을 썼다. 이 연보는 1720년 활자로 수백권 인쇄되어 간행되었다. 그뒤 1741년 同春堂의 曾孫 堯輔와 權尙夏의 從子 權爀이 협력하여 연보를 重刊하였는데, 이때 外曾孫 李縡(陶菴, 1680～1746)가 연보의 내용 일부를 수정하였고, 또 金昌翕(三淵, 1653～1722)의 글을 跋文으로 첨부하였다. 발문은 金昌翕이 同春堂의 연보를 읽고 나서 曾孫 堯佐에게 보낸 편지이다. 堯佐는 이 편지를 받고 나서 발문을 써줄 것을 김창흡에게 부탁하였는데, 김창흡이 쓰기 전에 별세하였고, 또 堯佐도 뒤이어 별세하였기 때문에 연보를 중간할 때 김창흡의 편지를 손질하여 발문으로 첨부한 것이다. 관련 내용은 중간본 연보 말미에 堯輔가 쓴 後記에 자세하다.

本集과 別集에 대한 重刊은 權尙夏, 外孫 閔鎭遠(丹巖, 1659～1720, 閔鎭厚(趾齋, 1664～1720) 형제, 曾孫 堯佐와 玄孫 明欽(1705～1768)

등의 주도로 1768년 興巖書院에서 이루어졌다. 이때 문집의 전체 체제를 대폭 개편하였는데, 초간본의 내용에 대하여 일부 增減하였다. 먼저 초간본 별집의 講論 부분, 先考의 연보 등을 本集에 포함시키고, 초간본 별집에 들어있던 鄭經世의 연보를 빼내어 鄭經世 집안에서 간행하도록 맡겼다. 그 대신 同春堂이 經筵에서 講論한 것을 모아 『經筵日記』 6卷 3册으로 편집하여 별집에 넣었고, 초간본에서 빠진 墓誌(宋時烈撰)와 祭文類를 1책의 附錄으로 묶어 별집에 포함시켰다. 따라서 중간본 별집은 經筵日記 6권과 附錄 2권으로서 초간본 별집과 전혀 판이하게 구성되었다. 중간본 본집 내용에서 새로 추가된 것들은 「請通問中朝箚」(疏箚), 「請調保聖躬啓」(啓辭), 「答林雨箕2」, 「答兪武中2」, 「答權正叔」, 「答金仲文」, 「與羅濟伯」, 「答成生」, 「答孫炳遠 · 炳翼」, 「與柳生」, 「答李子雨」(以上書), 「祭滄洲金公文」(祭文), 「朴僉知輓」, 「趙參奉輓」, 「梁察訪輓」(詩) 등이고, 이외에 기존의 편지들에서 增減이 있다. 別集에서도 權尙夏와 南宮垣(未詳)이 쓴 遺事가 새로 추가된 반면 기존 遺事의 내용을 일부 삭제하였다.

續集은 1928년에 간행되었다. 간행 주체는 명확치 않다. 閔丙承은 발문에서 重刊本 別集과 年譜가 널리 유포되지 못한 것을 유감으로 여겨 다시 續集을 더하여 전부 26책으로 간행하였다고 밝히고 있다. 續集凡例에 따르면, 1847년(憲宗 13)에 拾遺를 8권 4책으로 추가 편찬한 일이 있었다고 한다. 續集은 이 拾遺를 删正하여 근간으로 삼고 遺稿 草本 가운데 經禮와 時事에 관련된 것을 모아 편찬한 것이다. 年譜에는 1847년 기사가 없어서 拾遺의 편찬 경위를 알 수 없는 데다, 拾遺라는 명칭이 들어간 同春堂의 문집이 현재 고서목록에서 보이지 않아 그 내용을 알 수 없다. 續集의 구성은 1권부터 5권까지 이전의 본집과 별집에서 빠진 자료들을 모은 것이고, 6권부터 10권까지 年譜 부분이다. 중간본의 연보 내용이 1717년까지 기록되어 있었는데, 續集을 편찬할 때 1720년부터 1910년까지 관련 사항을 추가 기록하였다고 한다. 11～12권은 附錄으로 同春堂에 관해 언급한 자료나 또는 관련된 자료들을 추가하고 12권 말미에 門人錄을 싣고 있다. 續集에서 연보 이하 부분은 1981년에 成均館에서 번역되었는데, 이때 陳懷疏 2편이 추가되었다.

3. 생 애

宋浚吉은 字는 明甫, 본관은 恩津이다. 號는 同春, 堂號는 同春堂이고, 諡號는 文正이다. 그는 1606(宣祖 39)년 서울 貞陵洞 外家에서 태어나 1672(顯宗 13)년 懷德 자신의 서재인 同春堂에서 별세하였다. 부친 爾昌은 榮川郡守를 지냈고, 宋時烈의 부친 甲祚와 함께 雙淸堂 宋愉의 후손이다. 爾昌과 甲祚는 李潤慶(崇德齋, 1498～1562)의 外孫으로 서로 姨兄弟 사이가 된다. 어머니는 光山人 金殷輝의 딸이다. 金長生(沙溪, 1548～1631)은 同春堂에게 外堂叔이 된다. 宋爾昌과 金長生은 李珥(栗谷, 1536～1584)와 宋翼弼(龜峯, 1534～1599), 金繼輝(黃岡, 1526～1582) 문하에서 같이 수학하였으며, 매우 가깝게 지냈다. 또한 爾昌의 경제적 사정이 비교적 넉넉하여 상대적으로 어려웠던 송시열 집안이 도움을 받았던 것으로 보인다. 한 살 아래인 송시열은 어려서부터 宋爾昌에게 가서 배웠으며, 나중에 同春堂과 함께 金長生의 문하에서 수학하였다.

同春堂은 경제적으로나 학문적으로 매우 유복한 환경에서 자랐다. 同春堂의 冠禮에 金長生이 賓이 되고 金集(愼獨齋, 1574～1656)이 贊, 李時稷(竹牕, 1572～1637)이 儐이 될 정도였다. 18세 무렵(1623년)부터 金長生에게 나아가 수학하였고, 金長生이 별세한 후 金集을 스승과 붕우 사이의 지위로 대접하면서 학문적 교류를 계속하였다. 同春堂은 김장생 문하에서 畿湖學派에 속하는 여러 학자들과 교류하였으며, 朴知誠 문하에 속하였던 權諰, 金克亨 등과도 학문적으로 교류하였다. 同春堂은 또한 張顯光(旅軒, 1554～1637)과 鄭蘊(桐溪 1569～1641) 등을 방문하는 등 당시 산림세력들에 대하여 연계를 맺고 있다. 또 丈人이었지만 師弟 사이의 服을 할 정도로 鄭經世로부터도 일정한 영향을 받았다. 同春堂은 인격적으로나 학문적으로 李滉(退溪, 1501～1570)을 매우 존숭하였는데, 여기에는 정경세의 영향이 있었을 것으로 생각된다. 同春堂은 李滉의 학설을 정확히 이해하기 위해 愚伏에게 여러번 자문하였으며, 嶺南學派로부터 '退溪의 설을 버리고 栗谷의 설을 취한다(舍陶取栗)'고 공격당할 때에도 鄭經世의 견해를 논거로 삼아 반박하곤 하였다. 그리고 정경세의 연보와 행장을 同春堂 자신이 지었다.

同春堂은 金尙憲(淸陰, 1570～1652)과 그의 자손들, 그리고 閔維重(屯村, 1630～1687)을 비롯한 餘興閔氏 집안의 학자들과 학문적으로나 정치적으로 밀접하게 교류하여 老論세력을 형성하였다. 閔維重과 閔鼎重(老峯, 1628～1692)은 同春堂의 門人이었고, 閔維重의 아들 閔鎭遠과 閔鎭厚는 孫胥의 인척관계를 이루고 있다. 同春堂은 17세기 정파적 대립의 주요 원인이 된 禮訟에서 처음부터 끝까지 노론의 입장을 일관되게 견지하면서 許穆(眉叟, 1595～1682)과 尹鑴(白湖, 1617～1680), 尹善道(孤山, 1587～1671) 등 南人세력의 비판을 방어하는 이론적 대변가 역할을 하고 있다. 정치적으로 대립하였던 尹鑴와도 젊은 시절 교류하였으나 현재 전하는『同春堂集』에는 관련 내용이 전혀 수록되어 있지 않다. 단지 尹鑴의『白湖集』에 약간의 자료들이 발견될 뿐이다. 門人錄에 따르면, 同春堂의 문하에서 공부한 인물들로 閔鼎重, 閔維重 형제를 비롯하여 權尙夏, 黃世禎, 李選, 趙相愚, 宋尙敏, 李翔, 李喜朝 등등 17～18세기 기호학파의 주요학 학자들이 많다.

同春堂은 1624년(19세) 進士시험에 합격하였으나 1627년 부친상 뒤로 과거에 더 이상 응시하지 않았다. 그는 1633년(인조 11, 28세) 童蒙敎官에 임명되어 잠시 부임하였다가 같은 해 鄭經世가 별세하자 곧 귀향하고 1649년 효종의 즉위 때까지 학문활동에 전념하였다. 그는 1645년 昭顯世子의 喪을 당하여 元孫을 세울 것을 주장하는 疏를 올렸다가 鳳林大君에게 승계시키려는 인조의 의도와 어긋나 마찰을 빚기도 하였다. 1649년 효종이 즉위하자 山林들을 등용하였는데, 이때 동춘당도 進善으로 천거되었다. 그러나 동춘당은 이들 山林출신들과 함께 親淸派인 金自點 일파를 탄핵하였다가, 金自點측이 淸에 밀고함으로써 도리어 정치 일선에서 물러나게 된다.

동춘당은 1657년 進善으로 다시 經筵에 출입하면서부터 정치에 참여하였다. 이해 동춘당은 송시열과 함께 鄭介淸, 郭詩, 全彭齡 등을 비판하면서 鄭介淸의 祠宇를 철거할 것을 주장하였는데, 이 문제로 尹善道, 洪汝河 등과 대립하였다. 鄭介淸이 二程을 모독하였다는 비판은 金長生이 이미 제기하였던 것으로서 동춘당이 송시열과 함께 다시 주장한 것이었다. 2년 후인 1659년 孝宗의 喪을 당하자 同春堂은 宋時烈과 함께 喪事를 주관하였다. 이들은 孝宗의 山陵을 水源으로 정하려는 것에 대하여 군사적 전략지라고 반대하고 결국 健元陵에 정하게 하였다. 그러나 喪服에 관련하여 同春堂은 宋時烈과 함께『儀禮』에 근거하여 仁宣王后가 期年服을 해야 한다고 주장하였다가 尹善道를 비롯한 南人세력과 더욱 큰 정파적 갈등을 겪는다. 인선왕후의 복제는 鄭太和를 비롯한 조정 관료들의 조정으로『經國大典』의 규정에 근거하여 期年服으로 정해졌지만, 1년 뒤 小祥을 전후하여 尹善道, 許穆, 權諰 등이 兩宋의 관점을 비판하고 삼년설을 주장하면서, 그리고 이들의 견해에 대한 논거를 尹鑴가 지원함으로써 본격적인 禮訟으로 발전되었다. 그러나 尹善道의 疏가 내용의 정당성을 떠나 정치적으로 비난당함으로써, 그리고 許穆의 妾子說이 설득력을 잃음으로써 이른바 己亥禮訟에서 동춘당은 승자가 되었다. 이후 山林출신의 다른 관료들과 마찬가지로 進退를 거듭하지만, 同春堂은 대체로 만년에 이르기까지 꾸준히 정치에 참여하였다. 특히 顯宗代에 송시열이 소극적으로 정치에 참여하였던 것에 비하여 同春堂은 경연을 통해서 자신의 학문적 입장과 정치적 견해들을 꾸준히 제기할 뿐만 아니라, 현종에게 송시열을 등용하도록 강력히 권하기도 하였다.

1667년 許積(默齋, 1610～1680)이 淸에 들어가 顯宗에게 죄를 돌리고 벌금을 물고 돌아오자 諫臣들이 일제히 許積을 탄핵하였다가 도리어 현종으로부터 流配당하거나 下獄당하는 사태가 벌어졌다. 이에 대하여 동춘당은 諫臣들을 강력히 변호하였다. 이로부터 許積과 兩宋이 정치적으로 더욱 대립하게 되는 것으로 보인다. 동춘당은 1669년 죽기 얼마 전에도 다시 소를 올려 許積이 政權을 濫用하는 정치행태에 대하여 강력히 비판하였지만 현종에게 받아들여지지 않았고, 이내 이 문제에 대하여 유감을 품은 채 동춘당은 별세하고 만다. 송시열은 초기에는 許積을 비판하는 것에 대하여 소극적인 태도를 취하다가 이때 와서 강력히 비판하는 입장으로 돌아서는 것으로 보인다.

同春堂은 專著를 쓰지 않았지만, 16세기 조선성리학의 성과를 폭넓게 수용하여 17세기 기호학파의 학문적, 정치적 입장을 구축하는 과정에 적극적인 역할을 하였다. 그 주요한 학문적 활동은 대략 다음과 같다. 1634년 沙溪를 遯巖書院에 奉享할 때 그는 「享禮儀節」을 草定하였다. 1642년 『延平答問』을 교정하였다. 1646년 愚伏의 年譜를 지었고, 1648년에는 부친의 年譜를 지었다. 같은 해에 우암과 함께 『近思錄釋疑』를 교정하였다. 1650년 『喪禮備要』를 교정하고 우암과 함께 『栗谷年譜』를 교정하였다. 1653년 4월 鄕飮酒禮를 거행하였고, 愚伏의 『朱文酌海』에 跋文을 썼다. 같은 해 11월에 다시 『近思錄釋疑』를 교정하였다. 1656년 愼獨齋, 愚伏, 大谷 成運의 行狀을 짓고, 沙溪의 諡狀을 지었다. 1658년 世子의 명에 따라 송대 성리학자들의 格言과 퇴계와 율곡의 道統에 대한 해설을 정리하여 바쳤는데, 이를 병풍으로 만들어 궁실에 설치하였고 그 이후 대대로 전하게 되었다. 1662년 『沙溪遺稿』를 교정하였다. 1665년 『心經句讀』를 교정하여 바쳤다. 1666년 기존의 『小學諺解』를 교정할 것을 건의하고, 1667년 왕명에 따라 『小學諺解』를 교정하여 바쳤다. 1668년 洪錫이 짓고 尤庵과 同春堂 자신이 교정한 「太極節氣圖」를 바쳤다. 1669년 『語錄解』의 교정에 참여하고 跋文을 지어 바쳤다.

4. 性理說

同春堂은 조선에서 성리학이 道學의 측면에서 일반화된 것은 趙光祖 이후이며, 朱子의 성리학을 조선성리학의 근간으로 세운 것은 李滉과 李珥라고 이해한다. 同春堂은 학문적으로 이황을 가장 존중하였지만, 주요한 학설에 있어서는 항상 李珥의 입장을 기반으로 삼았다. 가령 四端七情과 理氣의 관계에 대하여 李珥의 입장을 지지하며 이황의 理發論을 비판한다. 同春堂은 李滉의 理氣互發說은 權近에게서부터 비롯된다고 본다. 그는 李滉이 이발론의 입장에서 格物과 物格의 관계를 설명하는 것에 대하여 반대하고, 格物의 '格'은 이치를 '탐구한다(窮)'는 측면에, 物格의 '格'은 이치에 '이른다(至)'는 측면에 의미의 중점이 주어진 것으로 이해한다. 그는 특히 이황이 理를 活物로 이해하는 논거로 삼았던 物格의 의미에 대하여 이치에 대한 탐구가 명확해져서 이치들의 궁극점에까지 이른 것을 함의한다고 주장한다. 同春堂은 또한 格物物格이 인식대상으로서의 理에 중점을 둔 기술이라면, 致知知至는 인식주관으로서의 心에 중점을 둔 기술로서 格物과 致知가 같은 의미이며, 物格과 知至가 같은 의미라고 설명한다. 그는 이로써 종래에 '物理之極處'에 대한 해석을 둘러싸고 제기된 견해 차이를 해소하고 있다.

주희 이후 元代의 사상계는 주희의 사상체계에 대하여 陸九淵(象山, 1139～1193)의 입장과 결합시켜서 해석하는 입장이 유행하고, 明代 이후에는 한걸음 더 나아가 陽明學이 사상계를 풍미하게 된다. 따라서 元代 이후 중국 학자들의 성리학 관련 저서들을 접하면서 조선의 사상계는 이러한 중국 사상계의 변화에 철학적으로 대응하지 않을 수 없게 된다. 조선의 성리학자들은 元代 이후의 저작들을 넘어 宋代의 학문적 유산들을 세밀히 분석하면서, 육왕과 주희의 이론적 차이뿐만 아니라, 주희와 二程 사이에 보이는 이론적 불일치를 포함한 성리학의 이론적 문제 전반에 대한 총체적 해명 작업을 진행하는데, 그런 이론적 반성은 16세기에 이르러 한층 심화되며, 유학의 본질에 대한 조선성리학의 독자적 해석체계가 제시되게 된다.

同春堂이 李滉과 李珥에 대하여 주희의 성리학을 조선성리학의 근간으로 세워 놓았다고 사상사적 지위를 자리매김한 것은 바로 이들이 유학의 본질에 대한 이론적 해명을 명확히 제시하였기 때문이며, 특히 陸九淵과 王守仁(陽明, 1472～1528)의 입장을 이론적으로 비판함으로써 조선성리학이 陸王學的 이론들에 경도되지 않은 채 주희의 철학적 입장에 기반한 독자적 성리학 이론을 수립할 수 있었기 때문이다. 同春堂은 당시 중국학자들이 陸王學에 빠져 있음을 지적하면서 조선성리학의 이론적 수준이 明・淸의 수준을 능가한다고 파악한다. 同春堂은 중국의 대표적 학자로서 薛瑄(敬軒, 1389～1464)을 들면서 설선의 『讀書錄』은 이황의 문집에 나타난 논의보다 못하다고 본다. 이러한 同春堂의 인식은 17세기 조선성리학자들이 明・淸의 학문적 상황에 대하여 사대적 인식에서 벗어나 성리학의 정통의 지위를 조선에 새롭게 부여하는 태도를 명확히 보여준다.

朱熹 이후 元・明代 학자들의 저작에 깃든 육왕적 요소들과 관련하여 조선 성리학자들에게 대표적으로 문제가 되었던 것은 程敏政(篁墩, 1445～?)의 『心經附注』였다. 程敏政은 眞德秀(西山, 1178～1235)의 『心經』에 주석을 새로 부가하면서 주희의 사상체계에 대한 자신의 해석을 반영시켰다. 정민정의 관점은 주희의 입장이 초기에는 육구연과 매우 달랐지만, 만년에 이르러 尊德性 공부를 중시하는 육구연의 입장을 받아들여 서로 사상적으로 일치하게 된다는 것이다. 16세기 李滉과 그의 동료들은 이러한 정민정의 입장을 성리학의 心性修養論에 대한 왜곡으로 간주하고 비판하는데, 『心經附注』의 주석체계를 개편할 것인가를 두고 견해 차이를 보인다. 黃俊良(錦溪, 1517～1563), 趙穆(月川, 1524～1606), 鄭逑(鄭逑, 1563～1633) 등은 새로운 주석서를 써야 한다는 입장에 서고, 그 중 鄭逑는 『心經發揮』를 통해 자신의 견해를 관철시킨다. 반면 李滉은 새로운 주석서를 쓰는 대신 『心經附注』에 내재된 정민정의 陸學的 해석들을 배제하면서

주석들의 의미를 더욱 명확하게 보완할 필요가 있다는 입장에 선다. 李滉은 이러한 취지에서 「心經後論」을 쓰고, 『心經附註』를 텍스트로 활용하면서 보완적 강의를 하였는데, 그의 강의 내용은 李咸亨(天山齋, 生沒年未詳)과 李德弘(艮齋, 1541～1596) 두 제자에 의해 『心經講錄』과 『心經質疑』로 정리되고, 孝宗代에 이르러 經筵의 교재로 활용되게 된다.

同春堂은 陸王學의 병폐가 道問學의 측면을 도외시하고 尊德性의 측면만 과도하게 강조하는 점에 있다고 지적한다. 同春堂은 『心經附注』에 깃든 程敏政의 陸學的 요소를 비판하는 방식에 대하여 이황이 「心經後論」에서 개진한 입장을 定論으로 간주한다. 同春堂의 이러한 생각은 朴世采, 宋時烈 등 畿湖學派 학자들의 공통적 견해이며, 17세기 이후 조선성리학의 일반적 입장이기도 하다. 同春堂은 『近思錄』의 전단계에서 『心經』을 읽어야 하며, 군주의 聖學工夫에도 매우 필요하다고 역설하고 있다. 이것은 독서 순서에 대하여 『小學』과 『家禮』를 읽은 다음, 『心經』과 『近思錄』을 읽고, 그 다음에 四書를 독서해야 한다는 金長生의 견해가 17세기에 독서의 일반적 순서로 정립돼가는 과정을 보여준다.

元・明代 새로운 학문적 조류뿐만 아니라, 주희와 이정 사이에 존재하는 이론상의 불일치도 조선 성리학자들에게 정합적인 성리학 이론을 구성하는 데 장애요소가 된다. 그 중 한 문제는 人心의 윤리적 성격에 대한 이해이다. 『尙書』 「大禹謨」의 人心道心章은 心學으로서 유학의 宗旨가 내포된 부분이라고 二程과 朱熹 모두 강조한 바다. 二程은 人心이 人欲 또는 私欲을 의미하며, 이 人心을 除去하고 道心을 보존하는 것이 수양론의 핵심 과제라고 설명한다. 그러나 주희는 人心을 人欲으로 설명하기도 하고 또 인간의 생리적 욕구로 설명하기도 해서 이정과 일치하지 않는다.

이에 대하여 同春堂은 주희의 견해가 초기와 후기의 변화를 겪는다고 본다. 동춘당은 주희가 초기에 二程의 주장에 따라 人心을 인욕으로 이해하는 입장을 취하였지만, 후기, 적어도 『中庸章句』를 완성하는 시점에 이르면 人心을 모든 인간이 가질 수밖에 없는 생리적 욕구로서 자연적인 요소라고 이해하며, 이 자연적 욕구를 기준에 맞지 않게 실현할 때만 人欲이 된다는 입장으로 변화했다고 해석한다. 그리고 이 후기의 입장이 朱熹의 定論이며, 성리학의 올바른 관점이라고 주장한다. 이 해석 방식은 李滉이 만년에 제기하였고 그리고 다시 李珥가 제시하였던 입장으로서, 17세기에 이르러 조선성리학의 일반적 定論으로 된다. 동춘은 이러한 입장에 입각하여 經筵에서 기회가 닿을 때마다 효종과 현종에게 강론하고 있다.

同春堂은 人心에 대한 새로운 이해를 바탕으로 誠意 개념을 재해석한다. 意는 심리적 의식이다. 이 심리적 의식은 도덕적 의식, 즉 道心으로 나타나기도 하고 또는 신체적 욕구에 대한 의식, 즉 人心으로 나타나기도 한다. 만일 二程의 관점에 따라 人心을 人欲이라고 간주하면, 意는 善한 道心과 惡한 人心의 두 가지로 구분되어 誠意 공부는 意識이 선한가 악한가 여부를 판가름하는 공부가 중점이 된다. 同春堂은 과거에 徐起가 이와 같은 주장을 하였음을 상기하면서, 意의 善惡을 먼저 문제 삼을 것이 아니라 무엇을 좋아하고 또는 꺼리는지 즉 意의 好惡를 살펴야 한다는 새로운 입장을 제시한다. 즉 신체적 욕구들을 포함한 의식들이 어떤 성향을 가지고 자신의 의식 속에 나타났는지를 살펴보아야 한다는 것이다. 同春堂은 한 걸음 나아가 신체적 욕구가 人欲으로 전락하는 것은 대부분 꺼리는 의식의 측면보다 좋아하는 의식의 측면에서 발생한다고 진단한다. 즉 욕구가 절도를 벗어나는 주된 원인은 욕구가 어떤 것을 탐닉하는 측면에서 발생하기 때문에 誠意의 주된 공부는 자신의 의식이 무엇을 탐닉하는지 또는 꺼리는지를 살피면서 그 好惡를 절도에 맞게 조절하는 것이 먼저 필요하다고 본다. 同春堂의 이러한 입장은 조선성리학이 人心에 대한 새로운 이해를 바탕으로 誠意 공부에 대한 이론적 성찰을 한층 진전시키는 모습을 보여준다.

5. 禮　論

성리학의 이념을 현실에서 실현하는 구체적 장치는 바로 각종의 禮制들이다.『朱文公家禮』와『儀禮經傳通解』는 송대 성리학이 제시한 대표적 모델이지만, 이들 규정들에 포섭되지 않는 다양한 상황들, 이들 규정과 三禮에 기술된 이른바 古禮 규정과의 차이, 그리고 조선의 전통적 時俗들과의 괴리들은 조선 성리학자들이 禮制를 실행하면서 부딪치는 현실적 문제들이었다. 더욱이『家禮』자체가 朱熹의 定論이 아닌 初年說로 간주되었고,『儀禮經傳通解』도 가장 문제가 많은 喪禮 부분은 朱熹가 아닌 黃榦(勉齋, 1152～1221)과 楊復(信齋, 朱熹에게 배운 적이 있으며 黃榦과 교유함)에 의해 미흡하게 보완된 것이어서 모두 완결된 규정들로 받아들일 수 없었기 때문에 조선의 현실에 맞는 적절한 禮制를 수립하는 것이 조선 성리학자들에게 주요한 과제 중 하나였다.

同春堂은 禮學에 대한 專著를 남기지 않았지만, 金長生과 金集의 정비작업에 함께 참여하였고,『喪禮備要』에 대한 교정을 통해 기호학파의 이론적 작업을 완결시키고 있다. 金長生과 金集 父子에 의해 정비되는『喪禮備要』와『家禮輯覽』은 예제를 실행하면서 부딪치는 현실적 문제들을 해결하는 조선성리학의 모델이라는 점뿐만 아니라, 송대 성리학이 미비하게 남겨놓았던 禮學 부분을 보완함으로써 성리학의 이론체계를 완비한다는 상징적 의미를 갖는다. 이 두 저서는 이후 禮制에 대한 조선성리학의 대표적 해석체계로 자리잡는다.

禮制를 실행하는 과정에서 가장 많은 문제를 야기한 부분은 喪禮다. 家禮의 차원에서만 아니라 국가 전례에서도 喪禮는 전근대 시기 내내 집권자의 喪이 발생할 때마다 다양한 파장을 일으키곤 하였다. 同春堂은 효종의 상을 당해 상의 절차와 상복 등에 관해 자문하면서,『國祖五禮儀』에 규정된 내용이 古禮에 합당하지 않다고 보고 보완 또는 개정할 것을 주장하였다. 그는 특히 孝宗의 小祥에 즈음하여 「練服改變議」를 통해 당시 왕실에서 小祥때와 그 이후에 입는 喪服이 古禮와 맞지 않기 때문에 고쳐야 한다고 주장하였는데, 그의 견해가 받아들여져 시행되었다.

동춘당은 송시열과 함께 宗廟 제도에 관해서도 기회가 있을 때마다 개선 사항을 건의하고 또 그 儀禮의 형식을 제시, 정립하고 있다. 그는 1661년 7월 효종의 신주를 宗廟로 옮길 때 永寧殿에도 展謁하기를 청하는 箚子를 올려 顯宗이 永寧殿에서도 望廟의 禮를 거행하도록 했다. 또한 송시열과 함께 神德王后 姜氏의 陵을 복구하고 太祖廟에 配享할 것을 주장하여 성사시켰다. 일찍이 神德王后가 太祖廟에 祔廟하지 못하게 되자 兩宋의 선조 宋愉는 관직을 그만두었다고 한다. 그리고 이 사안은 宣祖代에 三司에서 여러차례 강력히 건의한 바 있었지만 받아들여지지 않았는데, 이때 와서 兩宋의 건의로 비로소 실현된 것이다. 동춘당은 이 일을 성사시킨 후 '神德王后祔廟時題主及權安處所諡册追補議'를 올려 그 儀禮 형식을 제시하였다. 동춘당은 穆祖(太祖의 高祖)를 宗廟에 奉享해야 한다는 宋時烈의 주장을 송대 朱熹가 僖祖의 遞遷을 반대한 것과 결부시켜 지지하였는데 그 견해는 받아들여지지 않았다. 동춘당은 또한 入承大統한 경우 親父를 追尊하는 것에 대하여 반대하였는데 이것은 金長生이래 기호학파의 공통적 입장이다.

17세기 孝宗과 顯宗의 喪에 莊烈王后 趙氏가 어떤 喪服을 해야 하는가를 둘러싸고 西人과 南人 사이에 대대적인 논쟁이 전개되었을 때 同春堂은 西人측의 이론적 입장을 송시열과 함께 대변하였다. 동춘당은 昭顯世子의 喪을 당해 이미 仁祖에게 長子에 대한 三年服을 해야 한다고 건의한 바 있었다. 따라서 그는 효종의 상에 대하여 仁祖의 繼妃인 莊烈王后는 당연히 期年服을 해야 한다고 주장하였다. 그리고 그에 대한 古禮의 논거로서 『儀禮』 「喪服 · 斬衰」의 長子服 규정에 대한 賈公彥의 疏에서 제시된 이른바 四種說에 근거하여 효종은 아들로서 계승하였지만 적장자가 아니기 때문에 四種說 중 '體而不正'의 경우에 해당한다고 지적하였다. 송시열과 동춘당의 이 주장은 윤휴에 의해 반박당하고 이어 尹善道, 許穆, 權諰 등에 의하여 공개적으로 비판되었다. 이들은 兩宋이 君主의 服制를 일반 士大夫의 家禮와 동일시하였으며, 종통 계승에서 孝宗의 정통성을 부정하는 것이라고 반대하였다. 특히 尹鑴와 尹善道는 후자의 측면에서 兩宋을 정치적으로 공격하였는데 이 때문에 甲寅禮訟에서 노론이 失脚하고 또 송시열이 賜死당하는 결과를 초래하였다. 그러나 庚申換局이후 노론이 정권을 장악하면서 兩宋의 견해가 일반적으로 긍정되었다.

6. 경세론

동춘당의 시국인식은 당시 송시열을 비롯한 山林들 일반의 견해와 같은 입장이다. 즉 復讐雪恥를 위하여 內修에 전념해야 하고, 그러기 위해서는 백성들의 생활을 먼저 안정시킨 기반 위에서 군사력을 강화해야 한다는, 이른바 '先養民, 後養兵'의 노선이다. 동춘당은 당시 거듭되는 자연재해로 백성들의 생활상태가 매우 곤경에 처해 있음을 강조하면서 養民政策을 우선적으로 취할 것을 주장한다. 동춘당이 주장하는 정책내용은 세가지 측면에서 살펴볼 수 있다. 그것은 백성의 조세와 국방에 대한 부담을 경감시켜야 한다는 것, 왕실의 사적인 재정확대를 방지해야 한다는 것, 법제를 완화해야 한다는 것 등이다.

동춘당은 백성들의 조세부담을 줄이기 위해 大同法을 확대실시할 것을 주장한다. 그는 특히 大同法의 목적이 조세수입의 증가에 있는 것이 아니라 백성들의 불편을 덜어주는 것에 있어야 한다고 지적하면서, 조세수익만을 늘리는 데 급급하는 정책을 비판한다. 또한 그는 거두어들인 大同米를 荒政비용으로 轉用할 것과 社倉制를 적극 활용할 것을 제안하고 있다. 軍役에 대하여 동춘은 당시 軍布의 수취와 充軍 과정에서 자행되는 폐단들을 없앨 것을 주장하고, 특히 水軍의 과중한 부담을 개선해야 한다고 강력히 건의하였다. 동춘당은 또한 量田사업을 시행한 후 백성들을 일정 단위로 편제하여 통제하는 保伍法의 시행이 필요하다고 건의하고 있다. 그러나 백성들의 軍布에 대한 부담을 경감시키기 위하여 일정한 신분 이하의 양반들에게서도 軍布를 징수하는 방안에 대해서는 그 실현가능성에 대하여 다소 회의적 태도를 보이기도 한다.

기호학파 출신의 다른 산림들과 마찬가지로 동춘당도 왕실이 사적으로 재산을 증식하는 것을 맹렬히 비판하고 있다. 그는 內需司가 그 폐단의 창구노릇을 하고 있다고 지적하고 있다. 동춘당 역시 초기에는 송시열처럼 내수사를 없앨 것을 강력히 주장하였지만, 후기에 이를수록 운영방식의 개선을 요구하는 입장으로 바뀐다. 그는 內需奴婢에 대하여 復戶조치를 취한 것에 대하여 부당하다고 비판하고, 公主를 비롯한 宮家에서 陳地와 漁場 등을 임의로 折受하는 등등 민간의 경제를 불법적으로 침탈하는 폐단을 강력히 금할 것을 건의하고 있다. 아울러 내수사의 재정을 荒政을 위한 비용으로 轉用할 것과, 宮家의 재산을『經國大典』에서 규정에 따라 大君과 公主는 180結, 王子와 翁主는 100結로 제한할 것을 주장하였다.

同春堂은 백성을 각박하게 통제하는 법제를 완화시켜야 한다고 주장한다. 그는 洪貴達(虛白堂, 1438～1504)이 改嫁한 집안의 자손들에 대하여 관직을 등용시키지 말자고 건의한 이래 惡習으로 굳어졌음을 지적하면서, 어린 나이에 시집가서 평생 수절시키는 것은 왕도정치의 이념과 어긋난다고 말한다. 그는 효종에게 유가의 법제 이념은 법제를 관대하게 만들고 도덕을 숭상하여 백성들이 자발적으로 바른 도리에 따르게 하는 것이지, 각박한 법규를 통해 강제적으로 백성들을 따르게 하는 방식이 아님을 주지시키고 있다. 이와 함께 동춘당은 賤民자손의 경우 母系의 신분을 따르도록 함으로써 良人의 數가 줄어드는 것을 막자는 이른바 奴婢從母法(동춘당은 良人從母法이라고 말함)의 시행을 건의한다. 그러나 이 견해는 家父長制에 기반한 유학의 종법원리에 어긋난다는 비판에 밀려나고 만다.

이러한 정책들과 함께 동춘당이 시종 강조한 것은 經筵의 중요성이다.

동춘은 경연을 회피하는 顯宗에게 世宗代를 사례로 들면서 경연을 자주 열도록 촉구하였는데, 이러한 주장은 民情을 전달할 수 있는 言路를 확대해야 한다는 입장에서 비롯한 것이었지만 동시에 山林의 정치적 참여를 위한 기반을 확고히 하려는 입장이 함께 결부되어 있다고 할 수 있다.

7. 맺음말

이상에서 살펴본 동춘당의 철학적, 정치적 활동의 근본 입장은 李珥와 金長生으로 이어지는 기호학파의 근본 입장을 적극적으로 계승하는 것이다. 동춘당의 학문과 실천은 송시열을 비롯하여 17세기 畿湖學派가 조선성리학을 이론적으로 심화시키고 또한 현실에서 그 이념을 실현하기 위해 노력하였던 노선의 전형이라고 말할 수 있다. 또한 鄭經世를 통하여 동춘당은 학문적으로 李滉의 성과들을 수용하여 기호학파의 학문적 폭을 넓혀주는 데 일정한 기여를 하였다고 할 수 있다.

3. 동춘당 연보(초록)

1세 (선조 39 : 1606, 병오)

선조 대왕 39년 12월 28일, 진시에 선생이 서울 정릉동 우사(寓舍)에서 태어났다. 바로 김계휘(외종조)의 옛집이었는데, 김장생 김집이 다 이 집에서 태어났다.

이 때에 부친 청좌공(淸坐公 : 아버지 송이창)이 벼슬로 서울에 있었는데 이웃 사람의 꿈에 어떤 사람이 산구(產具)를 가지고 와서 말하기를, "나는 하늘 사람인데, 금일에 송모(宋某)가 아들을 낳을 것이니 갖다 주려고 왔다"고 하였다.

2세 (선조 40 : 1607, 정미)

부친 송이창의 진안 임소에 있었다.

3세 (선조 41 : 1608, 무신)

송이창이 친상을 당하여 송촌으로 따라 돌아왔다.

4세 (광해군 원년 : 1609, 기유)

송시열이 송준길의 묘지(墓誌)를 찬하여 이르기를, "선생이 앎이 있는 나이로부터 장자(長者)의 말씀을 경신(敬信)하여 장자를 보면 반드시 얼굴을 가다듬고 무릎 꿇고 앉았고 청좌공이 일찍이 집안을 소제하실 때 공을 상석에 앉히니 공이 움츠리며 피하였다"고 하였다.

5세 (광해군 2 : 1610, 경술)
겨울에 부친의 신령 임소에 있었다.

9세 (광해군 6 : 1614, 갑인)
독서하기 시작했다. 송갑조(송시열의 父)가 송시열을 보내와서 함께 배우게 되었다.

11세 (광해군 8 : 1616, 병진)
사실(私室)에서 공부하는 것 외에는 일찍이 부모 곁을 떠나지 않고 어두워지면 반드시 부모가 취침하기를 기다려 이에 물러났다.

13세 (광해군 10 : 1618, 무오)
독서를 밤낮으로 지나치게 하니 부친은 송준길이 병이 생길까 염려하여 항상 슬하에 불러놓고 혹 장기를 두게 하여 아들을 쉬게 하려 했으나 결국 송준길은 마음에 두지 않았다.

15세 (광해군 12 : 1620, 경신)
2월에 관례를 하였다. 스승 김장생이 친히 오셔서 관을 씌워주시고 김집이 찬(贊)을 하였으며, 이시직이 빈(儐)을 하였다.

16세 (광해군 13 : 1621, 신유)
2월 병진일에 김부인(어머니)의 상(喪)을 당하였다.

17세 (광해군 14 : 1622, 임술)
4월에 담사(禫祀)를 지냈다.

18세 (인조원년 : 1623, 계해)
5월에 김장생 문하에 들어가서 수학하였다.

10월에 진주정씨(우복 정경세의 녀)와 혼인하였다.

19세 (인조 2 : 1624, 갑자)

8월에 생원진사 회시(會試)에 합격하였다.

20세 (인조 3 : 1625, 을축)

여름에 별시 초시에 합격하였다. 아들 광식(光栻)이 출생하였다.

22세 (인조 5 : 1627, 정묘)

5월에 부친 송이창이 세상을 떠났다.

8월에 공주 사한리(지금의 대전시 동구 이사동)에 장례를 지냈다. 우복 정경세가 와서 조문하였다.

23세 (인조 6 : 1628, 무진)

부친의 묘갈을 썼다. 행장은 김장생에게, 묘갈문은 김상헌에게 청하였다.

24세 (인조 7 : 1629, 기사)

6월 스승 김장생을 찾아 뵈었다.

7월 담제(禫祭)를 지냈다.

9월 네제(禰祭 : 아버지 사당에 드리는 제사)를 지냈다.

25세 (인조 8 : 1630, 경오)

3월에 익위사 세마에 제수되었으나 나가지 않았다.

26세 (인조 9 : 1631, 신미)

8월에 스승 김장생을 곡하고 10월에 제문을 지어 제(祭)를 지내고 인하여 회장(會葬)하였다. 송시열이 말하기를, "이 때 회장한 사람이 1천여 명이었는데 홀로 선생을 추천하여 신주를 짓게 하였다"고 하였다.

27세 (인조 10 : 1632, 임신)

봄에 상주에 가서 문장공(장인 정경세)을 배알하였다.

겨울에 내시교관에 제수되었으나 부임하지 않았다.

28세 (인조 11 : 1633, 계유)

5월에 동몽교관에 제수되었다.

6월에 정경세(장인)의 부음에 위를 설치하고 그곳을 향하여 곡하였으며, 제자의 복(服)을 입었다. 관직을 사임하고 고향으로 돌아왔다.

8월에 정경세에게 곡전(哭奠)을 올리고 회장하였다.

10월에 송시열이 서울로 들어가는데 전송하였다.

29세 (인조 12 : 1634, 갑술)

3월에 상주에 가서 문장공(文莊公) 부인(장모)을 뵈었다. 창석 이준과 더불어 도남서원(道南書院)을 찾기 위해 낙동강에 배를 띄웠다.

4월에 송시열과 더불어 선산(善山)으로부터 인동(仁同)에 가서 여헌 장현광(旅軒 張顯光)을 심방하고 야은 길재의 묘와 사우를 배알하고 읍호정으로 돌아왔다. 송시열과 더불어 연산에 갔다.

6월에 상주 매호(현 경북 상주시 외서면 우산리. 처가인 정경세의 집이 있다)로 향하였다. 어린 나이에 죽은 딸을 회덕으로 데려와 묻었다.

8월에 스승 김집이 방문하였다.

30세 (인조 13 : 1635, 을해)

1월 1일에 자경어(自警語)를 썼다. 정경식에게 답하여 이황・이이의 이기설을 논하였다.

4월에 가족을 데리고 상경하였다.

10월에 익위사시직에 제수되었으나 나가지 않았다. 김상헌을 뵈었다.

12월에 인열왕후(인조의 왕비)가 승하하여 곡반(哭班 : 국상 때 곡하는 벼슬아치의 반열)에 나갔다.

31세 (인조 14 : 1636, 병자)

2월에 상자(殤子 : 어린 나이에 죽은 아들)를 곡하였다.

3월에 고향으로 돌아왔다.

6월에 대군사부를 제수받고, 특별히 예산현감에 제수되었으나 부임하지 않았다.

11월에 김집이 방문하였다.

12월에 금노(金虜 : 淸)가 쳐들어 와서 대가(大駕)가 남한산성으로 떠났다. 가묘를 모시고 사한리로 들어갔다.

32세 (인조 15 : 1637, 정축)

1월에 영남으로 향하여 안음(경남 함양군 안의면) 노계촌에 우거하였다.

2월에 영승촌(경남 거창군 마리면 영승리)으로 옮기고 또 원학동으로 옮겼다.

8월에 동계 정온을 방문하고 거창현 동쪽의 천석(泉石)을 탐방하였다.

33세 (인조 16 : 1638, 무인)

1월에 사한리로 돌아왔다. 이시직에 곡전(哭奠)하였다.

4월에 아들을 보내어 송시열에게 배우도록 하였다.

8월에 아들을 보내어 김집에게 배우도록 하였다.

34세 (인조 17 : 1639, 기묘)

2월에 제생(諸生)과 더불어 비래암에서 모여 강학하였다.

9월에 형조좌랑에 제수되었으나 나가지 않았다.

35세 (인조 18 : 1640, 경진)
8월에 스승 김집이 방문하였다.

36세 (인조 19 : 1641, 신사)
1월에 아들을 보내어 스승 김장생에게 전(奠)을 올리게 하였다. 충절사(忠節祠)의 건립을 논의하였다.
겨울에 김장생의 묘와 사우를 참배하고 김집과 더불어 회견하였다.

37세 (인조 20 : 1642, 임오)
연평답문(延平答問)을 교정하였다.

38세 (인조 21 : 1643, 계미)
1월에 사헌부지평에 제수되었는데 사양하여 면직되었다.
2월에 사당과 정침 및 동춘당을 건립하였다.
6월에 월당 강석기의 부음이 와서 자리를 베풀고 곡하였다.
7월에 한성부 판관에 제수되었으나 나가지 않았다.

39세 (인조 22 : 1644, 갑신)
6월에 황제의 부음을 듣고 비래암에 올라가서 소리를 내어 곡하였다.
11월에 지평에 제수되었는데 사체하였다.

40세 (인조 23 : 1645, 을유)
5월에 소현세자가 승하하였다는 소식을 듣고 관아의 뜰로 가서 소리를 내어 곡하였다.
이미 4월에 지평에 제수되었으나 상소하여 사양하고, 인하여 이때 원손의 위호(位號)를 일찍 정할 것과 김상헌을 불러 원손 보부(保傅)의 책임을 맡기실 것, 그리고 요사한 한의인 형익을 조속히 처벌하여 그들로 하여금 병

관리를 못하게 하며, 또 예관에게 명하여 세자의 복제를 정하도록 청하였으나 비답이 없었다.

송유의 행장을 지었다.

41세 (인조 24 : 1646, 병술)

3월에 장인 정경세의 연보 초안을 만들었다.

5월에 송시열이 와서 만나 주역을 강론하였다.

42세 (인조 25 : 1647, 정해)

송시열과 더불어 비래암에서 제생(諸生)을 모아 강론하였다.

43세 (인조 26 : 1648, 무자)

1월에 장녀의 관사(館舍)를 마련하고 친영(親迎)의 예를 행하였다.

5월에 아버지 송이창의 연보 초안을 만들었다. 송시열과 더불어 『근사록석의(近思錄釋疑)』를 교정하였다.

9월에 시남 유계가 와서 만나 송시열 및 제공(諸公)과 더불어 비래암에 모였다.

44세 (인조 27 : 1649, 기축)

1월에 김집이 내방하였다.

5월 병인일에 인조대왕이 승하하여 관아의 뜰에 가서 소리를 내어 곡하였다. 임신일에 특별히 부르는 유지(諭旨)가 있었다.

6월에 부사직(副司直)에 제수되었다. 현령과 도백을 통하여 병으로 제명(除命)을 받지 못함을 올리니 본도에 특명을 내려 약물을 급여하였다. 시강원 진선을 제수하니 소를 올리고 대죄(待罪)하였다.

8월 임인일에 길을 떠나 임자일에 서울에 도착하여 어전에 사은숙배(謝恩肅拜)하였다. 사헌부 장령을 제수하고 쌀과 찬을 하사하였으나 소를 올려 사양하였다.

9월에 사헌부 집의로 승진하였다. 김자점을 귀양 보낼 것을 청하였으며, 이시만 등의 사판(仕版)을 삭탈하고 이행진 등을 파직하여 서용(敍用)하지 않을 것을 청하였다. 현궁봉폐관(玄宮封閉官)으로 능소에 나갔다. 모화관장전(慕華館帳殿)에 복명(復命)하였다. 상소하여 면직을 청하였으나 윤허하지 않았다.

10월에 의자(衣資)와 모엄(帽掩)을 하사하였다. 인혐(引嫌)으로 파면하기를 원했으나 특별한 비답을 내리고 윤허하지 않았다. 상소하여 물러가기를 원하고 겸하여 의자와 모엄을 사양하니 윤허하지 않았다. 포저 조익이 차자를 올려 유임하기를 청하였다. 세 번 말미를 주기를 청하였다. 통정 벼슬에 오르게 하고 경연참찬관을 제수하였다가 이내 개정하였다.

11월에 벼슬을 호군(護軍)에 붙이니 상소하여 물러가기를 청하였으나 윤허하지 않았다. 집의를 제수하니 상소하여 사직하고 성지(聖志)를 세우고 도통을 전하며 기강을 개정하고 백성을 소생시키는 것을 진주(陳奏)하였다. 임금이 가납하니 대신이, 이 상소 한 통을 써서 좌우에 두고 조석으로 살펴 보시기를 청하였다. 진선을 제수하였는데 재차 상소하여 사직하니 윤허하였다.

45세 (효종원년 : 1650, 경인)

1월에 진선을 제수하니 상소하여 사직하고, 재변을 만나서 몸을 닦고 자성하는 도리를 겸하여 고하였다.

5월에 인조대왕 연일(練日)에 관아의 뜰에서 궁을 바라보고 곡하였다. 약물을 명하여 주시어 소를 올리고 대죄(待罪)하였다.

7월에 특별한 유지를 내려 불렀다. 진선을 제수하였으나 소를 올려 사직하였다.

9월에 송시열을 진잠에서 방문하였다.

10월에 돈암서원에 나아가 알현하고 김집선생과 더불어 회견하였다.

11월에 사산분암(沙山墳庵)에 있으면서 『상례비요(喪禮備要)』를 교정하였다. 송시열과 더불어 「율곡연보(栗谷年譜)」를 교정하였다.

46세 (효종 2 : 1651, 신묘)

5월에 인조대왕의 대상(大祥)에 관아의 뜰에서 바라보고 곡하였다.

9월에 광주(廣州)에서 가서 사위 나명좌의 묘에 곡하였다. 진선에 제수되어 상소하여 사양하였으나 윤허하지 않았다.

12월에 만기가 되어 체직하였다.

47세 (효종 3 : 1652, 임진)

4월에 송시열과 더불어 숭현서원에 모였다.

5월에 진선에 제수되었으나 소장(疏狀)을 올려 체직하였다.

7월에 김상헌의 부음에 이르러 자리를 베풀고 곡하였다.

8월에 김장생의 기제사에 참례하였다.

11월에 식물을 명하여 하사하였으나 소를 올려 사양하였다.

48세 (효종 4 : 1653, 계사)

1월에 집의에 제수되었으나 소를 올려 사양하였다.

3월에 송유의 묘소에 묘갈을 세웠다.

4월에 학도들과 향음주례(鄕飮酒禮)를 행하였다.

5월에 송애 김경여를 곡하였다. 「주문작해(朱文酌海)」의 발문을 지었다.

6월에 선조비 유씨 정문(先祖妣 柳氏 旌門)을 세우고 인하여 종족회를 하였다.

11월에 송시열과 더불어 『근사록석의(近思錄釋疑)』를 재교하였다.

12월에 사도사 정(司導寺 正)에 제수되었으나 이내 체직하였다.

49세 (효종 5 : 1654, 갑오)

3월에 충암 김정 묘에 참배하였다.

50세 (효종 6 : 1655, 을미)

3월에 보은에 가서 송시열 대부인(곽씨부인) 상을 조문하였다. 포저 조익의 부음에 자리를 베풀고 곡하였다. 이후원이 방문하였다.

5월에 『의례경전』을 특별히 하사하니 소를 올려 사례하였다.

7월에 정부인(鄭夫人)이 별세하였다.

8월에 낙정 조석윤의 부음에 자리를 베풀고 곡하였다.

10월에 정부인의 장례를 지냈다. 집의를 제수하고 바로 통정대부 승정원 동부승지에 승직(陞職)하였으나 상소하여 사양하였다.

51세 (효종 7 : 1656, 병신)

1월에 시강원 찬선에 제수되었으나 상소를 올려 사양하였다.

2월에 이조참의를 제수하고 인하여 찬선을 겸직하게 하니 소를 올려 사양하였다. 재소하였으나 윤허하지 않았다. 송갑조의 묘를 이장하는 데에 가 보았다. 스승 김집을 배알하였다.

5월에 재상소하여 찬선을 사양하였다. 김집을 문병하였다. 윤 5월에 스승 김집이 돌아가시어 가서 곡하였다. 송시열과 더불어 가마(加麻) 3월복을 입었다.

7월에 스승 김집의 행장을 지었다. 임금이 특별히 유지를 내려 급히 불렀다. 소를 올려 사직하고자 하니 윤허하지 않았다.

8월에 글을 지어 김집의 제사를 지내고 인하여 회장하였다. 정경세의 행장을 지었다.

9월에 소를 올려 소명(召命)을 거듭 사양하고 인해 하늘을 섬기고 재앙을 해결하는 길을 아뢰었다. 대곡 성운의 행장을 찬하였다. 스승 김장생의 시장(諡狀)을 지었다.

12월에 창주 김익희가 별세했다는 소식을 듣고 곡하였다.

52세 (효종 8 : 1657, 정유)

3월에 중봉 조헌의 묘에 참배하였다.

4월에 이조참의에 제수되었으나 사양하였다. 사치(辭褫)하였다.

5월에 상소하여 김장생의 시호를 논하였다.

6월에 특별히 찬선을 제수하고 특별한 유지로 불러 곧 가마를 타고 올라오게 하였다. 상소하여 사양하였으나 윤허하지 않았다.

8월에 서울로 가는 길을 떠났다. 도중에 이조참의에 제수하고 고기를 대주고 조를 대주라는 명이 있었다. 특명으로 찬선에 제수하고 인견하니 임금이 술을 하사었다. 담비 털로 만든 모자를 하사하여 쓰고 입시하라고 명하고, 왕세자를 접견할 때에 서로 읍하는 명이 있었다.

10월 차(箚)를 올려 중조(中朝)에 통문(通問)하기를 청하였다. 성삼문 · 박팽년을 위하여 사당을 세우기를 청하였다.

12월 사단(辭單)을 올려 향리로 돌아가서, 산소를 옮겨 장사를 다시 지낼 일을 청하니 윤허하지 않았다. 시절의 음식과 땔감을 하사하라고 명하였다.

53세 (효종 9 : 1658, 무술)

1월에 상소하여 광주(廣州) 선산에 성묘를 원하니, 성을 나갈 때 사관을 보내어 속히 돌아오라고 유시하였다. 옥당 제관들이 입대하여 머물기를 청하였다. 묘 아래에 이르러 상소하여 고향으로 돌아가기를 원하였으나 윤허하지 않았다. 조정으로 돌아왔다.

2월에 휴가를 내려 주고 선영의 묘에 흙을 북돋우도록 하였다. 문학 김익렴이 상소하여 머물기를 청하였다. 배사(拜辭)하니 만나보고 술을 베풀고 담비털로 만든 갖옷과 약물을 하사하였다.

3월에 도신(道臣)에게 명하여 식물을 보내고 현관(縣官)으로 안부하도록 하였다.

4월에 특별히 가선대부 호조참판으로 승진시켜서 제수하였다. 상소하여 사양하였으나 윤허하지 않았다. 재차 소를 올려 체직되었다.

7월 임금의 건강이 편하지 못함을 듣고 신유일에 성으로 들어왔다.

9월 특명으로 인견하였다. 사헌부 대사헌에 제수되었다.

10월에 각부에 사친(事親), 경장(敬長), 원죄(遠罪), 천선(遷善)하는 도리를 통유(通諭)하였다. 이조참판에 제수되었으나 재차 상소하여 사양하였으나 윤허하지 않았다.

11월에 백록 신응시가 옛날에 살던 곳인 대은암(大隱巖)을 찾아 갔다.

12월에 성균관 좨주를 특별히 겸하게 하니 소를 올려 사양하였으나 윤허하지 않았다. 대사헌에 제수되었다. 제생을 태학에 모으고 『대학』을 통독하였다. 각도의 감사로 하여금 환과고독(鰥寡孤獨 : 늙은 홀아비와 과부, 그리고 고아와, 자식이 없는 노인들)을 구제하기를 청하였다.

54세 (효종 10 : 1659, 기해)

1월에 감귤을 하사하고, 태학에서 선비를 시험 보이는 데 참여하였다. 태학에 임금이 서적을 내려서 뭇뭇이 나누어 여러군데로 주기를 청하니 좇았다.

3월에 특별한 유지로 병조판서로 올려 벼슬을 주었으나 상소하여 사양하였다. 경옥고를 하사하고 병을 물었다.

4월에 대사헌 우참찬에 제수되었으나 상소하여 사양하였다.

5월에 임금이 침을 맞은 뒤 양송(兩宋 : 송준길, 송시열)을 불렀으나 이내 승하하였다. 주자가 정한 군신복제(君臣服制)를 행하기를 청하고 대왕대비 복제의(服制議)를 올렸다. 병인일에 소렴에 입참하였다. 무진일에 대렴에 입참하였다.

6월에 대사헌에 제수되었으나 상소하여 사양하였다. 어의 유후성 등을 죽이고 약방의 세 제조를 차례로 논죄하기를 청하였다. 차자(箚子 : 간단한 서식의 상소문)를 올려 수원의 산릉 공사를 정지할 것을 청하니 좇으시었다.

이조판서에 제수되었다.

7월에 임금을 뵙기를 청하여 산릉의 일을 말하니 이에 좇았다. 시책(諡册)을 쓰라고 명하였다. 도목정(都目政 : 해마다 6월,12월에 행하는 관료들의 근무 성적 평가)을 행하게 하였다.

10월에 대왕대비 만장(挽章)을 지어 올렸다. 이후원의 편지에 답하여 대행대왕의 시호를 논하였다.

12월에 송시열이 남쪽으로 돌아가는 길을 전별했다. 정헌에 올라 해직을 원하였으나 윤허하지 않았다. 도목정을 행하였다.

55세 (현종원년 : 1660, 경자)

3월에 우참찬에 제수되었다. 차자를 올려 대왕대비 복제를 논하였다. 연복 변개의(練服 變改議)를 드렸다.

4월에 윤선도가 소를 올려 구무(構誣)함으로 서호(西湖)로 나갔다. 도승지를 보내 유지(諭旨)를 전하였다.

5월에 효종대왕의 기년 제사일에 관아의 뜰에 가서 대궐을 향하여 곡하고 의복을 바꿔입었다.

6월에 대사헌에 제수되었다. 흉년을 구하는 의논을 드렸다.

12월에 하인을 보내어 안부를 묻고 의물(衣物)과 약이(藥餌)를 하사하였다. 이조판서에 제수되었다.

56세 (현종 2 : 1661, 신축)

1월에 우참찬에 제수되었다.

3월에 태학에 들어가 제생을 모아 놓고 통독을 하였다.

4월에 조경(趙絅)의 상소로 인하여 성 밖으로 나갔다.

5월에 국상(國喪)의 외반(外班 : 현직에 있지 아니한 신하)에 입참하였다.

7월에 담제반(禫祭班)에 참례하였으며, 태묘조부 제반(太廟祧祔祭班)에 참례하였다. 고향으로 돌아왔다.

12월에 대사헌에 제수되었다.

57세 (현종 3 : 1662, 임인)

5월에 송시열과 더불어 김장생의 유고(遺稿)를 교정하였다.

58세 (현종 4 : 1663, 계묘)

2월에 상소하여 송나라 때 이연평(李延平)과 우리나라의 이이 성혼 3현을 문묘에 종사(從祀)할 것을 청하였다.

4월에 광주(廣州)에 있는 죽은 딸의 묘에 곡하였다.

9월에 화양동을 방문하고 속리산에 갔다가 돌아왔다.

59세 (현종 5 : 1664, 갑진)

2월에 임금이 하인을 보내어 위문하고 음식물을 주었다.

7월에 아들 정랑(正郎 : 광식)의 상(喪)에 곡하였다.

60세 (현종 6 : 1665, 을사)

4월에 대사헌에 제수되었으나 상소하여 사양하였다. 상이 온천에 거둥하여 사관을 보내어 비답을 베풀고 윤허하지 않았다.

5월에 행궁(行宮)에 나갔다. 곧 만나 뵈었다. 회란(回鑾)시에 승지를 보내어 같이 상행(上行)하기를 교유(敎諭)하였다. 성 밖에까지 이르러 상소하여 체직을 원하니 윤허하였다.

6월에 차자를 올려 원자(元子)를 보양(輔養)할 일을 논하였다. 원자 보양관으로 차출되었다.

8월에 차자를 올려 태묘(太廟)의 악장(樂章)을 논하였다.

9월에 원자 상견례를 행하였다.

10월에 소장(疏狀)을 남기고 성을 나가니 관학유생(館學儒生)과 대신 삼사가 소장(疏章)을 올려 머물러 있기를 청하였다.

61세 (현종 7 : 1666, 병오)

1월에 음식물을 보내주도록 명하였다. 대사헌에 제수되었다.

2월에 하인을 보내어 위문하고 음식물을 내려 주었다. 백록동규(白鹿洞規)를 써서 태학에 보내주었다.

4월에 상이 온천 행궁에 거둥하고 정중하게 불러서 행재소에 나가고 만나 뵙고 바로 고향으로 돌아왔다.

12월에 찬선에 제수되고 『연평문답(延平問答)』 발문을 썼다.

62세 (현종 8 : 1667, 정미)

1월에 사관을 보내어 별유(別諭(특별히 내리는 유지)로 불렀으나 상소하여 사양하고 치사(致仕)를 원하였으나 윤허하지 않았다.

2월에 명을 받고 『소학언해』를 교정하여 드렸다. 상소하여 거듭 치사를 원하고 간신을 귀양 보내 쫓아내는 것을 환수하기를 청했다.

3월에 영남 사람(황연 : 黃壖)의 상소로 인하여 상소하고 대죄(待罪)하였다.

4월에 임금이 온천에 거둥하여 두 번 사관을 보내 특별히 불렀으나 사양하고 나가지 않았다.

6월에 대사헌에 제수되었다.

12월에 찬선에 제수되었다.

63세 (현종 9 : 1668, 무신)

1월에 음식물을 하사하였다.

2월에 기천 홍명하(沂川 洪命夏)가 죽었다는 부고를 듣고 곡하였다.

8월에 이조판서에 제수되었다.

9월에 온천행궁으로 가서 만나 뵙고 천안에 이르러 세자가 병환이 있다는 말을 들었다. 성 밖에 도착하여 소를 올려 해직을 간청하니 허락하였다.

11월에 태극절기도(太極節氣圖)를 만들어 드렸다.

64세(현종 10 : 1669, 기유)

1월에 차자를 올려 세자관례를 정초에 거행하기를 청하였다.

3월에 제궁(祭官)으로 영릉을 배알하였다.

4월에 환궁하실 때 상소하여 고향으로 돌아가서 휴양하기를 원하고, 『어록해(語錄解)』의 발문을 만들어 드렸다.

5월에 상소하여 고향으로 돌아가서 영분(榮墳 : 아들 묘에 손자의 급제를 알림)하였다.

8월에 신덕왕후를 부묘(祔廟)할 때에, 제주(題主) 및 권안처소(權安處所)와 시책(諡册) 추봉에 대한 논의를 드렸다.

9월에 금담소정(黔潭小亭)을 지었다.

65세 (현종 11 : 1670, 경술)

3월에 입경하여 사은하니 즉시 사대(賜對)하였다. 이단상을 가서 곡하였다.

5월에 고향으로 돌아왔다.

8월에 어려서 죽은 누이의 묘에 표석(表石)을 세웠다.

9월에 이세직의 무고로 인하여 특별히 승지를 보내 위로하였다. 수원에 이르러 상소하여 죄를 청하였다. 두 번 상소하고 이내 고향으로 돌아왔다.

66세 (현종 12 : 1671, 신해)

1월에 사관을 보내어 특별한 유지로 부르시었다. 조복양의 부음에 곡하였다.

4월에 음식물을 명하여 주었다.

6월에 대사헌에 제수되었다.

10월에 사관을 보내 별유(別諭)로 불렀다. 지중추에 제수하니 글월을 올려 체직하였다.

67세 (현종 13 : 1672, 임자)

1월에 꿈에 퇴계 이황선생을 만났다는 것을 기록한 시가 있다. 권시의 부음을 듣고 곡하였다. 삼산에서 행해진 우암 손자의 관례에 나갔다.

4월에 사관을 보내 별유로 불렀다. 상소하여 사양하고 인하여 소인 형혹(熒惑)의 해를 극력 주장하였으나 보고되지 않았다. 『삼절유고(三節遺稿)』 발문을 썼다.

11월에 병환이 위중하였다. 송시열이 화양으로부터 와서 문병하였다.

12월에 태의가 명을 받고 와서 보았다. 2일 진시(辰時)에 동춘당에서 별세하였다.

동춘당연보 －사후 기사－

67세(현종 13 : 1672, 임자)

12월에 임금이 관곽(棺槨)과 상수(喪需)를 명하여 주었다. 부음을 듣고 조시(朝市)를 철폐하기를 전례(前例)와 같이 하였다. 예랑(禮郎)을 보내 조제(弔祭)하였다.

세자가 궁관을 보내 조제(弔祭)하였다.

관학(館學) 유생이 위(位)를 설치하고 거애(擧哀 : 죽은 사람에게 哭泣하는 禮)하였다. 모인 자가 수백인이 되고 장례에 미쳐 글을 지어 치제(致祭)하였고 각도 서원에서도 또한 다 치제하였다.

사후 1년(현종 14 : 1673, 계축)

1월에 임금이 명하여 대광보국숭록대부 의정부영의정 겸영경연 홍문관 예문관 춘추관 관상감사 세자사(大匡輔國崇祿大夫 議政府領議政 兼領經筵 弘文館 藝文官 春秋館 觀象監事 世子師)를 증(贈)하였다.

3월에 장례를 치렀다. 연기죽안리 묘향지원(燕岐竹岸里 卯向之原)에 새로 복지(卜地)하였다. 송시열과 이유태와 방백남이성(方伯南二星)이 회장(會葬)하였고 기여문인(其餘門人) 이상과 홍득기 및 팔로유생(八路儒生)이 모인 자가 천여명이였다.

사후 2년(숙종 즉위년 : 1674 갑인)

4월에 유소(遺疏)를 올렸다.

사후 3년(숙종 1 : 1675, 을묘)

11월에 관작을 추탈(追奪 : 죽은 뒤에 관작을 削奪하는 것)하였다.

송시열이 묘지를 찬(撰)하였다. 선생이 평일에 매양 학자에게 경계하기를, "오로지 리면(裏面)을 향하여 저공(著工)하기를 힘쓰고 일모(一毫)라도 이름을 좇고 외면(外面)으로 달리는 일은 하지말라." 하였다. 문인배(門人輩)가 항상 회사(繪事 : 그림 그리는 일)를 갖추어 형상을 그려 써 후세에 전하기를 청하니 선생이 책망하고 중지시켜 가라사대 "다만 호발(毫髮)이 같지 않으면 문득 그 사람이 아닐 뿐 아니라 가히 전할 실상은 정히 여기에 있지 않다." 하였다. 임종하여 또 유계(遺戒)하기를 "만뢰(輓誄 : 만사)를 청하지 말고 비(碑)를 세우지 말고 시(諡)를 청하지 말라." 하였다. 이때에 이르러 송시열이 적중(謫中)에 있으면서 지문(誌文)을 지어 선생의 제손(諸孫)에게 주며 가로대, "비록 선생의 명(命)이 계시나 묘에 가히 지문이 없어서는 아니된다." 하여 드디어 십허편(十許片)을 구워 만들어 광남(壙南)쪽에 매안(埋安)하였다.

사후 8년(숙종 1 : 1680, 경신)

5월에 임금이 명하여 관작을 회복하였다. 이때에 적(積)의 얼자(孼子) 견(堅)이 아비의 세력을 의뢰(依賴)하여 불궤(不軌 : 謀反하는 것)를 꾀하다가 일이 발각되어 역단(逆枏)과 더불어 복주(伏誅)하고 적(積)과 전(鐫)이 다 죄로 죽으니 임금이 비로소 예론은 가탁(假託)한 것임을 깨닫고 드디어 이 명(命)이 있었다.

예랑을 보내 묘에 사제(賜祭)하였다. 민정중이 장곡강 고사(故事)에 의하여 묘에 사제하기를 청하였다. 원근사자(遠近士子)가 모였는데 천여 명이며, 송시열 역시 글을 가지고 와서 제(祭)하였다.

사후 9년(숙종 7 : 1681, 신유)

3월에 숭현서원(崇賢書院)에 봉향하였다. 뒤에 또 연기의 봉암서원(鳳巖書院), 공주의 충현서원(忠賢書院), 연산의 둔암서원(遯巖書院), 금산의 용강서원(龍岡書院), 옥천의 창주서원(滄洲書院)에 봉향하였다.

6월에 문정(文正)으로 사시(賜諡)하였다. 옥당관(玉堂官) 이유(李濡)가 선생이 시(諡)를 청하지 말라고 유명(遺命)을 한 일로써 임금께 아뢰니, "비록 그 자겸지언(自謙之言)으로 인하여 자손이 청하지 않으나 어찌 가히 역명지전(易名之典 : 시호를 내리는 恩典)이 없으리요." 김수항이, "석(昔)에 선정신(先正臣) 이이가 이황의 행적이 이목(耳目)에 소재(昭在)함으로써 시장(諡狀)의 있고 없음이 가하고 손(損)함이 있지 않다 하고 드디어 시장을 기다리지 마시고 시호 내리기를 청하였사오니 지금 송모(宋某)에게도 마땅히 이 예(例)를 쓰셔야 하옵니다."하였다. 임금이 특명으로 시호를 내리니 도덕박문왈문(道德博聞曰文 : 도덕을 널리 들음을 가로대 文이라 함)이요 이정복지왈정(以正服之曰正 : 正으로 다스림을 가로대 正이라 함 詩經曰服之無斁)이라 하였다.

사후 10년(숙종 8 : 1682, 임술)

교서관(校書館)에 명하여 문집을 간행하도록 하였다. 범(凡) 24편이며 판각은 금담서원(黔潭書院)에 있다.

사후 14년(숙종 12 : 1686, 병인)

2월에 연시예(延諡禮)를 행하였다. 상고(喪故)가 연속하여 있었던 고로 지금 비로소 시행하였다. 이랑 조상우가 오니 경향(京鄕)에서 모인 자가 천여 명이었다.

사후 22년(숙종 20 : 1694, 갑술)

금담서원이 이루어졌다. 연기 문의 청주 공주 회덕 오읍(五邑) 장보(章甫 : 선비)가 정사(亭舍) 옆에 사당을 세우니 익년(翌年)에 사액하였다.

사후 27년(숙종 25 : 1699, 을묘)

9월에 사손(嗣孫)을 녹용(錄用)하라 명하였다. 민진장의 말로 인하여 이 명(命)이 있어 요경(堯卿)에게 드디어 재랑(齋郎)을 제수하였다.

사후 28년(숙종 26 : 1700, 경진)

10월에 진령현남 사점동 묘좌서향지원(鎭岺縣南 沙店洞 卯坐西向之原)에 개폄(改窆)하였다.

사후 30년(숙종 28 : 1702, 임오)

상주 홍암서원(興巖書院)이 이루어졌다. 후4년(後四年)에 유생 등이 상소하여 청액(請額)하였다. 이때에 서원의 첩설(疊設)을 금하는 명이 있었으나 이이명이 임금께 아뢰기를, "방금 조령(朝令)이 비록 엄하오나 송모같은 대현(大賢)은 마땅히 차한(此限)에 있어서는 아니되옵니다." 하여 임금이 사액을 특명하였다.

사후 31년(숙종 29 : 1703, 계미)

안음 성천서원(星川書院)이 이루어졌다.

사후 44년(숙종 42 : 1716, 병신)

11월에 홍암서원에 어필을 걸고 승지를 보내 치제하였다. 상교(上教)에 "약왈(略曰) 게액(揭額)한 지 세월이 이미 오래되었도다. 병리(病裏)에 필화(筆畵)가 더욱 졸렬하나 반드시 친히 써서 판자(板子)에 새겨 내리는 것은 써 나의 존경지심(尊敬之心)을 부치는 바이니라. 아 인주(人主)가 존경함이 지성(至誠)에서 나온즉 또한 거의 사론(士論)의 추향(趨向)이 정하여져서 사설(邪說)이 침식(寢熄)될 것이니 나의 뜻이 어찌 우연한 것이겠느냐." 하였다.

사후 45년(숙종 43 : 1717, 정유)

3월에 임금이 온천에 행행(行幸)하여 승지를 보내 묘에 치제하였다.

사후 48년(경종 즉위 : 1750, 경자)

연보가 이루어졌다. 문인 황세정 권상하 홍득우가 상의하여 연보3책을 초정(草定)하였다. 후에 증손 요좌가 그 역사(役事)를 시성(始成)하니 4권 2책이다.

사후 69년(영조 17 : 1741, 신유)

연보를 중간하였다. 경자년(경종 즉위년, 1720) 개간(開刊)할 때에 활자로 수백본을 인출하였는데 원본에 한 두가지 실실처(失實處)가 있어 선생의 외증손 이재(李縡)가 추가 시정하였다. 이에 이르러 증손 요보(堯輔)가 전주판관에 부임하여 방백 권공혁(方伯權公爀)과 더불어 각사(刻事 : 판각)를 도모(圖謀)해서 1월도 안 되어 공역(工役)을 마쳤다.

사후 78년(영조 26 : 1750, 경오)

임금이 온천에 행행하여 승지를 보내 묘에 치제하였다.

사후 84년(영조 32 : 1756, 병자)

2월에 문묘에 종향(從享)하고 사당에 치제하였다. 신유년(숙종 7, 1681)으로부터 중외(中外) 장보(章甫)가 종사지청(從祠之請)을 여러번 발(發)하였고 이해 봄에 관학(館學)이 다섯 번 소장(疏章)을 연상(連上)하니 임금이 유생 안종철(安宗喆) 등을 인견하여 면론(面論)하고 특별히 윤허하여 이에 이달 15일로써 성묘에 제향(躋享)하고 예관(禮官)을 보내 치제하였다.

부조(不祧 : 5대조 神主는 祧遷하는 것인데 名賢과 或 국가에 有功한 사람의 신주는 5대가 되었어도 君命으로 체천하지 않고 대대로 영구히 奉祀하는 것)를 특명하였다.

사손(嗣孫)을 녹용(錄用)하라 명하였다(5대손 溥淵에게 崇陵參奉을 제수하였다).

사후 97년(영조 45 : 1769, 기축)

홍암서원에서 문집을 중간하였다. 처음 문집을 간행할 적에 조령(朝令)의 촉박으로 인하여 편차가 많이 잘못되었으므로 현손 명흠이 취(取)해서 다시 정하고 또 경연일기에 나아가 경의(經義)를 발명한 것과 치도(治道)에 관계된 것을 초취(抄取)하여 정리해서 별집 3책을 하였고 또 부록 1책을 하였다. 처음 유고를 간행하라고 명할 때 전하여 가라사대, "문정공 송모(文正公宋某)의 문집을 이미 성람(省覽)하였다." 하고 교서관(校書館)으로 하여금 오서 낙자(誤書 落字)된 곳을 상세히 교수(校讐)하여 간행해주어 써 나의 뜻을 표하고 1건을 또한 정인(精印)해서 써 드리라는 일로 분부하였다.

사후 167년(헌종 5 : 1839, 기해)

12월에 금담서원에 치제하였다.

사후 238년(순종 4 : 1910, 경술)

3월에 가묘에 치제하였다. 이때에 임금이 남순(南巡 : 御駕가 南으로 巡行함)하여 지방관을 보내 치제하였다. 그 후 18년에 속집(續集)이 이루어졌다.

필자소개 (집필순)

최근덕	성균관장	송인창	대전대 철학과 교수
정옥자	서울대 국사학과 교수	지두환	국민대 국사학과 교수
최근묵	충남대 국사학과 명예교수	우인수	경북대 역사교육과 교수
황의동	충남대 철학과 교수	최완수	간송미술관 학예연구실장
徐遠和	中國社會科學院	정태희	대전대 서예학과 교수
洪 軍	中國 復旦大學校 (韓國中心) 敎授	사재동	충남대 국어국문과 명예교수
윤사순	고려대 철학과 명예교수	정경훈	충남대 인문과학연구소 객원연구원
한기범	한남대 사학과 교수	안상우	한국한의학연구원 연구부장
潘富恩	中國古蹟委員會 委員	송성빈	한남대 충청학연구소 객원연구원
김문준	건양대 교양학부 교수		

동춘당 송준길 연구

정가 : 25,000원

2007년 2월 25일 초판 인쇄
2007년 2월 28일 초판 발행

편　　자 : 호서명현 학술대회 추진위원회
한남대 충청학연구소
발 행 인 : 한 정 희
발 행 처 : 경인문화사
편　　집 : 김 경 주
서울특별시 마포구 마포동 324-3
전화 : 718-4831~2, 팩스 : 703-9711
http://www.kyunginp.co.kr | 한국학서적.kr
E-mail : kyunginp@chollian.net
등록번호 : 제10-18호(1973. 11. 8)

ISBN : 978-89-499-0472-6 93810